Maretenebræ

Apêndices

Maretenebræ
Vol. 3

O ÍMPETO DOS VIRTUOSOS

L. R. Faustino

PUBLISHER	Artur Vecchi
REVISÃO E PREPARAÇÃO DE TEXTO	Ismael Chaves
PROJETO GRÁFICO	Fabio Brust – *Memento Design & Criatividade*
CAPA E DIAGRAMAÇÃO	Inari Fraton – *Memento Design & Criatividade*
BRASÕES E LOGOTIPO MARETENEBRAE	Guto Pais
ABADIA DE KEISHU	Guto Pais
ILUSTRAÇÃO DE CAPA	Borisut Chamnan
MAPAS	Edoardo Poli

Dados Internacionais de catalogação na Publicação (CIP)

F 268

Faustini, L. P.
O ímpeto dos virtuosos / L. P. Faustini. – Porto Alegre : Avec, 2025. – (Maretenebrae; 3)

ISBN 978-85-5447-297-9

1. Ficção brasileira 2. Literatura fantástica I. Título II. Série

CDD 869.93

Índice para catálogo sistemático:
1.Ficção : Literatura brasileira 869.93

Ficha catalográfica elaborada por Ana Lucia Merege – 4667/CRB7

1ª edição, 2025, AVEC Editora

IMPRESSO NO BRASIL | PRINTED IN BRAZIL

AVEC EDITORA
CAIXA POSTAL 6325
CEP 90035-970 | INDEPENDÊNCIA | PORTO ALEGRE – RS
contato@aveceditora.com.br | www.aveceditora.com.br
Twitter: @aveceditora

Um grande salve aos novos e velhos e resistentes maretenebrenses!

Do lançamento do volume dois ao do exemplar que está em suas mãos houve um hiato de oito anos. Oito longos *verões*! Durante esse tempo passei por grandes acontecimentos em minha vida que me fizeram retardar o processo de escrita da saga. Houve muitos momentos de alegria, como também de tristeza profunda. Eventos que me transformaram para sempre. Mas eu não podia largar a série incompleta. Me forcei a escrever, mesmo em meus períodos mais sombrios, e foram nestas ocasiões em que, penso eu, a narrativa conseguiu brilhar mais – como disse Nietzsche "É preciso ter um caos dentro de si para dar à luz uma estrela cintilante". Ou será que foi Victor Dídacus? Dominado pelas emoções, elas foram o combustível que eu precisava para conseguir dar ainda mais peso às páginas deste livro. Eu sei que é clichê, mas a frase "Deus escreve certo por linhas tortas" nunca fez tanto sentido para mim quando penso neste volume. Dos três lançados, considero este o mais maduro e desenvolvido. Temos tragédias pesadas, assim como triunfos heroicos, e a gama de emoções imbuídas nesta nova narrativa se amplificou.

Novamente, meu pai – meu "assessor de ideias" – esteve sempre muito presente e não consigo contar nos dedos os dias que passamos juntos discutindo a trama por horas. Finalizamos este volume quebrados e destruídos emocionalmente, enquanto minha mãe enfrentava um câncer, mas felizes e ainda mais unidos por termos concluído esta etapa.

Também não poderia me esquecer dos meus maravilhosos leitores-beta. Infelizmente, do segundo para o terceiro livro da saga muitos abandonaram a leitura. Dos mais antigos, apenas um sobrou: a Yanna Paula. Posteriormente, a entrada de Porttos Wolf deu um novo fôlego, e os comentários maravilhosos de cada um a cada capítulo enviado me eram suficientes.

Hoje, escrevo estas palavras como quem lutou com forças sombrias e venceu uma batalha travada no poço mais profundo do submundo. Escrevo como um vencedor, um soldado, ou, tendo Deus como meu guia, um paladino (por que não?), crente que, se não fosse por Ele, eu teria sucumbido pelas garras do inimigo.

Neste volume, eu imagino que você deva estar ansioso em saber o que é o Aclamador Irrevocável e quem é o cavaleiro lendário que surgiu diante de Petrus e da sacerdotisa Nuha nas ruínas de um antigo castelo em Dernessus quando o pastor, agora novo rei de Sieghard, usou o poder do Ner Tamid para despertá-lo. Da mesma forma, deve estar curioso quanto à voz – presumivelmente de Anna – que chamava pelo paladino Sir Heimerich em meio aos escombros da fortaleza do farol, destruída por um terremoto.

Longe da dupla, o guerreiro Braun e o general Duncan de Nordward, após o fim da batalha com os Libertários, aguardam com esperanças o retorno de seus colegas, não sabendo da inestimável perda do arqueiro Roderick, morto por um troll, e do ferreiro Formiga, que caiu em um abismo. O paradeiro do arcano Victor Dídacus, no entanto, ainda é desconhecido. Em paralelo, para conquistar a confiança de Linus, a maga traidora Chikára precisa converter os atingidos pela Pestilência Cega.

Para muito além das lutas no plano terreno, uma conspiração astrológica se desenvolve, pois segundo o *Almagestum Novum*, o Pêndulo do Destino está sendo refreado, assim como a rotação de Exilium, e os cataclismas continuarão até que as forças do Caos sejam derrotadas.

Tudo ainda é muito obscuro e os planos de Linus são incertos. Será que você descobrirá neste volume? Quem sabe. Convido-o a virar a página e resolver este mistério antes que seja tarde demais!

LUIZ PAULO FAUSTINI

Dror
Território Libertário
Antigo Castelo
Domínios Desconhecidos
Ruínas
Ruínas
Terra de Ninguém
Território Ordeiro
Nordward
Cachoeira
Cinturão das Pedras
Egitse
Everard
Kemen
Umar
O Grande Lago
Planalto Real
Domo do Rei
Adaluf
Sevânia
Wassior
Estreito dos Peregrinos
Bico de Astur
A Floresta dos Viventes
Umar
Colinas de Bogdana
Salácia
Alizanbe
O Velho Condado
Bosque de Pekko
Praia dos Pernetas
Península dos Argonautas
Vellamo
Bosque dos Trapaceiros
Muireann
Penhascos Negros de S
Praia do Arco Longo
Mare Tene

Sieghard
Escarpas Geladas
Ocidental
Keishu
Oriental
Vahan
Kristalles
Tranquilitah
Pico das Tormentas
Chiisai
Terras de Sumayya
Terras de Além Escarpas
Cinturão das Pedras
Ham
Bakar
Nakato
Planícies de Azaléos
Capitais
Pontos de Interesse
Cidades
Vilas
Fortes de Fronteiras
Estrada Real

Prólogo

Eunomos, capital do Reino Unificado da Ordem

As bolas de metal lançadas pelos colossais canhões do exército do Caos viajavam ininterruptamente sem descanso, uma após a outra, indo de encontro a mais uma das quatro muralhas que circundavam o castelo.

Restavam apenas duas.

A cada golpe certeiro próximo aos adarves, dezenas de homens que sacrificavam suas vidas pela sobrevivência da Ordem pereciam na hora – ou alguns instantes depois, muitos pés abaixo, atirados violentamente ao ar. Na base da muralha, também tinham o mesmo destino aqueles que, porventura, acabavam atingidos pelos destroços do desmoronamento. O som estrondoso das pedras caindo unia-se ao tilintar de armas e armaduras em combate e abafava o grito dos soldados que morriam em agonia, enquanto as torres de sítio depositavam centenas de soldados inimigos sobre alguns poucos arqueiros e magos que permaneciam firmes no alto da muralha.

Estimava-se, naquele momento, que quatro em cada dez ordeiros já estavam na Terra dos Deuses. Quanto aos caóticos, apenas um em cada dez. O sítio a Eunomos entrava em sua sétima *aurora* e entregar a cidade não era uma opção. A vida do rei estava em jogo.

— General, sem os dragões não contemplaremos a vitória – analisou o capitão, denotando nervosismo em sua voz. Ele postava-se sempre à direita do general, visto que o superior não ouvia bem do lado esquerdo.

— A ordem é clara, capitão. Usarei o Aclamador apenas sob estrita autorização do rei – respondeu o superior, com uma surpreendente serenidade, como se nada que estivesse acontecendo ali o abalasse.

O diálogo entre os militares da Ordem acontecia nos adarves da muralha mais interna – apenas uma afastada do campo de batalha –, cuja base estava protegida por três centúrias de guerreiros de escol fortemente armados. Os mais bravos das forças ordeiras. Naquele momento crucial, eles debatiam se usariam o Aclamador Irrevocável, título concedido à única pessoa em todo o reino com o dom ancestral de domar dragões – herdado da lendária trombeta de mesmo nome que, desde a Era dos Deuses, tinha o poder de convocar as antigas feras.

— Com todo respeito, general, se já o tivéssemos usado, como sempre fizemos, esta ruína poderia ter sido evitada.

— Se o último Aclamador não tivesse falecido, poderíamos sim. O Aclamador atual não está preparado. É ainda muito jovem. Ademais, precisamos saber o quão forte é nosso exército na ausência dos dragões.

O capitão ia responder "*Como podes ver, não é forte o suficiente*" – mas achou melhor não aborrecer o seu superior.

— Uma coincidência e tanto o ataque vir exatamente na *aurora* em que Shir faleceu.

— Não existem coincidências, capitão. Apenas o inevitável – respondeu o general com um sorriso de canto de boca, olhando para o avanço do Caos sobre a segunda muralha, não obstante os esforços aliados.

Como se não bastassem as poderosas embarcações que atracaram na costa do reino duas *lunações* atrás – e eliminaram quase toda a população costeira com esferas de metal flamejantes –, o inimigo trouxera máquinas de guerra nunca vistas por qualquer eunomês. Com elas, os algozes da Ordem atacavam impetuosamente a penúltima muralha sem dificuldades. Não seria necessário fazer muitos cálculos para prever a queda iminente da estrutura.

— General, se não agirmos agora, será o fim de Eunomos!

— Seguiremos o plano, capitão.

— Como pode o senhor manter sua tranquilidade em uma situação como essa? Não temos tempo! Se o senhor não solicitar ao rei a autorização para tocar a trombeta, eu mesmo a farei! – disse o capitão em voz alta, exasperado. Pingos de suor escorriam de sua testa, e suas veias pulsavam de desespero no pescoço.

— Ousa desobedecer a uma ordem superior? – o general deitou a mão sobre o cabo de sua espada, em tom ameaçador. — Acalma-te, capitão. Sabes bem que um Aclamador inexperiente é como lenha para fogo. E como Cavaleiro da Ordem, é meu dever protegê-lo. Precisamos dele vivo.

— Então, o senhor não irá usá-lo – deduziu.

— E arriscar a vida dos milhares de remanescentes nesta cidade? Lembra tu, capitão, que, se o Aclamador falhar, os dragões não distinguirão nem Ordem nem Caos. Todos irão morrer. Soldados, civis. Crianças, mulheres. Não sobrará ninguém, nem mesmo esta cidade.

Ele tem razão.

Respirando fundo, o subalterno tentou se acalmar, porém foi acometido por uma ideia perturbadora. Ele seria amaldiçoado por centenas de gerações e seu nome seria esquecido da história, no entanto, ela poderia significar a salvação do reino.

— Com todo o respeito, general, mas, ainda assim, creio que a trombeta deva ser tocada, mesmo sem autorização do rei. Veja bem, nosso exército não é um décimo do que se encontrava antes da invasão, porém... As forças do Caos ainda são inesgotáveis! Temos outras cidades no reino para treinar e reunir homens – e lutar novamente! Nesta *aurora*, eu, o senhor e o restante dos Cavaleiros da Ordem, asseguraremos a vida do rei e do Aclamador; tomaremos nossos cavalos e partiremos com eles para um local protegido. Com tempo, e o rei ao nosso lado, esperaremos o Aclamador alcançar a maturidade, retraçaremos nossas estratégias e, quando for a hora, retomaremos o que já era nosso. Dez ou vinte *verões* depois, não importa. Digo que deixes os dragões fazerem seu trabalho, sem o Aclamador. Que percam Ordem e Caos nesta *aurora*, mas a maior perda, sem sombra de dúvidas, será a de nossos inimigos. É um sacrifício calculado, general. Uma medida... premunida. Vamos extirpá-los da capital de uma vez por todas!

O general pareceu mudar seu semblante. O plano a longo prazo do capitão era plausível e louvável, qualquer um poderia dizer isso – apesar das imensas perdas –, mas algo na expressão de seu superior dizia que ele não estava gostando do rumo das coisas. Por um momento, os dois militares ficaram em silêncio observando as manobras dos homens em combate.

— És corajoso, e inconsequente – refletiu o superior, pressionando com força a empunhadura de sua espada.

— Deixe-me tocar a trombeta, general – continuou o capitão, irredutível — e enquanto isso, o senhor vai ter com o rei e o Aclamador. Me junto a vocês logo em seguida para reforçar sua segurança.

A resposta demorava a vir, deixando o capitão ainda mais ansioso. Contudo, não havia mais o que esperar, visto que os inimigos acabavam de suplantar a segunda muralha e corriam freneticamente ao encontro das três centúrias posicionadas abaixo. Ele sabia que sua estratégia era definitivamente a melhor opção, porém, entrar em luta com um dos doze melhores cavaleiros do rei seria o mesmo que decretar sua morte imediata. O capitão precisava de um subterfúgio. Foi quando a oportunidade de realizar seu plano literalmente subiu por detrás da ruída segunda muralha. Uma imensa pedra lançada pelas eficientes máquinas do exército do Caos surgiu apavorante em sua direção e rasgou os céus encontrando a base da muralha em que estava. O estrondo, seguido do tremor violento, jogou os dois militares ao chão, e deixou um rastro de morte e destruição na base da fortificação.

— Incompetentes! – gritou o general, irritado. Neste instante, ele só não sabia que seu sangue iria ferver ainda mais ao ver seu subordinado fugir rumo ao torreão principal onde se encontrava a trombeta. — Maldito!

Muito à frente de seu perseguidor, o capitão lutava contra as limitações de seu próprio corpo em prol da salvação do reino. Para facilitar sua fuga, ele havia abandonado peças de sua armadura nas frias pedras da estreita passarela, sem, porém, abandonar sua espada; por estar mais leve, sua estratégia conferia-lhe velocidade, além de dificultar a passagem de seu superior em perseguição. Diante dele, seu grande trunfo se desenrolava espantosamente. Como que guiado por uma mão invisível, o capitão havia ignorado o fato de que bastaria um tropeço para colocar tudo a perder. Ele sabia, entretanto, que, caso obtivesse sucesso, uma possível piedade por parte do general estava fora de questão.

Ao chegar à escadaria do torreão, o capitão superou os degraus da estrutura forçando ao máximo suas pernas. Como um habilidoso arqueiro em busca de sua caça, seus passos ágeis fizeram-no subir semelhante ao voo ascendente de uma águia. Três patamares acima, o encontro com seu maior objetivo o fez gelar sua espinha. Com a envergadura de um homem médio de braços abertos e confinada no último andar do mais alto torreão da primeira muralha, lá estava o Aclamador Irrevocável, a trombeta – um chifre de um dragão de pequeno porte – que selaria o destino da Ordem,

— Que Ieovaris me perdoe pelo que eu irei fazer! – disse o capitão em voz alta, sobressaltado, afinal, milhares de vidas inocentes iriam sucumbir diante de seu ato. Ao encostar os dedos na superfície rugosa do instrumento, seu coração palpitou mais forte e, por um instante, ele vacilou. — Que meu povo me entenda! – concluiu, e aproximou sua boca na ponta do longo chifre retorcido em tom enegrecido, que se estendia por através de uma abertura na parede do torreão. Estufando seu peito, o capitão tomou todo o ar que podia, e com um forte ímpeto, soprou a trombeta produzindo o som grave que todos temiam – tanto Ordem quanto Caos.

Um silêncio súbito se fez no campo de batalha próximo à muralha. Ordeiros e caóticos pararam de lutar imediatamente, apenas para ouvir, apavorados, o ruído que chegara aos seus tímpanos, lembrando-lhes de que, em breve, uma força colossal e lendária cairia sobre eles e que apenas uma pessoa teria o poder de domá-la. Para uns, a morte seria inevitável; para outros, a promessa de salvação ainda era uma dúvida cruel. Independentemente da bandeira que defendiam, era de comum acordo que, a partir de agora, não importando o quão fortes, hábeis ou corajosos fossem, todos se nivelariam, suas existências, a exemplo de formigas, reduzidas à insignificância.

De dentro da edificação que abrigava a trombeta, o rosto exaltado de um homem observava a reação dos combatentes. *Serei lembrado pelo que fiz?* Seu coração palpitava. O capitão havia conseguido dar o primeiro passo; agora, caberia ao seu superior, por força, seguir o plano e garantir a sobrevivência do rei e do Aclamador. Não haveria outra opção.

— Minhas congratulações – o general apareceu no cômodo, batendo palmas sarcasticamente. — Mas, infelizmente, apesar de teus últimos esforços, não haverá vitória da Ordem, pois a vitória para ela já estava inalcançável há várias *lunações*. E não, capitão, pois sei bem o que vais dizer, mas eu não vou correr para o teu reizinho e aquele domador de araque afim de que eles fujam deste inferno que *tu* acabaste de criar.

O subalterno olhou consternado para seu superior, não acreditando em suas palavras.

— Ora, ora, capitão. Não me olhes assim como se não soubesses de nada. Afinal, como achas que a notícia da morte de Shir chegou ao conhecimento dos inimigos?

— O senhor...? Está por trás disso?

O general aquiesceu com arrogância.

Enfurecido e levado pelo sentimento do desgosto, o capitão desembainhou sua espada e lançou um ataque furtivo contra o pescoço do superior, só para então reparar que uma lâmina curva já trespassava seu peito antes que pudesse concluir a empreitada.

— General Karna... Por quê? – o capitão encarou o general, e uma lágrima caiu no chão, seguida pelo seu corpo ferido.

— Por algo que a Ordem nunca poderia me dar, ou nenhum homem em Exilium. Tu, evidentemente, não entenderias. Tua ingenuidade andou ao meu lado e nada que fizeste teria algum resultado. Pois és apenas um. Neste exato momento, além de mim, seis dos nossos caminham livremente pelo reino, frequentam a alta cúpula dos nobres e sentam-se à mesa com o rei. Nós... somos muitos.

Enquanto discursava, o general foi até à trombeta e a retirou do sustentáculo de madeira que a apoiava e a deixou sobre o piso. Depois, com um gesto bruto, pegou seu subordinado nos ombros e o depositou no lugar onde estava o instrumento, fazendo questão de deixar sua cabeça na pequena abertura do torreão.

— Sabes o que acontecerá agora, seu mísero verme comedor de terra? – perguntou com o rosto próximo ao do seu subalterno. — Enquanto sangras, vais viver tempo suficiente para ver tua magnânima capital ser destruída diante de teus olhos, graças à tua atitude intempestiva. Teu rei... será morto e o Aclamador obedecerá a nossas vontades. Uma nova Era infindável do Caos surgirá e a Ordem será banida de uma vez por todas de Exilium. Vislumbra o fim da Ordem, capitão! Vislumbra teu povo sendo massacrado! – proferiu, saindo do recinto com a trombeta em mãos.

Antes, porém, de alcançar as escadas, um gemido abafado interrompeu seu passo.

— Diz o que quiser, general – falou o capitão entre os dentes, esforçando-se para ser ouvido. — Vós queríeis Eunomos inteira. Pois eu digo que ela nunca será tua. Tua soberba te cegou ao ponto de não perceber o óbvio: eu atrapalhei teus planos, traidor miserável! – concluiu, com um sorriso de escárnio, antes de ser tomado pela vergonha e pela revolta. Vergonha por não perceber e ter deixado os acontecimentos chegarem às últimas consequências; e revolta pela avareza dos homens que se deixavam corromper – mesmo os ditos mais nobres e privilegiados.

Por fim, restou-lhe a esperança de que sua atitude traria a vitória da Ordem, nem que fosse na próxima Era. Pois que Eunomos seria destruída e soterrada pelo gelo, mas seus habitantes fugiriam para o sul e fundariam uma nova nação. Em suas ruínas, restariam apenas os grandes guerreiros, incorruptíveis, aguardando, pacientemente, por uma nova chance de lutarem contra o Caos.

PARTE I

Herança

Sobre como boas e más decisões
exercem um peso na história e sobre
como o resultado afeta a relação entre o
prisioneiro e seu visitante.

I

Tradição ou o Erro

Na masmorra das Escarpas Geladas em um profundo isolamento, não se sabia se o tempo passava mais rápido ou mais devagar. Não obstante, duas figuras misteriosas continuavam conversando sobre os desdobramentos da Grande Guerra e a história perdida de um reino de outrora. Após um longo discurso, o prisioneiro encarou seu visitante, que expressava perplexidade. Por algum tempo os dois não se falaram, e o silêncio tornou-se significativo.

— Petrus... – o jovem refletiu no nome. — O terceiro rei da dinastia Marcus. Um simples pastor, transformado em rei, graças aos conhecimentos de uma sacerdotisa banida de Sieghard, que o teve em seus braços quando pequena. É quase difícil de acreditar nesta história.

— Pois, acredite – reforçou o velho. — É a história de Sieghard. É a *sua* história, oculta por tantos *verões* que deveriam ser lembrados. Se não a conhecer bem, cometerá os mesmos erros do passado.

— Fala como se não tivesse cometido um – o visitante o escarneceu.

— Será mesmo que *eu* cometi um erro? – o prisioneiro o interrogou, com uma expressão misteriosa.

— Não? – o visitante o enfrentou. — Você matou meu escrivão. Meu escrivão! – ele bateu na pedra, enraivecido, assustando alguns ratos.

— Ele já não era mais seu escrivão há muito tempo.

— Como assim? Do que você está falando?

Vendo que a ansiedade do visitante lhe dominava, o velho nada disse até que seu ouvinte se acalmasse.

— Eu não terminei de contar minha história – falou.

— Histórias, histórias, histórias – o mais jovem se irritou. — Eu não tenho todo esse tempo – ele fez que iria se levantar.

— O tempo está do meu lado, por mais que se negue a aceitar isso – lembrou-lhe. — Ademais, você não tem opção. É o que manda a Tradição. Deve me escutar – ele soltou uma informação da qual seu ouvinte não imaginava que ele soubesse. — Vamos, sente-se, eu sei que você está desfrutando de meu falatório.

Sentindo-se desafiado, o jovem se levantou.

— Para mim já chega. Foi um erro ter vindo aqui – ele revelou, batendo suas roupas. — É libertação o que você quer? Pois bem, diga-me onde está o diário de Sir Nikoláos e, talvez, muito talvez, eu providenciarei um pedido de soltura para você.

— Eu não desejo minha libertação, apenas que a Tradição seja seguida. É o mínimo que peço de um fiel servidor da Ordem – ele examinou o visitante.

— Essas funções servem apenas para o público.

— Ora, ora, quem diria – o velho adquiriu um tom jocoso e percebeu que seu visitante havia se desvelado e pensado alto diante do nervosismo. — Não se preocupe, porém, esse será o nosso segredo. De qualquer forma, se não me ouvir, continuará sua rotina alheio aos fatos que serão apresentados aqui por mim, fatos esses que poderão salvar sua carreira e sua própria vida. Fique um pouco mais, e você terá não só acesso ao diário que tanto deseja, mas também a um item que, em mãos erradas, poderá fazer você cair de uma vez. Se deixar esta prisão agora, cometerá um segundo erro.

— Que item? – o jovem se refreou, atento.

O velho repuxou seu lábio em um sorriso.

— Vai ouvir minha história?

Convencido, o visitante sentou-se novamente.

— Muito bem, prossiga – ordenou, ajeitando-se na pedra.

— Já que estamos falando sobre erros, e sobre acertos também, por que não, considero que eu deveria levar minha narrativa para algo mais...palpável. Sabe bem que o eco de nossos atos, ou a falta deles, reverbera no tempo. Há quem diga que apenas gerações mais tarde iremos colher o fruto do bem ou do mal que fazemos nesta *aurora*. Nas montanhas geladas de Sieghard, esses aforismos eram levados muito a sério, tanto que, muitos *verões* antes da Grande Guerra, um cavaleiro estava para fazer um ato que seria lembrado para sempre e que se tornaria um dos grandes trunfos para a continuação da jornada daqueles que moldaram o caminho de Sieghard.

— E quem seria este cavaleiro?

— Sir Helmfried.

II

Sir Helmfried

Domo do Rei, Askalor, 238 verões após unificação

Sieghard nunca havia passado por temperaturas tão absurdamente baixas. O inverno rigoroso castigava a alma dos combatentes nas ameias e gelava os ossos da população. Não se sabia se os soldados do Domo do Rei, responsáveis por conter o cerco, tremiam de frio, ou de medo. No entanto, para aqueles que, do lado de fora da muralha, aguardavam pacientemente o resultado do armistício, o frio era um amigo de confiança. Sobre o Planalto Real, vários estandartes – trazendo em sua estampa a figura de um dragão – tremulavam com a força de um imperante e gélido vento, e cobriam de esperança as dezenas de tribos vahanianas que se encontravam unidas sob uma mesma bandeira: a de Kraig, general e governante de Chiisai. Juntas, elas formavam um dos exércitos mais brutais e destemidos que o reino jamais vira, composto por soldados forjados nas intempéries e nas mais duras condições. De fato, os askalorianos nunca haviam lidado com forças tão bem-preparadas para duras condições quanto os homens das Terras Abandonadas.

Em um episódio inédito da história bélica de Sieghard, os portões da cidade real se abriram para a passagem exclusiva de um único homem: Sir Helmfried, um cavaleiro de grande reputação nas cortes anteriores, especialmente durante o reinado de Tewlus, tio-avô do atual monarca – mas que, no entanto, nunca teve o devido reconhecimento. Cinco *verões* antes da morte do antigo soberano, Tewlus fez um pedido especial a Sir Helmfried: que ele fosse a Chiisai pacificar uma pequena rebelião que ameaçava subverter a ordem vigente. Após sair vitorioso, o cavaleiro decidiu permanecer no local, pois ali encontrou algo que nunca tivera em Sieghard. Kraig enxergou em Sir Helmfried mais do que um mero soldado obediente: viu um estrategista brilhante, um guerreiro leal e um homem digno de respeito. Pela primeira vez, Sir Helmfried sentiu que sua força e inteligência não eram apenas usadas, mas verdadeiramente apreciadas. Com Tewlus morto, o cavaleiro escolheu seu lado e aliou-se a Kraig em sua reivindicação ao trono. Seu retorno, como era de se esperar, não era visto com bons olhos pelo rei, apesar de que a sua boa reputação vinha antes de seu nome. Na ocasião, no auge de seus quarenta e tantos *verões*, ele era o homem por trás das pretensões de Kraig.

Escoltado pela Guarda Real, Sir Helmfried caminhou pelas saudosas, sujas, estreitas – e, agora brancas – vielas do Domo do Rei sob olhares curiosos de uma população apavorada e morrente de frio. Sete *verões* haviam se passado desde que se mudara da capital a mando do rei e ele nunca a havia visto tão devastada pela neve. *É digno de pena*, refletiu ele ao reparar no que podia ser o corpo congelado de uma mulher em uma esquina. A caravana rumou sem desvios para o majestoso castelo, onde um rei que nem bem completara um *verão* de reinado, o esperava. Cledyff II – ou Etyfedd – havia sido coroado apenas seis *lunações* após o desaparecimento de seu pai, Cledyff I, depois que ele guiou uma excursão para o mortal Egitse, a fim de chegar nas Terras-de-Além-Escarpas.

Ao entrar no imenso saguão principal, Sir Helmfried se arrepiou ao lembrar de seu tempo servindo Tewlus. O pomposo tapete vermelho, as belas armaduras usadas por soberanos anteriores, os imensos quadros... cada item contava uma história em si, de glória, traições e honra. Ainda perdido em devaneios, o cavaleiro foi conduzido por escadas até uma sala confortável e aquecida pela brasa de uma larga lareira. Nas paredes, ostentava-se o brasão da águia negra, símbolo adotado pelo desaparecido Cledyff, e, ao centro do cômodo, por sobre uma longa mesa de madeira, mapas e pequenas peças se amontoavam em um possível plano de guerra. Junto a dois conselheiros, um jovem – que não aparentava ter completado dezoito *verões* – arregalou os olhos ao ver Sir Helmfried. Aquele era o olhar de um homem que, traído pela sua esposa, encontrara a amada nos braços de outro muitos *verões* depois.

— Deixe-nos – comandou o rei para seus conselheiros, no que foi prontamente atendido.

O cavaleiro entrou no recinto após a saída dos súditos, deixando a Guarda Real à porta.

Etyfedd... – ele abriu os braços.

— Sir Helmfried, sabe que você pisa nestas pedras apenas por respeito ao meu tio Tewlus, do contrário teria sua cabeça decepada – o rei logo anunciou seu estado de espírito, colocando o cavaleiro em seu devido lugar. — Eu nunca imaginaria que você fosse tão ousado a ponto de retornar à sua terra natal lutando contra seu próprio povo e, ainda por cima, vir à minha presença. Quando pequeno, eu te achava um herói, mas, agora, vejo que não passa de um lacaio. Você trai seu povo, e sua lealdade, Sir Helmfried. Eu espero estar errado. Espero que tenha vindo aqui prostrar-se diante de mim, e, quem sabe, eu o deixarei viver.

— Etyfedd, eu...

— Vossa majestade, Cledyff – ele o corrigiu.

— Perdão, vossa majestade – Sir Helmfried tossiu. — Mas acho que o senhor está enganado sobre minha pessoa. Eu busco o melhor para o meu povo e luto pela paz. Minha lealdade é para com Sieghard e o povo das montanhas. Eu venho à sua presença para que, juntos, estanquemos o sangue que derrama das veias de nossos irmãos.

— E como você pretende me convencer a fazer isso? – perguntou, derrubando uma peça em cima da mesa.

— As suas tropas estão em desvantagem e sofrem com as intempéries, enquanto nossas forças apresentam pleno vigor. Sieghard perde homens demais nessa guerra invernal, e, a cada instante que se passa, mais de vocês perecem no tempo, mumificados pelo gelo – o cavaleiro disse firme. — Não há por que continuar, Cledyff. Peço, encarecidamente, que vossa majestade considere abdicar o trono em favor do general Kraig – concluiu, esperançoso, porém, temendo pela resposta.

O rei riu.

— Eu pensava que você era apenas ousado, mas agora mostrou-se também um tolo. Guardas, tirem este verme daqui! – comandou, irado.

— A reivindicação de Kraig é legítima, senhor – Sir Helmfried disse enquanto era carregado por dois soldados fortes. — Posso assegurar-lhe de que ele é um homem honrado. Além do mais, ele é parte da sua família. Seguramente ele estará à altura de sua casa.

O cavaleiro percebeu que seu discurso inicial não havia surtido efeito. Ele precisava fazer com que a balança se equilibrasse novamente.

— Se tivesse tido a oportunidade, seu pai o entronaria! – gritou, já fora da sala.

Surpreendido, o rei, com um aceno, mandou os guardas soltarem Sir Helmfried. O cavaleiro ajustou sua compostura e retornou ao cômodo.

— Eu estive mais tempo com seu pai que você com ele, Etyfedd – ele continuou mais incisivo, vendo que havia ganhado a atenção do soberano. — Cledyff I era um homem de negócios e morreu em busca do sonho de uma nova rota comercial. Mais que tudo, ele queria fazer amigos e prezava pela amizade entre povos, culturas e nações.

Kraig seria a escolha de seu pai para sucedê-lo. Desde o falecimento de Tewlus, isso já estava sendo conversado entre eles.

— Mentira! – Etyfedd ficou injuriado. Um misto de nervosismo e ceticismo apoderou-se dele, mas, ao mesmo tempo, a memória de seu pai o havia tocado. — Como o primo da mãe de meu tio-avô pode sequer ser considerado alguém de minha casa? A casa Drausus é askaloriana em si; Kraig é filho do norte, criado nas Terras Abandonadas!

— Lembre-se, majestade, que foi Askalor que colocou um representante em Chiisai. Kraig vem da exata mesma nobreza askaloriana que seus antepassados colocaram lá, e de onde veio a mãe de Tewlus também – Sir Helmfried informou.

— Askalor não irá tolerar os costumes destes homens primitivos, você sabe disso. É de conhecimento geral que as tribos do norte nunca se juntariam a nós, a não ser por força, da qual nunca tivemos. Como Kraig pretende civilizá-las, Helmfried? Explique-me.

— Ele não pretende – o cavaleiro afirmou. O rei levantou uma sobrancelha. — Pelo contrário, uma vez no trono, Kraig pretende deixá-las livres, com a promessa de não interferir em seu modo de viver.

O monarca fez um muxoxo de desprezo.

— E de onde você tirou que ele faria jus à minha casa?

— Kraig respeita os costumes das tribos do norte, como nós, askalorianos também deveríamos. Mas ele não renuncia as suas origens askalorianas. Como homem do norte, ele preza acima de tudo sua liberdade, e, como askaloriano, ele respeita a Ordem. Kraig vê o norte como um escudo entre dois mundos, justamente como o seu pai via – concluiu o cavaleiro, pacífico.

— Você mente, Sir Helmfried! O sonho da casa Drausus é um reino unificado! Você sabe muito bem que o seu antigo soberano, meu tio Tewlus, sonhava com o norte próximo do governo central. Entregar o trono a Kraig é ir contra os nossos objetivos! – Etyfedd explodiu novamente em ira.

— Ainda assim, seu tio, em troca da transposição do trono de Keishu para Askalor, teve que deixar Vahan independente. Estar próximo do norte não significa necessariamente torná-lo seu vassalo! – Sir Helmfried se impôs. O rei vacilou e o cavaleiro aproveitou seu silêncio. — Majestade, a noite não se transforma em dia sem a alvorada, nem o dia em noite sem o crepúsculo. É uma pena que seu pai não teve tempo suficiente para ensiná-lo. Sieghard erra em tentar impor nossos costumes e nossas leis sobre as Terras Abandonadas, gerando guerras desnecessárias! Kraig foi o primeiro homem a conseguir unificar as tribos do norte, através unicamente do sentimento mais prezado por sua família: respeito.

Cledyff II não sabia o que pensar. Se entregasse o trono sem luta seria considerado um covarde. Pior, estava recebendo uma lição de um traidor com um discurso que, supostamente, seu pai aprovaria. Ele não poderia dar o braço a torcer. Não dessa forma.

— Meu senhor, poupe seus homens – Sir Helmfried insistiu. — Poupe esse sofrimento causado pela sua teimosia. Acima de tudo, poupe sua vida. Etyfedd, eu te conheço desde pequeno quando costumava perambular por estes corredores. Eu odiaria ter que me tornar seu algoz, ou pior, vê-lo responsável pela ruína de tão grande linhagem. Entregue o trono, deixe o reino imaculado, honre os Drausus e assegure a continuidade do seu sangue. Pela Ordem e pela glória de Sieghard.

Etyfedd acenou perturbado para que o cavaleiro não continuasse. Com a mão fechada sobre seu rosto, ele inclinou sua fronte e, depois, levantou os braços, como se orasse em desespero. Suas mãos tremiam, e sua testa brilhava com o suor. Há pouco tempo ele estava certo de que não entregaria sua coroa, e, agora, parte dele não podia acreditar que estava mudando de ideia – a de que abdicar seria o mais correto. Em um ápice de nervosismo, ele deu um tapa na mesa e espalhou os mapas e peças que jaziam sobre ela.

— Pois bem, Sir Helmfried – ele disse, finalmente. — São palavras encorajadoras, talvez até nobres para alguns, mas, infelizmente, são palavras de um traidor. Você fala em respeito, no entanto, não há o meu; e apesar de ter sido o favorito do meu tio, se o que estiver dizendo sobre minha casa são falsidades, suas ideias devem ser cortadas pela raiz. Em memória do meu pai, Cledyff, e de Tewlus, que Destino, então, decida onde mora a verdade! Pouparei meus homens, entretanto, o futuro do trono será resolvido através de um julgamento por combate.

Sir Helmfried soltou um suspiro de alívio.

— Há uma condição, porém – alertou Cledyff II.

— E qual seria? – indagou o cavaleiro, pouco surpreso.

— O duelo será travado entre o meu campeão... e você.

III

O julgamento por combate

Era uma tarde de inverno com nenhuma nuvem no céu. A temperatura havia atingido, talvez, um de seus níveis mais baixos da estação quando o sol se levantou por detrás das montanhas, anunciando a *aurora* de uma data que seria lembrada para sempre nos registros históricos de Sieghard. Foi com imensa alegria – muito mais por parte dos soldados askalorianos – que os exércitos empenhados na guerra que assolava o reino receberam a notícia, duas *auroras* atrás, que a sucessão ao trono se daria pelo resultado de um combate singular.

Na plateia de um estádio improvisado – construído sobre uma planície adjacente às muralhas do Domo do Rei –, um perfume doce e agradável de castanhas assadas penetrava nas narinas do grande público. Elas eram vendidas por um punhado de meninos que, assim como ratos que são atraídos pelo odor do primeiro queijo deixado no chão, surgiram, quase que magicamente, para aproveitar o raro evento e a chance de ganhar alguns trocados em cima das poucas sementes do estoque que havia nas despensas de suas famílias. "Que importa quem seja o rei", eles ouviam dos askalorianos, na surdina, "continuaremos leais, só que sem o risco de morrer com as bolas congeladas em uma guerra que não é nossa". Apesar do trabalho sério e dificultoso, os meninos divertiam-se com as conversas entre os oponentes, que mostravam estarem mais do que confortáveis entre eles. Também, pudera, a trégua decretada pelo rei e pelo general permitia que soldados de ambos os lados convivessem em paz, enquanto esperavam o desfecho do combate que mudaria seus destinos – e de todo o reino – cientes de que, a partir desse momento, as suas vidas e as de seus familiares estariam garantidas, qualquer que fosse o resultado.

Sob o palanque improvisado, Kraig compartilhava o espaço com a suntuosa nobreza askaloriana de maneira cordial. Por duas vezes, ele tentou cumprimentar o rei Cledyff II em vão. Na casa de seus cinquenta *verões*, de barba ruiva espessa, olhos pequenos e expressão inquebrantável, o general do norte era um veterano da política e da guerra, e tendo vivido nas perigosas Terras Abandonadas, sua aparência imponente conseguia refletir, em muito, seus *verões* de experiência. Perto dele, o rei parecia ser apenas um moleque. Quando o primeiro coro de trombetas soou, acelerando o coração dos espectadores, os dois pretendentes ao trono tomaram seus lugares junto aos súditos – Kraig, em particular, com sua esposa –, e trocaram olhares formais.

— Desejo que Destino garanta o melhor para a plenitude da Ordem! Que Tula, com sua justiça, ilumine o futuro de Sieghard! – o general proclamou, recebendo apenas o silêncio em troca.

O mestre de cerimônia sinalizou, e, imediatamente, ao som de clarins, de lados opostos entraram os competidores. Montado em um soberbo corcel tordilho – da ágil raça selvagem das montanhas – e vestido com um sobretudo estampado com o brasão do dragão em suas costas, estava Sir Helmfried de Askalor, representando os homens do norte; não obstante, também por sobre um potente corcel zaino, o campeão do rei, Sir Kemp de Muireann, um cavaleiro que beirava os trinta *verões*, marcava presença especial com sua vestimenta trazendo o símbolo dos Cavaleiros da Ordem. Ao observar o brasão portado pelo seu oponente, Sir Helmfried expressou preocupação. A escolha do rei servia, ao mesmo tempo, para desmoralizá-lo e amedrontá-lo. Primeiro, pois seu objetivo não era lutar contra a Ordem, e tais cavaleiros eram conhecidos pela profunda devoção aos princípios sagrados; e, depois, esses não eram soldados quaisquer... eram homens treinados especificamente para obter o resultado mais rápido em uma batalha. Colocar um Cavaleiro da Ordem para duelar era uma escolha arriscada, pois, enquanto ele poderia garantir uma resolução breve, se ele fosse derrotado, sua morte traria perturbações na corte e na própria ordem militar.

Após uma saudação aos nobres e ao rei próxima ao palanque, os adversários buscaram seus lados, onde seus escudeiros os armaram, cada qual, com lança, espada, escudo e um machado preso à sela. Neste momento, a atmosfera pesou e a multidão pareceu ter prendido a respiração, sabendo que, na arena estavam dois cavaleiros de grande fama e valor, lutando por um prêmio inédito e inestimável. Mesmo a mastigação ansiosa das deliciosas castanhas foi interrompida.

Quando as trombetas soaram novamente, anunciando o início do embate, uma explosão de gritos ecoou. Os cavalos treinados para a guerra estavam impacientes e partiram com toda a fúria. Os cavaleiros, com lanças em riste, buscaram o corpo de seus oponentes para que, logo depois, um som terrível se fizesse, no que suas armas se quebraram contra os sólidos escudos. Por um momento, Sir Kemp e Sir Helmfried balançaram ante o choque violento, e uma exclamação de alívio e surpresa veio das arquibancadas. Um combatente comum certamente cairia diante do golpe; porém, aqueles cavaleiros não eram homens comuns.

Sem pestanejar, ambos voltaram a trote rápido para se reequiparem. Por duas vezes, até que as lanças se esgotassem, a cena se repetiu sem que os adversários se ferissem – o que fez o respeito entre eles aumentar. Sem armas de longo alcance, esperava-se que a próxima investida teria uma abordagem diferente, e, com razão, Sir Kemp partiu a desenfreado galope, lançando seu machado à frente com destreza e uma força capaz de romper o crânio de um auroque. Em sentido contrário, Sir Helmfried havia sacado sua espada e partia em disparada contra o campeão do rei quando foi pego de surpresa pelo inesperado lançamento. Em um reflexo absurdo, o cavaleiro do norte rebateu a arma com seu escudo, fazendo-a resvalar e acertar um poste da arquibancada. A multidão, mais uma vez, exclamou perante o perigo iminente.

Sir Kemp aproveitou o momento para retirar uma adaga de sua cintura e saltar por sobre seu adversário, que ainda se recuperava do susto. Os dois caíram verticalmente, com as velocidades em oposição se anulando frente ao encontro dos corpos, e Sir Kemp desferiu um golpe rápido, decidido a eliminar Sir Helmfried assim que atingiu o chão. O cavaleiro do norte bloqueou o ataque com suas mãos no antebraço do campeão do rei e o chutou, lançando-o por cima dele e recuperando sua espada, que jazia largada ao seu lado. Finalmente, em pé, Sir Kemp sacou sua espada e ambos tomaram suas posições de combate corpo-a-corpo.

Em Askalor, os soldados costumavam dizer que a arma de um cavaleiro era a lança, mas a rainha dos campos da honra era, sem dúvidas, a espada. E, com efeito, Sir Kemp e Sir Helmfried providenciaram o duelo mais épico jamais visto em Sieghard – certamente, os bardos os cantariam por gerações. Eram dois gigantes incansáveis. Ainda que o pedido fosse impossível, no primeiro momento de exaustão dos combatentes, o povo, de forma insistente, pedia o fim do duelo para que nenhum dos cavaleiros morresse. Após uma breve pausa, porém, a luta se reacendeu. Mais jovem, Sir Kemp tinha um pouco mais de vigor, e usando essa vantagem para cansar Sir Helmfried, conseguiu atingi-lo no flanco direito com um ataque lateral. Um murmúrio surdo foi ouvido na multidão. A duras penas, dentro do possível, Cledyff II e Kraig mantiveram a postura neutra diante do inexorável – mesmo o jovem rei entendeu que, dada as proporções da batalha, não seria uma atitude nobre torcer pela morte do guerreiro adversário. O cavaleiro do norte, visivelmente abatido, deixou seu joelho dobrar e apoiou-o no chão da arena. Sob o silêncio da arquibancada, Sir Kemp aproximou-se para o golpe de misericórdia.

— Foi uma boa luta, Sir Kemp. É justa minha derrota – disse Sir Helmfried. — Lutar contra um Cavaleiro da Ordem, de igual para igual, foi uma honra. Apenas quero que saiba que meu intuito nunca fora ir contra Sieghard, muito menos contra a sagrada Ordem. Pelo contrário, se eu tivesse tido a chance, gostaria de ter em meu peito o mesmo brasão que você ostenta.

— Você foi corajoso, Sir Helmfried. A honra é toda minha – respondeu Sir Kemp, levantando sua espada com as duas mãos afim de concluir a peleja.

Com a cabeça abaixada, em um relance, Sir Helmfried não imaginou que contaria com a Sorte, que aleatoriamente escolhe a quem ajudar. Próximo a ele, oculta por debaixo de uma camada de neve, o cavaleiro avistou um pedaço de lança que tinha se partido. Com Sir Kemp tendo o ventre desprotegido devido ao ataque, Sir Helmfried, tal qual uma serpente em bote, utilizou a lasca para perfurar o intestino de oponente e selar seu destino.

Sir Kemp soltou um grito sufocado e despencou com sua barriga aberta, pintando de vermelho a superfície branca da arena. Todos estavam atônitos com a reviravolta. Ninguém havia comemorado, nem mesmo os soldados de Kraig. Longe da cena, o resultado era visível e claro: o cavaleiro do norte havia matado o campeão do rei em um ataque furtivo; todavia, no íntimo, a realidade era outra.

Sir Kemp morria lentamente ao lado de Sir Helmfried quando seu algoz repousou a mão sobre o ferimento mortal e uma aura prateada tímida emergiu dela. Recebendo um estranho calor no corpo, Sir Kemp se revigorou e sentiu sua dor ir embora em instantes. Confuso, ele olhou estarrecido para o cavaleiro, que rebateu sua expressão, dizendo baixinho: "Eu não poderia deixar um irmão morrer. Apenas não conte nada a ninguém sobre o que aconteceu aqui... e viva em plenitude."

Sir Helmfried, o vencedor da batalha, então, ergueu-se com dificuldade e, levantando a viseira do elmo, fez uma continência para Kraig e Cledyff II para depois, em silêncio, se retirar do campo de batalha.

— Temos um novo rei! – um brado, enfim, foi ouvido na arquibancada.

E a multidão entrou em polvorosa.

Sir Helmfried acabara de acordar de um sono profundo na enfermaria do templo central do Domo do Rei. Na ocasião, ele se recuperava do ferimento causado por Sir Kemp e havia sido socorrido pelas *haeskas* – irmãs consagradas da Ordem – depois de desmaiar, logo após o duelo. Desde que apagara, ele não tinha ideia de quanto tempo havia se passado.

— Bem-vindo de volta à casa – saudou o general Kraig, que pacientemente o aguardara em um banco até que recobrasse a consciência. — Vejo que as irmãs fizeram um belo trabalho nestes curativos – ele apontou para as largas ataduras no corpo do cavaleiro.

— General – disse Sir Helmfried, contente.

— Agora é vossa majestade – Kraig riu, debochado.

Sir Helmfried prendeu o sorriso, repuxando seus lábios.

— Como estão os ânimos de todos?

— As tribos estão deixando o Planalto Real, voltando paras as Terras Abandonadas, com a minha promessa de deixá-las livres – respondeu o rei. — Porém, Helmfried, muito mais importante do que a minha promessa... foi a sua vitória – o cavaleiro ergueu uma sobrancelha. — Você foi erguido a herói pelos líderes, sua atuação honrosa foi digna de seus mais bravos guerreiros; o que significa que sua família terá sempre o respeito deles. Não importando quantas gerações se passem, sempre que precisar, ela terá o auxílio dos homens do norte. Guarde com você e ensine aos seus filhos este verso: "O abraço quente da Mãe Alvura acolherá aquele que honrou a Vontade do Norte". Diga isso quando estiver nas Terras Abandonadas e será recebido como membro de qualquer tribo nortenha. Considere uma dívida eterna.

— O abraço quente da Mãe Alvura acolherá aquele que honrou a Vontade do Norte – repetiu Sir Helmfried, várias vezes. — Obrigado, Kraig.

— Calma, ainda não acabou – ressaltou o soberano. — Pelos seus serviços em prol da defesa de meus interesses e do reino, e como novo rei de Sieghard, gostaria de lhe dar um presente. Sei que seu retorno a Askalor não foi visto com bons olhos pela nobreza, porém estou destinado a mudar isso. O que acha de elevar seu título de cavaleiro sendo proprietário de algumas terras askalorianas?

— General, eu... – Sir Helmfried gaguejou. — Eu não fiz mais do que meu dever para com...

— Já está decidido, Sir Helmfried... ou, devo dizer... barão de Askalor? – disse o rei, dogmaticamente.

IV

Descobertas

— Fundador do baronato de Askalor – o velho continuou. — Sir Helmfried não viveu o suficiente para colher os frutos de seu sacrifício. Apenas muitas gerações depois, seu tataraneto, Sir Heimerich, usufruiu não só de seu legado, honrado pelos homens do norte, mas, também, de seus poderes.

— O poder de curar? – o visitante ergueu a sobrancelha.

— Ou pelo menos uma variação dele – o velho confirmou. — Talvez, até um pouco mais abrangente que isso. A própria existência de Sir Heimerich acabou por se tornar chave para lidar com os asseclas de Linus. O paladino, uma vez que encontrara seu propósito, adquirira uma espécie de contrapoder. Uma cura contra o "mal", por assim dizer.

O mais jovem se ajeitou na pedra e ergueu sua cabeça, revirando os olhos, irritado com o rodeio do prisioneiro. Depois, passou a mão no rosto para tomar um novo fôlego.

— Seja objetivo, velho – insistiu.

— Ele conseguira o poder de anular os poderes dos Thurayyas – o prisioneiro, enfim, falou.

O visitante, surpreendido, alterou sua postura.

— Uau – ele estava sem palavras e, por um instante, voltou-se para conceber uma reflexão mais sólida. — Ou seja, ele deixava em xeque o estratagema das forças inimigas.

— Não só ele, mas quase todos os Enviados de Destino.

— O que tem eles?

— Digamos que, muito em breve, aqueles que receberam a missão divina também teriam conhecimentos de seus poderes e de como usá-los.

— Um exército de poucos – ainda que contido, o jovem mostrou certo entusiasmo. — Isso só pode ter a ver com o despertar do antigo cavaleiro nas ruínas do castelo – arriscou.

O velho sorriu um sorriso tímido, parecendo satisfeito com a lógica do visitante.

— Um pouco, talvez – ele disse, sem pressa. — Mas a verdadeira influência do cavaleiro despertado fora sobre Petrus, afinal, ele acabava de descobrir ser rei e precisava de alguém para que lhe mostrasse os caminhos da realeza. Além de protegê-lo, o antigo cavaleiro teria que o instruir na fria política siegarda e na coragem de enfrentar seus medos. Como sabe, Petrus, apesar de sua humildade, qualidade que considero indispensável para o reinado, era ingênuo e, demasiado puro.

— Não entendo. Você tinha dito me dito que o cavaleiro tinha o dever de proteger o Último Aclamador Irrevocável. Então, Petrus era o Aclamador de que se tanto falou? A pessoa que, teoricamente, domaria dragões?

— Era no que todos queriam acreditar – o prisioneiro encarou o vazio com uma expressão enigmática. — No entanto, só o tempo diria se Petrus seria o Último Aclamador Irrevocável. O que de fato estava em jogo era o destino de Exilium que, pela teoria do Pêndulo do Equilíbrio, seria destruído se os planos de Linus não fossem imediatamente frustrados. Tendo Sir Heimerich como figura fundamental para eliminar os Thurayyas, e Petrus como um potencial Aclamador, eles realmente acreditaram que poderiam salvar sua terra, e todos os seres viventes.

— Porém... – o mais jovem se incomodou com o olhar distante do velho.

O ancião, no entanto, deixou de encarar o vazio e o fitou com um peso de cem bigornas.

— Porém existiam muito mais forças e homens atuando nesta guerra que apenas Linus e os Thurayyas. Homens que negociavam com sombras, e forças muito antigas, sábias e... assustadoras.

V

O poema afogado

Poema escrito em um velho pergaminho desgastado, encontrado em condições críticas nos destroços de um navio naufragado.

A Canção do [illegible]iro

Em tempos pas[illegible]na ma[illegible]radiante
Ia o carroc[illegible] gor[illegible] e pequeno
Levando b[illegible]s ao p[illegible] distante
No rost[illegible] um sor[illegible] e o v[illegible]to sereno.

No ca[illegible]encontrou, [illegible]pompa ou esplendor
Um viajante ca[illegible], p[illegible] favor
Em um gesto g[illegible] e sem hesitar
Deu-lhe [illegible] posto a ajudar.

Com conver[illegible] e [illegible]sos trocados
A viagem pr[illegible], os [illegible]tinos traçados
Mas lá no cami[illegible], a [illegible]dade se revelou
O viajante era [illegible], sua [illegible] ocultou.

Sua face p[illegible]esa marcada
Não imagi[illegible] a [illegible]irpe elevada
O rei fu[illegible] de um [illegible]iro cruel
Que buscava o [illegible] com um[illegible]no infiel.

Ao carroceiro pediu [illegible] e proteção
Para escapar do f[illegible] e [illegible]var a nação.
"Ajuda-me, amigo, n[illegible] fu[illegible] desesperada,
Preciso [illegible] esta [illegible]tão amada"

Tomado p[illegible] o [illegible]do e a coragem
Aceitou [illegible] des[illegible], [illegible]zando paragens
Mas na luta co[illegible] o [illegible]eiro feroz
Perdeu um [illegible], pa[illegible] um preço atroz.

Com [illegible]do cres[illegible], p[illegible] na família
Na esposa e [illegible] filhos, [illegible]eu [illegible] em vigília
Abandonou [illegible], c[illegible] r[illegible] no peito
Deixando [illegible]a [illegible] o [illegible]minho estreito.

O tempo pa[illegible], a [illegible]lpa cresceu
Em noites som[illegible], seu [illegible]imento viveu.
O destino, capri[illegible], ou [illegible] chance lhe deu
Quando o [illegible], capt[illegible], ao f[illegible]cedeu.

Encheu-se de br[illegible], num [illegible]ento final
Com um ped[illegible] de [illegible], num gesto triunfal
Golpeou o [illegible] e [illegible]libertou
Mas o pr[illegible] foi [illegible]to, sua [illegible] findou.

Assim finda a [illegible], de [illegible] herói sem igual
Que de simples [illegible], tornou-se lenda imortal
Seu nome é lem[illegible], em [illegible]ções e louvores
Hulderic, o br[illegible], exemplo de valores.

VI

Poderes

— Afinal, como sabe de tantas coisas? – questionou o jovem. — Não consigo imaginar que tudo isso que me diz estaria em livros. Sinto-me diante de uma mente atemporal, onisciente, quiçá onipresente.

— Quisera eu ser do jeito que se sente em relação a mim. Mas, lamento lhe desapontar – o prisioneiro informou, reflexivo.

— Que decepção – o jovem balançou a cabeça, zombando.

— Se o fosse, muitas das dificuldades que os protagonistas dessa história passaram teriam sido evitadas. Assim como a morte de milhares de inocentes – a expressão do velho se modificou, como se tivesse encontrado memórias traumáticas. — A verdade é que a necessidade, ou o destino, como queira nomear, acabou por dividi-los, e dividiu, também, informações que, se unidas, realizariam, de uma vez, os anseios de todos os siegardos.

— Que seriam?

— O fim imediato da guerra.

— Em outras palavras, se eles se juntassem novamente...

— Eles não se juntariam tão cedo – o velho frisou.

— O que os impedia?

O prisioneiro inspirou profundamente, tragando um ar que não cabia em seu peito.

— Além de um objetivo abraçado a unhas e dentes estruturado sobre meras conjecturas? – ele expirou de uma vez. — Um Quebrajuras.

Não sei o que significa esse nome.

— Seu pior pesadelo – o prisioneiro encarou o visitante com um olhar profundo. — À semelhança de Sethos, ele é um ser poderoso e caído, cujas veias correm o sangue divino de Ieovaris. Incontrolável, irrefreável, invencível. Em escala de letalidade, temos os Thurayyas com seus poderes únicos, depois o Fogo-Fátuo com seus vapores alucinógenos, e acima destes, e mais de outros tantos, inclusive Linus, temos o Quebrajuras.

— Inclusive Linus? – o jovem levantou a sobrancelha e assoviou. — Ele não deveria estar muito satisfeito com isso.

— Linus estava sempre dois passos à frente de todos. Como disse anteriormente, sua experiência não se limitava apenas ao tempo de construção de seus imensos navios. E o conhecimento, como sabe, se bem usado, fica acima de qualquer poder, por mais forte que seja. Ele não estava preocupado com o Quebrajuras, apesar de que ele tenha desempenhado um papel fundamental mais tarde. Sua preocupação, como lhe disse antes, não estava nessas coisas, nem mesmo em saber que um novo rei de Sieghard andava por aí.

— Um líder bastante seguro do que fazia – o visitante afirmou — para subestimar tais poderes, inclusive os políticos, dos quais compreendo que, de todos os existentes, sejam os maiores.

— De fato – o velho concordou. — Petrus ainda tinha muito o que aprender para compreender o mínimo que fosse sobre ser rei, contudo, isso não o impossibilitou de exercer alguma influência sobre aqueles que gostariam que a dinastia Marcus continuasse. Nesse quesito, Linus errou, pois se não fosse por isso, Petrus não teria ido tão longe. E, quando eu falo longe, quero dizer muito longe.

PARTE II

O Eterno Retorno

Sobre como pessoas podem
reencontrar seu passado em busca
de um futuro melhor.

VII

O Cavaleiro da Ordem

Poeira...

Poeira e gelo.

Anna.

No ambiente silencioso e turvo da névoa gerada pelo desabamento da fortaleza do farol, um solitário homem em aflição esgueirava-se pelos recentes escombros de volta às ruínas da antiga cidade. Clamando por sua amada, Sir Heimerich revisitava o campo de guerra em meio apenas aos fantasmas dos seus companheiros enterrados pelo gelo. O frio, o suave cheiro da morte, e a quietude eriçavam seus pelos, porém, em seu pensamento, não havia espaço para temor.

Não agora.

Saber que Anna estava viva excedia qualquer receio; significava que havia ainda uma chama de esperança em um mundo perdido. Desde sua partida de Nordward, ele havia ficado mais destemido, refeito os votos de sua fé. No entanto, uma nova chama se acendia, dando-lhe uma nova convicção, um novo norte.

— Heimerich! – chamou mais uma vez a voz nas brumas.

— Anna! – gritou o cavaleiro. — Por tudo que é sagrado, não te perderei dessa vez – disse a si mesmo, sussurrando em lágrimas.

À medida que o nobre avançava, distanciando-se cada vez mais de Duncan e sua tropa, sua exaltação aproximava-se paulatinamente do desespero. Com o coração palpitando mais rápido, e os sentidos aguçados pela importância do evento, o cavaleiro deixou-se seguir pelos instintos no labirinto de muros e paredes ancestrais.

— Anna! – finalmente ele estancou com a certeza de que não havia mais rumos a trilhar. Havia deixado há tempos o campo de guerra e tomado uma direção desconhecida. Sem saber como voltar, ele podia declarar-se definitivamente perdido. — Estou aqui. Onde está você?

Sir Heimerich teve que esperar um momento para que avistasse uma silhueta emergindo da névoa. Era larga, de bordas indefinidas... e tremulavam a cada passo dado em sua direção.

De repente, ele sentiu.

Era como se um peso tivesse atingido suas costas. Sua cabeça latejou por um átimo. Assim como Victor Dídacus sentia, essa era a primeira vez que percebia essa peculiaridade. *A força oposta*. Sir Heimerich não viu, mas a fina aura prateada que encobria seu corpo se extinguiu instantaneamente.

— Você não é Anna. O que você fez com ela?

Ao completar sua pergunta, a bruma que encobria a área foi, aos poucos, deixando a região – como se a ela tivesse sido dado um comando. Diante do cavaleiro, a figura de um Thurayya foi-se desvelando, o mesmo que atacara os peregrinos na Abadia de Keishu: Karna.

— Onde você esteve, Heimerich? – perguntou o Thurayya, com a suave e doce voz de Anna. — Por que não voltou? Por que não consigo te enxergar?

Ao ouvir as palavras de Anna, puras e verdadeiras, proferidas pela boca do Thurayya, Sir Heimerich congelou diante do impensável e incabível. O paladino estremeceu com o pavor da imagem à sua frente. Aquele havia sido o golpe mais cruel de todos os que ele havia sofrido. No momento, sem reação, suas emoções passaram por um turbilhão de pensamentos que dilaceraram sua alma. Sem forças para ficar em pé, Sir Heimerich fechou os olhos e desabou de joelhos, completamente entregue e vulnerável.

— Ah... o amor – Karna disse, retornando o timbre da voz à sua própria, aguda e metálica. Devagar, ele se aproximou do nobre e colocou a mão sobre sua cabeça. — Um Cavaleiro da Ordem prometido a casamento, ao amor eterno. É como um pássaro destinado a voar preso à terra por uma corda. Tão acostumado com sua condição, que quando a corda é cortada, perde a vontade de voar. É lamentável o que os tempos modernos fizeram com esses homens que supostamente deveriam defender a Ordem. Sir Nikoláos, Sir Fearghal, caíram como as folhas do outono perante o frio vindouro. O que me faz pensar... O que há de tão especial em você, Sir Heimerich, para estar acima de um Cavaleiro da Ordem, a ponto de ser um Enviado de Destino? – o Thurayya sorriu sarcasticamente. — Mesmo Destino escolheu pessimamente seus Enviados, a comparar com minha geração. Eu era destemido. Temível. Um general além de todos os adjetivos. Eu, sim, podia ser considerado um verdadeiro Enviado. Agora, você? – pegou no queixo do cavaleiro e inclinou sua cabeça, apertando as bochechas e gerando pequenos cortes com suas proeminentes unhas. Sir Heimerich não ousava abrir seus olhos. — É patético!

O Thurayya caminhou irritado em volta de sua vítima. Seus movimentos inconstantes denunciavam que ele não havia gostado de saber que um ser inferior havia sido escolhido por Destino. Ele bufava de ódio. Sir Heimerich conhecia muito bem aquele sentimento, representado pela sua ex-companheira Chikára: Karna tinha inveja. E agora ele estava alimentando esse sentimento, como se o acumulasse para algum fim maligno. Esse era o seu *modus operandi*. Era como ficava mais forte.

— Quase dez centenas de *verões* – continuou Karna, enquanto centelhas de eletricidade começaram a nascer de seu manto — a Ordem teve para recuperar de seu fado, e eis que ela me apresenta seus maiores defensores com o coração amolecido – gargalhou. — O amor... é a ferrugem da alma, paladino! Ele corrói seu íntimo e, antes que perceba, toma posse da sua mente e corpo! Não te ensinaram isso? – perguntou em tom ameaçador, ao mesmo tempo em que uma explosão de raios foi liberada de seu corpo. — Contemple apenas o que a fé pode-lhe fazer! – exclamou, majestoso.

— Heimerich! – uma voz distante ecoou nas ruínas chamando pelo cavaleiro. O Thurayya virou sua cabeça instantaneamente em um estranho ato, como se pudesse aguçar seus sentidos fazendo isso. Aquele era o grito de Braun; Karna, no entanto, não se precipitou, mantendo-se tão frio quanto o chão em que pisava.

— É uma pena, cavaleiro, mas terei que findar sua existência neste exato momento. Confesso-lhe que sua entrega estava me deixando admirado. Lhe darei um fim rápido. Não se preocupe quanto ao seu amigo, entretanto. Ele encontrará a morte antes que veja o seu corpo.

Karna então se afastou do nobre e estendeu a mão, tal qual um sacerdote que abençoa o fiel. A energia elétrica que o circundava trilhou seu braço até chegar à palma da mão e, ao fazê-lo, espalhou-se para o ar em todas as direções, exceto na de Sir Heimerich.

O ataque havia falhado. O cavaleiro estava ileso.

Perplexo, o Thurayya continuou com o braço estendido, tentando novamente dar seu golpe final em vão. Não esperava ele, que, à sua frente, durante todo seu discurso, o paladino movimentava sua boca de modo quase imperceptível, balbuciando frases inaudíveis. De maneira cadenciada, uma aura prateada pulsante emergiu imponente do corpo do askaloriano, abraçando Karna. A energia do paladino suplantou a do Thurayya e anulou a eletricidade por completo. Sir Heimerich estivera orando.

Não pode ser! Pensou a criatura consigo mesma, incrédula com o advento espontâneo de um poder já temido, e agora, revelado.

— Você quis saber por que eu era um Enviado de Destino – Sir Heimerich finalmente falara. Seus olhos abertos brilhavam no mesmo tom de sua aura. — Ainda que eu tivesse uma fé superior à sua, sem amor eu não seria nada! Pela sagrada Ordem, por Ieovaris e todos os deuses, eu juro que vou expurgar a alma de Anna desse seu corpo imundo! Pelo visto, não te ensinaram que há coisas com as quais não se deve mexer! E isso... Foi imperdoável! Devolva-a, seu desgraçado! – falou com veemência e, com um movimento rápido, o paladino desembainhou sua espada, girou o corpo furtivamente e encravou sua lâmina no ouvido esquerdo de Karna, onde havia uma tatuagem.

— Você sabia... – disse o Thurayya, surpreso, enquanto seu manto se desmanchava em fuligem e seu rosto derretia em meio a centelhas de energia.

— Você precisou virar seu lado direito para ouvir o grito de Braun. Eu apenas supus que seu ponto fraco é o ouvido esquerdo – explicou. Em seguida, ele aproximou sua boca no ouvido bom de Karna. — E, sim, eu sou um Enviado melhor do que você foi. Queime no inferno de Firdaus, monstro infame!

Com o avanço da desmaterialização de Karna, as almas carregadas em seu corpo saíam em velocidade para os céus. *Cidadãos askalorianos em sua maioria*. Nobres e plebeus. Homens, mulheres... e crianças. Dentre elas, o cavaleiro pôde distinguir a forma do rosto de Anna esvaindo-se com um semblante lamurioso. Ela, então, reconheceu Sir Heimerich e, para dolorosa surpresa de seu amado, antes de desaparecer e ser tragada pelo turbilhão espiritual formado, acenou com a mão em um gesto de socorro.

Olhando para cima, o nobre viu as almas alcançarem as nuvens e, depois, rumarem para o sul, em direção a Keishu. Apesar da visão repentina ter abalado seu coração, ela deu-lhe a certeza de que Anna estava viva – ainda que perdida. Então, Sir Heimerich estufou o peito e encheu-se de determinação.

— Minha pequena corça, para onde quer que vá, eu irei te buscar. Que a Ordem a guie.

Com um novo motivo para lutar, o cavaleiro havia ressurgido ainda mais forte.

Em Keishu, distante muitas milhas da cidade e por detrás das montanhas egitsianas, um evento curioso, um feixe fantasmagórico, atingiu os céus e, com uma velocidade espantosa, desceu sobre as construções keishuanas em direção ao seu único receptáculo remanescente.

Nas ruelas geladas e vazias da Guardiã do Norte, a maga preparava-se para deixar a cidade a cavalo – depois de duas *auroras* ininterruptas perfazendo os rituais de conversão ordenados por Karna. Visivelmente cansada e abalada, a maga se perguntava por quanto tempo iria trabalhar para aquele maldito Thurayya, visto que nenhuma alma retirada por ela contribuiria para o seu novo ser. Receber parte de seus poderes havia sido um passo importante, porém não o suficiente para subjugar todos que a haviam rebaixado – principalmente Petrus. Ter passado de casa em casa, vendo o medo e o respeito no olhar dos cidadãos diante de sua presença, havia alimentado seu ego. Seu íntimo não admitia mais que ninguém tivesse mais força ou mais sabedoria do que ela. E ela iria mostrar a todos o quão invejável se tornaria. *Eu poderia ser não só Grã-Mestre da abadia de Sieghard, mas de todas as ordens mágicas existentes em Exilium. Eu poderia...*

Ela não havia terminado de refletir sobre seus novos objetivos quando uma força descomunal empurrou sua cabeça para trás e a penetrou com voracidade através de sua boca. Milhares de almas acabavam de abrigar-se no interior da maga.

Após debater-se de modo frenético entre espasmos e convulsões, Chikára ficou inconsciente. Os soldados que a escoltavam olharam com espanto a violência do golpe. Até mesmo os animais se assustaram, empinando e relinchando em desespero.

Subitamente, a maga acordou de seu transe.

Jogando a cabeça de um lado para o outro, ela estalou os ossos de seu pescoço e, depois, recolocou seu capuz. Em seguida, olhou para as mãos e gargalhou com sarcasmo.

— Você foi tarde, Karna. Agora, todas essas almas são minhas! – sua voz estava perturbadora.

Virando-se para trás, ela fitou os soldados.

E o que eles viram ficaria lembrado para sempre.

VIII

O eterno sofrimento

Era um homem jovem, ainda na casa de seus vinte *verões*, quando perdeu de uma só vez sua mulher e filho. Nem mesmo o acolhimento da família, os braços generosos de sua mãe ou a ternura de sua irmã, conseguia retirar o espinho que buscara abrigo em seu coração. Durante várias *auroras* ele vagou pelas ruas espremidas da cidade tentando achar algum refúgio que pudesse torná-lo menos miserável. Conversara com sacerdotes da Ordem, e todos eles, com fala mansa, repetiam o mesmo chavão: "Misteriosos são os caminhos de Destino". Palavras que nunca eram suficientes. Com mais de uma *lunação*, preso em um labirinto mental que ele mesmo criara, seus cabelos claros já não estavam tão fortes quanto antes, e seu estado de negação e desespero acabou por cortá-los pela raiz, como uma árvore podre. Sua mãe – que, no início, limitava-se a gritar seu nome em praças públicas, mercados e locais de grande movimento – passou a procurá-lo pelos becos e sarjetas, com o peito apertado, temendo encontrar apenas um corpo entregue aos deuses. Ela não estava de todo modo enganada, pois que seu filho começara a beber vertiginosamente e, não raro, acordava sob seu próprio vômito nas esquinas das mais sujas ruas da cidade; logo ele que, poucas *lunações* atrás, pensara ingenuamente que sua vida caminhava dentro do mais perfeito traçado.

Foi então que em certa noite, à luz fraca de uma lua minguante, ele tropeçou, não sabendo qual pé ia à frente, e desabou derrubando uma porta de madeira antiga, ao fim de uma viela. Sua condição não o deixara ter ciência de onde estava, muito menos o que ele estava vendo assim que ergueu os olhos para o interior da construção. Uma senhora de roupas simples e cabelos brancos, olhos projetando pupilas esbranquiçadas e uma pele escura severamente marcada pelo tempo o fitava sentada em uma cadeira de balanço. Com um curto movimento de sua mão direita, parecia que ela o saudava.

— Por que demorou, Brogan Bheli? – perguntou. Sua voz era fina, apesar disso, o timbre era agradável.

— Como... sabe... sabe... o meu nome? – ele soluçou, depois riu. — É claro, só eu poderia saber – ele soluçou novamente. — Quem é você? – perguntou, e depois, gargalhou alto. — Lógico que você não existe. Eu estou falando comigo mesmo.

— Sua hora ainda não chegou – a senhora falou sem mudar a expressão ou entonação de voz.

Essa velha é louca, ele pensou.

— Não, Brogan. Eu não sou louca – os olhos de Formiga, que até então se conservavam miúdos, abriram-se de repente. — Você está sofrendo agora, mas você ainda vai sofrer muito em sua vida até que veja quão glorioso o poder que Destino colocou em sua mão para mudar tudo isso – ela se levantou e aproximou-se dele no chão.

— Sofr... o que... Destino...o... que... glorios... – ele não conseguia entender as palavras da senhora, nem pronunciar as suas.

Ela pegou no seu rosto e sorriu. Era um toque frio, mas terno.

— Volte para casa, Brogan. Volte para sua ferraria e apegue-se ao seu ofício. Pegue o seu martelo e bata. Apenas bata, mas bata o mais forte que conseguir! Isso o fará não só recordar de como lutar pela vida, mas também de como ser grande. Agora, vá!

A velha negra disse sua última sentença e, diante do ainda jovem ferreiro, desintegrou-se em uma fumaça escura, deixando-lhe uma estranha sensação de frio na nuca. Depois dessa aparição, Formiga voltara para a casa, tornou-se o melhor ferreiro de Alódia e nunca mais voltou a se embriagar.

Mais importante ainda, voltara a ser um homem alegre.

"*Sua hora ainda não chegou...*"

Uma dor lacerante e pulsante invadira cada região de seu corpo. Era quase impossível dizer de onde ela vinha – mil cortes de espada não seriam o suficiente para resumir o que estava sentindo. Sua mente povoada por estrelas gritava em agonia e vagava entre o consciente e o inconsciente. Seus olhos, semiabertos, proporcionaram-lhe de relance um vislumbre da fenda da qual havia deslizado até cair de costas em solo fofo. *Estou vivo*, refletiu, embora não fosse capaz de mover o dedo mínimo. Enxergar doía sua cabeça e sua visão embaçava-se cada vez mais à medida que suas forças se esvaíam. A pancada o havia deixado confuso, não sabendo mais distinguir as formas à sua frente. A luz da superfície iluminava um local desconhecido e esquecido, muito abaixo das camadas de gelo, protegido por uma cúpula rochosa. *Por Destino, onde estou?* Ninguém responderia à sua pergunta. Talvez um movimento de pescoço bastasse para conseguir alguma informação, mas, antes que pudesse tentar fazê-lo, chamou-lhe a atenção a presença de uma estranha fluorescência azul-esverdeada que pairava diante de seu gordo nariz, como se o inspecionasse. Por um momento, Formiga quedou-se curioso, porém a energia que aquilo emanava parecia infiltrar seu íntimo e torcer a sua alma. *Vão embora, vão embora*, ele estremeceu, paralisado não só pela consequência de sua queda, mas também pelo medo daquele ente vaporoso que desejava – mais que tudo – o dominar, fosse lá para qual propósito.

Destino havia poupado seu corpo, no entanto, quando uma das luzes tomou a forma de um rosto malicioso e escorregou serpenteando para dentro de suas narinas, teria Ele poupado seu espírito?

IX

Jamin

No salão iluminado parcamente pela luz agora morrente do Ner Tamid, uma figura lendária, um antigo Cavaleiro da Ordem, prestava sua máxima honra, ajoelhando-se perante o novo rei de Sieghard, Marcus III – ou Petrus de Bogdana. Quantos *verões* ele havia aguardado para este momento?

Distante algumas braças do fatídico encontro, Nuha, a sacerdotisa de Nordward, presenciava estupefata a cena. Tudo o que havia lido no *Almagestum Novum* e ouvido enquanto vivera em Dror podia revelar-se em verdade: aquele homem, de habilidades inéditas e possivelmente extraordinárias, podia salvar a Ordem do abraço do Caos, e consequentemente, Exilium.

Embora estivesse com a aparência firme e saudável, o cavaleiro – contrariando todas as expectativas –, paulatinamente, tombou de lado, soltando sua espada e escudo em um lapso de força. Nuha correu para socorrê-lo imediatamente; Petrus, ao contrário, arregalou seus olhos azuis, e permaneceu imóvel com a insensata reação. A sacerdotisa olhou para o rei, consternada, e esperou que o estranho homem se recompusesse. Um longo silêncio se fez, levando a crer que ele não falaria tão cedo. Enquanto jazia no chão, Petrus reparou uma tatuagem no dorso de sua mão direita, descoberta pela luva. As linhas, apesar de tênues, não deixavam dúvida de que ali estava, definitivamente, a representação da figura do lobo com cabeça de coruja.

Ótus Lúpus?

— Nuha, ele tem uma tatuagem igual à sua – avisou o rei. A sacerdotisa investigou, com cautela, comprovando o que o soberano dissera. — Seria ele da primeira geração de sua ordem sacerdotal?

— Não sei, majestade. É difícil afirmar. Da minha linhagem, Nimat foi a primeira a descobrir o poder ancestral Ótus-lúpus em si em um hiato de muitas gerações. Se, de fato, os doze cavaleiros da Ordem tenham conhecido ou mesmo originado este poder, e há sete estátuas faltando neste salão, então deveríamos temer essa verdade – concluiu Nuha encarando Petrus, aparentando uma incômoda perturbação.

— Está dizendo que é possível que esses sete faltantes...

— Jamin... – uma voz irregular interrompeu o raciocínio de Petrus; o homem finalmente abrira a boca mais uma vez. Os dois peregrinos não disseram nada, apenas esperaram, como se não o quisessem pressionar. — Meu nome... Jamin – seus olhos eram negros e miúdos, e a firmeza deles dizia que aquele homem era muito mais forte que pensavam, apesar de sua condição atual.

— Ele está retornando à lucidez – disse a sacerdotisa, colocando levemente a mão sobre sua testa. — Jamin, peço que poupes tua força, pois estás sofrendo enjoo de encantamento. Mesmo os guerreiros mais destemidos e magos mais sábios destas paradas sofrem este efeito colateral. Não te preocupes, porém.

O cavaleiro acenou com o olhar. Ainda que o local estivesse frio, algumas gotas de suor escorriam de suas têmporas.

— Meu nome é Nuha, este é Petrus, o re...

— Em... Em que ano estamos? – perguntou Jamin confuso, com a voz enfraquecida.

— Não creio que entenderás se eu falar o ano, pois estamos em outra era e a contagem do tempo pode ter mudado – respondeu Nuha. — Basta-te saber que, pelos meus cálculos, tu deves ter agora mais de mil *verões*. És o homem mais velho de Exilium.

— Mais de mil *verões*? – Jamin se espantou, tentando se erguer. A sacerdotisa o ajudou, colocando-o apoiado em seu corpo. — Por Ieovaris! Estamos ainda em Eunomos?

— No reino de Dernessus – Petrus interveio. — Sob muitas camadas de gelo.

— *Essus...Dern...* – o cavaleiro elucubrava. — "O reino escondido", na língua antiga. Algo permaneceu, mesmo durante todo este tempo – Jamin concluiu, parecendo avivar-se de modo lento. Nesse momento, por um instante, ele observou as vestimentas dos presentes, como se quisesse identificá-los por suas roupas. Não encontrando o que queria, começou a se desesperar e a se remexer, parecendo relembrar um trauma de sua vida passada. Sem forças para tentar fugir ou lutar, acabou por se entregar quase em pânico. — Vós defendestes...

— A Ordem – Petrus se adiantou, prevendo sua indagação. — A Imaculada Ordem. "Que a tocha sagrada seja minha luz, não sejam as trevas o meu guia". Foi assim que anulamos a mágica que o selava com o Ner Tamid.

— A oração sagrada, o Ner Tamid... – o cavaleiro se aliviou e seus olhos se umedeceram. — A Ordem resistiu? Por todos os deuses de *Pairidaeza*! Que vossas bênçãos sejam derramadas sobre nós! – ele começou a chorar e balbuciar palavras incompreensíveis. Novamente, Petrus e Nuha se entreolharam, preocupados com sua sanidade.

O rei tomou a frente.

— Jamin – o soberano pôs sua mão direita sobre o ombro do cavaleiro, que por sua vez, sentiu uma intensa energia pacificadora –, vejo que está perdido ainda, talvez leve um tempo para que recomponha suas memórias. Acredito que estamos aqui por um motivo. Você está aqui por um motivo também e é nosso dever achá-lo. Durante este trajeto tivemos muitas perdas, amigos, fiéis soldados da Ordem. Muitos foram levados deste plano protegendo o Ner Tamid e a oração sagrada. Logo quando te libertamos, antes do seu lapso de força, você veio a mim e disse que é seu dever proteger o Aclamador Irrevocável.

Jamin inclinou sua cabeça e fechou os olhos, como à procura de palavras nas folhas empoeiradas de um velho tomo.

— Ninad... – o cavaleiro falou após conter as lágrimas. — Ninad, filho de Shir. Era apenas um garoto quando ouvimos o último sopro da trombeta. Aqueles... nossos irmãos... Aqueles vermes! – sua voz fraquejou, de raiva e de culpa. Jamin tomou um tempo para se recuperar do ódio que acabara de vociferar — Desculpai-me. Sei que não é isso que vós esperáveis de um Cavaleiro da Ordem – desabafou.

— Que tal falarmos um pouco sobre você? – perguntou o rei, tentando tirar o foco. Nuha aquiesceu.

O cavaleiro se recompôs com a solenidade do momento.

— Meu nome é Sir Jamin de Uzzi, conde de Uzzi, filho de Decebál Inquebrantável e herdeiro de mesmo poder – disse. — Eu sou... Era líder dos Cavaleiros da Ordem, comandante da primeira esquadra real, mão-direita do rei e protetor-mor da linhagem dos manipuladores de dragões, os Aclamadores Irrevocáveis.

— Decebál Inquebrantável e herdeiro de mesmo poder? – Nuha estava curiosa com suas raízes.

— Sim, significa que sou imune a qualquer dano físico, assim como meu pai o era antes de mim. É um dom direto dos descendentes de Ieovaris. Todos aqueles que possuem sangue divino possuem um dom de alguma natureza. O que difere os Cavaleiros da Ordem dos demais homens com sangue divino é a capacidade de controlá-lo e usá-lo ao seu bem entender. No meu caso, o uso de *aurora* a *aurora*. É o requisito mínimo para entrar para o seleto grupo dos cavaleiros do rei. É por isso que éramos temidos.

— É um tanto assombroso mesmo – concluiu o soberano.

— Entretanto – Sir Jamin continuou —, na natureza, para tudo se há um equilíbrio: quando algo existe demais, outro existe de menos e, para os Cavaleiros, essa regra foi concebida em forma de uma marca vital, um ponto fraco, que não pode ser ferido. Apenas aquele que controla o poder superior está além dessa regra, tornando-a um mero detalhe.

Nuha cruzou os braços, enquanto Petrus arqueou uma sobrancelha.

— Que seria...? – ela perguntou.

— Dentre os dons existentes gerados pela primeira linhagem dos filhos de Ieovaris, aquele capaz de controlar a vontade dos dragões é o mais temido, apesar de nascer fraco. Se a criança resiste ao primeiro verão de vida, então, ao crescer, ela será o ser mais poderoso de Exilium. Eles são chamados de Aclamadores, e é dever da Ordem educá-los de forma a haver equilíbrio em Exilium. Um Aclamador em mãos erradas, corrompido pelo poder, é o que menos queremos presenciar neste mundo. A regra é clara: controla os dragões... e tenhas o mundo sob tuas vontades.

— Suponho que os Aclamadores acabem por se tornar Cavaleiros da Ordem também... – Nuha teorizou.

— Não te enganes. Como acontece com quem possui sangue divino, nem todos os Aclamadores conseguiam usar e controlar seu poder; e, portanto, não podiam ser chamados assim. Muitos falharam na história da Ordem e até uma era nasceu do fracasso de um deles. Com o tempo e a experiência, percebemos que nem todos da linhagem sucessória nasciam com o dom. E dentre aqueles que nasciam com ele, poucos realmente o descobriam e o usavam de modo satisfatório. Às vezes, apenas duas gerações posteriores um verdadeiro Aclamador nascia. Visto isso, eu, pessoalmente, responsabilizei-me por autorizar a atuação deles.

— E como saber que um Aclamador estava pronto? – Nuha estava cética. — Os dragões não eram perigosos para se aproximar e realizar um "treinamento", por assim dizer?

— E quem falou em treinamento, ou treinar dragões? Há sinais desde a infância do dotado que mostram o quanto ele é capaz. As crianças começam com pássaros e pequenos animais, como se eles fossem atraídos por elas. Quando crescem, domam facilmente lobos, touros e até ursos. Eu apenas as acompanhava, e baseado em minhas observações, conseguia julgar se ela estava apta para o desafio final.

Por um instante, ao atentar-se nas palavras de Sir Jamin, Petrus foi tomado por um pensamento fabuloso e ao mesmo tempo terrível. Agar Sa'arogam havia dito que apenas os que possuíam sangue divino não haviam contraído a Pestilência Cega, e isso o incluía. Também não havia dúvidas de que ele controlava os animais desde pequeno a fim de proteger seu rebanho. Juntando o fato de que ele nascera fraco e que por essa razão tivera que ser sacrificado ao mar onde quase morrera...

Não. Não pode ser. São apenas coincidências.

— Bom, acredito que você está livre dessa atribuição agora – falou o rei. — Pelo que sei, não há dragões em Exilium. Foram extintos. E, também não há Aclamadores. Confesso que nunca ouvi falar desse nome.

— E vós pensais realmente que isso seja verdade? – indagou Sir Jamin, levantando-se de modo desengonçado. Ao ficar em pé, ele ajeitou sua armadura, aparentando voltar ao seu vigor. No entanto, suas pernas tremeram e ele viu-se obrigado a recostar-se no canto da parede, de cócoras. — Eis o resultado de mil *verões* na mesma posição – ele riu, demonstrando um certo bom humor. — A verdade é que os dragões não estão extintos. Nunca estarão.

X

Dois homens, duas vidas

No silêncio da névoa, logo após a aniquilação do Thurayya, Sir Heimerich, sôfrego, observava mais uma silhueta que seguia em sua direção. O seu fraco contorno nas brumas inferia o uso de um manto longo e um capuz, assim como o inimigo que acabara de lutar.

— Você sentiu, finalmente... – disse a voz fantasmagórica. O cavaleiro teria se assustado se fosse a primeira vez que a tivesse ouvido. Porém, aquela era a voz de um homem já conhecido.

— Victor – o nobre regozijou-se com a presença do colega. — Você já sabia, não é mesmo? O sangue de Ieovaris...

— É forte em nossas veias. Nosso encontro nas Colinas de Bogdana não foi um mero acaso – completou Dídacus.

— O seu poder então...

O arcanista acenou.

— Também não é um mero acaso. Você, Braun, Roderick, Petrus, Formiga e Chikára... – Victor pausou sua fala. — Todos vocês possuem um poder latente dentro de si, esperando a oportunidade perfeita para despertar. No seu caso, foi um poderoso sentimento gerado não só pelas suas orações...

— Anna – concluiu Sir Heimerich. — Foi ela.

Victor acenou com a cabeça.

— De fato.

— Você esteve me vigiando? – deduziu o nobre.

— Quando senti a presença do Thurayya, vim urgentemente ajudá-los, não sabendo que ele tentaria enfrentá-los um a um. Ao chegar, você estava prestes a conhecer seu despertar. O resultado do embate já estava decidido, pois você tinha o fator surpresa. Com base nessa simples análise, decidi não interferir.

Sir Heimerich recolocou sua espada na bainha.

— Com base no resultado, posso dizer que fez muito bem – o nobre encarou Victor orgulhoso. — Seria certo dizer que meu poder é anular os poderes dos Thurayyas?

— Apenas o poder de essência caótica. Porém, se você se desvirtuar, não poderá usá-lo.

A última informação de Dídacus deixou o paladino inquieto.

— E quanto ao seu poder? Também funciona da mesma forma?

— Basicamente. Para mantê-lo, fico longe de festanças, ou qualquer evento onde exista a probabilidade que minha carne peque e meu espírito enfraqueça.

— É louvável, porém, são prazeres que a vida lhe oferece – o nobre ressaltou. — Desde que nos encontramos, aliás, sinto um incômodo em relação ao seu comportamento. Não há alegria em sua alma. Pergunto-me se realmente vale a pena esse sacrifício para não sentir fome, ou sede?

— Creio que não tenha refletido bem no significado de meu poder, Heimerich. Não comer, ou beber, ou me revitalizar facilmente absorvendo a essência de outros seres, é só uma consequência de um efeito muito maior. Para mim, a morte pelo tempo não existe mais. Eu estou... eu sou além do tempo. Uma vida de prazeres mundanos e efêmeros nunca será superior à capacidade de ultrapassar eras em busca de conhecimento. Eu estarei vivo quando a humanidade cair. Eu presenciarei sua queda. Seu ressurgir. Eu conhecerei a história dos reis e dos heróis, dos vitoriosos e dos derrotados. Sobreviverei às secas, às pestes, às inundações. Eu simplesmente serei para toda a eternidade e nunca deixarei de ser.

O paladino não pareceu se impressionar com o discurso do arcanista.

— Tudo isso é fantástico, Victor, porém, de que adianta viver mil *verões* e não ter vivido sequer por uma *aurora*? Entregar-se a uma paixão ardente, celebrar uma vitória calorosamente, divertir-se com seus fiéis amigos na companhia de uma boa cerveja, abrasar-se com a pessoa que escolheu viver junto dentro dos princípios da Ordem. Por que não? Chegará o tempo em que a vida baterá na sua porta e você terá que abri-la. Significa, meu nobre amigo, que, quando isso acontecer, essa será a *aurora* em que perceberá o quanto está morto.

— Confabulações – respondeu Dídacus, contrariado. — Acha que abdicarei da minha imortalidade por um desejo tão primitivo quanto a necessidade de procriação? Faz-me rir.

A quietude da bruma envolveu as duas figuras por um breve momento enquanto se encaravam. O cavaleiro soltou um curto e irônico sorriso, o arcanista riu de canto de boca. Apesar das rusgas, eles estavam se entendendo, e, acima de tudo, se respeitando.

— Como está a situação lá em cima? – Sir Heimerich perguntou, referindo-se à colina das ruínas do antigo castelo. — Nossos amigos foram bem-sucedidos?

— O perigo foi eliminado. Eu, pessoalmente, com a ajuda de Nuha, certifiquei-me de enviar o Invocador para a planície dos deuses.

— Então o Invocador apareceu... – o paladino pareceu surpreso.

— Um inimigo terrível, é bem verdade. Que Sethos o tenha – disse Dídacus. — Com a colina em segurança, deixei Nuha resolver os assuntos pendentes para tratar do Thurayya.

— Sua vinda foi mais que bem-vinda, Victor. Agradeço sua preocupação e lamento você não poder ter me ajudado. Vamos orar agora para que Destino traga Petrus, Roderick e Formiga inteiros e com boas notícias. Quanto à nossa parte... – o nobre suspirou.

— Não precisa me dizer. Eu senti o que aconteceu durante o tremor da terra enquanto me dirigia para cá. Todas aquelas almas descarnando... – ele lastimou. — Porém, a julgar pelo seu estado de tranquilidade, julgo que os Libertários de Dror não foram alertados. O que nos resta esperar por Nuha.

Nesse momento, por entre a névoa, Sir Heimerich e Victor Dídacus olharam ao longe para a colina do castelo tingida de ouro pelo sol da manhã. O arcanista apertou suas vistas e estremeceu, atingido pela sensação de perda que tivera anteriormente e que preferia não lembrar. O cavaleiro, entretanto, alheio ao mundo espiritual, diferentemente de seu colega, vislumbrava uma luz que só existia em seus olhos. Em seu coração, era como se uma nova esperança estivesse surgindo.

X I

O Aclamador Irrevocável

Em Sieghard, havia muitas lendas sobre dragões. As histórias variavam desde contos da carochinha – como o dragão de barba negra – a longos e exaustivos épicos. A Biblioteca Real em Alódia guardava um verdadeiro compêndio sobre eles. Jornadas aventurescas como a de *Hun, o Bárbaro* eram representadas e repetidas diversas vezes por menestréis em tavernas das cidades e vilas do reino para entreter a clientela. E a tragédia *A Ira dos Flamejantes*, encenada em anfiteatros de Askalor, praticamente resumia a concepção geral dos siegardos de que um dragão bom era um dragão morto. Entretanto, o fascínio – ou a ingenuidade – de muitos pela fantástica criatura fez com que surgissem diversos grupos em busca de ao menos uma pista de que eles existiram. Alguns crânios foram achados, tratados como verdadeiras relíquias e trocadas no mercado negro por peças de *aurumnigro*; também unhas, chifres e escamas. Não demorou muito para que aproveitadores aparecessem e usassem a fama dos dragões para ganhar moedas em cima dos incautos – até colhões dessas criaturas eram comercializados nas confusas ruas do Domo do Rei como um poderoso elixir do amor –, o que acabou por deslegitimar tudo o que se sabia sobre eles. Os dracólogos, com o tempo, tornaram-se alvo de zombaria até que restassem apenas alguns. O burburinho só serviu para que todas as histórias de dragões ficassem ainda mais misteriosas e fantasiosas, não se sabendo mais o que era verdade ou invenção. De qualquer forma, salvo por alguns pobres e loucos cidadãos, o que se sabia era que eles não existiam mais e que, em algum período, eles foram aniquilados e nunca mais vistos.

— Está dizendo que os dragões estão vivos? – Petrus arregalou os olhos. — Onde eles estão?

— Dormindo em seus leitos – respondeu Sir Jamin. — E agora... – o cavaleiro se levantou, estalou sua coluna, e, enfim, conseguiu conservar-se firme de pé — lembro-me bem porque estou aqui. Nós temos que acordá-los. Esse é o único modo de vencer esta guerra e garantir a sobrevivência da Ordem.

Nuha espantou-se. Em nenhum momento ela havia falado de guerra. Petrus mencionara que passavam dificuldades, porém não entrou em detalhes. Era como se Sir Jamin soubesse que o encantamento que o selara seria quebrado por um motivo apenas.

— Espera um momento, Jamin. Dragões não são perigosos sem um Aclamador Irrevocável? – perguntou Nuha. — E como faríamos isso? E por que eles estão dormindo?

— Como sabe que estamos em guerra? – Petrus complementou. — Como...

Com a palma da mão aberta, bastou apenas um aceno do cavaleiro para que o rei se interrompesse. Ele fitou seus indagadores sem muita paciência e seu olhar áspero fez com que eles se sentissem como formigas perto do tronco das gigantescas sequóias-de-Everard. Em seguida, relaxou, recolhendo seu braço à cintura.

— Em uma fortuita ocasião, vos direi o que quereis saber. Antes, porém, vos digo o que *precisais* saber. Os dragões só dormem porque há tempos um artefato mágico deixou de ser usado: a trombeta que originou o nome dos Aclamadores Irrevocáveis. Uma vez tocada, ela produz um som revigorante para os dragões, que, por sua vez, são atraídos por ele... Energizados por ele. É uma relação fortíssima de dependência. Há quem diga que é um meio de escravizá-los, que a criação da trombeta foi um castigo de Destino por um ato de desobediência deles na Era dos Deuses. Conta-se que, uma vez, os dragões eram considerados seres sábios, mas agora, não passam de bestas furiosas e irracionais. Aquele que a soa sabe bem que é um chamado sem volta; é irrevogável. Chegou-se a acreditar em certa época que quem a usasse, poderia controlá-los. Mera ilusão. Em pouco tempo eles aparecem e, sem um manipulador por perto, destroem a região com a mesma *fúria* que o Grande Mar despeja sobre as embarcações. E então, cansados, como se desistissem de esperar pelo próximo toque da trombeta, eles voltam para sua região de origem e por lá ficam até que outro corajoso apareça cheio de ar em seu peito. Na falta deste, e com o instrumento em desuso...

— Eles perdem as forças e dormem. São como peixes que se assanham quando jogamos pão na água e depois, se não os alimentarmos mais, eles voltam para o fundo do rio e nunca mais os vemos – Petrus deduziu logicamente, relembrando episódios de suas pescarias. — E segundo os murais que se encontram nos corredores deste castelo, se o relato for verdade, a trombeta foi levada de navio para uma região que desconhecemos.

— Para as terras de Além-Mar – afirmou Sir Jamin.

— Isso significa... – refletiu o soberano.

— Que temos que cruzar os mares atrás dela – completou dogmaticamente o ancião.

Petrus e Nuha estancaram. Novamente *Maretenebræ* debruçava-se sobre os peregrinos. "Cruzar os mares" era a última coisa que desejavam ouvir. Ao contrário de Egitse – pois havia relatos de magos que conseguiram atravessá-lo –, o Grande Mar nunca fora bondoso com nenhum intrépido. Suas águas, de calmas na costa, tornavam-se mais escuras e mais impiedosas à medida que avançavam em profundidade. Os pescadores que, porventura, voltavam dos limites de sobrevivência relatavam ondas colossais, tempestades de vento, e estranhos seres marinhos que só existiam em seus piores pesadelos. Como se não bastasse, muitas embarcações naufragavam nesta região, e os espíritos dos náufragos passavam a se tornar parte do plano do mar e a assombrar os "invasores". Mesmo nas tranquilas águas da costa, a noite estrelada revelava, de vez em quando, espectros de crianças, bebês e homens em formas vultosas e bruxuleantes sobre a superfície do mar. O medo e o respeito à *Maretenebræ* era tanto que oblações e sacrifícios a ele eram realizados anualmente – a exemplo da Purgação – nas noites de lua plena. "Para acalmá-lo", diziam. "Pela alma dos pescadores", mães e esposas choravam. "Para agradecê-lo", justificava os moradores de Muireann, que retiravam de suas águas o sal que abastecia todo o reino de Sieghard. O fato era que, além de certo ponto, tudo era silêncio, trevas e ignorância.

"Cruzar o mar" era definitivamente impossível.

— Jamin – a sacerdotisa chamou com ceticismo —, falar é muito fácil, porém ninguém cruza o mar assim. Não sei como era no teu tempo, mas entrar nos domínios de *Maretenebræ* é como estar diante do precipício e dar um passo à frente. É inviável! E outra, tu não respondeste minha pergunta. Mesmo que consigamos, por um milagre, um navio que resista ao mar, um capitão ensandecido o bastante para aceitar a proposta – que vai nos custar muito caro – e uma tripulação destinada a cometer suicídio, e que lá, sabe-se aonde chegaremos, localizemos a trombeta – se ainda estiver intacta, e estamos falando de mais de mil *verões* – e a toquemos, nós não temos um Aclamador Irrevocável!

— Vós não morreríeis pelo vosso reino? – o cavaleiro perguntou surpreso.

— Pela Ordem, sim! – Nuha respondeu. — Todos nós – completou olhando para Petrus, que lhe correspondeu.

— Então temos a tripulação suicida – finalizou Sir Jamin. — E, como já vos informei, no passado, fui comandante da primeira esquadra real; o que vos diz que acabais de achar vosso capitão ensandecido. Quanto aos navios, apenas me confirmais: vós fostes atacados pela costa?

Petrus acenou com a cabeça.

— Muito bem – disse o cavaleiro. — Iremos usar os mesmos navios que trouxeram os inimigos; se eles chegaram intactos aqui, chegarão da mesma forma lá de onde vieram. A trombeta é indestrutível e, por ser deveras valiosa, deve estar guardada a sete chaves em uma fortaleza fortemente protegida, que seguramente não nos passará despercebida. Basta-nos chegar lá. Não será tão difícil.

Os peregrinos estavam atônitos com a capacidade com que Sir Jamin fazia missões impossíveis tornarem-se factíveis. Porém, ainda havia um item tão importante quanto a trombeta a ser desvelado.

— E quanto ao Aclamador? – perguntou o rei.

O cavaleiro não respondeu. Ao invés, andou de um lado a outro e foi ter com uma das quatro estátuas restantes, ficando de costas para a dupla. Apesar de aparentar ser mais velho que Chikára, seu caminhar era firme como o de um javali jovem.

— Brádach, o Incansável, tua teimosia quase custou tua vida – disse, observando, na luz tímida branco-azulada do Ner Tamid, os contornos da estátua de um homem de busto absurdamente largo. O brilho leitoso da tocha incidia sobre o gelo acumulado das frestas e dava a tudo e a todos um aspecto fantasmagórico.

— Jamin? – Nuha insistiu. Para ela, a identidade e o destino dos cavaleiros restantes poderiam ficar para depois. A demora de Sir Jamin em respondê-los deixava-a aflita e poderia significar problemas. — O Aclamador...?

O cavaleiro virou-se lentamente, como se ignorando a pressa da sacerdotisa.

— É possível que já o tenhamos. Porém, há ainda incertezas quanto à sua identidade. Ninad, o último Aclamador, era um simples garoto quando o ajudei a fugir de Eunomos. Se a linhagem permaneceu, eu não teria como comprovar até sentir a mesma energia pacificadora de um deles em um de seus herdeiros. Vede bem que estamos falando de um longo período sem dragões e, portanto, a última geração sequer sabe o significado de seu poder – ou mesmo usá-lo. Seus ascendentes podem ter se espalhado, sido capturados, ou mesmo levados para as terras de Além-Mar. E, mesmo que haja muitos deles, apenas um terá a capacidade de ser o verdadeiro e último Aclamador Irrevocável.

— Então teremos que achá-los? – perguntou Petrus.

Sir Jamin balançou a cabeça em afirmação.

— Achá-los... observá-los...

— E convencê-los a abandonar suas famílias a fim de roubar um navio inimigo para cruzar *Maretenebræ* em busca de terras dominadas pelo Caos que nem sequer sabemos onde estão. Parece-me um grande plano – a sacerdotisa ironizou, cruzando os braços com o típico sangue nortenho fervendo em suas veias. — Tens mais alguma boa notícia?

— A boa notícia é que eu senti a energia pacificadora típica de um Aclamador. Sutil, comparada aos seus antepassados, porém latente – Sir Jamin respondeu.

— Isso já é um alív...sentiu? – Nuha se engasgou, demorando a dar a devida importância à primeira sentença do cavaleiro.

— Sim, por isso afirmei que a linhagem sobreviveu. O teu colega ao lado é um herdeiro distante de Ninad, constatei sua energia assim que ele encostou a mão em meu ombro.

A sacerdotisa deixou cair seu queixo. As atenções se voltaram para o simples homem de Bogdana, que fingiu não entender a situação. Enquanto era observado, ele franziu a testa, tal como um monge que acabava de ser descoberto por ter faltado à oração. A reação do soberano, para Nuha, era clara: ele já suspeitava e agora teria aceitado seu destino, contudo, seguramente, ainda não tinha a noção do significado do que era ser rei e ao mesmo tempo um Aclamador. Muito embora, no momento, o espírito de pastor reinasse pacífico dentro da figura que deveria governar Sieghard, chegaria o momento no qual o Grande Martelo da Responsabilidade o golpearia – e o abalaria com um ataque feroz e indefensável, tirando-o de sua ingenuidade e inocência.

— Digo-vos, porém, para que não vos precipitais – Sir Jamin continuou. — O fato de ele ser da linhagem de um Aclamador não o torna o Último Aclamador. Apenas o tempo me dará esta certeza. É uma vantagem, sem dúvida, que tenhamos um ao nosso lado. Ao menos, deu-me a convicção de que a herança sanguínea sobreviveu, levando-me a crer que existem mais deles em vossa terra – o cavaleiro concluiu e aproximou-se de Petrus, colocando as duas mãos em seu ombro e encarando-o compenetrado. — Tens o olhar de Ninad e de sua mãe, Shir, meu caro. Pergunto-me, se fores mesmo tu o Último Aclamador, se terás a coragem de enfrentar as maiores e mais cruéis criaturas desde a criação de Exilium.

— Eu...eu... – o rei gaguejou. Imediatamente, o soberano lembrou-se de uma passagem com sua família na feira anual de Pekko, nos arredores do Velho Condado, quando, naquela ocasião, encontrara dentes da criatura à venda. Fora o seu primeiro e único contato com uma das provas físicas de sua existência. O maior deles era longo e espesso como um chifre de búfalo, e na sua superfície branca e corrugada, marcas de sangue seco escorriam até a raiz. Para completar o espetáculo de terror, o olhar do vendedor lembrava o de uma serpente: gélido e penetrante. O pequeno rei sentiu um frio na espinha diante da assustadora cena e algo dentro dele se inflamou. Seria medo? Parecia que aquele homem vislumbrava algo no seu íntimo, qual o que, tais pensamentos foram afastados pelo grito de seu pai o chamando. "Petrus!" Embora repentina, a sensação sentida naquela *aurora* permanecia viva. Uma coisa era amainar a "fúria" de uma lagartixa, outra era enfrentar um dragão.

Sir Jamin gargalhou amigavelmente diante da dramática cena.

— Acalma-te, não te enviarei a não ser que eu tenha plena confiança que és capaz – disse, batendo a mão em punho no peito de Petrus. O rei retraiu seu corpo sentindo a força e a firmeza da pancada; contudo e apesar disso, a brincadeira serviu para que as tensões diminuíssem.

— Então... – continuou o cavaleiro, inspecionando a câmara enquanto esfregava seus braços —, posto que sabeis mais do que necessitais, é hora de sairmos deste sepulcro. Levai-me daqui, de preferência o mais breve possível. Não me lembro que este salão era tão frígido em minha época.

Nuha mordeu os lábios, olhando para Petrus.

— Tens algum problema? – perguntou Sir Jamin.

— Não podemos voltar pelo mesmo lugar que entramos – respondeu a sacerdotisa. — Um tremor de terra fez com que a passagem fosse bloqueada. Temos que encontrar outro caminho.

— Por onde viestes?

— Pelo torreão, passando pelos murais – Petrus confirmou apontando para cima e deixando o cavaleiro levemente surpreso. — Lembra que falei que estamos sob muitas camadas de gelo?

Sir Jamin parou para pensar, mas recordou logo.

— Neste caso, tereis que me acompanhar. Creio eu que eu seja o único a conhecer as nuanças deste castelo. Não vos preocupais, contudo. Vamo-nos, por aqui – comandou, caminhando em direção a uma entrada escura em um canto do salão.

— Espera! E quanto aos outros cavaleiros? – questionou o rei, ainda imóvel e olhando para as estátuas restantes.

— Vós quebrastes o selo. Quando chegarmos à vossa morada deveis imprescindivelmente enviar homens para guardar este local. Os cavaleiros irão acordar...

"Mas não agora".

Na superfície, Braun, esbaforido pela desesperante busca por Sir Heimerich, encontrara com Victor e o paladino, sãos e salvos, instantes depois de dialogarem entre si. Já tranquilizado, ele foi informado pelo arcanista – a única testemunha ocular – da luta entre o nobre e o Thurayya, e, por conseguinte, das habilidades secretas conferidas pelo sangue de Ieovaris a cada um. Durante o retorno ao campo de batalha, o guerreiro, incrédulo, de início não deu a devida importância a essa última informação, dizendo não precisar de "subterfúgios" para degolar um inimigo. Porém, mais tarde, quedou-se curioso sobre que poder em específico ele teria, citando seu pai, Bahadur Mata-Trolls, e indagando se sua habilidade seria parecida com a dele. Logo depois, muito sarcasticamente, em mais uma tentativa de diminuir a importância de "tais poderes", disse estar receoso em acabar como Agar Sa'arogam de Alteracke: "um pacífico comedor de alface", segundo suas próprias palavras. A verdade era que Braun ficara irrequieto e seus companheiros não puderam deixar de sorrir frente à estupefação do kemenita.

Infelizmente, o momento de diversão oportuna foi paulatinamente sendo interrompido pelo cenário que se desenrolava a cada passo rumo aos escombros da fortaleza do farol. A voz de Duncan, dando ordens aos seus soldados, se sobressaía à medida que mais e mais corpos se amontoavam no solo gelado. A confusão era grande: mortos e feridos – fruto não só dos combates, mas também do terremoto – se espalhavam em meio às ruínas da estrutura. A atmosfera do local só não era pior, pois o frio amenizava o cheiro acre dos falecidos. Apesar da situação desanimadora, muito trabalho ainda haveria de ser feito, como assistir os sobreviventes e preparar funerais dos heróis que tombaram.

Sem delongas, Sir Heimerich enviou batedores para se certificar que as forças hostis de Dror não se aproximariam. Ao mesmo tempo, dividiu os poucos soldados saudáveis para recolher os feridos e transportá-los ao hospital de campanha onde acamparam na noite anterior. Os mortos – amigos e inimigos, irmanados pelo inexorável destino dos que se dedicavam às artes da guerra –, por sua vez, eram separados. Embora, de acordo com o código militar da Ordem, os combatentes abatidos devessem ser cremados, não seria sábio acender uma pira na posição atual, restando como única opção deixar os corpos conservados no gelo e realizar uma cerimônia menos solene. *Quando a paz voltar a reinar, receberão as devidas homenagens*, prometeu o paladino.

A limpeza do campo de batalha seguiria durante toda a tarde. Os sobreviventes e caídos seriam contados e identificados. Nas próximas *auroras*, em Nordward, Duncan deveria informar às esposas e filhos sobre o destino de seus pais e maridos.

Em sua mente, o general orava para que essas não fossem somente as únicas notícias.

XII

Pela força dos descrentes

As palavras ecoavam nas grossas paredes de pedra, retornando aos ouvidos como sussurros de espíritos de outras eras. Os corredores longos e estreitos, as câmeras amplas e vazias, as escadarias que levavam a um mar de escuridão; por muitos *verões* aquele fora um cenário de rainhas e princesas, de cavaleiros e nobres, de escândalos e amores, de ardorosas discussões políticas. Agora, só havia espaço para solidão e esquecimento. Aqui e ali, ossos dos antigos frequentadores repousavam em meio a peças de armaduras e trapos de vestimentas. Próximo a uma porta, a estátua de um velho rei tombara – sua cabeça repousava ao lado de seu braço, exibindo uma gota congelada em seu olho esquerdo. Restos de molduras de quadros se espalhavam pelo chão tal qual um quebra-cabeça. Alguns móveis destruídos, entretanto, permaneciam no mesmo lugar, como resquícios de uma memória despedaçada. Galhos secos brotavam das trincas e frestas dos vários blocos da edificação, revelando ainda que o local havia sido tomado pela vegetação antes que o gelo viesse. O brilho pálido do Ner Tamid já não iluminava como deveria, sua luz morria a cada instante; em breve, ele figuraria como mais um objeto esquecido pelo tempo naquele templo de oblívio. Por entre os caminhos sinuosos do castelo, mais e mais, os peregrinos se ajuntavam, temendo o progresso das trevas que recaiam sobre eles. Sir Jamin, na vanguarda, guiava os demais com confiança. Atrás dele, Nuha observava Petrus, que tremia, não se sabia se por medo ou por frio. Para o alívio dele, contudo, não havia mais qualquer sinal de fogo-fátuo.

— É deveras espantoso – Nuha exclamou diante da majestosidade da construção, quebrando o silêncio após um longo intervalo de assombro. — Ao contrário das ruínas do lado de fora, aqui nem tudo foi destruído. Este lugar foi praticamente abandonado, talvez às pressas. Como pensar que tamanha obra tenha sido jogada ao esquecimento?

— Olhando o estado dos móveis, e objetos... parece que houve uma batalha aqui dentro... E das grandes – Petrus adicionou. — Jamin, o que tem a dizer?

O cavaleiro avançava carregando a tocha sem olhar para os seus seguidores, atento a qualquer detalhe que pudesse ajudá-los a alcançar a superfície. Também, dentro de si, ele carregava um ódio crescente pelo que havia acontecido ali.

— Um rei caíra... Fora traído e assassinado pelos seus próprios soldados... Em sua própria morada – respondeu de modo seco. — Não obstante os esforços daqueles que o defenderam com a vida.

Sir Jamin conversava vagaroso e sem querer entrar em detalhes. Eram lembranças que queria enterrar de uma vez por todas. A sacerdotisa e o rei apenas prestavam atenção, curiosos, sem querer o pressionar.

— Por aqui – ordenou, descendo mais uma escadaria. Todos os caminhos que ele percorrera até então levavam a andares cada vez mais baixos.

— Embora vitoriosos... – ele continuou depois de uma pausa — Nossos algozes pagaram pela traição: não esperariam eles que a trombeta seria tocada por um soldado desconhecido, levando à morte quase a totalidade de seu exército. Infelizmente trouxe também a queda de Eunomos e a morte de milhares de inocentes.

Os peregrinos se impressionaram, porém, sem nada dizer.

— Um herói... Ou vilão. Eu não poderia dizer, mas... Eu não poderia discordar que, sem ele e o caos daí advindo, protagonizado pelos dragões, a fuga de Ninad, o jovem Aclamador, não teria sido realizada com sucesso... E, mais importante ainda... Sem o tempo ganho pela atitude do soldado, a Grande Diáspora para o Sul não teria ocorrido e a Ordem sofreria uma aniquilação completa pelas mãos do Caos. Em outras palavras... – Jamin encarou os dois — Vós não estaríeis aqui.

O cavaleiro acabara de concluir seu discurso quando, finalmente, um imenso salão se abriu diante dos peregrinos. Eles haviam chegado ao hall principal da edificação. Largas colunas de pedra desciam do teto em arco e, entre elas, portas de superfície minuciosamente trabalhadas levavam a vários outros aposentos do castelo. O chão estava coberto por estátuas caídas de seus pedestais, cacos de vidro de portentosos lustres e peças de madeira de antigos móveis; e as paredes estavam tomadas por quadros desbotados pelo tempo, apresentando apenas borrões de tinta em suas telas. Em meio ao cenário, imensas raízes cortavam o piso e uma variedade de plantas mortas se debruçava sobre as inúmeras janelas quebradas. Como se não bastasse tamanha suntuosidade, as dimensões do recinto só poderiam ser comparadas ao templo do Oráculo do Norte. Mesmo que a luz do Ner Tamid não cobrisse a amplitude do lugar, Petrus e Nuha sabiam que, aquela era, seguramente, a maior obra que haviam pisado em toda sua vida.

Maravilhada e sem palavras, a sacerdotisa assoviou. Petrus estava pasmo com a vida que ele, em alguma *aurora*, poderia levar; pois até então não tinha ideia de como era o interior de um castelo.

— Um rei precisa de tanto? – perguntou o soberano.

Sir Jamin ignorou o espanto de seus companheiros e prosseguiu rumo à entrada principal do castelo sem esperar que eles voltassem de sua estupefação. O brilho da tocha iluminava cada vez menos e, se eles não saíssem logo do local, ficariam no escuro – talvez para sempre. Não demorou, no entanto, para que eles voltassem a estar juntos e ainda mais próximos.

A porta dupla de entrada era de bronze e, apesar de estarem vendo somente sua parte interna, conseguia-se já perceber que sua face externa era incrustada com figuras em alto relevo de animais variados como lobos, ursos e até dragões – possivelmente simbolizando a parceria entre Reis e Aclamadores. Era um trabalho detalhadíssimo e que em muito lembrava os relevos do Obelisco de Alódia.

— Não há como abri-la, se é isto que estás pensando – disse Nuha, notando que Sir Jamin vacilava preocupado. — Não por meios normais. Além de enferrujadas, o gelo se infiltrou nas dobradiças. O mesmo para a junção entre as portas e as frestas – apontou. — Mesmo que tivéssemos uma fonte de calor para derreter esta crosta espessa congelada, teríamos que fazer uma força descomunal para puxá-la.

— És boa observadora – elogiou Jamin. — O que sugeres, então?

— Vamos quebrá-la. Vivi tempo o bastante no frio para saber que uma lâmina de espada, quando submetida a temperaturas congelantes, não resiste ao próximo impacto. Ela se fragiliza e se torna quebradiça. Se eu estiver correta, e levando em conta os muitos *verões* em que esta porta está neste estado, basta uma pancada forte no ponto certo para que ela se estilhace como vidro.

Sir Jamin e Petrus pareceram céticos, pois nunca ouviram falar de tal teoria.

— Vamos rapazes, ou terei que fazer o trabalho sozinha? – indagou Nuha, irritada com a indiferença. — Pensei que houvesse homens aqui.

— Vamo-nos, rápido, antes que a tocha se apague – comandou o cavaleiro, desconcertado. — Achai blocos que possam servir à nossa tarefa.

Os viajantes se espalharam. Nuha encontrou um suporte metálico e depositou nele o Ner Tamid para facilitar sua busca. Sir Jamin, como frequentador e conhecedor, vasculhava nos ângulos próximos às escadarias sem precisar da claridade; já Nuha, nos arredores da tocha, ocupava-se dos espaços entre as entradas para os vários cômodos do castelo. A luz do artefato já não conseguia cobrir mais de três braças à sua volta. Petrus, desesperado, tropeçava nos objetos pelo chão e começava a suar frio.

— Apressai-vos! – disse a sacerdotisa, observando de relance a tocha que estava se apagando.

Com a penumbra sendo paulatinamente suplantada pela negrura, a sensação de imediatismo acabou por causar uma corrida exasperante atrás de uma solução para o problema que os deixaria ilhados. Os escombros mais leves eram jogados para o lado, enquanto os mais pesados eram empurrados com chutes e pontapés. Alguns blocos grandes – que poderiam servir de aríetes – foram encontrados, porém eram pesados demais para que três pessoas pudessem carregar.

— Achei! – Petrus gritou, apontando para uma coluna em pé no centro do salão, deslocada lateralmente para uma posição mais próxima à parede. A estrutura já não se conectava ao teto, estando a meia altura do pé direito, e sua integridade era um tanto suspeita.

Nas sombras e com a visão obscurecida, Nuha, a princípio, não entendeu o que o rei pretendia com aquilo.

Logo, contudo, as trevas reconquistaram o que já era delas.

— Nuha! – Petrus chamou na escuridão silenciosa. Sua voz ecoada preencheu o salão frio. — Jamin!

A sacerdotisa e o cavaleiro tatearam o vazio guiados pela voz do soberano. Com cautela, entre algumas topadas e outras, conseguiram ambos chegar ao local onde ele se encontrava.

— Muito bem – o rei falou. — A ideia é essa: tem uma coluna na minha frente. Ela poderia ter sido firme e rígida em algum momento no passado, mas não mais, talvez até pelos últimos tremores que presenciamos. O fato é que sinto que ela pode cair a qualquer momento. Se conseguirmos empurrar essa coluna, na queda há uma chance que sua ponta alcance a porta.

— Como saber onde está a porta e a direção que vamos empurrar essa coluna? – era a voz de Nuha.

— Quando vi que a chama iria se apagar, tratei de deixar meu corpo alinhado com a coluna e a porta. Desde então, não me movi. Meu nariz está apontando diretamente para a porta, e, se eu esticar meu braço, encosto na coluna.

Não houve resposta imediata, apenas a quietude da dúvida. Seria uma manobra complicada, e o plano poderia falhar. Uma força lateral a mais iria alterar o ângulo de queda – por menor que fosse – e poria tudo a perder. Também tinha que se considerar o peso da coluna e o esforço para empurrá-la. Sem movê-la, a tentativa poderia fracassar sem de fato causar qualquer abalo.

— Se não tentarmos, nunca saberemos – disse Sir Jamin, encostando sua mão na estrutura circular de pedra.

Tateando Petrus, e na falta de uma ideia melhor, a sacerdotisa largou seu cajado e postou-se à oposição de Sir Jamin. Com o soberano no centro, os três viajantes estavam preparados para empurrar o imenso bloco que selaria o destino do grupo. Se Nuha estivesse certa e o impacto acertasse a porta, ela se estilhaçaria e eles estariam livres para continuar a jornada. No entanto, se a nortenha estivesse errada, mesmo com a pancada, a porta iria apenas se deformar. Nesse caso, e também na situação da coluna não se mover ou não atingir a porta, os três ficariam presos no escuro e sem esperanças de retornar à superfície.

As chances de sucesso estavam contra eles.

— Prontos? – perguntou Petrus. Sir Jamin e Nuha responderam afirmativamente. — Empurrem, agora! – ordenou com firmeza, no que jogou todo o peso de seu corpo sobre suas mãos, enquanto seus pés escorregavam no piso gelado tentando achar um apoio para firmá-los.

Também o cavaleiro e sacerdotisa sofreram com o chão escorregadio. Por mais que tentassem, fatalmente não conseguiriam infligir sua força completa sobre a coluna.

— Estou deslizando – Nuha falou o que já era óbvio.

— Não desista, Nuha, não agora. Essa coluna vai tombar! – disse o rei.

Jamin, em silêncio, empurrava com determinação, porém, no fundo sabia que o esforço seria em vão. Logo, e de maneira instintiva, os três viajantes se encontravam com as costas em contato com a coluna no intuito de evitar que seus pés resvalassem. De fato, eles conseguiram mais apoio, mas ainda não fora o suficiente.

— É muito pesada – o soberano reclamou, desistindo. — Vamos poupar forças para mais uma tentativa.

— Foste muito ingênuo em pensar que conseguiríamos, e ainda queres tentar mais uma vez? – Nuha novamente se irritara.

— Se sou ingênuo é por nunca pensar que você se contentaria com tão pouco – disse o rei em resposta. — Seus *verões* vividos no norte não lhe ensinaram algo além de esbravejar? Ora, Nuha, vamos... Você é melhor que isso – incentivou de modo sutil, mas com veemência.

A sacerdotisa não respondeu. Apenas suspirou e, após um breve intervalo, colocou-se uma vez mais ao lado de Petrus.

— Cavalheiros – convocou ela —, espero que haja mais entusiasmo em vossos braços do que no meio de vossas pernas. Eu só saio daqui quando aquela porta estiver com um buraco no meio. Empurrai! – gritou ferozmente.

Com uma dose extra de emoção, o grupo começou a forçar a estrutura de novo. Cada um, do seu jeito, fazia o possível para mexer a coluna nem que fosse um dedo. O desespero de ficarem isolados sob várias camadas de gelo, com fome, frio e envoltos pelas sombras, já os estava dominando.

— Eu... não vou... ficar... nessa... sepultura! – Petrus bradou e, então, ouviu-se um estalo forte e o som de pedras se arrastando.

— A coluna está se partindo. Vamos, mais forte! – Nuha exaltou-se.

Os gemidos de esforço aumentaram. Embora fragilizada, a coluna era extremamente pesada, e aquele estalo que ouviram parecia apenas o início de um longo trabalho que poderia custar muito mais que duas tentativas. De repente, a estrutura se dividiu próximo à base, como se uma força indomável tivesse os ajudado. A parte superior deslizou sobre a inferior e bateu no chão com um baque estrondoso, lançando pequenas lascas de pedra ao ar.

— Continuem empurrando na direção da porta – comandou o rei.

Em seguida, a estrutura partida inclinou-se para frente e tombou com elegância para longe dos peregrinos. Alguns instantes se passaram – um dos mais longos da vida de Nuha e Petrus –, e então, veio a explosão.

Assim como a sacerdotisa havia dito, a ponta da coluna estilhaçou o metal da porta produzindo um som agudo e estridente. Milhares de pedaços de bronze congelados caíram ao chão tal qual o véu de uma cachoeira. Uma luz branca ofuscante penetrou no salão e cegou momentaneamente os três viajantes. Com a persistência de Petrus e o ânimo de Nuha, eles haviam conseguido driblar suas chances de sobrevivência. Sir Jamin, no entanto, sentindo um arrepio na nuca, sabia que um fator a mais havia lhes dado uma mão – literalmente falando. Tratava-se de um ser cuja presença ele já sentira antes quando Eunomos ainda era viva, porém, recusava-se a acreditar que seria ele de fato.

— Graças a Destino! – a sacerdotisa comemorou, sorrindo aliviada. Depois, virou-se para Petrus. — Desculpa-me por ter te posto à prova.

O rei enrubesceu, arregalando seus olhos. Era a primeira vez que alguém de autoridade lhe pedia desculpas.

— Não há o que desculpar, Nuha – disse. — Eu também achei que esta porta não iria quebrar – Petrus riu.

Quando a fumaça de gelo, poeira e destroços abrandou, Sir Jamin e os peregrinos caminharam em direção à entrada do castelo com as mãos protegendo seus olhos do brilho intenso. À medida que se aproximavam do rombo causado pelo impacto da coluna, suas vistas se acostumavam e uma maravilhosa paisagem se abria diante deles. Paredes de rocha e gelo cercavam um amplo pátio congelado repleto de ruínas de antigas decorações de pedra, como fontes de água e estátuas. Para qualquer lugar que olhavam, sentiam como se estivessem dentro de uma bolha. De fato, o espaço que ali se formara na frente do castelo se assemelhava a uma caverna subterrânea. No ponto onde a cobertura de rocha e gelo era mais alta, um feixe de luz descia verticalmente de uma fenda aberta na superfície, muitos pés acima de suas cabeças. O ângulo do raio denunciava que o sol estava no seu ápice, e o calor emitido por ele chegava ao rosto dos aventureiros quase que em forma de salvação.

— Se existe um paraíso gelado, deve ser aqui – Petrus estava entorpecido.

Por alguns instantes, os três viajantes contemplaram a beleza do local, servindo para que pudessem se restaurar do desespero que tomara conta deles dentro do salão principal. Para Sir Jamin, aquele cenário, pouco tempo atrás em sua vida, era um pátio verdejante; agora, apenas fragmentos do que fora um rico e saudável reino. Ali, naquele momento, ele se emocionou e jurou, mais uma vez, que não deixaria que isso acontecesse novamente. Entregaria seu corpo e sua alma à causa da Ordem, encontraria o Último Aclamador e poria fim ao reinado do Caos que o violara na última Era.

"Pela Ordem!", o grito abafado de Nuha tirou Sir Jamin de seus devaneios.

— Jamin, venha – chamou Petrus enquanto se afastava depressa em direção ao centro do pátio junto com a sacerdotisa. O cavaleiro demorou a reagir, porém, ao olhar mais detalhadamente para o trajeto que os peregrinos fariam, percebeu que, ali onde o feixe de luz incidia, a silhueta de um homem pequeno e largo jazia estendida.

Aquele era o corpo de Formiga.

XIII

Sobre tormentos e queimaduras

— Senhor Formiga — Nuha, sem pestanejar, aproximou-se do corpo do ferreiro conferindo sua respiração, em vão. Petrus, no entanto, sabendo do seu trágico fim, manteve-se afastado. De relance, ele olhou para cima em um ato reflexo e, de modo instintivo, sua garganta deu um nó e sua barriga se contorceu ao imaginar o desespero de seu amigo durante a longa queda que o levou ao chão. Sir Jamin, ainda mais afastado, apenas observava a situação sem fazer qualquer pergunta. Os semblantes de seus redentores já respondiam ao que ele precisava saber: ali estava um homem que fora praticamente a alma do grupo; não era um líder, sem dúvidas, porém alguém que mexia com o âmago das pessoas. Próximo dali, uma bolsa de pano repousava a poucas braças de um machado com lâmina de duas faces — seu equipamento e sua arma, respectivamente.

O rei abaixou a cabeça e fechou os olhos em agonia, evitando olhar para a cena. Depois de deixar o corpo de Roderick descansar, ele não imaginaria que pudesse novamente estar na presença de mais um amigo morto. Ia chorar, mas apertou suas mãos com força e resistiu bravamente. Mais uma vez, a injustiça da guerra o encontrara.

Nuha examinou com cautela o corpo de Formiga. Intacto, a vara de bambu de Victor Dídacus — que tanto ajudou os peregrinos no embate contra os morcegos na superfície — repousava sobre a palma de sua mão aberta, esperando que outras mãos a empunhassem com o mesmo vigor e audácia de seu último possuidor; pois que agora elas estavam pálidas e frias. Sua roupa estava rasgada nas coxas e nas mangas e revelavam feridas profundas. Porém, o que mais lhe chamara atenção foram as veias escuras que brotavam de sua pele. Costas das mãos... braços... pescoço. Seu rosto também fora tomado pela mesma e estranha configuração; era como um emaranhado de pernas de aranhas. De sua boca uma espuma branca e espessa – e agora congelada – descia dos lábios até os ouvidos. A sacerdotisa franziu a testa. Algo havia de muito errado no aspecto do corpo. Não foi difícil, todavia, devido aos seus prévios conhecimentos, reconhecer que uma queda não provocaria tão inusitado estado. Aquilo era, com toda a certeza, obra de fogo-fátuo. O que significava que Formiga não morrera no impacto contra o chão.

Nuha, imediatamente, virou seu olhar para a fenda na qual o ferreiro havia caído a fim de estudá-la, fazendo Petrus assustar-se com seu movimento repentino. Ali, aonde a camada de gelo terminava, dando espaço ao enorme espaço vazio sobre suas cabeças, uma parede de pedra lisa e côncava destoava da porção que vinha acima dela. Bastava apenas uma inspeção visual rápida para perceber que Formiga havia sido lançado de uma parede à outra por aquela cunha rochosa, chocando-se contra uma quina e depois sofrendo um impacto bem menor quando encontrou o chão. Chão esse, que devido à neve e aos detritos vindos da superfície, apresentava-se com certa maciez. Infelizmente, sem o Ner Tamid – e não podendo se levantar devido aos ferimentos e ao abalo mental –, o ferreiro foi assombrado até a sua completa insanidade e morte por convulsões alucinógenas. *O que poderia ser pior?* Refletiu Nuha e, subitamente, ela voltou à sua adolescência em Dror.

Era uma noite fria e sem lua.

— Nuha! – chamou ao longe uma voz aguda feminina. O timbre pertencia a uma menina magra, de pele pálida e ondulados cabelos negros. Seus olhos da cor do breu eram perspicazes e seu rosto delicado exibia finos traços, a exemplo de seus lábios e nariz. Ela vestia roupas escuras e trazia em seu corpo uma série de penduricalhos de prata. Seu nome era Senka e ela tinha como divertimento assustar as pessoas, usando a sua beleza para satisfazer seus próprios desejos sinistros. Porém, naquela *aurora*, ela havia ido longe demais. – Vem logo! Por que demoras tanto?

— Acacius não quer ir. Está com medo – Nuha se referia ao garoto loiro e corpulento que se ocultava atrás dela, cujas bochechas eram tão redondas e volumosas que seus olhos quase desapareciam por entre elas. Poucos *verões* mais novo do que as meninas e menor em estatura, Acacius representava a inocência e pureza do grupo. Ele também nunca escondera sua paixão por Senka, sempre lhe entregando flores e fazendo-lhe poemas curtos e bobos dos quais todos, sem exceção, acabavam queimados e abandonados ao vento. Ele sabia que não devia estar ali, mas a presença dela fazia-o descrer de suas próprias convicções.

Senka gargalhou.

— Vamos, Acacius. Não sejas paspalhão – gritou. — Não tem nada nesta masmorra além de morcegos – tentou encorajá-lo, porém Nuha sabia que Senka mentia. Ela conhecia bem as histórias daquele lugar que se encontrava às suas costas.

A Masmorra Sosruko era um forte de passagem abandonado há incontáveis *verões* nos arredores de Dror que, em um passado não tão longínquo, fora palco de uma carnificina que chocou a cidade. Contava-se que, entre os mortos, estava um feiticeiro poderoso, Sosruko, cuja reputação suspeita precedia seu nome: perito em necromancia, ele usava a magia para reanimar aqueles que jaziam debaixo da terra. Até esse tempo, o suposto necromante era uma lenda viva, de hábitos noturnos e esquivos; muito se falava sobre ele, ainda que suas aparições tenham sido raríssimas. Se era verdade que ele possuía tais habilidades ou se elas eram frutos de mentes subversivas, a resposta havia morrido com ele. Entretanto, devido ao macabro episódio – e temendo o local virar reduto de novos crimes –, o governante de Dror, à época, decidiu retomar as funcionalidades do forte enviando uma guarnição para limpar a cena.

O que se seguiu à sua ordem, então, foi apenas o silêncio. A guarnição nunca saiu de lá para contar sua história, e o governante, querendo manter sua reputação, abafou o caso.

Verões se passaram e o assunto mal resolvido acabou por contribuir ainda mais para aumentar a aura de mistério e terror em torno da construção. Alguns diziam que os soldados enlouqueceram com o que viram e comeram uns aos outros, outrem que foram assassinados pelo necromante em sua forma cadavérica e tornaram-se parte de seu exército de mortos-vivos. O que se sabia, de fato, era que o forte abandonado era assombrado e que, se alguém quisesse cavar sua tumba, bastaria entrar lá. Senka, por um acaso, sentia uma forte atração pelos segredos que poderia encontrar em seu interior. Mas... ela não seria estúpida o bastante ao ponto de entrar sozinha na masmorra. Precisava convencer alguém a ir com ela. Neste momento, Acacius não estava convencido, e Nuha não iria para nenhum lugar enquanto ele estivesse segurando suas vestes com insistência.

— Farei uma surpresa para ti se vier comigo – apelou, prendendo-lhe a atenção. — Se mostrares tua coragem, vais ganhar um beijo.

O garoto revelou timidamente seu rosto por trás de Nuha.

— Será verdade, Nuha? – perguntou Acacius, inseguro.

— Vem, Acacius. Dou-te minha palavra. Agora vem! – acenou Senka com pressa. — Vem! – insistiu mais uma vez. E foi assim que, como se encantado por algum poder mágico, o caçula do trio de amigos deixou sua protetora e caminhou com receio para o encontro de sua amada.

— Acacius... – Nuha tentou chamá-lo sem sucesso. — Muito bem, vamos todos juntos então – ela estava relutante, mas, ao mesmo tempo, bastante curiosa. Ao contrário da amiga – que sentia prazer pelo temível –, a jovem sacerdotisa via naquela ocasião uma chance de aprofundar seus estudos sobre outras escolas de magia – no caso, a necromancia – e aprender com a experiência obtida.

Senka esboçou um sorriso de canto de boca ao presenciar a passagem de Acacius à sua frente, que, direcionando-lhe um olhar de desconfiança, tomou-lhe a tocha que tinha em mãos e afrontou o vazio profundo e decrépito da entrada do forte. O garoto parou aterrorizado, tal qual uma presa que, rodeada por uma matilha, prevê sua morte. Com passos vacilantes, porém animado pela esperança de receber a tão almejada recompensa, ele avançou lentamente, seguido por Senka e, logo após, Nuha. O ar frio e o aroma de mofo já eram suficientes para gelar o sangue do mais bravo guerreiro. As paredes cobertas de limo formavam um corredor sinuoso em ângulos agudos como em um labirinto, de modo que não se podia prever o que haveria na próxima esquina. O vento circulando pelo estreito corredor assoviava fino, aumentando a sensação de pavor. Reunindo coragem inexplicável, Acacius continuou sua temerária excursão até chutar, involuntariamente, um elmo de bronze, que rolou ziguezagueando indo de encontro a uma pilha de peças de armaduras vazias. O fogo da tocha iluminou de modo sutil a superfície áspera de alguns crânios que se espalhavam desordenadamente pelo chão. De repente, uma gargalhada histérica e transcendente ecoou atingindo os ouvidos dos três intrusos, fazendo-os estremecerem. A única fonte de luz foi subitamente apagada e um manto negro e tenebroso envolveu o grupo, deixando Acacius paralisado. Senka, no entanto, sem perder tempo, trombou com Nuha e partiu em fuga desesperada no escuro sem se importar com a condição de seu colega.

— Senka! – gritou Nuha em represália, tentando impedi-la sem sucesso. Ao que virou para Acacius novamente, uma forma vultosa azul-esverdeada surgiu diante dele e tomou posse de seu corpo. Rostos desfigurados – não se sabia se humanos ou não – giravam em torno de sua cabeça em uma dança macabra. — Acacius! Acacius! – desesperou-se a sacerdotisa, mas o garoto não respondia às suas interpelações. Movida por um intenso instinto protetor, Nuha pegou seu colega pelo braço sem se importar se seria afetada e o carregou em disparada pelo corredor de volta ao lugar de onde vieram. Astuta, ela havia memorizado todos os vieses do percurso desde sua entrada na masmorra. *Esquerda...esquerda...direita....esquerda...* Enquanto percorria o trajeto de volta, a boca de Acacius – de onde só havia saído palavras doces – blasfemava com palavras de baixo calão, e sua voz – antes delicada – tornara-se grossa e rasgada.

— Pela Ordem, pela Ordem! Pela Imaculada Ordem! – clamava Nuha lembrando-se de sua origem, como há tempos não fazia. — Por todos os deuses da Ordem, salvem esse garoto! Tenham piedade!

No que Nuha finalmente saiu do forte, a forma vultosa deixou, com um grito terrível, o corpo de Acacius, voltando para a escuridão de seus domínios. A sacerdotisa depositou o garoto no chão frio, onde ele começou a tremer e a espumar pela boca. Sua pele enegrecia cada vez mais com o aparecimento de marcas sinuosas escuras e seus olhos reviravam. Seu rosto se contorcia, às vezes gerando contornos de ódio e, logo depois, voltava ao estado de serenidade própria do menino em um ciclo sem fim.

— Acacius! Estou aqui, estou aqui! Não há mais problema. Eu estou contigo! – disse, engasgando-se, com a mão em seu rosto tentando reconfortá-lo, embora não houvesse sinais de que suas palavras surtiam algum efeito. Nuha olhou ao redor tentando encontrar Senka, mas ela não se encontrava ali. De fato, a sacerdotisa não encontraria sua amiga nunca mais depois de sua fuga impetuosa e, seguramente, não planejada. Após um longo período sendo atormentado, Acacius enfim cessou seu movimento, entregando sua alma a Destino.

Nuha, impotente, chorou amargamente trazendo-lhe aos braços. Ali, um menino sonhador, que só fazia o bem, havia sido vítima da morte mais cruel de todas. Nem mesmo o homem mais vil de Exilium mereceria tal sorte. Homem nenhum – ela viria a saber depois –, por mais sábio, ou mais valente, conseguia escapar do fogo-fátuo.

Diante do corpo de Formiga, Nuha relembrava Acacius e sua horrenda morte. E então, ela, que não conhecia o ferreiro o bastante, não conseguiu segurar o ar e a força nortenha, deixando o canto de seus olhos se umedecerem.

— Nuha? O que houve? – Petrus perguntou, percebendo que a sacerdotisa sorvia o nariz.

A sacerdotisa não sabia se lhe contava a verdade, mesmo que dura, ou se o agraciava com a mentira de uma morte heroica. De qualquer forma, suas emoções já a denunciavam.

— Nuha? – o soberano insistiu.

— Ele não morreu na queda, Petrus – respondeu finalmente, e depois se virou para o rei com seus olhos vermelhos. — Teu amigo estava vivo quando chegou aqui. Ele... – ela vacilou — sucumbiu à loucura do fogo-fátuo. Foi atormentado até se entregar ao sopro da morte.

O rei nada disse, resumindo-se apenas a abaixar a cabeça. Sir Jamin achegou-se e colocou a mão em seu ombro, compassivo. Por fim, um pesado silêncio sepulcral pairou sobre os três que estavam ali. Petrus fechou o punho de modo que suas unhas machucaram sua palma. Com a outra mão, apertou o cabo de sua espada como se o destino de Sieghard dependesse disso. Ele então, imediatamente lembrou-se das palavras de Sir Heimerich: "O sangue foi derramado para que a lei se impusesse e a espada fosse embainhada de novo."

Está na hora da espada ser desembainhada novamente, disse a si mesmo.

De repente, um pigarro foi ouvido à sua frente, seguido de uma forte tosse rouca. Uma voz, ainda que muito fraca, queria sair por entre os barulhos ruidosos de sua garganta. Petrus ergueu a cabeça espantado e o coração de Nuha acelerou. Lentamente, as pálpebras do velho ferreiro se levantaram.

— Senhor Formiga? – Nuha queria se certificar da identidade do ser à sua frente, pois receava estar diante de um morto-vivo.

— Formiga! – o rei exclamou com os olhos arregalados, alheio à situação que tanto espantou sua companheira.

Com a mão esquerda, o homem que acabara de acordar apalpou seu pescoço, emitindo sons guturais e deselegantes. Ele olhou moribundo para suas visitas que o encaravam portando semblantes com sentimentos variados.

— Eu avisei... – tossiu — O velho Formiga... Não é tão sopa assim.

E neste momento, as lágrimas já não eram mais de tristeza.

Apesar de vibrante com o ineditismo da situação, Nuha sabia que algo muito errado – ou muito certo – havia acontecido com o ferreiro.

Como?! Perguntou a si mesma.

XIV

Sobre homens e lâminas

Enquanto Petrus se regozijava com seu velho amigo, Nuha, incrédula, tentava encontrar alguma razão para a sobrevivência do ferreiro. Não havia em nenhuma literatura que já havia lido, tanto ordeira quanto caótica, referências a indícios ou provas de que alguém havia sobrevivido ao fogo-fátuo. Teria ele alguma defesa natural a esses sórdidos espíritos? Ou seu corpo negava-se a entregar sua alma? Diante do inexplicável, a sacerdotisa lembrou-se da lenda de uma pedra rúnica que dava ao homem que a portava o direito de opor-se à morte no momento do último sopro de vida. *KhdMot*... Era esse o seu nome, ou Pedra Rúnica do Desespero. *Não, ele não a tem, seguramente*. Nuha descartou imediatamente a ideia, pois sabia que a existência de tal pedra só fora descrita nas colunas de um templo há quase três eras destruído e que agora jazia em terras submersas pelo Grande Dilúvio.

— Não vai falar oi com Formiga? – Petrus percebeu que a sacerdotisa estava imersa em pensamentos e resolveu cutucá-la. Ela saiu de seus devaneios com um sobressalto e se desculpou.

— Sê bem-vindo de volta ao mundo dos vivos, Formiga. Destino te tem em alta estima, tenho certeza. Olha para as costas das tuas mãos, devagar, sem te assustar. O que verás é uma prova de que és o primeiro homem a resistir a um ataque de fogo-fátuo, os espíritos mais imundos de Exilium.

O alodiano fez o que Nuha pediu e ergueu as sobrancelhas.

— Do que te lembras? – indagou Nuha. — Digo, depois que caíste.

Formiga balançou a cabeça, colocando sua mão sobre a testa.

— Minha última lembrança foi a visão deste local antes de eu apagar – respondeu.

— E enquanto estiveste inconsciente?

— Nada.

— Nada?! – a nortenha estava afoita.

— Nuha, olha o estado dele. Dê-lhe um tempo! – o rei criticou.

— Não posso. Não enquanto sua memória estiver recente. A informação do que se passou depois que Formiga desmaiou é vital para os anais da magia. Pode salvar vidas.

Petrus lançou um olhar furioso para a sacerdotisa. Formiga tocou o rei em sinal de paciência e compreensão.

— Tudo… – ele tossiu, voltando as atenções para ele — Tudo era escuridão, mas o sentimento que ficou em mim foi de… – ele tomou ar — Uma luta.

— Como em uma guerra? – Nuha indagou.

Formiga não respondeu imediatamente, pois escolhia suas palavras com cuidado.

— Minha alma foi disputada entre duas forças – continuou com um pouco mais de desenvoltura — E fui tomado pelas duas em vários momentos. Um misto de emoções alternantes cutucava meu âmago. Enquanto uma parte tentava me levar, outra me protegia. E quando estava sendo puxado sentia as piores emoções que alguém podia ter. Pela Ordem! – ele estremeceu, fazendo Nuha ter se arrependido de sua pergunta. O rei, novamente, encarou de forma reprovadora a nortenha que, por sua vez, silenciou-se a fim de não incomodar Formiga mais uma vez, visto seu estado mental.

Apesar de pouca, a sacerdotisa podia dar-se por satisfeita com a informação que Formiga lhe dera, mesmo que momentaneamente. Segundo suas conclusões iniciais, o ferreiro de Sieghard não portava o *KhdMot*, para seu desânimo; e também não possuía habilidades naturais de defesa ao fogo-fátuo. Em outras palavras, ele não era excepcional ou usou de qualquer magia para sobreviver. De fato, o que tornava a sua sobrevivência ainda mais inexplicável era que ele era apenas um homem comum – em outras palavras, qualquer pessoa poderia sobreviver ao fogo-fátuo. *Não, ele não pode ser um homem comum. Ele foi capaz de perturbar o mundo espiritual, a ponto de fazer os espíritos lutarem por sua alma. Isso só pode ser uma habilidade, mesmo que inconsciente! Raios!* A cabeça da sacerdotisa parecia explodir. Quanto mais ela refletia, mais questionamentos surgiam. Contrariada, Nuha por fim percebeu que a resolução de tal enigma não viria enquanto nao vigiasse Formiga de perto.

— Não te preocupes, bom homem – interpelou Sir Jamin, altivo, aproximando-se do grupo. — Se tu estás aqui conosco, é porque a força que te protegeu foi superior àquela que te queria o mal. Mesmo neste mundo estamos sujeitos ao eterno embate entre virtudes e vícios. Desculpais minha intromissão, creio que não fomos devidamente apresentados. Sou Jamin, cavaleiro da Ordem e protetor do último Aclamador Irrevocável.

As palavras de Sir Jamin poderiam ter sido aliviadoras no início, mas à medida que o estranho homem se aproximava, um pequeno detalhe chamou a atenção do ferreiro e o fez ignorar por completo o seu sofrimento, assim como a apresentação do cavaleiro. Ainda na Abadia de Keishu, na ocasião em que os peregrinos discutiam as recompensas de se participar de uma missão dada por Destino, Formiga havia conjecturado o recebimento de armaduras gloriosas, indestrutíveis e armas divinas.

Ele só não esperava que as encontraria tão cedo.

Perplexo, o alodiano não conseguia desviar seu olhar da tira de lâmina da espada que brilhava com um polimento impecável entre a bainha e o cabo. A luz do sol que incidia diretamente sobre ela tornava a sua aparência ainda mais sublime. Petrus ou Nuha não poderiam saber o que Sir Jamin trazia consigo, somente o ferreiro mais popular de todo Sieghard.

— Li... Li...Lithon – ele sentiu dificuldades em pronunciar o nome. — Por Destino! Essa lâmina azulada...Isso...isso é Lithon! O aço dos deuses!

Sir Jamin sorriu.

— És um ferreiro, posso supor pelos teus conhecimentos. Bem... – o cavaleiro desembainhou sua espada e a entregou-lhe — se é o suficiente para esquecer-te de teus tormentos. Apresento-lhe *Pântea*.

Com dificuldade e ajuda de Petrus, Formiga sentou-se e segurou a espada com delicadeza. Suas mãos enegrecidas rasparam a superfície da lâmina azulada como se estivesse tocando a mais bela flor. Ela era leve como uma pluma e forjada com uma técnica que nem mesmo ele conhecia. A lâmina finíssima de gume simples terminava suavemente encurvada para trás em uma afiada ponta unilateral. Como ele suspeitava, uma camada sutil de gordura se conservava sobre suas faces, uma característica única e natural do Lithon que deixava a arma escorregadia e comprovava sua propriedade hematofóbica – o sangue não se acumulava sobre o metal. Também, não havia sinais de deterioração física nela, riscos ou qualquer marca. Seu acabamento impecável fez o ferreiro tomar um susto ao ver seu próprio rosto espelhado na superfície.

— Nunca imaginei que sobreviveria para ver tão valiosa obra-de-arte! Ela parece que acabou de sair da forja!

— Não te enganes, senhor Formiga, se me permites chamar-te assim. Usei-a já em demasia. Sua lâmina registra muitas cabeças decepadas. Aliás, se posso dizer que ela tem uma capacidade especial, seria essa. Nenhuma espada corta pescoços tão bem quanto *Pântea*.

— Quem a forjou? – perguntou com avidez. — Que técnica foi utilizada? Quais metais formam a liga? – seus olhos brilhavam, já não havendo mais traços da tensão resultante dos últimos acontecimentos. Petrus e Nuha se entregaram àquele momento e pegaram-se rindo despretensiosamente.

— Essa lâmina acompanha minha família desde tempos imemoriais – respondeu Sir Jamin. — Foi forjada segundo a tradição vigente daquela época, a mesma em que Ieovaris ainda caminhava em nosso mundo; há quem diga que foi o próprio ferreiro dele, Gobán, *o Pequeno*, o autor de tal feito. Sendo ele ou não, o que importa para ti é que posso garantir-te que a técnica foi preservada de maneira oral através de inúmeras gerações até chegar ao conhecimento de meus antepassados. Não sou ferreiro para dar-te detalhes específicos, mas sei que essa lâmina foi forjada em camadas, utilizando-se de metais com propriedades diversas; e o resultado é este que estás vendo: uma lâmina fina, dura como o diamante e flexível como o junco... e praticamente indestrutível.

Formiga quedou-se em silêncio admirando a espada, imaginando seu processo de fabricação e o ferramental necessário para a criação de tal joia. Mesmo seu cabo em bronze e marfim trazia minúcias que nem o escultor mais renomado de Alódia conseguiria reproduzir. Também não foi possível não reparar a ancestralidade da arma. Feita de um metal que já não existia – ou pelo menos não em Sieghard –, com uma técnica extinta desde a última era – sobrando apenas boatos da "dita" lâmina azulada dos deuses –, não importava a veracidade das informações alegadas por Sir Jamin, *Pântea* deveria ter pelo menos dois mil *verões* de existência. Finalmente, o ferreiro caiu em si.

— Afinal, quem é você?

— É uma longa história, nobre ferreiro – disse o cavaleiro, negando-se a repetir sua apresentação. Em seguida, ele tentou retomar sua espada das mãos de Formiga, porém o alodiano segurou *Pântea* firme não querendo deixá-la. Só após um longo suspiro a espada foi entregue com reticência.

— Em tempo te direi quem sou – continuou Sir Jamin, embainhando a arma. — Por ora, basta-te saber que estou do vosso lado e vos ajudarei em vossa jornada. Creio que teus colegas queiram saber tua condição e como irão alcançar novamente a superfície – o cavaleiro se afastou, dando liberdade para Nuha e Petrus.

Obrigado, Jamin – o rei agradeceu. — Consegue se levantar? – perguntou a Formiga.

Com esforço, o alodiano forçou seus braços e pernas em vão. Seus companheiros o ajudaram a ficar de pé, porém as feridas abertas causavam-lhe uma dor insuportável. Tão logo se levantara, pôs-se a sentar novamente. Mais uma vez – ele lembrou, a exemplo do fatídico episódio no Pico das Tormentas –, tornava-se um fardo para o grupo. Entristecido e envergonhado pela sua condição, o ferreiro abaixou a cabeça querendo esconder seu semblante.

Nuha, como boa observadora, interpretou a reação de Formiga e agachou-se ao seu lado para se utilizar de uma estratégia que já dera certo.

— Sei pouco sobre sua arte, mas sei que quando uma lâmina está empenada, só o fogo pode desempená-la – explicou, repousando suas mãos sobre um largo corte exposto na perna dele por entre os farrapos da calça.

— O que está fazendo?! – indagou Formiga, assustado, pois sentia uma queimação intensa na região do ferimento.

— Desempenando-te – ela respondeu, secamente. — Agora, não te mexas. Em nenhuma hipótese. Sê forte!

Nuha, então, tomou algum tempo com suas mãos sobre a ferida, passando para outra quando julgava suficiente. À medida que mais e mais cortes eram aquecidos, a sacerdotisa perdia a cor – seus lábios esmaeciam e sua pele arroxeou. Sir Jamin analisou com atenção, reparando como ela estava usando todo o calor de seu corpo e direcionando-o para suas mãos a fim de elevar a temperatura e curar o velho senhor. *Definitivamente, uma magia de cura, pois usa de sua vida para tratar outra. Definitivamente, de origem ordeira*, refletiu. Finalizado o procedimento, Nuha, de modo abrupto, enfiou suas mãos no amontoado de gelo sobre o chão, que, por sua vez, derreteu instantaneamente soltando fios de vapor. Sua expressão aparentava cansaço, mas o corpo ainda estava firme.

— E então? – Formiga perguntou com ceticismo.

— Levanta-te e anda, ora! – comandou a nortenha.

Recebendo ajuda de Petrus, o ferreiro se levantou em meio a grunhidos de dor, conseguindo enfim ficar de pé.

Ele estava pasmo.

— Não te excedas. Não estás completamente curado – explicou Nuha. — Isso é o máximo que posso fazer.

— Você... – Formiga apontou para seu rosto pálido.

— Eu ainda estou melhor que tu. Não me agradeças. Sei que farias o mesmo por um amigo – disse ela, batendo suas mãos. — Agora, senhores, já que estamos todos relativamente saudáveis, é hora de sairmos desta ratoeira.

A tarde já ia embora quando os últimos corpos foram enterrados na neve, próximo à fortaleza destruída. Sir Heimerich, Duncan, Braun e Victor Dídacus haviam trabalhado sem parar na limpeza do campo de combate, identificando e separando os amigos e inimigos, sem sinal do grupo liderado por Nuha. A poeira há muito havia se dissipado dando lugar a um céu limpo. O vento gélido açoitava suas peles e fugia para o sul, levando com ele a esperança das boas notícias. O firmamento adquiria tons de laranja, e o sol, em sua progressiva retirada, deixava os guerreiros ainda mais solitários, jogando seus débeis raios de luz sobre uma paisagem dourada. A troca de olhares entre eles tornava-se cada mais constante com a passagem do tempo. Em breve, a noite cairia sobre todos e, depois da batalha, ninguém desejaria permanecer no local vulnerável aos perigos que os espreitavam.

— Nós precisamos resgatá-los – disse Sir Heimerich quando se deparou com Duncan.

— Morrerás, cavaleiro. Sabes bem disso – o general argumentou, enquanto depositava o último corpo próximo a outros soldados caídos. — Estás vendo essa vala? Não quero colocar-te ao lado desse aí amanhã. O frio, siegardo, consumirá a tua vida antes de chegar às ruínas do castelo. Isso...se não fores devorado pelos lobos antes. Nesse caso, eles pouparão meu serviço de carregar-te até aqui.

— Eles precisam de nós – o nobre insistiu. — Eles podem estar soterrados, ou perdidos, ou feridos. Basta que...

— Não sejas tolo, Heimerich! Olha à tua volta! Olha como estamos! – gritou. — Quem dos homens restantes irá se disponibilizar? Aprecio tua força de vontade, mas não perderei mais homens. Não perderei *meus homens*. Se quiseres um conselho, espera a próxima *aurora* e parte com uma força-tarefa – Duncan então, vendo que o paladino se irritara, colocou a mão no ombro de Sir Heimerich em um ato fraterno. — Preocupados... todos nós estamos, cavaleiro. Nuha está lá também. Nordward... Nordward depende dela. Não assumas que eu não me importe com a ausência de teus amigos, eu só não quero morrer em vão, que é o que acontecerá contigo se tomares essa decisão.

— General! – a voz de um soldado exasperado se sobressaiu próximo aos dialogantes, cortando a conversa entre os dois. — General, vimos um grupo de pessoas vindo em nossa direção. Talvez sejam eles.

— Mostra-me! – comandou Duncan.

O soldado apontou um local entre as sobras de dois arcos de pedra.

— Encontra Braun e pede para vir conosco – disse, saindo correndo para o local designado junto com Sir Heimerich.

Próximo a um dos arcos, Duncan pôde ver a figura rúbea de quatro pessoas andando contra o sol em sua direção. Uma delas, a menor, caminhava suportada por uma maior; outra portava um cajado, enquanto a mais apartada segurava um escudo metálico.

— São eles? – perguntou Sir Heimerich, apertando as vistas. — Não reconheço o mais do canto.

— Esse andar... – Duncan observou o caminhar majestoso do líder. — Seguramente é Nuha.

Não demorou para que Braun chegasse para acabar com as dúvidas.

— Que os dragões me chamusquem se aquele não é o mestre almôndega. Eu reconheceria seu formato a qualquer distância – gargalhou. — Pelo visto, ele andou aprontando de novo. Onde será que está o magricela?

Nuha, Petrus, Formiga e Sir Jamin haviam encontrado seu caminho para a superfície – para três deles, o caminho de volta. No subterrâneo, eles encontraram a morada do troll que havia os atacado no embate contra o Invocador – um emaranhado de cavernas. A sua aparição por debaixo da terra tinha lhes dado a convicção que conseguiriam uma saída para cima. Com alguns truques da mente prodigiosa de Formiga e a sabedoria de Nuha, não foi difícil para eles descobrirem o ponto por onde a criatura emergiu do chão. Ao lado de Sir Jamin, os peregrinos sentiam-se com o dever cumprido – e felizes de estarem de volta. No entanto, voltar para o porto seguro de onde tinham partido não tinha gosto de vitória. Assim como o grupo de Duncan, que teve seu exército destroçado e centenas de perdas, Nuha trazia o pesar da ausência de Roderick. De uma coisa, porém, ela tinha certeza: nada mais seria como antes. Os seguidores da Ordem não mais vagariam aleatoriamente sobre um mar de incertezas. Pela primeira vez, eles tinham um plano para derrotar o exército do Caos. Eles tinham um cavaleiro inquebrantável. E, mais importante ainda – a sacerdotisa em breve anunciaria:

Sieghard tinha um novo rei.

XV

Uma nova esperança

A jornada de volta à Nordward foi pautada por dor, fadiga e um misto de orgulho e tristeza. Orgulho pelo objetivo alcançado, e tristeza pelos amigos que ficaram no campo da honra. A mãe-natureza, entretanto, não se importava com o resultado, se ali havia vencidos ou vencedores, heróis ou vilões. Ela simplesmente estava. O frio. Os tremores. A tenebrosidade da noite – e os perigos daí advindos.

Durante cinco *auroras*, o exército de Duncan tivera que vencer as adversidades, apoiando os que podiam ao menos andar, e carregando em macas e carroças improvisadas os mais feridos e fracos. Nuha, utilizando seus poderes de cura, ajudava como podia, levando calor e conforto aos que sofriam de delírios, tratando cortes profundos, amputando os membros irreparáveis e, orando pelas almas daqueles que não resistiram às provações. A atmosfera entre os soldados só não piorava, pois, mesmo na mais penosa marcha, algo era uma constante em suas cabeças: a visao das paliçadas de Nordward atrás das quais estavam suas famílias, seus amores e sua segurança.

Ainda assim, ao menos um terço do exército não pôde voltar para casa.

Para os peregrinos do sul, o vislumbrar de qualquer esperança tivera que esperar, pois um grande abatimento desceu sobre eles com a perda de Roderick. O arqueiro, inicialmente, havia conquistado a confiança de Petrus com conversas alegres e despretensiosas, mas, de forma gradativa, alcançou o respeito de todos – não só com suas habilidades, que ajudaram o grupo em momentos cruciais, como também com seu modo de cuidar das pessoas, seja guiando as famílias em Alódia, seja cantando para espantar a tristeza, sempre disposto a realizar tarefas com boa vontade.

Não seria fácil se conformar que deveriam continuar sem o diligente campeão de Adaluf.

Sir Jamin, muito respeitosamente – alegando que haveria outras oportunidades para uma conversa mais longa com os siegardos –, preferiu a princípio manter-se em silêncio até que eles tivessem condições de superar o pesar e o luto. *"Há o tempo para chorar, e quando não houver mais lágrimas para cair, chegará o tempo de lutar."*, declarou antes de se retirar. Também Nuha deixou seus assuntos para depois. De fato, o baque pela ausência do colega afetou a todos e não permitiu espaço para qualquer outra questão.

Braun, que nas últimas *auroras* havia se aproximado bastante de Roderick, foi um dos que mais o sentiu. Seu temperamento zombeteiro e rude havia cedido lugar a um homem sério e compenetrado; nada de apelidos ou afrontamentos. Durante grande parte do dia, ficava sozinho. Suas mãos, embora fortes, mostravam-se severamente machucadas por consequência de violentos golpes em rochas e pedras de gelo com o punho fechado.

Sir Heimerich, ao contrário do kemenita, jurara a Destino que não deixaria mais sua fé ser abalada. Desde que a reconquistara, ele sabia que perdas imensuráveis aconteceriam, só não esperava que elas viessem novamente tão cedo – e com alguém tão próximo. A perda do fiel arqueiro da Ordem o deixara mais contemplativo. O paladino, que sempre o considerou um selvagem, como alguém inferior, percebera que nunca havia se dado a oportunidade de considerá-lo como igual. Roderick mereceria um lugar junto à nobreza, ao lado direito do rei, ele pensou. Jurou a si mesmo que, se voltasse ao Domo do Rei, e substituísse seu pai como barão de Askalor, mudaria as regras sociais que separavam nobres de plebeus, pois estes mostraram que um grande homem podia nascer em uma simples cabana. Trataria também de advogar junto aos Cavaleiros da Ordem para que homens excepcionais pudessem se tornar cavaleiros, mesmo não sendo nobres de nascença.

Formiga, que em outra ocasião entregara sua vida na defesa de Sir Heimerich e já tinha se preparado para entregar sua alma três vezes, reclamava a Destino a injustiça dele estar vivo. *"Deveria ter sido eu"*, balbuciava em seu sono entre lágrimas. Não demorou para que sua simpatia desaparecesse quase por completo. Victor Dídacus lamentava a perda da presença física de Roderick, mas se regozijava com o retorno de seu espírito para o corpo de Destino. *"Ele ainda está aqui, mais próximo do que imagina"*, dissera para reconfortar Petrus, dando-lhe uma piscadela.

Quanto ao humilde pastor, que assistiu à morte do colega em seus braços, restaram-lhe apenas as boas lembranças. Apesar de ter chorado todas as noites, dentro dele uma força para vencer nascia com ímpeto explosivo. Por Roderick, ele havia prometido reconquistar as terras de Sieghard, e devolver o esplendor do antigo reino. *"Juro, meu amigo, pelo meu sangue, pela minha vida, custe o que custar"*. O fato era que, se ele não havia tido até agora um motivo para ser rei, a calamidade fizera-o achar o seu. Imediatamente, lembrou-se das palavras do Livro Sagrado da Ordem, recitadas pela suave voz de sua mãe: *"Um rei não é um rei até que ele ache um motivo pelo qual valha a pena sê-lo, do contrário, é apenas um burocrata"*.

Foi na noite da quarta *aurora* de marcha que Nuha resgatou Sir Jamin de seu silêncio proposital e, junto a ele, decidiu contar aos siegardos e Duncan sobre o Aclamador Irrevocável e como ele se encaixava no plano do antigo cavaleiro para derrotar as forças do Caos. Reunidos à luz das estrelas e sentados em volta de uma fogueira, todos ouviram com muita atenção as palavras da sacerdotisa enquanto Sir Jamin observava como a chama da esperança reacendia nos corações ainda pequenos. Apesar da definição de um novo rumo, a próxima etapa da jornada dos peregrinos adquiria uma complexidade substancial em relação ao que já haviam passado. O grupo quedou-se incerto, e a falta de palavras após o longo discurso foi o bastante para resumir a situação. Não havia dúvidas de que eles tinham ainda fôlego para mais uma aventura, mas como fazê-la?

"Cruzar Sieghard tomado pelo inimigo, conseguir uma tripulação e roubar um navio das forças do Caos... e, ao mesmo tempo, encontrar o Último Aclamador antes que a trombeta seja tocada. E eu achando que a história do dragão de barba negra era fantástica demais para ser verdade", disse Formiga, irônico. "Sendo Petrus também da linhagem de um Aclamador, haveria alguma chance de Sir Jamin treinar apenas ele para ser o Último Aclamador? Pouparíamos tempo e esforços", perguntou Sir Heimerich antes de receber uma resposta negativa. A existência de um Último Aclamador era fruto do acaso, uma variação muito especial do sangue de Ieovaris no corpo de um homem comum que lhe concedia o poder exclusivo de aplacar a fúria de um dragão, e Sir Jamin não insistiria no treinamento de um único candidato. Infelizmente, exceto por Petrus, ninguém no grupo conhecia mais alguém com o dom da empatia com animais – fator inicial para começar uma busca –, o que poderia significar que os descendentes de Ninad eram pouquíssimos, ou que nunca tiveram a oportunidade de usar seu poder o que, por consequência, tornava-os impossíveis de serem encontrados.

Embora os siegardos estivessem desiludidos com o colossal esforço que teriam que fazer para concluir a missão, Nuha por outro lado, parecia ter na ponta da língua a resposta para encontrar o Último Aclamador de maneira mais eficaz possível. A solução fora esboçada pela primeira vez no seu encontro com os painéis das ruínas do antigo castelo da Ordem, e, até então, passara despercebida – mesmo por Petrus, que, na ocasião, estava junto dela.

— É só seguir Linus! – declarou após uma breve pausa nas conversas. Os olhares voltaram-se para ela. — Sabeis que Linus já tem a trombeta. O que falta para que ele tenha total domínio sobre os dragões e tornar-se o imperador de Exilium? O Último Aclamador! Vós não tínheis ideia do motivo para vosso reino ter sido invadido. Agora tendes. Linus quer o Último Aclamador e ele sabe onde ele está: em algum lugar em Sieghard! Então... se conseguirdes prever seus passos...

— Podemos encontrar o Aclamador Irrevocável antes dele – Petrus completou.

De repente, tudo começou a fazer sentido. Um imperador supremo, governante de todo Exilium, instaurador de um reinado do Caos por várias gerações em todas as terras conhecidas e responsável pela eliminação completa da Ordem, fazia jus aos planos maquiavélicos do inimigo. Se Linus achasse o Último Aclamador – seu objetivo final –, isso acabaria com todas as chances de uma retaliação por parte da Ordem e poria o moral da população ordeira ao chão. Em outras palavras, seria o fim de qualquer esperança remanescente, pois nem mesmo um refúgio secreto de uma possível resistência entre as montanhas sobreviveria à ira dos dragões.

O grupo ficara embasbacado. A seriedade da situação pedia medidas urgentes. Porém, agora, sabendo dos planos do inimigo, podia-se adotar uma estratégia muito mais clara e objetiva. Sir Heimerich, tendo participado de alguns conselhos de guerra – a exemplo da defesa de Alódia –, não demorou muito para compartilhar um pouco de sua experiência em campanhas.

— Senhores, seria muita ingenuidade imaginar que encontrar o Aclamador antes de Linus é o suficiente para resolvermos essa questão de uma vez por todas. Podemos falhar miseravelmente. Pensem bem: Linus quer o Aclamador, mas sem a trombeta ele não lhe é útil... e vice-versa – explicou, levantando-se com a mão no queixo. — Para aumentar nossas chances de sucesso, precisaremos trabalhar com duas frentes. Enquanto uma delas se encarregará em executar o plano de Sir Jamin na recuperação da trombeta, a outra permanecerá em Sieghard no encalço de Linus. Não podemos nos dar ao luxo de deixá-lo com estes dois itens sob sua posse. E quando digo "não podemos deixar", falo que, se conseguirmos encontrá-los, precisamos eliminar qualquer possibilidade de que eles caiam nas mãos inimigas, inclusive levando-os às últimas consequências.

— Você quer dizer... – Formiga expressou-se com suspeitas.

— Que devemos matar o Aclamador – Braun respondeu, direto e grosso. Petrus engoliu em seco ao pensar que ele poderia ser o Último Aclamador. O guerreiro continuou, não obstante as diversas reações de sua fala: — Eu apoio Heimerich. Não podemos dar esse luxo a Linus. E pensar que por causa de uma pessoa apenas, esta maldita guerra começou. Por isso, serei o primeiro a degolar este verme.

— Um momento – o rei interrompeu, denotando nervosismo. — Ninguém acha que com a trombeta intacta e o Aclamador vivo não teríamos uma chance mais rápida de virar esse jogo? Resgatamos o Aclamador, levamos ele a um local seguro e quando Linus menos esperar, tocamos a trombeta e faremos uma surpresa. Se o matarmos, o que garantirá que as forças do Caos irão se retirar de nossas terras?

— A ideia sempre foi essa, Petrus: usar o Aclamador e a trombeta ao nosso favor, lógico que com as devidas adaptações. E é o que faremos – Sir Jamin tentou amenizar. — O que Sir Heimerich quis dizer é que, caso a situação saia do controle, deveremos eliminá-lo para frustrar os planos de Linus. Faremos de tudo para não chegar às últimas consequências. Mas, resgatar alguém que é o foco principal de um exército inteiro e fugir com ele...

— Não é como roubar fruta do quitandeiro, não é mesmo? – Formiga completou. — De qualquer forma, quem terá o sangue frio para matar um cidadão inocente que não tem noção do que a sua própria existência causaria? Eu não o faria, também não suportaria vê-lo. Por isso, prefiro ficar com o grupo que for atrás da trombeta. Acho que roubar um navio, enfrentar *Maretenebræ* e se infiltrar em um local guardado, sabe-se lá Destino por quais forças ocultas, é uma tarefa bem mais fácil.

— Bah – Braun resmungou, contrariado.

Petrus refletiu por um momento, arrependido de seu juramento à memória de Roderick. *"Custe o que custar"* era uma frase muito forte, embora, ele pensou, *"se meu avô, Marcus I, não tivesse me lançado ao mar, provavelmente, na atual aurora, eu já estivesse morto. Assassinado pelos adversários políticos de meu pai"*. Em seguida, o rei abaixou os olhos e apertou suas mãos: *"Mas se for a vontade de Destino, não posso fugir. Serei Seu instrumento"*.

— Quanto à trombeta... – o nobre retomou sua oratória. — É imprescindível que consigamos retê-la sem que a informação chegue a Linus, de modo a não alardear seus exércitos. Para que isso se realize, basta que ele não saiba que estamos rumando à sua terra de origem.

Braun gargalhou sem se conter, deixando os outros sem reação.

— Lordezinho, eu espero muito que você não esteja falando em roubar um navio maior que todas as embarcações já feitas em Sieghard sem levantar suspeitas, como se ele fosse um bote de um pescador pé-rapado do Velho Condado.

Sir Heimerich não alterou sua expressão, o que levou o kemenita a gargalhar mais uma vez em instantes. Quando terminou, sem que ninguém o acompanhasse, ele enxugou as lágrimas de emoção.

— Não conte comigo. Está na cara que isso não vai dar certo. Aliás, eu não sou muito de mar, não. Prefiro a terra firme. Nesse caso, ficarei para procurar aquele verme domador de lagartixas.

— Muito bem – concluiu o cavaleiro. — Acredito que já tenhamos uma definição de cada grupo. Sir Jamin, o único capaz de comandar um navio, ficará a cargo da trombeta, levando consigo Formiga e Petrus, onde terá a oportunidade de treiná-lo. Jamin, sir, há como existir dois ou mais Último Aclamadores ao mesmo tempo?

O ancião coçou a barba devagar, como se o ajudasse a pensar.

— Ficávamos a cargo da proteção de apenas uma família em minha época. Não era frequente, talvez quase raro, de coincidir, em vida, avô e neto, ou mãe e filha, com o poder último. Nas atuais *auroras*, com o sangue tendo sido espalhado, supondo que tal poder não tenha se perdido, as chances que ocorram tais coincidências podem ser até maiores. Digo-vos, porém, que estou apenas conjecturando. A energia que sinto em Petrus é deveras inferior às de seus antepassados. Infelizmente, é uma realidade que pode ser atribuída não só a ele, mas a todos os descendentes de Ninad. O que significa que Linus pode estar atrás de um espantalho.

Sir Heimerich mordeu os lábios.

— Bom, de qualquer forma, expormo-nos ao risco de que Linus esteja errado seria tolice. Se existir uma mísera possibilidade de que Petrus seja também um candidato a domar os dragões, vamos nos atrelar a ela! E caso venha a ser verdade, poderemos usá-lo imediatamente ao encontrarmos a trombeta. Se ele não o for, não obstante, ainda teremos que resgatar o artefato. Ao mesmo tempo, temos que considerar que Linus esteja em Sieghard atrás do Último Aclamador e certificar que seu objetivo não se cumpra. Eu, Braun e Victor ficaremos para esta tarefa. Victor pode ser de grande ajuda na busca pelo Aclamador pela sua extraordinária capacidade espiritual. O que acha, Victor?

O arcanista, que não se pronunciara ainda, e observava o fogo crepitar com atenção, apenas encarou Sir Heimerich, acenando com a cabeça.

— Duncan, Nuha? O que dizem? – o nobre perguntou. — Não demoraremos em Nordward, portanto, preciso que decidam agora. Sua ajuda será de grande valia.

Duncan se ergueu, fitando a sacerdotisa, e depois colocou o braço direito sobre o ombro de Sir Heimerich.

— Eu adoraria poder ir com vós, cavaleiro. Falo por mim e por Nuha. Sentir o calor do sul, o sangue quente dos Libertários respingando em meu corpo depois de um golpe suave de espada. Ah, como eu queria! Mas quis Destino me incumbir da tarefa de defender Nordward e proteger meu povo para vindouras *auroras* de glória! Dror, em pouco tempo, ficará sabendo do nosso ataque e como as forças Libertárias pereceram frente à maior investida da história de Dernessus, libertando-nos de nosso flagelo, graças à coragem e ao valor dos homens do sul!

Os peregrinos salutaram o general do norte.

— Um contra-ataque é esperado, cavaleiro. Não te iludas. Mas vós não estareis aqui para lutar conosco, não! – então, o general começou a apontar para os peregrinos, um a um. — Eis o meu comando, forasteiros: deixai-nos à nossa sorte! Temos resistido bravamente sozinhos nas intempéries, por isso digo que venham todos aqueles miseráveis de novo! Arrancaremos seus colhões dessa vez! – ele bateu o punho contra o peito. — Nordward está aqui há apenas duzentos *verões*. Agora... vós? Vós?! Vós tendes uma nação de mil *verões* para salvar! Sem Sieghard, Nordward cairá junto. Por isso, meu brado na próxima batalha ecoará junto aos vossos. E ele será: Pela Ordem e pela glória de Sieghard! – gritou, e seu brado, proferido de forma tão enfática por alguém que não era siegardo, fez todos se levantarem com orgulho e emoção.

Nuha sorria satisfeita. Novamente, o grupo estava unido e feliz, como ela nunca vira. Quando chegaram em Dernessus, seus semblantes estavam apagados, por consequência de derrotas pós derrotas. Quem poderia dizer o que passaram? Nem mesmo o resgate de Sir Jamin havia-lhes tirado de sua dormência. A morte de Roderick havia sido o golpe final para eles. Porém, a vida mais uma vez lhes agraciava com um vislumbre de esperança. E era nisso que eles se agarravam agora. Sem um lar, sem a certeza de que suas famílias tenham sobrevivido, restava-lhes apreciar da melhor forma possível os momentos breves e simples que lhes era proporcionado. Pois que, durante a noite, em volta da fogueira, aqueles homens – que já poderiam ser chamados de heróis –, conversaram, beberam e se abraçaram como grandes amigos.

— Quando o vi pela primeira vez, achei que era um pastelão, com aquela pele bronzeada, e trejeitos moles – revelou Braun, se referindo ao finado arqueiro, após lhe contarem seu desfecho. — Certa vez, ele me abriu que seu maior medo era viver com um rosto cheio de cicatrizes, mas, ao final, o magricela se jogou contra um troll-das-neves sem pensar nisso. Vejo como eu estava errado sobre ele. Nem eu tive a coragem de enfrentar os trolls do Pico das Tormentas – concluiu com uma sinceridade nascida apenas após muitas canecas de hidromel, arrancando entreolhares dissimulados.

— Que te sirva de lição... – rebateu Duncan, sem o julgar. — ...para que honres com a memória deste bravo.

Além da discussão sobre Roderick, todos os grandes feitos da batalha tornaram-se assunto em pauta. Petrus contou como Formiga salvou-o de uma nuvem de morcegos usando o bastão de Victor, enquanto o ferreiro, de forma épica tal qual um menestrel, relatou como Petrus matara o troll-das-neves – o que deixou Braun bastante irritado, principalmente depois de terem apelidado seu concorrente de "Leão do Norte". A espada empunhada pelo rei – cedida a ele por Victor Dídacus – também não passou despercebida por Sir Heimerich. O nobre constatou que era de fato a arma usada por Cledyff I e seu nome era bem documentado nos tomos da Biblioteca Real: *Trazaluz*.

Para mudar de assunto, Braun falou sobre os novos poderes do nobre e como ele o havia usado para matar um Thurayya. Victor complementou dizendo que todos no grupo ali haveria de liberar algum tipo de poder em alguma *aurora*. Muito interessado, Sir Jamin confirmou o que o arcanista dissera, contando-lhes sobre os antigos Cavaleiros da Ordem e como eles tinham total controle sobre suas habilidades peculiares. Petrus lamentou o fato de Roderick não estar presente para ouvir sobre isso. "Ele já havia descoberto seu poder... e o usava constantemente", Formiga disse. "Ele tinha a capacidade de transmitir paz e harmonia a todos à sua volta. Você não sentia isso?".

Por fim, quando a madrugada adentrava e os ânimos esmoreciam, Nuha apareceu com o emocionante relato de sua origem siegarda, sua amizade com Sir Nikoláos – ou Nik, como ela o chamava – e sua participação na excursão que levou o recém-nascido neto do rei às escarpas da costa bodganiana. A conclusão de sua história culminou no fim do mistério do desaparecimento de Marcus I – sendo ela a única testemunha viva – e, claro, na anunciação do novo rei de Sieghard, Marcus III, o pastor Petrus de Bogdana. Anestesiados pela densidade da noite e pelo êxtase de um plano que derrotaria Linus, a última notícia foi recebida sem reação, como se fizesse parte de um sonho coletivo. Simplesmente, não havia palavras que pudessem expressar o turbilhão no qual se encontravam suas mentes. Também não houve espaço para incredulidades, visto que a sacerdotisa havia sido detalhista em seu relato. Os peregrinos demoraram para entender o peso da informação dada por Nuha. Até que, Sir Heimerich, ajoelhara-se perante Petrus. E então, atônitos e de forma cadenciada, os outros também repetiram sua atitude.

— Vida longa a Marcus e à plenitude da Ordem! – declararam em uníssono.

Agora, seus propósitos estavam completos.

XVI

O preço da ambição

"Joulos, *me tira daqui seu desgraçado! Você vai pagar por isso!*"

Uma voz histérica ecoou vinda do final de um corredor baixo no subsolo CAAMP em Tranquilitah. O local mantinha-se constantemente úmido, com uma temperatura que contrastava com o calor veranês da superfície. As pedras molhadas do chão, teto e paredes, exalavam um cheiro peculiar proveniente dos musgos que se infiltravam nos vãos entre elas. Apesar de escuro e claustrofóbico, a prisão do complexo – antes utilizado, na maior parte das vezes, para punir alunos desobedientes – não era um lugar tão ruim para se estar, mesmo no inverno quando se mantinha protegida do frio das montanhas. Futuros generais, barões, duques e até reis de Sieghard haviam experimentado um pouco das trevas e da solidão daquele corredor, por consequência da rebeldia adolescente, tão característica dos jovens infantes que iniciavam sua carreira na arte da guerra.

Dentre eles, a história mais famosa foi a de Sir Nand, que se tornara o líder dos Cavaleiros da Ordem no reinado de Tewlus I. Na época em que era um simples cadete no CAAMP – muito antes de se tornar cavaleiro –, ele era um frequentador assíduo da prisão. Certa *aurora*, chegou à academia a informação de que uma batalha se desenrolava próxima a Tranquilitah entre as tropas do rei Gadar I e seu meio-irmão, Parx, que reinava no Norte. Gadar I, O Bastardo, era um rei ilegítimo e tentava expandir seus domínios, porém, encontrava forte resistência às portas da província de Vahan. Com um temperamento impetuoso, e pouco afeito às regras rígidas da vida militar, o cadete Nand juntou alguns seguidores e fugiu à noite, retornando apenas pela manhã, bêbado, e sendo preso imediatamente. Nesta mesma *aurora*, foi levado à prisão o general que comandava as tropas de Gadar. Enquanto ele percorria o corredor, encontrou com o jovem cavaleiro em sua cela e espantou-se. Então, de maneira instintiva, bateu continência e disse: "É uma honra dividir a clausura com tão ilustre guerreiro. Tem a minha admiração". Mais tarde, ficou-se sabendo que Nand, em sua fuga, superou as montanhas alodianas a uma velocidade incrível e invadiu o assentamento do exército de Gadar, pegando-o de surpresa em uma manobra quase impossível. As lendas que se formaram – naturalmente exageradas – diziam que, durante aquela madrugada, aproximadamente duzentos soldados foram mortos ou incapacitados por apenas cinco estudantes, liderados por um rapazola que há pouco havia deixado a adolescência. Durante o ataque, o cadete rebelde tivera a oportunidade de matar o general em um fortuito encontro, mas o poupou, tornando-o, dez *verões* depois, seu imediato nas batalhas que culminariam com o retorno do trono a Askalor sob regência de um rei legítimo, Tewlus I.

"O que foi que eu fiz, mamãe? Por que não posso sair?"

Novamente, a mesma voz, porém desta vez com um tom infantil, preencheu o recinto apertado e sombrio.

Após descer o lance de escada que o levou ao subterrâneo, Linus caminhou em direção à cela onde há pouco havia trancafiado possivelmente a pessoa mais perigosa de suas forças. Ao seu lado, um soldado de guarda portando uma lanterna o acompanhava sentindo calafrios – ele sabia que aproximar-se daquele ser significaria estar disposto a ter um trágico fim. O general do exército inimigo, no entanto, mantinha uma postura firme, como se nada pudesse o atingir.

"Eu poderia ter um martelo para esmagar agora seu crânio, Rinat! Seu bastardo!"

O último grito ecoante fez o soldado estremecer e refrear seus passos. Linus sentiu seu desespero e o estimulou a continuar o passo colocando a mão em seu ombro.

— Não se preocupe. São apenas palavras confusas – tentou amenizar a situação.

Quando os dois chegaram ao fim de seu caminho, a parede lateral da cela do temerário prisioneiro foi iluminada antecipadamente, revelando rabiscos fracos em sua superfície.

Masmorra, mais uma vez aqui me tens.
Não dobrarão meu espírito, não quebrarão minha fibra.
Farei de ti o covil de um lobo e, como um lobo voraz,
Cairei sobre nossos inimigos.

Aqueles dizeres foram escritos por um jovem Sir Nand em uma de suas numerosas incursões ao local que, agora, enclausurava mais um rebelde. Para a surpresa deles, no entanto, o prisioneiro estava em posição fetal, com o dedão de sua mão na boca, chupando-o. Ele vestia um pesado roupão felpudo e, por debaixo, uma saia de tom vinho. O capuz estava cobrindo sua cabeça, porém percebia-se em seu rosto uma série de tatuagens grotescas – eram cicatrizes de cortes feitos de modo proposital em um arranjo sombrio.

— Chikára – Linus a chamou, não obtendo resposta. — Chikára, sei que está aí e sei que me ouve. Você precisa lutar para tomar o domínio de seu corpo de novo. Você é muito mais forte do que essas pobres almas à sua volta. Concentre-se no seu objetivo maior. O que a fez decidir juntar-se a mim e sujeitar-se a tamanho poder? Foi pela admiração ao meu exército, ou por desejar vingar-se daqueles que te fizeram mal? – a maga virou os olhos ao ouvir as últimas palavras do general como se prestasse atenção, porém, rapidamente voltou seu olhar ao breu e continuou a chupar o dedo como um bebê.

Linus balançou a cabeça decepcionado. Chikára havia chegado em Tranquilitah carregada pela escolta que viajara com ela a Keishu. Sua estranha condição emocional revelava uma informação oculta, recebida com muito desgosto pelo líder do exército do Caos: Karna havia sido derrotado e, agora, ele não podia contar com a maga para substituí-lo. Em verdade, Linus via em Chikára seu maior trunfo para acabar com os Enviados, por várias razões. A siegarda conhecia-os pessoalmente, além de saber executar o ritual que permitiria acesso para os confins nortenhos através do Egitse. Entretanto, enquanto ela estivesse neste estado, se os Enviados não voltassem a Sieghard, nada poderia ser feito com relação a eles. Os outros Thurayyas estavam longe, cumprindo com a missão de resgatar os doentes da Pestilência Cega, e, mesmo se estivessem desocupados, a julgar pelo destino de Karna, Linus não seria estúpido em enviar mais um deles sem uma tropa o acompanhando.

— Acha mesmo que vai me manter por muito tempo? Diga-me, quanto você quer? – de repente, Chikára enfiou a cabeça entre as grades da cela e falou quase sussurrando, deixando um ar de pavor no ambiente. — Tolos! Todos os homens, sejam eles nobres ou plebeus, têm o seu preço!

O general ignorou a senhora – que, no momento, parecia tomada pela personalidade de um cambista – e, percebendo que estava ficando sem opções, chegou a uma decisão final.

— Temos que adiantar nossos planos – dirigiu-se ao soldado, enfático. — Os Enviados estão inalcançáveis e, sem informações sobre o paradeiro deles, a realização da profecia pode estar mais perto do que imaginamos. Que se danem os Thurayyas, não podemos mais esperar pela total conversão dos pestilentos. Agora que temos Keishu dominada, quero todos meus novos *Alumni* já empenhados em nossa próxima tarefa, imediatamente!

— Tomarei as devidas providências, senhor – o homem respondeu, de pronto, não escondendo sua ansiedade por sair daquele lugar.

— Ah...E antes que me esqueça... – Linus queria dar-lhe uma última palavra. — Ponha um responsável vigiando o Corredor da Morte.

XVII

Nordward se despede

— Nobres ordeiros, irmãos e irmãs! – gritou Nuha, sobre um palanque, diante de uma multidão reunida na praça central de Nordward. Era manhã de um novo dia, apenas uma *aurora* posterior à chegada das forças de Duncan à cidadela. Os primeiros raios de sol abraçavam os cidadãos e aqueciam sua pele enregelada pelo frio da madrugada. Somado à exclamação enérgica da sacerdotisa, apesar das muitas e inestimáveis perdas, aquele momento parecia prenunciar tempos de glória, de esperança, e, renovação. Para aqueles que ainda mantinham seu ceticismo, entretanto – seja por terem perdido entes queridos, ou por terem sofrido com outras consequências da guerra – bastava uma espiada em Duncan, posicionado ao lado de Nuha, para que repensassem suas convicções: o general, apesar de manter sua postura usual séria, deixava transparecer em seus olhos um brilho raro e tímido de contentamento.

— Não penseis que vim aqui para dizer que estamos em paz! Longe disso! – a sacerdotisa continuou após uma breve pausa, porém não deixou que o público reagisse à sua última declaração. — Mas isso não quer dizer nada, pois desde o nascimento de nosso povo nestas terras esquecidas, temos nos escondido, resistido e sobrevivido! Nosso sangue, irmãos, foi produzido por golpes de espada! E que, muito embora tenhamos sido jogados cada vez mais para o leste após duras derrotas... – ela suspirou — é chegada a hora de abandonar esse fado – Nuha encarou Duncan, que, por sua vez, assentiu, deixando-a à vontade. O público estava em completo silêncio, ansioso pelas próximas palavras. — Próximo a Dror, cinco Cavaleiros da Ordem, com poderes ancestrais, foram selados magicamente nos salões enterrados das antigas ruínas. Segundo as lendas, cada um destes cavaleiros possui força equivalente à de mil homens, e só podem ser derrotados por outros de mesma natureza. Nós os libertamos! E como prova, um deles encontra-se aqui, conosco, e seguirá seu caminho rumo ao sul – a sacerdotisa apontou para Sir Jamin, que a reverenciou. Ela acenou e prosseguiu. — Quatro deles ainda restam lá e, em breve, eles se unirão a nós; juntos, invadiremos Dror e acabaremos, de uma vez por todas, com o castigo que os Libertários nos infligiram por dois séculos! – esbravejou entre os dentes. Um burburinho de vozes entusiasmadas passou a ser notado. — Pela primeira vez teremos a oportunidade de ver nossos filhos crescerem, nossos pais envelhecerem... de não mais lamentar sobre o túmulo dos caídos e vislumbrar um futuro que nunca teve chance de ocorrer. Haverá mais luta? Sim, haverá! Porém, eu vos prometo, concidadãos de Nordward, ficai comigo mais uma vez, permanecei com a Ordem, e Dernessus será, finalmente, ordeira! – exclamou, enfática.

Uma explosão de euforia tomou conta da praça. O discurso de Nuha havia penetrado profundamente na alma de um povo que tudo o que fizera até então fora sobreviver. Brados, choros e abraços se misturaram tal qual uma sinfonia de vitória, quando instrumentos tão diferentes entre si se harmonizavam para passar uma única mensagem.

Descansados depois de uma intensa noite bem dormida, os peregrinos, que também estavam no palanque, puderam sentir a energia da praça arrebatá-los e se orgulharam de terem participado desta conquista. Há quase uma *lunação*, eram pessoas comuns labutando em sua vida cotidiana; agora faziam parte da história de um povo. Não demoraria para que seus feitos fossem contados em versos e prosas, canções e cantigas de ninar. O que significava que, mesmo que morressem, de certa forma, eles já poderiam considerar-se imortais.

Nuha esperou os ânimos se acalmarem em silêncio. Depois, fitou Petrus com um sorriso e virou-se para a população.

— Duzentos *verões* atrás, um rei siegardo veio a Dernessus sonhando em levar a glória de seu reino para os confins da terra. Infelizmente, ele não pôde realizar seu sonho. Não em vida. Mas, mesmo com sua morte prematura, a semente de sua ambição já havia sido plantada. Nesta *aurora*, eu anuncio que este sonho está prestes a se concretizar; pois que entre os forasteiros que chegaram às nossas terras, encontra-se um rei – um coro de espanto reverberou. — Um rei que acabara de descobrir sua realeza, é verdade, mas talvez o rei mais justo que Exilium teve, tem e terá por muitas gerações; e pela confiança depositada nele, por sua determinação em campo de batalha e, sobretudo, pela nossa amizade, eu e general Duncan, junto ao Conselho dos Anciãos, decidimos de bom grado, uma vez que esta guerra esteja vencida, e que a Ordem retome a sua soberania no Sul, submetermo-nos à sua regência como uma província do reino de Sieghard. Este era o sonho de Cledyff, nosso patrono, no qual entrego realizado, em boas mãos, pela Ordem e pela glória de Sieghard – ela sorriu para Petrus, que arregalou os olhos, surpreso. — Com a palavra, Marcus III, o rei de Sieghard. Nosso rei.

Todos se ajoelharam, ficando de pé apenas o antigo pastor, tremendo, como se procurasse um buraco para enfiar a cabeça. Entretanto, ele não tinha como fugir; deveria falar qualquer coisa, mas não sabia o que. Um longo momento se passou antes que ele abrisse a boca.

— Nort... – o rei mostrou-se inseguro. — ... – tentava buscar uma linha de pensamento em vão. Com paciência, respirou fundo e fechou os olhos, orando a Destino. Repentinamente, foi tomado pela mesma sensação que o acometeu quando estava diante do Oráculo do Norte: parecia que seu sangue borbulhava e uma centelha divina incendiava seu espírito. Seu peito se encheu de ar e, no abrir dos olhos, viu um povo que o cercava em reverência, ávido pelas palavras de um guerreiro, de um líder e, ao mesmo tempo, de um igual.

— Cidadãos de Nordward, não sou um homem de muitas palavras, todos sabem – Petrus observou Nuha, que o incentivou a continuar. — Criei-me nos campos solitários, apascentando minhas ovelhas a maior parte do tempo. E foi só. Quis Destino que me tornasse rei antes mesmo de eu ter consciência de minha existência. Ele salvou-me de uma morte atroz e me colocou no seio de uma família humilde, porém de caráter firme e princípios inabaláveis. Sem eu saber, Ele me preparava para esta hora. Estejam certos que, apesar de minha fragilidade aparente, pulsa em minha alma a chama dos reis que fizeram esta nação forte e invencível; e com o apoio e a coragem de todos, devolveremos a Dernessus a paz e a grandeza que os Libertários tiraram – concluiu com ímpeto.

Nuha e Sir Heimerich se entreolharam, contentes com a firmeza do primeiro discurso de Petrus. Singelo e inocente, fora o reflexo de sua própria personalidade. O pastor havia sido apenas ele mesmo.

— Eis o rei – a sacerdotisa sussurrou, comovida.

— Viva o Leão do Norte! – gritou Formiga com um bramido ecoante.

E, levantando-se, todos aclamaram Petrus, ovacionando-o como se suas vidas dependessem disso.

Do telhado de uma casa distante da praça, uma pedra foi atirada, rebatendo duas vezes no chão antes de parar. *A sorte foi lançada*, refletiu Victor que presenciava a cena, apartado.

No palanque, os peregrinos, de maneira fraternal, cumprimentaram Nuha, Duncan e alguns anciões do conselho. Considerados, no início, "nortenhos" – uma forma mais pejorativa – ou Ordeiros do Norte – embora o povo de Nordward nunca se chamasse assim –, o pacto que acabava de ser firmado selava seus destinos e tornava-os, igualmente, siegardos. Já não existiam entre eles dois povos, mas apenas um; indelevelmente unidos pelo sangue derramado em conjunto e misturado no campo de honra.

Não obstante a formalidade da ocasião, Braun foi ter com Petrus, dando-lhe uma cotovelada no braço.

— Uma vez alguém me disse que, quando a hora chegasse, eu iria ao inferno por você – sua voz vacilou, e o soberano, de súbito, soube de quem o guerreiro falava, desmascarando-o. — Maldito Roderick, aquele magricela de uma figa vai nos fazer falta! Confesso que não apostava uma moeda furada nessa baboseira, mas, hoje, você é meu rei. Com muita honra ofereço minha espada e minha vida a seu serviço, pastor. Se é que posso chamá-lo assim.

— Aceito com orgulho o título de pastor, Braun. Tudo o que sou, devo ao que aprendi com minha família: amor, lealdade, perseverança, acima de tudo amor. Devo também aos animais dos campos que vivem sem reservas e seguem as leis que Destino lhes traçou sem restrições. Aceite meu abraço, touro indomável das planícies de Sevânia, estou certo de contar com sua força e lealdade – disse, abraçando o guerreiro.

— Que a Ordem o guie plenamente – retribuiu Braun.

— Que a Ordem nos guie a todos – falou o rei, que, ao lembrar a memória do arqueiro, inundou-se de emoção. — Obrigado pelas palavras.

— Desculpai interromper os namorados, mas... – Nuha aproximou-se dos dois, em tom de gozação, com a mão na cintura. Braun soltou Petrus, fulminando a sacerdotisa com seu olhar. — Os cavalos estão prontos. Estamos indo para os estábulos. Avisai-me quando desejais partir.

— Só se for agora! – Petrus respondeu, desconcertado.

Por entre os descampados da tundra e as florestas da taiga, rios cristalinos e bosques verdejantes, nove cavalos dispararam a galope rumo ao Egitse. Duncan liderava a comitiva ao lado de Petrus. Logo atrás, montado em Feibush, Sir Heimerich fazia o que mais gostava: cavalgar. Em seguida, alternando posições, Sir Jamin, Braun, Nuha e Victor Dídacus escoltavam

Formiga e Lumi – ela, que, depois de muita insistência, conseguiu o aval do irmão para acompanhá-lo, convencendo-o que os Libertários não seriam problema tão cedo depois de sua derrota.

A cavalgada, apesar de acelerada, mostrou-se proveitosa, no que uniu ainda mais os aventureiros com boas conversas e piadas despretensiosas. Sir Jamin aproveitou a viagem e os momentos de descanso para já iniciar Petrus no caminho dos Aclamadores.

— Chama um pássaro, majestade – ordenou o velho, incitando sua montaria a ficar ao lado do soberano quando a comitiva andava a passo calmo.

— Um pássaro? – o rei estranhou o pedido.

— Terás que começar com os pequeninos se quiserdes tornar-te grande; eis a tua primeira lição. Guarda-a, não só para teu treino, mas para tua vida, como rei, como pessoa que és. Vede – Sir Jamin fez um movimento pendular de braço na sua frente.

Aqui, à nossa volta, há milhares destes pequenos seres. Contempla o céu, fecha os olhos e tenta sentir a essência vital de cada um deles.

— Pois bem – Petrus inclinou sua fronte e fechou os olhos como comandado. — Como sentir esta tal essência vital?

— É semelhante a um perfume que paira no ar e despenca vagarosamente em direção às tuas narinas. Cada essência possui uma coloração, brilho e espessura diferente. Algumas são luminosas, outras, opacas. Algumas são tão finas que parecem fios de cabelo, e outras, grossas como cordas de navios. Agora, concentra-te, aperta os olhos e inspira profundamente para sorver um punhado delas – o cavaleiro falava com muita calma. — Homens comuns veem apenas uma imagem escura preenchida por minúsculos pontos de mesma cor e brilho. Os Aclamadores, entretanto, veem além desses pontos. Mantém seu foco entre eles e serás capaz de encontrar os fios.

Subitamente, um cenário de cores e formas suaves surgiu na frente de Petrus – muito embora apenas dentro de sua cabeça. Rastros coloridos se espalhavam por toda a parte e se dissolviam na imensidão escura, como pó sendo lançado a longas distâncias. Pela densidade das essências deixadas no espaço, ele poderia dizer se algum animal havia passado ali recentemente ou não.

— É... é... Eu não tenho palavras para descrever! – o rei estava maravilhado. — Lembro de tê-las visto quando criança, mas sempre achei que fosse minha imaginação. O que quer dizer cada uma delas?

Sir Jamin pareceu se satisfazer com sua curiosidade.

— As essências finas são aquelas cuja vida é frágil, e as apagadas são aquelas de fácil controle – resumiu antes que sua atenção se voltasse para cima. — Estou vendo um pássaro vindo em nossa direção. Procura uma linha fina e amarelada sendo criada neste instante e trá-lo para cá. Não precisas pensar muito. Apenas dá o comando.

Venha, pequena alma, foi a primeira coisa que Petrus pensou ao avistar o traçado descrito pelo velho cavaleiro. E, para sua surpresa, uma ave azul de peito branco pousou em sua mão. Abrindo os olhos, o rei extasiado acariciou o pássaro, que pareceu gostar do afago. Em instantes, porém, ele deixou sua mão e seguiu seu destino. O rei pareceu encucado.

— Não te preocupes – falou Sir Jamin. — Em breve, conseguirá mantê-los mais tempo sob seus cuidados.

— De olhos fechados, como saber que existe um pássaro em um emaranhado de fios? – Petrus indagou.

— Com o tempo, tu irás conseguir distinguir os padrões que mais se repetem. As essências vitais de insetos, em sua maior parte, são como fios de seda cinzentos; isso quer dizer que são fáceis de controlar e, também, de morrerem ou serem mortos. São as que tu irás ver em mais quantidade. Seres rastejantes, como serpentes, têm essências da espessura de um dedo, mas são opacas. Porém, como terei poucas *auroras* para treiná-lo, ao invés de *verões*, terás que aprender rápido a filtrar teu campo visual, voltando-se para seres mais significativos.

— Mais significativos? – o rei levantou uma sobrancelha.

— À medida que a essência se abrilhanta, o simples controle torna-se mais difícil. E é aí que entra o verdadeiro dom de um Aclamador. Castores, javalis e lobos, por exemplo, já não são controláveis como um pássaro; tu precisas conquistá-los, conseguir sua empatia. O nível de um Aclamador é mensurado pela capacidade de sucesso em conquistar animais de essência com brilhos mais intensos e fios mais espessos.

— Eu já consigo a empatia de lobos. E, também, já estive com um ao meu lado – disse Petrus, recordando-se de seu fiel amigo Rurik. Sua memória, no entanto, não foi nem um pouco prazerosa.

— Já é um avanço, apesar de situar-te nos níveis mais baixos dos Aclamadores – Sir Jamin não pareceu surpreendido. — Com o devido treinamento, conseguirás avançar por entre eles. Por agora, animais de pequeno e médio porte já não são mais um problema para ti, porém ursos e grandes felinos estão alguns níveis acima de tua capacidade atual. Hemikuons, auroques e harpias ainda mais. No passado... – virou-se para Petrus, que o observava atentamente com os olhos arregalados. — Aclamadores experientes podiam conquistar a empatia de lagartos alados, trolls, salamandras-de-fogo...e, em raríssimos e breves encontros registrados, até de monstros abissais e do submundo.

Boquiaberto, o rei tentava assimilar as informações que acabara de ouvir. Também, pudera: dos animais citados, havia visto poucos e já os temia como uma criança tinha medo do escuro. As harpias, pelo menos, ele dava graças a Destino que tais aves colossais nunca foram avistadas fora da Salácia e Everard. Os auroques – ou touros-horrendos-gigantes –, da mesma forma, importunavam apenas sevaneses desafortunados. Quanto à salamandra-de-fogo, ele tinha quase certeza de que nenhum siegardo ouvira falar de tal criatura. Acima de todas essas considerações, entretanto, foi a simples menção de monstros abissais que fizera-lhe gelar a espinha e querer acreditar que Sir Jamin estivesse inventando histórias.

— Poucos da linhagem, de fato, chegavam a esse nível – o velho seguiu sua narrativa. — E, mesmo assim, também não se constituíam em certeza de que iriam domar os dragões. Após o toque da trombeta, confiantes que conseguiriam o feito, muitos pereceram em meio ao fogo ardente... A ponto de quase dizimá-los – sua última frase soou lamentosa. — No fim, apenas uma mãe e um filho restaram – completou comovido, recordando-se de Shir e Ninad.

"A antiga Ordem demorou para entender que, por mais experiente que o Aclamador fosse, apenas um muito especial, depois de muitos *verões* de treinamento, conseguiria realizar este salto da fé. A esses, ela os chamou de..."

— Último Aclamador Irrevocável – o rei completou de pronto.

Sir Jamin assentiu.

— Isso. O Último Aclamador. Os detentores do último nível.

— Quer dizer que, para sequer pensar em conseguir manipular um dragão, eu terei que...? – o soberano estremeceu lembrando de lagartos alados, trolls e criaturas abissais. — Pela Ordem, é impossível! Nunca conseguirei em tão pouco tempo! – abaixou a cabeça em um misto de desespero e decepção.

O velho cavaleiro pousou a mão sobre seu ombro.

— É o que nós não queremos que aconteça.

— Tire esta maldita pomba daqui! Mas que raios! – esbravejou Braun, espantando novamente o pombo acinzentado que pousara em seu ombro e arrancando gargalhadas dos viajantes. Tal ação era resultado do treinamento de Petrus, que usava os pássaros para chegar a uma pessoa específica, desde que ele tenha tido algum tipo de relação com ela. Sir Jamin explicou que, como o grupo em breve se separaria, este artifício viria a ser proveitoso, já que o rei poderia usar as aves para comunicação entre eles. "O elo de simples controle nunca se desfaz, a não ser que tu queiras ou, obviamente, o animal controlado morra", informou o velho.

Ainda que em clima de salutar convívio, o ritmo da viagem manteve-se constante e sem atrasos. Se estivessem a pé, eles chegariam ao seu destino na madrugada, porém, esse não era o caso. Foi no início da tarde que a entrada do fatídico desfiladeiro surgiu imponente em meio às árvores. Aquele era o ponto final para Nuha, Duncan e Lumi; para os siegardos e Sir Jamin, entretanto, apenas o começo de uma nova jornada. Reticentes pelo simbolismo da ocasião, todos – à exceção de Victor – desmontaram para uma última despedida. Seguindo a rotina das *auroras* mais recentes, Formiga recebeu a ajuda de Braun, já que ainda estava muito debilitado para descer do seu cavalo por conta própria.

— Enfim – disse Nuha, batendo as mãos em seu vestido. Um raio de luz iluminava seus cabelos vermelhos e fazia-os brilhar como fogo.

— Digníssima senhora, seria uma honra tê-la em nossa companhia. Tem certeza de que não quer vir com a gente? – Sir Heimerich perguntou.

— Minha origem é siegarda, mas meu povo está aqui. Quem sabe, cavaleiro, não irei visitar-vos em alguma *aurora* – respondeu a sacerdotisa, pegando nas mãos do nobre em um gesto gentil.

— E quanto à antiga Shifra? Não sente saudades dela? – o rei insistiu.

— Shifra desapareceu na *aurora* em que te resgatei daquela falésia, majestade – disse ela, abraçando-o. — Quando voltar a Sieghard, diz que ela ascendeu aos céus e transforma-a em uma estrela.

— Farei melhor – disse Petrus. — Não me contentarei com uma estrela apenas.

Nuha deixou Marcus III e caminhou em direção a Formiga. As marcas do efeito do fogo-fátuo ainda permaneciam em sua face de modo quase imperceptível. A sacerdotisa encarou-o com certa afinidade e, ao mesmo tempo, com dúvida sobre o que poderia ter ocorrido nos subterrâneos. Talvez nunca soubesse.

— Obrigado por ter me salvado, Nuha – agradeceu o ferreiro.

— Não te enganes, Formiga. Tu não foste salvo por mim. Eu apenas curei-te de tuas feridas. O que te salvou foi uma força extremamente poderosa. Provinda de ti, ou de um ente externo, quem poderá dizer? – ela colocou a mão em seu ombro. — Faz uma boa viagem, homem misterioso.

Aproveitando a deixa, Lumi aproximou-se de Petrus com discrição.

— Então... – ela tinha um ar zombeteiro — O grande rei vai nos deixar?

Petrus embaraçou-se. Em seu último encontro, ele tinha ido a ela somente após elevar sua coragem a níveis absurdos. Desta vez, contudo, ela tinha ido direto a ele sem que houvesse tempo para uma preparação prévia.

— Lumi, eu... – ele sufocou, sem graça.

— Matas em combate um troll-das-neves e não sabes o que dizer a uma mulher? – ela parecia se divertir com sua fisionomia visivelmente alterada.

— Bem... – o soberano coçou a cabeça. — Como rei, eu não saberia dizer mesmo, já que Destino me fez um há pouco tempo. Mas, se eu te encontrasse apascentando uma ovelha no Velho Condado, como pastor que sou desde sempre, talvez eu dissesse "que ovelha de sorte!".

Lumi gargalhou com a inocência da cantada.

— É assim que tu me imaginas, então? Uma pastora? – a nortenha fez um muxoxo.

Petrus sentiu uma gota de suor frio escorrer de sua têmpora.

— Ou... talvez você preferisse uma espada e um escudo? – ele arriscou.

— Talvez, Petrus do Velho Condado – Lumi proferiu, enigmática. Olhares fugazes foram trocados. — Agora vai, ou irás atrasar teus colegas – ela comandou, ríspida, antes de ruborizar.

— Como desejar – o rei pegou sua mão, beijando-a, e subiu em sua montaria. — Prometo-lhe, quando eu voltar, terei aprendido a lidar com mulheres – profetizou de cima do cavalo. — Só espero que não seja tão difícil quanto matar trolls.

— Mata muitos trolls, Petrus. É a minha recomendação – advertiu Lumi.

Afastado do casal de passarinhos, Duncan pigarreou e, colocando suas mãos firmes em cada ombro de Braun, encarou-o com severidade.

— Guerreiro – declarou. — A primeira vez que te vi, pensei... que em alguma *aurora* cruzaríamos espadas. Os deuses da guerra, no entanto, nos colocaram lado a lado... ombro a ombro... no campo de batalha. As agruras dos combates... o frio das noites nos acampamentos... desfizeram aquela impressão. És um gigante. Um guerreiro na força da espada e, principalmente, da alma. Nesta *aurora*, és meu irmão que Destino me deu... não do ventre da minha mãe, mas das entranhas da batalha! – o general concluiu segurando a cabeça do kemenita e batendo sua testa na dele.

— Se em alguma *aurora* tivéssemos cruzado nossas espadas e tivesse você me derrotado, Duncan, certamente eu teria uma morte honrada. O que me entristece, é claro, é que minha derrota não seria uma hipótese a ser considerada – disse isso enquanto ajudava Formiga a subir na cela de seu cavalo. Em seguida, o guerreiro juntou-se aos demais.

— Até mais, Victor – gritou Nuha para o arcanista. – Provaste teu valor.

Dídacus ignorou a sacerdotisa, resumindo-se a um olhar de soslaio. Ela então caminhou em direção à entrada do Corredor da Morte portando seu cajado de madeira. Colocando um joelho no chão, pousou sua mão estendida sobre a crosta de gelo fino do Egitse. Logo em seguida, o cristal da cabeça do cajado emitiu uma luz pulsante.

Um cristal de foco, igual àquele utilizado constantemente por Chikára, o arcanista refletiu, lembrando-se do que Harada disse à maga nos aposentos do grão-mestre na Abadia de Keishu, enquanto os espionava. *Nem mesmo a tão versada Nuha seria capaz de perfazer o rito sem um deles? Isso deverá ser interessante.*

Recitando um mantra em tom gutural, Nuha estremecia, enquanto a camada de gelo abaixo de sua mão tornava-se mais espessa. O brilho do quartzo aumentava sua intensidade, mais e mais e, a vegetação à sua volta, paulatinamente, perdia as folhagens. De súbito, o pinheiro mais próximo dela secou por inteiro, e os animais que ali passaram caíram mortos. Lebres, pássaros e insetos... todos tiveram suas vidas ceifadas sem chances de escaparem e sem saber de onde o inimigo vinha. Os peregrinos ficaram abismados e horrorizados com a força de tal poder – Nuha avisara que deveriam permanecer longe, porém não dissera o porquê. Aquela era uma magia perigosíssima e não era à toa que havia sido banida e proibida pelos magos da Abadia de Keishu. Definitivamente, não era uma magia de origem ordeira, mas caótica. Mesmo a expressão da sacerdotisa mudara. Suas feições refletiam uma maldade implícita, como se ela quisesse aniquilar todos à sua volta em um ataque de raiva – e ela facilmente conseguiria. Apenas alguém que tivesse o equilíbrio de controlar de modo eficaz Ordem e Caos dentro de si poderia executar um ritual como esse sem sucumbir ao outro lado.

É perturbador, Formiga inquietou-se com os pelos de seus braços eriçados. Ao seu lado, Victor Dídacus observava atento, sentindo a presença de uma energia extra, externa e invasora, proveniente de algo muito mais poderoso que qualquer homem. *Sethos*, concluiu. Os cavalos se agitaram e intentaram disparar. Petrus, entretanto, aproveitou a chance para tentar acalmá-los, obtendo sucesso. Sir Jamin, ao contrário de seus colegas, esboçava um sorriso sarcástico e balançava a cabeça de maneira suave para um lado e para o outro, como se fosse o espectador de uma brincadeira de mau gosto e soubesse de sua trágica consequência. *Ótus Lúpus*, lançou um olhar discreto para a tatuagem do lobo com cabeça de coruja no dorso de sua mão direita – coincidentemente, no mesmo lugar em que usava a sua. *Nada mudou*.

Quando o ambiente em volta de Nuha tomou ares de um pântano fétido e sepulcral, de onde somente a morte poderia estar presente, a sacerdotisa levantou-se, alongando o pescoço de um lado para o outro, sem demonstrar nenhuma alteração.

— Vosso caminho está livre. Agora ide! – exclamou com um forte comando. — Que a Ordem vos guie nesta jornada!

Esporeando suas montarias, os peregrinos entraram com velocidade através do Corredor da Morte com destino à sua terra natal. Em suas mentes, pairavam as dúvidas sobre a situação de Sieghard. Como seus habitantes estariam levando suas vidas cotidianas? Estariam escravizados ou livres? Os tremores que haviam sentido em Dernessus também teriam atingido o reino? E suas famílias, onde estariam? Acima de todas essas questões, de qualquer forma, a certeza era uma só: eles estariam voltando muito mais fortes, muito mais convictos e muito mais preparados. Retornar à casa tinha um gosto especial de um prato frio.

— Lembrai – Nuha advertiu em bom tom quando os siegardos passaram embalados ao seu lado. — Não reveleis a identidade do rei a ninguém!

XVIII

Cavaleiro com "C"

A opressão do Egitse mais uma vez cobriu o grupo em sua segunda travessia pela temida passagem entre as montanhas. Diferente do poder do Ner Tamid, a grossa crosta gelada criada pela habilidade de Nuha, dessa vez, cobria toda a extensão da superfície exposta e retirava-se lentamente, conferindo um certo conforto e alívio aos passantes. Para os siegardos, passar de novo pelo mesmo silencioso e mortal caminho causava-lhes uma sensação familiar, porém, para Sir Jamin, tudo era novo e magnífico. Exceto por Petrus e o antigo Cavaleiro da Ordem, grande parte da cavalgada de volta a Sieghard foi percorrida em silêncio. Durante o trajeto, cardumes de peixes das mais variadas espécies acompanharam os peregrinos por debaixo da camada de gelo – fruto dos treinamentos do rei. A noite transcorreu sem percalços. Ao contrário da última viagem pelo Corredor da Morte, os tremores sentidos pareceram ter se originado muito longe, pois chegavam fracos aos pés do aventureiros – ou passavam quase despercebidos. Antes de dormir, em uma conversa em volta de uma tímida fogueira, Sir Heimerich falou sobre Drausus, o primeiro rei de Sieghard, e como ele agiu pacificando as províncias para, depois, unificar o reino. Seu discurso serviu como uma bela aula de história para o novo rei e deixou Sir Jamin intrigado.

— Vosso processo de unificação foi deveras diferente do último reinado da Ordem nestas terras – disse o velho cavaleiro. — Toda a nossa unificação se deveu aos Aclamadores e ao uso da trombeta de igual nome. Meus antepassados diziam que a trombeta continha uma maldição, posto que muitas guerras foram travadas pela posse desse artefato, colocando províncias contra províncias, povo contra povo. Reinos se enfraqueceram e foram posteriormente derrotados pelo inimigo em comum. Muitos chegaram a acreditar nessa ideia de que a trombeta era maligna; contudo, somente após o rei de Eunomos criar uma força invencível capaz de proteger o artefato e educar os Aclamadores, percebeu-se a dádiva que se tinha em mãos. Com a força dos dragões e o controle sobre eles, muitos *verões* mais tarde, só então pudemos contemplar um reino unificado.

— É fascinante! – Petrus se interessou. — É incrível saber como a trombeta e os Aclamadores moldaram a história de sua nação.

A manhã se iniciou com uma estranha nuvem acinzentada no céu, de formação incomum. Ela era densa e longa, de modo que sua origem não podia ser por agora determinada, visto que as altas montanhas alodianas ainda ostentavam sua magnificência. As tão esperadas luzes da manhã se acanharam e não trouxeram o calor suficiente para uma nova jornada que clamava por energia. Com menos vigor, a cavalgada continuou no frio matinal até que o sol despontasse no ápice, fazendo-os lembrar que deveriam se alimentar. Àquela altura, as Escarpas Geladas já eram visíveis ao longe. A região, repleta de peculiares formações pontiagudas de gelo, era local das grandes minas de *aurumnigro* e respectivas escavações clandestinas. Também, uma famosa prisão se encontrava ali, destinada aos piores criminosos do reino e a inimigos políticos do rei. Uma masmorra onde prisioneiros eram jogados para apodrecerem. Os que não morriam de frio, morriam de fome. E os que, por acaso, conseguiam sobreviver por mais tempo à força destas duas Senhoras do Destino, acabavam sendo mordiscados em seu sono pelos inúmeros ratos que viviam ali, vindo a morrer por doença ou, pior ainda, pela voracidade dos roedores.

Aproveitando a oportunidade, Victor Dídacus separou-se do grupo na hora da refeição para que pudesse também recompor sua vitalidade. Em um canto da paisagem, ele usou sua habilidade para retirar a essência de alguns peixes que ainda passeavam por ali depois que Petrus os liberou de seu treino. Repentinamente, suas vistas foram atraídas para o sítio onde se encontrava a prisão das Escarpas Geladas. O arcanista fixou seu olhar na direção da temível masmorra, como se algo o forçasse a isso. Victor lutou para se desvencilhar da bizarra atração, piscando e virando seu pescoço, até que, por fim, conseguiu desviar seus olhos para os colegas. Que tipo de espíritos estaria perambulando na caverna fria daquele local imundo? O que queriam com ele? Dídacus não soube dizer, nem queria saber. Pela primeira vez em sua vida, ele preferiu permanecer na ignorância.

A tarde se findava em Keishu e não havia ainda sinais dos Enviados. Fazia já duas *auroras* que aquele homem os espreitava na boca do Egitse, a comando do general Linus. Suas flechas, recém-preparadas, aguardavam a hora de furar barrigas e peitorais. Suas armadilhas, dispostas devidamente em locais estratégicos, não suportavam mais a passividade e o silêncio. Sem nada para fazer, ele retirou a adaga de sua bota e pôs-se a afiá-la de modo despretensioso. Foi quando, de canto de olho, ele viu a figura de seis cavalos saindo de uma curva entre as montanhas. Rapidamente, esgueirou-se por detrás de uma rocha e puxou uma flecha de sua aljava, beijando-a antes de se preparar para o primeiro tiro. O arqueiro calculou a distância do alvo, retesou seu arco e fechou um olho. Sem vacilar, com um equilíbrio digno dos campeões de Everard, ele soltou a corda e a flecha percorreu, como planejado, a trajetória em direção à testa do homem que estava na vanguarda.

— Menos um – sussurrou.

Alheios ao perigo que os esperava, e visto que Keishu finalmente dava suas caras, os seis cavaleiros conversavam em clima de camaradagem.

— O javali grunhia como um porco desmamado enquanto eu o mantinha pelas orelhas. Isso sim é música para os ouvidos, não as baboseiras que vocês moradores de castelo escutam nos teatros, lordezinho. Os askal... – nem bem Braun havia terminado sua fala, um barulho seco e vibrante chamou a atenção dos peregrinos. Uma flecha havia atingido em cheio a testa nua de Sir Jamin e ricocheteado em seu corpo, tal qual faria em uma superfície rochosa, mostrando a todos o quanto a habilidade do cavaleiro podia ser proveitosa.

— Protegei o rei! – comandou Sir Jamin. — Eu me encarrego do inimigo.

Imediatamente, Sir Heimerich postou-se ao lado de Petrus, no que outra flecha atingiu seu escudo na altura da cabeça do soberano. Se não fosse pela intervenção do paladino, outro rei de Sieghard estaria morto.

— Por todos os deuses, ele é tão rápido quanto Roderick! – Formiga observou.

— Desmontem, agora! E permaneçam abaixados. Somos alvo fácil se ficarmos na montaria – concluiu Sir Heimerich. Sem demoras, o restante do grupo fez como sugerido.

À frente, Sir Jamin recebia um tiro após o outro com a pontaria do inimigo não admitindo erros. De repente, seu cavalo tropeçou em uma corda e caiu para frente, jogando-o ao chão. O velho cavaleiro levantou incólume e lançou-se a passos largos rumo ao seu adversário. Porém, os tiros haviam cessado e o atirador havia desaparecido. Sir Jamin estancou, analisando o cenário, tempo o bastante para perceber uma faísca correndo com velocidade no limite de sua visão lateral. O que se seguiu foi uma explosão violenta que, além de tê-lo arremessado a várias braças, deixou um rombo na superfície gelada do Egitse onde há muito suas águas ancestrais não encontravam o ar acima.

— Jamin! – gritou Petrus, consternado com o que presenciara. O barulho, de tão estrondoso acabou por desencadear pequenas avalanches nas duas encostas do desfiladeiro.

A quietude e a fumaça levantada após o evento mesclaram-se com o espanto anterior, deixando os peregrinos aterrorizados e preocupados com o destino do velho cavaleiro.

— Ele vive – Victor se adiantou, sentindo o peso que se abatia sobre todos. — É formidável sua habilidade – resumiu-se.

Petrus encarou Dídacus, que, por sua vez, não expressava dúvidas, apenas olhava atentamente o cenário como se nada tivesse acontecido. As atenções então se voltaram para o caos que havia se formado à frente.

— Mesmo os Thurayyas não se igualariam a tamanho poder de quem quer que esteja nos atacando – declarou Sir Heimerich.

— Isso não me parece um poder... ou magia que seja – Formiga disse por detrás de seu cavalo. — Isso é produto de alguma alquimia desconhecida, altamente concentrada. Não estamos lidando com um adversário qualquer.

— Malditos arqueiros! – Braun resmungou. — Sempre espreitando! Covardes! – xingou, batendo o punho contra o chão, evidenciando seu temor, disfarçado de desprezo, ao se lidar com homens que empunhavam armas de longa distância.

Logo em seguida, uma flecha com um pequeno saco de couro amarrado à sua haste caiu próxima ao grupo. De dentro do saco, uma fumaça branca emergiu e se espalhou em instantes, alcançando olhos e narinas e causando imediata reação alérgica. Enquanto sufocavam, o guerreiro, irritado, levantou-se e, com um potente chute, jogou o saco para longe. Uma flecha zuniu próxima ao seu ouvido e o fez agachar de modo instintivo.

Mas que raios!

— O que faremos? – Petrus perguntou, recuperando-se da fumaça tóxica, mas ainda com os olhos vermelhos. — Não podemos ficar aqui, mas também não podemos entrar em campo aberto.

Sir Heimerich, que se mantinha ao lado do rei com o escudo erguido, apenas abaixou a cabeça.

— Sem Chikára ou Roderick, só podemos esperar que Jamin faça seu trabalho. E rápido! – concluiu, sentindo a falta de seus companheiros.

A várias braças do grupo, Sir Jamin jazia em um amontoado de cascalho próximo ao pé das montanhas egitsianas. A força do impacto o deixou tonto, no entanto, não havia sinais de cortes profundos em seu corpo – apenas o tecido da roupa que usava por debaixo de sua armadura encontrava-se em farrapos. O cavaleiro se ergueu sem chamar a atenção. *Pólvora*, refletiu sobre a explosão cujo poder de fogo desintegraria um homem comum. Porém, Sir Jamin sabia que ele não era um homem comum – ao contrário de seu inimigo.

Valendo-se deste pensamento, Sir Jamin, esgueirou-se por entre a fumaça escura gerada pelo evento até uma rocha pontuda que se erguia do rio e perfurava a crosta de gelo. De lá, ele pôde observar o arqueiro, que, julgando que seu adversário havia morrido, não se preocupou com sua retaguarda. Com a velocidade de uma águia atrás de sua presa, o cavaleiro avançou em direção ao inimigo, desembainhando *Pântea* um momento antes de executar um golpe vertical, que decepou o braço de seu oponente em um corte limpo. O próximo golpe de espada veio tal qual um raio e cortou sua perna na altura do joelho. O arqueiro – para sua surpresa, um jovem imberbe e de olhos astutos – caiu no chão sem sequer saber o que tinha acontecido.

— Onde está seu mestre, cão? – perguntou Sir Jamin, puxando o colarinho de sua camisa.

— Em todos os lugares – ele ria zombeteiro com uma expressão mesclando dor e sarcasmo.

— Onde está Linus? Diga-me! – gritou o cavaleiro, encostando a lâmina de sua espada no pescoço do arqueiro.

A ameaça, porém, não surtiu efeito.

— Linus? – ele gargalhou. — Não há Linus, velho. Não mais – concluiu, e, usando seu braço intacto, trouxe a lâmina para si e a apertou-a contra seu pescoço.

O fio de extrema sutileza de *Pântea* penetrou com facilidade sua carne, matando-o quase instantaneamente.

Sir Jamin largou o corpo de seu adversário por cima de uma poça de sangue e embainhou sua espada, que se mantivera imaculada pelas propriedades do Lithon, o metal dos deuses. Sem se abater, ele pôs-se a vasculhar os bolsos e a roupa do inimigo. Neste momento, a fumaça já tinha se esvaído e os peregrinos restantes se achegavam com rapidez.

— Eis o verdadeiro poder de um Cavaleiro da Ordem – disse Sir Heimerich.

— Foi incrível – disse o rei.

— Bah – Braun resmungou, como se não estivesse surpreso.

Sir Jamin nada disse, apenas se levantou com um pequeno rolo de papel entre os dedos. Ao desenrolá-lo, observou a folha por um tempo e depois a entregou a Petrus.

— Eu não reconheço essa caligrafia – explicou.

O rei, cuidadoso, apertou as vistas e leu a ordem que estava contida na carta.

> *"A hora que tanto esperava por fim chegou. Aguarde pelos Enviados em Keishu, na desembocadura do Egitse. Prepare uma emboscada. Mate-os assim que os avistar. Quando terminar o trabalho, venha a Tranquilitah para receber sua recompensa.*
> *Linus"*

— Agradeçam à imbecilidade deste garoto por não termos que percorrer meio-mundo atrás de Linus – observou Braun.

— E à ingenuidade do grande general do Caos – completou Formiga, irônico.

— Agradeçam a Jamin primeiramente, senhores – disse Sir Heimerich. — Se não fosse por ele, as palavras desta carta teriam se concretizado.

As palavras do paladino martelaram na consciência do grupo. Por mais unidos que estivessem, e julgando estar em um nível de habilidade maior desde sua ida ao extremo norte do continente, essa foi a primeira vez que eles se sentiram impotentes, à completa mercê de um inimigo inteligente e estrategista. Enquanto o momento de triste contemplação perdurava, Victor havia se distanciado do grupo, continuando seu caminho sem se importar com os outros.

— Onde pensa que vai, Queixo-de-Quiabo? – gritou o guerreiro, assustando os colegas ainda perdidos em seus devaneios.

— Aonde mais, sevanês? Não é óbvio? – perguntou o arcanista, sem virar o rosto. — Buscar a recompensa. Ou prefere ficar parado e pensar na fragilidade da vida?

XIX

A sombra de Keishu

Keishu adormecia no início da noite. O silêncio e a escuridão do local não combinavam com aquela cidade que já tinha sido a capital do reino por algumas vezes. Ainda que fosse constituída, em sua maioria, por casas simples, a população da região não passava necessidade e apreciava a vida noturna. Os espetáculos teatrais dos magos, que aconteciam anualmente na praça do templo, eram o ponto máximo da vida social de um keishuano. A comunidade se encontrava para ver o lançamento de fogos de artifício, a dança das águas e o embate de luzes, todos organizados pela administração da abadia. Fora de época, os habitantes aproveitavam com frequência as tavernas da região – subterrâneas e sempre muito escondidas –, que ofereciam um dos melhores vinhos do reino, com uvas selecionadas provenientes das vinícolas de Vahan Oriental, cujo método de plantio utilizava apenas a água de degelo de Kristallos.

Com ruas bem movimentadas durante o dia, o comércio se baseava principalmente na venda e troca de pepitas de metais e pedras preciosas, como gemas rúnicas, prata, ouro e *aurumnigro* – este último em menor quantidade. Não era raro a presença de magnatas alodianos e nobres askalorianos nas ruas de Keishu, assim como gemólogos e ourives, todos querendo fazer negócios promissores. Pela enormidade de culturas que visitavam as feiras todas as *auroras*, os keishuanos eram considerados um dos povos mais simpáticos de Sieghard, além de humildes, corretos e trabalhadores – ao contrário dos esnobes alodianos. Com todas essas qualidades, era de se esperar que fosse um povo não muito afeito à guerra, sendo esta parte desempenhada pelos magos. E, de fato, uma intriga política qualquer era o bastante para que alguns comércios fechassem e famílias se trancafiassem em casa – um comportamento fruto de uma cultura muito ameaçada no passado por reis e políticos. Portanto, o que acontecia em Keishu agora não poderia ser diferente.

Montados em seus cavalos, os seis aventureiros passeavam pelas monótonas vielas da cidade atentos a qualquer movimento suspeito. A carta achada no corpo do arqueiro inimigo, além de informar a localização do general das forças do Caos, deu-lhes também um importante alerta: eles estavam sendo procurados; o que significava que não poderiam mais se dar o conforto de agir como bem entendessem. Toda cautela era necessária.

Tal qual uma sentinela noturna, a formação rochosa da qual se erguia a Abadia de Keishu observava a cidade do alto e pousava seu olhar protetor sobre as pequeninas habitações, mesmo aquelas mais apartadas. Petrus ergueu suas vistas por entre a névoa que envolvia a construção, relembrando do ataque do Thurayya na última noite em que esteve lá. *Como será que está Chikára? E Harada? Nos veremos novamente?* Ele indagava em seus pensamentos.

De repente, uma sombra se projetou no fim da rua em que o grupo estava; passando de uma esquina à outra. Victor mais à frente, interrompeu seu movimento e fez um aceno de mão para que o restante esperasse.

— Espectro – ele sussurrou.

— Espectro? Ele quer dizer fantasmas? – perguntou Petrus, receoso.

— Espectro é a imagem de um morto, não necessariamente um fantasma – explicou Sir Jamin ao rei.

Um lance de decisão se fez antes que Victor desmontasse.

— Vou segui-lo – informou, voltando-se aos demais.

— Então iremos também – disse Sir Heimerich, começando a desmontar.

— Não! – o arcanista foi enfático e fez com que o nobre cessasse sua intenção. — Há apenas morte aqui para vocês. Continuem o caminho sem me esperar. Este assunto... – ele encarou todos com seu olhar intimidador antes de completar — ... é pessoal – concluiu e, sem delongas, partiu em perseguição não dando espaço para que seus colegas raciocinassem sobre sua decisão.

— Deixem-no ir – falou Braun, com desdém. — Ele sempre seguiu suas vontades como bem entendeu.

— Ele pode ficar em perigo – rebateu o nobre.

— Faz-me rir, Heimerich – o kemenita caçoou. — Uma mísera mosca não é capaz de encostar em sua pele. Estamos com ele há várias *auroras* e você ainda não percebeu? Ademais, não há nada nesta cidade para nós. Nosso objetivo está em Tranquilitah.

— O guerreiro está correto – Sir Jamin intermediou. — Há uma missão maior a cumprir agora. Qualquer que seja a circunstância que levou Victor a nos deixar, ela não nos compete. O que acha, majestade? – perguntou a Petrus.

Novamente, outro vulto saiu das sombras da esquina de uma casa e atravessou a rua no tenebroso breu.

— Acho melhor irmos embora antes que sejamos notados – disse Petrus, convicto.

— Uma boa pedida – Formiga riu para amenizar os calafrios que sentia.

Como se fizesse parte da escuridão que o abraçava, Dídacus se esgueirava pelas casas atrás do indivíduo que havia projetado sua sombra. Sendo, de certa forma, um intérprete do mundo espiritual, o arcanista sentiu algo incomum na presença daquele ser. Uma energia vital e mecânica corria pelo seu corpo, o coração batia, porém algo faltava em seu interior. *Desalmado*, refletiu, *um morto-vivo com todas as suas funções em perfeitas condições, exceto seu julgamento. Certamente, obedecendo ordens superiores. Se o que Sir Nikoláos escreveu em seu diário estiver certo, o que estou vendo agora trata-se daqueles mesmos que levantaram armas contra ele no Domo do Rei. Preciso ter cuidado, eles podem ser violentos.*

A silhueta à frente era de um homem magro que andava a passos rápidos, porém insuspeitos. Em nenhuma ocasião ele olhou para os lados, apenas seguiu seu trajeto como se tivesse um objetivo a cumprir. Não demorou muito para que o estranho homem descesse uma escada ao lado de um estabelecimento fechado, que o levava a uma entrada abaixo do nível da rua. A tabuleta erguida na fachada da construção não deixava dúvidas: "O Prato do Monge". *Uma taverna*, concluiu Victor, *mas não sinto o cheiro da cozinha*. Cauteloso, o arcanista se esgueirou mais uma vez pelas paredes até chegar à escada onde havia visto o homem pela última vez e desceu os degraus. Quando ele chegou à porta no patamar inferior, foi pego de surpresa por um bafo quente – resquícios do ar que acabara de sair do interior do recinto. Dídacus examinou a entrada e reparou que um brilho alaranjado emanava por entre as frestas. Então, certo de que não seria visto, encostou o ouvido na madeira quente.

E depois, hipnotizado pelo que ouvira, abriu a porta e entrou no local.

A noite cobriu a província de Vahan com seu véu de sombras, dando lugar ao brilho tímido da lua crescente que teimava em aparecer por entre as estranhas nuvens que vinham do sul. Evitando pegar as ruas principais de Keishu, os cinco peregrinos restantes continuaram sua jornada ainda não totalmente convencidos da atitude impensada de Victor. A redução de um membro em uma comitiva pequena deixava-os mais vulneráveis; no convívio social, entretanto, a presença ou ausência do arcanista não fazia muito diferença. Quanto à sua integridade, Braun não tinha dúvidas de que, uma hora ou outra, ele reapareceria sem um arranhão; e a sua certeza serviu para que as preocupações fossem amenizadas. Durante a passagem pela cidade, foi impossível não reparar que as torres mais altas dos templos sofreram pesados abalos estruturais, tendo alguns deles perdido por completo seus campanários. Também próximo à rocha que levava à Abadia de Keishu, fragmentos e blocos de pedra jaziam espalhados pelo chão. Por consequência do desmoronamento, o estábulo anexo – tão bem cuidado pelo cavalariço Eachann – havia sido destruído. *Aqui estamos, Feibush*, Sir Heimerich falava com sua montaria em pensamentos. *Você está são e salvo, como prometido, mas não será esta aurora que você retornará aos seus.*

Findado os limites da Guardiã do Norte – como Keishu era conhecida – os peregrinos avançaram não tão afastados da estrada e do rio Kristallos, valendo-se da escuridão deste período do dia. A vegetação úmida, composta em sua maior parte por gramíneas e pequenos arbustos, fortalecia a sensação de frescor, e, com a tensão esvaindo-se, finalmente eles puderam iniciar uma conversação.

— Fico a me perguntar o quanto de Sieghard foi afetado por estes tremores, a julgar pela condição de Keishu – Formiga, pesaroso, saiu do silêncio.

— Nuha nos havia alertado que isso aconteceria – informou Sir Heimerich. — Olhe para os céus. Nem mesmo as estrelas nos agraciam esta noite. Com o equilíbrio rompido, vagaremos por terras desoladas até que ele seja restabelecido – ponderou, no que, de repente, um clarão vermelho foi observado no horizonte ao sul, chamando a atenção de todos. Após um instante de espanto, o nobre continuou: — Cabe a nós trazermos esse equilíbrio de volta. Vamos achar o Aclamador e pôr fim nesse fado que nos assombra.

— O que queres dizer com equilíbrio, cavaleiro? – Sir Jamin, perguntou, curioso com a declaração inédita.

O paladino olhou para Petrus, concedendo-lhe a palavra.

— Segundo um antigo tomo de astrologia em posse de Nuha em Nordward, as Eras devem se alternar entre Caos e Ordem, segundo desejo de Destino, caso contrário, Exilium enfrentará desastres e calamidades até a sua própria destruição – explicou o rei.

— Não estamos salvando apenas a Ordem, Jamin, Sir; estamos salvando Exilium – completou Sir Heimerich. — Acredito que o que presenciamos e estamos presenciando aqui é apenas o início do que está por vir. Se a Ordem não se sobressair, nada restará deste mundo. Será o fim de todo ser vivente – proferiu sua última frase lembrando das palavras do poema de Ume.

— Eu não tinha conhecimento de tal sabedoria – disse o velho cavaleiro. — De fato, é intrigante. Todavia, seja como for, tempo é algo que já não temos. Sugiro, então, que cavalguemos até que todos os vossos lamentos sejam deixados para trás – concluiu, e incitou seu cavalo a correr em disparada.

Rumo à Tranquilitah, cinco silhuetas cruzaram os campos vahanianos junto ao vento ascendente do mar do norte. Tal qual o ar gelado que viajava para o calor meridional das terras altas levando os esporos das flores da primavera e anunciava o fim de uma estação, a travessia dos cavaleiros andarilhos rumo ao sul siegardo trazia o prenúncio de um período que, por força, deveria acabar.

Ao menos, é o que eles pensavam.

XX

Trevas Reveladas

A manhã de um dia de céu cinzento se iniciava nas redondezas de Tranquilitah. A cavalgada havia adentrado a madrugada e cessado apenas quando as primeiras luzes da cidade foram avistadas. Com eficiência, os peregrinos montaram acampamento e, exaustos pela jornada, descansaram em um ponto escondido no relevo, de forma que eles pudessem ver ao longe a estrada e a movimentação dos subúrbios sem serem descobertos.

— Levante-se, majestade! – gritou Braun para Petrus, que, por sua vez, acordou sem reclamar, reparando que Sir Jamin, Sir Heimerich e Formiga observavam a paisagem desconfiados.

— O que estão olhando? – perguntou o rei, levantando-se, com o rosto amassado e os cabelos desarrumados.

— Veja por si mesmo – declarou Braun, entregando-lhe, de forma brusca, uma maçã junto ao seu peito.

O soberano aproximou-se dos colegas e observou uma fila de centenas de pessoas, conduzidas por soldados, que caminhavam pela estrada de terra em direção a Keishu. A fila se estendia ao longo da estrada e constituía-se de homens e mulheres, em sua maioria, acompanhados por carroças com cargas de variados tipos de ferramentas – picaretas, pás, escadas, martelos e serras. Também alguns grupos de homens fortemente armados podiam ser vistos complementando a comitiva.

— O que é isso? – perguntou Petrus, suas vistas ainda se acostumando.

— Eu até poderia dizer que Linus está movendo suas forças para o norte, se estas pessoas não fossem siegardas – disse Sir Heimerich.

— Siegardas? – o soberano se engasgou com a maçã. — Como assim?

— De alguma forma eles se converteram ao Caos – respondeu o nobre. — Perceba que não há resistência da parte deles em fazer a vontade do inimigo. Seus semblantes estão tranquilos e movimentam-se conforme o passo dos soldados que os conduzem. Em outras palavras, não estão sendo obrigados.

— Bastardos traidores, majestade – disse Braun. — Quando você subir ao trono, espero que amarre uma corda bem grossa em volta de seus pescoços.

— Vejo alguns alodianos conhecidos. Aquele ali, por exemplo – disse Formiga, apontando para um homem pequeno e atarracado enquanto mastigava um pêssego –, foi meu cliente alguns *verões* atrás. Lembro-me que na época me pedira que forjasse um machado. Duas pessoas atrás dele está o Barão do Metal, da Liga Alodiana de Comércio e Afins, eu reconheceria aquele nariz pontudo em qualquer lugar – observou, rindo da proeminente peculiaridade.

— Não são guerreiros, então – concluiu Sir Jamin. — Exceto pelos poucos grupos de soldados, são pessoas comuns, comerciantes e trabalhadores, armados com picaretas, martelos e transportando bigornas. O que será que Linus pretende? O que há em Keishu para despertar tanto interesse?

— Minas de nosso metal mais precioso, talvez? – respondeu Formiga. — Eu só posso imaginar isso olhando para todas aquelas picaretas.

— Como se não bastasse ter que suportar nossas cidades destruídas e nosso povo doente, agora veremos nosso reino ser pilhado – Braun disse entre os dentes, furioso. — Malditos! Não descansarei até que a última cabeça seja decepada!

As palavras do guerreiro vieram como uma navalha no peito de Formiga, no que ele acabara de constatar que, entre os caminhantes, ali estava uma figura que ele poderia reconhecer a qualquer distância, que conviveu com ele durante toda a sua vida: seu pai, Eurig Bheli. Com os olhos arregalados, seu coração disparou, ao mesmo tempo em que sua mente se recusava a acreditar que aquele era mesmo seu querido pai. Quando de sua estadia em Alódia, Eurig estava de cama, castigado pela Pestilência Cega com seu corpo débil e privado de sua visão; agora, ele caminhava com uma saúde impecável.

— Meu pai! – ele exclamou. — Meu pai! – disse e avançou na direção da fila de pessoas. — Temos que resgatá-lo! – comandou, desesperado.

Com um impulso, Braun esticou seu braço e pegou Formiga pela parte de trás de sua roupa, impedindo a intenção dele.

— Está louco, pança-louca? Quer morrer? – perguntou o kemenita.

— Eu conheço meu pai, Braun! Ele nunca iria se voltar ao Caos! – Formiga argumentou, tentando se desvencilhar da forte empunhadura do guerreiro. — Ele pode ser ambicioso, mas nunca trairia a nossa fé! Tem algo errado com ele e eu preciso descobrir! *Nós* precisamos descobrir! – ele tentou com mais vontade sair do aperto, e suas roupas começaram a rasgar.

Braun, então, virou Formiga como se virasse uma garrafa para ver seu rótulo, e, pegando-o pelo colarinho, levantou-o de modo que seus pés não tocassem mais o chão.

— Escuta aqui, barrilzinho de merda, nós somos procurados por todo o reino. Sua aparição será a prova que o inimigo precisa para comprovar que estamos vivos. Se você for, vai entregar a gente de lambuja e seremos perseguidos impiedosamente até a nossa captura. Já se deu conta de quantas pessoas estão ali loucas para pôr as mãos na gente? Se você quer realmente salvar seu pai, faça-nos o favor de não insistir nessa besteira! – Braun havia explodido em ira e as veias em sua testa pulsavam em ritmo frenético.

Sir Heimerich, Sir Jamin e Petrus se calaram lamentosos diante da discussão. Braun podia ter uma maneira não tão amigável de resolver as coisas, mas os três concordavam com ele. Por mais que sentissem a dor do amigo, não havia nada que pudessem fazer. Formiga estava entregue ao desespero mais uma vez em sua vida. Relutante, e ainda com os olhos úmidos, ele encarou os outros colegas, e seus semblantes convictos fizeram-no parar de se debater. O guerreiro, então, colocou o ferreiro no chão, ajeitando sua roupa.

— Vamos primeiro salvar a Ordem, depois sua família – Braun complementou, vendo que seu colega não estava totalmente conformado.

— Ao menos seu pai parece saudável – observou Petrus. — A julgar pelo seu estado anterior, isso já seria motivo de alegria, não? Talvez sua família esteja gozando de uma vida normal em Alódia.

— Não creio, majestade, que a saúde inesperada do senhor Bheli seja um bom sinal – disse Sir Heimerich. — Depois que saímos do Pico das Tormentas, enquanto você estava em sono profundo, Victor nos alertara que os Thurayyas tentariam curar os enfermos da Pestilência Cega. Naquele momento, eu estava pouco me importando sobre suas motivações, pois só pensava na derrota do inimigo. Mas agora eu vejo claramente. Quando derrotei um desses monstros em Dernessus, incontáveis almas foram expurgadas de seu corpo, inclusive a de Anna – ele fraquejou ao pensar em sua amada. — Se o seu pai foi curado por um Thurayya e este, de fato, possuir a habilidade de trancafiar almas em seu corpo, a dita "cura" pode ser apenas uma moeda de troca.

Além disso, Ázero havia comentado que a doença era apenas uma fase intermediária. "Como os insetos que têm os seus casulos, e se tornam borboletas mais tarde...". Então, considerando que cada uma destas pessoas foi afetada pela Pestilência antes, toda essa movimentação que estamos vendo faz sentido.

— Está querendo dizer que... – o rei não queria acreditar.

— Não são traidores. Essas pessoas são desalmadas – Sir Jamin concluiu com mão em seu queixo, em tom seco. — Obedecem a ordens sem pensar sobre elas. Ordens provenientes de um Thurayya, talvez. O possuidor das almas. O inimigo é ardiloso e muito evoluiu desde a última Era.

— A alma de meu pai então pertence a um Thurayya? – Formiga indagou, fazendo, enfim, a pergunta que mais lhe afligia. — E como a devolveremos?

Olhares foram trocados por alguns incômodos instantes. A resposta, mesmo que sabida, não era bem-vinda.

— Eliminando o Thurayya em questão – Sir Heimerich disparou.

Braun colocou a mão na cintura, denotando nervosismo. Petrus abaixou a cabeça. Formiga, pelo contrário, ainda manteve uma ligeira esperança.

— Ora, mas se Heimerich conseguiu matar um, por que ele não conseguiria novamente? – perguntou o ferreiro.

— E, por um acaso, você saberia dizer quais dos cinco Thurayyas restantes possuem a alma do seu pai, sabichão? – o guerreiro questionou, ríspido.

— Mataremos os cinco... em tempo – comentou Petrus olhando ao longe. — Há uma possibilidade de que estas almas sejam compartilhadas entre eles. Por isso, eu digo: não sobrará nenhum – concluiu com firmeza, surpreendendo os demais. — Se é o que tivermos de fazer para restituir a glória de Sieghard, então o faremos.

Discretamente, Sir Heimerich encarou Braun, que sorriu satisfeito ao constatar que Petrus estava, de fato, crescendo em coragem, como guerreiro, e como figura real. Para Formiga, as sábias e enérgicas palavras do soberano ajudaram-no a amenizar a dor de seu íntimo e dar-lhe novas convicções. Sir Jamin, introspectivo, satisfez-se com o otimismo daquele simples – porém grande – homem, sem nada a falar, enquanto contemplava a fila de desalmados que chegava ao fim.

— Eis que o espetáculo termina e as cortinas se fecham, senhores – ressaltou o antigo cavaleiro.

— Alguma ideia de como vamos achar Linus em Tranquilitah? – perguntou Petrus.

— O mais provável é que ele esteja no CAAMP – Sir Heimerich deduziu, lembrando-se de sua formação acadêmica quando ainda era um cadete. Na época, o jovem e aplicado Heimerich usava do título do seu pai para tirar vantagem sobre os outros colegas. Apesar de extremamente habilidoso, era considerado esnobe pelos amigos, o que lhe fez ganhar alguns inimigos sem que ele soubesse o porquê. — Passei quase toda minha infância e adolescência nessa cidade, dentro dos muros do complexo, treinando para ser um cavaleiro. No período em que estive aqui, tirava as maiores notas da classe. Ah, como eu era bom – ele suspirou. — Em toda a história da academia, apenas Sir Nikoláos havia me superado. Que Ieovaris o tenha! – o nobre fechou os punhos em resignação. Depois, retomou seu foco. — Se há algum lugar que Linus esteja em Tranquilitah, seguramente é na academia Paternigro.

— E como teremos acesso a ele sem sermos achados? – perguntou Petrus.

— Eu conheço uma passagem subterrânea que os acadêmicos usavam para fugir do complexo. Se ela não foi descoberta por algum funcionário até as *auroras* atuais, deve ainda estar lá – explanou Sir Heimerich. — Com sorte, ouviremos as conversas e os planos de nossos inimigos.

— "Que os acadêmicos usavam". Isso incluiria você? – Formiga ironizou, com os braços cruzados, encarando o paladino com um olhar curioso.

Sir Heimerich desconversou, montando em seu cavalo em seguida.

— Apenas me sigam – concluiu, incitando Feibush colina abaixo.

Atrás do nobre, Braun cotovelava o ferreiro, satisfeito. Sem dizer nada, ambos chegaram à mesma conclusão: que o honorável cavaleiro, de repente, não parecia tão mais austero assim. Era um homem, como qualquer outro, e como um homem qualquer, havia sido também um típico adolescente.

Centro Acadêmico de Atividades Militares Paternigro - CAAMP

No salão principal da estrutura fortificada às margens de Tranquilitah, Linus apoiava-se na cabeceira da longa mesa retangular analisando o andamento dos seus planos que jaziam sobre a madeira junto a peças de diferentes cores. Seu semblante aparentava serenidade, mesmo que com um resquício de ansiedade.

— Senhor, os *Alumni* selecionados já foram encaminhados a Keishu – disse esbaforido um soldado recém-chegado cuja voz grossa preencheu o local.

Ótimo! Quanto tempo até que possamos avançar? – perguntou o líder com entusiasmo, mas sem fitar o homem.

— Cinco *auroras*, talvez – o soldado disse receoso.

— Faça em quatro! – comandou o general do Caos.

— Como quiser – respondeu o soldado.

— Mais alguma informação importante? – Linus, dessa vez, fez questão em olhar nos olhos do soldado.

O infante, apesar de ostentar um porte respeitável, pareceu sentir medo.

— Senhor, o senhor pediu para que certificássemos que o trajeto até a passagem nordeste de Sieghard estivesse livre. Porém, encontramos grande resistência em uma cidade chamada Chiisai. Poucos foram afetados pela peste por lá, além de que, um feiticeiro de extremo poder está comandando uma resistência feroz de lanceiros.

— Lanceiros? – o general se irritara. — Nossos exércitos não conseguem sobrepujar míseros lanceiros?

— Eles possuem uma técnica que nunca vimos antes, senhor.

Linus deu um soco na mesa e passou as mãos nos longos e finos cabelos prateados.

— Por Sethos! – ele olhou para cima, em sinal de súplica. — Você quer ver o nosso povo dizimado?

— É claro que não, senhor.

— Então mande um mensageiro em busca de Okropir e envie aquele Thurayya imediatamente a Chiisai. A cidade tem que cair! Agora!

Quando Linus terminou sua fala, um tremor atingiu as estruturas da fortificação e um grito de "cuidado" foi ouvido por debaixo das pesadas pedras que cobriam o assoalho do recinto.

Momentos antes, no sopé externo das muralhas da academia, protegido pela vegetação que crescia às margens de um fosso inundado, Sir Heimerich buscava a localização da passagem que os levaria ao interior do complexo. Com sua espada, ele cortava e afastava os caules mais altos que encobriam o grupo e, também, uma boa parte da visão daqueles que se aventuravam ali. Como conhecedor da cidade e seus arredores, valendo-se dos pontos cegos das torres da academia, o nobre havia levado seus colegas com segurança a uma zona abandonada e esquecida pelas autoridades e pela própria diretoria do CAAMP. O local dava para um precipício de onde nunca se esperaria um ataque inimigo e, por isso, as defesas neste ponto eram negligenciadas.

— Pela Ordem, Heimerich, as latrinas de Alódia estão em melhores condições que esta pocilga – reclamou Formiga, sentindo um odor de mijo e outros fedores que ele preferia não tentar identificar.

— Eu tenho uma teoria – disse Braun em tom de zombaria — de que os cadetes fujões nunca conseguiram ir às forras. Inclusive você, lordezinho.

— Este lugar nem sempre foi assim – explicou Sir Heimerich, incomodado com a situação. — Costumávamos nos banhar neste riacho. E fazíamos também como modo de esconder nossas verdadeiras intenções: guardar a entrada da passagem e assegurar sua proteção – neste momento, ao afastar um punhado de moitas, suas vistas deram de encontro a um amontoado de tábuas dispostas desorganizadamente próximo à base da construção. — É aqui, me ajudem a retirar estes entulhos.

Com velocidade, os cinco peregrinos retiraram as tábuas, revelando a passagem da qual o nobre havia informado. Um a um, eles se arrastaram pelo buraco de pequeno diâmetro, que se alargava à medida que se afastava de sua entrada, para se encontrarem, logo depois, lado a lado em uma grande, fria e escura câmara subterrânea.

— Eu queria ser o último a comentar, mas o cajado de Chikára viria bem a calhar nessas horas – Braun comentou. — Mais alguns passos e estaremos em completa escuridão.

— Não se preocupem, eu conheço o caminho de cabeça – disse Sir Heimerich,

— Ora, ora, acho que acabamos de descobrir quem foi o campeão de fugas da academia. Quem diria – Formiga não se aguentou.

Braun acompanhou com uma risada irônica.

— Alguém nos arredores da cidade deveria estar precisando muito de um frango!

— Silêncio, senhores – comandou o askaloriano, imperativo. — Em breve, passaremos abaixo das principais salas da academia. Qualquer pio pode chamar a atenção de quem quer que esteja lá em cima.

— Pelo que sei, não somos bem nós que emitimos pios – Braun sussurrou para si, contendo a risada. — Frangote.

O trajeto seguiu conforme o passo de Sir Heimerich e em total quietude. Petrus, Braun e Sir Jamin tiveram dificuldades em se adaptar ao escuro, porém Formiga, curiosamente, parecia ver com olhos que não pareciam ser os seus. Mesmo as formas mais longínquas, como estalactites e depressões nas rochas, ele enxergava com detalhes. Também o movimento de pequenos roedores e morcegos não lhe passou despercebido. O ferreiro nunca havia visto ou sentido algo assim. Um mundo noturno se desvelava à sua volta de forma inédita. Cético com a inusitada situação, Formiga esfregou as mãos sobre suas vistas, mas o resultado não mudara. Para não suscitar preocupações, no entanto – uma vez que não sabia o que estava acontecendo, e se, de fato, isso seria definitivo –, ele decidiu ficar calado e não comentar com os colegas sobre o caso.

À medida que a incursão avançava, mais e mais vozes eram ouvidas acima, o que deixava o grupo cada vez mais tenso e cauteloso. O som que emergia do alto provinha de frestas na cobertura rochosa que fazia a conexão entre o interior da academia e as câmeras subterrâneas.

A passagem, apesar de um pouco claustrofóbica, providenciava um clima úmido e a temperatura amena servia para refrescar os corpos suados dos "invasores". Por vezes, podia-se perceber que havia apenas uma fina divisão entre o assoalho da academia e o teto do túnel, devidamente suportado por colunas resultantes da junção entre estalactites e estalagmites.

— Se eu estiver certo, estamos agora abaixo do salão principal do CAAMP, onde, em tempos de conflitos, fica localizada a mesa de guerra – disse Sir Heimerich, em voz baixa, ao chegar a um ponto onde o teto se afastava e a cobertura rochosa ficava mais densa. Dos que estavam ali, apenas Formiga podia perceber as perigosas formas rochosas que pairavam sobre suas cabeças, tal qual lanças que aguardavam o momento em que seriam disparadas.

O nobre seguiria adiante, contudo o barulho do tilintar de botas de metal a passos rápidos prendeu-lhe imediatamente a atenção. Pela característica do som acima e o ritmo de marcha imprimido, ele pensou, um soldado logo iria dar uma informação emergencial ao seu superior.

— Esperem! – o paladino comandou, refreando os demais, que estancaram atentos.

Do alto, a voz ecoou nas paredes abaixo quase fantasmagórica. Não estava muito claro entre quem a conversa estava sendo travada, porém, sabia-se que a relação entre os discursantes era tensa e que o assunto envolvia questões estratégicas das forças de Linus.

— Como Victor suspeitava, algo extraordinário deve estar acontecendo em Keishu – Formiga refletiu com base no início do resoluto diálogo.

— Sh! – Sir Heimerich se irritara, pedindo mais uma vez silêncio.

A conversa continuou sem interrupções, dando inadvertidamente aos peregrinos sugestões de um plano de ataque a Chiisai; uma cidade isolada e fortificada, situada nas encostas do Cinturão de Pedras em Vahan Oriental, conhecida por ser berço de grandes e famosos lanceiros – além de local de nascimento de Chikára e do antigo rei, Kraig, que inaugurou uma dinastia de quase cem *verões*. O ataque à cidade em si, viria por consequência da resistência de sua população guerreira frente à passagem do exército caótico por aquela região – o que poderia indicar que seus habitantes estariam protegendo algo...

Ou alguém.

Não houve muito tempo para refletir, entretanto, pois que um forte tremor atingiu a base da estrutura da academia. Com a instabilidade, uma das estalactites colapsou e parte dela se soltou, caindo perigosamente com sua ponta afiada na direção do rei.

— Cuidado! – gritou Formiga, que, sem pestanejar, saltou e se jogou de encontro a Petrus, evitando o golpe fatal que viria de cima sobre seu crânio. O alodiano havia dado tudo de si para salvar o soberano, pois contava com sua saúde ainda muito debilitada. O estrondo de pedra sobre pedra se desfazendo em pedaços foi ouvido em instantes e deixou os peregrinos confusos com o que acabara de acontecer.

— O que você fez? – gritou Braun para Formiga.

— Eu salvei o rei, o que mais? – respondeu o ferreiro.

— Não, pança-louca, você acabou de dar nossa localização para nossos inimigos! – o guerreiro estava furioso.

— Senhores, temos que sair daqui, de forma urgente! – disse Sir Jamin, enquanto o som de passos acima deles ia se multiplicando. — Heimerich, guia-nos para fora, agora! – o velho cavaleiro comandou.

XXI

Aos fortes a morte, aos fracos os ratos

Muito embora a pressa e o imediatismo da situação tivessem afetado os passos dos peregrinos, causando-lhes – à exceção de Formiga e sua nova visão aperfeiçoada – alguns tropeços e tombos, não demorou muito para que eles se encontrassem do lado de fora dos subterrâneos da academia. Ainda que a passagem secreta fosse desconhecida – mesmo por muitos siegardos –, não seria difícil supor a existência de uma entrada externa, às margens da estrutura fortificada. O fato de as forças do Caos acabarem de confirmar que estavam sendo espionadas, fatalmente as poria em estado de alerta e, caso os peregrinos não agissem com rapidez, ficariam presos em uma arapuca.

Os inimigos, de fato, não perderam tempo. Corroborando as previsões, nos adarves da muralha da academia, uma concentração de arqueiros e besteiros se formara à procura de movimentos suspeitos nos arredores do complexo. O grupo, entretanto, havia se adiantado e, precavido, avançou com cautela aproveitando-se do capim elevado próximo às águas do fosso. Furioso com Formiga, o guerreiro se arrastava no chão enquanto sussurrava blasfêmias, certo de que o ferreiro iria aprontar mais uma. Sir Heimerich à frente de todos, mesmo que aparentasse segurança, suava frio com o risco da situação em que se encontrava. Sir Jamin sabia que podia se levantar sem que nenhum dano fosse causado a ele, mas, isso significaria entregar seus colegas e, nesse caso, preferiu a discrição – Petrus, muito assustado, postava-se ao lado dele, de uma forma que, qualquer que fosse o ângulo de um possível disparo, este atingisse, primeiro, o velho cavaleiro.

Uma vez fora da visão dos arqueiros, os peregrinos finalmente conseguiram alcançar seus cavalos amarrados em uma árvore ao pé de uma colina. Mesmo que aliviados por saírem insuspeitos das vizinhanças do CAAMP, o clima ainda era de tensão.

— Em breve esta cidade estará cheia de patrulhas nos procurando – avisou Sir Heimerich, montando em Feibush. — Será questão de tempo para que elas nos achem, e nós não podemos dar ao inimigo a chance de nos perseguir.

— E agora, o que faremos? – perguntou Formiga, perdido.

O paladino fez uma expressão mista de pesar e saudosismo. A reação era esperada e não tão bem-vinda.

— Agora é a hora de nos separarmos, amigos... majestade – ele encarou o ferreiro e o rei, que o saudou. — Não imaginei que esse momento chegaria tão cedo. Por Sieghard e com a ajuda de Ieovaris, lutamos e vencemos como uma força única durante várias *auroras* e gostaria de acompanhá-los para ver mais *auroras* de glória ao lado de nosso soberano. Entretanto, conforme planejado, vocês devem seguir para a costa sul – o nobre falou firme. — Quanto a mim e Braun, acredito que nosso objetivo seja muito claro agora: voltaremos ao norte, para Chiisai, para encontrar o Aclamador Irrevocável e desfazer as intenções de Linus – concluiu com ânimo, fitando o guerreiro. Depois, continuou, otimista: — De pouco em pouco, nossa vitória se desvela. Muito embora o sucesso dependa apenas que um objetivo seja cumprido, seja proteger o Aclamador ou achar a trombeta, oremos aos deuses para que ambos sejam vingados. As forças do Caos sofreriam um golpe irremediável.

— Mas, Heimerich, como cruzaremos Tranquilitah? – indagou o rei, trazendo o paladino à realidade.

Sir Heimerich riu-se.

— Vejo que não conhece a história de Nand, um dos contos askalorianos mais famosos, majestade. Não, ainda – ele fez um suspense. — Suas páginas foram as primeiras a citar a existência de uma trilha pelas montanhas alodianas que leva às portas de Alódia sem que se precise atravessar a cidade e o vale.

— É um trajeto seguro? – Formiga levantou a sobrancelha.

— Bom, eu não falaria sobre isso se a situação não fosse de extrema necessidade... se é que me entende – respondeu o nobre. — Contudo, em seu lugar, eu não me preocuparia... Vocês têm Jamin – disse, em tom seco, incitando seu cavalo em direção ao topo da colina. — Vamos, senhores. Teremos uma visão melhor lá de cima.

Os portões da academia se abriram com urgência para a passagem de vinte homens montados portando armas variadas, desde machadinhas e facas de arremesso a cimitarras curtas. Os cavaleiros vestiam armaduras leves e suas montarias eram robustas, de coxas musculosas, que podiam facilmente superar pequenas distâncias a velocidades incríveis. Logo ao deixarem a fortificação, a cavalaria se dividiu e metade dela tomou a estrada para Keishu para averiguar os limites norte da academia. Guntur, o líder da decúria, um homem de rosto afilado e de poucas palavras, era conhecido pela sua acuidade e percepção – quase como um cão farejador. Também tinha fama de ser um excelente ginete e, nas justas, era imbatível. Trovão – esse era o nome de seu cavalo – estava com ele desde pequeno, e o cuidado e tratamento que recebia, fazia-o um dos mais velozes e saudáveis do exército. Linus conhecia bem Guntur, e sabia que, caso encontrasse aqueles que o espionavam, apenas um fator muito incomum o faria falhar em sua missão.

Quando a Estrada Real deu lugar à velha rota de terra, os homens viraram para o oeste e seguiram ao longo das margens externas da muralha do CAAMP. Passando-se alguns instantes, o líder pediu para que refreassem os animais.

— O que houve, Guntur? Percebeu alguma coisa? – perguntou um de seus liderados.

Guntur apenas ficou em silêncio observando o relevo da região com seus olhos miúdos. Por um momento, ele inspirou profundamente e, então, procurou na vegetação algo que o atraísse, até que o casco de Trovão pisou em solo úmido. *O terreno segue em declive à minha frente, e cai de forma abrupta às costas da academia. Uma erosão... de grandes proporções. Aqui havia um rio no passado, talvez largo, talvez volumoso, mas suas águas ácidas entraram nas pedras moles, em direção ao subterrâneo, e cavaram um mundo à parte. A erosão, em certa época, talhou este planalto e desvelou a entrada para este mundo. E esta abertura não deve estar longe daqui.*

— Nossos visitantes conheciam bem este lugar – respondeu Guntur, após um longo tempo como se hipnotizado. — São siegardos, certamente. Arrisco a dizer que um deles é um cavaleiro, bem treinado nestas paragens, que está guiando outros por uma entrada subterrânea na borda oeste desta fortificação, onde há um precipício.

— Então, vamos até lá! – sugeriu um dos homens.

— Não tão rápido – interrompeu o líder. *Se há um cavaleiro entre eles, não seria do feitio de um estrategista permanecer no local. Eles já saíram, e agora estão aproveitando a oportunidade certa para escapar de seu esconderijo,* pensou. — Eles não estão lá. Estão aqui, no espaço de nossa visão, ocultos pela vegetação, nos observando enquanto discutimos nossos próximos passos.

Abaixado no alto da pequena colina, Sir Heimerich observou um grupo de dez cavaleiros, que tomava a sua direção, repentinamente parar a cavalgada. Um deles, provavelmente o líder, parecia que olhava de modo insistente para o nobre – mesmo oculto. Pelo porte dos cavalos, armas e estilo de armadura da tropa, Sir Heimerich pôde concluir que aqueles não eram soldados quaisquer.

Era uma equipe altamente qualificada para perseguir e matar.

Feibush poderia ser rápido, mas, se comparado aos cavalos dos inimigos, era visivelmente menor e perderia uma corrida. O mesmo poderia se dizer das montarias dos outros peregrinos. Porém, os cavalos nortenhos – perfeitamente adaptados para a neve – tinham algo que o dos caóticos não ofereciam tanto, e o nobre sabia disso: resistência.

— Como está aí, Heimerich? – perguntou Formiga.

— Nada bom – disse o paladino. Em seguida, se arrastando até uma posição segura, levantou-se com uma expressão de preocupação e se dirigiu aos colegas. — Temos dez homens a cavalo vindo para cá, e um deles parecia saber exatamente onde estamos.

— Mas que raios, Heimerich! Pensei que tinha tudo sob controle – Braun reclamou.

— E tenho – rebateu Sir Heimerich. — É um plano arriscado, mas terá que ser feito. Por nós, Braun. E, eu digo, eu e você. Para assegurarmos uma passagem segura de nosso rei e, mais importante ainda, fora do conhecimento de nossos inimigos.

— O que pretende? – Petrus estava ressabiado. — Não me diga que você...

— Eu e Braun vamos chamar a atenção dos cavaleiros. Vamos trazê-los para nós e...

— Loucura – interrompeu Formiga. — Nós temos Jamin, você mesmo disse. Perto dele, aqueles dez cavaleiros são sopa. Nuha não disse que ele vale por mil?

— Concordo com Formiga, Heimerich – disse o rei. – Sir Jamin é a melhor pessoa para lidar com essa situação.

— Permite-me discordar, majestade – o velho anunciou. – Sir Heimerich é um homem astuto e há muito o que tu deves aprender com ele. Não só tu, mas todos vós. Não deixeis que meu poder vos cegue a ponto de ignorar importantes cuidados. Tendes certeza de que eu os abateria facilmente, se todos, vede bem, se *todos* os soldados viessem a lutar comigo. Mas, nem todos iriam lutar. Um escaparia, talvez dois... e anunciaria nossa presença. E, logo depois, como lidaríamos com um exército ainda maior? E sabendo que tendes um cavaleiro lendário com vós? É certo que nossos próximos adversários não seriam simples soldados, senhores. Talvez todos os Thurayyas seriam chamados para nos perseguir. Ou um inimigo ainda mais poderoso que não conhecemos – frisou. Os peregrinos não souberam o que dizer depois da explicação de Sir Jamin, apenas se entreolharam, tendo que concordar em silêncio com o ancião. — Portanto, deixai o nobre concluir suas intenções.

— Obrigado, Jamin – agradeceu Sir Heimerich. — Nossos inimigos possuem cavalos mais rápidos que os nossos, porém temos cavalos mais resistentes. Vamos contornar essa colina para longe deles e disparar primeiro, obtendo vantagem na distância. Quando eles nos virem, tentarão nos alcançar. E esse é o momento que Formiga, Sir Jamin e nosso rei deixarão este local e rumarão para as montanhas alodianas.

— Como sabe que vocês não serão alcançados? – o ferreiro tinha um olhar suspeito.

— Sinceramente? – Sir Heimerich deu de ombros. — Eu não sei. Há uma chance de que os cavalos das forças do Caos se cansem mais rápido. E é a esta chance que devemos nos atrelar. E, se eles nos alcançarem, lutaremos – explanou. Depois, fitou Braun. — Está comigo, guerreiro?

— Como uma espada está para um pescoço! – respondeu o kemenita.

— Bom, acho que chegamos a um acordo. O que dizer, então? Que a Ordem os guie por sua jornada – declarou o nobre, despedindo-se de Petrus, Sir Jamin e Formiga.

— Que a Ordem vos guie, nobres valentes! – saudou o ancião. — Majestade, senhor Formiga... montai e preparai-vos!

Guntur havia comandado seus homens para que se espalhassem atrás de pistas dos invasores, no entanto, o líder sabia que o local mais provável do esconderijo seria atrás de uma pequena elevação no relevo à direita da muralha da academia. Mais que encontrá-los, Guntur queria provar a Linus que, com suas habilidades excepcionais, poderia ser o seu braço direito – o segundo em comando nas forças do Caos. Ele já havia mostrado seu valor na Guerra do Velho Condado, quando, sozinho, comandou a cavalaria responsável por aniquilar centenas de siegardos. Agora, sua missão era ainda mais importante e, certamente, ao cumpri-la, Linus lhe daria a notoriedade que ele tanto ansiava.

"Encontrar e eliminar aqueles que ameaçam nossa nação", disse Linus em uma conversa anterior, lembrada por Guntur, referindo-se aos Enviados. A suspeita de que seu próximo alvo poderia ser eles, avivou o sentimento de dever do líder da decúria. *Claro que são eles*, concluiu, e este pensamento subiu à sua cabeça, levando-o a imprimir toda sua velocidade na direção da colina – certo de que sua rápida intuição fosse pegar os intrusos despreparados. Durante a corrida rumo à sua glória, entretanto, dois cavalos dispararam ao longe, despercebidos por Guntur.

Mas não para seus homens.

— Senhor – gritou um soldado. — Eles estão fugindo!

O líder imediatamente estancou, observando os animais que desapareciam pela estrada em declive. Um sorriso de satisfação estampou seu rosto. *Tolos!*

— Atrás deles! – comandou, incitando Trovão com vigor.

À ordem de Guntur, muitos de seus liderados, que estavam adiantados procurando por pistas em outros locais, partiram em perseguição com ampla vantagem do líder. Bastou alguns instantes para que o famoso ginete percebesse a estratégia do inimigo. *São cavalos menores e conseguirão cavalgar por mais tempo. Eles apostaram no cansaço das nossas montarias. Foram inteligentes. Mas, infelizmente, perderão a aposta.*

Braun e Sir Heimerich tentavam se manter como podiam em suas selas. O guerreiro, em específico, tentava não perder o estribo. Um pouco desengonçado, em plena velocidade, ele inclinava de um lado para o outro, tal qual uma árvore balançava sob forte ventania. O cavaleiro, muito focado, apenas fazia o que fazia de melhor. Aquela era a cavalgada de suas vidas. Lutar contra uma tropa de alto preparo técnico, definitivamente, não estava em seus planos.

Os homens se aproximavam com muita rapidez, como Sir Heimerich previra. Porém, ao contrário do que pensava, eles eram muito mais rápidos. De repente, uma faca de arremesso passou próxima aos seus ouvidos, zunindo como uma flecha.

— Pela Ordem! – espantou-se. — Eles ainda estão longe, mas lançaram esta faca com extrema precisão. Como pode?

— Como pode você nos meter nessa enrascada, eu te pergunto! – Braun reclamou.

À medida que a corrida avançava, mais e mais os inimigos se aproximavam sem sinais de cansaço de suas montarias. Em certo momento, Sir Heimerich virou-se para analisar a situação, quando uma machadinha foi lançada com destreza em direção ao seu pescoço. Foi o tempo suficiente para defleti-la com seu escudo em um golpe de sorte. Outra faca foi arremessada, dessa vez, atingindo de raspão as costelas de Braun, que urrou de dor ao sentir sua carne sendo cortada, mesmo amortecida pela roupagem de pele sobre seu corpo. O guerreiro tombou lateralmente, caindo de sua sela e ficando preso pelo estribo e seguro pelas rédeas.

— Heimerich, eu vou cair! – Braun se desesperou.

Com o coração acelerado, tendo que olhar para frente e, também, para trás, o cavaleiro voltou sua atenção para o amigo. Com eficiência, encostou Feibush no cavalo do kemenita e estendeu sua mão para erguê-lo, justo no instante em que outra faca passava, atingindo e trespassando sua mão – que ali permaneceu. Um choque percorreu seu braço e Sir Heimerich gritou, retirando a mão imediatamente, porém, vendo que Braun não poderia esperar, estendeu o mesmo braço novamente e o alcançou. E retirando forças que ele não achava que tinha, ergueu o guerreiro e o devolveu à sua sela. Ao checar de novo a situação, percebeu que os soldados haviam se distanciado. Suas montarias finalmente se cansaram.

Porém, um deles – o líder – estava chegando como uma águia que se lança em cima de sua presa.

Nos arredores de Tranquilitah, Sir Jamin, Petrus e Formiga gelaram quando um dos homens de Linus por pouco não os descobriram. A decúria, em grande parte, partiu em perseguição, sobrando apenas um deles para trás. Não se sabia se era uma estratégia do inimigo, ou se o soldado em questão era um covarde. Para o velho cavaleiro, a dúvida pouco importava, pois quando ele partiu em disparada junto ao rei e ao ferreiro rumo às montanhas Alodianas, não pensou duas vezes em desferir o golpe de espada que cortou seu pescoço em uma trajetória suave e cruzada de baixo para cima, jogando sua cabeça na relva molhada ainda com os olhos arregalados de espanto.

Guntur havia alcançado seus homens, ultrapassando-os. Trovão galopava com a leveza de um vento vindo do mar. Os dois homens à sua frente estavam machucados e levariam desvantagem em uma eventual luta. Mas ele não queria chegar a isso. Era conhecido por suas finalizações rápidas em que seus adversários sequer puxavam suas armas – seja de qual maneira fosse. Dessa vez, não seria diferente. Instintivamente, colocou a mão em uma pochete presa à cintura para averiguar se o líquido viscoso e esverdeado estava ali. Tendo seus rivais à vista, puxou uma faca prateada e mergulhou sua ponta no veneno. *A jornada de vocês termina aqui*, disse a si mesmo, levando seu braço às costas em posição de ataque.

Foi quando a dupla de animais adiante se separou para abrir espaço no meio para um homem encapuzado de roupas escuras. O homem, que parecia um andarilho maltrapilho, ficou imóvel na estrada, ignorando o óbvio fato de que quase uma dezena de cavalos em breve passaria por cima dele. Guntur, entretanto, não deu atenção. O susto com a presença daquele homem apenas o atrasou um pouco, mas seu ataque já estava preparado. E errar o alvo não fazia parte de seu histórico.

À medida, porém, que o líder se aproximou do homem, sua montaria diminuiu a velocidade e a distância entre ele e os inimigos aumentou.

— Vamos, Trovão! Vamos! – Guntur incitou o animal, que cada vez mais dava sinais de cansaço. Até que, não resistindo, Trovão caiu junto com o cavaleiro. Os oito cavalos que vinham atrás também padeceram do mesmo mal. Todos, sem exceção, tombaram com os soldados.

O andarilho à frente permanecia parado, e uma estranha névoa de fios esverdeados emanava das montarias e fluía para seu corpo. Guntur começou a se sentir tonto e sua visão ficou turva. Uma pontada de tristeza o atingiu ao ver Trovão com os olhos revirados, morto.

— Trovão, não! – ele lamentou. Em seguida, virou-se para seus homens, que vomitavam em cima dos outros e em seus cavalos, também mortos. — Não se aproximem dele! – ordenou já com a voz moribunda.

E esse foi o seu último comando antes de desfalecer.

Victor Dídacus, então, bateu com as mãos em sua roupa e, calmamente, tomou a direção das margens da estrada, onde havia deixado seu cavalo – longe do raio de seu poder.

XXII

Sobre vantagens e desvantagens

A trilha das Montanhas Alodianas foi alcançada não muito tempo depois que o trio de peregrinos margeasse Tranquilitah, passando por entre algumas *villas* de nobres desabitadas. A suntuosidade dos jardins e das construções em estilo askaloriano – caracterizado por forte uso de mármore e arquitetura angular – fascinou Sir Jamin e Petrus. O primeiro por vislumbrar algo que estava muito à frente de seu tempo, o segundo por não querer acreditar que um homem precisava de tantas pedras levantadas para morar. “Minha casa é a liberdade do campo. Sempre será”, afirmou o rei, receoso ao pensar em ter de passar suas *auroras* entre paredes frias e grossas. Vez ou outra, cabeças curiosas – provavelmente de fugitivos siegardos – se revelaram nas janelas das casas, atraídas pelo som dos cascos sobre as folhas secas e o balbuciar das conversas do grupo.

Já em uma posição mais elevada que o nível da cidade e devidamente afastada do perigo, uma longa e sutil faixa de terra descoberta se revelou. Formiga tomou a frente da comitiva, ansioso por chegar logo em Alódia usando a tão famigerada trilha. Em sua mente, ele pensava em sua mãe, Aalis e Calista, sobre que fim tomaram depois do incêndio do Bolso Feliz e o desabamento do túnel. Estariam vivas? Pelo menos para a senhora Bheli – que havia ficado na taverna – tudo podia indicar que sim, pois a visão de seu pai caminhando entre os alodianos convertidos ao Caos comprovava que ela seguramente havia cuidado dele.

— Não sejas tão rápido, senhor Formiga – alertou Sir Jamin. — Fomos avisados que este caminho não será leniente conosco.

— Deixe-me ser claro, Jamin. Com todo o respeito, nada, absolutamente nada, foi suave conosco desde que fomos colocados nesta guerra – rebateu o ferreiro. — Quis Destino nos tornar os seus Enviados. Então... que nos *enviemos* para Alódia o mais rápido possível! – concluiu e incitou seu cavalo a galopar, deixando a dupla para trás.

O velho cavaleiro trocou olhar com Petrus, que, por sua vez, deu de ombros e partiu atrás do amigo.

— Para Alódia, Sir Jamin! – gritou ao longe. — Este é o meu comando!

Derrotados e humilhados, Guntur e mais alguns de seus homens chegaram às proximidades de Tranquilitah após uma longa e exaustiva caminhada. O líder sentia um misto de vergonha e raiva. Pela primeira vez, havia sido suplantado. Também havia subestimado seus inimigos e não iria se perdoar por esta atitude infantil, por isso sentia raiva. Raiva de si mesmo. *Eu estava tão próximo!* Lamentou-se, lembrando do estranho ser que apareceu na sua frente, pondo tudo a perder e quase o matando. Em verdade, mesmo que Linus o tenha alertado, ele não poderia conceber tamanho poder vindo de siegardos – que, em batalha, haviam demonstrado ser tremendamente fracos. O fato de que seus alvos tiveram que tomar distância para fugir, *como ratos*, acabou por reiterar suas conclusões sobre o povo local. *Eles são traiçoeiros*, Guntur riu de sua ingenuidade. No entanto, e para sustentar ainda mais sua observação, algo lhe chamou a atenção às portas da cidade: a cabeça de um de seus liderados jazia nas últimas pedras do fim da Estrada Real, próxima à vala de drenagem urbana.

Um outro grupo, foi seu primeiro e assertivo pensamento. *Passaram por aqui, mas com certeza não entraram na cidade. Nem poderiam. Ficar aqui não é uma opção.*

Guntur refletiu, ensimesmado.

Eles se dividiram e tomaram direções opostas. Mas... por quê?

— Homens, vasculhem as *villas* e certifiquem-se que não há mais bastardos como aqueles por aqui – comandou o líder, sendo cauteloso dessa vez.

Assim que restou sozinho, Guntur foi ao encontro da cabeça decepada e o que viu o assombrou. Seu rosto ainda estava marcado pela expressão de espanto. *Um ataque furtivo e veloz*. Porém, o que mais lhe saltou aos olhos foi o corte do pescoço: ele era extremamente limpo, perfeitamente linear e não apresentava sinais de resistência entre lâmina, carne e ossos – era como se o golpe tivesse cortado um tomate. Mais: a superfície lisa da vértebra exposta apresentava uma tênue coloração azulada. Ao ver tal peculiaridade, como bom conhecedor de armas e táticas de guerra, Guntur soube naquele instante que o aço usado na lâmina que havia decapitado seu liderado não era um metal qualquer. Aquele era o aço lendário dos deuses, Lithon, cujas armas forjadas deste mesmo metal foram entregues em outras Eras apenas a homens de grandes habilidades. O líder, então, sentiu apertar o seu peito em uma reação inédita.

Linus terá muito mais dificuldade em impedir os liderados do que pode supor. Apenas os Thurrayas não serão suficientes caso todos os Cavaleiros da Ordem estejam aqui. Preciso entregar essa informação a ele!

Em Vahan, Braun, Sir Heimerich e Victor Dídacus mais uma vez tomavam a estrada em direção a Keishu. Ao contrário do outro trio de peregrinos, eles avançavam a passos lentos. O ritmo da cavalgada se dava, principalmente, devido ao guerreiro, que, ferido na costela, sentia muita dor com o balanço do cavalo. A vagarosidade veio como um alívio para Sir Heimerich, que tinha a mão direita trespassada por uma faca e costumava usá-la para segurar a rédea. Victor tinha acabado de retornar de Keishu para encontrá-los em Tranquilitah quando os viu sendo perseguidos por uma elite montada e, sem pestanejar, aguardou na beira da estrada a passagem de seus colegas, lançando-se corajosamente junto aos cavalos para anular os perseguidores.

— Não sei como te agradecer – disse Sir Heimerich ao arcanista.

— Eu precisava recompor minhas energias. Aqueles cavalos pareceram-me o suficiente – respondeu Victor, de modo seco.

— Não precisa falar como se não se importasse – observou o nobre. — Não há mais o que esconder, Victor. Nós sabemos que você se importa conosco.

O arcanista apenas sorriu com o canto da boca, sem dizer nada.

— Por que estamos voltando? Para onde vamos? – perguntou Victor após um breve silêncio.

— Para Chiisai – respondeu Braun. — Há uma chance de que o domador de lagartixas esteja lá.

— Chiisai? – Dídacus levantou a sobrancelha. — Interessante.

— Conseguimos ouvir uma conversa entre Linus e seus soldados – explicou Sir Heimerich. — Pelo que pude entender, uma tropa das forças caóticas enfrenta resistência na cidade. Resistência essa que está sendo liderada por um feiticeiro.

Victor levantou ainda mais a sobrancelha.

— E o que pensa em fazer? – ele perguntou.

— Resumidamente? Identificar e fugir com o Último Aclamador sem que nossos inimigos saibam – respondeu o nobre.

— Já pensou na possibilidade de que ele não esteja mais lá, e essa resistência seja apenas um engodo para despistar Linus? – o arcanista duvidava da simplicidade da missão.

Sir Heimerich encarou Victor e, por um instante, faltaram-lhe palavras.

— Em todos os casos, ao chegarmos lá, deveremos buscar uma audiência com este tal feiticeiro – rebateu. — E, também, devemos aproveitar a oportunidade para alertá-los que um Thurayya deve chegar em breve para fortalecer o exército que os ataca.

— Acredito que um Thurayya não deva ser mais problema para você – Braun observou. — Visto que já deu cabo de um, em seu lugar, eu o interceptaria antes que ele chegue à Chiisai.

— Eu apenas estava no lugar certo, e no momento certo – Sir Heimerich, pela primeira vez, mostrou certa humildade. — Se eu vier a derrotar mais um deles, certamente será por obra dos deuses. Ademais, ninguém sabe o que esse de nome Okropir esconde. Não seria prudente confrontá-lo sem saber primeiro sua real força.

— E sua fraqueza – completou Victor. — Se Harada soubesse que o ponto fraco de Karna era seu ouvido, as mortes dos aprendizes poderiam ter sido evitadas em Keishu.

Braun e Sir Heimerich se lamentaram, pensando na destruição da abadia e como os jovens monges haviam sido aniquilados cruelmente. Não havia como parar o Thurayya – não enquanto sua tatuagem não fosse descoberta. Mesmo sentindo que agora ele poderia lidar com um deles de igual para igual, o nobre duvidava do resultado do próximo embate, caso viesse de fato a confrontar Okropir. Com um suspiro, ele olhou para o céu, e fez o sinal dos Cavaleiros da Ordem, clamando a Ieovaris em oração para que lhe desse suficiente coragem e sabedoria.

— E por falar em Keishu... – Braun quebrou o silêncio. — O Queixo-de-quiabo aqui nos abandonou lá e até agora não disse um pio. Vamos, queixudo, desembucha. O que achou naquela pocilga?

As atenções se voltaram para o arcanista.

— Linus está formando um exército de desalmados – respondeu de forma seca. — Siegardos desalmados.

— Viu só? Eu sabia! – Braun comemorou e Sir Heimerich lançou-lhe um olhar de desaprovação, sinalizando para que deixasse Victor continuar.

— Mas essa não é a informação mais intrigante – explicou Dídacus. — Logo que os deixei, segui um desses homens para o que devia ser uma antiga taverna. Esperei que ele entrasse, e sem levantar suspeitas, também eu entrei no recinto. Naquela noite, Keishu estava gelada, mas não naquele local. Dentro, o ambiente era úmido e abafado. A luz incandescente brilhava quente nos meus olhos. O saguão de entrada estava vazio, mas eu conseguia ouvir o bater do martelo e o tilintar de ferramentas nos andares mais abaixo. Espreitei-me na escuridão das sombras que bruxuleavam nas paredes e desci o primeiro lance de escadas. Lá estavam os "sem-vida", levando *aurumnigro* em carros, de um lado a outro, para outros que trabalhavam intensamente em forjas.

— Não me parece muito inteligente forjar armas em *aurumnigro* – Sir Heimerich refletiu. — São por demais pesadas e desajeitadas, a exemplo da espada que nos foi roubada. Se Linus está pensando em armar seu exército de desalmados com elas, eu só posso rir. Terá tropas completamente ineficientes.

— Eles podem ter algum tipo de força extra – observou Braun. — Para lidar com tais armas.

— Eles não têm – afirmou Victor. — São simples mineiros keishuanos. Também não possuem habilidades de um grande ferreiro, como Formiga, para confecção de espadas. Aliás, eu nunca disse que eles estavam forjando armas. Pelo menos não das quais um homem consegue empunhar.

— Então, que tipo de item eles forjavam? – perguntou o nobre.

— Algo mais robusto, maciço e bruto – disse o arcanista.

Algo mais robusto, Sir Heimerich colocou a mão no queixo. *O que seria?* refletiu, lembrando da imensa fila de alodianos que tomavam a direção de Keishu carregando somente ferramentas. *Seja lá o que for, Linus não me parece estar medindo esforços. É de suma importância que saibamos disso!*

— Várias peças jaziam entulhadas em um canto da sala – Victor continuou. — A escassa luminosidade não me deixou identificá-las. Tive que sair das sombras para tentar me aproximar e acabei cometendo um erro. Fui avistado por um dos "sem-vida". Ele apontou para mim e rapidamente uma dezena deles parou o que estava fazendo para me perseguir. As sombras já não me valiam mais. Subi as escadas a passos apressados e alcancei a porta de entrada. Quando achei que tivesse me desvencilhado daqueles seres deploráveis, eis que uma multidão surgiu nas ruas, forçando a me esconder por detrás da chaminé no telhado de uma das casas. Ali eles ficaram por um longo tempo tentando me procurar. Em certo momento da madrugada, porém, eles desistiram e eu pude finalmente montar em meu cavalo e partir de Keishu.

— Deixe-me entender – Braun se intrometeu. — Você foi avistado no subsolo de uma taverna por um punhado de gente, e quando saiu, pareceu que toda a cidade já sabia da sua presença?

— Exato – respondeu Victor. — Sua linha de pensamento está correta, Braun. Na verdade, não "pareceu". Eles sabiam. Eles pensam como um. Suas mentes são interligadas.

— Então qualquer desalmado, não importa onde ele estiver, esfriando a bunda no Pico das Tormentas ou esquentando-a nos campos de sal de Muireann, soube que você os estava espionando em Keishu?

— É bem provável – completou o arcanista.

Um pesado abatimento pairou sobre os peregrinos quando uma lufada de vento frio soprou no rosto dos três cavaleiros, avisando a eles que o Norte mais uma vez se aproximava. O clima ameno de Tranquilitah ficara para trás, e deixava uma vaga lembrança do coração quente de verão de Sieghard. Dessa vez, em um ponto específico, eles deixariam a estrada principal e rumariam para o leste, para as chamadas Terras Abandonadas. Mas, por enquanto, seguir o caminho com Keishu sempre à frente era o trajeto mais seguro, confortável e certo.

Ao contrário do mar de incertezas no qual eles se afundavam mais e mais.

A cavalgada continuou com Tranquilitah passando muitas braças abaixo. Em sua pequenez, o CAAMP se destacava imponente na zona norte da cidade, enquanto vielas e mais vielas se emaranhavam partindo da Estrada Real, que se assemelhava a uma longa cicatriz de pedras. À esquerda dos peregrinos, as montanhas se elevavam abruptamente, com o Pico das Tormentas sendo o ponto mais alto. Ainda que o Topo do Mundo estivesse às suas costas, ele ainda estava perigosamente próximo, o bastante para que se pudesse ouvir o grasnado agudo dos lagartos alados.

Em certo momento após deixarem a cidade acadêmica, a trilha adentrou a esparsa vegetação e declinou em direção ao leito de um rio. Os aventureiros não sabiam, mas eles chegavam à porção norte do Nakato, ou Braço Direito de Sieghard – que nesta região tornava-se a fronteira natural entre a província de Vahan e Askalor. Encontrar com as águas límpidas de Nakato, depois de quase uma manhã de cavalgada em um clima seco, foi motivo de contentamento – principalmente para as montarias. Petrus, Formiga e Sir Jamin desmontaram e saciaram-se e, enquanto reabasteciam seus odres, notaram à direita, mais acima do rio, uma construção desabada e solitária.

— Um forte de fronteira – disse Formiga, saudoso e entristecido. — Certamente ele já teve tempos melhores.

Petrus suspirou diante da visão da ruína.

— Não posso deixar de ver este forte e comparar sua condição com a nossa própria situação. Desde que atravessamos o Egitse não vemos o sol, apenas este céu cinzento e sufocante – ele olhou para o firmamento, um pouco perturbado. — Keishu está em ruínas. Quem sabe quantas cidades mais. Se tudo o que Nuha falou sobre as consequências do desequilíbrio de forças estiver correto, eu tenho medo do que podemos ver mais adiante.

— Sieghard pode estar em ruínas, como esta estrutura, mas com certeza não está abandonado – Sir Jamin falou. — Temos o reino de Dernessus conosco e Duncan não deixará que sucumbamos. Temos meus irmãos compondo seu exército agora. Temos um rei vivo e ansioso por justiça. E mais importante ainda, temos ao meu lado homens valiosos lutando em prol de um objetivo.

— Mas não temos a trombeta, nem o Aclamador – o rei rebateu. — E isso é o suficiente para que nada disso importe. Não podemos descansar até que tenhamos estes itens seguros sob...

O soberano ainda não tinha terminado sua frase quando um hemikuon adulto surgiu devagar entre as folhagens a fim de usufruir das águas de Nakato. Comparado ao espécime que por pouco não havia trucidado Chikára, este era maior e mais vigoroso. Sir Jamin fez sinal de silêncio e Formiga estancou com as pernas trêmulas. Apesar de estar na outra margem, sem uma arma de longo alcance o animal representava um perigo iminente. Os cavalos se inquietaram e, por segurança, afastaram-se das águas.

— Majestade, esse é o teu momento – sussurrou o velho guerreiro. — Fecha os olhos e concentra-te na linha de essência deste ser.

Um breve olhar se fez entre Sir Jamin e Petrus para que o cavaleiro lhe transmitisse a confiança necessária. O rei fez como comandado e apertou suas vistas. Enquanto isso, atento à situação, mas ao mesmo tempo cético quanto ao sucesso da tarefa, Formiga buscava algo que os pudesse ajudar em caso de uma emergência. E então, novamente ele percebeu que sua visão havia se modificado – dessa vez, era como se estivesse amplificada. Com seus olhos melhorados, ele pôde observar que as águas transparentes do rio revelavam objetos do forte desabado trazidos pela correnteza e que encontraram nas pedras do fundo o batente de seu percurso. Algumas roupas, armas e itens de decoração. Mas ele não precisou enxergar tão longe, pois não tão distante de seu pé, um pesado baú jazia afundado na lama da margem. Com cautela, ele se aproximou e o abriu, encontrando, para seu azar, a única arma que ele não sabia manusear.

Nas vistas fechadas de Petrus, uma confusão de linhas coloridas surgiu na escuridão. Muitos animais haviam passado por ali recentemente, a julgar pelos traços próximos que se dissolviam como pó no fundo negro. No céu escuro, linhas grossas e brilhantes se cruzavam, e o rei estremeceu ao pensar que poderiam ser de lagartos alados. Com o tempo, Petrus se perdeu em um mundo de brilho e cores, tão extasiado estava. O hemikuon, por sua vez, detectou a presença dos peregrinos, e encarou-os de forma feroz.

— Majestade! – Sir Jamin chamou-lhe a atenção. — Mantém teu foco!

O rei voltou-se à frente, procurando a linha de essência do hemikuon que, naquele instante, atravessava o leito de Nakato a largas passadas a fim de aniquilar os invasores. Sir Jamin empunhou *Pântea*, ainda na bainha, pronto para interromper a corrida alucinada do animal – obviamente, o cavaleiro não queria perder a oportunidade de testar o verdadeiro nível de poder de Petrus e iria levar a situação às suas últimas consequências. Formiga, com o coração acelerado, encarava tudo aquilo com uma arma letal aos seus pés, mas incapaz de tomar qualquer decisão.

No mundo escurecido da visão de Petrus, a linha do hemikuon era rosada e larga como uma cintura de couro e brilhava fraco tal qual uma lua minguante. *Venha, pequena alma*, ele mentalizou a frase, que imediatamente fez o animal diminuir o ritmo de sua investida. A alguns passos de Sir Jamin, o hemikuon começou a se debater, parecendo lutar contra sua própria consciência. *Não tema, pequena alma*. Petrus continuou seu mantra, sem saber se daria certo. Em pouco tempo, porém, a fera se entregou, recolhendo seus dentes e adotando uma postura inofensiva.

Mas... por quanto tempo?

— Esplêndido! – elogiou o velho. — Agora, trá-lo para o nosso lado.

— Não – rebateu o rei.

— Tu precisas completar o ciclo, caso contrário ele voltará ao seu estado de consciência natural – Sir Jamin explicou, levemente irritado.

— Não o farei – Petrus insistiu. — Seu lugar não é conosco, é com os seus.

— Majestade, trá-lo agora! – o cavaleiro gritou. — Não percebes o auxílio que teremos em nossa jornada ao lado de tão portentoso ser?

— Para que ele morra depois sob nosso comando? – disse o rei, em voz alta e firme, encarando Sir Jamin. — Ele não merece isso!

— É um simples animal! – retorquiu Sir Jamin, furioso.

No fervor da discussão, os dois peregrinos não perceberam que a gritaria havia afetado gravemente o hemikuon, que retornava aos seus instintos. De repente, Sir Jamin recebeu um forte golpe lateral que o lançou às águas sem tempo para uma reação. A fera partiu para cima de Petrus, que, no desespero, também se quedou impotente diante do monstro que saltava objetivando fincar os dentes em seu pescoço. Vendo que seu rei seria morto instantaneamente, e que a única chance de o salvar poderia vir de suas mãos, o ferreiro alodiano não pensou duas vezes e empunhou a arma que estava no baú como se tivesse nascido para isso. Seu corpo e seus olhos involuntariamente se conectaram para um movimento que parecia não ser próprio dele, fazendo-o se sentir invencível. Um formigamento prazeroso iniciou em seus dedos e, então, o ataque foi desferido.

Petrus, com os braços à frente, a fim de defender-se das fortes patas que viriam ao seu encontro – e que certamente destroçariam seus membros –, ficou intrigado com o golpe que ele estava esperando e não veio.

Para sua surpresa, o hemikuon caíra.

Com uma flecha cravada em seu crânio.

XXIII

Uma presença útil

"Por Sethos!" Foi a frase que Linus enraivecidamente acabara de proferir nos salões do CAAMP ao ser informado da fuga dos peregrinos e também da possível existência de um ou mais antigos Cavaleiros da Ordem entre eles. Guntur, o portador da mensagem, silenciou-se, temendo uma represália. Por alguns instantes, o general do Caos moveu-se de um lado a outro, mostrando um misto de profunda preocupação e dúvida. Ele, que sempre tinha um semblante sereno, agora revelava outras facetas. Seu pescoço avermelhou-se e a cor de seus olhos, por um breve momento, pareceu se alterar para um tom amarelado e pigmentado. Linus soube ali que os Thurayyas, seu maior trunfo até então, já não poderiam ser considerados como tal. Ele precisava de algo mais poderoso, mais agressivo e incontrolável, para lidar com sua maior ameaça. Era esse o seu pensamento vigente e nada o faria mudar de ideia.

— Desacorrentem Chikára – comandou à dupla de soldados na porta.

— Mas, senhor, ela não... – disse um deles.

— Você não ouviu? Libertem Chikára!

A jornada de Sir Jamin, Formiga e Petrus pela trilha das montanhas alodianas transcorreu sem mais surpresas. O tiro certeiro de Formiga causou espanto e perplexidade e levou-os, posteriormente, a importantes reflexões. Mesmo distraídos pelos devaneios surgidos pelo peculiar evento, o clima entre o rei e o velho cavaleiro não era dos mais favoráveis. O que aliviava Sir Jamin era pensar que, apesar da teimosia de Petrus, chegaria uma *aurora* em que ele não teria opção: por força da sobrevivência, seu instinto naturalmente o faria encantar uma criatura para lutar ao seu lado. Todavia, na mente do rei, a culpa pela morte de Rurik – arremessado contra uma árvore pelo golpe de cauda de um lagarto alado – martelava mais alto em sua consciência. Culpa essa que o fizera desobedecer a seu treinador. *Fui egoísta. Rurik deveria ter estado com os seus e nunca ter participado dessa guerra,* castigava-se. Entre uma e outra questão levantada, o ferreiro de Alódia havia finalmente quebrado o silêncio sobre suas novas habilidades. Ele dissera que sua visão havia sido aprimorada, que a noite já não era tão escura, e que, à luz do dia, podia ver mais detalhes na lonjura. Sua habilidade com o arco também fora questionada, e Formiga não conseguira dar explicações.

"Pode ser que seja uma habilidade do sangue de Ieovaris..." explicou Jamin, "...que foi ativada por uma situação emergencial específica, como por exemplo, neste caso em que a vida do rei foi posta em risco. Há registros de Cavaleiros da Ordem anteriores à minha geração que possuíam o dom da visão aumentada. Eram lanceiros, besteiros ou arqueiros, treinados desde pequenos e extremamente proficientes no uso de armas de longo alcance. Muito me intriga, porém, que tu tenhas obtido a visão aumentada ao mesmo tempo em que, de forma repentina, tenha surgido em ti uma capacidade inédita de manusear um arco e flecha. Tal poder, se vindo ou não de teu sangue, é discutível".

No início da noite, o trio – reunido em uma fogueira improvisada por Formiga –, já podia ver as esparsas luzes da cidade de Alódia. O ferreiro não conseguiu deixar de se emocionar.

— Eu prometi à minha mãe que voltaria para buscá-la. Eis-me aqui, às portas da minha cidade mais uma vez. Sei que temos que prosseguir, e que isso nos atrasaria, mas não posso chegar tão perto de minha família sem saber como ela está.

Petrus se compadeceu com o choramingo do colega, levantou-se e sentou-se ao seu lado, envolvendo-o com seus braços por cima dos ombros.

— *Nós* não podemos – o rei ressaltou. — Estamos com você nessa jornada, amigo. Ela nos abrigou, nos alimentou e nos cobriu com sua graça. Sua mãe é digna de estar ao lado de Ieovaris nos campos floridos dos deuses.

Formiga o encarou com os olhos marejados, encontrando a firmeza do olhar de seu soberano.

— Vamos encontrá-la – continuou Petrus. — Provavelmente seremos caçados, perseguidos, mas... Pela Ordem, eu daria tudo para ver minha família junta novamente. Sei que faria o mesmo se eu estivesse em seu lugar – disse, entreolhando Sir Jamin, que entendeu o sinal e assentiu com a missão.

— És um homem forte e bravo, senhor Formiga. Ainda ouviremos muitas canções e hinos sobre o ferreiro que enganou a morte – elogiou o cavaleiro. — Sendo assim, aconselho-vos que nos alimentemos e descansemos por hora, e que em breve desçamos à cidade aproveitando-nos da escuridão. Deixai a vigília por minha conta.

A noite transcorreu em paz no alto da montanha. Petrus e Formiga, cada um ao seu modo, aconchegaram-se fazendo dos seus casacos de pele um leito improvisado. O calor da região central de Sieghard já se fazia presente e não havia mais necessidade de vestir roupas tão pesadas. Carregá-las seria um incômodo também, portanto, o grupo naturalmente decidira não as levar adiante. Sir Jamin, sem sono, observou e estudou a cidade por um longo tempo antes de deitar-se e relaxar sob um firmamento em grande parte oculto pelas cinzas expelidas por Bakar. *Será o fim de todo ser vivente,* refletiu preocupado, enquanto sua visão seguia o rastro de uma fina brasa caindo do céu próximo ao acampamento. *O tempo está correndo e minha missão está longe de ser cumprida,* lamentou-se.

Nem bem o cavaleiro havia se revirado de lado, um som quase inaudível chamou-lhe a atenção. Alguém se arrastava na relva às suas costas. Alguém habilidoso o bastante para passar-se despercebido até então, que os havia espreitado e esperado o melhor momento para começar a agir. Ele estava perigosamente próximo, mas Sir Jamin estava de olhos bem abertos. Visto que era imune a danos físicos, o velho estrategicamente aguardou para que o golpe do inimigo viesse primeiro, para só depois desembainhar *Pàntea* e contra-atacá-lo.

No entanto, o ataque não veio.

Ouviu-se então o arrastar delicado de um objeto sobre o chão. *Um ladino!* Sem pensar duas vezes, Sir Jamin virou-se de surpresa e segurou o braço do invasor que puxava a bolsa de comida e provisões. Para seu espanto, tratava-se de uma menina que aparentava não mais que doze *verões* de idade. Tinha um rosto redondo, de pele branca, olhos escuros e cabelos castanhos bem claros; mas o que mais se sobressaía em sua aparência eram seus dois dentes da frente ligeiramente maiores, que lembravam um roedor.

— És uma garotinha! – o cavaleiro não conseguiu se expressar com outras palavras. A fala de Sir Jamin acordou Petrus e Formiga, que levantaram confusos.

A menina deu um tapa na mão de Sir Jamin, que o fez retirá-la de modo instantâneo.

— Não sou uma garotinha, tenho onze *verões* e oito *lunações* – respondeu, intrépida.

— O que uma menina como você faz por aqui? E, ainda por cima, tentando nos roubar? – perguntou Petrus, ainda se recuperando do susto.

— Primeiro, que não há menina como eu. Eu sou eu – ela afrontou. — E, depois, eu não estou roubando nada. Só tomando de volta o que vocês tiraram de mim.

Formiga sorriu.

— Não somos estrangeiros, pequena. Somos siegardos – explicou. — Inclusive eu sou alodiano. Nasci aqui na cidade.

— Então, você não é um deles? – a menina pareceu se alegrar. — E quanto a ele? – apontou para Petrus. — Seus olhos são iguais aos dos mortinhos.

— Mortinhos? – o rei reagiu à palavra com um misto de divertimento e curiosidade.

— Sim, eles parecem mortinhos. As pessoas, eu digo. Algumas delas ficam perambulando de um lado a outro e não se envolvem com gente normal. Parecem sonâmbulos e falam coisas sem sentido. E seus olhos são azuis como o seu. Eu as chamo de mortinhos.

— Bem, nesse caso, meus olhos são azuis, mas eu posso te garantir que estou bem "vivinho" – o rei argumentou.

— Qual o teu nome, criança? – perguntou Sir Jamin.

— Nivian – respondeu ela. — E os de vocês?

— Eu sou Formiga – o ferreiro se apresentou. — O mortinho é Petrus e o vovô aqui se chama Jamin. Você pode ficar à vontade para comer uma de nossas maçãs, ou mais de uma.

— Que legal! – ela bateu palma. — Nunca pensei que encontraria pessoas tão úteis aqui em cima – disse satisfeita, enquanto pegava uma fruta da bolsa que iria surrupiar.

— Afinal, o que te trouxe aqui? – perguntou Petrus.

— Hum... – ela mordeu a maçã e, enquanto mastigava vorazmente o alimento, apontou para a fogueira. — Vocês achavam mesmo que eu não veria a luz da sua fogueira? Nada passa despercebido aos olhos de Nivian. Eu só não imaginava que seria tão difícil subir esses penhascos.

Os três peregrinos observaram as tímidas labaredas, entreolhando-se depois, embasbacados. Mesmo que preocupante, o consenso final, no entanto, fora de alívio por atrair apenas a presença de uma suposta garota inofensiva.

— Mas, por que veio até aqui? – Formiga queria saber mais.

— Preciso dizer o porquê? – ela ironizou, rindo. — Comida, é claro! Desde que os estrangeiros vieram à cidade, eu perambulo por aí atrás de comida. Os mortinhos não gostam muito da gente. E, também, eles não são de muita ajuda. Então, ando sozinha, aperfeiçoando minhas novas técnicas e procurando quem pode me oferecer alguma coisa – respondeu Nivian.

— Onde estão seus pais, sua família? – Petrus indagou mais uma vez.

— Eu não conheci meu pai. Minha mãe trabalhava vendendo mercadorias de cidade em cidade e eu pouco a via, pois ela não me levava. Dizia que estrada não era local para crianças. Fui criada pela minha vizinha, Rut. Ela é uma flor e foi presa várias vezes, mas eu sei que ela tinha um bom coração. Afinal, ela me criou muito bem. Depois que os estrangeiros chegaram, não sei mais de minha mãe. Ela não voltou – relatou, cabisbaixa, demonstrando raiva. — E Rut... ela já não estava bem antes, mal saía da cama. Agora ela é uma mortinha. Tadinha. Ela, que costumava dizer "você nunca será feliz se não encontrar alguém útil para sua vida", já não vale mais nada para mim.

— É, de fato, lastimável – Sir Jamin demonstrou ternura, gerando um incômodo silêncio entre eles.

— Então, foi assim que você decidiu sair de casa... – Formiga quebrou o gelo. Ele, que já sentia pela ausência da mãe, precisava mudar o assunto para minimizar sua ansiedade.

— Eu não tive opção. Os estrangeiros tomaram minha casa. Nem sequer me deram comida. Daí, tive que me virar. Eu podia estar entre os bandos de meninos que se formaram na cidade, mas eu me considero muito mais esperta que eles. Eles não fazem nada direito. Para mim, são um bando de imprestáveis. É claro que, se estou aqui, é graças aos ensinamentos da Rut.

— Você tem uma personalidade forte – analisou Petrus. — Mas, já parou para pensar que se não fôssemos amigos, você estaria morta agora, e morreria sozinha, sem ninguém com utilidade para lhe ajudar? – o rei deu uma piscadela para Formiga.

Nivian vacilou por um instante.

Se eu estivesse com alguém, eu já estaria morta antes de chegar aqui – ela deu de ombros.

— Admito que aperfeiçoaste bem tuas novas técnicas – disse Sir Jamin. — Agiste muito bem na sombra e aproximaste-te com extrema destreza, digna de um ladino bem treinado. Mas foste confiante em demasia e falhaste. Será questão de tempo para que um outro erro ocorra e tu tenhas tua mão decepada... ou teu pescoço. Para tua sorte, entretanto, adentraremos a cidade neste momento e, juntando-te a nós, garantiremos tua segurança durante nossa estadia. Ao mesmo tempo, seria bom ter-te como nosso guia nessas idas desconhecidas.

A menina tomou ainda um fôlego para entender as palavras difíceis do velho cavaleiro. No início, com o elogio, sorriu de canto de boca, mas depois, sentiu-se desafiada.

— Eu sei muito bem cuidar de mim mesma – frisou, cruzando os braços. — Mas... aceito ser o guia de vocês.

— Ótimo – Sir Jamin se satisfez.

— Com uma condição... – Nivian completou com um olhar enigmático.

— Continue – pediu o cavaleiro.

— Tudo o que tem em suas bolsas fica comigo – ela declarou.

Sir Jamin fitou Formiga e Petrus. Nivian era uma garota esperta, não havia dúvidas. Trazê-la para o grupo poderia ser crucial para encontrar a mãe de Formiga em uma Alódia diferente até para quem sempre viveu na cidade. Mais do que tudo, Nivian era uma sobrevivente. Aprendera com seus próprios meios a vagar entre os inimigos e a tirar vantagem sobre isso... e sobre todos. Definitivamente, o que ela pedira em troca era pouco comparado à importância da missão. O rei e o ferreiro, sem dizer uma palavra, acenaram em concordância. Não haveria uma negociação.

— Trato feito – respondeu o cavaleiro, estendendo a mão para a garota.

— Se eu soubesse que seria tão fácil, teria pedido um de seus cavalos – Nivian sorriu com sarcasmo, apertando a mão de Sir Jamin. — Ou quem sabe, todos eles. Afinal, vocês não estão aqui apenas para passar pela cidade, não é mesmo? Ninguém vem à Alódia para passear. É uma terra sem dono. A cada tremor, uma construção desaba. Isso sem contar as bolas imensas de fogo que volta e meia caem do céu.

— Bolas de fogo? – Formiga ficou intrigado.

— É. Você ouviu bem – respondeu a garota, pegando a bolsa dos peregrinos no chão e retirando outra maçã. — Só para conferir, esta bolsa já é minha, certo? – perguntou. A resposta não veio. Nivian mordeu a fruta, e em seguida, lançou a mochila para o ferreiro. — Cuide bem dela, nariz de repolho. Vamos, arrumem suas coisas, peguem seus cavalos e me sigam. Não imagino como vocês chegaram neste local, no entanto, eu devo avisar que descer daqui é trabalho de cabra-montesa.

XXIV

O Desnorteador

O caminho para Keishu se comparado à trilha para se chegar a Chiisai era relativamente simples: descer as montanhas até encontrar Kristallos e margeá-lo até sua desembocadura. Mesmo uma criança não poderia se perder. Uma antiga canção típica da província de Vahan chamada "Siga o rio", tocada quase sempre com instrumentos de sopro, resumia bem a rota da cidade mística.

Desça, desça, não enlouqueça
Não é mágica, por mais que pareça
Ache o rio, beba do rio, siga o rio
Até que o'esqueça

É longo o rumo, dá tristeza
Percorra o rio e'ache'a beleza
Quando chegar, vai avistar
O monte solitário estelar

Em Keishu você vai estar
Em Keishu você vai estar

Tendo Kristallos à sua direita, Sir Heimerich descia a estrada para Keishu com a canção em mente quando finalmente avistou ao longe a ponte que cruzava o rio em direção à Vahan Oriental – ou Terras Abandonadas. A estrutura estaqueada de madeira parecia antiga e excessivamente utilizada. A passagem era estreita, e, em breve, o trio descobriria que muitas tábuas estavam podres – e algumas já haviam caído na correnteza.

— Chegamos – disse o nobre. — Sigam-me – comandou, partindo em direção à bifurcação que levava à entrada da ponte.

O sol já estava em seu ápice quando os peregrinos entraram na trilha para Chiisai. As montarias estavam cansadas e bufavam pedindo para matar sua sede. O cavaleiro desmontou, e foi seguido por Braun e Victor Dídacus.

— *Ache o rio, beba do rio, siga o rio* – Sir Heimerich cantarolou. — Bebam, senhores, encham seus cantis. Vamos dar descanso aos cavalos. Até aqui, o caminho nos agraciou, mas, a partir de agora, ele não será mais assim.

— Fala como se não tivéssemos acabado de enfrentar uma horda desenfreada de assassinos – reclamou Braun, tirando suas vestimentas e mostrando a gravidade do corte lateral, um pouco abaixo do seu peito. — Dê-me aquele vinho que você guarda em seu alforje, lordezinho.

Prontamente, o cavaleiro atendeu Braun, lançando-lhe uma garrafa. O guerreiro foi às margens de Kristallos e limpou a ferida com suas gélidas e revigorantes águas. Depois derramou um pouco da bebida forte antes de blasfemar "Raios!". Com bruteza, a seguir, rasgou com os dentes um pedaço de tecido e enfaixou seu busto.

— Sinto-me novo como um bebê – riu, enquanto espreguiçava.

Também o cavaleiro fez o mesmo procedimento com sua mão direita trespassada pela lâmina de uma adaga – que, para sua sorte, não estava envenenada. Terminada a tarefa, com dificuldade, puxou sua espada e simulou alguns movimentos de combate para se certificar que ainda conseguia manejá-la bem. Apesar de não conseguir imprimir toda sua eficiência, o resultado foi satisfatório. Sir Heimerich era um exímio espadachim e nada abalaria sua confiança.

Victor recostou em uma árvore e observava as águas de Kristallos como se observasse sua própria vida passando eternamente em um fluxo contínuo. Ele não precisava beber, ou comer, ou mesmo descansar. A energia que as centelhas de vida dos cavalos dos assassinos lhes deu era o bastante para que ele ficasse algumas *auroras* sem ter que usar novamente seu poder. Ele se sentia muito bem. E tão confortável que a ideia de testar seus poderes em animais maiores e mais complexos lhe pareceu razoável.

— O que sabe sobre a trilha para Chiisai? – perguntou Braun.

— Apenas o que ouvia na academia em minha juventude – respondeu Sir Heimerich. — Como toda região onde o domínio do rei mal chega, ela é repleta de embustes de fora-da-lei. Costumava ouvir muitas histórias sobre crianças sequestradas, mulheres estupradas e carroças saqueadas. Os homens, quase sempre, eram degolados. Mais recentemente, algumas patrulhas foram enviadas de Askalor para lá. Em certa ocasião, eu mesmo quase me candidatei para entrar em uma destas missões. Com a presença dos soldados askalorianos, o nível de segurança aumentou, mas a situação nunca fora totalmente controlada. Para todos os fins, caríssimos senhores, não se deve cruzar as Terras Abandonadas sem uma espada. Chiisai é o último e único reduto seguro em toda Vahan Oriental. Não devemos parar até que cheguemos lá.

— Pergunto-me onde estaria essa tropa askaloriana em meio à essa guerra – Braun refletiu. — Tendo que lutar contra baderneiros e caóticos ao mesmo tempo.

— Se os soldados foram inteligentes... – Victor falou, levantando-se do aconchego sob a árvore — Eles buscaram uma aliança com os fora-da-lei antes que eles a fizessem com os caóticos e, neste exato momento, lutam juntos em Chiisai para evitar a queda da cidade, com a promessa de serem perdoados pelos seus crimes. Mas...eu prefiro acreditar no pior – concluiu com apatia.

Sir Heimerich, demonstrando uma ligeira irritação, fitou o arcanista.

— Seja lá qual for a situação, Destino estará conosco – disse. — Vamos rogar aos deuses da Ordem que nos dê proteção e forças para chegar à Chiisai sãos e salvos. Que Ieovaris nos ilumine – o nobre ergueu seu rosto aos céus, e perfez o sinal dos Cavaleiros da Ordem. Depois, acariciou Feibush, como se estivesse pedindo ao animal mais um esforço, e o montou. Braun e Victor subiram em suas respectivas selas, também prontos para continuar a jornada.

Sem palavra de comando, o nobre incitou sua montaria à frente em direção à ponte, para, só então, perceber o péssimo estado no qual ela se encontrava.

— Pela Ordem, Heimerich. Tem certeza de que quer atravessar essa velharia caindo aos pedaços? – o guerreiro perguntou, ressabiado.

— Exércitos inteiros passaram por aqui recentemente, Braun. Eu consideraria um capricho dos deuses se ela cair com apenas nós três. Ademais, não temos escolha. Apenas façam o que eu fizer – explicou o paladino.

Os cascos de Feibush batendo contra a primeira tábua emitiram um som seco, que foi sucedido pelo ranger de madeira estalando. Com cautela, o nobre conduziu o animal, escolhendo o melhor local para passar com ele. Um pouco atrás, a dupla restante apenas imitava o nobre. As águas límpidas de Kristallos fluíam abaixo com rapidez e criavam turbilhões. A sensação de vê-las por entre as frestas e fendas abertas na estrutura não era das mais animadoras. O risco de uma das antigas tábuas quebrar era alto. Cair no rio e ser levado pela correnteza poderia ser fatal. Algumas vezes, mesmo Feibush vacilou em dar um passo à frente. Sir Heimerich precisou domá-lo nos momentos de maiores tensões. No entanto, com a perícia do cavaleiro, a ponte foi superada pelos peregrinos sem maiores percalços.

No outro lado da margem, uma placa com o nome "Chiisai" apontava para a estrada que deveria ser percorrida. O horizonte apresentava uma série de altas montanhas nevadas em formato triangular até onde os olhos enxergavam. O Cinturão das Pedras do Leste imperava na paisagem longínqua tal qual uma muralha que protege o castelo de forças inimigas.

— E cá estamos novamente, cercados por montanhas – Braun lembrou-lhes, pois já haviam passado por este trecho antes, quando da primeira vez que foram a Keishu.

— Agradeça a elas por nos separar do perigoso desconhecido – disse Sir Heimerich. — Você não estava conosco no Pico das Tormentas quando nos foi desvelado o cenário além delas: um amplo deserto escuro. Tenebroso e infindável.

— Eis o futuro – o arcanista interrompeu, levantando olhares curiosos.

— O que quer dizer, Victor? – perguntou o nobre.

— O futuro tem muitos nomes, paladino. Você o chama de desconhecido, porém, apenas os temorosos o chamam assim – respondeu Dídacus.

— Como ousa? – Sir Heimerich se espantou com a audácia.

— Vejo que nada aprendeu em Dernessus. Também os fracos o chamam de inalcançável. Porém, para Cledyff I e seus homens que atravessaram o Egitse e conquistaram o norte, eles o chamaram de oportunidade. Pese bem suas palavras, Heimerich. Para além daquelas montanhas está o futuro. Caberá a você escolher o nome certo para o que pretende ser. Quer ser um líder? Ou um soldado raso? – completou, de forma dogmática.

Sir Heimerich olhou para Braun, que segurava uma gargalhada. Sem pensar, o nobre não conseguiu se conter e explodiu junto com o guerreiro em frenéticas risadas. A presença de Victor e suas interrupções filosóficas já os acompanhavam desde as Colinas de Bogdana. Porém, com a amizade já construída entre eles, e que se intensificava a cada *aurora*, a seriedade de suas admoestações perdia a intensidade. O arcanista sorriu pelo canto de boca, não querendo demonstrar alguma emoção. No entanto, pela primeira vez, ele deixou se levar e sorriu, de fato – e com intensidade. Um largo e real sorriso. O gelo, finalmente, havia sido quebrado. Victor era humano e não estava à salvo da definição do que é ser um legitimamente. Claro que a construção da confiança com seus compartes ajudou-lhe a chegar neste momento. Um momento que se tornaria histórico, tanto para ele, quanto para aqueles que o acompanhavam. Todos se lembrariam e cantariam canções sobre o místico que riu, ainda que esta risada pudesse ser a única em sua vida.

O movimento de lábios foi curto, entretanto. O cavaleiro viu que Victor acanhou-se, mas não quis comentar para manter a aura de andarilho solitário do colega. No fundo, Sir Heimerich não queria que Dídacus se comportasse de maneira diferente – não porque achava que o humor o faria melhor, ou mais humano, mas porque havia aprendido a gostar dele como ele era: estranho, porém autêntico.

— Acredite em mim, Victor – falou, compadecendo-se do momento de tentação do arcanista —, levarei em consideração o que disse e pensarei a respeito. A reflexão é válida. Agradeço a sua preocupação. Certamente, não sou um soldado raso e não gostaria que me vissem assim. Sigamos, então, rumo à nossa oportunidade! – divertiu-se e lançou-se à frente, tomando a liderança do grupo.

As Terras Abandonadas eram conhecidas assim por uma série de motivos. Antes da unificação de Sieghard, a região nordeste do reino era habitada por povos muito primitivos que ainda não sabiam trabalhar o metal. Viviam em tribos espalhadas pelo território e estavam constantemente em guerra. Várias incursões foram realizadas a fim de estudar sua cultura e praticar o escambo. A mais célebre registrada em livros foi a aventura de Comar O'Lop, um comerciante de Alódia, que viveu entre as tribos com objetivo de trazer à sua cidade itens valiosos. Durante sua estadia, para que seu objetivo fosse cumprido, ensinou-lhes matemática, finanças e metalurgia. No entanto, acabou apaixonando-se por uma local e desagradou seu pai, que, por um acaso, era chefe de uma das tribos. Comar foi preso e torturado. Por sorte, antes de sua execução, uma guerra estourou e o chefe tribal o mandou para a batalha com a promessa de perdão e a mão de sua filha, caso o inimigo fosse vencido. O alodiano poderia ter fugido – ele teve a oportunidade –, mas sua paixão imensurável o fez tornar-se um verdadeiro guerreiro. Ele não só participou da guerra, como liderou-a e a venceu. De condenado a morte, foi transformado em herói e obteve o prêmio máximo: casar-se com o amor de sua vida. Quase trinta *verões* depois, logo após a morte de sua esposa, Comar atirou-se contra um monstro lendário que ameaçava a região fazia séculos, dando seu último suspiro com a espada ainda encravada nas entranhas da besta. Exceto a incursão épica deste bravo, todas as outras falharam e o propósito de domar seu povo foi abandonado.

Depois da unificação, houve muitas tentativas de pacificar a região para anexá-la ao novo reino de Sieghard em formação. Sir Drausus fora o primeiro vitorioso, mas o tivera sido apenas após conquistar Keishu. Os keishuanos foram a força vital que o futuro primeiro rei siegardo precisava para adentrar o território. Os magos e suas famílias não só lutaram nessas perigosas terras, como também as colonizaram. Não à toa, Vahan Oriental também é conhecido como "o Quintal de Keishu". Com o território devidamente seguro, Sir Drausus, nomeado rei Drausus I, deixou um representante em uma nova cidade recém-construída no extremo leste da nova província, ao qual chamou Chiisai. Porém, Vahan Oriental estava longe de ser uma província estável e o abandono do poder central em relação a ela era visível.

A trilha que o trio tomava cruzava uma área de pinhos espaçados, com predominância de vegetação rasteira, em sua maioria, musgos. Aqui e ali, troncos podres se amontavam devido ao trabalho de insistentes castores, e, apesar do abraço do sol, um vento gélido vinha de encontro às suas faces provenientes das montanhas nevadas do Cinturão das Pedras. O cheiro de flores do campo era suave, e poderia trazer uma sensação tranquilizadora se o silêncio da jornada não fosse perturbador o bastante para que os fizesse acreditar que olhos desconhecidos os observavam da lonjura.

— Não tem ninguém nessa maldita estrada – Braun se incomodou.

— Não tenha tanta certeza – disse Sir Heimerich. — O que vê, Victor?

O arcanista sondou os arredores com cautela.

— De fato, não sinto a presença de homens – respondeu. — Esperem... – Dídacus parou o cavalo.

O cavaleiro e o guerreiro imitaram Victor.

— O que foi, Queixo-de-quiabo? – perguntou Braun.

— Há uma explicação para que não haja ninguém nesta área. Preparem-se – respondeu com a mão sobre sua funda.

Repentinamente, o som do ar sendo empurrado repetidas vezes chegou aos ouvidos do trio. Sir Heimerich, apalpando seu escudo, olhou desconfiado para Braun, como se soubesse o que estava por vir. Um grasnado agudo ecoou pela região e pequenos animais espantados saíram desesperados em busca de suas tocas. Por detrás dos pinheiros à direita do grupo, a forma de um réptil marrom-acinzentado apareceu lançando-se nas alturas. Para Braun e Victor, a criatura amedrontadora, muito parecida com um lagarto alado, porém maior e mais grotesca, era desconhecida. Para Sir Heimerich, entretanto, este era o seu segundo encontro com a infame besta.

— É o Graouli – anunciou o cavaleiro, estarrecido.

— Dragões me chamusquem! É tão feio quanto as histórias dizem – Braun concluiu. — Como o derrotaremos?

— Creio que esteja com seu orgulho exacerbado, meu amigo. O Graouli não é um troll, como aqueles do Pico das Tormentas dos quais você, inclusive, não teve a coragem para enfrentá-los – Sir Heimerich cutucou.

O guerreiro mostrou desconforto, perguntando-se quem o havia entregado, mal lembrando que fora ele mesmo em um momento de embriaguez. Na tentativa de descobrir o suspeito, Braun encarou Victor, que o ignorou por completo. *Bastardo!*

— Seria uma vitória se apenas conseguíssemos *sobreviver* a ele – continuou o nobre, analisando o cenário. — Precisamos encontrar um lugar seguro, rápido. Estamos no campo de caça dele e esses descampados não nos...

O cavaleiro não conseguiu terminar sua frase, dado o susto que havia tomado quando olhou para o lado e constatou que Braun havia disparado com seu cavalo em direção à criatura, como um camundongo que se lançava na boca de uma raposa. Para Sir Heimerich, a razão de sua investida ainda era incerta; contudo, visto seu histórico de comportamento, nada lhe tirava da cabeça que o kemenita havia trocado sua missão de salvar Sieghard por motivos pessoais e deixou-se ser levado pela vaidade.

Inspirando profundamente, o cavaleiro soltou o ar de uma vez, olhando enraivecido para Dídacus.

— Se não o ajudarmos, ele vai morrer. Sabe disso – o arcanista foi curto e objetivo.

— Se nós o ajudarmos, podemos todos morrer.

— Nesse caso, a incerteza ainda é melhor que a assertividade – Victor retrucou.

Sir Heimerich bufou.

— Sinto que vou me arrepender para sempre disso. Que Ieovaris nos proteja! Avante, Feibush!

Mais à frente, o guerreiro, com o montante sobre os ombros, preparava-se para o primeiro golpe no monstro que pairava à sua frente. Sua escolha já era definitiva. Não depois de ser zombado e humilhado. No Pico das Tormentas, ele havia tomado uma decisão racional, todavia, agora, por esse motivo, fora taxado de covarde. Sua honra estava em jogo. Ele era o filho do grande Bahadur Mata-Trolls. Mais que tudo, ele devia esta vitória ao seu pai.

— Venha, filho de Sethos! – gritou Braun, enfurecido, enquanto observava a imensa figura abrindo suas asas e mostrando uma envergadura capaz de cobrir dois bois com seu abraço.

Vendo sua presa, o Graouli mergulhou com velocidade.

O montante foi sacado, porém, antes do golpe de espada, as garras do imenso réptil atingiram o peito do kemenita emitindo um som que parecia uma marreta batendo em um saco de areia. Braun foi lançado de seu cavalo, rolando no chão por algumas braças até encontrar uma pedra que o parou de imediato. Suas costelas sofreram com o forte impacto lateral e o guerreiro se levantou com certa dificuldade, percebendo que seu corte sangrava por debaixo das faixas que havia acabado de arrumar.

Sir Heimerich e Victor chegaram logo depois.

— Não seja teimoso, guerreiro! Não somos páreos para a criatura! – o nobre estava imperativo. — Você já provou seu valor em campo de batalha. Vamos, suba em meu cavalo – disse, estendendo sua mão.

— Muito bem, eu fui convencido – sôfrego, Braun pegou a mão do cavaleiro e a puxou com violência de surpresa. Sir Heimerich desequilibrou-se e caiu de sua sela, no que imediatamente o guerreiro montou Feibush e partiu para um novo embate com o Graouli.

— Miserável! – o nobre blasfemou.

A fera rodeava seu campo de caça esperando a presa desprendida aparecer. Sua espera não demorou muito, entretanto. Com um cavalo mais rápido e estável, Braun avançava com a espada já empunhada, pronto para executar um movimento arriscado que, se ele não fosse extremamente cauteloso, poderia findar sua jornada de maneira muito rápida.

— Pelo meu pai, o grande Bahadur! – exclamou entre dentes cerrados, enquanto suas veias pareciam saltar de seu pescoço. Pingos de suor escorriam pela sua face avermelhada, dando à cena uma conotação ainda mais dramática.

O monstro desceu com ferocidade mais uma vez, preparado para encravar suas fortes e imensas garras no guerreiro. Sir Heimerich e Victor observavam inertes o desenrolar do resultado bastante pessimistas. O Graouli era uma criatura mítica, com pouquíssimos e sempre trágicos encontros registrados. Para um bom conhecedor de bestiários, tal ser não poderia ser derrotado em campo aberto por um homem comum, mesmo que devidamente treinado em todas as artes marciais conhecidas de Sieghard. Se Braun era, de fato, um homem comum, o momento de saber havia acabado de chegar.

O momento do impacto foi antecedido por um brado de guerra brutal e os dados foram, finalmente, lançados.

O kemenita, exceto pelas dores nas costelas do impacto anterior, saíra surpreendentemente ileso do embate. O Graouli, por sua vez, aterrissou descontrolado entre as árvores – inclusive derrubando algumas –, com um corte em sua barriga. A estratégia do guerreiro mostrara-se eficaz: sabendo da desvantagem de sua envergadura, Braun ergueu o montante com os dois braços, esforçando-se ao máximo para que ele continuasse firme e estabilizado ao mesmo tempo em que soltava as rédeas de Feibush.

Ainda que a lâmina da espada tivesse atingido suavemente a pele lisa e brilhante da fera, o estrago já havia sido feito – e antes que ela o alcançasse com suas garras.

Caído no chão, o Graouli emitia ganidos estridentes, como se urrasse de dor. O kemenita aproximou-se a cavalo e, com cautela, desmontou já com seu montante sacado e pronto para finalizar o inimigo. O imenso réptil não sabia se se debatia ou investia com dentadas na tentativa de intimidar seu algoz. Braun, porém, não arredou o pé e, com urros, avançou focado em seu objetivo. Apercebendo-se do perigo em que se encontrava, de repente, a criatura tratou logo de bater suas asas o mais forte possível, gerando um intenso fluxo de ar que jogou Braun e Feibush para trás, e, então, sem pestanejar, ergueu-se aos céus e partiu em direção ao Pico das Tormentas, deixando um rastro de sangue para trás. O Graouli era, de fato, um oponente formidável e praticamente imbatível, porém o resultado da batalha havia sido definido.

Diante da tensão da qual havia acabado de passar, Braun – bastante ensanguentado pelo corte que se abrira – ajoelhou-se soltando a espada e colocando a mão sobre uma das costelas, como em um rito de alívio.

— Vitória – comemorou entre dentes, mal conseguindo falar.

O guerreiro vencera a fera. Sua honra e valor haviam se renovado. A literatura o conheceria como o primeiro a lutar, sozinho, contra o mítico Graouli e o derrotar como um homem comum.

Só que a história não o faria dessa forma.

Graças a duas testemunhas.

Momentos antes, Sir Heimerich e Victor – esperando uma tragédia – viam Braun se jogar alucinadamente contra a besta alada. O guerreiro erguera-se nos estribos em um movimento de extrema destreza e levantara sua espada ao máximo na esperança de atingi-la primeiro. Quando o réptil estendeu seus membros inferiores, o resultado do embate ficou óbvio: ainda com muito menos envergadura, Braun seria trucidado pelas potentes garras do Graouli e, desfalecido pela dor do golpe, levado aos ares para – quem sabe – o Pico das Tormentas. O instante do impacto, no entanto, mostrou-se revelador no que, se não fosse por uma peculiaridade curiosa, certamente não proposital, o guerreiro não teria saído incólume.

O grito de Braun havia perturbado o ar, criando ondas de som que atingiram e atordoaram o Graouli.

Sir Heimerich arregalou seus olhos vendo, estupefato, a fera cair com um grave ferimento em sua barriga, enquanto o kemenita mantinha sua integridade física depois de um golpe certo. Victor encarou o nobre, com a mão em seu queixo, suspeito do que acabara de acontecer. Teria Braun, assim como Sir Heimerich, ativado o sangue de Ieovaris naquele mísero instante em que ele mais ansiava por uma vitória em nome de seus antepassados? Se sim, o que esta habilidade significava? Como a poderia usar, de modo que o igualasse em poder à Sir Jamin e aos antigos Cavaleiros da Ordem? Muitas perguntas inundavam a cabeça de ambos, porém, para Braun, nada disso tinha acontecido e sua vitória havia sido fruto de uma boa e condizente estratégia.

— Eu falo ou você? – perguntou Sir Heimerich ao seu companheiro, que preferiu não responder.

Após o Graouli deixar o descampado, o nobre e o arcanista foram ao encontro do guerreiro, que ainda jazia ajoelhado e de cabeça baixa.

— Nunca mais fale sobre o meu valor, Heimerich – disse Braun em tom sério sem virar-se. — Isto compete apenas a mim.

— Você o derrotou, Braun. Se minhas palavras te ferem, então, não há mais o que falar – respondeu Sir Heimerich. — O silêncio já basta.

Na quietude de seus pensamentos, o cavaleiro perguntava-se se o momento seria adequado para revelar ao amigo o que vira. Claramente, Braun iria negar qualquer tentativa de rebaixar seu feito e alegaria loucura de Sir Heimerich, ou, na pior das hipóteses, uma boa amizade que nascia poderia ser desfeita. Por segurança, ele decidira, era melhor mantê-lo na ignorância.

— Como estão suas costelas? – o nobre continuou.

— Não tão ruins quanto aquela barriga seca e podre do Graouli – o guerreiro zombou, descontraído. — Mas elas vão precisar de algum gelo, e uma nova faixa.

— Sorte a sua que gelo é o que não falta nessa região – Sir Heimerich informou. — Vamos buscar seu cavalo e, antes de retraçarmos nosso trajeto para Chiisai, tratar estas feridas. O que me diz, Victor? Tem algo a falar?

— Nada – respondeu Dídacus ainda bastante pensativo. — Todavia, gostaria de sugerir que, pela ocasião, acho que Braun mereceria um título – falou em tom misterioso.

— Como O Matador de Graoulis? O Abridor de Barriga? – o guerreiro se divertia. — Bah! Clichês! Desculpe-me, Victor, mas não. Eu, Braun, não preciso de títulos ou subterfúgios para mostrar a todos do aço que sou feito – ele se vangloriava.

— Não pensei em nada disso – rebateu o arcanista, dando uma piscadela para o nobre, que, imediatamente entendeu o recado.

— Muito bem, Queixo-de-quiabo, desembucha!

— "Braun, o Desnorteador".

O guerreiro mastigou a palavra na boca algumas vezes com uma expressão duvidosa antes de sorrir.

— Pelas barbas negras do dragão, Victor! É maravilhoso! Que Linus e todo o exército do Caos saiba que Braun, o Desnorteador, está indo atrás deles em Chiisai para buscar as cabeças de cada um!

XXV

Uma relíquia para o melhor ladrão

Nos subúrbios de Alódia, três figuras errantes, guiados por uma menina, se esgueiravam na escuridão, fugindo da ronda de patrulhas militares e das vistas dos "mortinhos". Para sorte deles, o imponente Portão Norte havia desmoronado – o que facilitava a entrada na cidade – e eles decidiram, de forma estratégica, pegar as provisões e deixar os cavalos escondidos por entre os destroços da outrora impenetrável muralha.

A cidade, em si, estava um caos e em nada parecia com o rico complexo de outrora: as casas que não estavam arruinadas, jaziam abandonadas. As ruas encontravam-se sujas e sua iluminação – que antes, ostentosa, trazia orgulho para seus citadinos – agora ficava por conta apenas das tochas que os soldados das rondas carregavam. Formiga observava a tudo com os olhos umedecidos, estarrecido pela situação de sua terra natal, e ao mesmo tempo preocupado com as condições com a qual poderia encontrar sua família. Aproveitando-se das sombras, discretamente, o ferreiro alodiano enxugou suas lágrimas, não aguentando o nó que se formara em sua garganta.

— Ora, ora, temos um chorão aqui – Nivian percebeu que alguém assoava o nariz. — Minha mãe sempre me ensinou a não chorar, para não demonstrar fraqueza. Nem quando ela desapareceu eu chorei. Ou quando perdi a Rut. E a minha casa. Ela também me disse para eu ficar afastada de homens que choram. E eu fiz isso. Mas eu nunca pensei que iria ouvir um homem com a sua idade chorando. Não acha que está velho demais para isso? – a menina riu, zombando de Formiga; mas, logo depois se deu conta do que estava acontecendo. — Ah! Agora, eu entendi tudo! Este homem veio atrás de sua família, ou pelo menos, do que sobrou dela, não é mesmo? Uma das coisas que aprendi com minha mãe é que, se há um motivo para chorar, este deve ser apenas pela sua mãe. Eu sabia que vocês não vieram só passar por aqui.

— Nivian, é muito importante que atravessemos a cidade, porém este homem, o senhor Formiga, prometeu à mãe que voltaria para buscá-la – Sir Jamin falou. — Conseguiria nos ajudar nisso?

— Shh – a menina mandou os outros se silenciarem.

Na esquina da rua onde se encontravam, uma patrulha de seis homens bem equipados e armados se aproximavam.

— Por aqui – comandou Nivian, saindo da entrada escura de uma casa onde o grupo estava e passando por uma fresta de um muro vizinho desabado. Os outros a seguiram de forma imediata.

— O quanto eu ganho com isso? – ela perguntou quando se julgou segura.

Petrus se irritara.

— Por Destino, tudo para você é uma troca? Será que você não consegue demonstrar um mínimo de amor?

Nivian parou olhando para Petrus com uma expressão impaciente.

— Calma, meninos – Formiga interrompeu os dois antes que uma discussão feroz se iniciasse. Com sutileza, deu uma piscadela para o rei e virou-se para a garota. — Essa bolsa que você tem em mãos cheia de comida não é nada perto do que você pode ganhar se nos ajudar. Minha mãe tem excelentes habilidades culinárias. O que você acha de ter a oportunidade, todas as *auroras*, de experimentar maravilhosos bolinhos de chuva, polvilhados de açúcar, com recheio cremoso de mel? Ou tabletes de trigo com frutas do bosque secas e cristalizadas?

Por um momento, Nivian não soube o que dizer, apenas salivava intensamente, hipnotizada pela descrição dada pelo ferreiro.

— Todas as *auroras*? – ela queria confirmar.

— Todas! – respondeu Formiga.

— Seria maravilhoso – ela exclamou.

— Então, ajude-me a achar minha família e eu darei um jeito de que ela faça todos estes quitutes para você. Temos um acordo?

— Claro! Acordo feito! – respondeu, mostrando a língua para Petrus.

A muitas milhas reais para o norte, uma criatura alucinada tomava a Estrada Real com seu cavalo, galopando a incrível velocidade, com destino a Alódia. Ela viajava sozinha, pois ninguém havia ousado estar ao seu lado – ou adquirido coragem suficiente para isso. Também, porque sua única presença era o bastante para que todos tremessem diante dela. Ela não precisava de lacaios, nem mesmo dos poderosos Thurayyas – eles, em verdade, já se encontravam abaixo dela e não a intimidavam. Apenas os Enviados estavam acima, e, por isso, precisavam ser eliminados. Ninguém poderia estar acima dela.

Ninguém poderia estar acima de...

Chikára.

— Por que esta avenida está tão movimentada? – Petrus perguntou, espiando, por um buraco em um muro, a principal via que cortava a cidade. Desde que retornara a Alódia, Nivian guiava o trio esgueirando-se por vielas a fim de evitar as ruas mais largas onde a quantidade de soldados inimigos crescia. Porém, vozes, conversas e risadas se misturavam em um coro curioso, demonstrando – até que se provasse o contrário – que algum tipo de vida ainda existia naquele local que, na visão dos peregrinos, podia-se considerar morto.

— Não conhece? É a Feira de Verão, que acontece uma vez a cada doze *lunações* – respondeu Nivian.

— Feira de Verão? – Formiga estava incrédulo. Quando criança, o pequeno Brogan era um frequentador fiel deste que era um dos maiores eventos da cidade. A feira, realizada na parte da Estrada Real próxima ao templo principal, reunia comerciantes e artistas de todo o reino de Sieghard. Apresentavam-se artesãos, ferreiros, trovadores, pintores, menestréis, acrobatas, criadores e domadores de animais. Além da moeda local, todo tipo de mercadoria poderia ser trocado entre os participantes. A festa agitava a cidade por três *auroras* consecutivas. Junto com sua família, Formiga costumava perambular entre os estandes, tendo preferência por visitar os feirantes que tinham, em seu mostruário, espadas, adagas e machados. Não era à toa que, mais tarde, ele reconheceria o trabalho de oito em cada dez armas que chegavam à sua mão para reparos, e, criaria o seu próprio estilo único no país.

— Então, os estrangeiros mantiveram nossos costumes? Por um momento achei que os alodianos estivessem em piores condições. Exceto pelos soldados, não vimos sequer uma alma fora de casa desde que chegamos, e, de repente, topamos com uma feira onde todos estão se divertindo? – um pensamento de alívio preencheu o íntimo do ferreiro. Subitamente, porém, um outro pensamento mais prático lhe ocorreu. — Ora, por que estamos escondidos? Por que não estamos lá? Podíamos facilmente nos misturar ao público.

— Assim... a feira está um pouquinho.... hum... ham... diferente – a garota teve dificuldade em explicar. — E, também, devo lembrar que você não é o tipo de pessoa que conseguiria se misturar facilmente em nenhum lugar.

Jamin e Petrus se entreolharam e riram com a última declaração de Nivian.

— Como assim, diferente? – Formiga os ignorou. — O que vê, Petrus?

O rei observou novamente a avenida. No seu campo de visão, vários estandes de comida e outros negócios – como vendas de pedras preciosas, armas e artesanato local – se espalhavam dispostas em três fileiras alinhadas na largura da rua. Os frequentadores, eram, em sua maioria, homens morenos, de barbas escuras; e seus aspectos físicos contrastavam com os feirantes e os mortinhos – que perambulavam sem destino de um lado ao outro. Alguns trajavam armaduras e corseletes, no entanto, de uma forma ou outra, todos estavam armados. Em certa ocasião, o rei vira um dos feirantes receber um golpe de chicote de um soldado.

— Os feirantes são os únicos siegardos – Nivian confirmou o que Petrus estava suspeitando.

— A garota está certa – o rei consentiu, com a voz triste, olhando para Formiga que, por sua vez, silenciou-se atônito.

— Na última guerra, ao conquistar uma cidade, uma das estratégias das forças do Caos era assimilar a cultura local, dando a falsa impressão aos povos conquistados que eles tinham alguma liberdade – explanou Sir Jamin. — No entanto, com o tempo, a razão destas festividades foi sendo substituída pelas crenças dos conquistadores, até que a razão original caísse por completo no esquecimento. O que estamos vendo aqui, homens do futuro, é o passado sendo novamente aplicado.

O ferreiro encarou Sir Jamin, inconscientemente fechando com força seus punhos. Sendo um alodiano orgulhoso, sentiu-se profanado – como o protagonista da canção que uma vez cantara logo após a queda de sua cidade –, e um sentimento ainda mais valoroso que a promessa de voltar e salvar sua mãe começava a surgir: a promessa de voltar e salvar também o seu povo.

— Brogan Bheli! – Petrus chamou a atenção do alodiano pelo seu nome verdadeiro. — Venha aqui olhar! Você não vai acreditar!

A pedido do rei, Formiga observou pelo buraco no muro alguns estandes mais próximos. E, de repente, lá estava ela. Os pelos do alodiano se arrepiaram mais uma vez diante daquela maravilhosa visão que se repetia. No arsenal de um feirante, em meio a outras espadas, o pomo de ametista destacava-se entre as demais, sua lâmina escura emanava o mesmo brilho que lhes havia encantado anteriormente.

— Por todos os deuses da Ordem! É a espada de *aurumnigro*, Petrus! – exclamou o ferreiro em voz baixa. — Aquela mesma que Braun resgatou das mãos de Sir Maya! precisamos reavê-la!

— Mas, para que, Formiga? Ela nos foi roubada uma vez e decidimos que ela não nos tinha utilidade. É uma espada maldita, feita para matar um rei – o soberano rebateu no mesmo tom.

— Esqueça o fato de que ela foi feita para matar um rei. Acima de tudo, ela é uma relíquia – Formiga estava incisivo.

Petrus parecia não dar ouvidos, afinal, ele era o legítimo soberano de Sieghard e a própria existência da arma era, agora, um insulto para si e para todo seu legado; porém o ferreiro insistiu.

— Pense bem, Petrus – Formiga encurtou a distância entre ele e o rei. — Sir Heimerich mencionara a existência de uma seita secreta antiga que tinha a espada como objeto de veneração. Mesmo que ela possua um valor inestimável, uma arma com lâmina de *aurumnigro* é pesada demais para manuseio em batalha, é inútil... a não ser que ela guarde... segredos. Ninguém veneraria um objeto inútil. E digo mais: sem querer me gabar, mas ninguém entenderia mais do trabalho feito nela do que eu. O estudo deste artefato pode nos oferecer informações sobre a real motivação de sua fabricação e, quem sabe, nos levar a desvelar grandes mistérios e usar essas revelações ao nosso favor.

O rei ainda não estava convencido.

— E se libertamos um mal que culminaria com a minha morte? Afinal, não foi para isso que ela foi feita?

— Bem... – o alodiano, por um instante, quase foi convencido por Petrus, porém emendou em seguida. — Mas quem disse que este tal rei seria um dos Marcus? Para todos os efeitos, o rei de Sieghard, nas *auroras* atuais, é Linus.

A última palavra de Formiga bateu como um martelo na consciência do ainda desconhecido soberano. *O rei é Linus*, ele refletiu. E aquilo fazia sentido. Não só era verdadeiro, como também o fato de que Marcus II perdera o trono injustamente tornava Linus, por consequência, um usurpador. *"Por essa lâmina, o usurpador adormecerá"*, Petrus relembrou a frase talhada no metal negro da espada e, imediatamente, uma conclusão incontestável arrebatou seu âmago: *O usurpador nunca fora meu pai, Marcus II, mas Linus!*

A expressão atônita de Petrus nunca fora tão clara.

Formiga encarava seu rei ainda aguardando uma resposta quando Sir Jamin e Nivian aproximaram-se dos dois.

— Por que demorais tanto? – perguntou o velho cavaleiro. — Julgo que vós tendes uma boa motivação.

— Um objeto que tínhamos em posse nos foi roubado – Petrus respondeu. — E, por um acaso, ele está sendo exibido, neste momento, em um estande na feira. É importante para nossa jornada e essa pode ser a única chance de reavê-lo. Precisamos arrumar um jeito de adquiri-lo.

Nivian riu da situação, deixando os outros confusos com sua reação.

— Adquiri-lo? – ela riu de novo, em tom de gozação. — Você por acaso é um nobre? Não acredito que você quer comprar uma peça que foi roubada de você. Você simplesmente vai lá, e rouba também! Ladrão que rouba ladrão vira amigo de dragão, nunca ouviu este ditado?

— E se os feirantes adquiriram a peça por um alto valor e precisam do dinheiro desta venda para ajudar a família? – Petrus contra-argumentou.

— E você acha que os feirantes, donos deste estande, não sabem que compraram uma peça roubada? Toc... toc – a garota desferiu dois cascudos na cabeça do soberano. — Em que mundo você vive?

Petrus olhou confuso para Sir Jamin e Formiga, como se tivesse vergonha de sua ingenuidade.

— A menina tem seu ponto – disse o cavaleiro. — Os feirantes são tão cúmplices do ato quanto as pessoas que vos roubaram. Há ainda uma possibilidade de que os próprios feirantes sejam os ladrões.

— E convenhamos, esta espada pertencia a Sir Maya, portanto, os ladrões originais somos nós – Formiga gargalhou. — Ladrão por ladrão, eu prefiro torcer pela gente. O que me diz, Petrus? Não que vamos colocar a mão na massa – o ferreiro olhou para Nivian. — Temos alguém para fazer isso por nós.

A pequena ladina colocou a mão na cintura com uma expressão pouco amistosa.

— Vai achando, nariz de repolho! Eu não estou sendo paga para me meter neste tipo de problema. Nosso acordo é claro: ajudá-los a achar *sua* mãe em troca das guloseimas. E nada mais!

— Mas roubar não é o que você faz de melhor? – Formiga insistiu, tentando criar empatia.

— Claro, mas de forma consciente e absolutamente necessária! – respondeu a garota de cara fechada.

— Nivian – Sir Jamin interpelou com educação —, não há motivos para brigas agora. Tu estás correta e não iremos insistir. Sabemos bem das dificuldades e riscos que serão assumidos em uma missão como esta, porém, segundo Petrus, o resgate deste item será fundamental para nossa jornada e não vamos medir esforços para que ela se cumpra. Gostaria, se pudesses, de contar então com teu conhecimento, que imagino seja já vasto por estas idas, e requisitar a tua sugestão em como proceder diante dessa tarefa.

Nivian sentiu-se intimidada pelas palavras do velho e, ao mesmo tempo, enaltecida. Que ela era uma menina indispensável para os outros, ela já sabia; porém, pela primeira vez, alguém com muito mais idade a colocava na posição de um mestre, um professor, um tutor. Um calor confortável parecia lhe haver envolvido. Um calor que tornou, ainda que de forma fugaz, o seu egoísmo em doação. Nivian encarou o trio, percebendo que eles a esperavam, e vacilou por alguns instantes. Quando seus olhos encontraram os de Petrus, imediatamente, uma luz iluminou seus pensamentos.

— Eu tenho um plano – ela disse. — Mas, antes... – ela puxou do seu pescoço um pingente de madeira presa a um cordão e o entregou ao soberano. O objeto em questão possuía o formato de uma cabeça de raposa. — Coloque no bolso. Esse amuleto vai te proteger, como me protegeu desde sempre. E nem pense em ficar com ele!

Com algumas gotas de suor frio descendo de suas têmporas, Petrus perambulava entre os estandes da feira em meio à multidão, fingindo estar distraído. Como Nivian previra, a cor dos olhos do soberano era tão distinta e especial que ele poderia se passar por um dos mortinhos sem ser notado, bastando que ele imitasse seus movimentos indolentes. Não só o risco de ser descoberto assombrava o soberano, como também ele lutava contra sua própria consciência. Sua mãe havia-lhe ensinado que roubar era um pecado mortal e seu ato condenado pelo Livro Sagrado da Ordem. No mundo onde ele havia sido criado – em uma pequena propriedade no Velho Condado –, não havia espaço para esta palavra, muito menos para o ato em si. Pensar que uma *aurora* ele estaria envolvido diretamente com um roubo torcia a sua alma.

Para Petrus, a realidade era preta e branca.

Estar novamente entre os inimigos era assustador. Da última vez, o rei havia sido mantido cativo em uma das barracas militares inimigas. Porém, agora, ele podia observar com atenção o que tanto lhe apavorara. Os estrangeiros tinham feições menos sutis que as dos siegardos. Eram mais altos, mais robustos e mais morenos. Suas armaduras, no entanto, eram mais leves e mais requintadas. As armas que portavam abusavam de lâminas curvas em variadas formas, e os cabos imitavam formatos de animais grotescos, alguns até desconhecidos. Para atiçar ainda mais a imaginação de Petrus, nos uniformes de tons escuros, o emblema do Caos – a lua hexaraiada – parecia se tornar um crânio humano, dependendo da forma com que a luz incidia sobre a roupa. Eles conversavam, hora em língua conhecida com forte sotaque, e hora em dialetos estranhos.

O clima de pavor, aliado ao próximo ato que seria de sua responsabilidade, fez com que as pernas do rei bambeassem. *Haja com naturalidade*, repetia Petrus para si como um mantra.

Ao chegar na frente do fatídico estande, o soberano estremeceu. Bastou um olhar para o pescoço do comerciante para ele reconhecer de imediato que aquele era o líder do bando que os havia atacado na estrada. Naquela ocasião, Rurik, a comando seu, havia saltado em seu pescoço, supostamente lhe causando uma ferida mortal; porém, ao que tudo indicava, ela não havia sido tão mortal assim. O ladrão olhou para Petrus com curiosidade, como se recordasse dele. O rei percebeu o perigo e voltou a vagar de forma lenta e despretensiosa de acordo com seu disfarce. Apesar do desconforto, o fato de saber que o comerciante era o próprio bandido, deu-lhe o impulso que faltava para reaver a espada, já que o peso na sua consciência havia quase que diminuído por completo. Em uma época normal, ele o denunciaria às autoridades, mas esta não era uma época normal.

— Ora, ora, ora, veja só se não é o bastardo que me atacou com aquele pulguento! – o comerciante falou em tom sádico. — Onde está aquele filhote dos infernos? Ah, esqueci que você agora é só mais uma marionete de Linus – ele riu. — Louvado seja Sethos por este presente que ele me trouxera. Eis a sua recompensa, verme. Apodreça junto com seu lobo maldito – concluiu, cuspindo no chão.

A memória de Rurik veio como uma martelada forte na cabeça de Petrus. O ato de desonrar seu grande amigo era algo que não podia ficar sem resposta. O rei quis revidar, e segurou-se firme para não perder a compostura. Na tentativa, esbarrou sem querer em um dos estrangeiros e levou um tapa na nuca. "Eu já disse que esses *Alumni* da Nuala são os piores", comentou o estranho para o grupo que o acompanhava, seguido de frenéticas gargalhadas.

Próximo dali, no estande de armas, o bandido comerciante sentiu que algo pequeno havia sido arremessado em suas costas. Ele olhou para trás, mas não viu ninguém e ignorou o acontecido. Logo, um novo e leve impacto foi sentido. No chão – ele observou – uma pedrinha rolou afastando-se de seus pés. Mais uma vez, o comerciante olhou para trás e viu uma garotinha em cima de uma parede de uma construção em escombros. Sem tempo para reação, o bandido recebeu novamente outro impacto, porém na testa. Mostrando uma destreza digna de um experiente caçador, ele recuperou as pedras que o acertaram e lançou-as com violência em direção à menina, que prontamente pulou de cima do muro para a escuridão das ruas secundárias.

— Arf! Como odeio esses moleques! – bufou. — Pestes! – virou-se, batendo as mãos, confiante de que havia dado cabo da menina. Rapidamente, ele observou os arredores procurando por outra criança. A importunação dos pequenos com os feirantes com o intuito de roubá-los era algo frequente. Enquanto um deles o distraia, outro assaltava o estande. Para sua sorte, ele não avistou nenhum nos arredores e pôde se tranquilizar – sem saber que uma peça importantíssima de seu arsenal havia sido extraída.

E não por uma criança.

XXVI

Pontos fracos

Em meio ao público da Feira de Verão, Petrus avançava com o coração palpitando, enquanto a espada negra recostava em seu corpo, devidamente acobertada pelas largas vestes. O pulsar frenético de seu peito era tão forte que leves vibrações eram transmitidas ao metal escuro da lâmina. Uma vontade fortíssima de apressar o passo tomou conta do rei, porém, ele sabia que um andar fora do comum podia revelar seu disfarce. O instinto, todavia, pareceu falar mais alto. Alguns mortinhos começaram a encará-lo, como se suspeitassem de algo, e o soberano virava o olhar para o nada tentando manter a compostura. Mesmo quando o calor do momento passou e ele pôde respirar com mais tranquilidade e diminuir o ritmo, Petrus continuou chamando a atenção. Sua mão direita apoiava a espada junto ao seu corpo por debaixo da roupa, e não só o peso extra lhe dificultava o caminhar, como também sua postura o deixava acima de qualquer suspeita. Percebendo isso, propositalmente, ele fingiu mancar. Afinal, um homem manco com dor nas costelas também poderia ser um mortinho e, de fato, por um momento, sua estratégia pareceu funcionar.

O que Petrus não sabia, era que essa questão não era unanimidade entre os estrangeiros e não demorou para que ele fosse interrompido por um grupo de soldados.

— Parece brincadeira! – disse o primeiro homem em tom sério. — Eu nunca vi um desses em estado tão ruim. Como aceitar que um trapo como esse esteja em campo de batalha com a gente?

— Eu só posso presumir que Nuala esteja convertendo coxos e corcundas agora – completou um segundo homem.

— Será questão de tempo para vermos leprosos também – observou um terceiro, insatisfeito. — Não podemos aceitar tal ultraje. Por que não o matamos logo antes que vire um transtorno para nós? – perguntou, enraivecido, ameaçando desembainhar sua espada.

Petrus congelou frente à situação inusitada. Temendo o pior, pensou em olhar para o lado em busca de seus amigos, mas lembrou-se de que não havia nada que eles pudessem resolver. Não naquele instante, não naquele local com tantas pessoas ao redor. Não havia dúvidas que o seu disfarce estava funcionando. Porém, se ele não fizesse nada, em breve, ele seria um falso mortinho morto, e de nada o disfarce adiantaria.

— Nuala saberia – respondeu o primeiro homem, mostrando sensatez. — Certamente seríamos punidos por isso.

— Agora ou em campo de batalha, alguém será punido por ter um desses do lado! – disse o terceiro homem, enchendo-se de razão. — Eu voto por mandarmos uma mensagem para Nuala: que este será o último *Alumni* imprestável a estar com a gente.

O primeiro soldado entreolhou o segundo, que mostrou apoiar o outro, e, assim, um consenso silencioso foi acertado. Sem se preocupar com a opinião do público do evento, o terceiro homem puxou sua arma e preparou o golpe na altura do pescoço de Petrus.

De repente, uma flecha zuniu próximo aos ouvidos do rei e encravou-se na cabeça de seu futuro executor. Aproveitando a oportunidade, Petrus disparou pela avenida, revelando a espada que havia escondido...

...E a sua identidade como siegardo não-convertido.

Os dois soldados restantes abaixaram suas cabeças em um movimento espontâneo no intuito de se protegerem. O pânico tomou conta do espaço quase que imediatamente. Na correria desenfreada e no empurra-empurra gerado, algumas das pessoas mais próximas ao local acabaram indo ao chão. Apercebendo-se do embuste, os soldados partiram em perseguição do impostor; porém, com a multidão em polvorosa, alcançá-lo se tornaria uma tarefa muito mais difícil.

Mais à frente, Petrus tentava achar um meio para chegar ao fim da avenida, onde deveria se encontrar com Nivian. Diante dele, no entanto, um labirinto humano se desvelava. Aos esbarrões, o soberano avançou procurando se misturar ao povo, porém, a cada braça superada em direção ao seu objetivo, a turba diminuía – uma situação que, para o perseguido, não era conveniente. E, como se não bastasse, a dupla inimiga que persistia com vigor em seu encalço, havia convocado mais colegas para unirem-se à perseguição. Não foi difícil para Petrus concluir que, se nos próximos instantes, se nada fosse feito, sua captura seria inevitável. Ele precisava agir rápido.

Ainda que incerto, o rei, então, apegou-se à sua única chance de aumentar sua possibilidade de fuga. Logo à frente, um domador, decepcionado com os rumos que a feira tomara, colocava seus animais – um bando de fuinhas – de volta à jaula. Tentando controlar sua respiração, Petrus fechou os olhos e os apertou, como Sir Jamin o ensinara. Na escuridão de suas vistas, tênues listras laranjas surgiram entre um emaranhado de fios escurecidos que provinham, em sua maioria, de mariposas e outros insetos atraídos pela luz das lâmpadas da rua. *Pequenas almas*, recitou em seu pensamento. As fuinhas pararam, imediatamente, procurando quem as havia chamado. A comunicação entre os animais e seu interlocutor era uma via de mão única, e não se baseava em palavras. Era como se Petrus desvelasse a intenção de sua alma para que eles entendessem o que deveriam fazer. Não haveria, de fato, um meio mais eficaz e veloz de comando. Não em Sieghard. Não, talvez, em todo Exilium.

Ei, o que estão fazendo? – parecendo guiadas por uma mão invisível, as fuinhas dispararam entre as pessoas, deixando o domador intrigado com suas fiéis amigas. Os pequenos animais eram ágeis e se movimentavam sem que fossem notados. Rapidamente, uma delas atingiu o peito de um soldado inimigo, que estancou com o susto. Em seguida, mais uma e outra foram parar nos pés e pescoços de outros dois. Uma terceira atingiu a virilha de um descuidado, que saltou tal qual um acrobata. Não demorou para que todos os estrangeiros em perseguição fossem atazanados pelos pestinhas.

Com as probabilidades dribladas pela sua habilidade, e aproveitando a oportunidade única, Petrus lançou-se pela avenida com a espada em mãos, finalmente chegando ao final da feira. Como combinado, a pequena ladina o esperava na esquina, e assoviou para que lhe acompanhasse, fugindo a seguir. Sem pestanejar, o rei partiu um pouco antes de ouvir a exclamação dos soldados atrasados.

— Ali – disse um deles. — Maldito, você vai pagar!

Com sabedoria, Nivian trilhou rumo à periferia de Alódia. Era sabido que nos bairros mais pobres alguma agitação podia ser vista nas ruas por conta de batedores, malfeitores e brigas entre facções. Na cidade considerada a mais rica de Sieghard, era quase que natural que isso acontecesse. Pequenos núcleos permaneciam fora das leis da comuna, e a patrulha oficial citadina – bancada pela Liga Alodiana de Comércio e Afins – tinha pouca ou nenhuma efetividade em tais locais. Para todos os efeitos, o corajoso que ousasse entrar ali sem as devidas credenciais sabia que poderia não voltar. Nem mesmo Nivian, em toda sua esperteza, consideraria encostar seus pés sozinha nestas idas. Os nomes dos becos, apesar de variados, traziam em si tudo o que um viajante poderia encontrar: Esquina do Açoite, Canto dos Batem-Bolsas, Rua dos Vigaristas, Beco dos Ladrões, entre outros.

Parecendo não conhecer tal peculiaridade, os soldados permaneceram firmes em seus passos atrás do rei, que por sua vez, tentava alcançar a garota pelas vielas estreitas do bairro. No trajeto à frente, Sir Jamin e Formiga, cada um de um lado da rua, haviam se escondido nas sombras de forma estratégica e estavam prontos para anular a ameaça de um ou dois indivíduos. A decisão, entretanto, não parecia ser a melhor de todas. O plano contemplava eliminar os dois soldados iniciais apenas – para que parecesse um crime comum deste quarteirão de Alódia e as suspeitas recaíssem sobre bandidos –, porém, agora, em oito e em maior número, o nível para executá-lo seria maior e outro plano deveria ser elaborado.

Formiga, de seu canto, encarou Sir Jamin de modo indagador logo que a ladina passou por ele – seguida de Petrus. O cavaleiro vacilou, temendo um movimento que pudesse levar tudo a perder. Se um inimigo fugisse, sua identidade poderia ser revelada – muito provável, pela segunda vez, ele sabia.

Aquele era o momento de ser cauteloso.

Repentinamente, Sir Jamin sentiu uma mão que levou ao seu nariz uma esponja contendo um líquido de odor extremamente forte. O velho tentou se desvencilhar, mas, na tentativa, inspirou um ar que o fez desfalecer de forma abrupta.

Petrus e Nivian – encostados em uma desgastada porta de madeira na entrada de um casebre – aguardavam com esperança o resultado do ataque furtivo de seus companheiros quando foram agarrados e, da mesma forma que Sir Jamin, adormeceram ao sentir o cheiro de algum entorpecente que foi levado às suas narinas.

Os soldados do Caos seguiram as vielas, dividindo-se e espalhando-se pelo local, deixando Formiga estacionado em seu esconderijo, cético e desacreditado, sem pistas do que havia acontecido com seus colegas.

XXVII

Os Portões de Ferro

Uma lua em quase toda sua plenitude subia por entre as montanhas de Vahan, iluminando o rosto dos três viajantes que, após o confronto com o Graouli, marchou pela perigosa trilha sem encontrar vivalma ou qualquer animal que lhes pudesse oferecer perigo.

— Não é prudente continuarmos com este brilho refletido em nossas armas e armaduras – concluiu Sir Heimerich, referindo-se aos raios lunares. — Somos como velas na escuridão. A mãe-sorte até aqui nos acompanhou, porém ela sabe que o momento de nos deixar é esse. Sugiro procurarmos abrigo.

Em acordo com o cavaleiro, Victor e Braun rapidamente começaram a perscrutar os arredores em busca de um local adequado para passar a noite. Em campo aberto, circundados por colinas e montanhas, o trio não teve opção a não ser continuar a cavalgada indo em direção à entrada de uma peculiar garganta – não tão estreita quanto à do Pico das Tormentas, porém não tão ampla quanto o Egitse. De cada lado dela, estátuas de soldados trajando panóplias – tal qual a de Sir Heimerich – jaziam em posições de ataque, como se estivessem defendendo aquela abertura de inimigos desconhecidos.

Pela Ordem, ao longe, Sir Heimerich reconheceu o que aquelas figuras representavam. *Eles são...*

— Heimerich – Braun interrompeu as divagações do nobre. — Vejo uma casa ao final deste trecho. Consegue perceber?

O cavaleiro observou uma construção para além do desfiladeiro. Ela era, sem dúvida, askaloriana, e se assemelhava a um templo de pequenas proporções. *Um local de homenagem*, o nobre concluiu, intrigado. Em todo o reino de Sieghard estruturas como essa podiam ser encontradas para prestar honras a grandes feitos. Encontrar uma delas nesta região só poderia significar uma coisa.

— Estamos nos Portões de Ferro, Braun – disse Sir Heimerich. — Foi aqui que o rei Grystan lutou contra uma horda de tribos selvagens para defender Sieghard de uma nova ameaça separatista. Aquele é o templo levantado em memória desta batalha e, se não me engano, aquelas nove estátuas marcam o local do evento.

Braun, emocionado, cavalgou até as figuras, desmontando e aproximando-se delas. *Os Nove*. As feições dos soldados de Grystan retratavam orgulho e dever. Ele, imediatamente, sentiu calafrios.

— Não sei quanto a vocês, mas ao olhar para estes soldados e como eles estão determinados... é como se uma força poderosa emanasse destas pedras – declarou o guerreiro.

— Você não está tão errado, sevanês – Victor falou, chegando logo depois. — Toda esta área possui, de fato, sua própria energia. Todo espírito deixa uma parte de si neste plano; uma parte de sua essência. Sinto uma aura de zelo, perseverança e valor muito forte aqui, vindo de centenas de homens... e não só da parte do exército real.

— Cada lado luta pelo que é certo e justo – Sir Heimerich explicou, um pouco lamentoso, enquanto descia de Feibush. — Uma Sieghard unificada. Era este o sonho do rei Drausus, que levou *verões* e *verões* para concretizá-lo. Rei Grystan fez um juramento de mantê-lo assim. Uma nação unida e lutando pelos mesmos ideais é sólida como uma parede de rocha. Infelizmente nem todos conseguem entender isso – concluiu, tocando o rosto de uma das estátuas.

Braun suspirou, pensando na quantidade de homens bons e determinados que morreram por uma causa contrária ao sonho de um rei – ele, um sevanês, que daria a vida por Petrus e pelo reino. Depois, com o coração partido, olhou para o memorial.

— Ai de nosso rei não erigir um templo desse em cada canto de Sieghard em homenagem à nossa vitória contra Linus – disse o guerreiro, zombando.

Sir Heimerich sorriu para Braun, reconfortando-se com sua zombaria. Pela primeira vez, ele reconhecia que, apesar de parecer rude, esse era o jeito de Braun deixar a realidade menos intensa frente à todas as adversidades em que se encontravam. O futuro era incerto, porém, para o guerreiro, isso pouco importava – desde que pudesse brincar com as probabilidades do destino.

Um silêncio tomou conta do grupo por um momento. Todos encaravam o templo com o peito aquecido, não só pela sua importância, mas também pela possibilidade de ele servir como um bom abrigo para que passassem a noite. O sentimento era mútuo, porém, havia um entrave que os deixava vacilantes.

— É certo que se avançarmos por aqui cairemos em um embuste – Braun foi o primeiro a falar o que todos temiam. — Que os dragões me chamusquem, mas não há nada mais propício para um ataque de bandidos que um desfiladeiro. Se eu fosse um fora-da-lei, tenho certeza de que estaria neste local. E, também, nada nos garante que o templo é um local seguro. Ele pode estar infestado de soldados do Caos, ou vilões, ou até milícias da Ordem convertidas. É uma empreitada duvidosa.

— Você pode estar certo quanto ao desfiladeiro, Braun – disse Sir Heimerich. — Porém, quanto ao templo está redondamente enganado. Os memoriais são locais consagrados a Tula, a deusa da imparcialidade, que se senta ao lado de Destino. Por isso, são respeitados até por grupos de fora-da-lei... ou mesmo inimigos do rei. Todos são bem-vindos, desde que não se derrame uma gota de sangue em seu solo, com o risco de despertar a fúria da deusa.

— Então, está dizendo que se conseguirmos chegar no templo... – o guerreiro refletiu.

— Teremos um lugar seguro para descansar e passar a noite – completou o paladino.

Os ânimos se exaltaram, ainda que de forma fugaz. Um ataque de poucos homens poderia não ser ameaça para o grupo altamente treinado, todavia, um número maior poderia realmente causar grandes problemas. De qualquer forma, havia uma esperança e os três peregrinos tinham que se apegar a ela; de outro modo, pegar uma trilha alternativa e desconhecida poderia os atrasar ou fazê-los, em último caso, perderem-se e trazer consequências piores.

— O que seus olhos veem, Victor? – perguntou Sir Heimerich.

— Há muita interferência nesta região – respondeu o arcanista, fixando seu olhar à frente. — É como se uma cortina de água embaçasse minha visão. Teremos que ir mais a fundo nesta estrada – explicou, deixando um incômodo pairar entre eles.

— Bah! Já que o Queixo-de-quiabo aqui decidiu se tornar inútil, eu digo para avançarmos à toda prova. Que se lixem os espíritos! Somos guerreiros ou frangos covardes? – Braun se irritara.

Os três se entreolharam, aquiescendo-se da proposta do kemenita. Sir Heimerich fez o sinal dos Cavaleiros da Ordem em um instante de oração.

— Devemos estar a quase uma milha real do templo – o nobre calculou. — Essa garganta não é tão longa assim. Destino estará conosco. Avante, Feibush! – disse, incitando sua montaria e disparando pelo desfiladeiro.

Há tempos imemoriais os Portões de Ferro não viam homens tão obstinados transitando por suas vias. Os cavaleiros traziam em si os mesmos valores que os soldados de Grystan uma vez trouxeram para aquele mítico campo de honra que, agora, apresentava uma atmosfera muito mais cinzenta que gloriosa. Victor sentia em seu íntimo que os espíritos dos caídos se regozijavam a cada braça alcançada pela sua cruzada. O arcanista, que tinha ao seu lado Braun e Sir Heimerich, nunca esperaria que tivesse sido tomado por um sentimento de valor tão estimado – uma virtude que, até então, escondia-se por debaixo de seu pretenso manto de intocabilidade. Por um momento, ele se sentiu confortável, acalorado, porém, ele sabia, que trilhar esse caminho era o primeiro passo para que perdesse sua habilidade, o primeiro para que se tornasse mortal.

A cavalgada seguia em ritmo frenético e constante, parecendo que o desfiladeiro os deixaria passar pelas suas entranhas. Todavia, não se poderia transitar por uma estrada de má-fama sem que se pudesse provar um pouco de seu gosto – posto que uma corda na altura do joelho de um cavalo se interpunha entre duas largas pedras no caminho. Feibush à frente, foi o primeiro a tombar inadvertidamente, seguido das montarias de Braun e Victor Dídacus. O trio rolou pelo cascalho do chão, causando-lhe alguns ferimentos leves. Ainda desequilibrados, os peregrinos tentaram se recompor quando ouviram latidos de animais que partiam em sua direção.

— Infernos! – Braun blasfemou ao tentar pegar sua espada, percebendo que, devido às feridas de sua batalha contra o Graouli, não estava em condições favoráveis de lutar.

De dentro da escuridão onde a luz da lua não alcançava, três feras – lobos de pelagem escura e olhos amarelados – surgiram prontas para atacar. Victor, de imediato, tomou a frente, sinalizando com a mão para que seus colegas não se aproximassem dele. A matilha, no entanto, estancou ao ouvir um assovio curto e agudo. As montarias, acuadas e espantadas, foram rapidamente domadas de forma eficaz por Sir Heimerich no que ele sentiu que os animais poderiam fugir.

E, então, um total de quinze homens os cercaram.

O bando era composto por homens e mulheres e não pareciam pertencer a uma tribo ou família, visto que se vestiam de formas variadas e diferiam muito nos aspectos faciais e corporais. De relance, Sir Heimerich conseguiu reconhecer homens que trajavam armaduras de milícias reais. Braun vislumbrou uma mulher de traços típicos da região de Sevânia. Todos portavam algum tipo de arma, desde simples clavas a elaboradas adagas.

— Renegados – Victor concluiu em voz baixa.

— Somos siegardos em busca da guerra que assola nosso país – gritou Sir Heimerich. — Só queremos livre passagem para lutarmos pela nossa nação!

Não houve resposta imediata. Por detrás da barreira de bandidos, uma figura alta portando um capacete aberto de couro com dois chifres cravejados apareceu. Seu rosto era magro, e possuía um nariz proeminente, olhos pequenos e boca larga. Sir Heimerich sabia que, apesar de seu rosto não ser delicado, seu porte era típico de homens de Everard. *Astuto, rápido e sorrateiro.*

— E nós só queremos seus cavalos, suas armas e suas provisões – respondeu o líder dos bandidos. — Depois vocês podem ir para sua guerra da qual nós não nos importamos. Se não acatarem, podemos adicionar suas vidas nesta pequena lista. Tenho certeza de que não teremos problemas.

— Apenas um servo do Caos atrapalharia homens em tão nobre missão – falou o paladino. — O que pedem é um insulto contra o que nos torna verdadeiramente homens. Uma blasfêmia contra todos os deuses da Ordem e ao reino.

Os bandidos riram em uníssono.

— Reino? Ordem? – questionou o líder, irônico. — Pobre alma. O rei está morto, sem sucessores. Não que eu me importe com isso. Aliás, nunca me importei. Mas, para você, que se importa, responda-me como pode haver um reino sem rei... ou Ordem sem um reino da Ordem. Já estamos afundados no Caos, não percebe? "Servo do Caos" é até um nome apropriado para a ocasião. Todos nós somos nas atuais *auroras*! – ele gargalhou, inflando seu bando. — No entanto, com relação à minha pessoa, na verdade eu sempre fui um – concluiu, puxando duas adagas de suas bainhas.

— Nós temos um rei e eu o conheço pessoalmente – disse Sir Heimerich tirando exclamações de alguns bandidos. — Ele vai recompor a Ordem e o...

— Mentiras! – gritou o bandido, interrompendo o nobre. — Entreguem-me agora seus cavalos.

— Nem por debaixo de minha carcaça – Braun respondeu, furioso. — Irmãos de Sevânia... – o guerreiro chamou — Não obedeçam a este verme que está apenas querendo destruir o que nós temos de mais valioso: nossa coragem, força e fidelidade à Ordem. Deixem nosso sangue falar mais alto!

— Basta! – interrompeu o chefe. Depois, com um novo assovio, ordenou os lobos a atacá-los.

As bestas partiram alucinadas contra os peregrinos, como se estivessem sem se alimentar há várias *auroras*. Seria fácil concluir que, pela voracidade da investida, os animais eram treinados especificamente para matar homens, acostumados a saborear este tipo específico de carne. Os três tinham porte e caninos suficientes para matar um boi e era de se supor que qualquer um que os cruzasse pela noite deveria temê-los com um frio gélido na espinha. Porém, Victor Dídacus não era este tipo de pessoa. O que muitos enxergavam como ameaça, o arcanista via energia, essência vital, para que ele pudesse dela tirar seus benefícios. E, com efeito, os lobos, que iniciaram seu ataque com velocidade, não mais passavam de animais doentes quando chegaram a uma braça de Victor. Eles urravam enquanto suas centelhas de vida eram tragadas em linhas de fluxo esverdeadas. Em poucos instantes, a respiração das feras cessou, e uma nova exclamação – dessa vez, de espanto e medo – partiu da quadrilha que circundava os peregrinos. *"Que tipo de poder é esse?"*, disse uma voz. *"Eles têm um Thurayya"*, outra concluiu em meio a dezenas de murmúrios.

— Vocês acabaram de ver o que este homem é capaz de fazer com simples animais. E eu digo mais... – Braun aproveitou a oportunidade para se impor — Ele também é capaz de fazer com cada um que der mais um passo em nossa direção. Ou com todos de uma vez.

Um silêncio incômodo e perturbador tomou conta dos espectadores.

— Você blefa – disse o líder do bando. — Não é possível tanto poder vir assim de um homem.

— Então você quer tentar a sorte? – perguntou o guerreiro, insistindo na sua estratégia. — Vamos, dê mais um passo, quem sabe dois se você resistir ao primeiro. Eu te asseguro, porém, que não conseguirá dar o terceiro. Dessa forma, pouparei o sangue de meus irmãos sevaneses de um embate inútil e desonroso – Braun o desafiou.

O guerreiro encarava o bandido. O líder vacilou. Com força, apertou a empunhadura de suas adagas. Olhou para Victor, aquele ser incompreensível à frente, e para suas três mascotes mortas aos seus pés; traçou mentalmente a distância entre elas e o quanto avançaria com um passo, ou dois, antes de cair vendo sua vida ser extraída lentamente. Suas pernas tremeram, com um misto de coragem, audácia e pavor. Não bastou muito tempo para que ele preferisse escolher a opção que, na dúvida, o preservaria.

— Pois bem, daremos a vocês livre passagem, nenhum sangue será derramado – falou. — Abram o caminho – comandou para seu grupo, no que foi prontamente obedecido.

— Ainda não terminamos – disse Braun. — Seu capacete.

— O que tem ele? – indagou o líder.

— Ele vai ficar muito bem em mim – respondeu o guerreiro.

Frustrado, o bandido retirou seu elmo e o lançou para Braun, que o vestiu imediatamente e, junto a Sir Heimerich e Dídacus, montou em seu cavalo, partindo incólume – e sorridente – para o templo.

XXVIII

A virtude das virtudes

Uma larga porta de bronze se abriu no silêncio da noite, deixando a luz da lua tocar o piso de blocos brancos de pedra. Também o vento gélido e cortante aproveitou a ocasião para correr por entre largas colunas de mármore de um interior confortável e aquecido. Ao fundo do simples recinto, a estátua de Tula se erguia. Dentre todo o panteão de deuses da Ordem e do Caos, Tula era a única representada por uma ave. Iluminada por uma pequena chama no centro do ambiente, ali estava a figura rosada da deusa, com a cabeça aconchegada em suas plumas e descansando sobre apenas uma longa e fina perna. Sir Heimerich, ao dar o primeiro passo dentro do templo, ajoelhou-se prontamente em sinal de respeito. Braun, desconhecendo as regras praticadas e não muito confiante do que deveria fazer, imitou o paladino. Victor preferiu deixar os dois terem o seu momento juntos e limitou-se a analisar o local. Não sentindo perigo, o arcanista fechou a porta às suas costas.

— Pela Ordem, Heimerich, este templo me faz lembrar do colo quente e seguro de minha saudosa mãe – Braun apontou, após a breve adoração. — Não acredito que todo esse calor esteja vindo desta simples chama – comentou, aproximando-se do pedestal que suportava um vaso onde crepitava o fogo gerado por uma vela morrente. — Que, inclusive, deverá se apagar a qualquer instante.

— Impossível, Braun – rebateu o nobre. — Esta chama não se apaga desde que foi colocada aqui.

— Faz-me rir – o guerreiro zombou. — Eu vivi o bastante para saber que só existe um fogo que não se apaga em Exilium, e este é o fogo gerado pelo Ner Tamid. A não ser que esta vela seja mágica também ou...

— Alguém tem que trocá-la constantemente – falou uma voz senil de uma senhora que surgiu entre as colunas com uma vela em mãos, acompanhada de um secto de cinco mulheres jovens e de distinta beleza – uma peculiaridade percebida com notar por Braun. Ignorando a presença dos três, em silêncio, a mais idosa, que vestia uma pesada túnica escarlate e aparentava uma idade situada em meio aos sessenta *verões*, foi ao pedestal com as moças. Em seguida, virada para a estátua, ergueu a vela em sua direção com reverência.

> *— Ó Tula, vós que pairas em Exilium sobre os homens*
> *Vós que compreendeis suas almas sensitivas*
> *Que agem de acordo com suas paixões e ódios*
> *Julgando eles trazer sua justiça*
> *Eu vos suplico: traz a luz!*

Após recitar por três vezes os versos com uma voz firme e ardente, a senhora trocou a vela já gasta do vaso pela nova, concluindo o ritual. As jovens então, se retiraram para seu local de origem, escondido pelas sombras das colunas.

— Sejam bem-vindos ao templo da virtude das virtudes. Eu sou a *Tulal* Azar, a décima primeira guardiã da chama – disse, virando-se para os peregrinos.

— Dragões m...

— É uma honra estar perante vossa reverendíssima, *Tulal* Azar, e presenciar este rito junto às suas *tulais* – Sir Heimerich interveio rapidamente, vendo que Braun, animado com as moças, iria falar. — A manutenção desta chama não poderia estar em tão boas mãos.

Azar expressou satisfação pelo comentário do nobre.

— Eu sou Sir Heimerich, filho de Sir Heinrich, barão de Askalor – ele continuou, se apresentando. — Este daqui é Braun – apontou para o kemenita — e aquele ali é Victor Dídacus.

— Saudações, Heimerich, Braun e Victor – a guardiã disse, olhando para cada um dos três. Suas feições eram definitivamente típicas do povo keishuano, com pequenos olhos negros e nariz achatado, porém havia uma mistura em seu sangue, talvez sálata, devido à sua pele escura, sedosa e dentes muito brancos. — A que devo a visita de vocês?

— Vossa reverendíssima, estamos em uma missão que fatalmente nos levou à guerra que é travada em Chiisai e, por isso, como estamos em apenas três, pedimos permissão para pernoitar aqui e ficar fora dos perigos desta estrada – Sir Heimerich solicitou.

Azar sorriu, no entanto, não era um sorriso acolhedor.

— Meu filho, muitos passaram por aqui em *auroras* recentes fazendo esta mesma requisição – ela informou com a voz doce. — O que o faz pensar que podemos lhes dar o que desejam?

— Somos siegardos – Braun se interpôs. — Queremos salvar o reino. Nada mais justo!

— E o que é justiça para você, Braun? – ela indagou misteriosa.

O guerreiro gaguejou.

— Eu não sei. Mas sei que quando cada verme inimigo estiver morto, eis o que eu vou chamar de justiça – respondeu.

— Então, a justiça para você está ao lado do mais forte? – ela quis confirmar.

— Deve estar! – Braun rebateu, um pouco confuso, levando a si mesmo para sua própria armadilha.

— Você me parece um homem bem forte. Mas, quando estiver errado – e acredite em mim, homens fortes estão sujeitos a errarem –, acabará por fazer mal a alguém de forma injusta – Azar comentou.

Braun coçou a cabeça, não sabendo o que pensar.

— Creio que vocês não compreendem o significado desta casa, siegardos – ela continuou com um ar de decepção. — Aqui, não distinguimos amigos de inimigos. Sob os olhos de Tula essa distinção não existe, apenas justos e injustos. Amigos podem ser injustos. Inimigos podem ser justos. No templo de Tula, só há espaço para aqueles que exercem a justiça. Se desejam repousar neste espaço, eu preciso saber se realmente merecem.

— Reverenda Tula, desculpe-nos pelo nosso amigo. Braun foi intempestivo. Não acho que ele queira dizer isso – explicou Sir Heimerich. — Houve muitos governantes fortes e destemidos em Sieghard e sabemos que não necessariamente tiveram governos justos.

— Muito bem – Azar pareceu se sentir mais confortável. — Achei que estava lidando com almas sensitivas. Contudo, acredito que temos uma alma racional aqui. Então, filho de Sir Heinrich, barão de Askalor, o que sabe sobre justiça?

— Justiça é sobre fazer o que é bom. Por isso, as Leis da Ordem são justas, pois são boas, do contrário não seriam leis – respondeu o paladino. — Se por um acaso uso a espada de meu irmão por um longo tempo, e ele a pede de volta, seria justo retorná-la, pois nunca fora minha, no entanto, se descubro antes que ele trama contra meu pai a fim de que tenha sua herança, o justo seria não a retornar. Dessa forma, evitando que meu irmão praticasse o mal por motivos egoístas e, consequentemente, fazendo o bem para o meu pai, eu acabei promovendo a justiça.

— Bah! Quanta baboseira – Braun parecia não estar de acordo. — Permita-me, reverenda, mas um leão que ataca uma gazela não é bom ou mau, contudo, é justo que ele se alimente!

— Leões fazem o que é bom e certo para eles – Victor deu sua palavra. — Eles não têm opções quando se trata de sobrevivência. Ou eles matam sua presa, ou a Senhora Fome os leva. Portanto, a não ser que você seja um animal lutando por sobrevivência, sua única opção de justiça é matar. Para isso você precisa ter alguma vantagem, como força. Mas não estamos falando de animais aqui, Braun, ainda que você se comporte como um. Em se tratando de homens, acima do que podemos considerar bom, existe algo chamado moralidade. Na história de Heimerich, na cabeça do irmão, o ato de assassinar o pai para ter sua herança é bom para ele. É conveniente e é justo. No entanto, é imoral. Ele violaria uma vida. A vida de um pai que não teria escolha sobre sua própria morte. Para que se faça justiça, o bem em si não pode ser condicional, individual, mas transcendental.

— Você pode falar o que quiser, Queixo-de-Quiabo, mas não é o que eu vejo – Braun retorquiu. — Em Kemen, o conselho responsável pelas leis locais é constituído pelos homens mais fortes de Sevânia. E não pensem que é só lá – ele apontou para Sir Heimerich. — Drausus só conseguiu unificar Sieghard pois tinha ao seu lado aliados vigorosos e o exército mais forte. Então, não me venham com esse blá blá blá de palavras difíceis, porque, queira vocês ou não, seguimos leis escritas pelos mais fortes. Somos justos pois no passado homens fortes definiram o que é justo ou não. A justiça está definitivamente do lado da força e do poder que foi constituído através dela. Não estou certo, reverenda? É essa a visão que impulsiona nós, os kemenitas, a sermos guerreiros fiéis de Sieghard – concluiu.

A *Tulal*, estarrecida, não sabia o que dizer. Sir Heimerich, por sua vez, tentava esconder seu constrangimento. *Perdemos nossa única chance de repousar em segurança*, refletiu o nobre. Dídacus, no entanto, lançou um olhar pedindo paciência à senhora.

— Imagine, Braun, que você seja um dos conselheiros reais – o arcanista insistiu com o colega. — E se por um acaso, o rei de Sieghard decidir que todos os kemenitas deverão ser mortos, escravizados ou serem condenados a trabalhos forçados... e ir contra essa decisão o levaria à decapitação?

— Tenho certeza de que será por um bom motivo – retorquiu o guerreiro, após um breve vacilo.

— O rei não gosta de kemenitas. Em sua infância, ele perdeu seu brinquedo em um jogo de dados para um de seus conterrâneos – o arcanista complementou.

— Isso não é um bom motivo – disse Braun.

— Ora, é bom o suficiente para o rei – Victor rebateu. — Segundo sua lógica, o poderoso rei, por ser forte, é justo. É um bem que ele fará – apenas que, condicionado ao seu ego. Portanto, pergunto-lhe, agora, é certo ter seu tão querido povo condenado por uma predileção pessoal de nosso soberano? Onde está a justiça agora? Ao lado do forte rei? Ou ao lado daqueles que, futuramente, almejando o bem dos kemenitas e das gerações por vir, irão lutar contra atitudes assim? Você, como súdito fiel, aceitaria a morte desonrosa de seus irmãos de bom grado?

Braun parou por um momento, perdido em pensamentos. Enquanto isso, o coração de Sir Heimerich palpitava veloz.

— Confesso que nunca tinha refletido nisso – revelou o guerreiro. — Eu não desejaria ver meus iguais sendo exterminados por um motivo tão boçal. Contudo eu aceitaria a ordem do rei... – disse sob olhares revirados —, pois, sendo decapitado eu não poderia mudar nada. Obviamente, com a permissão de todos os deuses da Ordem, nas sombras, eu lutaria para salvar meu povo. Sem querer dizer palavras que não entendo, se a justiça que vocês estão falando significar felicidade para meu povo e harmonia entre reis e cidadãos, então, que seja... eu faria justiça.

Tulal Azar bateu palmas.

— Bravo, guerreiro. Sinto que uma chama de esperança se acendeu em *Pairidaeza*, para alívio de Tula.

— E para o nosso – Sir Heimerich brincou.

Azar voltou-se para o nobre.

— Braun deu um pequeno passo em direção à iluminação. Porém, não se enganem – falou em tom sério. — Praticar a justiça é um ímpeto de homens verdadeiramente virtuosos e haverá inúmeras situações que terão que lidar em que ela será posta à prova.

— Entendo, vossa reverendíssima – o nobre humilhou-se.

— Vocês terão o direito de pernoitar neste templo – ela anunciou. — Temos um estábulo anexo onde poderão permanecer. Minhas *tulais* se encarregarão de acompanhá-los – concluiu, retirando-se do recinto.

Deixados sozinhos, Braun, Victor e Sir Heimerich se entreolharam como se tivessem saído de uma batalha. A vitória, entretanto, foi orquestrada pelo guerreiro. Ali, naquele pequeno diálogo e sem desembainhar sua espada, ele se sobressaiu na luta. No íntimo do kemenita, talvez Tula o tenha desnorteado para sempre – logo ele que acabara de receber o título de "Desnorteador".

XXIX

Reencontros

Os olhos de Petrus se abriram lentamente. Sua primeira visão foi a de um teto rochoso que pairava bem acima dele. *Onde estou?* Questionou-se, confuso. *Não me parece de todo estranho*. Em seguida, ele ergueu seu tronco, procurando se localizar. Ao seu lado, Nivian e Sir Jamin, ainda desacordados, encontravam-se, cada um, sobre leitos improvisados em um chão de pedra – assim como o soberano. Petrus desconfiou da ausência de Formiga, mas este fato não lhe veio a causar tanta atenção frente à imediata procura por respostas. Em um canto do recinto, repousavam as espadas *Trazaluz*, *Pântea* e, para seu alívio, também a espada de *aurumnigro* intacta. *Não são ladrões*, refletiu aliviado. De forma instintiva, o rei esfregou seus braços para aquecê-los. Apesar do clima de verão, o local apresentava uma temperatura amena, e, a julgar pelas paredes de pedra úmidas à frente, ele havia sido levado para alguma caverna. Um brilho amarelado de lanternas crescia ao longe, e um burburinho longínquo ressoava onde a intensidade das luzes aumentavam. *Ouço muitas pessoas. Mas, quem seriam elas? Certamente se me quisessem morto eu já estaria.* Petrus tentou reconfortar-se, porém seu coração palpitou mais rápido quando percebeu a movimentação de sombras nas formações rochosas ao seu lado. *Alguém vem vindo!*

A silhueta de um homem surgiu por detrás de uma estalagmite. Ele vestia roupas de um cidadão comum e, à princípio – apesar de carregar uma espada –, seu andar e expressão não denotava perigo, mas uma salutar ansiosidade. Era jovem e seu rosto apresentava uma barba ainda por amadurecer. Com cuidado, ele aproximou-se de Petrus, oferecendo-lhe um cantil.

— Como você está? – perguntou o desconhecido.

— Ah... eu... acho que estou bem – o rei respondeu, aceitando a oferta do jovem. Em seguida, ele cheirou o conteúdo do objeto.

— Não se preocupe, é apenas água – relatou o rapaz. Um pouco vacilante, Petrus bebeu um pequeno gole, confirmando-o. — Está amanhecendo. Vejo que seus amigos ainda não acordaram. Eles são seus amigos, correto?

— Eles estão comigo, sim – disse Petrus, ainda sem saber se falava sobre a ausência de Formiga.

— Isso é bom. Vocês foram corajosos – elogiou o desconhecido.

— Obrigado – Petrus sorriu, mas lembrou-se que havia sido atacado e posto para adormecer sem motivo aparente. — Afinal... por que estamos aqui? Quem são vocês? O que é este lugar? – ele não conseguiu conter seu desespero.

O jovem sorriu, como se esperasse por essas perguntas.

— Somos siegardos, se isso é o que mais lhe preocupa. Ordeiros, obviamente, com o objetivo de resgatar as ovelhas desprendidas da superfície. Nós somos o Rebanho – ele informou, enfático, tal qual um mantra.

— O Rebanho? Resgatar da superfície? – Petrus levantou uma sobrancelha.

— Venha comigo – o desconhecido estendeu sua mão sem delongas, querendo evitar um interrogatório. — Vamos dar uma volta.

Não demorou muito para que as suspeitas de Petrus sobre a caverna se concretizassem. Como imaginado, ele já havia estado ali anteriormente. Um complexo subterrâneo de passagens com vários salões e ramificações situado debaixo da cidade de Alódia. Graças às instruções de Formiga, o rei e seus companheiros puderam escapar ilesos da inevitável queda da comuna utilizando-se de um caminho secreto na taverna do Bolso Feliz. Algumas *auroras* haviam se passado desde a última passagem dos peregrinos pelo local. Na ocasião, ninguém havia se estabelecido. Agora, o ambiente estava repleto de famílias, alguns soldados e despensas com mantimentos. Petrus notou também um ou outro doente pela Pestilência Cega e imaginou que o número reduzido se devia ao fato que a grande maioria já havia sido convertida pelas forças do Caos. O jovem explicou que o Rebanho – nome dado ao grupo de alodianos exilados – mantinha alguns homens na superfície para resgatar siegardos que se esforçam na luta contra o inimigo. "Procuramos espíritos valentes", disse ele. "Eis o motivo do porquê está aqui. Desculpe-nos por trazê-los adormecidos. Não revelamos o acesso aos 'cordeiros' antes de plenamente confiarmos neles". O jovem também explicou que o Rebanho era organizado em grupos táticos: os que buscavam mantimentos, os que recrutavam e os que organizavam a ordem social e religiosa na comunidade. "Cresceremos no submundo, conservando a Ordem, e atacaremos no momento oportuno", falou o rapaz repleto de sonhos. Sua explicação, porém, não animou Petrus. Pelo contrário, ele, que tendo participado de batalhas e guerras contra as forças do Caos, sentiu um gelo na espinha ao pensar no massacre que o Rebanho poderia sofrer, caso o grupo levasse isso à frente.

— Afinal, como isso tudo se originou? – perguntou o rei, intrigado, enquanto se deliciava com um pão embebido em mel, ofertado em uma farta mesa de madeira onde todos se alimentavam para o desjejum.

— Então, você deseja conhecer o Pastor.

Petrus riu diante do nome escolhido para um suposto líder da comunidade, visto que ele se familiarizava com o título. *É claro, não poderia ser tão óbvio*, refletiu.

— Bem...por que não? – concordou.

O rapaz acenou para que o seguisse. Os dois deixaram a área das mesas e tomaram a direção de um pequeno grupo que discutia algum assunto a tons inflamados em um canto apartado de todos. Pela postura e vestes dos envolvidos – uma senhora e dois homens, sendo um visivelmente militar, e outro um sacerdote –, estava na cara que eles deveriam ser os responsáveis pelas decisões do Rebanho. Aquela era uma comunidade de governança tríplice, sendo o Pastor o homem por trás dessa estrutura.

No que Petrus se aproximou do trio, a mulher, que falava em alto e bom tom, cessou a conversa imediatamente, encarando-o. Sua expressão mesclava surpresa com uma gota de tristeza, mas, sobretudo, de esperança.

— Por tudo que nos é sagrado, eu poderia reconhecer estes olhos em qualquer lugar! – disse ela, indo em direção ao rei, choramingando.

— Senhora Bheli?! – indagou Petrus, reconhecendo-a.

— Petrus! – disse ela.

— Você conhece o Pastor? – o jovem estava intrigado com a situação.

— Pela Imaculada Ordem! Vocês estão de volta! – ela se emocionou. — Calista, Aalis – ela gritou. — Venham aqui, rápido!

A mãe de Formiga foi ao encontro do rei, abraçando-o com seus largos braços. Em seguida, pousou as mãos sobre suas bochechas como se ele fizesse parte da família. O reencontro entre Petrus – antes pastor, agora soberano de Sieghard – e senhora Bheli – antes soberana do Bolso Feliz e agora Pastor – deixou os que estavam em volta atônitos. Quem era aquele homem que tanto importava para a figura mais emblemática do Rebanho? O que ele trazia? Qual era o significado de sua presença?

— Por onde andaram? Como chegaram aqui? O que me traz de notícias? Onde está Brogan? – ela indagou. As questões eram muitas, mas a resposta da última, em especial para uma doce mãe, era, sem dúvidas, a mais aguardada.

— Acredito que seu filho esteja aqui, em Alódia – informou o rei, estranhando a pergunta sobre Formiga.

— Ai meu coração! – exclamou a senhora Bheli.

— Nós estávamos em quatro com ele quando fomos capturados por sua... equipe de resgate. Porém, quando acordei, ele não estava ao meu lado. Pensei que o encontraria por aqui – Petrus complementou.

A mãe de Formiga lançou um olhar fulminante para o rapaz, que, por sua vez, retraiu-se.

— Desculpe, senhora. Não tínhamos gente suficiente para trazer mais um. Não imaginávamos que fosse o seu filho – ele se justificou. — Me coloco à disposição para rastreá-lo e...

— Petrus! – o jovem foi interrompido pelas vozes de Calista, a irmã de Formiga, e Aalis, sua prima, que vieram se juntar ao grupo.

— Vocês sobreviveram à queda do túnel – Petrus se espantou, recebendo abraços das duas. — Pensávamos que não haviam resistido – lamentou-se.

As duas se entreolharam.

— Não somos tão sopa assim – disse Calista, rindo. — O Bolso Feliz não é a única entrada para estas cavernas. Apenas nos escondemos, não foi tão difícil. E depois, com os devidos cuidados, conseguimos trazer mais e mais pessoas para cá, acolhendo-as e alimentando-as.

— Vejo que fizeram um ótimo trabalho. É incrível pensar como conseguiram – elogiou Petrus. — Mas, por que decidiram permanecer aqui? Vocês sabem que há uma saída ao leste para as Terras de Sumayya, não sabem?

— Ainda há muitos alodianos precisando de nossa ajuda na superfície, Petrus. Afastar-se deste refúgio enquanto nossos cidadãos sofrem não é tão fácil quanto parece – respondeu Aalis com sua ternura característica.

— Entendo, mas reitero minha posição de retirar, pelo menos, os mais frágeis daqui. Eu não gostaria de ver meu povo vivendo assim nessas condições, igual a trolls e outras criaturas horrendas que habitam o submundo – concluiu, deixando escapar uma frase que naturalmente viria com o tempo e que não passaria despercebida.

— Espera... espera... – o jovem anfitrião começou a elaborar suspeitas. — Além de trazer em sua cintura uma espada com um dos símbolos de antigas famílias reais, você vem ao próprio conselho do Rebanho falar em "meu povo"? Como assim? Afinal, quem é você? – indagou incrédulo. Depois, virou-se ao Pastor. — Quem é ele, senhora Ebha? – perguntou, revelando o primeiro nome da governanta.

A mãe de Formiga não soube o que dizer. Por um momento, Petrus acanhou-se. Contudo, os olhares de todos ao redor o pressionavam para que contasse a real intenção de suas palavras.

— Por muito tempo a verdade me foi oculta, senhoras e senhores. Eu sou neto de Marcus e filho do desaparecido Marcellus. Eu sou Marcus III, herdeiro legítimo do trono de Sieghard. Eu sou... – as palavras se engasgaram — seu rei, mas vocês podem continuar a me chamar de Petrus, eu até pre...

Antes que Petrus terminasse de falar, o pequeno grupo já estava prostrado diante dele. A senhora Bheli, em especial, não conseguia conter sua emoção.

— Vida longa ao rei Marcus III e à plenitude da Ordem – proclamou ela junto aos outros. — Eu sabia que a Ordem não estava perdida.

— Agora temos a força que precisávamos para enfrentar essas hordas que nos invadiram! – o general falou pela primeira vez.

— Não. Ninguém fará nada – o rei comandou. — Eu estive no Norte, para além das escarpas. Eu estive no meio dos inimigos, lutei contra eles em campo de batalha e vi a brutalidade dos Thurayyas de perto. Se decidirem atacar, não vai sobrar ninguém. Vocês não têm número, nem o que precisam para vencer. Eu vim de longe para dizer que eu tenho o que a gente precisa. E não é apenas de um rei. Eu tenho uma estratégia e as pessoas certas para executá-la. E, certamente, isso não os envolve. Por agora, continuem com o resgate dos alodianos em necessidade, mas preciso que levem as famílias para Alteracke, onde serão recebidas de braços abertos pelos anciãos, como as famílias antes foram – disse com firmeza.

A rigidez das palavras do rei bateu forte como uma clava no peito do conselho. Ali estava, definitivamente, um homem a se respeitar. Mal haviam tido o primeiro contato com o sucessor do trono e ele já os convencera a abandonar todos os seus planos para o Rebanho com um curto discurso. Quanto a Petrus, ele sentia-se cada vez mais confiante e apaixonado pela ideia de ser um rei. Não pelo cargo em si, porém o fato de ter encontrado a comunidade e saber como eles se denominavam havia se tornado um fator preponderante para entender como um monarca deveria agir. O rei deveria ser, de fato, um pastor. À sua frente, e toda à sua volta, eis as ovelhas às quais deveria proteger. De forma ingênua, não era muito diferente de sua profissão, e encarar as atitudes de um governante com esses olhos o deixava muito mais confortável. Havia, entretanto, para a senhora Bheli – Petrus sabia – uma missão a ser cumprida antes que qualquer outra fosse realizada.

— Senhora Ebha, com relação à Formiga... – o rei retomou o assunto.

— Majestade, eu sei onde ele está – disse ela, enfática. — E eu mesma vou resgatá-lo.

— Senhora, é perigoso lá em cima – o jovem anfitrião disse. — A senhora não deveria ir.

— Eu conheço Alódia como a palma da minha mão – disse Ebha. — Então, não me diga o que eu posso ou não fazer. É a minha decisão e ela está tomada. Meu filho precisa de mim.

A cidade acordava quando uma velha porta se abriu com um som seco, fazendo com que um raio de luz alaranjado e tênue entrasse e atingisse os escombros de tijolos e estruturas carbonizadas de madeira do que restou da outrora alegre taverna do Bolso Feliz. Formiga dormia no chão, entre a fuligem, no que antes era o quarto de seus pais e acordou com um susto. O ambiente ainda se encontrava em quase total escuridão, mas seus olhos estavam mais alertas do que nunca com sua visão melhorada por uma habilidade que ele ainda desconhecia sua origem. Com cautela, e o coração palpitando, ele espreitou por detrás dos destroços de um antigo móvel. Os passos em sua direção pisavam em cacos de vidro de garrafas de variadas bebidas do reino e sobras de mesas e cadeiras queimadas. Logo, uma figura negra segurando um cajado surgiu à sua frente, ainda não consciente de sua presença. Formiga suava imaginando estar na presença de mais um Thurayya. No entanto, quando a forma retirou seu capuz, seu pulso desacelerou e ele abriu um sorriso.

A visita inesperada veio como boa notícia... ou não.

Aquela era sua antiga companheira.

Chikára.

XXX

O Quebrajuras

— Chikára! – Formiga saudou a maga com emoção, revelando-se. — Eu sabia que nos veríamos de novo!

— Brogan Bheli – Chikára falou, bastante contida. — É surpreendente saber que ainda está vivo e... sozinho. Onde estão os outros?

— O velho Formiga não...

— ...é tão sopa – completou a maga. — Não acha que já era hora de acabar com essas piadinhas?

— Desculpe, senhora. Você está certa, não é o momento – Formiga retraiu-se, estranhando o comportamento de Chikára. — Os outros estão vivos também. Exceto por... – o ferreiro cerrou as sobrancelhas. — Roderick.

— Roderick está morto? – a maga indagou.

— Sim – ele confirmou. — Um troll-das-neves o matou em batalha.

Por um momento, Chikára pensou na pessoa do arqueiro em suas vagas memórias agora enevoadas por sentimentos de vingança. De todos os Enviados, Roderick foi o que lhe trouxe menos problemas.

— Sir Heimerich, Braun e Victor devem estar a meio caminho de Chiisai – Formiga continuou.

— Chiisai, minha terra natal? O que há de tão importante lá? – perguntou ela.

— É uma longa história, minha cara! – Formiga riu. — Também eu e Petrus estamos de passagem em Alódia. Estamos rumando para o sul!

— Petrus? – Chikára se alterou. — Onde ele está? – a maga mostrava impaciência.

Formiga começou a suspeitar dos motivos de Chikára e vacilou para responder. Havia algo em sua personalidade que divergia daquela pessoa sábia e professoral que havia conhecido no passado. Também algo lhe dizia que ele não deveria ter mencionado o nome de Petrus. Inclusive, o alodiano refletiu em quais seriam as consequências se sua colega soubesse que ele era o novo rei de Sieghard.

— Onde... ele... está, Formiga?! – enfatizou.

— E...eu... eu mesmo gostaria de saber, senhora – Formiga gaguejou, denotando nervosismo. — Chegamos juntos em Alódia, porém, em certo momento da madrugada nossos caminhos foram separados. Então, sozinho, eu vim para cá, com a esperança de encontrar minha família.

— Você ainda tem esperança? – ela indagou, denotando sentir pena do ferreiro. — Eu estava junto com você quando o túnel desabou sobre Aalis e Calista. E sua mãe... bem, olhe à sua volta... o estado na qual ficou esta taverna. Acha mesmo que sobrou alguém?

Formiga ficou confuso. As palavras da maga eram duras, mas tinham um pingo de verdade. No entanto, ele se perguntava, como alguém poderia viver tendo abandonado qualquer esperança? Certamente, este que o fez assim já estaria caminhando nos domínios de Sethos. Viver sem ter esperança era como estar no inferno.

De repente, o rangido de uma porta sendo aberta foi ouvido.

— Brogan? – chamou uma voz feminina, particularmente conhecida por Formiga.

Aquela era a voz de sua mãe.

O coração do ferreiro acelerou não sabendo o que responder. Uma forte emoção tomou conta do seu peito e ele se engasgou com a própria saliva ao tentar falar. *Será possível?*

— Brogan, você está aqui? – sua mãe chamou-o novamente.

Junto à voz de Ebha Bheli, podia-se ouvir também o som de vários passos e itens sendo arrastados. Ela não estava sozinha, havia não só trazido outros com ela, mas também a chama da esperança.

Chikára permaneceu postada entre Formiga e a porta do quarto, sem mostrar intenção de se retirar para que o alodiano fosse ao encontro da mãe. Calada, ela praguejava em seus pensamentos. O envolvimento de outras pessoas não estava em seu plano. Sua relação se limitava unicamente com os Enviados. Porém, ela sabia, que a oportunidade era única e ela não iria se conter se outros a atrapalhassem.

— Brogan? – Ebha chamou uma terceira vez surgindo por detrás de Chikára. — Meu filho? – ela reconheceu Formiga na fraca claridade do dia. — Ó meu filho! Você está aqui!

— Minha mãe! – respondeu o ferreiro, finalmente, deixando cair uma lágrima. — Eu disse que voltaria para buscá-los! Eis-me aqui!

Não demorou muito para que o restante do grupo se aproximasse da senhora Bheli. Ali estavam Sir Jamin, Petrus, Nivian – uma presença que se mostrou importantíssima para guiá-los até ali – e um trio de soldados do Rebanho.

Chikára sentiu seu sangue ferver ao ver Petrus.

— O verme está aqui – ela disse com um tom sombrio. Inconscientemente, uma série de tatuagens tortas surgiram na pele do rosto e mão da maga. Suas unhas cresceram quase que de modo instantâneo, e suas pupilas embranqueceram. Sem pestanejar, Sir Jamin puxou Ebha para trás, ficando na frente do grupo.

— O que essa senhora faz aqui? – perguntou o velho cavaleiro.

— Calma, Jamin, ela estava com a gente. Fazia parte de nosso grupo – Petrus tentou tranquilizar todos.

Sir Jamin encarou Chikára atentamente. Se alguma bondade existisse nela antes, agora a havia deixado. O velho cavaleiro sabia que estava diante de um animal indomável. Pior que um Thurayya, era uma maga decaída, sedenta por vingança e atormentada por almas provenientes de um poder que ela não suportava. Sir Jamin era experiente o bastante para saber com o que estava lidando. Na sua época, tal existência era bem documentada em bestiários antigos.

Ele estava diante de um Quebrajuras.

— Petrus, prestai bem atenção. Quando eu der o sinal eu quero que tu leves Ebha e os outros para longe daqui – informou o velho, sem tirar o olho de Chikára. — Não importa se ela, em alguma *aurora*, foi vossa amiga. O que essa senhora tem está além do recuperável.

As feições da maga se modificavam cada vez mais, dando-lhe uma aparência quase diabólica, que em pouco lembravam seus traços vahanianos tão característicos. A tensão aumentava entre os dois, que se recusavam a dar o primeiro movimento. Sir Jamin, de forma estratégica, esperava com paciência para que ela tomasse a atitude, pois ele tinha o fator surpresa. Ele sabia muito bem o que ela podia fazer. O contrário, todavia, não era verdade. Chikára não o conhecia e atacaria para matá-lo com um único golpe físico extraordinário, pois não teria tempo para conjurações visto sua proximidade. Com cautela, o cavaleiro pôs sua mão no cabo de *Pântea* enquanto a escondia com seu escudo.

Subitamente, uma corrente de ar começou a circular em volta do punho da mão direita da maga. Sentindo a iminência do ataque, Sir Jamin jogou um de seus pés para trás para buscar apoio.

— Agora, Petrus!

E então, antes de um piscar de olhos, o impacto veio como um golpe de aríete – tão forte a ponto de deformar o escudo de Sir Jamin e acertá-lo no peito sem perder qualquer vigor. O cavaleiro foi lançado para trás a uma velocidade incrível, parando sua trajetória apenas ao bater na grossa parede da antiga cozinha da taverna. Felizmente, Petrus, Ebha e os outros conseguiram fugir para o cômodo adjacente antes de serem atingidos de forma fatal pelo corpo de Sir Jamin.

Chikára virou-se para Formiga imediatamente e agarrou-o pelo pescoço e o levantou, pronta para torcê-lo como um fazendeiro fazia com suas aves.

— Se...se...senhora – o ferreiro se contorcia, sem ar.

Todavia, a maga não esperava que Sir Jamin havia sobrevivido ao seu ataque. Apesar de potente, o golpe de Chikára não havia feito nenhum dano em seu corpo e o cavaleiro se recompôs com facilidade. Vendo o ferreiro em apuros, Sir Jamin correu em sua direção decidido a decapitar o inimigo desavisado com a lâmina de Lithon, porém, seus passos apressados em um piso de madeira rachado o denunciaram rapidamente.

Atenta aos sons à sua volta, Chikára largou Formiga no mesmo instante em que viu um brilho azul metálico surgir no canto de seu olho. Em um ato reflexo, ela se desviou da ponta da espada com um movimento de cintura, girando seu corpo e voltando-se para seu algoz. Não imaginando que a maga seria tão veloz, Sir Jamin pegou-se despreparado apenas para sentir um novo golpe em seu peito. A potência do soco foi inferior ao anterior, mas serviu para que se afastasse um pouco, deixando o cavaleiro frente-a-frente com a maga.

No salão da taverna contíguo, liderados e escoltados pelos três soldados do Rebanho, o grupo fugitivo se dirigia com pressa e descuidadamente à saída do local. Petrus estava em choque com a visão de Chikára e com o que ela se tornara. Em sua ingenuidade, sua antiga companheira havia sido pega pelos Thurayyas e convertida à força para o lado do Caos, portanto, com o devido acolhimento e palavras de incentivo, ela poderia voltar ao que era antes e aos braços da Ordem. Ao mesmo tempo, Ebha preocupava-se com seu filho. Aquele ser que o abordara, se Sir Jamin falhasse em contê-lo, poderia fazer-lhe algum mal ou, em última ocasião, matá-lo. A vida de Formiga valia, para ela, muito mais que a sua própria.

— Não podemos abandonar meu filho! – disse ela em desespero ao chegar à porta, ainda sem se recompor da emoção do reencontro. — Precisamos voltar e salvá-lo!

— Senhora, nosso compromisso é para com a sua proteção e a proteção de nosso rei – informou um dos soldados, impedindo que Ebha retornasse.

— A senhora Bheli está correta – Petrus interveio com força de palavra. Formiga é um de nós... assim como Chikára. Antes de ser rei, eu era um pastor. E como pastor, eu nunca deixei uma ovelha sequer desprotegida. É por isso que Ebha é a líder do Rebanho. E é para isso que nos tornamos reis: para cuidarmos dos nossos. Eu voltarei para a batalha. Quanto a vocês, protejam a senhora e a pequenina Nivian – concluiu, dando as costas ao quinteto.

Nos aposentos da família Bheli, Chikára apontava seu cajado para Sir Jamin como se fosse uma espada. O cavaleiro, por sua vez, analisava de forma minuciosa o comportamento de seu inimigo, enquanto criava um plano para detê-lo. Porém, ao encarar demais o oponente, ele foi pego de surpresa quando, subitamente, o cajado da maga transformou-se em uma serpente bronzeada que o atacou no pescoço. Desprevenido, Sir Jamin lutou em vão até que fosse imobilizado pelo forte abraço do enorme réptil, criado por uma poderosa magia de transmutação.

Petrus apareceu novamente à porta no exato momento em que o velho caía no chão.

— Chikára – gritou ele.

A maga olhou para o seu antigo companheiro com uma expressão que mesclava antipatia e ódio.

— Volte para nós, Chikára – disse ele. — Seja lá o que fizeram com você, seu lugar não é do lado do Caos. Sentimos falta de sua sabedoria e do quanto você pode nos ensinar. Venha com a gente nos ajudar a acabar com essa guerra!

— É mentira! – gritou a maga. — Fala isso pois agora eu sou melhor que você. Agora eu sou mais forte que todos. Não há ninguém que possa me superar. Não há ninguém que possa me diminuir, como você fez comigo, como fizeram todos os meus mestres!

— Ninguém fez nada com você, Chikára. Você fez consigo mesma! – Petrus rebateu. — Mas ainda há tempo de voltar atrás. A Ordem precisa de você, Sieghard precisa de você.

— Não há ninguém que precise de mim, Petrus. Quem é você para dizer que Sieghard precisa de mim? – a maga perguntou, furiosa.

— Ele...ele... é o rei de Sieghard, Marcus III – Formiga respondeu ainda ao chão, atrás dela, tentando se recompor da tentativa de esganamento. — Por muito tempo a verdade lhe foi ocultada, mas agora sabemos. Ele é o seu rei, Chikára. É o nosso rei. Ele é a única pessoa com autoridade máxima para falar que Sieghard precisa de você.

— O que?! – a keishuana pareceu ficar confusa. De repente, milhares de vozes emergiram de seu âmago em um turbilhão de pensamentos. A maga começou a se contorcer com movimentos não-naturais e, após uma sucessão de espasmos involuntários, seu corpo entrou transe. De sua boca, podia-se perceber a palavra "rei" sendo pronunciada e repetida inúmeras vezes, enquanto sua cabeça balançava de um lado para o outro.

No assoalho, a serpente que enrolava Sir Jamin se desfez em cajado, libertando-o. O cavaleiro, atônito, levantou-se pronto para desferir o golpe final na criatura.

— Não! – Petrus ordenou.

— Majestade? – Sir Jamin refreou sua espada já na altura do pescoço da maga. O corte seria limpo e rápido.

— Não permitirei que mate Chikára, Jamin – reiterou o rei.

— Com todo o respeito, majestade, mas este ser a quem tu chamas pelo nome já não pode ser chamado assim – informou o cavaleiro. — Um Quebrajuras deseja apenas a morte, a vingança, a dor e o caos. Nem mesmo exímios Cavaleiros da Ordem, como eu, são páreos para a força destruidora destas criaturas. Quantos mais rápido a matarmos, mais chances temos de sobreviver!

— Esta é minha palavra final – disse Petrus.

— Tu estás sendo insensato, mas, obviamente, acatarei vossa ordem – Sir Jamin obedeceu, contrariado, embainhando sua espada. Em seguida, estendeu sua mão e ergueu o ferreiro, que continuava no chão ainda extasiado.

— Como te sentes, senhor Formiga? – perguntou o cavaleiro.

— Bom, pode parecer estranho da minha parte, mas acho que pela primeira vez eu poderia dizer que me sinto como uma formiga – ele respondeu com uma gravidade que até então pouco havia demonstrado em suas falas.

— De fato, nossa condição neste exato momento é de extrema fragilidade – Sir Jamin consentiu. — Precisamos sair daqui antes que este ser recobre sua consciência. Vamo-nos!

O trio rapidamente saiu dos aposentos da taverna e se dirigiu ao salão onde senhora Bheli, Nivian e os soldados lhes esperavam.

— Mamãe! – Formiga falou ao finalmente abraçar sua mãe, depois de *auroras* ausentes e a dúvida se realmente a encontraria viva e saudável.

— Brogan, meu filho! – ela chorou ao sentir o abraço macio do seu primogênito. Todos que estavam ali puderam presenciar a forte emoção do reencontro. — Meu filho querido! Você está tão magrinho!

— E a senhora está ainda mais formosa! – disse o ferreiro em lágrimas. — Como conseguiu se esconder por todo esse tempo? Como está minha querida irmã? E Aalis? – Formiga indagou.

— Estão bem e aguardando notícias suas no esconderijo – respondeu Ebha. Seu filho sorriu um sorriso de felicidade. — Estamos usando a passagem subterrânea de nossos ancestrais como reduto. Você precisa ver quantos siegardos já resgatamos! – disse ela, orgulhosa.

Subitamente, a expressão do ferreiro mudou. Se Chikára passou a ser uma ameaça real e constante com fortes ligações com Linus, era praticamente certo que ela usaria seus conhecimentos adquiridos durante seu tempo em que andou lado a lado com ele para proveito das forças do Caos. Chikára sabia das cavernas subterrâneas, pois fez usa delas no passado. Em outras palavras, esconder-se lá já não podia ser uma opção frente a essa nova ameaça. Bastaria apenas que a maga levantasse uma pequena hipótese sobre o paradeiro dos alodianos para que a trama de sua mãe fosse desvelada.

— Mãe, vocês têm que...

Formiga não pôde terminar sua frase, pois fora interrompido pela advertência de um dos soldados. "Cuidado", gritara ele logo antes de ter seu corpo trespassado por uma comprida viga de madeira. Tal qual uma lança arremessada com extremo vigor, a viga fincou na parede ao lado do grupo e deixou todos aterrorizados ao presenciarem a cena macabra. Chikára havia voltado a si e, dessa vez, ela não parecia afeita a mais conversas. Sir Jamin postou-se imediatamente à frente para proteger seus companheiros, no entanto, um golpe lateral vindo de uma nova viga à sua esquerda o lançou para longe, atordoando-o. Na ocasião, a maga fazia uso de uma das técnicas de mágica ordeira que apenas grão-mestres da Abadia de Keishu tinham conhecimento: a telecinese. Em graus inferiores, o usuário podia mover e manipular objetos materiais leves apenas com o poder do desejo; enquanto nos mais altos graus, a manipulação poderia incluir luz, calor, frio, sons e, em alguns casos – ainda que sem textos comprovatórios –, espaço e tempo.

A Taverna do Bolso Feliz estava parcialmente destruída e muitas tábuas e vigas do teto, assim como do assoalho que haviam desmoronado, amontoavam-se à exaustão. Em outras palavras, para Chikára, que mostrava dominar a telecinese – pelo menos em baixo grau –, o local era um arsenal de armas. Definitivamente, não era um bom ambiente para se estar.

Desprotegidos, o grupo estagnou sem saber o que fazer diante do impensável. Aquela criatura que se aproximava a passos lentos, emanando uma energia perturbadora, não precisava de mais demonstrações para provar que poderia matá-los com um estalar de dedos. Bastaria uma única reação de qualquer um ali para que esse fosse rapidamente eliminado.

— Teria sido mais fácil se vocês tivessem simplesmente contraído a Pestilência Cega – ela argumentou. — Não! – um grito repentino saiu de sua boca, como se uma voz interior a estivesse desafiando. — Cale-se! – comandou Chikára para si mesma, colocando a mão na cabeça em dor e causando estranheza em todos. Subitamente, ela encarou Petrus e levantou o indicador em sua direção. — Mas já que o sangue de

Ieovaris corre em suas veias, quis Destino escolher a maneira mais difícil e tortuosa – concluiu, dobrando o dedo. — Não que isso seja um fardo – sussurrou para si.

De súbito, o soberano sentiu uma bola de ar quente subir sua garganta. Em vão, ele tentou inspirar. Como última tentativa de impedir o ar que lhe deixava, Petrus apertou seu pescoço com as mãos, porém a atitude não impediu de que uma névoa saísse de sua boca, desfazendo-se logo depois em um fluxo contínuo.

— Majestade! – exclamou senhora Ebha assustada, vendo seu rei empalidecer e sua pele adquirir um tom azulado. — Ela está tirando a vida do rei!

Tomado pela urgência da situação, como um exímio arqueiro de Everard, Formiga puxou o arco que estava com ele desde o ataque do hemikuon e preparou-se para um tiro rápido; porém, antes que ele o fizesse, sua arma, assim como a flecha que já estava encaixada, entrou em combustão instantânea. Chikára, antevendo o contra-ataque, usara a outra mão para refrear o ferreiro, que largou o arco no ato. O que ela não esperava, no entanto, era que uma pedra acertasse sua testa vindo por debaixo das pernas de um soldado. O ataque interrompeu seu foco, e Petrus desabou no chão, sem fôlego. O projétil havia sido lançado pela intrépida e corajosa Nivian com o uso de um estilingue – uma arma que toda criança abandonada de Alódia nas *auroras* atuais, tinha em seus bolsos.

Surpresa e enraivecida por ter sido tocada, a maga virou seus olhos vazios para a pequena Nivian. Sem pensar duas vezes, ela fez um gesto que trouxe a menina para perto de si e, tendo ela levantada ao ar, sem nenhum remorso, torceu seu frágil pescoço, jogando em seguida seu corpo sem vida de volta ao chão – e abalando o mundo de todos que estavam ali.

— Pela Imaculada Ordem! – Ebha começou a chorar.

— Nivian, não! – Formiga gritou em desespero. — Nivian, não! Por amor de Ieovaris! Chikára, como pôde? Você é um demônio!

Fria e lentamente, como se sua última atitude não fosse execrável o suficiente, a maga tornou a virar seus olhos, desta vez para a senhora Bheli, em uma repentina mudança de planos.

— Chikára, não pense nisso. Não ouse tocar na minha mãe! – comandou, pegando o martelo de seu cinto e avançando contra ela. Contudo, havia uma força invisível o impedindo de se movimentar, como se estivesse soterrado até a cintura por uma poça de lama.

— Eu vou tirar tudo de importante para vocês, como vocês tiraram de mim – a maga declarou. — Primeiro vocês tiraram meus amados pais, depois meu mérito de me formar na Abadia de Keishu. Vocês tiraram minha oportunidade de entrar no templo do Oráculo do Norte e desvendar seus segredos. Por fim, tiraram meu potencial de mostrar ao mundo o quanto eu posso ser forte! É justo, então, que eu comece do início: pela família – declarou, apontando seu cajado para Ebha, carregado de eletricidade.

Formiga tentava em vão se mexer. Ele nunca havia feito tanta força em sua vida. Suas veias saltavam de sua pele à medida que sua expressão se contorcia em desesperança, iluminada pelo brilho azulado das descargas elétricas. No estupor de sua incapacidade, um singelo e tenro olhar fora trocado entre ele e sua mãe.

— Eu te amo, mãe. Nos juntaremos em breve nas planícies dos campos divinos – disse ele, finalmente aceitando sua condição.

E essa foi a última frase que Formiga falara antes que Chikára fosse lançada com extrema violência por um golpe de escudo de Sir Jamin no momento de seu ataque final. O cavaleiro havia se recuperado e, perfazendo um trote de velocidade, chocou-se contra a maga e a jogou nos escombros.

— Fugi vós daqui, imediatamente! – declarou o cavaleiro, jogando-se por cima da criatura e socando-a no rosto. — Senhor Formiga, ruma-te para o sul!

Com rapidez, os dois soldados remanescentes levantaram Petrus ainda trôpego e postaram-se a correr junto a Ebha e seu filho para fora da taverna. Nas ruas de Alódia, o sol se levantava nas montanhas ao leste sob um céu esfumaçado – uma notícia não tão bem-vinda para alguém que preferia agir nas sombras – e uma leve fuligem teimava em cair sobre as pedras das vielas dos subúrbios, manchando-as da cor de carvão. O peito de Formiga batia forte, enquanto gotas de suor frio desciam de suas têmporas. Um pouco perdido, o ferreiro apenas seguiu os soldados que se dirigiram a uma velha casa abandonada a poucas braças dali. Para sua surpresa, seis cavalos se encontravam ocultos sob a estrutura de um teto parcialmente desabado, subentendendo-se que essas foram as montarias que trouxeram o grupo em sua formação original. Sem mais tempo para elocubrações, Formiga montou em um cavalo gateado de médio porte. Petrus foi colocado em sua garupa logo depois pelos soldados do Rebanho, fraco e incapaz de movimentar as pernas. Com todos preparados para partir, duas montarias sobrariam. A expressão de medo dominava as feições de cada um que presenciara as terríveis cenas instantes atrás. O destino do grupo ainda era incerto perante a ameaça que estava em seu encalço. Era praticamente consenso que Sir Jamin não derrotaria Chikára, apenas a atrasaria para que eles pudessem sobreviver. A dúvida restaria sobre se veriam o ancião novamente, pois, como cavaleiro honrado, ele iria até as últimas consequências para defender o rei.

— Venha comigo para as cavernas, Brogan – sugeriu senhora Bheli. — Sua irmã e sua prima te aguardam. Lá você estará seguro.

— Mãe, as cavernas acabaram de deixar de ser seguras – Formiga alertou. — Chikára sabe da existência dos túneis subterrâneos. E você viu, com os próprios olhos, o quanto ela pode ser cruel. Por mais que eu queira ficar com vocês, eu, Petrus e Sir Jamin temos uma missão maior: a de acabar com essa maldita guerra. A sua, agora, é levar os alodianos para longe desta cidade.

— Mas, Brogan, eu estou tão sozinha! Seu pai... – Ebha abaixou sua cabeça, envergonhada pelas lágrimas que insistiam em cair.

— Eu vi meu pai, mãe, a caminho de Keishu. Ele está vivo e saudável. Apenas confuso, como a maioria dos siegardos que contraíram a Peste. Mas nós sabemos como salvá-lo. Você ouviu o comando de Jamin. Quanto mais rápido chegarmos ao sul, mais chances teremos de tornar isso possível. Indo com vocês, atrasaríamos *auroras* – disse o ferreiro.

— E depois que alcançarem o Sul? – perguntou ela.

— Faremos o que nenhum siegardo na história do reino fez: nós vamos cruzar *Maretenebræ*, mãe – respondeu Formiga. — Nós vamos atrás das terras daqueles que nos violaram. E eles vão pagar por isso!

— O mar? – Senhora Bheli espantou-se, deixando transparecer um certo desespero.

Formiga colocou a mão no rosto da mãe e levantou sua cabeça. Ao erguer seus olhos, Ebha deparou-se com a expressão convicta de seu filho. Ainda que lamentoso, aquele era o olhar de alguém que daria a vida para salvar sua família. O pequeno momento de decisão, no entanto, deu-lhe a força e a energia para que se revigorasse diante do terror que acabara de passar.

— A senhora seja forte – disse Formiga. — E leve nosso povo para um lugar seguro. Dessa vez não haverá despedida. Caso eu não volte, apenas saiba que dei o melhor de mim para que vocês possam sobreviver – concluiu, afastando-se de sua mãe e dos soldados. — Cuide do Rebanho como você cuidou de mim: com um grande coração – seu filho deu-lhe uma última advertência antes de partir sem olhar para trás.

"Majestade, segure-se firme! E junte-se aos bons!"

Não demorou muito para que Formiga e Petrus fossem avistados pelos primeiros convertidos. Apesar do ferreiro conhecer muito bem cada beco do quarteirão dos subúrbios, a impressão era que eles estavam sempre um passo à frente dele, como se soubessem que rumo o cavalo iria tomar. Conforme as opções de saída foram se extinguindo, o que era então um passo calmo tornou-se paulatinamente um galope desordenado. A cada esquina, legiões de mortinhos apareciam tal qual formigas e o desespero foi tomando conta dos cavaleiros.

— Formiga, não podemos ficar nestas vielas! – disse Petrus. — Temos que alcançar a via principal, do contrário seremos pegos!

— A Estrada Real estará cheia de soldados inimigos – observou Formiga.

— Pelo menos teremos espaço para que os cavalos possam correr – respondeu o soberano. — Temos que arriscar!

Petrus ainda não estava totalmente consciente e Formiga não estava totalmente satisfeito com a clareza de julgamento de seu rei, porém, não havia tempo para pensar, muito menos para lamentar-se de tudo o que ocorrera na taverna. Denotando uma certa resistência, o ferreiro rumou apressadamente em direção à Estrada Real.

Como esperado, assim que a dupla surgiu por sobre os ladrilhos da ampla estrada que cortava a cidade de Alódia, soldados de guarda das forças do Caos perceberam a estranha movimentação. Acostumados com o controle da rota diária dos cidadãos não-convertidos, qualquer mudança brusca e sem permissão no itinerário dos transeuntes poderia ser considerado um possível ataque inimigo. A ordem, portanto, era simples e direta: eliminar o responsável por tal ato de audácia.

— Siegardos! – gritou um deles, no que, imediatamente, um grupo a cavalo pôs-se a persegui-los.

Formiga, então, disparou a pleno galope rumo ao Portão Sul de Alódia. No horizonte à frente da dupla, para além do Planalto Real, uma densa fumaça de cinzas e fogo se erguia, espalhando-se pelo firmamento como um monstro prestes a engolir tudo à sua volta. Pela direção e lonjura do evento, o ferreiro pôde constatar, com os olhos arregalados, que tal manifestação só poderia vir de um local: as Planícies de Azaléos.

Bakar havia novamente acordado.

Porém, dessa vez, com muito mais brutalidade.

Não obstante a visão das entranhas do vulcão sendo expelidas, no encalço dos peregrinos, três cavaleiros inimigos se aproximavam com facilidade. O peso de Formiga e Petrus juntos, alinhado à falta de perícia do primeiro na arte do hipismo, tornava a corrida bastante injusta.

— Parem agora este cavalo – comandou um dos soldados à esquerda da dupla. — Vocês não têm mais como fugir – avisou, esticando o braço, prestes a alcançar a rédea da montaria. Petrus, no entanto, tirou *Trazaluz* de sua bainha e, com um golpe firme de cima para baixo, cortou-lhe a mão na altura do pulso e o tirou de cena em dor. À direita, o outro soldado inimigo, vendo que a situação não era ordinária, armou-se com um machado e o ergueu, pronto para impedir que a dupla continuasse.

— Bastardos! – disse, furioso, antes que sua cabeça fosse decepada por um corte rápido e sutil vindo de um novo cavaleiro que surgira de uma viela adjacente.

— Jamin! – Formiga surpreendeu-se. — Ainda bem que veio. A situação não está boa por aqui.

— E ela só vai se agravar – respondeu o velho com uma expressão preocupante. — Se alguém de vós tens fé, e se acreditais que ela é realizadora de coisas impossíveis, agora é o momento de rezardes junto comigo! – concluiu, perfazendo o sinal dos Cavaleiros da Ordem em sua testa.

Petrus espiou de canto de olho por cima dos ombros, arrependendo-se depois. Não muito atrás, uma tropa inimiga havia se formado. O somatório das forças era espantoso, porém, não tão espantoso quanto a visão da chegada de Chikára em um cavalo negro vinda por detrás de uma casa de comércio. Bastava apenas a presença de sua figura para que todos as outras se transformassem em meros peões. Adicionalmente aos acontecimentos da retaguarda, logo à frente e sobre a cabeça dos cavaleiros, como se lançadas por catapultas colossais, enormes bolas de fogo – daquelas mencionadas por Nivian – iniciavam sua rota descendente em direção ao chão. O portão sul já estava à vista e a menos de uma milha de Sir Jamin, Formiga e Petrus e, pelas previsões, aquelas imensas pedras em chamas iriam cair aos pés da passagem fortificada de Alódia.

— Vamos conseguir! – disse Formiga, confiante.

— Cavalgais, nobres siegardos, cavalgais pelas vossas vidas! – comandou Sir Jamin.

Petrus já conseguia sentir o calor em sua cabeça quando as primeiras rochas atingiram o solo. Logo atrás deles, Chikára seria a primeira a receber o golpe titânico que abriu a terra e a lançou a dezenas de braças de distância. Os soldados inimigos foram, um a um, sendo alvejados e desintegrados pelas forças avassaladoras que ocorreram ali. Blocos de pedras da Estrada Real foram lançados ao longe com velocidade, partindo cabeças, atravessando peitos e quebrando pernas. Os que conseguiram evitar o golpe inicial e os projéteis daí advindos tiveram seus corpos queimados pelo intenso fogo que consumiu até o aço de suas armaduras. Daquela tropa que se formara, poucos foram os sobreviventes. Para Petrus e seu grupo, a chuva de terror tornara-se providencial, visto que não seriam páreos para a fúria de Chikára. O futuro de Sieghard podia respirar novamente, no entanto, as decisões do futuro rei ainda estavam para ser julgadas.

XXXI

Zi-gu-iguan

O calor do sol nascente ainda não era o suficiente para causar algum conforto, mas Victor já havia selado os cavalos e abastecido os alforjes com provisões cedidas pelas *tulais*. Em uma ala aos fundos e não tão nobre do templo, em meio ao feno e à companhia de alguns animais que serviam unicamente para o abate – como patos e porcos –, Braun e Sir Heimerich se levantavam cedo depois de uma noite de sono confortável e segura. Sentindo-se revigorados, e após um simples desjejum à base de leite de amêndoas e figo, os dois bateram suas roupas e vestiram-se, ansiosos para continuarem sua jornada rumo à Chiisai. *Tulal* Azar, de maneira cerimoniosa, os acompanhou, guiando suas montarias, até que o trio estivesse novamente na estrada, pronto para partir.

— Essa mulher está me olhando – Braun cochichou para o cavaleiro, desconfortável com a presença da reverenda.

Sir Heimerich riu com sarcasmo, enquanto conferia a lâmina de sua espada e a recolocava na bainha.

— São seus olhos, Braun – respondeu-o, e, sem perder tempo, montou em Feibush, que bufou no ato. — Mais uma *aurora* na estrada, meu alvo amigo, está preparado?

Ressabiado, o kemenita posicionou-se em sua sela, seguido de Victor. Assim que o fizeram, *Tulal* Azar se aproximou.

— Cavaleiro, antes que vocês partam, gostaria de fazer-lhes uma pergunta.

Raios! Mais perguntas? Braun já começava a ficar impaciente.

— Certamente, reverendíssima – disse o nobre, muito educado.

— A guerra pela qual você trava lhe parece justa?

Sir Heimerich sabia que essa pergunta viria em alguma ocasião. Para sua sorte, a pergunta foi direcionada a ele. Azar sabia que, daquele trio, ele era o líder, e um líder era, entre muitas coisas, aquele que guiava seus liderados para o caminho certo e segundo sua visão de liderança. O cavaleiro segurou o cabo de sua espada embainhada, e com uma forte convicção, encarou a *tulal*.

— Nós não batalhamos pela guerra, mas pela paz. A paz...ela sim...é justa – respondeu o nobre.

Satisfeita, a reverenda abriu um sorriso.

— Que Destino guie seus corações e os coloque no caminho da justiça.

O cavaleiro respondeu com um aceno, despedindo-se.

— À *aurora* com a Ordem! Vamos, Feibush! – comandou seu cavalo, incitando-a em direção à alta cadeia de montanhas nevadas que dominava o horizonte. Tomar o caminho leste ao nascer-do-sol era como tomar um banho de dourada esperança. O astro havia suplantado as trevas e, agora, brilhava sobre as criaturas e plantas que resistiram ao terror da noite gelada, acordando-as e lembrando-as que um novo dia chegara. Para Sir Heimerich, Braun e Victor, a luz que os ofuscava parecia vir carregada de boas notícias e, com esse sentimento, eles partiram, certos de que, com seus esforços, a paz tão logo chegaria para o reino de Sieghard.

Por quase meio-dia cavalgando em campo aberto, entre gramíneas e alguns pinheiros, o trio avançou sem resistência pela trilha oficial. Até então, a parte leste de Vahan, conhecida pela sua geografia implacável e impiedosa, não havia se mostrado. No entanto, à medida que as montanhas se aproximavam, e a subida ficava cada vez mais íngreme, o fôlego do trio diminuía na mesma proporção. Finalmente, às margens de um pequeno lago de degelo – onde um segundo poste indicador jazia apontando o caminho para Chiisai –, os peregrinos puderam contemplar a visão assombrosa do que era o Cinturão das Pedras Leste – ou, pelo menos, uma parte de sua extensão que se prolongava até a província de Azaléos. Para onde se olhasse, montanhas de cumes delgados se levantavam e precipícios nasciam de rochas nuas. Cachoeiras de águas gélidas escorriam dos ângulos projetados pelo gelo imortal e grupos de névoas espessas corriam de um lado ao outro na paisagem. Braun retirou seu novo elmo e ergueu a cabeça, atônito.

— As pessoas daqui devem ter imensos colhões para querer viver neste inferno gelado – comentou, assoviando diante do esplendor inebriante do lugar.

Sir Heimerich desmontou e levou Feibush para beber água, depois, pegou seu cantil e o encheu.

— Não à toa, as tribos dessa região são consideradas as mais ferozes do reino – disse o cavaleiro. — Elas possuem hábitos primitivos e são quase que insubordináveis. A única exceção fica por conta de Chiisai, que conseguiu se organizar em meio à barbárie e, graças à intervenção do governo central, tornar-se uma cidade próspera.

— Bah! Mais ferozes que os sevaneses? Só pode ser uma piada! – Braun retorquiu ao descer de seu cavalo e pegar um punhado de avelãs para se alimentar.

— Talvez – concluiu Sir Heimerich, em meio a largos goles de água, com uma pitada de ironia.

— Os sevaneses são vencedores, ao contrário daqueles que vivem aqui, compostos por um bando de perdedores que foram subjugados por reis atrás de reis – Braun se irritou com as palavras do nobre, que atingiram seu ego. — É claro que nós, os sevaneses, somos mais fortes!

O cavaleiro preferiu não comentar e deixou Braun com seu orgulho ferido.

— O que me diz, Victor? Vamos, Queixo-de-quiabo, me apoie! – o guerreiro instigou.

— É ingênuo aquele que afirma que a força vem do vencer – o arcanista respondeu — As lutas desenvolvem a força, é óbvio e lógico pensar assim, porém... – Dídacus fitou a paisagem, reflexivo. — Se você olhar bem para estas montanhas, enxergará dificuldades, muitas delas capazes de fazê-lo desistir. Desde tempos imemoriais, entretanto, este povo persiste na escassez e nas intempéries; e é quando você atravessa as dificuldades e decide não se render o que eu chamo de verdadeira força.

— Você é um falastrão, Victor, e eu não sei por que pergunto sua opinião – o guerreiro respondeu, insatisfeito com a resposta. — Eu só sei que terei pena do primeiro nativo que me enfrentar em campo de batalha. Que os dragões o chamusquem primeiro, seria muito mais piedoso da minha parte pensar assim!

Enquanto Braun e Victor Dídacus embrenhavam-se na discussão, Sir Heimerich observava com cautela os arredores à procura de vestígios do inimigo. Não demorou muito para que percebesse pegadas frescas de uma cavalaria no solo úmido tomando a rota para Chiisai. *Como uma cidade tão desinteressante e remota consegue atrair tanto a atenção de Linus?* Indagou para si, tentando entender a motivação em atacar uma cidade fortemente negligenciada pelo reino.

— Senhores, ao que tudo indica, não fomos os primeiros a passar por aqui recentemente – alertou o paladino. — Vejo pegadas de vários cavalos, mais de vinte, possivelmente, seguindo a trilha por entre as montanhas. Se são nativos, bandidos, inimigos ou aliados, é difícil dizer.

— Se for para chutar, eu digo que são inimigos – Braun arriscou um palpite. — Nativos não usariam a trilha oficial, ou bandidos, e nós somos os únicos aliados em milhas a chegar aos pés destas montanhas, visto que o exército da Ordem está encurralado pelas forças do Caos em Chiisai.

— A lógica de Braun pode estar correta – complementou Victor. — E digo mais, se esta estrada é a porta de entrada para aquilo que é mais valioso para Linus, ela está fortemente vigiada e protegida. Não seria sensato percorrê-la – concluiu, enfático.

— Não temos outra opção, Victor – Sir Heimerich ponderou. — Ou pegamos esta trilha repleta de inimigos conhecidos, ou pegamos uma trilha desconhecida repleto de perigos desconhecidos.

Um breve silêncio se fez antes que uma revoada de pardais-de-Vahan disparasse atrás de uma esquina de gelo no alto de um maciço de pedra.

— Raios! – Braun exclamou, preocupado. — Estamos sendo observados! – disse, recolocando rapidamente o elmo de chifres.

— Aos cavalos! – ordenou Sir Heimerich, dando um passo à frente e sendo interrompido por uma seta incendiária que caía à frente de seus pés. Uma gota de suor frio escorreu de seu rosto. O trio estava em campo aberto, totalmente desprotegido. Não havia sequer uma árvore ou pedra para se esconderem. Juntando o fato deles desconhecerem o terreno e não saber quantos adversários havia ao redor, fugir poderia ser uma péssima escolha. — Não se movam! Devemos esperar. Se eles nos quisessem mortos, já estaríamos.

Victor e Braun obedeceram ao cavaleiro e permaneceram imóveis, aguardando, enquanto a tensão aumentava. Para a surpresa deles, uma figura de capuz segurando uma besta surgiu da superfície nevada da montanha. Trajando uma roupa de pele tão branca quanto a neve, ninguém poderia supor que uma pessoa espreitava à distância. À medida que se aproximava, ela preparou uma seta em sua arma diminuta e a disparou contra Braun, que, por pouco, não conseguiu se esquivar dela.

— Malditos besteiros! – blasfemou o guerreiro e, ameaçando avançar contra o atacante, foi interrompido por uma nova seta incendiária que caiu à sua frente, vinda de um lugar desconhecido. Em sequência, mais uma cravou-se no chão às suas costas, e, logo depois, outras duas caíram – uma à esquerda e, outra, à sua direita. Definitivamente, mais pessoas estavam envolvidas neste assalto. — Covardes! – irritou-se.

Acuado e confuso, Braun encarou Sir Heimerich, depois Victor, perguntando-se por que ele era o alvo. A figura caminhou majestosa perante o trio, como se nada a pudesse atingir. Em suas mãos, carregava uma espécie rara de besta de pequenas dimensões. Quando chegou a cerca de cinco braças de distância do grupo, ela retirou o capuz. Era uma mulher, aparentando trinta *verões*, de cabelos pretos longos e finos e pele levemente amarelada, marcada por várias cicatrizes – com uma, em especial, em seu queixo. Seus olhos puxados a denunciavam como sendo uma vahaniana. No entanto, o que mais se destacava em seu semblante eram suas pupilas sutilmente avermelhadas.

— Que Kah-Non[1] tenha piedade de sua alma imunda, pois eu nunca terei – ela disse, encarando Braun, enquanto armava a besta para um tiro final.

— Moça, eu acredito que você esteja cometendo um engano – o guerreiro argumentou.

— Os Kentas não cometem enganos, bufão, ao contrário de você, que pensou que iria atacar meus irmãos, pilhar minha tribo e sair vivo. Como vocês, homens das terras baixas, podem ser tão pueris – ela falava em um tom misto de agressividade e sarcasmo.

— Senhorita, nós não somos quem você pensa – Sir Heimerich interpelou, pedindo calma em um gesto com sua mão.

— Cale a boca, ou o mato antes – a mulher comandou, travando a seta em sua pequena arma e apontando-a para a cabeça de Braun. — Tem algo a dizer antes de morrer?

Cercados por inimigos invisíveis e ameaçados sem motivação por uma adversária impiedosa, qualquer passo em falso deflagraria a morte imediata de Braun, alvo óbvio deste ataque. Victor fitou o cavaleiro com uma expressão duvidosa, dando a entender que utilizar seu poder, talvez devido à grande distância do centro da ação, seria inútil. Sem opções, o nobre recorreu à uma memória quase perdida de seu velho.

"Papai, papai..." De sua cama, o pequeno Heimerich chamou seu pai, assim que percebeu a sombra no corredor do segundo andar do palacete de sua família. Heinrich entrou no quarto e sentou-se ao lado do filho.

— O que houve, Heimerich? Por que não foi dormir ainda?

— Estou com medo.

Heinrich sorriu.

— Com medo de que?

— Dos Homens do Norte, papai. Eu ouvi histórias horríveis sobre eles. É verdade que as entradas das tribos deles têm cabeças de crianças askalorianas fincadas em

1 Deusa da misericórdia no panteão Kenta.

espetos? – Heimerich cobriu-se com o lençol, a fim de se proteger da ideia que se concretizava em sua cabeça de criança.

— Pela Ordem, é claro que não, meu filho – Heinrich tratou de explicar, apavorado com as notícias que se espalhavam por aí. — Os Homens do Norte podem ser diferentes da gente, com seus próprios costumes, mas eles não são maus. Aliás, nossa família é amiga deles.

— Nós somos amigos dos Homens do Norte? – Heimerich ficou curioso.

— Eu nunca te contei da história de Sir Helmfried, fundador de nossa casa?

— Não – Heimerich espremeu os lábios.

— Muito tempo atrás, Sir Helmfried lutou bravamente por eles e ganhou o respeito de todas as tribos do Norte. Mas esse é um segredo nosso. Não conte para ninguém, tudo bem? Também não quero que você fique contando vantagem para seus amigos. Você não precisa ter mais medo dos Homens do Norte.

O pequeno Heimerich descobriu seu rosto, porém ainda não estava satisfeito.

— Mas...como que um Homem do Norte vai saber que eu sou amigo dele?

— Se caso você se depare com um, apenas diga...

— "O abraço quente da Mãe Alvura acolherá aquele..." – Sir Heimerich declarou.

— "...que honrou a Vontade do Norte." – a mulher completou, balbuciando junto ao cavaleiro. Em seguida, ela se ajoelhou perante o nobre. — Por muito tempo esperamos por você, comandante. A profecia finalmente está cumprida. Meu nome é Aka, da tribo Kenta. Minhas armas são suas armas, meu sangue é o seu sangue. Nosso povo é o seu povo.

Sir Heimerich não esperava pela reação, muito menos Braun – que, já não entendendo a situação anterior, agora, entendia muito menos. Victor, pouco surpreso, assimilou rápido que a família do cavaleiro tinha um pacto muito antigo com as tribos das Terras Abandonadas. De qualquer forma, o impasse estava resolvido e todos puderam aliviar-se mais uma vez.

— Aka, da tribo Kenta, você pode se levantar. Somos irmãos, e assim a tratarei – disse o nobre, prontamente atendido pela besteira. — Já sabíamos da ferocidade do seu povo, porém, não esperávamos que seríamos atacados tão cedo e, aparentemente, sem motivo.

— Comandante... – respondeu Aka — Por você temos o nosso devido respeito, mas, este cão sarnento ao seu lado só merece o nosso desprezo e ódio – concluiu com os dentes cerrados.

— Nobre Aka, não consigo entender. Nós nunca estivemos aqui antes – explicou Sir Heimerich.

A mulher expressou surpresa e pareceu confusa. Braun, Victor e Sir Heimerich, curiosos, aguardaram que ela falasse.

— Este capacete – ela apontou para o elmo do guerreiro. — Eu poderia reconhecer a milhas de distância. Ele estava na cabeça do líder do bando que nos atacou.

Um mísero instante de silêncio foi o suficiente para que Braun caísse na gargalhada.

— Aquele verme estava se borrando de medo quando tirei esse capacete da cabeça dele – informou o guerreiro, retirando o elemento de discórdia em questão. — Meu nome é Braun, de Kêmen, mas sou conhecido por "Braun, O Desnorteador", e gostaria de lhe dizer que aquele cão sarnento não vai te incomodar por um bom tempo. Pelo menos, não enquanto Victor estiver conosco – ele riu, fitando o arcanista.

— Este é Victor Dídacus – Sir Heimerich tratou de apresentar seu companheiro. — Eu sou Heimerich, cavaleiro de Sieghard, filho de Sir Heinrich, barão de Askalor.

— Victor... Braun... – ruborizada, Aka os cumprimentou com um aceno. — Perdoem-me pelo meu erro – desculpou-se.

— Foi um engano – minimizou Sir Heimerich. — Não há o porquê pensar em perdoar. Agora, se não se importa, devemos seguir caminho para Chiisai.

Sem dizer nada, Aka assoviou. Em seguida, como fantasmas que surgem na escuridão, quase duas dezenas de homens se levantaram. Uns há quase cem braças, outros – surpreendentemente – há alguns pés dos peregrinos. O trio presenciou a aproximação dos homens do Norte com espanto. Suas faces eram imberbes, porém rígidas e fortes, e suas peles castigadas pelo frio eram marcadas por cicatrizes de guerra. Eles portavam bestas elaboradas e bem trabalhadas, ornamentadas com símbolos desconhecidos, porém intrincados e belos, desenhados na madeira da arma. Nenhum desenho era igual ao outro, o que tornava ímpar cada besta empunhada. Também era possível observar armas de curto alcance presas em suas vestimentas, como facões, facas e machados. Seus semblantes austeros traziam pupilas com coloração avermelhada, assim como as de Aka.

— *Zi-gu-iguan!* – ela falou em uma língua desconhecida, no que os besteiros levantaram as sobrancelhas em uma clara expressão de incredulidade. "*Zi-gu-iguan*", Aka repetiu com vigor. A face duvidosa logo deu lugar a semblantes compenetrados e, parecendo não ter opção, todos se humilharam perante Sir Heimerich. Se o cavaleiro havia se tornado o novo rei do norte, ele não poderia saber, também o achava improvável. O que ele sabia, de fato, era o pouco que havia escutado da boca da mulher. Algo sobre ser um comandante, um posto militar – factível às suas atividades, apesar de nunca ter tido essa linha de comando –, e uma profecia que havia se cumprido.

— Parece que você foi erguido a um mero líder tribal – Braun escarneceu.

— Aka... senhores... com todo o respeito, eu creio não ser este que vocês estão pensando que eu seja – disse o cavaleiro. Depois virou-se para a mulher. — Apenas para esclarecer, antes que você cometa um novo engano, eu sou apenas um cavaleiro que busca a salvação do reino de Sieghard. Estamos apenas de passagem para Chiisai.

— Não, Heimerich – Aka rebateu. — Você é o *Zi-gu-iguan*, mencionado na profecia. Você mesmo já provou isso. Está lá escrito. Um homem do sul que será reconhecido por trazer o Verbo Esquecido.

— E o que é o *Zi-gu-iguan*?

— O comandante que irá unificar novamente as tribos do Norte.

XXXII

A tribulação de um soberano

Muito longe das muralhas de Alódia, após o massacre ocorrido próximo ao Portão Sul, Petrus, Sir Jamin e Formiga pararam em um ponto afastado da Estrada Real, em uma região mais seca do centro geográfico siegardo às bordas do imenso platô que se denominava Planalto Real. Na corrida para fugir da cidade, Formiga, sabiamente, se desviou da rota que levava ao Domo do Rei para uma passagem menos conhecida ao oeste, aproximando-se cada vez mais do Grande Lago e da divisa entre Askalor e Sevânia e afastando-se da visão dos inimigos. O galope durou o suficiente para que os cavalos chegassem à exaustão. Durante a jornada, o ferreiro pôde à distância avistar, triste, que o Obelisco de Alódia havia desmoronado e apenas metade dele se conservava de pé – um dano causado, talvez, pelos constantes terremotos. Os peregrinos passaram por bosques, campos floridos e pastos até encontrarem uma ampla sombra por debaixo de uma Imperatriz – uma árvore de imensa copa e de ramos tão pesados que seus galhos e folhas se recurvavam ao chão em suaves parábolas.

Formiga e Petrus desmontaram, ainda com o coração acelerado, seguidos por Sir Jamin. O rei colocou as mãos sobre seus joelhos, como se o facilitasse a pegar fôlego. O silêncio entre os três era perturbador. As cenas de terror que haviam presenciado poderiam compor antologias dos contos mais sombrios do reino. Não obstante o momento de estupefação, o velho cavaleiro andou em direção ao rei e deu-lhe um tapa no rosto, pegando-o de surpresa com esse ato não premeditado.

— Como ousa, Jamin? Eu sou o rei de Sieghard! – respondeu Petrus, exasperado.

— Tire este título de sua cabeça! – o cavaleiro falou firme. — Ou eu me negarei a seguir um rei como tu. Graças à tua irresponsabilidade, uma criança inocente morreu.

Pela Imaculada Ordem, o soberano caiu em si. *Não, não, não pode ser*, ele se lamentou percebendo apenas agora que Nivian não estava entre eles. Na ocasião do ataque de Chikára, ele estava desacordado, sufocado com o ar que lhe faltava, retirado de seu peito por uma forte magia.

— Não só a tua atitude levou a essa fatalidade, mas tu também colocaste em risco a mãe de teu fiel amigo ao nosso lado – continuou Sir Jamin.

— Chikára estava fora de si – o rei se defendeu, olhando para o cavaleiro e Formiga, que, por sua vez, desviou o olhar e ficou cabisbaixo. — Eu fui piedoso. Não é que o Livro Sagrado da Ordem nos diz? Para agirmos com piedade?

— E vê onde a tua piedade quase nos levou! – gritou o cavaleiro. — É louvável que tu queiras ser íntegro, mas, quando necessário, reis podem optar por não o ser! E diante da natureza de um Quebrajuras, principalmente, é preferível que tu sejas a segunda opção! – ele falava irritado.

— Eu...eu...eu...não entendo – Petrus começou a gaguejar, sentindo-se como aquele pastor desamparado encontrado sozinho nas Colinas de Bogdana. Logo, ele começou a chorar. — Re...re...reis não deveriam ser justos e zelar pela manutenção da Ordem?

Sir Jamin, cego pela raiva, compadeceu-se do soberano e cedeu à sua emoção por um breve momento. Enquanto Petrus não se sentasse em um trono e vivenciasse a política por trás de um reinado, aquele homem era ainda um príncipe, um rei em formação. Sua alma ingênua ainda não havia sido exposta à sujeira dos corredores ocultos do castelo e das conspirações de poder que deles emergiam e que corrompiam até o mais zeloso ordeiro.

Para Formiga, no entanto, ver a morte da pequenina Nivian e sentir a mão da Senhora Morte quase tocar a sua mãe, deu-lhe um peso a mais no julgamento de Petrus. O ferreiro colocava o rei como diretamente responsável por esses eventos. Não só afastar-se de sua mãe outra vez, como o fato de andar ao lado de quem não teve um mínimo de consideração pela sua família, o fez começar a carregar um semblante pesado. Por um instante, ele pensou em desistir, visto que a dor que suportava já beirava o seu limite, e, sem perceber, as manchas em seu rosto causadas pelo fogo fátuo que haviam quase desaparecido – escureceram um pouco.

— Um rei deve sempre almejar a bondade, majestade – disse Sir Jamin, mais calmo, com a mão no ombro de Petrus. — Porém, bons... apenas os deuses da Ordem o são. Nós, homens, não somos bons, nunca seremos. Almejamos..., mas nunca seremos. E por um bem maior, um rei pode e deve optar por ser justo sem recear fazer o mal. Tu aprendeste na prática as consequências de tua bondade. E, agora, seremos perseguidos por um Quebrajuras até que não sobre nenhum de nós. Muitos irão padecer em seu caminho.

Petrus abaixou sua cabeça, tateou seu bolso e puxou o amuleto de cabeça de raposa entregue por Nivian. *Ele deveria estar protegendo-a*, lamentou-se em choramingos, olhando para o objeto na palma de sua mão, tentando encontrar alguma explicação sobrenatural para o evento fatal. *Deveria tê-lo devolvido e, agora, nunca mais terei essa chance.* No fundo, ele estava com vergonha e, ao mesmo tempo, confuso. Se para que o futuro do reino prosperasse ele tivesse que ter que decidir sobre a vida e a morte de pessoas e, que, um ato de bondade sua poderia trazer mais mal e mais mortes, então ele deveria repensar seu título. Definitivamente, ao contrário do que pensara antes, ser rei não era como pastorear. Era isso também, mas um pouco mais que isso. E esse um pouco mais lhe dava medo. A vida de Nivian iria pesar em sua consciência até seu último suspiro. *Se houver um preço a pagar pelo meu reino, eu rezo a ti, Destino, que seja este, e que esta doce criança, de onde ela estiver, me perdoe.* Refletiu em seu silêncio lamurioso, enquanto uma semente pequena e tenebrosa começou a inchar seus pensamentos. Essa semente germinou e, logo, a figura desconfortável de Chikára nasceu em forma de galhos secos e sem vida. Por uma fração de tempo, seus olhos de Aclamador Irrevocável a viu como uma imagem tortuosa, embaçada e emaranhada. Como se comportar diante dela agora que ela havia, supostamente, sido dominada pelo Caos? As perguntas e elucubrações martelavam sua mente, até que foram entrecortadas por um mugido alto e distante ao oeste.

— As vacas ainda existem em vosso tempo? – perguntou Sir Jamin, curioso. — Eu quase não me lembro de ouvir uma.

— Temos vacas em quase todo território siegardo, espalhadas por aí – respondeu Formiga. — Mas este mugido você não iria se lembrar mesmo, porque não é de uma vaca. É de um auroque.

Sir Jamin ergueu as sobrancelhas, surpreso por sua memória ter falhado e tê-lo feito confundir os mugidos – logo ele que conhecia muito bem as diferenças entre as duas espécies de bovinos. Os auroques, ou touros-horrendos-gigantes, eram extremamente territoriais e agressivos. Seu porte chegava quase ao dobro da robustez de um touro comum, e eles exuberavam portentosos chifres torcidos, como o do corpo de um parafuso. Possuíam dentes rígidos e fortes, capazes de esmagar um crânio humano com uma mordida. Não eram carnívoros, porém, e matavam apenas para defender suas fêmeas e suas crias. Atacavam em bandos, circulando o oponente, e investiam sem piedade contra ele utilizando seus chifres, não perdendo a oportunidade de eliminar por completo a ameaça com uma boa mastigada. Os auroques, enquanto não incomodados, viviam tranquilos entre eles, no entanto, os guerreiros sevaneses, como parte de seu treinamento e prova de força e coragem, constantemente faziam incursões para as regiões próximas ao Grande Lago afim de os enfrentarem e ganharem o respeito de seus colegas, família e comunidade.

— Pensei que havias nos trazido para um local seguro.

— Eu pensei em nos trazer para um local fora das vistas dos soldados que nos perseguia, nunca pensei em um local seguro – replicou o ferreiro. — Não há locais seguros em Sieghard. Pelo menos, não mais. E muito menos para nós, agora que vossa majestade aqui fez questão de deixar tudo mais difícil – Formiga encarou o rei, mostrando insatisfação. — Mas, se esta informação nos servir de consolo, os auroques preferem as baixadas e, aqui onde estamos, no Planalto Real, as chances de nos depararmos com um é remota.

— No momento, é uma informação, de fato, aliviadora – Sir Jamin concluiu com um suspiro. Contudo, todos sabiam, havia um problema ainda a ser resolvido e a decisão de continuarem em segurança poderia estar em xeque.

— Eu temo, no entanto, que nossas montarias não aguentem ficar sem água por muito mais tempo – o alodiano explicou, indo ao encontro dos animais exaustos e verificando seus olhos fundos e gengivas amareladas — E se pretendemos continuar cavalgando... bem, o alívio de minha informação não será duradouro.

— O que queres tu dizer com isso? – indagou o cavaleiro.

— Que temos que decidir se descemos para as baixadas. Lá embaixo encontraremos água. Muita água. O Grande Lago e o rio Wasswa. É a nossa fonte mais próxima e a única forma de salvarmos nossos cavalos – disse Formiga. — É claro que podemos arriscar ir mais para o sul e encontrar o rio fora dos domínios dos auroques, mas é um trajeto longo a ser superado usando apenas as nossas canelas, considerando que os cavalos não irão mais nos carregar e que temos inimigos em nosso encalço.

— O que achas, majestade? – Sir Jamin perguntou ao rei, vendo que ele parecia não querer participar do diálogo, talvez porque estava receoso de decidir qualquer coisa.

— Eu...eu... – ele pigarreou, depois segurou o cabo de *Truzuluz* em sua cintura e olhou para a pesada espada de *aurumnigro* inserida delicadamente em uma alça no alforje da montaria. Sua lâmina escura fosca lembrava uma pedra ônix perfeitamente talhada e seu pomo de ametista translúcido parecia convidá-lo a contemplar sua beleza purpurante eternamente. *Como carregar uma espada tão pesada e significativa sem um cavalo?* — Nós estamos sendo perseguidos, e a culpa é minha. Vamos descer o Planalto Real, saciar a sede dos animais, e continuar a jornada. Se alguém ou algum animal em nossa companhia tiver que perder a vida por arriscarmos demais, este deverá ser eu – concluiu enfático.

Sir Jamin assentiu com um semblante sério. Formiga deu de ombros, denotando indiferença. Uma força interior dizia que seja lá qual fosse seu destino, este já não dependia de suas atitudes. O ferreiro havia dado tudo por Sieghard e o que havia recebido em troca? Apenas morte, de sua esposa, de seu filho, a separação de sua família, a destruição de sua morada e uma desesperança notável em seu futuro rei, que quase o levou a perder tudo. Seus pensamentos estavam cada vez mais confusos e ele sentia que também perdia cada vez mais a vontade de viver. Quase que inconscientemente, ele moveu suas pernas a fim de continuar sua jornada junto ao cavaleiro e...

Esse repugnante rei, que não merece caminhar neste mundo!

Sem saber, o fogo-fátuo havia tomado conta de sua mente.

"V*ocê está perdida", "Recebeu o que merecia", "Liberte-me, sua megera!"*

Em Alódia, Chikára e os soldados sobreviventes tentavam se recompor em meio ao caos causado pela queda das enormes bolas de fogo. Uma fumaça sufocante pairava por sobre as crateras geradas pelos impactos. A maga se levantou um pouco tonta, porém intacta – exceto por um ou outro rasgo em suas pesadas vestes nortenhas. "*Calem-se*!", ela mandou as vozes em sua cabeça pararem, batendo com o punho logo acima de seu ouvido em um aparente ato de loucura. Assim que restabeleceu seu equilíbrio, não demorou muito para que seu sangue fervesse depois de observar o cenário resultante de sua missão fracassada.

— Senhora, você está bem? – um soldado aproximou-se dela, tirando-a de seu transe.

Chikára resumiu-se a disparar um olhar de soslaio, terrivelmente penetrante, para o subordinado. Não havia nada a se dizer, apenas sentir. Por muito pouco ela não havia cumprido o seu objetivo, ou pelo menos metade dele. A vida de dois Enviados esteve em suas mãos, e, principalmente, a de Petrus, agora dito "rei de Sieghard". *Se não fosse por aquela maldita garota... e aquele infame cavaleiro!* Ela relembrou. De tudo, porém, sua incursão não havia sido em vão. Ela havia colhido informação suficiente para dar seus próximos passos. Formiga havia lhe dito que três dos Enviados estavam indo para Chiisai e um já estava morto; e através do grito do velho cavaleiro, ela confirmara que dois Enviados rumariam para o sul – e que um deles poderia ser o próximo soberano do reino. Também o aparecimento da mãe do ferreiro junto a soldados alodianos na taverna lhe deu uma pista que poderia haver cidadãos escondidos na cidade – e debaixo de seus olhos.

— Senhora, o que faremos agora? – insistiu o soldado.

— Junte uma tropa e vasculhe todas as casas e becos em busca de entradas para cavernas no subsolo. Se encontrar famílias lá, matem todas – ela disse, sem hesitação. — Envie um mensageiro a Tranquilitah e avise Linus que Enviados estão indo para Chiisai.

— Prontamente, senhora. Mais alguma coisa?

Chikára olhou para Portão Sul, agora destruído, e para além do horizonte cinzento e sorriu maliciosamente. *Linus ficará mais do que satisfeito com essa notícia. Será a oportunidade perfeita para que eu me aproxime dele e...* ela sentiu um aperto no pescoço causado pelo colar enfeitiçado, que cortou seus pensamentos e a deixou, momentaneamente, sem ar. *Maldito colar!*

— Diga que o herdeiro do trono siegardo está vivo, e que eu, pessoalmente, o eliminarei – Chikára respondeu após passar seu incômodo.

— Para onde vai, senhora, se me permite? – o soldado perguntou receoso.

— Para o sul – disse, compenetrada, como se seu destino estivesse definido.

A descida do Planalto Real se mostrou um desafio à parte. As escarpas eram íngremes e as pedras da passagem que delineava as altas paredes esfarelavam-se no primeiro passo, tornando o caminho escorregadio e perigoso. Os cavalos, puxados pelas rédeas, também não ajudavam, visto que reclamavam e estancavam com frequência. Um trecho que deveria ser cruzado de maneira rápida, acabou consumindo um tempo precioso do qual os aventureiros não tinham. Em certa altura da escarpa, o trio pôde observar bem ao sul, ao longe, um forte de fronteira destruído – juntamente com a ponte anexa que cruzava o rio Wasswa , e, abaixo deles e bem mais próximos, os assustadores rebanhos de auroques pastando tranquilamente em grupos de vinte a trinta, espaçadas como se fossem tribos. Não só isso, Sir Jamin e Petrus puderam contemplar o Grande Lago se estendendo até onde os olhos podiam ver. Era uma visão magnífica e assombrosa, mesmo para quem já havia visto o mar. Vislumbrar o Grande Lago gerava, inclusive, o mesmo efeito de se observar do alto uma porção de *Maretenebræ*. Ali, um mundo misterioso e oculto vivia por debaixo das águas, aguardando para ser revelado. Tal formação geográfica servia como divisor das províncias de Askalor e Sevânia ao leste – e não o Planalto Real como muitos acreditavam –; e era fonte de sustento para muitas tribos sevanesas que faziam da pesca sua atividade econômica principal. A Guilda Sevanesa de Pescados, recentemente criada graças à logística gerada pela construção da Estrada Real, fornecia uma grande quantidade de peixe para as feiras de Alódia, desde as menores e inofensivas piabas até os imensos, perigosos e deliciosos dourados-tigres. Apesar da boa fama da guilda, as tribos pesqueiras não eram muito bem aceitas pelos sevaneses em geral, dito serem os guerreiros mais impiedosos de Sieghard e, não raro, sofriam preconceito. Para o sevanês médio, os pescadores do Grande Lago haviam traído seus antepassados e se deixado levar por uma vida fácil e sem mérito – mal sabiam eles da luta que alguns passavam para conseguir uma boa rede até que voltassem ao lar, muitos perdiam o barco, outros...suas vidas. A tensão entre as tribos, embora existente, era controlada por uma relação estrita: enquanto os guerreiros ofereciam proteção aos pescadores, os pescadores ofereciam peixe aos guerreiros.

Também o Grande Lago, em algumas porções de sua extensão, possuía um aspecto longe do que poderia se considerar belo e frutífero. Terrenos pantanosos, fétidos, rochosos, espinhosos, e até mortais – como a Boca-do-Carrasco – poderiam ser encontrados por um viajante despretensioso. Além dos auroques, o viajante também poderia topar com lobos e grande felinos – que se escondiam nas imediações das águas, aguardando sua próxima presa –, e armadilhas naturais, como areia-movediça, e plantas venenosas – que ao cortarem a perna de um homem com seus espinhos, o matavam em apenas alguns instantes.

— Nada podia ser tão perfeito – mais próximos dos pés do platô, Petrus resmungou ao inspirar profundamente o odor da baixada. Na ocasião, um bafo quente e úmido subia da vegetação e inundava as narinas do trio com um cheiro misto de terra, curral e peixe. — Que fedentina! Não trocaria minha moradia nas cheirosas Colinas de Bogdana por esse lugar por nada!

— Acredito que este fedor, em grande parte, seja dos auroques. O cheiro é um de seus grandes trunfos para acasalarem-se – explicou, Sir Jamin.

O rei ficou curioso com a informação do cavaleiro, que parecia saber um pouco mais do que o necessário para lidar com as bestas, e estava preparado para fazer-lhe mais perguntas, porém os cavalos se agitaram ao perceberem o elemento que os saciaria a quase uma milha de distância.

— Ora, ora, acalmem-se – ordenou Petrus às montarias, sendo atendido de imediato, antes de lançar um olhar de preocupação para Sir Jamin.

A expressão do soberano era explicada pelo assustador trajeto entre eles e a margem do Grande Lago. Independente do caminho que tomassem a partir dali o encontro com pelo menos dois auroques seria inevitável. Porém, se quisessem pegar o caminho mais curto e urgente, eles teriam que passar por um rebanho de quinze deles. Pastando, eles pareciam pacíficos, mas um estudioso do bestiário siegardo sabia que tal pacificidade podia ser quebrada em instantes. Claro que Sir Jamin, devido à sua experiência anterior treinando Aclamadores Irrevocáveis, sabia disso. Se Petrus era capaz de controlá-los como um Aclamador experiente, era essa era uma grande interrogação que ele gostaria de obter a resposta.

— O que teus olhos de Aclamador veem, majestade? – requisitou o ancião.

Petrus cerrou suas vistas com força, concentrado. O emaranhado de fios de essência coloridos surgiu no ato. No Grande Lago, ele podia ver as essências subaquáticas de peixes e outros seres desconhecidos – pelo menos para ele. O rei já havia memorizado espessuras e cores de várias essências. Ele já podia diferir pássaros de insetos; e entre pássaros, os grandes dos pequenos, águias de pombos, falcões de rouxinóis. Roedores e répteis já eram de fácil identificação também. As essências dos touros-horrendos-gigantes se caracterizavam por uma larga faixa cobreada, com um brilho muito parecido com o de um hemikuon. Ele já havia conseguido ter a atenção de um hemikuon e, baseado nisso, julgou que poderia fazê-lo com um auroque. O problema era lidar com o restante do rebanho.

— Um auroque não me parece mais desafiador que um hemikuon – respondeu o soberano.

— Era o que eu gostaria de ouvir. Vamos avançar até a margem – Sir Jamin disse, satisfeito, porém Petrus demonstrou ter tido uma desagradável surpresa.

— Jamin, eu disse *um* auroque. *Um* – o rei explicou, levantando o dedo indicador. — Há quinze à nossa frente. *Quinze*.

— Eu ouvi bem...e tua resposta já havia sido deveras suficiente – enfatizou Sir Jamin.

— Jamin, eu posso tentar enviar alguns castores no meio do rebanho para chamar a atenção dos auroques e despistá-los. Eu sinto a essência de dezenas deles por aqui perto. Não acha melhor essa estratégia? – um pingo de suor frio desceu das têmporas de Petrus ao perceber o final dessa conversa.

— És ingênuo ao pensar que estas bestas se sintam incomodadas por pequenos animais – o cavaleiro rebateu. — Seu olfato se desenvolveu não só para fins de acasalamento, mas também para reconhecer aqueles que poderiam representar algum risco para seus domínios territoriais. Portanto, castores, e até lobos, não os farão nem mesmo virarem os olhos. Não temos opção, majestade, devemos avançar.

O rei já esperava que Sir Jamin iria testá-lo, como um bom treinador que ele deveria ter sido no passado. Para Petrus, a ideia de ser o Último Aclamador Irrevocável passava longe de sua cabeça. Suas pernas bambeavam de medo só de pensar no encontro com um auroque, quem diria de um dragão. Todavia, se ele, de fato, possuía o poder de controlar o último nível de manipulação de criaturas, essa era uma probabilidade a que ele devia se apegar, e todas as oportunidades deveriam ser aproveitadas. Ele não ousaria tocar a trombeta – se a achasse – se não tivesse certeza de que poderia controlar as feras draconianas.

— Muito bem – ele concluiu. — Mas eu vou sozinho com os cavalos. Ninguém aqui irá perder a vida por um ato falho meu.

— Nada disso – Sir Jamin negou. — E arriscarmos perder o rei de Sieghard, um possível Último Aclamador e a salvação da Ordem? Eu irei contigo...e nosso companheiro Formiga também, pois nós não voltaremos para buscá-lo – o cavaleiro olhou para o ferreiro, que deu de ombros, como se sua decisão fosse irrelevante.

Petrus resumiu-se a arregalar seus olhos azuis. Sem escolha, não havia nada que ele pudesse fazer agora, a não ser tentar desacelerar a palpitação de seu coração e preparar-se para enfrentar um de seus maiores desafios como Aclamador até então.

Atrás da dupla, ignorado e alimentando sentimentos negativos, Formiga rangia os dentes – e uma espuma branca escorria do canto de sua boca. Com os olhos vermelhos, ele observava com atenção, pronto para cometer alguma maldade, qualquer que ela fosse.

XXXIII

Sieghard, mas aquele que fora escondido

De repente, Sir Heimerich havia passado de nobre cavaleiro siegardo a um suposto comandante que iria unificar as tribos do Norte, cuja vinda fora profetizada por antepassados de Aka – a filha do líder de uma das cinco tribos existentes na região. Obviamente, o cavaleiro não era um comandante e, exceto pelo parentesco muito distante com Sir Helmfried, ele não tinha nenhuma ligação com o povo das Terras Abandonadas. Estes motivos eram suficientes para que o nobre descartasse por completo a ideia de ele ser o homem da profecia. Contudo, ele refletiu, se não fosse pela crença de Aka e seus seguidores, o primeiro contato com o povo do norte poderia ter sido desastroso para os peregrinos – ou, até mesmo...mortal. Alinhado, de forma estratégica, com os prováveis benefícios de ser considerado o tal "*Zi-gu-iguan*", Sir Heimerich não negou por completo a estranha alcunha, resumindo-se a permanecer cético, ainda que, em seu íntimo, considerava a história ser mais que fantasiosa.

Após uma breve conversa com Aka, soube-se que a trilha para Chiisai estava fortemente guardada por soldados inimigos, no entanto, havia um trajeto alternativo para se chegar à cidade – um caminho obscuro que somente ela e alguns outros homens de sua tribo sabiam de sua existência. Sem opções a não ser confiar na boa disposição da mulher, Sir Heimerich aceitou sua ajuda com a promessa de apresentar-se à sua família. Para ela, ainda que a presença de siegardos não fosse bem-vinda pelo seu povo, a chegada do nobre trazendo o Verbo Esquecido não poderia ter sido ao acaso, e qualquer oportunidade que ela tivesse para revelá-lo em meio aos seus não poderia ser desperdiçada. O acordo firmado gerou alguns efeitos curiosos também no restante do trio. Braun ficou satisfeito pela imediata confiança ganha pelo grupo, já que, finalmente, poderia desmistificar os boatos de que os homens do norte são mais fortes que os sevaneses; e, para Victor, ser aceito entre um povo exótico, cujos costumes e cultura eram desconhecidos, seria uma ótima chance para aprender mais sobre a vida e a morte em um dos locais mais afugentadores de Sieghard.

Fugindo da rota tradicional, Aka e seus patrulheiros conduziram o trio montanha acima por idas que apenas um nativo conseguiria trilhar. Em algumas ocasiões, escorregaram por declives nevados e entraram em cavernas de gelo para que somente alcançassem uma nova rota do outro lado da paisagem. "É para evitar os trolls-das-neves", explicavam em voz baixa enquanto ouviam fortes passos por cima de suas cabeças. O frio, ao contrário dos ânimos, endurecia cada vez mais. Durante o percurso, Aka contou um pouco sobre a cultura de sua tribo e como ela se diferenciava das quatro restantes. Os kentas, além de serem em maior número, habitavam as planícies mais baixas e clamavam para si, com orgulho, de serem da tribo original fundada pelo Patriarca.

— No início éramos um povo, unidos por apenas um estandarte – disse a mulher. — Porém com as desavenças entre irmãos, os filhos do Patriarca se dividiram em seis tribos. Os kentas, no entanto, permaneceram fiéis ao fundador.

— Seis? Achei que havia mencionado cinco tribos existentes aqui – comentou Sir Heimerich, perspicaz.

— O sexto irmão se afastou demais para o oeste e fundou a cidade a qual vocês chamam de Keishu, portanto, não consideramos mais como um dos nossos.

Por um momento, o cavaleiro refletiu.

— Então Keishu e as Terras Abandonadas...

— São ambos territórios da nação soberana de Vahan. Essa tal divisão entre Vahan Oriental e Ocidental só aconteceu depois que Keishu foi anexada a Sieghard, comandante – complementou Aka. — Para vocês, somos as tribos selvagens do Norte que habitam no "Quintal de Keishu", não é mesmo? – ela era incisiva em seu discurso e mostrava que conhecia bem a cultura siegarda. — A verdade é que o fundador da cidade dos magos era tão Kenta quanto nós. Estas terras deveriam ser todas uma só.

— Mas... – o nobre estava intrigado tentando encontrar alguma lógica no que aprendeu em seus livros de história — E quanto à colonização keishuana das Terras Abandonadas?

— Colonização? – a mulher riu de forma sarcástica para o cavaleiro. — Os keishuanos apenas voltaram para casa, por assim dizer, arrependidos de terem tomado partido a favor do seu rei. Nós recebemos nossos irmãos perdidos de braços abertos. E, para o seu conhecimento, estas terras não são abandonadas. Só porque Sieghard não as conquistou, não significa que elas não sejam bem cuidadas.

Sir Heimerich, Braun e Victor não esperavam tanta informação de Aka, que parecia saber bem o passado de seu povo. Para os siegardos, eles estavam ouvindo a versão que nunca fora contada no reino – ainda se os fatos eram verdade ou não, ou apenas o que ela ouvira falar e os dava como verdade. O nobre, em particular, sentia-se como uma criança descobrindo que o desenho de um lado de uma moeda era diferente do outro, apesar de ser o mesmo objeto e ter o mesmo valor.

— E quanto a Chiisai? – Sir Heimerich perguntou, receoso da resposta, evitando entrar em detalhes do que sabia. Para os siegardos que conheciam um pouco do passado do reino, a cidade era um entreposto conquistado em batalha a duras penas pelo primeiro rei, Drausus.

Aka sorriu de canto de boca, fazendo os pelos do nobre se eriçarem.

— Sieghard pode servir bem para vocês, mas seu governo nunca fora honesto com seus cidadãos – ela disse, recebendo olhadelas insatisfeitas de Braun. — Não sei se sabem...é bem possível que não..., mas, Chiisai, originalmente, era um local de adoração e peregrinação de nosso povo. Era uma vila pacífica, construída em volta de um antigo santuário debaixo de uma montanha. O seu rei, incapaz de conquistar nossas terras em uma batalha honrosa, covardemente preferiu agir às escondidas enviando sacerdotes em missão de paz para o local. Óbvio que seu intuito era maior que isso: eles queriam ganhar a amizade de fiéis e políticos locais. Com o tempo, enviaram militares infiltrados e, quando as lideranças de Chiisai perceberam a estranha movimentação, o golpe fora dado. Eis o seu admirável país – Aka concluiu orgulhosa, permanecendo em silêncio depois, enquanto aproveitava o seu contentamento por revelar o ultrajante episódio a quem merecia conhecê-lo.

Sir Heimerich, ainda que tenha recebido notícias impactantes, não se deixou levar por elas. Ele sabia que Aka estava desabafando e jogando na cara a insatisfação de um povo. Aquele não era um ataque pessoal, ele ponderou, mas uma opinião compartilhada e repetida por todos de sua tribo por várias gerações, gerando ódio e rancor. Cabia a ele, valendo-se do título de um possível líder em ascensão, relativizar os fatos e colocá-los em um contexto histórico que não poderia, nem deveria, interferir nas *auroras* atuais – ainda que doloroso para os prejudicados. A verdade, pensava o nobre, era um remédio amargo, mas eficaz.

— Os muitos *verões* de estudos em estratégias de conquista me ensinaram que o combate corpo-a-corpo é apenas uma das muitas opções de se vencer um inimigo, cara Aka – Sir Heimerich argumentou em tom professoral. — As tribos do norte são famosas por serem implacáveis em campo de batalha. Na verdade, são as melhores – ele olhou para o guerreiro, que arregalou os olhos incrédulo com as palavras do amigo. — Sieghard fora humilde em admitir isso, evitando a perda de incontáveis vidas, tanto as dos siegardos, quanto as de seu povo, e preferiu uma abordagem mais sutil. Os homens destinados a cumprir esta missão eram tão ou mais valorosos quantos os que empunhavam armas manchadas de sangue. Se o intuito era conseguir conquistar uma pequena porção do norte, Sieghard conseguiu... e com muito menos mortes, convenhamos. Ainda que tenha sido contra o seu povo, considero que o resultado tenha sido muito menos maléfico a ele. Espero que sinta o mesmo – concluiu seu discurso.

A mulher nada disse de imediato, no entanto, as palavras do nobre ressoaram em seu íntimo. Ela não queria dar razão ao siegardo, porém, sem que percebesse, seu semblante tornou-se mais suave.

— Eu não me importo com Chiisai. Aliás, ninguém mais – ela alertou. — O santuário é a única memória de Vahan que sobrou dos tempos antigos. Ele pode ainda ser importante para os nossos sacerdotes, que continuam fazendo a peregrinação anualmente, mas a cidade... é um lixo siegardo da pior espécie – desdenhou. — Cheia de vaidosos que se preocupam apenas com sua barriga e algumas moedas, cultuando deuses insignificantes para justificar suas futilidades, alheios à importância que Chiisai tinha no passado... do que realmente está em jogo ali.

Quando Aka concluiu, Braun apertava com força a empunhadura de seu montante, preparado, em sua mente, para um ataque furioso com todo o seu vigor. Para o kemenita, ela poderia não ser tão intimidadora, contudo, os patrulheiros do grupo do qual ela comandava se assemelhavam a fortes torres de pedras frias. Uma gota de suor desceu de suas têmporas antes que ele decidisse interromper seu próximo movimento.

— Em algum momento, Sieghard foi bom para vocês? – o paladino quis desviar o foco para melhorar a relação entre eles.

— Fora Kraig, que uniu nossas tribos e impediu que os ataques siegardos continuassem em nossas terras... eu... não lembro de mais nada. Talvez... – ela inclinou a cabeça para lhe ajudar a pensar. — Talvez a chegada de Comar, se eu considerar que Sieghard o tenha enviado, mas é uma ideia absolutamente descartável.

— Comar O'Lop, o comerciante de Alódia? – o nobre sorriu, não acreditando na mera citação do nome do explorador que deu nome a uma novela inteira, ensaiada e apresentada inúmeras vezes em Askalor.

— Visto o que foi contado para vocês sobre nosso povo... eu não me animaria tanto com sua história – Aka quebrou o gelo, divertindo-se. — Você também quer saber sobre ele?

— Bem... eu acho que prefiro permanecer com a minha versão. Há coisas que é preferível não saber – ele concluiu, mais à vontade, sentindo, finalmente, uma agradável conexão com a mulher.

Apesar de um começo tenso entre o trio e os homens do norte, que mostravam uma clara insatisfação com o reino de Sieghard, Aka mostrou-se bastante comunicativa, revelando outras peculiaridades dos kentas. Comparada às outras tribos, por exemplo, eles eram os mais festivos e abertos – motivo, inclusive, pelo qual as tribos mais conservadoras davam como empecilho a uma nova unificação – e, por situarem-se em uma região mais quente e de fácil acesso, eram alvo constante de ataques de quadrilhas que perambulavam pelas Terras Abandonadas em busca de pilhagem. "Quadrilha estas", nas palavras julgadoras de Aka, "formadas unicamente por siegardos."

Após uma tarde inteira subindo e descendo montanhas, no entanto, sempre alcançando altitudes cada vez mais altas, o sol se escondeu, levando consigo o pouco conforto de calor que cobria os viajantes. A preocupação do trio só não fora maior, pois o abraço da escuridão os fez perceber, entre a neblina de neve, uma planície de gelo pontilhada por luzes tímidas de tochas. Silhuetas de torres com telhados curvados para cima, parecendo chifres, despontavam sobre uma extensa paliçada de troncos. Para completar a visão assombrosa do povoado, em sua entrada figurava uma majestosa estrutura de madeira vermelha, curvada no mesmo padrão dos telhados, enquanto, na mesma cor, dois estandartes com a figura de um dragão tremulavam imponentes ao alto.

Sem cabeças de crianças askalorianas fincadas em espetos, o cavaleiro riu de si mesmo.

— Siegardos... – disse Aka aos forasteiros. — Bem-vindos ao meu lar. Bem-vindos ao lar dos kentas.

XXXIV

Onde lutam os pequenos seres

Em Sieghard, "Joktan e o bicho-orador" era o título de uma fábula muito conhecida entre as crianças, principalmente entre as askalorianas. Nela, Joktan, um menino muito arteiro, tinha como hábito favorito entrar nos bosques à procura de pequenos e peculiares insetos, chamados de bichos-oradores – nome dado devido à posição com que ficavam suas patas dianteiras, que faziam com que o inseto parecesse estar orando. Os animais capturados eram colocados em uma arena improvisada feita de folhas e gravetos, onde Joktan os forçava a lutar entre si até a morte. Certa *aurora*, enquanto caçava um desses minúsculos seres, o garoto entrou em um tronco de árvore caído e, quando saiu de dentro dele pelo outro lado, viu-se perdido em um mundo de enormidades, onde mesmo as menores sementes chegavam ao tamanho de melancias. Sem conseguir voltar para o seu mundo, perdido e inseguro, Joktan embrenhou-se na imensa selva de gramíneas, esporos e cogumelos e, sem querer, acabou entrando na própria arena que havia criado para o seus bichos-oradores, tendo que lutar contra eles em sua forma agigantada, em uma batalha feroz da qual ele por pouco não perdera sua vida. Após terminar a aventura que o traria de volta ao seu mundo, Joktan nunca mais ousou atormentar novamente os pequenos e simpáticos seres. Não só isso, mas também os colegas a quem ele tratava como menores e mais fracos.

Diante dos gigantes auroques, Petrus, Sir Jamin e Formiga se apequenavam como Joktan depois de sair do tronco de árvore. Nem mesmo a presença do poderoso cavaleiro amenizava a sensação de insegurança frente ao porte daquelas bestas. O trajeto até o leito do rio Wasswa não era tão longo, contudo, a delicadeza da situação, com auroques por todos os lados – tal qual a arena de bichos-oradores – tornava-o vagaroso, sufocante e claustrofóbico. À frente da excursão, o rei caminhava a passos lentos com os olhos fechados, focado no controle dos animais. *Pequena alma, não se assuste*, recitava ele repetidas vezes, como em um mantra, enquanto alguns pingos de suor escorriam pelo seu rosto, entrando no emaranhado de pelos de sua barba. Uma leve chuva de cinzas caía dos céus na ocasião e Petrus orava para que elas não pousassem sob suas narinas. O mundo emaranhado – era esse o nome que o soberano começou a chamar a dimensão no qual se imergia – pareceu confuso a ele, no início. Porém, bastou pouco tempo para que se revelasse muito mais simples de interpretar do que a dimensão real. Em sua cabeça, a passagem entre os auroques se definia quase que como um desenho de criança. Através dele, Petrus sabia exatamente onde passar para minimizar os riscos. Ele sabia, por exemplo, através da estabilidade dos rastros que deixavam, qual dos animais estava mais tenso e prestes a realizar algum ataque, e qual estava mais tranquilo. Desta forma, mesmo que ele não conseguisse controlar todos os animais de uma vez, pelo menos tinha a certeza de qual deles ele poderia dar as costas e tirar o controle sem causar transtornos. E assim, guiado por um instinto intrínseco apenas à sua natureza, o rei não tomou uma rota direta ao rio – como Sir Jamin havia previsto –, e, sim, um caminho em ziguezague por entre as bestas.

Ele vê, refletiu o cavaleiro, comparando o comportamento errático de Petrus ao seu antigo aluno, Ninad. *Ainda há chances de que ele seja o Último Aclamador*, concluiu, satisfeito.

Embora confiante, Sir Jamin recebeu uma cutucada desesperada de Formiga que o seguia logo atrás, ao perceber que eles tomavam um rumo que não o planejado. O cavaleiro respondeu com um aceno pedindo calma, já que eles não podiam conversar entre si. Qualquer falatório poderia resultar em um estresse desnecessário de um dos touros-horrendos-gigantes. O desespero do ferreiro só não foi maior, pois, a apenas algumas braças dali, o rei desviou-se bruscamente e passou lado a lado com uma das feras. Sir Jamin recebeu uma nova cutucada, no que respondeu, mais uma vez, para que fosse paciente. Um dos cavalos reclamou relinchando, arrepiando os pelos do trio. A besta gigante, próxima o suficiente para trucidá-los, por sua vez, virou-se com violência para a montaria. Imediatamente, Petrus a apaziguou e ela voltou a pastar.

Estar tão perto de um auroque era amedrontador e repulsivo. Apesar de muito parecido com um touro comum, era apenas o formato que se assemelhava. A um passo de distância, o odor extremamente ácido que exalava chegava a dar náuseas. Ele possuía uma pele grossa sem pelos, e seus músculos se projetavam para fora em caroços por toda a extensão de suas costas. Também o tamanho de seus dentes impressionava: eram verdadeiros blocos de pedra, prontos para moer o que estivesse na frente. Seus olhos vermelhos sem pupilas davam um toque final ao terror presenciado, juntamente com o par de sinuosos chifres encardidos e sujos – provavelmente de sangue seco. Apesar da sua aparente serenidade – causada, de forma fugaz, pelo poder de Petrus –, era impossível diminuir o ritmo da palpitação no peito.

A jornada continuou, e, com sucesso, o trio alcançou as margens de Wasswa. Suas águas claras e prateadas em muito se igualavam às de seu irmão, Nakato, porém, elas não mostravam a mesma pacificidade. A correnteza era violenta, mesmo próxima à beira. Parecia que todo o volume de água do Grande Lago quisesse descer pelo estreito rio de uma só vez, causando redemoinhos e ondas causadas pelo impacto da água nas pedras pontiagudas inseridas em meio ao fluxo. Apesar do alívio que sentiram ao chegar ao objetivo, definitivamente, aquele não era um lugar para se estar rodeado de monstros. Os cavalos, alheios ao perigo, no entanto, não perderam tempo e se saciaram com largos goles do líquido salvífico. Quanto aos peregrinos, ainda que mais afastados do último auroque, eles não poderiam se descuidar das bestas.

— Estás indo muito bem, majestade. Porém, rogo-te para que não abandones o mundo emaranhado. Não agora – sugeriu Sir Jamin. — Irei encher nossos cantis e, assim que nossas montarias estiverem preparadas, trataremos de sair logo daqui. Não é apropriado que demoremos – completou, recebendo um aceno positivo de Petrus, que se manteve de olhos fechados, concentrado em sua difícil tarefa em domar o auroque mais próximo, cujo rastro deixado não era dos mais aliviadores.

Dito isso, o cavaleiro deu as costas e aproximou-se dos cavalos, retirou os cantis e agachou-se às margens do rio para, só então, como em um sonho fantasioso – ou pesadelo –, presenciar o rei sendo jogado impetuosamente na correnteza. Ao virar-se para entender o que acontecera, percebera que um dos auroques, controlado pelo poder do Aclamador, partira na direção da comitiva com velocidade, pronto a rasgar o que estivesse à frente. Sem opções e sem tempo para pensar diante do impensável, Sir Jamin assustou as montarias, fazendo-as caírem no rio.

— Senhor Formiga! Pula na água, agora! – ordenou aos gritos, vendo que Formiga seria atingido. *Pela Ordem, preciso salvá-lo!*

O alodiano, confuso com a situação, caiu em si como se tivesse acabado de acordar de um transe, e, assustado, pulou nas águas um pouco antes do cavaleiro receber uma colossal pancada em seu peito, que o lançou para trás, colocando-o no mesmo fado de seus colegas.

A partir deste momento, Petrus, Sir Jamin e Formiga encontravam-se não só nos braços de Wasswa, como também nas mãos de Destino.

Momentos antes do peculiar evento acontecer, Formiga foi tomado pela sensação de que Petrus estava lhes guiando para a morte certa. A cada passo em direção aos touros gigantes, o ferreiro tinha mais certeza. Para ele, o rei estava esperando a oportunidade certa para levá-los para uma armadilha mortal da qual eles nunca sairiam. Tinha sido assim, nas Colinas de Bogdana, quando ele deixou o grupo ser atacado pela faminta alcateia, enquanto se divertia com Rurik e ignorava seus amigos. O que o impediria de fazer novamente, porém com os monstros que os rodeavam? Aliás, Petrus não era rei coisa nenhuma. Nuha havia mentido para eles. O rei estava morto e Sieghard não havia herdeiro. Sir Jamin estava seguindo um mero camponês, que não conseguia lidar nem com ovelhas. Aquele era um homem sórdido e incapaz de governar. A pequena Nivian havia morrido por causa da sua incapacidade, quem mais morreria por sua culpa? Formiga não poderia deixar isso acontecer. Às margens do rio, o momento certo havia finalmente chegado para que ele pudesse dar um fim àquele engodo. *Eu sou o heroi*, pensou; e seus pensamentos e motivações ficaram mais intensas. *Eu sou o heroi! Eu sou...*

— O que foi que eu fiz? O que foi que eu fiz? – ele se perguntou em um breve lapso de consciência, ainda extasiado, olhando para suas mãos e para Petrus sendo arrastado pela correnteza. Sua indagação, todavia, não recebeu a devida resposta, já que Sir Jamin gritava em pânico para que ele pulasse na água. Não houve tempo para pensar, apenas para um ato reflexo diante da fera em fúria que, por pouco, não o atingiu mortalmente nas costas se não fosse pela intervenção do cavaleiro.

Nenhum homem, por mais tolo que fosse, em uma ocasião comum, saltaria para dentro do Wasswa. Havia aqueles que diziam que nem mesmo uma ocasião de risco de morte os fariam enfrentar as correntes do rio. Apesar disso, o fluxo caótico do Braço Esquerdo de Sieghard tinha acabado de receber três incautas almas peregrinas, abraçando-as firmemente. Entre goles de água, cada um da sua forma e intensidade, o trio batia nas pedras em cadência. Para Petrus e Formiga, cada choque contra a superfície dura lhes fazia cada vez mais anestesiados. Sir Jamin, entretanto, não sentia dor, e, apesar de que ele não fosse isento de um afogamento, o fato de resistir aos impactos deixou-o mais tempo em alerta. Lutando contra a impiedosa natureza de Wasswa, o cavaleiro conseguiu alcançar o rei, quase desfalecido, e o ergueu para que pudesse pegar algum ar. Formiga veio logo depois, com a respiração ofegante, ao encontro dos dois. Juntos, eles tentaram proteger Petrus. Por alguns instantes, eles pensaram que poderia ser possível até que um fluxo violento os puxou sem resistência para o fundo do rio. Desorientados, sem distinguir o que era em cima ou embaixo, esquerda ou direita, o trio sucumbiu na escuridão das profundezas, batendo em algumas pedras submersas, e não mais voltaram à superfície.

Fogo e cinzas...

Tosse e desolação...

"Corram!".

Ouviu-se o grito de um dos funcionários do castelo, seguido do som aterrorizante das pedras desabando. Lá fora, soldados eram carbonizados, enquanto a estrutura fortificada, tomada por uma nuvem de fuligem de corpos e destroços, desmoronava.

— Agarra-te a mim, majestade. Meu corpo te protegerá das pedras – comandou Sir Jamin, que, após assegurar a fuga de Ninad – o último Aclamador Irrevocável –, voltou para buscar o rei, e agora, segurava-o pelo braço, protegendo-o como podia, enquanto rumava à passagem secreta que levaria o soberano com segurança a um refúgio afastado da zona de combate.

Como protetor oficial da linhagem dos aclamadores, o cavaleiro havia cumprido sua tarefa, entretanto, ela não se limitava apenas a salvar os domadores de dragão, mas também à defesa da Ordem e à perpetuação do reinado ordeiro. Sir Jamin praguejou e estremeceu ao notar que, se não fosse por ele, o rei sucumbiria junto com seu castelo. Curiosamente, nenhum dos Cavaleiros da Ordem havia se apresentado até então. Contudo, ao chegar na abertura da passagem, seu alívio arrefeceu no que ele se deparou com um de seus irmãos de armas.

— Okropir, leva-o para fora daqui rápido – ordenou com gestos desesperados e apontando para o interior do túnel. — Preciso voltar e encontrar a rainha.

Assim que entregou o rei, ao virar as costas, porém, Sir Jamin ouviu o som úmido de um gorgolejar e seus pelos se arrepiaram.

— Okropir, o que fizeste? Verme traidor! – ele gritou, quase sem fôlego pelo choque absurdo que tomava conta de seu âmago.

O rei estava morto.

Sangue e cinzas...

Sir Jamin abriu os olhos, com o coração em forte palpitação e um sentimento carregado de frustração, desânimo e fragilidade. *Eu não pude salvar o rei.* Ainda que mais de mil *verões* tenham se passado desde a queda do último reino da Ordem, suas memórias da antiga Era eram recentes até demais. Ali próximo, um dos cavalos bebia água, despreocupado. O cavaleiro estava deitado em uma espécie de praia subterrânea, com seu rosto sobre uma areia grossa e seu corpo, do ombro para baixo, imerso em águas tranquilas. Do alto, finos feixes de luz iluminavam um largo salão, de paredes de pedras calcárias, repletas de estruturas tentaculares e curvilíneas, ora apresentando contornos suaves e delicados, ora complexos e brutos. Não tão distante também, Sir Jamin identificou os corpos estendidos de Petrus e Formiga. Ele tossiu, não sabendo se era resultado de seu quase afogamento ou das cinzas que inspirava desde muito tempo, e levantou-se devagar, indo ao encontro do rei logo após se recompor.

— Majestade, levanta-te! – ordenou, agachando-se e virando o corpo de Petrus de barriga para cima. Seu rosto, peito e pernas apresentavam uma série de ferimentos arroxeados, porém ele respirava. — Majestade! – chamou-lhe mais uma vez, no que o soberano abriu os olhos.

— Minha cabeça... – o rei reclamou, colocando a mão sobre sua nuca. — Onde estamos, Jamin? Por Destino, a espada de *aurumnigro*...

— Está devidamente segura – disse o cavaleiro, observando o cavalo gateado, aparentemente íntegro e saudável, assim como o alforje que carregava. — A correnteza nos trouxe a todos para este local, inclusive sua montaria, mas... apenas ela – analisou, procurando em vão, e consternado, pelo outro animal. — O fato de estarmos vivos, ao que parece, só se justifica por um capricho dos deuses. Preciso, no entanto, verificar se o senhor Formiga também se encaixa neste aforismo.

— Form... – o rei, de súbito, lembrou-se de se ter sido puxado em direção ao rio, sentindo um frio na espinha ao pensar que o simpático ferreiro de Alódia fora o protagonista de tal ato. — Ele...ele... – por um momento, tentou se levantar, no entanto, foi acometido por uma dor insuportável em sua barriga. Sir Jamin, de imediato, o impediu que fizesse mais esforço.

— Descansa um pouco, majestade – sugeriu o velho, ajudando-o a sentar-se. — Eu cuido de vosso companheiro – ele se levantou, pousando a mão sobre o cabo de sua espada, mas Petrus a segurou por um instante.

— Jamin, por favor, ele está com problemas – disse o rei, preocupado com uma possível injustiça por parte do cavaleiro. — Não foi sua intenção – explicou, com um olhar firme. Sir Jamin o retribuiu, retraindo sua mão.

— Eu sei.

O ancião deixou Petrus para caminhar em direção a Formiga e, para sua surpresa, deparou-se com o próprio já acordado, sentado com os joelhos encolhidos e uma expressão vazia. À medida que se aproximava, mais a condição do ferreiro se revelava. Ele estava em choque, e seu rosto voltara a apresentar manchas escuras, dessa vez, porém, mais intensas. Ao sentir a aproximação do colega, ele começou a arranhar sua careca; seus gestos e contorcionismos sugerindo que tentava suplantar uma força que lhe corroía por dentro.

— Eu não mereço estar com vocês. Não depois do que fiz – desabafou, desesperado. — Estou sendo castigado sem que eu tenha culpa de nada. Sinto que não sou mais eu quem está no comando. Sou apenas um corpo vagando sem vontade própria. Talvez eu seja um dos mortinhos e eu não saiba, com a minha alma entregue a algum Thurrayya. Talvez seja essa a sensação de ser um deles. Eu...argh! – ele entortou a boca e as veias escuras pareceram pulsar no seu rosto. O poder do fogo-fátuo estava voltando. — Não! Saia da minha cabeça! – ele gritou para si mesmo e socou sua testa. Depois, de cabeça baixa, ele continuou. — Tantas vezes me pergunto o que estou fazendo aqui em Exilium. Não tenho alguém para amar...

— Não, senhor Formiga, tu precisas lutar contra esses pensamentos – Sir Jamin percebeu que o alodiano não havia retornado das trevas que o envolviam.

— ...perdi minha esposa, meu filho e minha ferraria, o único local onde, sozinho, eu podia ser feliz – não obstante, o ferreiro continuou.

— Senhor Formiga, olha para mim – o cavaleiro pousou as mãos nos braços do colega.

— Quis Destino que minha vida fosse tão insuportável assim? – Formiga encarou Sir Jamin com um semblante de frustração e revolta. — Quis, Jamin? Diga-me! – seus olhos exalavam ódio.

O cavaleiro sabia que pouco podia fazer. Era como se o ente no interior do corpo de Formiga utilizasse seu passado para transformá-lo em uma doença e o usaria contra ele até que existisse uma única e fatal alternativa.

— Pensa na tua família. Senhora Ebha e Eurig, Aalis e Calista. Não são por eles que estás conosco nesta jornada? Para salvá-los? Tu ainda não os salvaste! – o ancião perguntou, enfático, tentando outra abordagem. — Não acredito que desistirás agora, homem de pouca fé!

De repente, o ferreiro estancou, sendo inundado por momentos felizes na Taverna do Bolso Feliz, o abraço caloroso de sua mãe, a simpatia de sua prima e o carinho da irmã. Lembrou-se ainda de quando fabricou sua primeira adaga e o quanto o seu pai o elogiara pelo trabalho. "Ficou formidável, meu filho.", disse ele, examinando a pequena arma, condizente com o tamanho do jovem cuteleiro. "Nem mesmo as espadas da Guarda Real possuem tanta qualidade.".

Sir Jamin viu, alegremente, um sorriso pálido nascer em Formiga, que, imediatamente, secou seus olhos, como se tivesse voltado das profundezas de um abismo sem fundo. Sua expressão tornou-se serena de novo, o que significava que a estratégia de mencionar a família havia dado certo. Porém, por quanto tempo ela funcionaria?

— Como te sentes? – perguntou o ancião.

— Jamin... – Formiga ainda estava confuso, mas ciente do que acontecera. — Não fui eu quem empurrou Petrus. Eu nunca faria isso. Eu estou enlouquecendo. Acho que finalmente o fogo-fátuo resolveu se manifestar. Estou sendo atormentado por pensamentos maliciosos. Dói pensar e é mais fácil se deixar levar por eles. E... pelo que sei, não há como removê-lo – ele concluiu, pesaroso, colocando sua cabeça entre as mãos em um movimento desesperador. — Eu prefiro morrer a estar fadado a esta maldição! – disse, e começou a chorar.

O velho abaixou sua cabeça, emocionado, sabendo que o que via e ouvia era uma manifestação temporária do colega por debaixo de um manto de escuridão. Desde sua Era, ele conhecia a fama do fogo-fátuo. Não havia nada mais triste que presenciar a morte rápida de um homem ou mulher sob influência deste inimigo. Formiga, entretanto, havia contrariado tudo o que se sabia sobre ele. Talvez sua vontade de viver e salvar sua família era tanta que, por um longo período, ele havia conseguido resistir à força das entidades, enganá-las de alguma forma, mas, agora, ele começava a perder a luta. A morte de Nivian poderia ter tido alguma influência sobre esta vontade – assim como ver sua mãe quase sendo morta por um descuido do rei. As cenas, foram, em especial, traumatizantes para qualquer um que tivesse um coração caridoso. O que intrigava Sir Jamin era que, se esta vontade fosse algum tipo de poder, ele deveria ter se repetido em outras Eras, e, pelo seu extenso conhecimento, não havia nada catalogado. *Seria uma manifestação inédita?* Ele refletiu. *Se sim, que outros tipos de benefícios práticos ele podia trazer?*

— Senhor Formiga – Sir Jamin apoiou sua mão sobre o ombro do ferreiro. — Nós não vamos te abandonar. É uma promessa. Sei que lutas contra algo além da tua compreensão. E se tua luta lhe trouxer a morte, seja pela inevitável loucura que te acometerá, pela tentativa de evitá-la, ou para aliviar teu tormento, também lutarei contigo até que se finde a minha vida – completou, resoluto, passando uma mensagem de otimismo ao alodiano; porém, com tristeza no coração, ele também sabia que Formiga se tornara um perigo para a conclusão do objetivo traçado entre os Enviados, e que uma resolução rápida, no momento certo, deveria ser infelizmente executada. — Agora, vamos, deixa tu que eu te ajude a erguer-te.

— Obrigado, Jamin – o ferreiro agradeceu, lançando lhe um olhar soturno.

Com muita cautela, Sir Jamin levantou o colega e, apesar de muito dolorido e mancando, Formiga estava visivelmente melhor que Petrus. Juntos, os dois foram ao rei, que ainda jazia sentado com fortes dores no corpo e apresentava uma pele muito pálida. O ferreiro quis pedir desculpas pelo acontecido, mas seus pedidos não foram levados a sério, resumindo-se a receber respostas como *"não foi nada"*. Com o auxílio do cavaleiro, após duas tentativas fracassadas, Petrus conseguiu se erguer, no que, imediatamente, seu corpo se retorceu e ele vomitou sangue.

— Está sangrando por dentro – alertou Sir Jamin.

— Por Destino! – os pelos de Formiga se arrepiaram.

— Temo que ele não possa continuar a jornada, pelo menos por algumas *auroras*, até que melhore...se melhorar.

O ferreiro lamentou, vendo que Petrus voltara a se sentar.

— E agora, o que vamos fazer?

O cavaleiro não respondeu de imediato. Ele investigou as redondezas, atento a qualquer passagem que pudesse encontrar. Algumas áreas do grande salão encontravam-se em completa escuridão e, por este motivo, não se saberia dizer se havia sequer uma saída dali se não fosse pelo mesmo trajeto em que vieram – o que também, era incerto. Independente disso, de algo ele poderia ter certeza: com apenas um cavalo, e Petrus com saúde em condições duvidosas, a missão sofreria um caríssimo atraso.

— Eu acho... acho... que consigo ir – o rei parecia fingir que estava bem.

— Não creio que haverá alguma alternativa para vossa majestade – disse o cavaleiro, enfático. — Deverás ficar em repouso pelo tempo que for necessário. Ficará reservado para ti o que sobrou das provisões; dessa forma terás água, comida e, principalmente, estarás seguro longe das vistas dos inimigos. Sugiro que descanses enquanto eu e senhor Formiga descobrimos onde estamos, se há alimentos disponíveis e... como iremos sair daqui. Estás de acordo, senhor Formiga? – perguntou ao ferreiro, recebendo um aceno positivo. — Ótimo, ajuda-me a tirar Petrus desta água e colocá-lo em um local mais digno.

Dito isso, a dupla tratou de deixar o rei bem acomodado e aprovisionado, encostado em uma rocha lisa de contornos suaves, e, após uma breve inspeção para certificarem-se que o salão não possuía aparentes perigos, partiram entre as galerias de rocha em busca de respostas.

XXXV

A Tribo do Norte

A recepção dos kentas frente à chegada dos siegardos passou longe de ser amigável. Após uma breve inspeção rotineira, Aka deixou seus liderados no alto portão da entrada e seguiu junto a Sir Heimerich, Braun e Victor para o centro do povoado. O trio fora recebido pelas sentinelas com olhares suspeitos e expressões inamistosas, contudo, a simples menção do nome "*Zi-gu-iguan*", de um certo modo, deixava os ânimos mais contidos – o suficiente, inclusive, para que a eles fosse dado o direito de deixar suas montarias protegidas em um velho estábulo adjacente. "Não demorarei, Feibush. Por enquanto, aqui é melhor lugar para que descanse e revitalize suas forças", despediu-se o cavaleiro.

A vila, à noite, possuía ruas iluminadas por lanternas que queimavam de forma incessante e dava alguma vida à quietude do local. O vento cortante percorria as vielas e vinha em lufadas no rosto dos viajantes, fazendo seus narizes incharem e seus lábios ressecarem. Era como sentir o fio de uma navalha em sua pele. Nenhuma alma siegarda poderia resistir a uma *aurora* naquela região desoladora. O frio era depressivo, solitário e cruel. As casas de madeira escura, dispostas sem separação entre elas, apresentavam curiosos tetos inclinados com uma cobertura de feno e grama, e todas as suas fachadas, sem exceção, expunham algum tipo de planta florida. O cuidado com os detalhes em muito chamaram a atenção de Sir Heimerich, que os considerava primitivos e longe da civilidade askaloriana. Para Braun, tais cuidados não o impressionaram, pelo contrário, achou, por um momento, que era sinal de um povo fraco e sensível demais.

— Por aqui – disse Aka, assim que chegou à escadaria que levava a uma larga e alta construção de teto erguido por colunas retangulares. Por se situar em um plano mais elevado que a rua, e pelo tamanho da estrutura, os peregrinos concluíram que se tratava de um palácio. A visão dele, embora deixasse um ou outro nativo boquiaberto, não impressionava tanto àqueles que estavam acostumados com os imensos castelos askalorianos. De qualquer forma, o espanto se deveu mais à dupla de estátuas, uma em cada lado da entrada da escada, talhadas em colunas de pedra retangulares. As figuras, de altura maior que a de Braun, representavam dragões em um formato peculiar, achatados nos ângulos do bloco de pedra na qual sua forma fora extraída, presos em uma geometria limitada. Apesar de curiosas, observar as bestas lendárias incutia um certo pavor para quem as fitasse por um longo tempo.

Duas sentinelas em armaduras de couro branco – uma peculiaridade nunca antes vista nas terras baixas – e portando longas lanças com pendões vermelhos se aproximaram logo que os peregrinos pisaram no primeiro degrau. Ao se investigar mais de perto, vários pequenos detalhes em rubro se sobressaltavam em suas alvas vestimentas. A mulher fez uma reverência aos soldados pousando sua mão esquerda sobre o punho direito fechado. Diplomático, Sir Heimerich os reverenciou da mesma forma, cutucando Braun para que o imitasse. Victor, porém, se resumiu a um olhar torto. Ao chegar ao último degrau, a mulher abriu uma larga porta de correr e um bafo quente atingiu o rosto do quarteto. O interior revelou-se aconchegante e convidativo, digno das grandes salas do Castelo da Ordem; no entanto, era simples e peculiar como tudo na vila. Iluminado por lanternas, o trio pôde contemplar um espaço amplo e aberto, mobiliado com apenas um baú e uma estante de madeira. Na estante, pequenos arbustos eram cultivados em vasos e, pendurados nas paredes, alguns pergaminhos deixavam o aspecto do local mais introspectivo. Podia-se ver o uso de algumas pedras em partes do piso e nas bases das paredes, porém, o que mais se notava era, diferentemente das grandes fortificações em Sieghard, a fragilidade da estrutura do palácio. *Eu poderia derrubar essa casa com uma machadada*, Braun refletiu, rindo zombeteiro em silêncio.

— Tirem seus calçados e deixem-lhes à porta – Aka recomendou. Sir Heimerich e Braun ficaram confusos com o comando da mulher. Nunca em suas vidas haviam ouvido tal comando. Por um momento o guerreiro sentiu-se insultado. — Nossa casa é sagrada. Se, por um acaso, alguém pisou em solo amaldiçoado, a maldição ficará do lado de fora. A sujeira de nossos pés diz muito sobre a energia que carregamos.

— Bah. Quanta baboseira – o guerreiro resmungou antes de ceder aos comandos da nativa.

— O mundo espiritual é muito mais presente em nossas vidas do que pensa, Braun. Ele faz parte de nosso cotidiano. Vejo que os kentas aprenderam muito bem essa sabedoria – Dídacus elogiou, depois virou-se para Aka. — Os siegardos deveriam aprender com vocês, Aka – disse, com uma humildade que não lhe era típica.

— É honroso de sua parte admitir a virtuosidade de nossos costumes – respondeu a patrulheira.

— No entanto... – Victor continuou. — Ao mesmo tempo em que percebo uma tranquilidade espiritual neste local, sinto que vocês não estão imunes totalmente do mal. Algo me perturba.

Aka encarou o arcanista. Seu semblante demonstrava que ele não estava errado em sua observação.

— Aka! – uma voz masculina grave foi ouvida por trás da porta de um dos aposentos. Logo, uma figura portentosa surgiu em uma túnica negra. Era um homem de idade similar à mulher, de face rígida e pele marcada por leves cicatrizes, que trazia seu cabelo amarrado em uma espécie de coque. Na sua cintura repousava a bainha de uma espada de cabo em couro preto. — Não deveria estar em patrulha?

— Seok! – ela surpreendeu-se. — Acredito que não devemos mais nos preocupar com aqueles que nos atacaram – disse, olhando para Braun, acenando para o elmo que ele portava debaixo de seu braço.

O homem se aproximou, analisando o guerreiro de baixo para cima. Depois, olhou para Sir Heimerich e Victor com desdém. Seok rangeu os dentes.

— Você trouxe siegardos para dentro de nossa morada? Como ousa, Aka? O que você estava pensando? Me dê um motivo para não os eliminar agora mesmo! – disse, apalpando o cabo de sua espada.

Percebendo a gravidade da situação, e apesar da boa vontade de sua anfitriã, Braun e Sir Heimerich não quiseram arriscar – afinal, eles estavam em terras estranhas – e também pousaram as mãos em suas respectivas espadas. Victor permaneceu apático.

— Seok, eles não são quaisquer siegardos – Aka interferiu. — Eu creio estarmos diante do *Zi-gu-iguan*, o grande comandante da profecia.

— E desde quando você acredita em profecias, irmã? – ele demonstrou surpresa. — Você comete um erro grave de discernimento! Se há um comandante que possa unir nossas tribos, ele deverá ser kenta, e não um siegardo que nos trará apenas desonra! Você me envergonha, Aka. *Nos* envergonha. Envergonha nossa família e a própria tribo!

— Ele recitou o Verbo Esquecido! Eu ouvi as palavras saindo de sua própria boca! – a mulher enfatizou.

— Que confusão é essa? – uma voz rouca masculina foi ouvida descendo as escadas do segundo pavimento. Um ancião apareceu então. Pela sua fisionomia e modo de andar, parecia ter mais de setenta *verões*, uma raridade para os padrões de longevidade média em Sieghard. O homem era pequeno, de olhos astutos, grossas sobrancelhas grisalhas e traços delicados, porém austeros. Ele trazia em si uma expressão lamentosa, demonstrada por profundos vincos em sua pele. — Não se pode mais descansar nesta casa? – perguntou, impaciente.

— *Appá*, eu trouxe o *Zi-gu-iguan* – informou Aka, apontando para o cavaleiro.

O ancião mudou sua expressão e caminhou em silêncio entre o grupo. Seok e Aka abaixaram suas cabeças em respeito assim que ele passou por diante deles.

Perdoe-me, *Laoban* – Seok se desculpou, mas não recebeu uma resposta.

O velho foi em direção a Sir Heimerich, e examinou sua feição. Pegou em seu rosto e bateu com a palma da mão em seu peito.

— Qual é o seu nome, filho?

— Heimerich, sir... – ele pigarreou. — *Laoban*.

— E o que você veio fazer aqui?

— Estamos apenas de passagem para Chiisai – respondeu o nobre. — Aka nos trouxe aqui para conhecê-lo e prometeu em troca que nos ajudaria a chegar ao nosso destino através de um caminho seguro.

— *Appá*, eles lidaram com a quadrilha que nos atormentava – avisou Aka.

O velho ignorou a mulher.

— O que veio fazer nestas terras, Heimerich?

— Queremos chegar em Chiisai – respondeu o cavaleiro, mais uma vez.

— Não estou interessado nas coisas que você quer. Você já me disse que quer chegar em Chiisai. Pergunto-lhe mais uma vez: o que veio fazer tão longe de casa, cavaleiro?

Sir Heimerich vacilou.

— Viemos tentar ganhar uma guerra.

— E como Sieghard está se saindo? – perguntou, como se já soubesse que uma força inimiga ameaçava o país.

— Não tão bem – o cavaleiro resumiu-se a uma resposta curta, temendo abrir informações privilegiadas para o líder de um povo que, durante grande parte de sua existência, foi considerado pelos reis siegardos um inimigo perigoso.

— Você veio nos pedir ajuda?

— Não, *Laoban*. Nunca. O que as tribos do norte fazem não nos compete – Sir Heimerich fora verdadeiro, embora cauteloso. O momento era delicado e o uso da diplomacia fazia-se mais do que necessário. Aquela era uma pergunta perigosa de se responder. — Ademais, as forças da Ordem de Sieghard são fortes o suficiente. Não precisamos de ajuda.

Denotando uma leve satisfação, o líder, então, caminhou de modo vagaroso em direção a uma mesa de madeira onde um pequeno baú desgastado jazia. Ele encostou no objeto, fixando seu olhar nele, e ali parou.

— É você o *Zi-gu-iguan*? – perguntou, finalmente, sem encarar o cavaleiro.

— *Laoban*, creio que Aka tenha cometido um engano. Não sou um grande comandante, ou mesmo alguém interessado em intervir na política de suas tribos. Minha única conexão com as Terras Abandonadas vem através de Sir Helmfried, fundador de minha casa, primeiro barão de Askalor.

— Pronto! Estão vendo? Ele não é o *Zi-gu-iguan* – Seok fora enfático. — Agora, com vossa permissão, *Laoban*, irei retirá-los de vossa morada, e limpar o chão onde eles pisaram.

O ancião fez um comando, erguendo sua mão com a palma aberta. Imediatamente, o general Kenta abaixou a cabeça, em silêncio.

— Seok, leve esses dois das Terras Baixas – o líder apontou para Braun e Victor – aos aposentos reservados para nossos convidados. Apresente-lhes também os banhos para que se limpem – ele ordenou sob olhos céticos do general. — Heimerich, acompanhe-me junto à minha filha.

— *Laoban*? – Seok reclamou, chocado com a ousadia do pai.

— Minha decisão está tomada – o líder se fez ouvir. — Heimerich, você vem?

— Será uma honra – o cavaleiro se satisfez.

— Deixe seu orgulho fora desta casa, siegardo. O preço por uma mentira ao líder de uma tribo é a morte. Aka será testemunha de tudo o que falar e agir – concluiu, fazendo que Seok fitasse o nobre com um sorriso malicioso. Sir Heimerich estremeceu diante do que parecia improvável. Se os peregrinos estivessem sendo guiados para uma armadilha, não havia nada que eles pudessem fazer para evitá-la. A situação ao qual o grupo se encontrava assemelhava-se à de um inseto, que, ao cair em uma teia de aranha e ter suas patas presas por um de seus fios, podia apenas esperar que sua futura predadora já estivesse morta... ou bem-alimentada.

Junto ao líder da tribo e Aka, Sir Heimerich foi conduzido ao segundo pavimento do palácio. Novamente o padrão kenta de moradia aparecia na quase ausência de mobília – até mesmo para se sentar – e poucas divisões entre os cômodos, sendo estas feitas por portas leves e finas. Logo depois de passarem por uma pequena sala com uma chaleira em seu centro, a comitiva chegou à porta do aposento principal. Uma mulher jovem carregando alguns frascos surgiu de seu interior, cabisbaixa.

— Como ela está? – perguntou o líder.

— Nosso composto alquímico não adiantou – ela respondeu sem olhar para o líder, afastando-se do grupo.

Aka encarou seu pai, entristecida. Em seguida, eles abriram a porta do quarto, convidando o cavaleiro a entrar. Antes, porém, Sir Heimerich tossiu, sentindo um cheiro forte e pútrido vindo do cômodo. Ele sabia o que iria encontrar, pois já havia se deparado com aquele odor várias vezes. E, de fato, deitada sobre uma cama de chão, encontrava-se uma senhora, de cabelos grisalhos e pele arroxeada. Suas pupilas brancas e as bolhas em seu pescoço denunciavam seu óbvio estado de saúde: ela havia contraído a Pestilência Cega.

— Miseráveis! – Sir Heimerich não se conteve ao comprovar o que ele esperava.

— Você sabe o que minha mãe tem? Já tentamos todos os tipos de remédios e curas e... nada parece resolver! – Aka informou com um nó em sua garganta.

— Nós a chamamos de Pestilência Cega – respondeu o cavaleiro. — E, aparentemente, não há cura para ela – concluiu, deixando seus anfitriões desanimados. — Pelo menos, não por meios ordinários.

— O que quer dizer, Heimerich? – o líder ficou intrigado.

— A Pestilência Cega é um feitiço de natureza caótica, lançado pelos inimigos que nos atacaram, para nos enfraquecer e nos conquistar. Em Sieghard, milhares de pessoas em todos os cantos do reino foram afetadas por este mal. Nem mesmo nossos mais experientes magos e sacerdotes foram capazes de anulá-lo. Nunca imaginaria que a peste chegaria aqui.

Neste momento, a senhora gemeu na cama, pronunciando sons indecifráveis que mais pareciam um lamento choroso.

— *Ohmaní*! – disse Aka, indo ao encontro de sua mãe e acariciando seus cabelos. Depois, virou-se para o cavaleiro. — Nosso povo está sofrendo com isso. Não só nossa mãe. Não só a nossa tribo, mas todos nossos irmãos. Se você é o *Zi-gu-iguan*, você será capaz de nos ajudar – a patrulheira chorava, denotando que havia depositado na figura profética a sua última esperança.

O cavaleiro se comoveu. Seu dever, ele sabia, era para com Sieghard e a Ordem – e as tribos do norte, além de serem consideradas inimigas de Askalor e não compactuarem com o reino, também não seguiam os preceitos da Lei Sagrada. Porém, como ficar inerte frente à súplica da destemida Aka? Diante da grave crise de consciência que se desenrolava em seu íntimo, Sir Heimerich sentia como se uma cortina de fumaça – criada pela sua ferrenha defesa de sua pátria e os valores que com ela vinham – estivesse ofuscando seus reais anseios. Todavia, ainda que ele decidisse ajudar, como fazê-lo? Ele não era conhecedor de nenhuma arte mística que pudesse sequer amenizar o sofrimento deles. Ele havia visto o exército de desalmados – antes vítimas da Pestilência Cega –; também havia presenciado a fuga de centenas de almas expurgadas do corpo de Karna ao eliminá-lo; e sabia que havia uma conexão entre tudo isso. Mas, com tantas conjecturas, tudo ainda era muito obscuro. A única certeza que ele tinha era que era preciso eliminar os Thurayyas; o que se pensasse além disso era mera fantasia. Diante de suas opções, não havia muito o que o nobre podia fazer além de seguir adiante para que os tormentos causados pela vinda de Linus se cessassem o mais rápido possível – e para todos os povos.

— Aka, sinto-lhe dizer novamente, mas não sou eu o tal comandante a quem você tenta me nomear. Estamos em uma missão para salvar Sieghard e interromper-me em assuntos que não me compete pode não só nos atrasar, mas como comprometer o resultado da guerra. Assim como você... – ele pensou em Anna — ...também carrego o peso de ter uma pessoa querida doente. Faço das palavras de Seok as minhas: se há alguém que possa unificar suas tribos, este deverá ser kenta. Me desculpe por não ser aquele a quem você espera. Contudo, se há algo que eu possa falar para lhe confortar é, que com os devidos cuidados, sua mãe não irá morrer. A Pestilência não mata – concluiu, julgando sua informação ser suficiente para contornar o peso que seu coração carregava.

— Eu não sei se o que diz é melhor ou pior – Aka respondeu, e encostou sua testa na de sua mãe.

Neste momento, Seok entrou no quarto de forma silenciosa. Seus pés eram rápidos e leves, e seu modo de se movimentar era suave e em muito lembravam Roderick. Acima disso, porém, sua postura militar e feições duras o colocavam como um verdadeiro cão de guarda – e, ao mesmo tempo, um predador perigosíssimo.

— Que Kah-Non perdoe você, irmã, e nosso pai pelo que acabaram de fazer. A que nível chegaram ao trazer o inimigo para *nossa* casa e mostrá-lo nosso ponto mais fraco? Estão cegos? Ou nossa mãe amoleceu tanto assim o coração de vocês? – ele falava de forma áspera.

— E o seu se petrifica cada vez mais, Seok – Aka rebateu, deixando seu irmão sem palavras.

Sir Heimerich respirou fundo, tentando absorver o clima de tensão e lamento que se formara no quarto. O líder kenta balançou a cabeça em negação, depois foi ao encontro da filha, ajoelhando-se e repousando sua mão no ombro de Aka para lhe confortar. O cavaleiro não conhecia a senhora que repousava ali, entretanto, aquela era, definitivamente, uma mulher respeitada e, acima de tudo, amada por seu marido e seus filhos – talvez por toda a comunidade. Não foi possível não pensar na senhora Bheli e seu amor e carinho por Formiga, e como todos reagiriam frente a uma possível perda da matriarca. Aquela era uma cena que podia ser vista em qualquer outro lar em qualquer província de Sieghard. Mais uma vez, todas as convicções do cavaleiro foram derrubadas. As tribos selvagens e primitivas do Norte podiam ser duras, indomáveis e ter costumes pagãos, no entanto, eram humanas, fadadas ao mesmo sofrimento intrínseco do ser.

— Heimerich – o líder chamou, insatisfeito por ter sido ludibriado ao se contagiar pela esperança da filha. — Se você é o *Zi-gu-iguan*, como acredita Aka, e apenas ela, só o tempo dirá. Mas, no momento, a crença dela não me diz nada e, da mesma forma, não diz nada sobre você. Até então você é tão somente um siegardo para mim e, apenas para deixar claro, não há um siegardo sequer que pise em nossas terras e permaneça vivo.

Sir Heimerich engoliu em seco, percebendo que a situação do grupo poderia tomar um rumo não tão bem-vindo agora que o anfitrião decidira revelar a tão famosa hostilidade usual das tribos.

— Porém – o senhor continuou. — Temos uma eterna dívida para com sua linhagem devido à coragem e bravura de Helmfried – e nós vamos cumpri-la deixando que desfrute de nossa hospitalidade. E isso é o máximo que faremos por você. Se não fosse pelo seu antepassado, você e seus liderados já estariam mortos. Quis Hanan'im[2] que Aka o encontrasse, e Sua vontade é soberana. Em *verões* de outrora, tal passividade da parte dela não seria demonstrada.

— Obrigado, *Laoban* – o nobre agradeceu, aliviado.

2 Deus supremo do panteão kenta, equivalente a Destino no panteão siegardo.

— *Laoban*, se me permitir, minha sugestão é que eles partam amanhã antes do primeiro raio de sol – Seok disse, enfático. — A presença de siegardos na tribo não será vista com bons olhos. Já temos problemas demais para lidar com as famílias. Além disso, não podemos ser coniventes com estadia de estrangeiros em nosso território. Graças à Aka, eles já sabem nossa localização e viram as nossas defesas. Deixando-os aqui por mais tempo comprometerá nossa segurança.

— Não se preocupe, Seok – falou Sir Heimerich. — Iremos o mais breve possível conforme o seu desejo.

— Não – Aka interrompeu, fazendo com que seu irmão se enfurecesse. — Eu fui a responsável por trazê-los aqui, e garanti que iria deixá-los em Chiisai da mesma forma que eu os encontrei, e o momento certo para partir não é na luz do dia. *Appá* – ela virou-se para o pai. — Conceda permissão para que eles fiquem até a próxima noite.

Seok segurava o punho de sua espada com força, ansioso pela resposta de seu pai, que vacilava entre atender os desejos esperançosos de sua filha e os racionais de seu filho.

— Seok, acompanhe Heimerich até seus aposentos – comandou o líder Kenta. — Amanhã ao fim do dia eles deverão partir. Vigie-os de perto, porém, e, se perceber qualquer movimento suspeito deles, faça o que deve fazer.

No momento mais escuro da noite, onde o pesar tornava-se mais forte e as lamentações se multiplicavam nas orações, uma vela de tímido fogo fora acesa no andar superior do palácio kenta. Temendo ser ouvido, o líder desceu as escadas a passos curtos e delicados. Havia uma certa ansiedade em seu peito, concretizada nos pingos suados de sua testa. Ao chegar à frente da mesa de madeira, onde o pequeno baú de madeira estava, o líder suspirou, retirando de si um ar sufocante. Lentamente, ele girou a trava de ouro do objeto e o abriu. Lá dentro estava um pergaminho envelhecido, menor que a palma de sua mão. Com os dedos tremendo, o idoso o desenrolou. As palavras escritas – assim como sua caligrafia – haviam sucumbido, em partes, ao tempo, mas não a memória daqueles jurados a guardar o texto profético. Enfim, sob a luz da vela que pouco iluminava, ele cravou seus olhos nas letras ancestrais de origem desconhecida, enquanto sentia o coração pulsar em seu pescoço.

Quando as trevas cobrirem a visão das nações, e o amarelo se tornar púrpura, quando o alvedrio se transformar em fleuma, das masmorras, aquele com as marcas da escuridão ascenderá trazendo o verbo há muito esquecido. Eis que virá o orgulhoso, ferido pela soberba, prostrado. Ele trará luz para aqueles que jazem no poço profundo e união para os obstinados divididos pelo peso das montanhas brancas. Ele virá tal qual um comandante, e, perante a espada do intransigente, será reconhecido Zi-gu-iguan, e liderará por sobre a baixada, para o regozijo das ovelhas, perdidas diante das caídas divindades.

Não é ele, constatou o que já sabia; e, no silêncio de sua solitude, a rigorosa e inquebrável feição de um líder moldado pelas intempéries esmoreceu.

XXXVI

Vidas que importam

Nas escuras galerias do subterrâneo de um local desconhecido, Formiga guiava Sir Jamin como se já conhecesse suas nuances. O ferreiro, usando-se de sua habilidade, não só conseguia enxergar melhor ao longe, quanto sem luz alguma. No primeiro momento, ele se maravilhou; mas depois sua espinha congelou ao pensar que essa habilidade poderia advir do mal que lhe acometia. Suspeitando do homem à sua frente, o cavaleiro não só andava com sua mão pousada sobre o cabo de *Pântea*, como também deixara um rastro de pedras no caminho por onde passara.

Durante o trajeto, de forma muito atenta, Formiga detectara pequenos seres que se escondiam nos vãos e buracos das paredes de calcário. Tratavam-se de aranhas, em sua maioria, porém havia outros animais que ele não conseguia identificar, alguns maiores, outros menores, tão ou mais ameaçadores, outros menos. O coração do alodiano começou a bater mais rápido ao pensar no que aquelas criaturas repugnantes poderiam lhe causar e, mais uma vez, o medo o tentou – e com a escuridão, o tentou ainda mais forte. Seria fácil deixar Sir Jamin para trás e perdido agora que ele enxergava com clareza. Não só fácil, como divertido. Depois, ele retornaria para Petrus, para vê-lo sufocar sem ajuda devido aos seus ferimentos enquanto gargalhava entretido com seu sofrimento. *Eu os afogaria na minha sopa*!

— Senhor Formiga, vês que há um clarão no corredor à direita? – perguntou Sir Jamin fazendo o ferreiro acordar de sua alucinação.

— Ham? Ora, é claro – ele mentiu, um pouco transtornado da sua volta à consciência. — Vamos para lá.

A dupla seguiu pelo caminho sugerido, aproximando-se do que parecia ser um novo salão iluminado pela claridade que provinha das frestas do teto. De fato, uma ampla câmera se abriu perante eles, com pelo menos o triplo de diâmetro daquele em que haviam deixado Petrus. Não só sua grandiosidade os havia chamado a atenção, mas também a presença de colunas e estruturas de pedras, talhadas e dispostas de forma não-natural – levando-os a crer que estavam diante de uma ruína de um templo esquecido pelas Eras. Embora a visão daquela catedral rochosa os tenha hipnotizado por um instante, algo além, ainda mais tenebroso e majestoso, os pegara pelos calcanhares: os restos mortais de uma das criaturas mais ferozes e lendárias de que se tinha conhecimento em todo o reino de Sieghard.

— Jamin, me belisca – Formiga olhava embasbacado para a ossada que preenchia quase a totalidade da câmera onde se encontravam. As costelas subiam como torres encurvadas, muito mais altas que a maior coluna de pedra da ruína do antigo templo, a cauda se enrolava criando um labirinto de ossos, onde caminhos surgiam entre suas mórbidas paredes brancas, as falanges das asas se esticavam na terra como longas e fortes raízes, cada vértebra de sua enorme coluna se equiparava em tamanho ao de uma casa média alodiana, suas unhas serviriam como poderosos aríetes, e o crânio... — Pelas barbas negras do dragão! É muito maior e mais aterrorizador do que eu pensava! Olhe estes chifres!

Sir Jamin olhou para o que sobrara do dragão, mas não com os mesmos olhos do alodiano. Para ele, um poderoso ser como este caído e esquecido não era um motivo para se exaltar.

Pelo contrário, o achado era preocupante.

— Guarda tua emoção para ti, senhor Formiga, pois que não deveríamos encontrar tal criatura despojada de seu esplendor. Dragões não envelhecem, não adoecem. Suas escamas são impenetráveis, e eles são imunes a qualquer dano físico ou mágico. São tão resistentes que foram um dos únicos remanescentes da Era dos Deuses. Em minha época, já possuíam milhares de *verões* de idade. São seres ancestrais e atemporais. Nada os poderia derrotar. Encontrar com um deles neste estado... – o cavaleiro franziu a testa. — Vai de encontro com esta última verdade.

Formiga assoviou.

— Quer dizer que algo ou alguém conseguiu um meio de matá-lo?

— Por mais que eu tema em dizer, tua observação foi assertiva... – apontou Sir Jamin, consternado.

O alodiano percebeu as emoções do velho cavaleiro, sem muito entender o porquê. Afinal, se os dragões foram no passado causa de calamidades para os povos da antiguidade, principalmente para a última Era da Ordem, em sua cabeça, como a morte de um deles poderia ser tão ruim assim? Não deveria ele estar, de alguma forma, rindo com ironia e celebrando pela justa vingança?

A verdade, entretanto, inalcançável para o ferreiro na ocasião, já havia encontrado eco na consciência de Sir Jamin.

— ... E é *deveras* importante que saibamos o que o matou – o velho continuou. — Fui devidamente claro? – cotovelou seu colega, que parecia novamente estar em algum tipo de transe.

— Ah sim, claro, claro – Formiga respondeu em um susto. — Verei o que posso fazer.

O ferreiro avançou, perscrutando os arredores, atento a qualquer detalhe que pudesse identificar a causa da morte daquele ser mitológico. Apesar da luminosidade, muitos cantos ainda jaziam no escuro e fora da percepção de um homem comum. Atentos aos ossos que se espalhavam por várias braças, os dois deixaram de perceber que as pedras das cavernas que recebiam a luz do teto emanavam um brilho peculiar e muito conhecido por siegardos. A caminhada investigativa, iniciada na cauda, não se estendeu muito até que Formiga conseguisse detectar uma forma incomum presa ao esqueleto próxima à pata dianteira. Ao longe, não era possível distinguir ao certo o que era o objeto, porém, era provável que estivesse ligado à história do que jazia esquecido ali.

— Senhor Formiga...? – Sir Jamin reparou a expressão curiosa do companheiro.

— Acho que encontrei.

Os dois partiram em direção à estranha massa escura entranhada entre duas costelas. À primeira vista, por não estar em um local apropriadamente iluminado, o cavaleiro não conseguiu enxergar do que se tratava, contudo depois que se aproximou o suficiente e a tocou, apercebeu-se que estava diante de uma arma: um imenso dardo de balista.

— Um simples dardo? Não pode ser! Grande, sim, mas somente um dardo – Sir Jamin estava chocado. — Não posso compreender! Não haveria como isso sequer atravessar sua pele!

— Não é um simples dardo, Jamin – respondeu Formiga, acariciando a superfície escura e fosca do objeto, que, assim como as pedras da câmera subterrânea, emanava um brilho incomum. — Conheço o metal de nossas terras como conheço um cheiro de assado de javali... e isto aqui... – ele deu duas batidinhas no objeto. — É *aurumnigro*.

— Eu... – o cavaleiro vacilou em um breve momento de estupefação ao pensar, de uma só vez, em tudo o que isso significava. Não havia palavras, apenas pensamentos desordenados que culminaram com uma vontade súbita e involuntária pela procura de respostas. — Estás dizendo que foi feita do mesmo material da lâmina daquela espada que Petrus carrega em alta estima? Afinal, que material é esse? Por que o utilizam? Desde quando o utilizam? Por que eu não tenho conhecimento de tal metal?

Formiga riu-se com o desespero de Sir Jamin, que mostrou, pela primeira vez, um certo descontrole – saindo de seu tom professoral e sábio. Por sorte, o alodiano era íntimo o bastante do assunto para responder a todas as suas indagações.

— Você não tem conhecimento deste metal pois é muito provável que tenha sido descoberto bem depois de sua Era. Não teria como você saber, obviamente, pois você estava parado em Dernessus por mais de mil *verões* e as primeiras escavações remontam a um período anterior à unificação de Sieghard. A abertura de minas de *aurumnigro*, inclusive, estão sempre ligadas ao aparecimento de ossos de dragão que... – o ferreiro, caindo em si, interrompeu-se de forma inesperada. Então, devagar, como se aguardasse a pancada de um martelo de guerra, ergueu suas vistas. — Jamin, olhe para cima e eu não precisarei responder metade de suas perguntas.

Sobre a cabeça dos peregrinos, uma cúpula de estrelas estampava o teto da caverna e descia pelas paredes, dando-lhes uma visão ímpar do que o que era estar dentro de um dos locais mais espetaculares de Exilium. Nas palavras dos mineiros de Keishu: "Era como contemplar a própria abóbada celeste em uma noite sem lua." E, em verdade, cada fragmento do metal negro incrustado possuía em si seu próprio brilho, o seu próprio universo. Nem os mais sábios magos e mestres ourives de Sieghard poderiam explicar a beleza contraditória da superfície fosca e ao mesmo tempo brilhante do metal mais valioso do reino. Havia aqueles que diziam que o brilho não era visto por todos, e daqueles que o viam, estes relatavam diferentes cores e formas sem um consenso universal. Não demorou para que se promulgasse que o brilho do *aurumnigro* era um espelho da alma, que refletia a aura pessoal de cada um que pousasse seus olhos sobre ele. Por estas razões, o metal fora considerado mágico – embora, agora, na iminência de novos fatos, outras razões poderiam ser consideradas.

— É... É magnífico! – Sir Jamin arregalou os olhos, estupefato, perguntando-se se sua mente lhe enganava. — Os bestiários antigos de minha Era relatavam que os dragões mantinham protegido em seus leitos o que havia de mais sagrado para eles. Na falta de mais detalhes sobre "o que havia de mais sagrado", muitos pensaram se tratar de ouro, moedas, diamantes e outros tesouros. Um número infindável de aventureiros partiram em busca desses leitos com o objetivo de voltarem homens ricos – ele falava olhando para o teto. — Poucos voltaram. Alguns com pepitas, outros com artefatos, mas nenhum com um grão deste metal que seja. Eu nunca imaginaria que pudesse encontrar algo tão belo... tão...

— Sagrado? – Formiga sugeriu.

— Eu não diria sagrado, senhor Formiga – Sir Jamin se voltou para o ferreiro, compenetrado. — Valioso, talvez, porém em termos puramente materiais, pois se algo é sagrado, ele não encontra valor material que quantifique ou dê algum valor à sua sacralidade. O que é sagrado para o dragão pode não ser para o homem. O contrário disso também é válido. Entretanto, compartilhado entre todos os seres que pisam nesta terra, existe um bem acima de tudo o que pode ser considerado sagrado, e nós o chamamos de vida. Diante da possibilidade de que o dardo de *aurumnigro* tenha ferido esta criatura até então invencível, nada me faz mais convicto ao pensar que este ser estava defendendo com unhas, dentes e fogo o único elemento que pudesse acabar com sua vida. Em alguma época, alguém descobriu este segredo, construiu uma arma com este material, e selou o destino deste dragão enquanto ele dormia em seu leito.

Formiga suspirou emocionado com a trama que havia se desenrolado nas palavras do cavaleiro.

— Quer dizer que alguém no passado estava matando dragões, o que justifica o aparecimento de suas ossadas em Sieghard – o alodiano concluiu com uma lógica aparente. — Seja lá o intuito desta pessoa, se é que era uma pessoa, me pergunto se ela conseguiu concluir esta missão. Afinal, não é deles que precisamos para vencer o exército do Caos? Achar a trombeta, tocá-la, invocar os dragões e controlá-los com o Aclamador Irrevocável? E se não houver dragão nenhum mais?

Sir Jamin estremeceu perante a hipótese. Se ela se desvelasse em verdade, toda a jornada dos peregrinos não faria mais sentido e uma possível vitória da Ordem seria completamente descartada. Pior: se, de fato, os inimigos estivessem envolvidos com tais ações, era impossível não pensar que Linus estivesse planejando e maquinando sua invasão há mais *verões* do que ele poderia viver, e que, não importando o que os Enviados fizessem, ele estaria sempre um passo à frente deles. O cavaleiro, por um momento, se sentiu pequeno – preso em um labirinto de portas que se abriam e se fechavam sob o controle de um carcereiro sádico e calculista. *Eu não vim para que os ânimos se esvaneçam por devaneios infundados*, ele pensou, tentando se livrar do frenesi que tomava conta de seu âmago.

— Exilium é demasiado extenso para que uma missão como essa seja cumprida em sua totalidade – disse ele, fingindo não dar a devida importância aos fatos levantados. — Ademais, se houver um dragão ainda vivo, e apenas um, considero este número mais do que suficiente para virarmos essa guerra – concluiu, voltando-se com olhos esperançosos para o esqueleto da besta. — Vamos continuar procurando uma saída desta caverna, e, no momento oportuno, usaremos Petrus para enviar uma mensagem a cada um que esteve conosco durante nossa trajetória sobre esse achado. Senhor Formiga? – o cavaleiro estranhou a ausência do companheiro que, há instantes, estava acompanhando a tudo com muita atenção. — Senhor Formiga? – perguntou mais uma vez. Não obtendo resposta imediata, ele raspou os dedos no cabo de *Pântea* e virou-se.

De repente, por detrás de uma larga costela, Formiga lançou um ataque com seu machado em direção ao peito de Sir Jamin. O cavaleiro, com um rápido movimento instintivo, sacou sua espada e desviou o golpe em um bloqueio diagonal.

— Senhor Formiga, acorda! – comandou o velho. — Luta contra isso! Pensa na tua mãe, na tua irmã! – ele gritava enquanto via o semblante de Formiga transformar-se em pura insanidade. A boca do alodiano espumava, seus olhos estavam vidrados, e suas veias escurecidas no rosto cresciam e saltavam de sua pele, tal qual uma aranha-da-areia que, enterrada, era desvelada pelo vento.

Novamente outro golpe veio, desta vez de cima para baixo, e Sir Jamin o interrompeu com a lâmina de *Pântea* na altura de sua testa. Bufando e emitindo sons guturais, o ferreiro insistia no ataque para furar o bloqueio à força. O cavaleiro, por sua vez, suportava sua loucura com paciência, entristecido por ver um homem tão bondoso sucumbir ao fogo-fátuo.

— Sou eu, Sir Jamin! Luta, meu amigo! Não deixes tu que sejas vencido! – ele insistia.

Então, em um lapso de consciência, o ferreiro olhou para o cavaleiro com seus próprios olhos, relaxou seu braço, largou o machado e, pegando uma faca que carregava na cintura, levou-a diretamente ao seu pescoço. Sir Jamin, como uma águia, lançou-se em direção ao colega e, após rolarem no chão, conseguiu pegar a arma de sua mão, jogando-a ao longe, e impediu sua tentativa de acabar com a própria vida. A ação fora breve, mas tempo bastante para que os dois sentissem um pesado abalo no peito.

Não havia palavras para o que acabara de acontecer. No silêncio daquela antiga e negra catedral rochosa banhada por finos feixes de luz, as lágrimas de ambos clamavam alto como orações. Segurando Formiga firme em seus braços, o cavaleiro que se dizia inquebrantável partia-se diante do homem que se pôs a chorar, ciente do terrível ato que poderia ter cometido em um rompante de desespero. Seria, obviamente, o caminho mais fácil de se livrar do fogo-fátuo; contudo, Sir Jamin sabia que, enquanto existisse uma chama de esperança, sempre existiria um caminho melhor.

XXXVII

A Irmandade das Sombras

Apesar do ferreiro ter voltado à sua consciência mais uma vez, era consenso entre a dupla que a missão corria graves riscos, pois ela dependia da habilidade de Formiga em enxergar no escuro – e Sir Jamin sabia que, em pouco tempo, ele iria perder por completo seus sentidos e perder a guerra para o fogo-fátuo. Posto isso em pauta – e depois de uma breve conversa de apoio ao colega – o alodiano abandonou seus choramingos e, determinado a levar a expedição adiante até aguentar, recuperou seu fôlego e autoestima para realizar, talvez, o seu último esforço em prol da sobrevivência da Ordem e de sua família.

— Quando eu cair... – ordenou o ferreiro. — Enfie *Pântea* no meu coração. Não há honra maior para um ferreiro que morrer com o aço de uma lâmina divina encravada em seu peito. Faça isso e eu abraçarei feliz o meu destino.

A dupla avançou para além da ossada do dragão e as ruínas e adentrou totalmente a escuridão. Era de comum acordo que deveriam se apressar para achar uma saída o mais rápido possível – não só pela condição urgente de Formiga, mas também pela de Petrus. Se a procura se tornasse demasiada morosa, não haveria muito mais a se fazer além de encontrar comida, seja caçando ou coletando frutos, e sobreviver ali até descobrir uma alternativa de fuga. No entanto, por estarem em um local aparentemente pobre em recursos, sair dali poderia se tornar a única opção – que deveria ser realizada a qualquer custo.

Após entrarem em um corredor de teto baixo, os dois observaram uma luz bruxuleante que projetava sombras ao final do caminho. Pela cor e forma com que se apresentava, aquela era uma iluminação típica de uma chama, criada por homens, e o fato dela não variar de intensidade, podia-se concluir também que a fonte de luz estava estática. Em outras palavras, havia uma probabilidade de que alguém estivesse utilizando aquele espaço como morada. Formiga cutucou Sir Jamin e acenou para que lhe tomasse a frente. O cavaleiro compreendeu e, assim que o fez, diminuiu a velocidade dos passos para agir com mais cautela, visto que não sabia com o que poderia estar lidando.

Ouvir o som do fogo que crepitava e o calor que dele emanava tornou-se, momentaneamente, um alívio, todavia à medida que mais e mais trechos ocultos das paredes eram revelados na claridade, um sentimento de pavor foi tomando conta dos peregrinos. Nos vãos e ângulos da rocha, uma série de crânios de pequenos animais foram dispostos de modo organizado, como se servissem de alerta – ou algum tipo de ornamentação macabra; mas foi quando Sir Jamin inadvertidamente encostou em um crânio humano que eles levantaram a hipótese de que o que quer que estivesse ali, possivelmente não seria amigável.

A comprovação veio após chegarem ao fim do corredor.

Em um movimento inédito, o cavaleiro dispensou *Pântea* e optou por puxar uma adaga que guardava em sua cintura. Com cuidado e em silêncio, Sir Jamin entrou em uma espécie de antecâmara com uma nova e pequena passagem. Iluminada por uma tocha, o espaço apresentava estranhos desenhos por toda a extensão de suas paredes, rabiscos em carvão – em sua maioria –, mesclada com borrões de tinta vermelha. Os desenhos continham símbolos, formas geométricas, e figuras de pessoas e animais sendo decapitados, queimando em fogueiras ou sendo empalados. Em meio a teias de aranhas, mais crânios ornamentavam prateleiras de pedras – junto a chifres e bonecos feitos de palha e tecido. No chão jaziam algumas velas, símbolos tortos, pele e ossos de animais. O cenário em si trazia um ar pesado, quase sufocante. O cheiro também não era dos mais agradáveis, como se as coisas estivessem guardadas ali por *verões e verões*. Era mais fácil crer que aquele era o covil de uma besta selvagem do que de um homem qualquer.

Sentindo que a situação era segura o suficiente para avançarem, o ancião acenou para Formiga para que o acompanhasse. Lado a lado, eles se espremeram encostados na parede próximo ao vão da passagem, prontos a darem um próximo passo, quando uma sombra alta surgiu na câmara onde estavam. A forma escura passou de um lado a outro e desapareceu rapidamente, porém tempo suficiente para que lhes causasse calafrios.

Ressabiado, Sir Jamin espionou pela abertura, notando que, logo à frente, um novo espaço se abria com uma fogueira modesta ao centro. Seria uma visão reconfortante se não fosse pela estranha figura que se sentava de costas sobre um banco de pedra, imóvel e, aparentemente, alheia à presença dos visitantes. A forma contra o fogo projetava a silhueta de um homem portando um cajado em sua mão esquerda; seria óbvio pensar que aquele fosse o morador do local e, a partir dessa conclusão, também o criador dos desenhos macabros nas paredes e proprietário dos crânios. Com razão, o cavaleiro se perguntava que tipo de perigo ele poderia oferecer.

— Aproximem-se, seres petulantes – uma voz rude e empoeirada, vinda do estranho à frente da fogueira, cortou os devaneios de Sir Jamin de uma vez.

O ancião se retraiu, sentindo-se levemente envergonhado por ter sido revelado, destarte seus esforços em fazer-se indetectável, e, embora o convite tenha soado enviesado e suspeito, acatar o apelo do homem não poderia ser ruim, visto que ele já os esperava, e, ainda assim, preferiu permanecer impassível.

— Senhor Formiga, protege-te atrás de mim – comandou, não obtendo resposta. — Senhor Formiga?

— Estou aqui, Jamin. Esse cenário todo me atordoou, mas estou bem... ainda – respondeu, para o alívio do cavaleiro.

— Ótimo – Sir Jamin soltou o ar de tensão. — Fica atento e deixa que eu lide com este homem.

Avançando pela passagem, a dupla passou por um cruzamento de novos túneis – que levava a outras câmeras – antes de chegar ao encontro do estranho. Diante da fogueira, os peregrinos puderam observar a fisionomia de um velho de longos cabelos grisalhos e malcuidados, e uma barba desgrenhada de mesma tonalidade que descia em forma de funil até abaixo do seu peito. Ele vestia uma túnica cinza-escura desbotada por debaixo de uma pele negra emplumada jogada em seus ombros. Seu rosto era esguio e cadavérico, assim como a mão que segurava um cajado de madeira retorcido. Porém, o que mais se sobressaltou sobre a figura foram seus olhos verde-pálidos que abraçavam o infinito em um olhar vidrado.

— És cego, e ainda assim nos viste – disse o cavaleiro, surpreendido.

— De que vale a luz para alguém que vive nas sombras? – respondeu o estranho.

— De que vale tochas acesas para a morada de um cego?

A figura soltou uma breve risadinha e quase se engasgou ao fazê-la.

— E quem disse que as acendi para mim? – perguntou. — Vocês, seres da superfície, são como aves noturnas atrás de vagalumes. Basta que um ponto de luz se acenda para que venham como abutres em cima da presa. Contudo, muito cuidado, pois que se chegarem muito próximos da luz, ela pode cegá-los.

— Não passou pela tua cabeça que poderíamos ser os abutres da tua anedota?

— A verdade revelada nas sombras diz muito mais sobre alguém que aquela revelada na luz – ele falou, dogmático. — E as sombras me revelaram que vocês não são os abutres da minha anedota, mas os vagalumes... e tão indefesos quanto – ele fez um muxoxo de ironia.

— As sombras... te revelaram? – Sir Jamin levantou uma suspeita de que aquele homem não falava de modo metafórico, mas literal, como se de fato ele tivesse controle sobre as sombras. Sendo assim, ele estava diante não só de um sábio, mas também de um ser habilidoso – apesar de sua aparência frágil. Em seu tempo ele conhecia histórias de uma ordem de homens que não eram ordeiros, nem caóticos, nem bons, nem maus, que viviam no escuro para dele tirar sabedoria e sustento. Pouco se sabia sobre essa ordem, como seus membros viviam, o que pregavam e quantos existiam. Porém, sabia-se que ela existia se alimentando das trevas – e que encontrar com um iniciado significava que você havia adentrado na escuridão por muito tempo. Os desenhos, os crânios, e a aparência do homem... tudo apontava para que as suspeitas do cavaleiro estivessem corretas. — És um bruxo? – perguntou, finalmente

O estranho suspirou.

— O último de minha ordem – respondeu ele.

— Bruxo? – Formiga se inquietou. — Jamin, ele é um amigo das trevas! – exclamou, lembrando das histórias que sua mãe lhe contava quando era criança para evitar que ele entrasse em lugares escuros e desconhecidos. "Amigo das trevas" era a alcunha pejorativa destes homens que somente faziam atrocidades com os pequenos.

— Senhor Formiga, os bruxos podem ser amigos das trevas, contudo não necessariamente fazem o mal – explicou o cavaleiro.

O estranho começou a rir e sua risada não transmitiu conforto, pelo contrário, ela estava imbuída de um certo sarcasmo e, junto ao aspecto de seus dentes podres, também terror.

— Não há nada que se oculte por tanto tempo que não se transforme em verdade, ainda que esta revelação seja um pouco torta, não é mesmo? Não, nós não somos maus ou bons, mas isso depende dos olhos de quem vê. É verdade que somos detentores de poderes que não são intrinsicamente bons, e ao mesmo tempo, podemos fazer o bem. Poderes estes que nem a Ordem, nem o Caos conseguem controlar, pois não lhes pertencem. Entre o Caos e a Ordem, a luz e as trevas, existe uma força em equilíbrio que preenche uma vastidão oculta, que não favorece nem uma nem outra ponta. Nós, os bruxos, somos aqueles que conseguem destravar essa força e usá-la. Os resultados podem não ser aqueles esperados, mas garanto que são... agridoces – ele concluiu ainda rindo, e seu discurso parecia ter vindo de um homem louco, sádico e cruel. Conforme ele falava, a mão que segurava o cajado tremia e uma estranha aura negra pairava sobre seu corpo. A chama da fogueira balançou e sombras voltaram a aparecer nas paredes da câmera.

— Jamin – Formiga falou no ouvido do ancião com os pelos arrepiados. — Acho que devemos perguntar como saímos daqui, e cair fora assim que obtivermos a resposta.

Entendendo o recado e concordando com o colega, o cavaleiro arriscou uma saída diplomática.

— É uma lástima que sejas o último de uma ordem tão magnífica, como acabaste de demonstrar — disse depois de pigarrear. — É deveras importante que ela continue e, se não te importar, eu, Sir Jamin de Uzzi, comprometo-me em trazer à tua presença alguém que possa ser teu sucessor e persevere em tuas artes místicas. No entanto, para que isto seja feito, precisamos de direções para chegar à superfície, já que desconhecemos como chegamos aqui. Por isso, pergunto-te se és capaz de nos guiar para fora deste lugar.

— Tão rápido assim, como se não tivessem um assunto para resolver antes? – o estranho gargalhou. — Se decidirem sair daqui agora, morrerão os dois. Um pela mão do outro, o outro pela mão de si mesmo; e deixarão um terceiro para trás a sucumbir por não ter mais mãos para ajudá-lo.

— De que ele está falando, Jamin? – Formiga se exasperou.

— De você, tolo! – respondeu o bruxo, virando a cabeça na direção do ferreiro. — Ou acha que eu não enxergo a escuridão que te consome por dentro, dita ser irrecuperável pelos povos da superfície? Uma escuridão, inclusive, que deveria ter te consumido há muito tempo e não o fez, graças aos esforços de um quarto entre vocês. Ah, eu vejo! Sim, eu vejo – ele falava rindo, como se zombasse da ignorância da dupla.

Aproveitando o silêncio diante do assombro de seus visitantes, o estranho se ergueu e, caminhando apoiado em seu cajado, aproximou-se de Formiga aos olhos atentos e preparados de Sir Jamin. Sem denotar ameaça, o bruxo rodeou o ferreiro, como se o analisasse.

— Alguém muito ligado a você sacrificou sua entrada no plano dos deuses na hora de sua morte para salvar a sua vida – disse e riu. — Em toda minha vida, eu não poderia conceber que alguém pudesse fazer tamanha besteira – concluiu e começou a rir descontroladamente até se engasgar. — Ah, como vocês são patéticos!

O cavaleiro entreolhou Formiga; ambos aturdidos com a loucura do estranho. Independentemente, porém, do incômodo causado, os peregrinos sabiam que ele estava falando do fogo-fátuo e, principalmente, parecia conhecer seus enigmas. Sem querer incomodá-lo, deixaram então que ele prosseguisse.

— É curioso, no entanto – estranhou o bruxo, concentrado. — Como uma alma tão simples seja ao mesmo tempo tão forte a ponto de frear o vapor pérfido que consome o espírito? Seus efeitos teriam que ser visíveis no hospedeiro! Oh... – ele caiu em si, olhando fundo nos olhos de Formiga. — E são!

— Estás dizendo que uma alma poderosa está impedindo que meu amigo sucumba ao fogo-fátuo? – Sir Jamin indagou.

— Não só isso, mas, como efeito natural do sacrifício, pode estar lhe dando suas próprias habilidades de quando ainda estava encarnada – respondeu o bruxo.

Formiga estancou ao escutar a última frase do homem. Imediatamente, ele pensou na sua visão melhorada; em como ele, de repente, passou a enxergar ao longe e no escuro. Ele não havia conhecido ninguém que tivesse este tipo de poder – pelo menos, não que lhe fosse esclarecido. Porém, pensando em sua habilidade com o arco e flecha – antes inexistente – que o fez acertar alvos que ele nunca imaginaria ser possível e juntando ao fato de que havia apenas uma pessoa com ele capaz de tais feitos – que morreu no mesmo lugar onde ele havia contraído o fogo-fátuo, e possivelmente no mesmo momento –, a conclusão seria quase evidente.

— Roderick – o nome de seu colega surgiu em um sussurro nostálgico. — Ele... ele... – o ferreiro ficou atônito ao refletir na importância e significado de tamanho ato por parte do colega. — Pela Imaculada Ordem, Roderick! Por quê? – Formiga indagava ao ar, esperando que o arqueiro o ouvisse.

— Não espere que ele te ouça – explicou o estranho. — Ademais, sua energia se esvai e, em breve, quando ele for absorvido pela essência escura, com sua alma condenada pela eternidade, você também vai sucumbir.

— Condenado pela eternidade? Como assim? Está dizendo que não há uma maneira de salvá-lo? – Formiga perguntou.

— Não há – respondeu o bruxo de modo seco. — Ele escolheu sua batalha.

O ferreiro se lamentou, abaixando a cabeça. Roderick havia dado não só sua vida pelo grupo, como também sacrificado sua alma para que ele pudesse viver. *O que poderia ser mais heroico que isso?* Indagou-se. Da mesma forma, Sir Jamin – que não teve a oportunidade de conhecer o arqueiro –, preencheu-se de valor ao reconhecer o vínculo de amizade e a entrega incondicional do ex-companheiro. Não haveria nada, eles sabiam, que pudesse recompensá-lo pelo que havia feito a não ser continuar lutando em prol da vitória.

— Mas você pode escolher a sua, se assim desejar – ofereceu o estranho.

— Está dizendo que pode retirar o fogo-fátuo de mim? – o ferreiro ergueu os olhos.

— Um momento – Sir Jamin interpelou preocupado ao ver que o bruxo acenava positivamente. — Tu farás isso de livre e espontânea vontade, sem que peças nada em troca? – ele pensava nos desenhos das paredes de pessoas decapitadas, queimadas e empaladas.

— A troca já foi negociada – disse o bruxo ao cavaleiro, que, por sua vez, fez-se de desentendido. — Eu iria indicar a saída para vocês, pois não estão longe dela, sem qualquer ônus. Afinal, que tipo de homem vocês pensavam que eu era? – ele demonstrou um certo humor e riu sarcasticamente até se engasgar. — Mas, já que você fez questão, Sir Jamin de Uzzi, eu aguardo meu pupilo em breve, para que assim a Irmandade das Sombras persista no submundo – lembrou-lhe, batendo com a ponta do cajado no peito do ancião. — Ou, por acaso, você achou que iria me seduzir com adulações? Considere uma troca justa.

— Pois bem – Sir Jamin franziu a testa, sentindo que havia sido precipitado. — Considere também minha palavra cumprida. E quanto a ti, Senhor Formiga, diga-nos quais são os teus anseios.

— Ah, bom – seus olhos se iluminaram diante da proposta e ele não conseguiu esconder o sorriso. — O que eu tenho a perder?

Apesar do momento de animação, Sir Jamin demonstrava um semblante duvidoso. Pelas histórias que ele havia ouvido, deixar-se ser tratado por um bruxo não era, nem de longe, uma opção; e o resultado, ainda que eficiente, poderia trazer mais mal do que bem. Mesmo assim, ele pensava:

O que poderia ser pior do que a conjuntura atual?

XXXVIII

Planos

Nos fundos do palácio Kenta, Braun estirava-se relaxado em uma cama posta sobre um estrado baixo de madeira. O espaço reservado para convidados era pequeno, porém, em apenas um cômodo, possuía tudo o que uma habitação keishuana podia oferecer – inclusive uma lareira. Victor, sentado em um canto do quarto, observava com curiosidade as pinturas e desenhos ilustrados em flâmulas dependuradas nas quatro paredes, assim como as pequenas e curiosas árvores retorcidas que ornamentavam o espaço. As ilustrações traziam, em sua maioria, a figura de dragões em variadas cores – do vermelho ao preto, passando por azul e verde. Curiosamente, o dragão preto era mostrado como o menor de todos, e as cenas à sua volta sempre traziam algum aspecto de confusão e desequilíbrio.

De repente, o som de passos na madeira antiga do lado de fora atiçou os ouvidos dos peregrinos. O montante do guerreiro repousava ao lado da cama, e foi prontamente empunhado pelo seu usuário. A porta se arrastou, revelando a silhueta de Sir Heimerich que acabava de chegar dos banhos.

— Pensei que havia decidido ficar até a próxima *aurora* naquela insuportável bacia de água quente – disse Braun, se referindo ao modo kenta de se limpar.

— Admito que por pouco não troquei sua desagradável companhia por um longo e interminável banho – retrucou o cavaleiro.

— Ainda bem que você ganhou meu respeito, cavaleiro de mel, do contrário eu não te perdoaria por tal afirmação – brincou o guerreiro.

Por detrás de Sir Heimerich, Seok empurrou o recém-chegado para dentro do cômodo de modo abrupto, como se quisesse resolver rápido a situação. O militar kenta, insatisfeito, via na ordem do pai um afronte aos costumes da tribo – e ele faria questão de deixar isso claro.

— Não ouse sair daqui – comandou Seok. — Ou não verá a luz da próxima *aurora* – concluiu, fechando a porta atrás de Sir Heimerich.

— Ora, ora, achei que ao menos pelo grande bla-bla-bla ele tivesse algum respeito – Braun analisou.

— Me pergunto se todos da tribo do Norte são como ele – indagou o cavaleiro, se dirigindo ao suporte de roupas e armas para deixar seus pertences. — Ademais, não sou o tal *Zi-gu-iguan*, Braun.

— Tolice! Aka já tinha te sagrado o tal comandante. Quem poderia dizer o contrário? Se eu fosse você, eu teria me aproveitado da situação e partido para Chiisai com um exército destes vermes arrogantes! Eles nos poderiam ser úteis.

— Ainda bem que você não é a minha pessoa – respondeu o cavaleiro. — Sua estratégia poderia funcionar no início, mas, depois, com a farsa desvelada, teria o fim de qualquer siegardo comum que pisa nestas terras.

— Bah! Você é cauteloso demais. Por vezes penso se não lhe falta coragem.

Sir Heimerich terminou de vestir um roupão vermelho que havia sido deixado em um cabideiro próximo a uma lanterna. A vestimenta estava aquecida pelo calor do fogo e era bastante confortável na pele. O cavaleiro, mais uma vez, se surpreendeu com o modo de vida da tribo. Ignorando a petulância costumeira de Braun, ele se acomodou em outra cama ao lado do kemenita e suspirou profundamente antes de deitar-se.

— O povo Kenta sofre, Braun – disse enfim. — A Pestilência Cega os atingiu. Não sei quantos foram acometidos pela peste, mas sei que passam dificuldades. As tribos estão desunidas, desanimadas e talvez até lhes faltem homens para lutar.

— Ou seja, elas precisam de um líder. E qual o melhor momento para um levante contra o exército do Caos do que esse agora?

— E levá-las a uma guerra que não é delas com o risco de eliminar o seu povo?

— Heimerich, quem lançou a Pestilência Cega nas tribos foram os nossos inimigos! – o guerreiro apoiou-se de lado para encarar o nobre. — Essa guerra também é delas! Vamos aproveitar que estão vulneráveis e convencê-las para que nos sigam!

— Ainda assim, há uma enorme chance de que eu as lidere para a morte!

— Eu não acredito que você se importa tanto assim com aqueles que se insurgiram contra Sieghard!

— Eu me importo! – Sir Heimerich deu um basta, bufando.

Victor, apartado da discussão, cofiava a barba de seu queixo, curioso com o embate que se travava, pois ambos tinham seus pontos de vista que acreditavam ser certo. O arcanista quis se intrometer, porém, preferiu ficar calado ao concluir que seria como mediar o impacto de ondas do mar contra o rochedo. Além do mais, ele queria saber onde a conversa terminaria.

— Iremos manter nosso plano – continuou o cavaleiro, irredutível. — Vamos encontrar o Último Aclamador Irrevocável, escapar com ele e protegê-lo.

— Planos, planos, planos – Braun debochava. — Eu queria que, pela primeira vez na sua vida, você se comportasse mais como um sevanês do que como um askaloriano. Nunca passou pela sua cabeça de capacete oco que nossos planos podem ter sido elaborados em cima de suposições erradas? – perguntou, mas Sir Heimerich preferiu manter-se em silêncio. — Nossos inimigos cercam Chiisai há *auroras*. Nossos irmãos siegardos estão dando o sangue bravamente contra forças muito mais poderosas! Que tal se importar com isso? Em breve, você sabe bem, um Thurayya irá aparecer na cidade e vai dizimar os combatentes, *nosso povo*, e você quer simplesmente fugir com sei-lá-quem, se é que ele existe, como um cão que foge com rabo entre as pernas? Lidere as tribos, Heimerich! Que os dragões me chamusquem, mas se há alguém entre nós capaz disso, esse alguém é você! As forças do Caos nunca esperariam um ataque massivo pelas costas vindo das montanhas!

— E me aproveitar da vulnerabilidade das tribos do Norte? Você acha isso justo? – Sir Heimerich indagou com veemência, deixando o kemenita vacilar.

— Não é para um bem maior? Não foi isso que aprendemos no templo de Tula? – o guerreiro tentou uma saída.

— Bem de quem? – rebateu o nobre.

— Ora, de toda a nação!

— Não, Braun. Eu não farei isso – o nobre foi dogmático.

— Se o Thurayya...

— Se caso o Thurayya aparecer, com a ajuda de Ieovaris, se Destino quiser, irei eliminá-lo com os poderes que me foram dados pelo sangue divino – respondeu, interrompendo o colega e querendo encerrar o assunto.

— Seu orgulho te cega – Braun alertou. — Enquanto não deixar essa sua pose de superioridade, será esse cavaleiro de merda que sempre foi.

— Basta! Não há o porquê continuarmos mais esta discussão – Sir Heimerich sentiu a testa pulsar de nervosismo. — Se for para juntar um exército, não o farei juntando cacos. Vamos descansar e aproveitar o tempo e conforto que nos resta antes de nossa última missão. Até à *aurora* com a Ordem – despediu-se.

— Bah! – Braun grunhiu, inconformado, voltando a se deitar. Na quietude do cômodo, o guerreiro se remexeu sem pegar no sono até perceber o que estava lhe incomodando. — Victor, não seja tão inútil e apague a luz.

A madrugada se encaminhava para o amanhecer de uma nova *aurora* nas montanhas gélidas de Vahan Oriental. Em um pequeno jardim interno do palácio Kenta, Seok observava o quarto dos peregrinos na copa de uma árvore quando percebeu a presença de uma fumaça escura atravessando silenciosamente o pátio central abaixo dele. A visão daquela forma vaporosa era peculiar e inédita – e muito o preocupou, pois parecia dotada de uma consciência lógica. Em sua cabeça, uma série de hipóteses sobre o ente invasor surgiu – e, em sua grande maioria, ele foi considerado uma ameaça trazida pelos siegardos. Como um gato noturno, ele desceu pelos galhos, destinado a interromper a trajetória do misterioso ser. Assim que chegou ao chão, seus pés leves o levaram indetectável para dentro da fumaça e um frio mais gélido que o próprio frio vahaniano lhe causou arrepios na nuca. Caminhando por entre a névoa, uma forma humana negra se alternava entre o material e o imaterial com os olhos brancos tal qual uma pedra-da-lua. Seok puxou sua espada e desferiu um ataque rápido horizontal contra sua cintura. Seria um golpe mortal se a lâmina levemente curvada de sua arma não tivesse apenas cortado o ar, gerando torvelinhos de vapor escuro ao redor do corte. Apesar de ineficaz, o movimento chamou a atenção do ser, que se virou para olhar Seok e, quase que instantaneamente, desapareceu junto com a fumaça que o rodeava.

Aturdido e espantado, Seok encontrou-se novamente no pátio do palácio. Nos míseros instantes em que esteve dentro daquela nuvem, ele sentiu como se tivesse sido transportado para um outro plano de existência. Tentando manter a tranquilidade e a mente sã, o Kenta guardou sua espada e abaixou a cabeça, cerrando os punhos depois.

Malditos siegardos, eles vão pagar por essa bruxaria!

XIX

Pacientes e impacientes

O general Agung cofiava a barba escura e densa e movia algumas peças da mesa de guerra após uma jornada exaustiva de novas investidas contra a muralha externa de Chiisai quando um mensageiro apareceu na abertura de sua tenda.

— General? – uma voz jovem foi ouvida. — Tenho uma carta do Comando do General Linus.

Agung se levantou. Ele era um homem de porte grande e largo e mal conseguia se movimentar sem esbarrar em algo. Sua expressão, normalmente altiva e séria, estava agora pesada devido às *auroras* que tinha se dedicado a conquistar a cidade sem sucesso. Por um momento, ele achou que conseguiria a vitória após abrir uma brecha na base da alta parede. Sua satisfação, entretanto, durou pouco tempo, pois que ao atravessar suas tropas para o que ele achava que seria seu triunfo, estas se depararam com uma espécie de pátio ante uma nova muralha, ainda mais fortificada que a primeira. Não demorou muito para que lanceiros inimigos, aproveitando-se da confusão entre os soldados, surgissem de lugares ocultos e os liquidassem, encerrando a questão e refazendo rapidamente a parede aberta.

— Que Sethos o lidere! – agradeceu. Sua voz era grave e rouca.

Uma mão peluda de dedos gordos pegou a minúscula carta e a levou para a mesa, abrindo-a com a fina lâmina de uma adaga em cabo de ouro que jazia sobre um mapa.

Seu conteúdo, apesar de duro, já era esperado: Linus lhe havia dado quatro *auroras* para que tomasse a cidade. Não só isso, mas um reforço de tropas estava a caminho e Okropir, um dos Thurayyas, estava se deslocando para Chiisai. Apesar da segunda informação tê-lo feito respirar aliviado, a última o fez suar. Era sabido que os Thurayyas estavam em uma missão de extrema importância e não podiam ser importunados – e o fato de Linus dispor um deles para o cerco era praticamente uma prova de seu fracasso.

— Algum problema? – perguntou o tenente, vendo que Agung parecia preocupado.

— Veja por você mesmo – respondeu o general, entregando a carta para o seu liderado, que o acompanhava na tenda. Depois, enquanto o tenente lia compenetrado o conteúdo do texto, Agung deu um soco na mesa e derrubou algumas peças de madeira antes de sentar-se. — Malditos lanceiros! Mesmo que consigamos abrir outra brecha nessa muralha, como sobrepujá-los? Nunca vimos nada igual! Parecem demônios vindos do submundo! – ele bufava com a mão sobre a testa. — Ainda não consigo acreditar como manuseavam aquelas armas. Fatiaram sem piedade nossos soldados como se fôssemos porcos em um açoite!

O tenente fechou o envelope.

— Okropir resolverá esse assunto em instantes – informou em tom calmo. — Você conhece seus poderes. Sabe que é um dos mais fortes dos Thurayyas.

— E permitir que eu perca a glória dessa conquista, tenente?! – Agung perguntou, irritado com a tranquilidade do homem. — Desde a juventude me dedico às armas. Enfrentei batalhas que gelariam o sangue de qualquer um, dei mais terras e províncias para nossa causa do que Linus obteve por sucessão e você vem me dizer... que... um crápula qualquer vai "resolver esse assunto em instantes"? Não, meu bravo tenente. Eu não sou como uma peça deste tabuleiro que pode ser descartada por capricho. Quando você nasceu, eu já sentia o odor nauseabundo das batalhas, meus ouvidos estavam já impregnados dos lamentos dos feridos e moribundos, meus olhos ofuscados pelos horrores da guerra. Isso não seria justo. Linus é o comandante supremo, sim, e a ele devemos obediência, no entanto, a vinda daquela infame criatura me trará apenas desonra! *Nos* trará. Acaso não percebeu? – o general de campanha levantou de súbito da cadeira e colocou suas mãos na cintura, tentando se acalmar. De costas para o tenente, o general inspirou, e soltou o ar em um longo suspiro enquanto encarava a muralha de Chiisai da abertura de sua tenda. A lua por sobre ela estava quase plena, e lembrou-lhe da *aurora* em que havia conhecido Linus. — Nem de longe general Linus se parece com o homem que conheci em Herut. Aquele não me difamaria. Pelo contrário, me daria força para conquistar a cidade. Se eu soubesse que ele contaria com estes seres imundos, eu não teria pisado naquele navio.

— Ele deve estar com pressa – rebateu o tenente, justificando. — A carta não nos forneceu muitos detalhes. Não sabemos o que está acontecendo fora daqui. Se quer saber minha opinião, acho que está levando essa informação para um lado muito pessoal.

Agung se permitiu ficar em silêncio para refletir em tudo o que estava acontecendo. Uma brisa suave fluiu pela tenda enregelando seu nariz, e ele subitamente sentiu falta de sua calorosa terra. Não só ele sentia isso, como também as forças que estavam sob seu comando. As intempéries de Vahan fustigavam o moral dos homens – que não estavam acostumados a um clima tão austero – e minavam, pouco a pouco, a resistência dos mais bravos entre eles. Porém, ele não se renderia tão facilmente, como havia mostrado em outras batalhas. Por um momento, ele pensou, a conquista de Chiisai provou-se ser o maior desafio de sua carreira militar.

E ela não seria retirada pela intervenção de um Thurayya.

Logo, um impulso natural e instintivo pareceu subir de seu peito, passando pelo pescoço e arrepiando os volumosos pelos de seu braço para transformar-se em uma vontade imensa de agir.

— Okropir não irá saborear o gosto da vitória – falou entre os dentes. — Acorde os homens, tenente. Concentre todo o nosso poder de ataque naquela muralha! Por Sethos e todos os deuses, ela precisa *e vai* cair!

— E quantos aos lanceiros, general, o que faremos com eles?

— Eles que nos aguardem!

Na escuridão das cavernas, o tempo corria diferente. Na falta de um parâmetro para se nortear, os pensamentos vagavam sem um momento para acabar. Tudo podia ser infinito, ou fugaz, ou os dois ao mesmo tempo. A luz que provinha de algumas fendas do teto podia ser do sol entre nuvens, ou de uma lua magistral. Viver no escuro, como vivia o bruxo, podia ser enlouquecedor – não à toa, ele parecia se comportar como um. Talvez ele já teria nascido cego, talvez ele houvesse perdido a visão após nascer, ou talvez, na falta de uma motivação para enxergar, ele teria retirado sua visão de propósito. Sir Jamin elucubrava todas as opções, enquanto percebia que suas elucubrações só reforçavam seu ponto. Com uma tocha em mãos, o cavaleiro seguia de volta a trilha de pedras que havia deixado para trás, afastando os inúmeros seres que corriam em desespero para fugir da luz. A caminhada requereu um pouco de esforço do ancião e só então ele percebeu que havia, de fato, percorrido uma longa distância ao lado de Formiga por entre os corredores de rocha. Quando a primeira pedra que ele havia posto chegara aos seus pés, Sir Jamin tomou um susto com o cavalo de Petrus descansando próximo a um ângulo da parede.

— Pela santa Ordem! – exclamou de forma espontânea, acariciando o animal em seguida.

Sem mais delongas, o cavaleiro achegou-se ao local onde o rei havia sido deixado.

— Majestade, estou de volta – ele aproximou a tocha do rosto pálido de Petrus, dando-lhe calor e uma coloração avermelhada à sua pele.

— Jamin... – o rei balbuciou.

— Graças a Destino tu estás bem – o cavaleiro respirou aliviado. Todavia, ao colocar a mão no pescoço de Petrus, percebeu que ele ardia em febre.

— Jamin, eu vi...coisas no céu... eu vi...Ieo...Ieovaris. Ele...ele tentou falar comigo – disse Petrus com a língua enrolada, e depois riu e revirou os olhos fundos. Sua voz se arrastava como a de um bêbado contumaz.

— Majestade, irei colocar-te sobre o cavalo – percebendo que Petrus estava fora de sua razão devido à febre, Sir Jamin o ignorou e, deixando a tocha ao lado, ergueu-o com delicadeza sobre os ombros. — Iremos para um local mais apropriado. Além de termos as ervas que te trarão alívio, lá terá mais conforto para se recuperar.

— Formi...Formi... – Petrus mal conseguia falar.

— Senhor Formiga vai ficar bem. Ele está sendo curado neste exato momento. Assim espero – declarou, preocupado, lembrando que havia deixado o ferreiro sozinho com o bruxo – a mando do próprio.

"Assim que eu retirar o fogo-fátuo ele vai querer incorporar no corpo mais frágil. E esse corpo seria o seu. Se quiser recebê-lo, sua presença é bem-vinda, do contrário, deverá ficar o mais longe possível daqui.". As palavras do bruxo ressoaram em sua cabeça. Não só isso o consternou, como também o fato de ter presenciado seu colega sendo amarrado em um banco de pedra com grossas cordas. "O ente terá que se manifestar mais uma vez para que eu possa perfazer o rito", disse o bruxo. Segundo ele, não havia como destruir ou eliminar um fogo-fátuo antes que ele cumprisse seu objetivo – matar seu hospedeiro; só restando a opção de ser removido e realocado. O bruxo explicou que, em um passado não tão remoto, membros da Irmandade das Sombras agiam em segredo – alguns contratados, outros apenas para fins didáticos – dentro de prisões e calabouços realocando os vapores pérfidos incorporados em nobres azarados e crianças travessas para dentro dos corpos dos prisioneiros. Na falta de um "corpo fusível" – nome dado aos sacrificados –, o fogo-fátuo poderia ser realocado para o objeto de maior apego para o hospedeiro, que deveria ser carregado eternamente junto ao seu corpo até a morte. "Se o objeto escolhido não for o correto, este homem não irá sobreviver", o bruxo deu-lhe uma última advertência. Como Sir Jamin havia previsto...

Negociar com um bruxo fatalmente traria algum mal.

Que os deuses o salvem, orou, sentindo seu estômago revirar.

— Jamin... – já devidamente seguro sobre o cavalo, Petrus suspirou e cortou os devaneios do ancião. — Se você é.... inquebrável...por que usa escudo então? – sua indagação, aliada à embriaguez de sua voz, saiu com um tom quase infantil.

Sir Jamin riu em um momento em que suas costas lhe pesavam tal qual uma bigorna. Em meio a preocupações que podiam tirar a sanidade de qualquer um, eram momentos como esses que o trazia de volta a uma realidade que podia ser suportada. Ainda que o rei estivesse inebriado com sua condição física atual, alguma lógica lhe restou para que pudesse formular essa pergunta. Aliás, talvez – pensou o cavaleiro zombeteiro – o fato de não estar sóbrio o tivesse realmente o ajudado a refletir nisso. Era como aqueles bêbados que, de repente, começavam a falar a verdade.

— Eu poderia lutar apenas com a roupa que vim ao mundo, não é mesmo? – o ancião respondeu com bom humor. — Eu nem sempre fui assim, inquebrantável, apesar de ter nascido com o sangue divino. E por muito tempo fui um cavaleiro comum antes de assim me tornar. Demorei a descobrir minha habilidade, e mais ainda para conseguir controlá-la. Digamos que eu visto armadura e escudo apenas para manter minha dignidade, como um pássaro que tem asas e não voa. Pensa que é como ter cabelos: eles estão lá, entretanto tu não precisas deles. Tu podes retirá-los, mas o manténs apenas porque és por eles afeiçoado – terminou de falar, porém ao virar-se para o rei, viu que ele havia desfalecido. — Majestade?

Sem obter resposta, mais uma vez, o âmago do cavaleiro se voltou para as trevas. Sir Jamin se encontrava em uma encruzilhada, tendo que ser rápido o bastante para salvar Petrus, e lento o suficiente para que o bruxo realizasse o ritual sem que ele fosse afetado. Decidido a se adiantar o melhor possível, o cavaleiro puxou o cavalo de volta ao covil do bruxo, na esperança de que, quando chegasse lá, o ritual estivesse já realizado e ele pudesse dar ao rei condições mais dignas de tratamento.

Quando a dupla adentrou a mina de *aurumnigro* com a ossada do dragão, Sir Jamin lamentou-se que Petrus não poderia ver a beleza do cenário que se desenrolava sob suas cabeças e a grandiosidade daqueles que reinaram em Exilium por longas Eras. Felizmente, entretanto, ele também não estaria acordado para ouvir o grito estridente que quase lhe estourou os tímpanos enquanto passavam próximos às ruínas do antigo templo.

Sir Jamin colocou a mão sobre seus ouvidos e sentiu as pernas molejarem. Agora livre, a montaria empinou, arrebatada pelo horrível som, e quase disparou levando Petrus consigo se não fosse pela intervenção rápida do cavaleiro. Logo, da direção da morada do bruxo, um ar quente e pesado foi lançado ao seu rosto. O ancião sentiu que, em meio àquele vento sinistro, dedos invisíveis acariciavam suas bochechas, e, então, as carícias viraram beliscos. A sensação, embora aterrorizadora, fora fugaz, e ele entendeu que aquilo que sentira era apenas um vestígio de uma força surpreendentemente maior, como em um último apelo, uma última maldade, antes de se esvair. Por instantes, ele sentiu um medo profundo, tal qual observar o vazio escuro de um poço decrépito não sabendo o que jazia em seu fundo; pois que se algo o pudesse matar de forma instantânea, apesar de seus poderes, esse seria o fogo-fátuo.

Depois, apenas o eco dos morcegos sobrou na imensa câmera.

Anestesiado – e envergonhado por subestimar o alcance do poder liberado através do ritual, que quase colocou a sua vida e a de Petrus em risco – Sir Jamin demorou algum tempo antes que voltasse a puxar o cavalo – que também sentira o impacto e resistia a andar adiante. Julgando o assunto estar encerrado, o cavaleiro avançou a duras penas até finalmente chegar ao seu destino.

O bruxo tinha seu rosto, boca e vestes ensanguentadas, e apresentava um semblante bastante cansado. No banco de pedra, Formiga estava desacordado enquanto uma espessa espuma branca caía de sua boca. Também partes de algum animal de pelo castanho se espalhava pelo chão, levando-o a não querer conjecturar o que havia sido realizado ali. Apesar disso, o que mais lhe chamou a atenção diante da cena macabra fora um pequeno item incandescente ao lado do ferreiro. Um utensílio que o acompanhara durante toda a jornada desde as Colinas de Bogdana, responsável pelo primeiro banquete do grupo, e que quase ninguém havia dado a devida atenção: um martelo.

Lá estava ele, um simples martelo de ferreiro com sua cabeça metálica dourada, ardendo tal qual uma brasa na forja. O item havia sido escolhido por Sir Jamin para que recebesse o fogo-fátuo – que supôs, com um frio na espinha, que fosse esse o objeto pelo qual ele tivesse mais carinho. Se essa era a escolha correta, agora seria o momento de saber; caso contrário, "o martelo seria destruído por dentro pelas forças aprisionadas e o hospedeiro imediatamente morto". Uma gota de suor desceu pelas têmporas do cavaleiro, enquanto ele, em pasmo silêncio, aguardava ansioso o resultado do processo ritualístico.

— Eis o terceiro – o bruxo falou, percebendo a respiração inconstante de Petrus.

— O mais bravo e valoroso entre todos – afirmou Sir Jamin, inferindo, porém, sem revelar, que se tratava do rei de Sieghard.

— Eu sei – o velho lançara um mistério no ar, deixando a entender que sabia da real identidade do homem sobre o cavalo.

— Pelo teu aspecto, vejo que travaste uma árdua luta – o cavaleiro desconversou. — Acaso atingiste teu intento?

O bruxo soltou uma risadinha bufada.

— Não há mal nenhum que você deixa sobreviver por tanto tempo que desapareça de forma tão imediata, Sir Jamin de Uzzi. Como homem sábio que é, achei que já deveria saber.

— Então, devemos esperar? – o cavaleiro denotou, sem perceber, uma certa aflição em sua voz.

O bruxo suspirou, desencantado com a conversa.

— Até que o martelo esfrie e o ente malicioso enraíze em sua superfície – disse, e se levantou apoiado pelo cajado. — Deixemos agora o tempo trabalhar. Se for da vontade das sombras, seu colega acordará como qualquer homem que acaba de nascer: em uma vida cheia de sofrimentos, transtornos e escolhas vazias. Este, em particular, já está cheio deles, mas, o que me intriga é que sua vontade de se apegar à vida é tão tola quanto formidável. Agora, chega de explicações, preciso descansar – concluiu e se retirou do espaço, ignorando a presença dos novos hóspedes.

Sozinho com Petrus em um ambiente ainda por conhecer e, aparentemente, deixado à vontade, Sir Jamin usou o tempo que lhe sobrara e o espaço que lhe fora cedido para tratar o mais rápido do rei. Afrouxou-lhe as vestes e o deitou próximo da fogueira em uma cama improvisada com a sela do cavalo e alguns cobertores. Levantou-lhe as pernas, conforme sua mãe lhe ensinara a agir em casos assim. Durante toda a noite, o manteve hidratado e lhe fez companhia. Comeu algumas frutas e raízes que se encontravam no alforje, e utilizou a panela do bruxo para fazer uma sopa. Entre uma olhadela e outra, observava o martelo de cabeça incandescente cujo brilho esmorecia lentamente; e, de quando em quando, orava a Khamil[3] para que salvasse tanto Petrus quanto Formiga da agonia que os acometia. Até que, enfim, exausto após fazer uma limpeza geral da câmara, Sir Jamin adormeceu.

E, ao acordar, foi surpreendido com o inusitado.

3 No panteão da Ordem, Khamil é o deus dos moribundos.

XL

A perda de um parceiro fiel!

A porta abriu com um estrondo.

O sol ainda não havia nascido quando Seok junto a quatro homens em trajes negros entraram no recinto onde Sir Heimerich, Braun e Victor repousavam. Em questão de instantes os três já estavam com seus pescoços sob a ponta de espada. Os dois primeiros foram erguidos à força e acordaram confusos, enquanto o arcanista apenas sujeitou-se de boa vontade à ameaça.

— Eu te disse, Heimerich, que esses vermes não merecem o chão que pisam! – o guerreiro vociferou.

— Cale-se, siegardo – Seok comandou. — Ou será o primeiro a ter a cabeça decepada.

Atraída pela confusão, Aka entrou em seguida no aposento.

— O que você está fazendo, irmão? Eles são nossos hóspedes!

O militar kenta ignorou o apelo da irmã.

— Nosso pai me deu a liberdade para agir da forma mais conveniente a respeito dos estrangeiros. E eu digo: não durarão esta manhã, pois que estes conspiraram contra nosso refúgio invocando um demônio de outro plano para nos atacar!

— O que? Deve haver algum engano! – Sir Heimerich se pronunciou. — Não temos nem mesmo um mago entre nós.

— Não me faça rir, cavaleiro. Desde que chegaram aqui tenho reparado em seu colega silencioso – disse, aproximando-se de Dídacus e o analisando de cima a baixo.

— O que está dizendo, Seok? – Aka insistiu, cética. — Demônio de outro plano? Em nosso palácio?

Seok virou-se para Aka.

— Sim, irmã. Um ser negro, etéreo, de pupilas brancas como a neve e um olhar malicioso pairava sobre o jardim em uma óbvia movimentação ofensiva. Porém, eu impedi suas intenções antes que ele chegasse a causar algum mal – ele explicou e depois retornou sua atenção para o arcanista. — E está na cara que temos um culpado.

Victor sabia através das informações reveladas que Seok estava falando de Ázero. Sua aparência incutia medo e perturbação, apesar de sua natureza servil. Ele também sabia que o gigante possuía um modo peculiar de se locomover que o conferia uma habilidade de chegar em muitos lugares – inclusive nos mais inóspitos – sem nenhuma dificuldade, e de modo veloz. O que o arcanista não sabia era o porquê Ázero estava lá e o que a sua visita significaria, caso não fosse interceptado por Seok.

— Não há nada que você possa conjecturar para concluir uma ligação entre o que viu e a nossa presença – respondeu Victor. — O que faz perante sua irmã e seus liderados é apenas um teatro para que você possa lançar seu ego de preconceito sobre estrangeiros, sobre um povo que está apenas do outro lado de uma linha imaginária de um mapa, tão humano e tão frágil quanto sua mãe que descansa no leito à espera de um fim para seu sofrimento. O que viu pode ser somente fruto de uma ilusão causada pelo seu desespero. Acaso não percebeu que os olhos deste ser parecia com os de todos os atingidos pela peste, inclusive com os de sua mãe? Não estaria você dando forma à sua desesperança? Tudo o que você mais deseja é cortar esse mal pela raiz. E foi o que você tentou fazer, possivelmente sem sucesso, já que este ser, como você mesmo disse, é etéreo e não pode ser atingido. Colocar a culpa em mim seria uma solução, uma saída rápida para essa situação que te aflige *aurora* após *aurora*, carcomendo sua alma. Sei que procura um culpado, e nós, siegardos, somos, obviamente para você, os principais suspeitos. Porém, eu te digo: não acredite em tudo o que seus olhos veem. Eles podem te enganar. Com toda essa fúria irracional, sendo você a única testemunha do caso, eu desconfiaria até de mim mesmo. Afinal, quem acreditaria em um louco? Imagino que essa não seja a educação típica de um kenta, nem tão pouco o comportamento de um militar exemplar.

Seok engoliu em seco o discurso de Victor Dídacus, não esperando que encontraria no homem palavras tão adequadas que o colocasse em dúvida sobre o que de fato vira na madrugada e sua própria sobriedade. *O miserável é um gênio*, refletiu, não sabendo mais como agir diante da vergonha que crescia em seu íntimo. Decidido, então, a não mostrar falta de controle perante os seus, Seok fez um sinal para que guardassem as espadas, retirando-as dos pescoços dos peregrinos. Victor deu uma piscadela para Sir Heimerich. O cavaleiro, educadamente, ajeitou a gola de suas vestes e retirou o ar preso de seu peito. *Graças a Destino temos o Victor entre nós.*

— Você acha que vai se safar assim, velhaco? – Braun estava irado. Sir Heimerich, de modo instintivo, colocou a mão no peito do guerreiro, visto que ele intentava partir para cima de Seok. — Ninguém coloca a espada em meu pescoço sem razão e sai ileso. Você vem aqui, enquanto dormimos, e nos ameaça de forma covarde e sem um pingo de honra, parecendo que não teve colhões suficientes para nos enfrentar de igual para igual. Você é um indigno, um fanfarrão. Venha, enfrente-me agora, ou recolha-se como um cão! – concluiu em meio aos pedidos do cavaleiro de manter a calma.

Irritado, Seok sacou sua espada, mas o movimento foi impedido por Aka. O militar forçou sua mão, porém sua irmã a manteve na bainha.

— Irmão, não leve isso à frente – apelou ela. — Em breve eles já não estarão mais em nossa tribo.

— Como não levar isso à frente, Aka? – Seok rangia os dentes. — O siegardo está certo. Fui cegado pelos meus próprios desejos e só há um jeito de reparar meu erro – disse, e depois aliviou o cabo de sua espada, retornando a um estado de aparente tranquilidade. Em seguida, caminhou até Braun e o encarou com frieza no olhar. — Eu, Seok Folha-Leve, da linhagem original do Patriarca, desterrador de Indra Chuva-de-Sangue, executor de Mongkut Finge-Rei, considero o seu pedido aceito. Prepare-se, guerreiro.

A notícia do embate entre Braun e Seok espalhou-se rápido pelo palácio e chegou aos ouvidos do líder kenta – que a recebeu com uma expressão nem um pouco agradável. Era esperado, em último caso – se provado algum tipo de maquinação contra a tribo –, que Seok levasse os estrangeiros para sua presença a fim de serem julgados e executados. Prendê-los na masmorra local também não poderia ser descartado, assim como um banimento imediato em casos mais leves. Entretanto, dentre todas as opções advindas de alguma subjugação dos siegardos, o que ele menos esperaria era um duelo que colocaria em risco não só a vida de seu filho, como também do principal guerreiro de suas forças. Não que ele não confiasse em Seok, pois sabia que ele havia sido bem treinado; ele não confiava era no adversário. Durante o dia, Aka tentara, sem sucesso, convencer o pai a interceder pela não realização da luta. Para o líder kenta, a escolha de Seok fora soberana e não havia nada que ele pudesse fazer. Se ele havia envergonhado a casa pelo seu comportamento, então caberia apenas a ele trazer a honra perdida.

Da outra parte, a misteriosa aparição de Ázero se tornou um assunto muito menos relevante frente ao desaforo de Braun e a consequência daí advinda. Sir Heimerich perdera sua temperança, e Victor, mais uma vez e sempre com frequência, debatia consigo mesmo o quão irracional e pueril é o homem comum. Fosse qual fosse o resultado, todos sairiam perdendo. Se Braun vencesse, os siegardos poderiam esquecer qualquer ajuda futura das tribos do Norte, além de causar uma rixa ainda maior entre eles e Sieghard. Com a morte de Seok, os kentas amargariam uma pesada derrota para um povo que já sofria devido à peste. O contrário, entretanto, também implicaria em um baque profundo na dupla restante, não só pelo amigo que perderiam, como também pela perda de uma força indispensável na guerra em Chiisai.

Após um breve desjejum regado a ovo preto e chá, onde um silêncio incômodo reinou por um longo tempo, Braun vestiu um pesado roupão kenta e resolveu caminhar pelo pátio do palácio. No alto das montanhas vahanianas não havia sinal da fumaça escura de Bakar que tingia o céu de cinzas, e o sol, ainda que em toda sua plenitude no azul celeste, mal aquecia a pele da mão. Entre um ladrilho e outro, disposto de forma organizada criando caminhos entre um verde-pálido jardim, o guerreiro encontrou um rebolo. Então, como se cuidasse de uma criança, ele pegou seu montante de batalha, e começou a amolá-lo. Ensinado pelo seu pai, Bahadur, era uma tarefa que ele sabia fazer desde criança e, com o passar do tempo, deixou de ser somente uma tarefa para virar um rito – de purificação da alma, de expurgação dos espíritos de covardia. Ali, milhas e milhas reais afastado de sua úmida e cálida cidade ao lado do Grande Lago, Braun pensou em Tara, sua esposa, e como ela havia lhe dado felicidade ao gerar seus cinco filhos. *Meus guerreiros*, ele relembrou com carinho, e sentiu um aperto no coração ao se perguntar como estaria sua família neste momento. *Bah, quanta bobagem, com certeza estão chutando a bunda daqueles miseráveis de Linus*, ele tentou desviar seu foco. Também a lembrança de sua finada mãe apareceu entre lapsos de acontecimentos da sua infância, e ele sorriu, ao pensar como seu pai, que podia superar a força de um troll, ficava tão pequeno frente à força da mulher que havia escolhido para passar a vida. Não demorou muito para que uma lágrima caísse de seus olhos. Quando ele a enxugou, uma mão pousou sobre seu ombro. Era Sir Heimerich.

— Está na hora, Braun. Esta espada já está mais que amolada.

O guerreiro se levantou, passando o dedo sobre o fio do montante e se satisfazendo ao ver uma gota de sangue surgir de sua pele. O nobre o acompanhou pelo trajeto sem tirar a mão do ombro do guerreiro, tal qual amigos que descobriram na amizade um grande valor. Na noite anterior, Sir Heimerich queria o esganar de raiva; agora, ele segurava um nó na garganta ao somente pensar que poderia não o ver mais na próxima noite. Sem palavras para dizer um ao outro, a dupla seguiu até uma área de terra reservada para o adestramento de cavalos. Lá, Seok o aguardava junto ao seu pai e sua irmã. Quando Braun chegou, o militar kenta se afastou, deixando sua família, e se posicionou ao centro da zona de combate. Nesse momento, um vento gélido e repentino veio das montanhas e levantou as folhas secas do chão em uma espiral de ar.

Sir Heimerich estendeu a Braun as duas manoplas de sua armadura para que ele as vestisse.

— É sério isso?! – ele resmungou, cético com a atitude do colega.

— Confie em mim. Vai precisar disso – o nobre encarou o guerreiro com veemência.

Balançando a cabeça em negação, Braun colocou as manoplas com a ajuda de Sir Heimerich e o tempo parou, como se ele existisse apenas para aquela finalidade. Até então, era um tipo de cuidado que Braun nunca recebera de um lorde askaloriano, demonstrando que ali, em um momento que se tornava quase íntimo, suas diferenças finalmente haviam sido superadas. Após finalizar o ato, parecia que tudo estava pronto para que o combate se iniciasse, contudo, o nobre achou que deveria dizer-lhe algumas últimas palavras.

— Braun... – ele começou.

— Não há o porquê se despedir com suas palavras cordiais e discurso de mel, lordezinho – interrompeu o guerreiro. — Uma hora ou outra esta luta iria acontecer, sabe bem. Esta é a minha oportunidade. Se eu cair, encontre Tara e diga o que aconteceu. Em alguma *aurora*, meus filhos irão vingar o pai.

— Eu iria dizer para não fazer merda – o nobre riu, contrariando as expectativas de Braun. Logo, o guerreiro fitou o nobre e gargalhou.

— Da forma como falou, pressinto um grande guerreiro nascendo – ele bateu no peito do paladino.

Os dois entraram em consonância instantânea. Sir Heimerich olhou para Seok e suspirou, virando-se depois para Braun com uma expressão suave, tal qual um velho que, à beira da morte, olhava o resultado de sua vida e aceitava com satisfação o seu destino.

— Até breve, então, Braun de Kêmen. Que a Ordem o guie! – disse, segurando forte seus dois braços.

O guerreiro acenou com a cabeça e empunhou seu montante, preparado para enfrentar aquele que poderia ser seu último adversário. Inspirando profundamente, Braun deu um passo à frente na direção de Seok e se afastou de Sir Heimerich. Quando estava há poucas braças do militar, o líder da tribo deu o sinal para que o duelo se iniciasse.

Braun avançou com fúria contra Seok, que, por sua vez, mantinha sua espada em uma posição vertical com os dois braços acima do rosto. O guerreiro tentou uma estocada no peito do adversário, porém o Kenta desviou-se com facilidade e desferiu um golpe rápido nas costas do kemenita, cortando o tecido da vestimenta e sua pele por debaixo dela.

Braun sentiu um leve calor e o sangue ferver. Seok o havia acertado sem que ele visse de onde veio o ataque. O guerreiro cuspiu e se preparou para uma nova abordagem. Mais uma vez, ele avançou investindo em um golpe transversal. Seu adversário travou o movimento com sua espada, girou o corpo e desferiu mais um golpe que o cortou próximo à cintura.

— Maldito! – blasfemou o siegardo. — É só isso o que você tem? – ele se irritara e tentou infamar seu oponente.

Observando a tudo, Sir Heimerich tinha o coração acelerado. Se Braun não mudasse sua estratégia, o próximo corte poderia ser fatal. O nobre sabia que Seok se aproveitava da pouca distância para atingir o guerreiro. A lâmina de Braun tinha mais envergadura e se ele se aproximasse demais estaria em completa desvantagem. A arma do adversário, pelo contrário, além de mais curta era mais leve – o que lhe conferia velocidade. Desesperançoso, Braun olhou para o cavaleiro que aproveitou a ocasião para lhe acenar, insinuando que ele deveria manter a distância.

Na terceira tentativa, o guerreiro refreou seu ímpeto. Seok se aproximou para atacar e Braun deu um passo para trás. O golpe veio de cima para baixo e foi bloqueado pela guarda do montante do guerreiro, que não só evitou que sua mão fosse cortada, como lhe deu a oportunidade de impelir a lâmina à frente e furasse o peito de seu oponente quase na altura do ombro. Seok urrou de dor, retrocedendo imediatamente.

— O próximo será no olho! – alertou Braun aos brados de ameaça.

Os dois combatentes, cada qual suportando seus próprios ferimentos, viram-se um temendo ao outro. Nenhum queria tomar a iniciativa. Por um momento rodearam a arena, se estudando olho no olho. Finalmente, Seok mudou sua posição de guarda, colocando a espada apontada para a frente apoiada sobre o dorso de uma das mãos, e lançou-se à frente. O primeiro golpe veio tal qual um raio na altura do pescoço de Braun. O guerreiro por pouco não o bloqueou. Com a proximidade do kenta, o guerreiro viu que deveria afastá-lo de alguma forma e o fez acertando-o na barriga com um violento chute. Com Seok desequilibrado, Braun desferiu um golpe de baixo para cima, no que seu adversário desviou com um rolamento para o lado. Dessa vez, quem partiu com fúria a toda velocidade fora Seok enquanto o siegardo ainda se recuperava de seu último ataque. Então, desprotegido, Braun sentiu a lâmina de seu adversário furar seu peito com um baque seco.

— Pela Imaculada Ordem! – Sir Heimerich desabafou. — Por Ieovaris e todos os deuses! Isso não pode estar acontecendo!

Também Aka abafou um grito inesperado.

Victor, que ao longe, via a luta, não pôde deixar de se emocionar com o resultado do duelo. Eis que o grande guerreiro enfim caía. Não havia vergonha nesta derrota. Haviam lutado de igual para igual, como louváveis combatentes, e agora, Braun teria o que mais queria: lutar eternamente nos campos de batalha divinos.

Ao lado do guerreiro estarrecido, Seok mantinha firme a espada fincada em seu peito. No entanto, a ponta não penetrava mais do que já havia penetrado. Em um golpe que mesclara agilidade e extrema força, com a mão protegida pela manopla, Braun havia segurado a lâmina de seu adversário antes que ela atingisse seu coração. Seok tentava empurrar ainda mais sua arma enquanto o kemenita, tomado por um furor inigualável, aos gritos e com todo seu vigor, impedia que este realizasse seu feito. Com o braço esquerdo livre – e aproveitando a vulnerabilidade do adversário –, Braun se preparou para lançar um ataque fatal contra Seok quando, repentinamente, a imagem de Sir Heimerich lhe veio à cabeça: "Não faça merda", repetia ele, "Não faça merda". Então, com o pomo de seu montante, o guerreiro desferiu uma pancada contra a têmpora do militar, que caiu desfalecido frente à potência do impacto.

Depois, devagar, o siegardo retirou a lâmina de seu peito, lançando-a ao longe, e colocou o pescoço de Seok na ponta de sua espada – tal como seus homens fizeram com o trio mais cedo.

— Seja o que for que houvesse entre nós, homens do sul e a casa dos Kentas, este assunto está terminado – Braun falou alto para que Aka e o líder da tribo ouvisse.

— Lutamos como deveríamos ter lutado, como guerreiros dignos. Agora, não resta mais ódio, apenas honra. Acima de tudo, agradeçam a Heimerich por eu ter deixado este homem vivo – apontou para o cavaleiro. — Ele por quem eu devo a vida e a glória desta vitória.

Com a reviravolta do resultado, Victor – que há pouco havia se lamentado – esboçou um sorriso de alegria. Um sorriso, entretanto, que lhe causaria misteriosas consequências, no que ele repentinamente sentiu uma fraqueza imediata, como se um parceiro fiel estivesse o abandonando.

Não só isso – e isso ele demoraria para saber –, mas os vincos de sua pele tornaram-se um pouco mais profundos.

PARTE III

O peso do Grande Martelo

Sobre como a necessidade de uma vitória impossível pode levar homens a limites desconhecidos.

XLI

Memórias que valem a pena serem salvas

— Victor, você vem ou não? — perguntou Caelius, seu amigo de infância. Dentre aqueles que cresceram com Victor, Caelius era o mais próximo e íntimo. Este, por sua vez, considerava Dídacus como um irmão, já que havia ele sido criado rigorosamente pelos seus pais segundo os preceitos da Ordem dos Silvestres. No entanto, durante a última temporada, a amizade de mais de vinte e cinco verões entre eles estava abalada, já que Victor — o membro mais diligente da comunidade — passava por um processo de ressignificação de tudo o que aprendera até então.

O convite feito por Caelius dizia respeito ao rito de adoração à Destino no santuário de pedra próximo à costa oeste de Sieghard. O local era um descampado litorâneo onde a Floresta dos Viventes alcançava seu limite. Ao final do dia, quando o sol se escondia na imensidão de *Maretenebræ*, os raios solares se projetavam entre duas colinas — localizadas no Bico de Astur — e atingiam o aro rochoso do santuário em um evento dado como miraculoso. Toda a comunidade era obrigada a participar do rito onde animais eram sacrificados e alimentos levados em oferenda para oblação a Destino.

— Eu não vejo motivação para ir – respondeu Victor, escorado em uma larga árvore enquanto descascava um fruto com sua pequena adaga. — Destino não estará lá.

Caelius já se irritara antes com Victor e suas respostas petulantes, porém, desta vez, ele inspirou profundamente, determinado a entender seu amigo.

— E onde está Destino, Victor? – ele segurou o ímpeto.

De forma calma, Dídacus se levantou e chupou o suco do fruto que segurava.

— Está aqui – ele apontou para o fruto. — E agora está dentro de mim.

Caelius se aproximou de Victor e colocou as mãos sobre os ombros do amigo.

— Abandone estas ideias, meu irmão, elas não vão te levar a nada! – suas palavras vieram zelosas, e com um pingo de desespero. — Por causa delas, sinto que estou te perdendo.

— Você não percebe, então? – indagou Victor com um sorriso labial.

— Que mais parece que está ficando louco?

— Não, Caelius. Que tudo o que fazemos aqui é uma encenação!

— O que quer dizer, Victor? – o amigo já demonstrava aflição.

— Destino está em todo lugar, não somente naquele monte de pedras, não naquele único momento do dia como se fosse um mestre com hora marcada, que ensina e depois vai embora. Ele não precisa de sacrifícios, ou de alimentos. E também não precisa de nossos caprichos como se ele fosse um homem facilmente irritável. Ele está à nossa volta, e, também, dentro de nós. Somos Sua essência e Ele nossa essência além do ambiente que nos permeia. Só basta que fechemos os olhos e O encontremos para que nos alimentemos de sua energia. Cultuamos tanto a natureza, os animais e os insetos, somos incentivados a não os matar, porém não conseguimos compreender que cada elemento desta terra possui uma centelha de divindade que é indivisível, é parte de um todo que não precisa ser adorado, apenas sentido. Partes que são facilmente transferíveis, como o suco que saiu deste fruto e agora se tornou parte de mim. Chamamos a morte de fim, porém ela não o é. É simplesmente uma transferência de energia.

Caelius silenciou-se sentindo uma imensa frustração. Decidido a não levar mais adiante a discussão, encarou Victor com ternura.

— Eu esperava mais de você, irmão – disse, enfim. — No entanto, parece que você escolheu outro caminho. Não reconheço mais aquela pessoa alegre e otimista que sonhava em ser um sábio grão-mestre dos Silvestres. Meus pais te abraçaram como a um filho quando você apareceu perdido na floresta e, agora, você blasfema contra nossa comunidade. Em pouco tempo, tornou-se um homem triste em busca dessa *sua* verdade. Eu só espero que, quando a encontrar, perceba o quão errado estava – concluiu, deixando o amigo sozinho.

"Victor, Victor", as vozes eram ouvidas ao longe, chamando-lhe. Em sua cabeça, memórias de um passado remoto e nostálgico ainda retinia.

— Caelius? – ele acordara, finalmente, deparando-se com Braun e Sir Heimerich. O trio estava de volta ao quarto do palácio onde haviam passado a noite.

Braun fitou o nobre e ergueu a sobrancelha.

— Ora, ora, vejam só. Não só o Queixo-de-quiabo tirou uma soneca, como também sonhou igual uma criancinha. Pensei que nunca iria ver esta *aurora*.

— Foi um pesadelo – Victor justificou. Porém, Braun sabia que o arcanista mentia, pois enquanto ele dormia, o guerreiro pôde perceber um tímido sorriso por sobre um semblante sereno.

— Como você está? – perguntou Sir Heimerich.

— Não sei por que pergunta – rebateu Dídacus. — Sabem bem que não me importo com suas preocupações. Eu não sou importante para ninguém; e se sou para vocês, é meu dever alertá-los da frustração que daí pode advir.

— Nós não perguntaríamos caso não tivesse envelhecido o equivalente a dez verões – informou o nobre.

— Foi um momento de fraqueza – o arcanista fingiu não se surpreender. — Não irá acontecer novamente – enfatizou. — Eu... – ele tentou se levantar, entretanto foi pego por uma fome avassaladora, que o fez levar sua mão à barriga. — Eu preciso de energia. Preciso sair daqui para me recompor.

— Não tão depressa, sabichão – Braun o acalmou. — Tem certeza de que não quer uma maçã? – perguntou, pegando um dos frutos que se encontrava em uma bandeja de madeira próxima.

Imediatamente, Victor estancou ao lembrar do gosto doce e suave do suco que uma vez – e por inúmeras vezes – já se espalhou por toda a sua boca. A imagem de Caelius lhe oferecendo o fruto surgiu no inconsciente e sua mente foi arrebatada pelos sentimentos gerados pela lembrança, levando-o a momentos felizes junto aos seus amigos, de quando se embrenhavam na mata em busca de maçãs. Por um instante, sua mão quase pegou o fruto oferecido por Braun, mas, ao notar novos vincos surgindo na pele, Dídacus lutou contra a própria vontade e abandonou o leito, seguindo para a porta e deixando os companheiros para trás.

— Victor! – Sir Heimerich chamou-o, em vão.

No pátio aberto do palácio Kenta, o azul do céu esmorecia dando lugar a tons arroxeados – e alertava que o dia iria se findar. O arcanista, desesperado e debilitado, avançava tal qual um homem manco e encontrou, próximo dali, em um pequeno tanque decorativo, o que mais desejava: muitos peixes, de várias cores, tamanhos e formas. Sem pensar duas vezes, entrou na resfriante água, sedento pela essência vital daqueles seres. Não demorou muito para que todos os peixes do tanque emergissem de barriga para cima, mortos.

Victor estava revigorado, porém, sua idade não havia retrocedido. Observando os dedos envelhecidos, ele se arrependeu de sua fragilidade, prometendo a si que resgataria o que lhe fora tirado. Preocupava-se também com o fato de que se tornava mais humano e suscetível a emoções. Talvez, o convívio com o grupo houvesse lhe contaminado. Agora, nada poderia lhe tirar mais um verão a mais de sua vida.

— Espero que Aka faça um bom assado desses peixes – disse Braun, zombeteiro, aproximando-se na companhia de Sir Heimerich.

— É com isso que está preocupado? – questionou o nobre. — Eu só espero que esses peixes não sejam alguma divindade ou objeto de adoração dos kentas. Visto que já causamos confusão demais por aqui, só nos faltaria sermos culpados de alguma espécie de teocídio – concluiu com bom humor; no entanto – e Sir Heimerich logo sentiria em seu âmago – a visão do companheiro dentro da água passava longe de transmitir uma boa impressão.

Tendo suas vestes escuras encharcadas, com um semblante que denotava raiva e decepção, envolto pela morte e um tênue brilho esverdeado, Victor se assemelhava a um prego remanescente de uma antiga construção que desabara. De ponta para cima, fincado em uma tábua de madeira, o objeto solitário aguardava a desatenção de um viajante para que lhe pudesse infligir a dor da solidão e do esquecimento. Por um momento, Braun e Sir Heimerich ficaram sem palavras.

— O que foi que eu perdi? – falou Victor, finalmente, evitando comentários sobre sua situação. — A *aurora* se finda e não sei quanto tempo fiquei desacordado.

— Desde a manhã, digníssimo – respondeu o cavaleiro. — Após o golpe sofrido na luta, Seok acordou aturdido e envergonhado, e estava destinado a pôr um fim em sua própria vida de acordo com uma tradição kenta que, para nós, beirava o absurdo – Victor levantou uma sobrancelha, intrigado. — Seu pai, todavia, o proibiu, argumentando que não havia vencedores ou perdedores, porém, como forma de expiar o resultado de seu comportamento, o enviou para o templo, onde terá que realizar um jejum de silêncio por pelo menos uma *lunação*. Quanto a Braun... – ele olhou para o guerreiro —... seus ferimentos foram devidamente cuidados pelos médicos da tribo que possuem excelentes técnicas medicinais. Fomos bem alimentados durante nossa estadia e, agora, só nos resta partir para Chiisai. Aka está providenciando comida e recursos para a jornada. Porém, antes de irmos, é importante sabermos como está sua consciência.

— Independentemente de como está minha consciência, eu irei – respondeu, de forma ríspida.

— Veja bem, Victor – sublinhou Sir Heimerich, ciente do jogo que o arcanista queria fazer. — Vimos o seu desespero, e sua presença é sempre bem-vinda. Mas, nós não queremos alguém descontrolado ao nosso lado, absorvendo essência de homens e animais que sejam importantes para o nosso objetivo. Já que nos parece transtornado, peço que reavalie sua ida. Você pode ir ou ficar, nós não nos importamos, é um homem livre; contudo, se você for, eu quero saber que tipo de pessoa nos acompanha.

Victor suspirou, olhou para o céu quando a primeira estrela surgiu, e assim permaneceu contemplativo até que um peixe sobrevivente passou ao seu lado. Ele, então, decidiu se abrir.

— Eis a minha riqueza, Heimerich – o arcanista respondeu, atento ao animal de escamas laranjas que deslizava ingenuamente no tanque.

— Isso eu já havia entendido – declarou o nobre. — Essências vitais.

Claramente, você não entendeu, pensou.

— Tempo – ele o corrigiu, pegando o peixe na mão sem muita resistência. — Se deseja mesmo saber que tipo de pessoa eu sou, saiba que sou um homem dominado pela avareza, acumulando tempo, incapaz de compartilhá-lo. Cada um destes pequenos seres contém a raiz do meu vício. Sou um sovina, um mesquinho, um egoísta; e não me arrependo disso – concluiu, ceifando rapidamente a vida do animal enquanto discursava. Depois, encarou Sir Heimerich, esperando que sua fala o tenha causado algum impacto negativo.

— Uma vez me disseram que as maiores almas são tanto capazes dos maiores vícios como das maiores virtudes – respondeu o nobre, compadecido, contrariando sua expectativa. — Eu vejo que, por debaixo dessa casca de vício que você criou para si, existe uma alma virtuosa.

— Prefiro um vício cômodo a uma virtude que fatigue – Victor tentou diminuir o discurso.

— Pelas barbas negras do dragão – Braun interrompeu, impaciente. — Eu já devia ter me acostumado a esse lero-lero, mas eu simplesmente não consigo. Victor, você é um cabeça-dura, todos nós já entendemos isso. Você envelheceu? Bem-vindo ao nosso mundo. Tem pessoas que morrem sem saber que podem ficar mais velhos. E Heimerich, eu confio muito mais em alguém que envelhece como a gente do que em um que se mumifica vivo – disparou, sem pensar muito no que dissera. O nobre e o arcanista ficaram um pouco confusos e não rebateram o colega, resumindo-se a apenas olhar para o kemenita em fúria. Apesar da cena peculiar, as atenções logo se voltaram para o som de vozes que atravessavam o pátio. — Bom, acredito que é chegada a hora – apontou Braun. — Eu vou voltar para o quarto, pegar minhas coisas e partir, pois, para mim, mais vale uma espada cega na minha mão do que uma língua afiada na minha boca.

Sir Heimerich encarou Victor e deu de ombros.

— Braun está correto – apontou o paladino, sentindo-se envergonhado frente à maneira simples e verdadeira do guerreiro de ver a situação – que não queria, nem desejava, passar algum discurso moral. — Bem-vindo ao mundo daqueles que vivem, Victor. Agora você é um de nós – concluiu e se retirou, abandonando o arcanista em sua piscina de devaneios.

Ao chegarem à porta do quarto, Aka os esperava junto ao seu pai e três besteiros de sua patrulha. Tanto a patrulheira quanto os homens de sua equipe carregavam em suas costas mochilas recheadas, além de ganchos, cordas e estacas de metal. Na cintura traziam suas peculiares bestas kentas, novamente apresentando formatos, tamanhos e desenhos característicos, o que levava a crer que suas armas tinham um significado individual ou familiar de grande importância na tribo. Quando Sir Heimerich postou-se entre o grupo, Aka pronunciou em voz firme *"Zi-gu-iguan"*, no que seus liderados imediatamente se aprumaram e abaixaram a cabeça em sinal de respeito.

— Comandante – cumprimentou ela com altivez.

— Nobre Aka – o cavaleiro retribuiu. — Senhores... – ele se direcionou à patrulha. — Agradeço a confiança depositada por vocês em minha pessoa e a boa vontade em nos ajudar – disse. Depois, virou-se para o líder e o encarou compenetrado. — *Laoban*, obrigado por ter recebido a mim e aos meus companheiros. E nos desculpe pelo Seok. Não foi nossa intenção causar problemas a vocês. Seu filho é um grande guerreiro e muito me honraria tê-lo ao meu lado lutando em prol de um mesmo objetivo. Quanto à sua senhora... – ele fitou Braun, pensando que em breve encontraria um dos Thurayyas, deu-lhe uma piscadela e voltou sua atenção ao kenta. — ...Meu conselho é que não perca suas esperanças.

— Apesar do histórico não tão amistoso entre nossas nações, Heimerich, desejo que Sieghard se sobressaia – respondeu o líder, denotando uma emoção bastante contida.

— Assim como Helmfried, que arriscou sua vida em luta contra um cavaleiro de sua própria ordem para que pudéssemos desfrutar de nossa independência, ainda que por um curto período, vocês provaram ser homens honrados e bravos combatentes. Que Hanan'im os tenha em mais alta estima – elogiou, comprovando que o duelo entre Seok e Braun, ao contrário do que se imaginava, havia sido visto com bons olhos pela entidade máxima kenta. O nobre sorriu e agradeceu com um aceno de cabeça. Braun também ficou satisfeito com as palavras do líder e encheu seu peito de orgulho. — Aka, aguardarei você no final da próxima *aurora*? – o líder direcionou o olhar para a filha.

Ela, por sua vez, vacilou na resposta e mordeu os lábios.

— *Appá*, eu decidi me juntar ao *Zi-gu-iguan* – revelou, finalmente, e seu pai cerrou as sobrancelhas em uma clara expressão de insatisfação. — *Appá*, eu sei que você não acredita, mas algo em mim está me dizendo para eu confiar na minha intuição.

— Minha filha, você confunde o Verbo Esquecido da profecia com os dizeres de uma dívida esquecida no tempo – argumentou o pai.

— Ninguém sabe o que é o Verbo Esquecido, e ele pode ser muito bem estes dizeres. Afinal, há quanto tempo aguardamos que eles sejam pronunciados? – Aka rebateu, deixando o líder pensativo. — *Appá*, deixe-me ir.

— Para uma guerra?

— Não é tão diferente da situação das tribos antes dessa doença nos atingir. E você sabe que eu já provei o meu valor – ela disse firme.

Um longo silêncio se fez entre a companhia. Com a última luz do dia se esvaindo, o frio voltara a castigar a região – e permanecer parado nas intempéries das Terras Abandonadas gerava uma dor que podia ser sentida até nos ossos. Na demora de uma resposta, as pernas dos visitantes começaram a tremer. Tanto Sir Heimerich quanto Braun ansiavam por uma nova adição ao grupo – em especial, uma que pudesse infligir danos de longa distância. Aka, apesar de provir de uma nação inimiga, havia demonstrado ser destemida e confiável o bastante para somar e muito aos esforços dos Enviados. O líder kenta, ainda muito conturbado e indeciso, parecia mastigar as palavras para um veredito final, até que sua filha falou o que realmente importava para ele.

— *Appá*, não faço isso por Sieghard. Faço isso unicamente pela memória de nosso povo, por acreditar que estamos diante de, provavelmente, nossa única e última chance de salvação. Deixe-me provar que estou enganada.

— Isso pode significar a sua morte, sabe bem disso – alertou o pai.

— Ou a vida para todas as tribos do norte.

— Muito bem, Aka. Você tem a minha permissão – ele, enfim, concluiu em um tom de resignação. — Que Kah-Non tenha misericórdia de minha decisão.

— Obrigado – Aka agradeceu de forma solene. Em seguida, virou-se para Sir Heimerich e Braun. — Para Chiisai, então? – a dupla aquiesceu, satisfeita. — Muito bem, peguem suas coisas, certifiquem-se de não deixar nada para trás. E, acima de tudo, preencham-se de coragem, pois irão precisar!

As palavras da guerreira kenta soaram como um estímulo revigorante para os ouvidos dos siegardos. Ela em muito lembrava Chikára antes de sua queda. Aka era decisiva, proativa e motivada – além de ter uma forte personalidade. A inclusão de mais um membro na comitiva – que conhecia a região, sua história e trazia uma nova habilidade – deixava Sir Heimerich mais confiante e seguro do resultado da guerra em Chiisai e ainda mais orgulhoso de suas decisões.

Para Braun, entretanto, a única certeza que ele tinha era de que, não obstante o resultado, ele lutaria com todas as suas forças – com ou sem Aka.

XLII

O poder do meio

As festividades em homenagem à Flidas[4] se iniciavam. Sob o céu ensolarado de outono, tambores rufavam e chocalhos eram sacudidos em rápidos compassos. De toda Everard, desde os povos das estepes do norte até verdejante Adaluf na baixada, os melhores caçadores se agruparam na entrada da Floresta dos Viventes. Cada homem e mulher que se apresentara vestia roupas típicas de sua família, que variavam desde o uso extravagante de penas de cores exóticas a peles de bestas ferozes, e traziam às costas dardos e arcos de diferentes portes, adornados com runas e pedras coloridas. O objetivo era simples: o caçador que entrasse na densa vegetação e voltasse com dez aves e um animal de médio porte – um javali ou um cervo – em menos tempo, seria o vitorioso.

Quando Roderick se apresentou, mulheres suspiraram ao vê-lo – assim como alguns homens. Sua bela aparência e suas roupas provocativas chamavam a atenção do numeroso público. Porém, mais do que a fama que lhe rendia os verdadeiros olhares de admiração e respeito, dessa vez, era a expectativa que tomava os corações do everardos. O campeão de Adaluf havia perdido os três últimos torneios e se tornado uma incógnita na competição. Uns diziam que sua mira já não era a mesma, que seus olhos não enxergavam tão longe. Outros acreditavam que sua alma estava inquieta, que havia algo sombrio por trás de sua queda. Mas Roderick não podia perder desta vez.

Não podia falhar mais uma vez.

---

4 Flidas: deusa da caça.

Quando as batidas cessaram, Roderick projetou-se com velocidade para dentro da imensidão da selva. Muito à frente de seus concorrentes, ele aguçou sua audição, em um breve momento de quietude, para logo depois desferir um tiro de flecha certeiro no peito de um pisco-de-peito-roxo.

Com um início de corrida favorável, o campeão de Adaluf sorriu satisfeito, e, como era de se esperar, não demorou para que tivesse em mãos as dez aves requisitadas para ganhar o torneio, faltando-lhe apenas abater o último animal. Atento a pistas, bastou um breve olhar para que observasse pegadas de um javali não muito longe dali. Com passos leves e sorrateiros, Roderick avançou contra o vento sem balançar uma folha e, ao avistar sua presa, acertou-lhe colocando uma flecha em seu pescoço. A fera grunhiu de dor, mas por pouco tempo.

O que ele não esperava, contudo, era ouvir o som de outro javali próximo sendo abatido, alertando-o que um caçador também estava para finalizar a corrida.

Lutando contra o tempo, Roderick disparou em direção ao seu abate e, colocando-o imediatamente sobre seus ombros, tratou de buscar a saída da floresta. Todavia, um frio na espinha o acometeu, seguido por um silêncio carregado de tensão. As árvores pareciam ter prendido a respiração, e o vento cessou. Tal qual uma entidade viva, rastejando pela vegetação e engolindo tudo ao redor, uma névoa surgiu – com sombras se movendo dentro dela – e entorpeceu suas vistas. Perdido e sem saber para onde ir, ele estancou. Das brumas, rostos fantasmagóricos surgiram, disformes, trazendo expressões grotescas. Alguns sorriam de forma doentia, outros sussurravam em línguas esquecidas.

— Afastem-se! Quem são vocês? – ele perguntou, confuso.

Ignorado, os rostos se aproximaram, cobiçando a caça do campeão de Adaluf. Em forte palpitação, o arqueiro colocou o javali no chão e disparou contra um dos seres, sem sucesso: a flecha havia o atravessado sem atingi-lo. *Isso não é real. Não é real*, refletiu, mas os gritos penetravam sua mente como lâminas afiadas. Desesperado, repetiu os tiros diversas vezes até que ficasse sem flechas. Agora, era preciso mais do que tudo proteger seu prêmio.

— Vocês não vão me tirar esta vitória! – gritou. No entanto, ao recuar sobre o javali abatido, ele percebeu que, em seu lugar, ali estava o corpo de Formiga.

Os espíritos avançaram em um fluxo espiral. As vozes sussurravam, algumas chamavam seu nome, outras riam. O cheiro de carne podre invadiu suas narinas e o mundo começou a rodar. Roderick encontrava-se no meio de um redemoinho de sombras e fantasmas.

De repente, algo agarrou o pulso do arqueiro. Frio. Cortante. Uma dor queimou sua pele como se ferro em brasa a tivesse tocado. Ele se debateu, mas a névoa parecia ganhar forma, enrolando-se em torno dele como mãos esqueléticas.

— Você não vai sair nunca mais daqui... – uma voz áspera e sibilante, composta por dezenas de vozes sobrepostas, veio de todas as direções. — ...até que nos entregue seu prêmio.

Sir Jamin acordou confuso, não imaginando que tinha se entregue ao sono. Por um momento, quis se martirizar por fugir de sua responsabilidade para com o rei – mas, isso, antes de perceber que seus esforços não haviam sido em vão. À frente dele, Formiga conversava com Petrus em um bate-papo animado sobre a melhor maneira de tosar ovelhas. O rei, sentado – e apesar de ainda pálido e abatido –, expressava alegria pelo retorno do colega à sua sanidade. Da mesma forma, o ferreiro se satisfazia pela companhia humilde do soberano. Aparentemente, os dois já haviam superado as rusgas que nasceram entre eles nas últimas *auroras* devido à força do fogo-fátuo.

— Pela Ordem, Jamin. Achava que nem o dragão de barba negra o acordaria! – disse Formiga ao reparar que o cavaleiro havia se mexido.

Apesar da atmosfera de uma inusitada tranquilidade, o coração de Sir Jamin acelerou ao que ele percebeu que Formiga segurava o martelo utilizado no ritual – como se estivesse alheio ao que aquele objeto agora significava.

— Senhor Formiga, não te desfaças tu deste martelo! – o ancião comandou, exasperado, levantando-se de supetão e espantando os espectadores.

— Calma lá, vovô. Está dizendo para um ferreiro, o melhor de Sieghard, inclusive, que não se desfaça do único instrumento que lhe sustenta? – o alodiano gargalhou, demonstrando que seu humor havia voltado. — É como pedir para uma criança não se desfazer de um doce.

— Não se preocupe, Jamin – disse Petrus, tentando tranquilizar o cavaleiro. — O compromisso de Formiga com este martelo é tanto dele quanto meu.

Sir Jamin se acalmou e suspirou aliviado. Recompondo-se, bateu a poeira de suas vestes e se aprumou como um verdadeiro e equilibrado Cavaleiro da Ordem.

— Desculpai-me vós, senhores. Meu sono nesta caverna me trouxe apenas aflição – ele se explicou. Depois, virou-se para o soberano com delicadeza. — Então... tu soubeste? Tuas feridas elas...

— Eu vou ficar bem, Jamin – o rei interrompeu. — Graças aos seus cuidados, sinto-me um pouco mais forte, porém...Roderick... – lamentou-se, engolindo um nó em sua garganta.

— Ele salvou Formiga, escolhendo condenar sua alma para que pudesse continuar entre vós – o cavaleiro completou o que Petrus não conseguira dizer.

— Eu não me conformo com isso – o rei encontrou sua voz novamente. — Deve haver uma forma de libertá-la.

— Admiro teu apreço por buscar fazer o que é bom, majestade, e rogo-te para que continues tu neste caminho – elogiou o cavaleiro. — Porém, para este caso, não há o que fazer. Os espíritos do fogo-fátuo, assim como a alma de Roderick, estão selados pelo martelo. A força do selamento depende da distância em que ele se encontra de seu portador. Se o selo for desfeito, seja pela destruição do objeto ou por ele se afastar para além de certo limite, Formiga morrerá imediatamente. Em outras palavras, se quiseres salvar a alma de teu antigo companheiro, condenarás outra.

— Uma alma pela outra – concluiu Petrus, fitando o ferreiro.

"Bravo!"

Neste instante, ouviu-se uma voz cansada que pigarreou no corredor e chamou a atenção do trio que conversava na pequena câmara. O bruxo surgiu por detrás da rocha e, apoiando seu cajado por debaixo do braço, bateu palmas antes de entrar. "Bravo!", ele repetiu. Sua presença causava estranheza e fez os pelos do rei se eriçarem.

— Seu colega foi amaldiçoado – ele disse, finalmente, enquanto encarava Petrus com seus olhos cegos, como se enxergasse seus medos mais profundos. — Mas, infelizmente, não por mim – ele riu, irônico, e se engasgou. Depois, em um movimento inesperado, bateu suavemente a ponta do cajado no peito do rei. — Você está ferido. E esta ferida vai demorar para curar. Que tal fazermos um tratado? – perguntou com sarcasmo. Todos se entreolharam. Uma gota de suor desceu da testa de Petrus. Vendo que não obteve resposta, o estranho começou a gargalhar. — Vocês, homens da superfície, são demasiados medrosos. Chega a ser patético.

— Vejo que acordaste de bom humor – apontou Sir Jamin, buscando maior intimidade. Ele sabia que o bruxo, apesar de seu comportamento macabro, nao era mais uma ameaça ao grupo. — O resultado te satisfez, de alguma forma.

O estranho repuxou seu lábio em um sorriso sinistro e sentou-se em um dos bancos de pedra do recinto, escorando suas costas na pedra fria.

— Nada como a realizaçao eficaz de um feitiço que há dezenas de verões não é praticado. Por um momento, eu mesmo duvidei que conseguiria

— Perdoe-me, senhor – o soberano interrompeu. — Mas, não há nada que possamos fazer para destruir este martelo sem que Formiga seja afetado?

— Ora, achei que tivesse prestado atenção no que Sir Jamin de Uzzi acabara de dizer – respondeu o bruxo, sem meias-palavras.

— Mas, uma maldição não pode ser anulada? – Petrus insistiu.

— Ah, então você é o inteligente do grupo – o estranho caçoou. — Não quando se trata do fogo-fátuo. Aliás, pela brutalidade espiritual dele, só um objeto indestrutível é capaz de contê-lo.

Formiga estremeceu ao ouvir a última sentença proferida.

— Mas este martelo... – ele apalpou o objeto, preocupado.

O bruxo aproximou-se do alodiano, pegou seu martelo e, de repente, bateu-o violentamente contra um maciço na parede da caverna. O impacto do som misturado a sussurros maldosos reverberou entre os infindáveis corredores escuros, deixando todos atônitos. Depois, com o item intacto e sem um arranhão, devolveu-o.

— Através do meu feitiço, ele, agora, encontra-se indestrutível – confirmou o bruxo. O ferreiro assoviou demonstrando alívio e espanto. — E, agora, só algo igualmente indestrutível, que sela uma maldição igualmente poderosa, pode destruir este martelo.

Consternado, Petrus se aproximou de Formiga, arregalando os olhos para o pequeno objeto em questão.

— Este mar...mar...telo agora é indestrutível? – ele perguntou para si, não conseguindo acreditar no fado que Formiga teria que carregar para sempre. Também outro pensamento triste lhe invadiu a mente ao considerar as probabilidades de encontrar outro objeto que pudesse destruir o martelo. Alguém teria que contrair o fogo-fátuo em algum lugar específico e resistir a ele tempo bastante para que um membro improvável da Irmandade das Sombras que saiba o ritual transferisse a maldição para algum item que, por acaso, seja de vital importância para o infectado, e torná-lo igualmente indestrutível. — Nós nunca vamos conseguir livrar a alma de Roderick.

O bruxo suspirou e revirou seus olhos brancos para os céus, em uma clara expressão de impaciência. Um breve silêncio se fez entre o trio de peregrinos.

— Não podemos nos lamentar por um ato de coragem, senhores – salientou Sir Jamin. — Alegrai-vos, pois ninguém conhece Destino o suficiente para supor que a alma deste bravo fora condenada. Os caminhos para se chegar à *Pairidaeza* são vários. E, por falar em caminhos, temos que continuar o nosso. Temo eu que já incomodamos por demais nosso anfitrião. O que pensais vós? Como vos sentis?

— Como um javali – respondeu Formiga.

— Eu... – Petrus vacilou. — Podemos partir, só peço que me deixem com o cavalo.

— Não queremos forçar-te a nada – disse Sir Jamin, respeitoso, ciente das condições do rei.

— Não será eu o culpado pelo nosso atraso – insistiu Petrus. — Minhas feridas irão se curar em tempo, mas as feridas de Sieghard ainda estão abertas.

— Então, está decidido – concluiu o cavaleiro. — Certificai-vos que estais bem alimentados, pegai o que deixastes para trás e trazei a montaria.

— Não se esqueça do meu pupilo, Sir Jamin de Uzzi – interferiu o bruxo.

— Já te disse que tens a minha palavra, digníssimo. Se depender de mim, a Irmandade das Sombras será para sempre lembrada – enalteceu ele. — Pelo que fizeste por nós e pela tua hospitalidade, posso considerar-te um estimado – finalizou, e o bruxo pareceu se satisfazer.

— Não superestime forças que desconhece – sugeriu o estranho, entretanto, com um sorriso zombador.

— Não gostarias de vir conosco? Pergunto-me se não te sentes solitário aqui – Sir Jamin se preocupou.

O bruxo gargalhou de forma sarcástica.

— E quem disse que estou solitário? – e riu até se engasgar. — Ah, a ingenuidade. Não imaginava encontrá-la em um homem tão maduro. Se você se sente solitário quando está sozinho, lamento lhe dizer, mas é porque está em má-companhia – concluiu, sabiamente, com um ar misterioso. Depois, apoiando-se em seu cajado, ele se levantou. — Venha, vou mostrar-lhe o caminho para a superfície.

Enquanto o cavaleiro seguia o bruxo a passos lentos por entre os corredores subterrâneos, Formiga e Petrus trabalharam para colocar as provisões e recursos em ordem novamente. O alodiano aproveitou o tempo dedicado à tarefa para explicar ao rei sobre a ossada de dragão, a mina de *aurumnigro*, o dardo e a relação entre eles. Petrus absorveu tudo com espanto e surpresa diante das revelações. Ao mesmo tempo, perguntado sobre como ele se sentia após ter-se livrado – em termos – do fogo-fátuo, Formiga comentou sobre a visão que teve de Roderick, perdido em meio a um redemoinho de sombras enquanto protegia seu corpo. Depois, contou-lhe um episódio de seu passado, de quando ele – à beira do suicídio após ter perdido a esposa e o filho – encontrara uma estranha senhora de pele negra, não sabendo se estava alucinando ou não, que, na ocasião, lhe dissera que ele ainda sofreria muito.

— Parece-me que eu fui amaldiçoado muito antes do fogo-fátuo – apontou o ferreiro, após terminar a história. — E se há um responsável pelo sofrimento de todos à minha volta, inclusive o de Roderick, esse sou eu.

— "Todos nós ainda sofreremos muito até que vejamos nossa glória", não é o que diz o Livro Sagrado da Ordem? – minimizou Petrus, com um olhar terno.

— Você está certo – Formiga aquiesceu, mesmo que ainda com um certo ceticismo. — Porém, as palavras daquela senhora soaram para mim um tanto proféticas.

Petrus terminou de apertar a sela da montaria, findando as atividades para a continuação da jornada.

— Nunca iremos saber até que saibamos, não é mesmo? – o rei tentou animar o ambiente. — Afinal, o velho Formiga não é tão sopa assim – ele piscou para o colega, que por sua vez, retribuiu com um sorriso e um tímido brilho no olhar. — Ajude-me a subir no cavalo.

De forma cuidadosa, o alodiano ergueu Petrus, auxiliando-o a encaixar os pés no estribo e posicionar-se na sela. O rei suou e seu coração disparou com o esforço, avisando-o que ele não estava em plena forma.

— Tudo bem, majestade? – Formiga perguntou, angustiado.

— Não é nada – Petrus mentiu para amenizar a inquietação do ferreiro.

Neste instante, Sir Jamin chegava sozinho de sua volta com o bruxo.

— Senhores, tenho uma boa e uma má notícia sobre nosso caminho para vos dar – informou o cavaleiro. — Qual delas preferis ouvir primeiro?

— Só nos fale a boa – respondeu Formiga, de imediato. — Afinal, não dizem que a ignorância também pode ser um presente dos deuses?

— Fale as duas, Jamin – retrucou Petrus, sério.

— O túnel que nos levará à superfície não fica tão longe daqui e encontra-se livre de bifurcações. Significa que, uma vez nele, é só seguir adiante até encontrar a saída – explicou. Petrus e Formiga comemoraram. — Todavia, o trajeto é longo e estaremos vulneráveis a toda sorte de seres do submundo que habitam as entranhas das paredes.

— Qual o tamanho destes seres e o quão fácil eles podem ser controlados por um Aclamador? – perguntou o rei.

— Nosso anfitrião disse que, em sua maioria, eles são pequenos, portanto, são também em grande parte controláveis; apesar de que um ou outro possam apresentar portes maiores. O conselho do bruxo é que fiquemos em silêncio durante todo o trajeto, pois eles são atraídos pelo som. Se nos mantivermos assim, não será necessário que uses o mundo emaranhado, majestade.

Os três se entreolharam, e Petrus virou-se para um dos corredores escuros de onde o cavaleiro tinha vindo. Por um momento, ele sentiu calafrios, mas não soube distinguir se ele era proveniente de seu mal-estar ou do desconhecido que o aguardava adiante. Sem outra opção, como se não já tivesse enfrentado piores perigos, o soberano deu de ombros e avançou com a montaria, em silêncio. Formiga e Sir Jamin demoraram ainda um pouco para acompanhá-lo, pois cada qual teve que, às pressas, pegar uma tocha antes de seguir. Finalmente, o trio dava adeus àquele inóspito ambiente que ao mesmo tempo lhes trouxe vida e morte, conforto e inquietação, esperança e desespero. Talvez aquele fosse, de fato, o ambiente perfeito para a morada de um bruxo e o florescimento da Irmandade das Sombras, uma ordem que se revelava no meio disso tudo: nem boa, nem má, nem bela, nem bruta; representada pela caverna que não estava nem na superfície, nem debaixo da terra. Ali, não existia Ordem ou Caos, heróis ou vilões, apenas aquilo que estava entre.

— Eu disse para não falar a má notícia – Formiga relembrou.

XLIII

O útero da terra

A expedição silenciosa pela passagem rochosa seguiu por um tempo mais que insuportável nos subterrâneos. O fogo das tochas minguava e não se sabia se ele duraria o bastante até que o grupo estivesse de volta à superfície. Era quase certo que, em algum ponto, as tochas deveriam ser reabastecidas com o óleo do frasco oportunamente retirado do estoque do bruxo por Sir Jamin. Acompanhando os peregrinos, projetada na parede, uma sombra com a silhueta do estranho anfitrião parecia guiá-los na escuridão. No início, Formiga tomou um susto ao reparar que uma forma negra gesticulava para ele pedindo silêncio. No entanto, depois de observado que seus movimentos traziam um quê de comicidade e passividade – e até uma certa simpatia –, o ferreiro ficou mais à vontade. Em certos momentos da travessia, o barulho de água corrente podia ser ouvido forte, em outros, era quase inaudível; porém, tudo indicava que eles percorriam um trajeto paralelo ao leito de um rio.

Por sobre o cavalo, Petrus tentava aguentar firme a dor que sentia no peito e, por um momento, ainda que por um breve instante, ele cogitou que poderia ter aceitado a proposta do bruxo em curá-lo. Nas trevas do submundo, era fácil que pensamentos desordenados tomassem a mente das pessoas menos preparadas ou fragilizadas, todavia, o rei estava focado em submergir-se no mundo emaranhado, analisando e anulando qualquer criatura à frente que pudesse ameaçar seus amigos. Apesar de que a quantidade de seres das cavernas na passagem fosse irrisória, com a sua visão de Aclamador, ele sabia que podia transformar o inútil e insignificante breu em um quadro de linhas coloridas repleto de significado.

Sir Jamin caminhava à frente puxando a montaria, preocupado e alerta tal qual um batedor. Até então, a caminhada havia ocorrido sem percalços, contudo, bastava o relinchar do animal para que a paz fosse imediatamente quebrada – e o bruxo havia sido enfático sobre fazer silêncio absoluto. A fim de garantir a segurança do grupo, não só o cavaleiro havia requisitado Petrus a amainar o cavalo com seu poder, evitando desagradáveis surpresas, como a impedir ataques de outras criaturas que viessem a cruzar seu caminho. O movimento era arriscado, mas Sir Jamin, tendo que treinar em poucas *auroras* alguém que levaria verões para ficar pronto, tinha que se agarrar a qualquer oportunidade.

Formiga, ao lado de Petrus, estava deslumbrado com a sombra do bruxo na parede. Ela caminhava ora na ponta dos pés, ora sobre seus calcanhares, como se ela mesmo estivesse tentando não fazer barulho. O alodiano ria e se divertia e ficava imaginando se essa sombra não seria a contraparte boa de seu suposto dono. A interação serviu para que a caminhada fosse muito menos pesarosa, já que as pernas dos peregrinos já fadigavam e a paciência desaparecia. Curiosamente, em certo momento do percurso, Formiga reparou que a forma escura apontava com insistência para algum lugar. A superfície intrincada da rocha não o deixou ver com clareza, inicialmente, porém, ao olhar para Petrus, o ferreiro percebeu que ele havia desmaiado. Talvez de dor, talvez de sono.

Isso não importava agora visto que a montaria, ao ser retirado o controle sobre ela, relinchou energicamente como se nunca houvesse feito isso antes.

O relinchar ecoou por todo a extensão do túnel, reverberou nas paredes e uma onda de som contrária, instantes depois, chegou aos seus ouvidos. Um pingo de suor frio desceu das têmporas do ferreiro, enquanto Sir Jamin empunhou *Pântea* com veemência.

De repente, a terra começou a tremer.

A sombra, com um longo movimento de braço, ordenou desesperadamente para que corressem.

— Jamin? – Formiga arriscou um chamado.

Conhecedor como era da grande maioria de criaturas, o velho cavaleiro se agachou, pousando a mão sobre o chão em uma tentativa de identificar com o que estava lidando. Uma forte vibração, junto a um som estrondoso, parecia vir por debaixo deles, perfurando rochas e remexendo-as como se de areia fossem. Tal força não poderia vir de uma criatura pequena ou várias criaturas, pelo contrário, ela vinha de um único ser de porte colossal. Sua certeza veio quando a terra onde estava começou a se levantar, ele só não sabia que um encontro desse viria tão cedo.

— Majestade, acorda! – comandou Sir Jamin, enquanto mexia o corpo de Petrus com veemência. O rei, em um sobressalto, abriu os olhos um pouco confuso. O cavaleiro sabia que aquele não era o momento para explicações e, em um ímpeto racional, ele deu um forte tapa na anca do cavalo, que, por sua vez, disparou com o soberano. — Segura-te firme na rédea, majestade! – deu um grito.

— O que houve, Jamin? O que é isso? – perguntou Formiga em desespero, sem saber o que fazer.

— É um monstro abissal – ele foi rápido na resposta e encarou o ferreiro com gravidade. Havia um ar de tensão crescente naquele olhar. — Corre, senhor Formiga. Corre o mais rápido que puder! Corre!

E, assim, uma corrida desenfreada iniciou-se no ventre da mãe-terra. Petrus à frente, por vezes quase caindo da sela e sem entender muito a situação, agarrava-se à rédea com um monumental esforço em se manter na montaria. Bem mais atrás e esbaforido, Formiga corria em disparada como nunca havia corrido antes. Sir Jamin fechava a caravana, pronto para qualquer atuação que pudesse favorecer a situação miserável em que se encontravam. Subitamente, logo atrás do cavaleiro, uma enorme boca circular sem dentes emergiu do solo rochoso em um bote veloz e atingiu o vazio. Entretanto, apercebendo-se que sua presa havia fugido, a criatura não perdeu tempo e partiu atrás dela com ferocidade. Como seu tamanho era maior que a largura do túnel, a imensa besta avançava ora comprimindo sua boca, ora expandindo-a para afastar as rochas com sua extraordinária força. Sir Jamin, à frente, não conseguia ver nada além do que a luz da tocha iluminava: um orifício escuro e profundo de bordas com mucosas enrugadas que se abriam e fechavam tal qual um fole. Veio-lhe à mente a ideia de que ele poderia se aproveitar de *Pântea* e sua imunidade a danos físicos para rasgar as entranhas do monstro, contudo, os riscos inerentes a essa ação minavam em muito a possibilidade de uma vitória eficiente. Primeiro, porque uma vez engolido, ele poderia ser levado para as profundezas e de lá não conseguir retornar. Também ele não sabia a extensão do corpo da fera, não sabia onde seu coração ficava – ou mesmo se existia apenas um – e, depois, ele temia que o ácido digestivo do animal pudesse ser fatal. Ainda que ele fosse dotado de poderes sobrecomuns, a arte da guerra era muito clara sobre enfrentar o inimigo sem o conhecer primeiro: evite-o ao máximo.

— Continua correndo, senhor Formiga – disse Sir Jamin ao ferreiro adiante.

— Nós não vamos conseguir, Jamin – alertou o alodiano. — Esse bafo quente nas minhas costas parece uma respiração, e sinto-o cada vez mais próximo. Seja lá o que está atrás, é muito mais rápido que a gente. Diga-me que você tem como o derrotar!

— Eu não tenho – respondeu o cavaleiro. — Mas, isso não significa que iremos sucumbir aqui. Agora, poupa teu fôlego!

Sem opções, Formiga se silenciou tentando imprimir toda sua velocidade em suas pernas já cansadas; no entanto, para todo grande ferreiro, havia um momento em que seus braços já não aguentavam tanta marretada. Sir Jamin o incentivava, nunca deixando que ele ficasse para trás. O monstro, voraz, se aproximava arrancando o que estava pela frente e, com a proximidade, o cavaleiro pôde ver a saliva esverdeada que caía das mucosas, pronta para derreter a futura presa – e confirmando suas suspeitas.

O momento era propício para uma nova investida da criatura.

— Jamin! – Formiga percebeu o perigo.

A besta retraiu seu corpo e avançou para o bote perfeito que culminaria com a dupla sendo engolida, entretanto, Sir Jamin lançou a tocha de suas mãos no chão e uma labareda surgiu como mágica, assustando e interrompendo o movimento mortal do algoz. Não só isso, como também o fogo se alastrou e percorreu um caminho em direção ao monstro, queimando uma grande extensão de sua barriga sobre o solo. A criatura emitiu um som grave e longo, um grito de dor. Ela certamente não esperava que o cavaleiro, antes de dar um tapa no cavalo de Petrus, tivesse resgatado um frasco de óleo do alforje e derramado o conteúdo durante todo o trajeto enquanto corria.

Apesar do perigo ter sido eliminado, pelo menos momentaneamente, os peregrinos continuaram o percurso a passos rápidos até que, enfim, puderam observar ao longe uma tímida luz, seguido da silhueta de Petrus com sua montaria. Aliviados pela claridade e julgando estarem fora de risco, os dois puderam então descansar. Suando em bicas, Formiga agachou-se para recuperar o fôlego, enquanto Sir Jamin foi conferir a situação de Petrus.

— Majestade... eu...

— Não há o que explicar, Jamin – interrompeu o rei. — Eu não sei o que aconteceu lá atrás. Minhas mãos estão sangrando de tanto que apertei essas rédeas – ele mostrou a palma avermelhada. — Mas, acredito que você tenha tido uma boa motivação.

— Quase fomos devorados por um monstro abissal.

O soberano abaixou os olhos, frustrado por não ter tentado alguma intervenção.

— Não havia muito o que tu pudesses fazer, majestade. Ainda há bastante o que treinar para que consigas alguma dominação sobre esta categoria de criaturas – explicou o velho cavaleiro, percebendo o desânimo de Petrus.

— Sei que minha vida é importante – o rei refletiu. — Mas pense que, se Sir Heimerich não encontrar o Último Aclamador Irrevocável em Chiisai, nossa única chance de vencer Linus recai sobre mim. Dessa forma, é melhor arriscar e ter certeza que eu seja de fato o que todos esperam do que não tentar e condenar Sieghard

– concluiu, e nesse momento um feixe de luz alaranjada vindo de uma fenda logo à frente bateu forte em seu rosto.

— Pelas barbas negras do dragão, Jamin – Formiga se achegou, bastante irritado com o cavaleiro. — Por que você não falou comigo que tinha um plano?

— Se eu tivesse falado que tinha um plano, tu não terias corrido tanto e o plano teria falhado – respondeu o ancião.

Formiga parou para pensar, refletindo no que o cavaleiro dissera.

— Ora, ora. Faz sentido – ele reconheceu, envergonhado. — Só sei que metade de mim ficou nesse túnel. E, agora, estou com medo de saber o que vou encontrar fora desta escuridão – apontou, olhando para a luz. Ele ria, nervoso, e para buscar algum alívio, de forma inconsciente, procurou a sombra do bruxo – e se frustrou ao não a encontrar mais.

— Os únicos capazes de fazer alguma diferença no mundo são aqueles que entram nos domínios do medo e saem dele – complementou Sir Jamin. — Se tudo fosse luz, não haveria motivos para qualquer mudança. Avante, senhores! – ordenou.

O trio seguiu com tranquilidade rumo à fenda que delimitava o fim dos limites da caverna. A coloração alaranjada do exterior banhava suavemente o rosto dos aventureiros e lhes dava um conforto quente. Petrus notou que essa era a mesma cor do símbolo da Ordem – uma cor que representava renascimento. A ocasião, especialmente para o rei, levou-lhes a um estado quase espiritual, pois que, da escuridão, três homens surgiam perante o desconhecido, sobreviventes do útero da terra. Transformados pela tenebrosidade, eles renasciam mais fortes e ainda mais obstinados.

— Que a Ordem nos guie – sussurrou Petrus.

XLIV

"Eis que vem o benfeitor"

Na imensidão branca entre as montanhas do norte, sete silhuetas cruzavam vales estreitos sob uma intensa nevasca. O trajeto rigoroso e intrincado, com escaladas e descidas íngremes tornava impossível o uso de cavalos e testava a fortitude dos mais valentes. Se não fosse por Aka a guiar o grupo, certamente os siegardos teriam perecido em meio ao instransponível Cinturão das Pedras. Sir Heimerich, focado, vinha atrás do quarteto kenta, seguido por Braun – que resmungava a todo instante – e Victor Dídacus. Segundo Aka, para evitar qualquer possibilidade que os inimigos os vissem, era preciso chegar na borda de uma parede gelada conhecida pelos povos de sua tribo como O Abismo dos Incautos. Como o próprio nome sugeria, o local havia sido leito de morte de muitos homens desavisados.

A noite se debruçou sobre as almas peregrinas e uma timida lua plena por detrás da névoa anunciava que havia se passado uma *lunação* desde em que se encontraram na Colinas de Bogdana. Não foi possível não lembrar da fatídica *aurora* em que as tropas da Ordem se retiraram devido à sua derrota na Batalha do Velho Condado. Não só isso, como a memória dos amigos Petrus e Formiga inundaram os pensamentos de Sir Heimerich. *Por Ieovaris, que eles estejam bem, ou, no mínimo melhor que nós!* Orou o paladino, enquanto batia o queixo de frio.

Em uma das passagens por entre fendas geladas das montanhas, Braun pode observar a imensa entrada de uma caverna que parecia o convocar, como se fosse um chamado dos ancestrais. O guerreiro observou atento – e embasbacado – a abertura duas vezes maior que aquela onde enfrentou trolls no Pico das Tormentas.

— Não vá por aí, siegardo – alertou um dos besteiros, trazendo o kemenita de volta à realidade. — Nesse caminho você só encontrará a morte.

O trajeto continuou por um intrincado corredor gelado protegido da nevasca – para o alívio da expedição. Ali, o grupo pôde se aquecer em volta de uma fogueira improvisada rapidamente pelos liderados de Aka. Em silêncio, e ainda incomodados com o frio, cada um da sua maneira se aproximou do fogo, e as tensões se dissiparam gradualmente à medida que eles foram se sentindo mais confortáveis.

— Bah! Que lugar de merda para esconder um domador de lagartixa! – resmungou Braun.

Sir Heimerich abaixou a cabeça, sorrindo, enquanto mastigava uma coxa de coelho assada.

— O que quer dizer com isso? – perguntou a líder da patrulha.

O guerreiro entreolhou o paladino como se requisitasse liberdade para falar. O nobre acenou de forma positiva, mas deixando claro que ele havia falado demais.

— Nossa missão em Chiisai é encontrar uma pessoa e fugir com ela – explicou o guerreiro.

Aka levantou uma sobrancelha.

— Ora, ora, pensei que estivessem indo ajudar seus irmãos siegardos. Nunca imaginaria que os deixariam à própria sorte – a kenta argumentou. Havia um certo desprezo em suas palavras.

— Cara Aka – Sir Heimerich se intrometeu. — Nossa missão é de resgate. Cuidaremos de nossos irmãos em tempo, porém a batalha em Chiisai não é de nosso interesse. Se obtivermos sucesso, salvaremos não só Chiisai, mas todo o reino de Sieghard.

— Parece-me uma pessoa muito importante – comentou a patrulheira, rasgando com os dentes um pedaço de carne e, depois, cuspindo um de osso.

— Nós não sabemos se ela existe – declarou o cavaleiro. — Mas, tudo indica que sim. É a pessoa que está atraindo a atenção de Linus, o general das forças inimigas, e motivando o ataque a Chiisai.

— Então, vocês vieram até aqui por causa de um palpite? Não me parece muito sábio – Aka parecia cética, e seu ceticismo começou a irritar Braun. — Não à toa os siegardos nunca conseguiram conquistar as tribos do norte.

— Escuta aqui, mocinha – o guerreiro apontou o dedo em riste. — Seja lá o que você quer incitar com esse papo mole, nossas diferenças foram eliminadas em combate. Caso continue insistindo nele, não sairá viva de Chiisai, pois não terá ninguém para proteger suas costas.

Sir Heimerich olhou para a patrulheira e, com um gesto de mão, pediu paciência. Aka abaixou a cabeça, percebendo o erro.

— Me desculpem. Não foi minha intenção causar desconforto – ela se explicou. — É intrínseco ao modo como fui criada. Se somos um grupo, sei que precisamos nos respeitar.

— Acreditamos que uma pessoa de extremo poder esteja escondida em Chiisai – o paladino resolveu esclarecer para ganhar mais a confiança e respeito da nova peregrina. — Ela tem o dom de domar dragões e, uma vez Linus tendo-a em mãos, ele a utilizará para se perpetuar em seu novo reinado, impedindo qualquer resistência da parte dos ordeiros.

— Mas sem o *tapá*, a trombeta, um *Xinlonshi* é praticamente inútil – Aka falou o que todos não esperavam. Sir Heimerich e Braun sentiram como se um pesado martelo houvesse caído em suas cabeças. Mesmo Victor, que se sentava afastado de todos em um canto escuro, esticou o pescoço com a informação apenas proferida pela mulher. Com todos perplexos, Aka ficou confusa. — Por que vocês estão me olhando assim?

— Imaginei que você iria dizer que os dragões estivessem extintos – o nobre explanou, sem se exaltar.

— Claro que não, eles estão dormindo! – rebateu a patrulheira. — E permanecerão assim até que alguém toque o *tapá*, uma trombeta perdida há centenas e centenas de verões.

Novamente um silêncio perturbador se fez entre os integrantes da expedição.

— Bom... – disse Braun. — Pelo menos eles usam nomes diferentes para quem toca a trombeta e para o instrumento.

— Aka, o que você sabe sobre dragões? – perguntou Sir Heimerich.

— Minha tribo é repleta de contos sobre dragões, é o símbolo do povo kenta – ela falou animada. — Quando era pequena *appá* costumava me colocar para dormir contando essas histórias. Elas foram escritas em papiros pelo próprio Patriarca, apesar de datarem de períodos muito antes da vinda dele para nossas terras.

De repente, todas as atenções estavam voltadas para patrulheira, esperando avidamente por mais informações. Ninguém ousava dar um pio e o clima em volta da fogueira estava mais que propício à contação.

— Para os kentas os dragões são considerados divindades, devido ao seu poder e magnificência – Aka continuou, sentindo-se convidada a falar mais. — *Appá* me dizia que eles eram seres benevolentes, mas que, em algum momento, foram corrompidos e tornaram-se feras raivosas e incontroláveis. Hanan'im, então, como prova de Sua compaixão, agraciou um homem com o poder de apaziguá-los e a ele deu o título de *Xinlonshi*, que deveria transmitir sua linhagem para as gerações futuras a fim de proteger a humanidade.

— O Último Aclamador Irrevocável – sussurrou Sir Heimerich.

— Mas, assim como os dragões, o *Xinlonshi* acabou também sendo corrompido – a patrulheira disse. — Seu poder era imenso e sua vontade de controlar os dragões para si e tornar-se imperador subiu-lhe à cabeça. Acontece que os dragões quando dormem, eles descansam por dezenas de verões, às vezes centenas. Em uma certa *aurora*, apareceu a *Xinlonshi* um estranho de olhos amarelados que lhe ofereceu um meio de acordar os dragões ao seu bem entender e chamá-los à sua presença. *Xinlonshi* aceitou a proposta em troca de um cargo vitalício ao estranho em seu vindouro governo; e a ele foi entregue o instrumento que o faria mais tarde um imperador: o *tapá*, um artefato mágico, uma trombeta.

— O Aclamador Irrevocável... também – sussurrou Braun, balançando a cabeça. — Que raios!

— Continue, Aka – pediu-lhe o cavaleiro. — Sua história, apesar de diferente, tem pontos em comum com a nossa.

— Porém, há um ditado kenta que diz que "maldades antigas projetam sombras compridas"; e *Xinlonshi* foi assassinado pelo estranho que lhe ajudou, e que ele, por sua vez, logo após assumir o trono, lançou tumulto e confusão pelo país. O *tapá* nunca mais foi visto desde então... e a linhagem do *Xinlonshi* foi interrompida – ela concluiu, deixando um suspense no ar.

Sir Heimerich soltou um longo suspiro, enquanto Braun se mantinha com o queixo apoiado em suas mãos e os olhos arregalados.

— É uma narrativa magnífica e acredito que seja de muito valor moral para seu povo – o nobre exaltou. — E quanto ao Patriarca, onde ele entra em meio disso tudo?

— *Appá* me disse que o Patriarca foi quem liderou alguns dos refugiados e sua família em busca de novas terras que estivessem fora do domínio do império caído. Foi dessa forma que ele fundou os kentas muitas gerações atrás quando chegou aqui, dando o nome dessa região de Vahan, que significa "escudo" na língua arcaica.

— Aka, e se dissermos que nossos inimigos possuem o *tapá*? E que só lhes resta o *Xinlonshi* para que um novo império de caos seja reconstruído? – Sir Heimerich, finalmente, expôs a dura verdade.

A patrulheira adotou uma grave expressão.

— Se isso for verdade, é extremamente preocupante. Pelo que sei, o *Xinlonshi* não deixou herdeiros. E, tocar o *tapá* sem ele é garantir a destruição deste mundo. Tudo será consumido pelo fogo. Absolutamente tudo.

— Agora você compreende a nossa missão de resgate – declarou Braun.

— Eu não tenho certeza de que vocês irão encontrar esta pessoa, mas de uma coisa eu tenho certeza: seus inimigos podem ser muito mais astutos do que vocês – ela disse, recebendo olhares críticos dos siegardos. — Calma, isso não foi uma afronta. Longe disso. Como vocês sabem que eles têm a trombeta?

— Ela foi carregada para as Terras-de-Além-Mar na última Era pelos ancestrais de nossos inimigos. Alguns dos nossos viram em painéis dentro dos corredores de um castelo arcaico da Ordem a passagem onde mostrava ela sendo transportada para dentro de um navio – respondeu o cavaleiro.

— Mas vocês têm certeza de que eles ainda a possuem? Estamos falando de centenas de verões – Aka indagou, levantando a sobrancelha e recebendo o silêncio. Apenas cabeças balançaram negativamente. Estava claro para todos que a patrulheira tinha informações guardadas das quais ninguém tinha conhecimento. Suas indagações seguiam uma linha de pensamento que só podia ser sugerida por alguém que conhecia muito bem a situação e sabia onde ela iria dar. — Nós, os kentas, pensávamos que essa guerra era uma disputa qualquer, mas... agora vejo que estávamos enganados. Ninguém seria tolo o suficiente para manter o *tapá* próximo sabendo que não existe um *Xinlonshi*. O risco de causar uma catástrofe universal seria alto demais. É como estocar palha perto de uma fornalha e esperar que ela não pegue fogo.

Nesse instante, Victor Dídacus se levantou e achegou-se no entorno da fogueira. Um pedaço de lenha em brasa desmoronou e levantou faíscas ao ar. Aka se reacomodou em seu espaço.

— O general Linus – continuou ela — não tem a trombeta, também não tem quem controle os dragões. Seus inimigos estão com medo, siegardos!

— Como assim, Aka? – indagou Sir Heimerich. — Medo de que?

— De que alguém encontre a trombeta e a toque sem ter o Último Aclamador Irrevocável – Victor Dídacus completou, assustando a todos com sua voz fantasmagórica. — E, por um acaso, é o que Formiga, Sir Jamin e Petrus estão indo fazer: encontrar a trombeta, e talvez a toquem, caso Petrus se convença de que ele realmente seja o Último Aclamador. Em suma, nós, possivelmente, seremos os culpados pela destruição de Exilium. Linus está tentando prevenir isso. "Eis que vem o benfeitor", não é assim que a profecia lida por Chikára começava?

— "Eis que vem o benfeitor"... não pode ser! – o cavaleiro estremeceu ao relembrar a frase inicial da profecia.

— Mas... – Braun coçou a cabeça, extremamente desorientado. — Mas que puta confusão!

E, de fato, muitas conjecturas surgiram com o resultado da discussão. Sir Heimerich sentia-se, ao mesmo tempo, frustrado e desesperado. Frustrado, pois passou *auroras* e *auroras* acreditando que os planos traçados estavam corretos; e desesperado, pois via-se na pele do protagonismo de uma possível extinção em massa. O arcanista cofiava sua barba – agora – grisalha, interessando-se ainda mais pelos acontecimentos, do qual ele se orgulhava em participar. Para Braun, era difícil pensar, e os seus pensamentos giravam como em uma roda, voltando sempre para o mesmo lugar. Acima de tudo, havia ainda uma questão que pairava por cima da sopa de interrogações e que poria um fim a quase todas as dúvidas.

— Se não há um Último Aclamador, então, por que atacar Chiisai? – a pergunta se concretizou na boca do paladino.

— Como eu já disse para vocês, Chiisai era originalmente um santuário – a peregrina explicou. — Um santuário de adoração às nossas divindades. Nenhum siegardo sabe, apenas os sacerdotes e líderes das tribos e suas famílias sabem o que se esconde por trás dos painéis dentro da montanha, atrás do templo. É um acesso que se abre apenas uma vez, em uma *aurora* específica no verão. As pessoas que carregam este mistério não podem falar a ninguém sobre ele, sob pena de morte e condenação ao submundo etéreo.

— Então você não vai falar? – Braun foi ríspido.

Aka vacilou ao contrabalancear os bônus e os ônus em revelar a informação.

— Aka, o que há por trás do templo de Chiisai? – Sir Heimerich insistiu.

A líder Kenta apertou os lábios e recebeu um olhar penetrante do cavaleiro, que lhe passou um sentimento de confiança e, ao mesmo tempo, tranquilidade.

— A entrada para o Leito dos Dragões, onde eles estão dormindo – ela, finalmente, disse.

— Pela Imaculada Ordem! – Sir Heimerich deixou o queixo cair. — Isso quer dizer que...

— O general de seus inimigos não está atrás do *Xinlonshi*, pois ele sabe que esta pessoa não existe. Ele está atrás dos dragões para os eliminar antes que eles acordem com o toque da trombeta – a patrulheira argumentou.

— Então, nós somos os maus dessa história toda? Só me faltava essa! – Braun desabafou, lançando uma pergunta dentro do único contexto que ele conseguiu compreender.

— Não somos os maus, não ainda – Victor interrompeu os ânimos antes que eles se exaltassem. — Não podemos nos julgar culpados por algo que ainda não cometemos. Nem sabemos que irá acontecer. Contudo, se acontecer, sim, a história nos considerará como tal.

Subitamente, Braun levantou-se com ímpeto.

— Que os dragões me chamusquem, mas eu não vou deixar de lutar contra Linus. E essa frase nunca fez tanto sentido na minha vida! Se tudo o que falta para aquele bastardo miserável governar Sieghard sem interrupções é a conquista de Chiisai e a eliminação dos dragões, eu irei ajudar esta cidade a ficar de pé! Que a história vá para os raios que a partam! Minha vida é dedicada à Ordem e à glória de Sieghard! – o guerreiro estava enraivecido.

— E quanto à vida das milhares de pessoas? Vai deixar que Exilium pereça junto com elas, só porque *você* quer lutar? Me parece um tanto egoísta – Victor tentou ser realista.

— Um momento, senhores – Sir Heimerich requisitou atenção. — A história de Aka possui muitas nuances e, ao mesmo tempo em que adiciona informações, ela difere em muitos pontos daquela que nos foi passada. Pela nossa versão, primeiro que, os dragões só estão dormindo pela influência da trombeta, e não porque é da vontade deles. E, depois, Sir Jamin foi claro conosco dizendo que a linhagem dos Aclamadores permaneceu. Petrus é um exemplo vivo e comprovado pelo próprio. Apesar de muita coisa ser igual, a narrativa kenta está mais próxima de uma alegoria, e a nossa está mais próxima dos fatos.

"Aka pode estar certa de que não há nenhum Aclamador em Chiisai; porém isso não quer dizer que ele não exista. Talvez o desespero de Linus seja exatamente esse. Ele perdeu a trombeta, e, ao contrário das palavras de Aka, ele sabe que o Último Aclamador está andando por aí, pois a única coisa que o faria perder imediatamente seria o despertar dos dragões sob o domínio de um deles do qual ele não sabe o paradeiro."

"Ou seja, o Último Aclamador existe e vive; e pode ou não ser Petrus. É preferível acreditar e lutar pelo que consideramos certo, mesmo que depois se prove errado, do que se entregar não acreditando e, ao fim, descobrirmos que estávamos certos. A verdade, caríssimos, é que não podemos deixar que Linus mate os dragões! Do contrário, perderemos qualquer chance de derrotar as forças do Caos."

— Ou seja, vamos lutar – Braun resumiu, comemorando.

— Muito bem, comandante – disse a patrulheira, satisfeita. — E quanto ao *lupá*, como garantiremos que ele não seja tocado pelo outro grupo de siegardos que vocês mencionaram?

Um pingo de suor frio desceu da testa de Sir Heimerich, e seu coração acelerou ao pensar no que iria dizer. Ele não queria dar o braço a torcer, no entanto, não havia muito o que se fazer. Petrus, Sir Jamin e Formiga estavam muito longe, talvez já estivessem em um navio rumo às Terras-de-Além-Mar. O cavaleiro respirou fundo e expirou lentamente, depois, compenetrado, virou-se para todos.

— Não garantiremos – disparou. — Temos que apostar toda nossa fé neles.

XLV

O caminho para Chiisaí

Os trabucos de contrapeso trabalhavam intensamente diante da muralha de Chiisaii. As pedras atiradas ao ar dia e noite já viravam um cenário comum na região durante as últimas *auroras*. Os homens do exército atacante estavam exaustos e enregelados pelo frio castigante e reclamavam das ordens do general que insistia em uma estratégia que já tinha se mostrado falha. Mesmo que a parede cedesse, e outra brecha fosse aberta, a ameaça mortal dos lanceiros invisíveis se mantinha.

Dentro da sua tenda no acampamento, Agung e seu tenente discutiam os próximos passos com alguns de seus liderados quando um suboficial irrompeu pela entrada, interrompendo a conversa.

— General, desculpe-me a intrusão, mas os reforços enviados por Linus chegaram – informou.

— Enfim uma boa notícia – Agung respirou, aliviado. — Qual sua avaliação sobre eles?

O suboficial vacilou, demonstrando insegurança em dar-lhe uma boa resposta.

— Acho melhor o senhor mesmo ver com seus próprios olhos, sir.

Sem pedir licença aos presentes, Agung moveu seu pesado corpo a passos largos para fora da tenda. Ao sair, ele se deparou com uma tropa de cerca de quinhentos homens, um número não tão ruim, porém havia algo neles que o estava incomodando:

eles não pareciam militares. Alguns, inclusive, não trajavam nem mesmo uma armadura decente. E, para piorar a situação, eles não pareciam vir de sua terra.

— São siegardos! – o general reclamou. — São os putos dos siegardos! – seu rosto se avermelhou.

— *Alumni*, sir – o suboficial explicou. — Siegardos convertidos pelos Thurayyas.

— Eu sei o que são! – Agung colocou a mão sobre a testa e sua cabeça rodou. Em conversa particular com Linus, seu líder lhe havia prometido que não usaria os *Alumni* para lutar em combate, justificando que seriam usados para um propósito mais importante. Na ocasião, Agung ficara aliviado, pois não gostaria de liderar qualquer homem que não fosse Libertário. Infelizmente, ao que tudo indicava, Linus havia quebrado a promessa. — Alguém só pode estar de brincadeira. O que vou fazer com esses desalmados? – gritou. — Eles só irão entender no máximo um ou dois comandos!

— Se me permite, são homens perfeitos para o front, sir. Usando-os, poupará a vida de muitos dos nossos.

— Homens uma vírgula! Eles são animais – rebateu Agung. — E eu não sou um fazendeiro, sou um general! – ele explodiu e, depois, com a mão na cintura, tentou se controlar. Logo, veio o aborrecimento e a frustração. O general encarou a horda inexpressiva de *Alumni*, com seus olhos azuis sem vida e seus movimentos mecânicos. Era possível ouvir uma ou outra palavra entre eles, pronunciada em tom moderado e sem exaltação. As palavras eram repetidas da mesma forma por vários deles, e delas vinham desde comandos como "morte aos Enviados" e "por Sethos" a elogios a Linus e ao exército Libertário.

Um exército de marionetes, refletiu o general, um pouco mais calmo, averiguando suas opções. Apesar do seu orgulho ferido, ele não podia dispensar os *Alumni*, pois Linus poderia encarar isso como uma afronta. Ao mesmo tempo, visto que as provisões de suas forças estavam para se acabar, ele também não poderia ficar com eles. *Seriam muitas bocas para alimentar.*

Destinado a entrar na cidade antes da chegada de Okropir e reivindicar sua glória, Agung não via outra saída senão usar o exército de desalmados o mais rápido possível. Entretanto, sua utilização deveria vir acompanhada de um bom plano de ataque. De repente, uma súbita ideia de um estratagema para superar as defesas de Chiisai bateu-lhe à mente. E, dessa vez, ele não podia errar.

Ou ele conquistava Chiisai...

Ou ninguém mais o faria.

Muitos pés acima de Chiisai, Aka conduzia os peregrinos por entre passagens estreitas nas montanhas geladas. Em contraste com o grupo kenta, que pareciam ganhar vigor a cada passada, Sir Heimerich e Braun já estavam esgotados. Como se não bastasse o frio que atingia até os ossos e o vento que chicoteava seus rostos, a caminhada por sobre a neve trazia armadilhas ocultas que os deixavam em constante estado de alerta. Nem mesmo Victor era capaz de demonstrar que estava confortável, já que ele fechava seu capuz com as mãos em uma vã tentativa de impedir que o ar gelado atingisse sua pele.

Com o tempo, Aka e os homens de sua tribo acabaram se distanciando dos siegardos e gradualmente desaparecendo no meio de um denso nevoeiro. Braun, à frente do cavaleiro e do arcanista, retirou o gelo acumulado em seus cílios para que pudesse ter uma melhor visão da situação e sentiu um suor frio ao perceber que havia perdido o grupo kenta. Transtornado, ele avançou a duras penas até que, de repente, foi puxado para o lado de forma brusca.

— Mas que... – ele iria blasfemar.

— Acalme-se, guerreiro. Mais um passo e você estaria voando como um cabrito – disse-lhe um dos besteiros.

— Cabritos não voam – avisou o kemenita.

— Exatamente.

Tão logo Sir Heimerich e Victor se aproximaram, eles foram puxados da mesma forma pelos outros besteiros e ordenados a não saírem do lugar.

— Muito bem, chegamos – disse Aka, adiantando-se. — Peguem as cordas, amarrem na cintura e vamos achar um encaixe propício para nossos ganchos.

Enquanto os besteiros se organizavam para retirar os equipamentos das mochilas, Braun, com cautela, experimentou esticar a perna, encontrando apenas o vazio por debaixo de seus pés. Ficara óbvio para ele porque o local se chamava O Abismo dos Incautos, já que ele próprio poderia ter se tornado mais uma vítima a reforçar o motivo do nome. Um frio na barriga ocorreu-lhe quase que instantaneamente.

— Não se sinta mal – o besteiro tentou confortá-lo, ao mesmo tempo em que passava a corda pela cintura do guerreiro. — Mesmo os mais experientes temem se aproximar muito desta região. Pronto. Agora você está seguro – informou ele, logo após passar um laço por entre suas pernas e entregar-lhe o restante da corda.

A exemplo de Braun, também Sir Heimerich e Victor foram equipados pelos besteiros, que pareciam conhecer bem as técnicas de amarração. Bastou uma análise rápida das rochas próximas para que os ganchos fossem encaixados devidamente. Quando tudo estava pronto, Aka deu o sinal para que iniciassem a descida.

— Imagino que vocês nunca tenham feito isso em todos seus verões em Sieghard – ela se voltou aos peregrinos e seus liderados riram. — Não é para rir – ela comandou, ríspida, fazendo os homens se calarem. — Inclinem seus corpos para trás, soltem a corda lentamente e não olhem para baixo – sugeriu.

Os três patrulheiros kentas foram na frente e adentraram as brumas. Victor, parecendo não ter nada que o fizesse sentir medo, foi o primeiro a se arriscar. Na sequência, a passos lentos, porém firmes, foi a vez de Sir Heimerich. Aka aguardou Braun, que, muito reticente e desconfiado, avançou de forma atrapalhada e balbuciando palavras irreconhecíveis.

Apesar do ineditismo do trajeto – um paredão de gelo vertical –, a dificuldade em descer pelo despenhadeiro era muito menor que a caminhada em solo na neve. Exceto pelo aperto nas costas devido ao laço na cintura, os peregrinos estavam muito mais confortáveis. O vento entrecortante havia cessado e a cruel sensação térmica diminuído drasticamente. Em certo ponto, entretanto, a passagem se estreitava, formando uma mísera fenda – similar àquela da Abadia de Keishu –; em outros, nada mais era que um fio de rocha escorregadio e traiçoeiro. Quando o gelo foi dando lugar à rocha e as nuvens foram se dissipando, finalmente o cenário abaixo deles foi desvelado em sua plenitude.

À semelhança de um oásis fortificado, Chiisai, pequenina no quadro, se espremia entre montanhas nevadas com suas inúmeras construções de pedra brancas e detalhes azuis. O brilho da lua plena refletia como luz do dia na ampla planície à frente da cidade, povoada pelo acampamento militar das forças do Caos. De onde o grupo estava, era possível perceber as pedras lançadas pelos trabucos inimigos contra a muralha mais externa da fortificação. Curiosamente, também, uma tropa chegava à concentração de barracas vinda pela trilha oficial.

— Eles estão recebendo reforços – comentou Sir Heimerich, parando para observar e adquirir um novo fôlego.

— Bastardos! – disse Braun, irritado. — Matarei um por um e arrancarei o couro de todos eles.

— Linus parece não medir esforços na conquista dessa cidade – Victor salientou. — Me pergunto o que ele faria se seus homens forem derrotados.

A indagação de Dídacus ficou no ar por alguns instantes antes do grupo retomar a descida. Por horas, eles seguiram em silêncio ouvindo o canto do vento entre as rochas. Em certo momento, assustaram-se com o pio de uma águia, surpresa com a invasão dos intrusos em seu reino, do qual nem as cabras-montesas ousavam desafiar. Para passar o tempo, um dos patrulheiros, com uma voz grave e um timbre exótico, iniciou uma cantiga típica kenta e logo foi seguido pelos demais e sua líder, formando um coro etéreo e quase transcendental.

A neve cai como dançarinas no ar,
Flutuando em seu ritmo suave e singular,
Os ventos sussurram segredos ancestrais,
Envolvendo-nos em mistérios e contos imortais.

Neste mundo de quietude e encantamento,
O espírito encontra paz neste momento,
A harmonia se revela na simplicidade,
Nas montanhas nevadas, uma sublime verdade.

A cantoria cessou e os siegardos sentiram como se tivessem sido hipnotizados. No início, seus ouvidos demoraram a acostumar com a sonoridade variada de altos e baixos, no entanto, a sensação após o silêncio retornar era de paz e absoluta ligação com a natureza. Até os pelos de Braun se arrepiaram.

Quando o comprimento das cordas já dava sinais de que chegava ao seu limite, os aventureiros atingiram um pequeno platô apertado junto à parede de rocha. Aka foi a primeira a colocar os pés sobre o chão.

— Bravos, vencemos esta etapa – ela disse enquanto se desamarrava. — Por agora, vamos descansar aqui antes de prosseguirmos. Ainda temos um longo caminho a percorrer, porém não precisaremos mais de cordas. Como se sentem?

— Fora uma leve dor nas costas, e um formigamento nas pernas... não posso dizer que a experiência foi ruim – Sir Heimerich respondeu medindo as palavras.

— Com vontade de comer um javali inteiro – Braun desconversou, concentrado em se desvencilhar dos laços que o envolviam o mais rápido possível. Sua pressa, entretanto, não lhe deu vantagem nenhuma, apenas o fez tropeçar nos nós que se prenderam em seus pés. — Essas cordas não combinam com um verdadeiro guerreiro – blasfemou.

Após se estabelecerem na restrita plataforma, os patrulheiros tiraram de suas mochilas pequenos embrulhos feitos com uma casca de árvore bem fina e compartilharam entre todos, o que gerou algumas expressões curiosas entre os estrangeiros.

— Comam, siegardos – ordenou a kenta, gentilmente, percebendo a confusão de seus companheiros. — Parece pouco, mas é o suficiente para o restante da jornada. A partir daqui, seguiremos por uma passagem conhecida apenas por mim e por aqueles que viajam comigo.

Braun e Sir Heimerich abriram o pacote. Seu interior continha biscoitos típicos da cultura de Aka, feitos com carne seca ao sol misturada com farinha e fortemente temperada. A dupla cheirou e arriscou uma primeira mordida, e logo, expressões de satisfação surgiram. O alimento era bastante apimentado, porém agradava tanto o gosto do guerreiro quanto do cavaleiro.

Bem alimentados e descansados, a expedição continuou descendo por uma trilha de grandes rochas enviesadas e pontiagudas até entrarem em uma espécie de gruta talhada pela força da água de degelo. Tochas foram acesas, e o grupo formou uma fila para que todos pudessem passar espremidos entre a parede e o leito do rio.

— No inverno, não conseguiríamos passar por este estreito. É uma passagem que se abre apenas no verão com o aumento da temperatura e o consequente derretimento do gelo – explicou a patrulheira. — Este é o rio que abastece Chiisai em seu subterrâneo. Significa que, com a devida cautela, entraremos na cidade sem sermos notados.

Os respingos e a alta umidade do local fez o frio endurecer, ao mesmo tempo em que deixavam molhados os pés dos aventureiros. O trajeto podia parecer tranquilo, mas o nível do desafio não havia mudado. Caminhando ao lado da forte correnteza, muitas vezes encurvados devido à altura do teto, um passo em falso ou por sobre uma camada de gelo escorregadia poderia ser fatal.

— Aka – chamou Sir Heimerich. — Você disse que o acesso ao Leito dos Dragões só acontece uma vez em uma *aurora* específica do verão, correto? Creio que deva ser como acontece aqui. Uma entrada se abre devido ao degelo, estou correto?

— Eu não conheço o mecanismo que possibilita o acesso, comandante, apenas os sacerdotes-mor podem entrar em Lankiyo, a montanha sagrada – respondeu a kenta. — Mas, pensando melhor a respeito, há uma probabilidade que você esteja correto. Algumas passagens fecham rapidamente, em questão de poucas *auroras*, outras, como essa em que estamos, podem durar uma estação.

— Considerando que seja verdade o fato de Linus vir até Chiisai, um posto em grande parte negligenciado, para eliminar os dragões, então atacar Sieghard no verão seria muito mais que propício... seria inevitável. O que me faz levantar algumas suspeitas. Você já imaginou em como essa informação chegou aos ouvidos do exército inimigo se apenas um punhado de pessoas sabem disso? Você já ponderou que possa existir um traidor entre os sacerdotes ou sua tribo?

Aka se silenciou por um tempo, pensando no que o cavaleiro acabara de dizer. Porém, ela sabia, que a possibilidade seria ínfima. Não só o povo vahaniano guardava seus segredos com o custo da própria vida de acordo com a moral escrita em pergaminhos sagrados, como ele sequer considerava que existia outro inimigo além dos siegardos depois da grande diáspora.

— Vocês não sabem nada de nosso povo, comandante. Não somos como os siegardos capazes de entregar um amigo pelo *aurumnigro* que tanto procuram. Eu sei bem como vocês são – respondeu ela, um pouco irritada.

— Ora... – Braun iria reagir, mas foi contido pelo braço de Sir Heimerich.

— Desculpe-me, Aka, não foi minha intenção desacatar vocês – disse ele. — De qualquer forma, agora que sabemos o motivo para a pressa de Linus, podemos utilizar este conhecimento ao nosso favor.

— Explicite – ela requisitou, sem refrear a caminhada.

Conforme avançavam o ruído de uma queda de água se intensificava e fazia com que o tom de voz aumentasse para que a conversa pudesse ser ouvida. O grupo escalou um pequeno amontoado de pedras que haviam caído do teto. Dando as mãos, cada um se ajudou como pôde até conseguir transpor o bloqueio.

— Pelo que entendo – o cavaleiro continuou. — Ou este acesso ao Leito dos Dragões já está aberto e vai fechar a qualquer momento, ou ele vai se abrir em algumas *auroras*. Se conseguirmos segurar as defesas da cidade tempo suficiente para que a passagem se feche, frustraremos os planos de nossos inimigos. Não há nada melhor para acabar com a moral de Linus se retirarmos o motivo pelo qual este ataque a Chiisai se faz necessário. Talvez ele nem queira mais se dar ao trabalho de continuar o cerco.

— Seria uma boa estratégia... – disse a patrulheira. — Mas, como saber quanto tempo devemos segurar as defesas?

Sir Heimerich não respondeu. A pergunta de Aka gerava uma série de novas indagações. Segurar um exército sedento por duas ou três *auroras* podia ser factível, no entanto, por uma *lunação* já seria um desafio quase impossível. Para respondê-la, o paladino precisaria de informações sigilosas e proibidas, vindas, talvez, de um sacerdote-mor ou líder da comuna. Entrar em Lankiyo para avaliar a real situação do acesso ao Leito dos Dragões também não podia ser descartado.

— Eu falei para você fingir ser o Zi-bla-ban e unir as tribos – Braun sussurrou no ouvido do companheiro, insatisfeito.

Logo depois de um declive bastante inclinado, onde uma cachoeira se formava, os peregrinos finalmente chegaram ao nível mais baixo do trajeto. Naquele ponto, já era possível ouvir, acima de suas cabeças, o som do impacto das pedras lançadas contra as muralhas de Chiisai e alguns murmúrios dos soldados inimigos. Com o distanciamento da cachoeira, o som do muro resistindo aos golpes ficava cada vez mais forte e a ansiedade com a aproximação da cidade aumentava na mesma proporção. As pancadas secas, uma após uma, gerava pequenos tremores no teto por onde o grupo passava. Também era possível ouvir o cascalho dos blocos se esfarelando a cada pedra que atingia a estrutura. Um clima de tensão surgiu entre eles, que preferiram ficar calados enquanto seguiam Aka.

De repente, contrariando todas as previsões, um tremor prolongado e acima de todos os outros anteriores foi ouvido, junto a um ruído quase ensurdecedor de blocos inteiros vindo ao chão. Para o desespero dos esperançosos, a conclusão era mais que óbvia.

A muralha de Chiisai havia caído.

— Corram! – comandou Aka.

General Agung havia recomeçado a mexer as peças de madeira por sobre um mapa na mesa de guerra logo após receber, com satisfação, a notícia da queda da muralha. Seu momento de concentração, entretanto, foi interrompido pela visita premeditada do tenente.

— General, podemos prosseguir com o seu plano?

Sem olhar para o seu liderado e parecendo ignorar sua presença, Agung movimentou um grupo de peças escuras para frente.

— Você viu a lua? – perguntou ele, enfim.

O tenente sentiu-se confuso, não esperando este tipo de pergunta.

— Sim, sir. Lua plena. Acima das montanhas – ele respondeu, sem imaginar se era essa a resposta que seu superior queria.

— Então, o momento não é agora, tenente.

— Mas, sir...

Agung mostrou a palma de sua mão, demonstrando que não queria ser importunado com mais questões.

— Mantenha os arqueiros de olho naquela brecha e deixe a infantaria descansar. Sugiro que vá para sua tenda e faça o mesmo. Por ora, você está dispensado.

XLVI

O Baronato

A fenda de onde Sir Jamin, Petrus e Formiga saíram dava para um tímido bosque de árvores espaçadas próximo ao rio Wasswa. Lebres e pequenos lagartos correram para suas tocas, ressabiados com os passos arrastados dos peregrinos em meio uma camada espessa de folhas secas acumuladas. O sol já entregava seus últimos raios ao céu e, em breve, a noite cairia sobre o local. Logo à frente do trio, um aglomerado de altas montanhas se impunha, refletindo em laranja os resquícios de um dia quente de verão. À esquerda, para o leste, um conjunto montanhoso ainda mais alto imperava na paisagem ao longe. No entanto, o que mais chamava a atenção por detrás dele era a cortina de fumaça escura que subia indefinidamente e lançava raios púrpuras e largas bolas de fogo. Juntamente com isso, a visão do horizonte emanando uma radiação rubra deixou Petrus e Formiga assombrados.

— A natureza reage perante as forças do Caos – Sir Jamin comentou.

— Parece até que não estamos mais em Sieghard – o rei declarou, entristecido. — É como se estivéssemos em outras terras

— Quem dera estivéssemos testemunhando este evento em outras terras, majestade – refletiu Formiga. — Mas, ao que tudo indica, estamos em Askalor, ou pelo menos, no limite sudoeste da província.

— Askalor? – Petrus levantou uma sobrancelha.

— Sim, majestade, Askalor – o alodiano confirmou. — Veja, se esta nuvem de cinzas vem de Azaléos, então essas montanhas à nossa frente formam a Serra dos Peregrinos. Sendo assim, do outro lado da margem do rio... – ele apontou, mostrando uma vegetação densa, quase impenetrável e pontilhada de árvores de copas altas. O pouco momento de silêncio foi o suficiente para ouvir os últimos gorjeios das aves que se retiravam para seus ninhos e os gritos de animais que alertavam ao bando sobre a escuridão vindoura. — É a borda leste da Floresta dos Viventes. Só após essas montanhas é que estaremos em Bogdana.

— Então estamos ainda muito longe de nosso destino – Petrus observou, sentindo um calafrio. — E, para piorar nossa situação, com apenas um cavalo – concluiu, e um abatimento logo recaiu sobre as três almas peregrinas.

De fato, a condição da expedição não era das melhores. Sir Jamin não queria dizer, mas com um cavalo apenas toda a missão poderia correr riscos. Eles precisavam imediatamente se mover, e de forma mais rápida possível – especialmente agora que estavam sendo perseguidos por um Quebrajuras. Contudo, como o fariam? Seria questão de tempo para que eles fossem achados e trucidados pelo poder sem limites de Chikára.

— Bom, meus amigos, se a má-notícia é que ainda estamos longe de nosso destino, a boa é que estamos em uma província real – lembrou Formiga. — Não será surpresa se toparmos com a propriedade de um barão, conde ou duque. Uma vez lá, poderemos requisitar ajuda. E onde há nobres, há cavaleiros. E onde há cavaleiros...

— Há cavalos – completou o rei.

— Irei rezar aos deuses para que tu estejas certo, senhor Formiga, e que encontremos o que dizes – disse Sir Jamin. — Contudo, devo recordar-vos que o Sieghard de outrora já não existe mais e avisar-vos que ajamos com cautela ao primeiro sinal de homens. Avante, então? – perguntou, recebendo em troca um aceno positivo. — Vamo-nos!

O trio prosseguiu em direção à Serra dos Peregrinos seguindo as águas caudalosas do Wasswa. A noite desceu não muito tempo depois que eles saíram da caverna e, porque a lua plena brilhava intensamente – mesmo por detrás de uma cortina de cinzas – e não querendo chamar atenção, eles optaram por manter as tochas apagadas. Apesar do clima quente de verão, a caminhada a passos lentos era agraciada pelo vento fresco que soprava da Floresta dos Viventes e, também, pela música dos grilos, sapos e corujas que viviam nas imediações. Vez ou outra, uma névoa surgia à frente dos peregrinos e corria por sobre a superfície do rio, criando uma atmosfera misteriosa e atraente.

Atento ao trajeto, por de cima da montaria, Petrus avistou uma estrutura de madeira construída às margens do Wasswa. Não era uma habitação comum, visto que não tinha janelas e era possível enxergar uma roda d'água anexa parcialmente mergulhada no rio.

— Estão vendo aquilo? – perguntou o rei. — Está se movimentando.

— É um moinho – revelou Formiga. — Devemos estar próximos de uma fazenda.

Além de terem alcançado uma estrada de terra batida, à medida que se aproximavam da construção, mais e mais itens provando que eles haviam entrado em uma área habitada apareciam: carroças abandonadas abastecidas com pacotes de feno, forquilhas, enxadas e foices, cercas, pilhas de estrume, curtume, e um pequeno píer com botes atracados. Em certo ponto, a estrada se bifurcava e ao final de um dos caminhos era possível perceber a sombra de casas iluminadas pelo fogo de tochas, insinuando a existência de uma vila próxima. Quanto ao outro caminho, ele conduzia diretamente a uma edificação solitária em meio a um campo de centeio.

— Aquela deve ser a casa do fazendeiro – observou Petrus.

— Esplêndido! – Sir Jamin se satisfez. — Vamos falar com ele. Segui-me e ficai vós atrás de mim. Rogo vos silêncio – ele ordenou, tomando a estrada para a sede da fazenda.

— Espera, Jamin. Seria prudente incomodá-lo a essa hora da noite? – o rei parecia desconfiado.

— Melhor agora do que incomodá-lo aos roncos depois – respondeu Formiga. — Aliás, se existe alguma hora para chegar sem ser convidado, seria essa. Já consigo até imaginar o cheiro de lambari frito – ele concluiu, apalpando a barriga redonda.

— Tu continuas pensando mais no conforto dos outros que na tua própria salvação, majestade. Serás um bom rei, pressinto. Contudo, apenas a vivência te fará perceber que a realidade não é tão justa quanto esta que imaginas. Agora, silêncio – Sir Jamin pediu mais uma vez.

Mais aliviados por encontrarem uma possível estadia para a noite, porém ainda tensos pelo porvir incerto, o trio caminhou pela estrada que formava um corredor entre uma plantação de alta folhagem. Ao final do caminho, uma porteira os impedia de continuar adiante. O relinchar de um cavalo foi ouvido atrás da casa e isso animou os peregrinos, que trocaram olhares acalorados. A montaria de Petrus ficou inquieta, talvez por perceber que já não se encontrava mais sozinha. Melhor ainda foi ouvir o som de vozes dentro da habitação, demonstrando que havia mais de uma pessoa morando ali. A construção de um andar não era luxuosa, mas possuía um alpendre bastante amplo e era feita de pedra e argila, o que a diferenciava de uma habitação de madeira padrão das vilas dos servos dos senhores de terra. De fato, o fazendeiro era o responsável pela administração das terras do nobre e tinha um cargo de confiança, portanto, era comum que ele recebesse uma moradia mais aconchegante e robusta como recompensa.

Aparentemente, ninguém havia notado a presença dos três visitantes. Com um aceno de mão, Sir Jamin pediu para que Petrus e Formiga o aguardassem. Entretanto, quando o cavaleiro abriu a porteira, produzindo um ruído agudo, um latido foi ouvido no mesmo instante. Das sombras do alpendre da casa, um cachorro negro de grande porte surgiu raivoso, pronto para atacá-los – e o faria, se não fosse pela interrupção imediata de seu ímpeto pelo poder de Petrus, que o transformou em um doce e simpático companheiro.

— Quem está aí? – gritou uma voz masculina de timbre baixo.

— Somos três viaj... – Sir Jamin ia falar.

— Vida longa à Marcus e à plenitude da Ordem – saudou Petrus, recebendo olhares furiosos do cavaleiro pela sua interrupção.

Houve um breve e incômodo silêncio.

— Ordeiros? – O fazendeiro perguntou. Segurando uma tocha, ele se afastou da porta principal e aproximou-se dos peregrinos. Ele era um homem alto, mais que Sir Jamin, na casa dos quarenta verões, de corpo robusto, barba rala e cabeça completamente careca. Possuía olhos pequenos e caídos e nariz avantajado. Suas feições não refletiam perigo, ou agressividade, pelo contrário, havia uma certa fragilidade em seu olhar e no modo como andava.

— Sim, senhor, ordeiros – o soberano confirmou. — E viemos de muito longe.

O homem se aproximou ainda mais para que lhes falasse em segredo.

— Devo confessar que você foi corajoso, garoto – ele sussurrou. — Não é mais seguro gritar aos quatro ventos o que você acabou de dizer. Ordeiros aqui são bem-vindos. Vocês são bem-vindos – ele olhou para todos. — Entrem, devem estar famintos. Deixem seu cavalo junto à Pedregosa nos estábulos lá atrás – apontou, antes de reparar que seu cachorro, estranhamente, abanava o rabo para os visitantes. — Bom, creio que vocês já tenham feito amizade com Dubh – ele levantou a sobrancelha, confuso.

— Obrigado, senhor...é... – Petrus agradeceu.

— Regán. O nome é Regán – respondeu o fazendeiro, ainda em sussurros. — Me acompanhem – falou e virou-se para sua moradia.

Sentindo-se confortável, Petrus deixou Formiga e Sir Jamin para ir ao estábulo enquanto Regán conduzia os dois para dentro da moradia. À frente da dupla, o fazendeiro levava em sua cintura uma machadinha com manchas de sangue fresco e deixou os peregrinos levemente desconfiados.

— Seu amigo é uma peça-rara – disse Regán, referindo-se a Petrus. Depois ele riu, e bufou em sequência. — Afinal, o que fazem na baronia de Askalor?

— Estamos apenas de passagem – respondeu Sir Jamin. — Tentando buscar boas terras para fugir da guerra – ele mentiu.

— Vocês não são os primeiros forasteiros, nem serão os últimos a passarem por aqui em busca de tais terras, se é que eles as encontrarão em alguma *aurora* – comentou o fazendeiro.

— Desculpe-me – Formiga interrompeu o assunto. — Mas... você disse baronia de Askalor?

— Terras de Sir Heinrich, barão de Askalor, o homem mais fiel e amigo da dinastia Marcus – respondeu Regán com um tom irônico. Em seguida, ele abriu a porta de entrada de sua casa. — Entrem e sentem-se à mesa. O jantar virá a qualquer momento, vou pedir à minha mulher que aumente as porções. Felizmente para vocês, matei um porco há pouco tempo.

O fazendeiro deixou Sir Jamin e Formiga em uma ampla sala com uma mesa de centro redonda e seis cadeiras. À primeira impressão, o interior passava uma sensação de decadência, talvez por causa dos resultados da guerra. As mobílias de madeira acumulavam poeira, e os jarros continham flores murchas e secas. Mesmo com o cheiro da comida vindo da cozinha, era possível sentir um odor ácido e nauseante. Nas paredes de pedra, além das tochas que iluminavam a sala, jaziam as cabeças empalhadas de um cervo e de um urso, como troféus, indicando que o proprietário podia ser também um caçador.

— Jamin – Formiga sussurrou, dando uma cotovelada no cavaleiro. — Destino não poderia nos favorecer mais! Se Regán souber que somos amigos do filho de Sir Heinrich ele poderia...

— Tu não irás dar um pio sobre isso, senhor Formiga – falou Sir Jamin, em tom ainda mais baixo. — Esta situação me cheira tão mal quanto o cômodo no qual estamos.

— Mas, Jamin, pense em todos os recursos que poderíamos conseguir para a nossa missão além de cavalos – Formiga estava irredutível. O ancião resumiu-se a ficar calado. — Ei! Não estamos falando de um borra-botas qualquer, é o barão de Askalor!

— Forasteiros! – gritou Regán, vindo de um corredor. Sir Jamin engasgou-se com o susto. — Não sejam tímidos. Acomodem-se – ordenou, colocando três canecas de cerveja sobre a mesa e sentando-se com a sua própria. Formiga e Sir Jamin obedeceram e pegaram suas bebidas. Neste momento, ouviu-se uma batida na porta. Era Petrus que acabava de surgir na entrada. — Venha, garoto, aproxime-se. Nesta noite vocês são os meus convidados de honra.

— Obrigado, Regán – agradeceu o rei, sentando-se ao lado de Sir Jamin.

— Regán, agradecemos por tua hospitalidade – disse o cavaleiro. — Contudo não iremos ficar além do jantar. Ainda temos uma longa jornada a percorrer. Na verdade, nosso intuito era vir aqui para saber se há montarias disponíveis para auxiliar em nossa viagem, já que, infelizmente, perdemos uma delas. Obviamente, pagaríamos pelo animal.

O fazendeiro não respondeu de imediato e sua expressão, antes alegre, ganhou tons de amargura.

— Ora, ora, para que a pressa? – ele perguntou. — Temos montarias, mas elas só estarão prontas amanhã pela manhã. Por agora, aceitem a minha oferta de estadia. É o mínimo que posso fazer para bons ordeiros.

— Eu agradeço, Regán, mas o jantar já seria o suficiente... – Sir Jamin iria pontuar.

— Mas é claro que vamos aceitar – Formiga interrompeu. — E perder a oportunidade de saber como é feita essa maravilhosa cerveja?

Sir Jamin torceu o nariz, tentando, com um olhar, fazer o ferreiro desistir da ideia.

— Jamin, não temos opção – Petrus reforçou. — Você sabe que precisamos da montaria. Seria deselegante com Regán rejeitar sua proposta.

O ancião da Ordem revirou os olhos.

— Dois votos contra um, Jamin – o fazendeiro zombou, abrindo um sorriso sarcástico. — Não fique de cara fechada, soldado. Vamos, quando experimentar a receita de minha mulher, duvido que continuará assim.

— "A fome é para o homem igualmente motivo de guerra e amor." – Formiga recitou uma expressão típica de sua cidade.

— Ah, então temos um alodiano entre a gente – Regán reconheceu.

— Em carne e osso. Com um bônus extra de carne, como pode ver – respondeu o ferreiro, sendo simpático.

— Sinto muito pela sua cidade – comentou o fazendeiro.

— Os alodianos são fortes – disse Formiga. — Somos mais resistentes do que os outros pensam de nós.

Regán ergueu a sobrancelha, interessado na afirmação.

— Pensei que haviam restado poucos alodianos.

— E restaram – Sir Jamin interveio, prevendo que Formiga poderia falar sobre as famílias escondidas nos túneis subterrâneos. — Com a queda da cidade, os poucos que sobreviveram e fugiram se espalharam por Sieghard. Os que ficaram, foram subjugados imediatamente.

O fazendeiro fez um muxoxo, levantou-se e foi até o barril de cerveja para encher sua caneca que havia recém-esvaziado.

— Sempre achei que a Liga de Comércio e Afins iria conseguir chegar a um bom acordo com as tropas inimigas – comentou. — Afinal, lidar com negociações não é o forte dela?

— Por razões que eu desconheço, a Liga de Comércio não se envolveu com a defesa da cidade – respondeu Formiga. — E mesmo que tivesse se envolvido, não acho que ela faria qualquer negociação com as forças do Caos.

— Eu duvido. Quando na necessidade, Alódia sempre deu um jeito de contrariar as decisões do governo. A Liga tem dinheiro para mandar no rei, se assim o quisesse.

— O cidadão alodiano comum é fiel à Ordem, Regán – Formiga explicou, educadamente. — A Liga pode até ir contra o rei em alguns assuntos de âmbito político, ou econômico; mas ela nunca iria contrariar seu próprio povo.

— Bom, e agora, não existe povo alodiano mais – declarou o fazendeiro, deixando Formiga desconfortável. Neste exato momento, porém, um cheiro agradável invadiu o cômodo onde o trio estava e deixou todos anestesiados e leves.

— Eu sinto cheiro de louro e arruda? – perguntou o ferreiro, salivando. — Eu conheço essa receita. É o Porco Bêbado, um dos pratos preferidos do meu velho pai.

— Como bom alodiano, pensei que entendesse mais de negócios que de comida – comentou o anfitrião.

— Ah, senhor Regán, o Formiga é muito esperto para muitas ocasiões, mas, em se tratando de comida, ele é o melhor – Petrus riu.

Após o momento de descontração, o fazendeiro sentou-se de volta à mesa.

— Regán, estivemos escondidos durante muito tempo e não temos notícias da atual situação do reino. Poderias nos dizer o que iremos encontrar ao sul? – Sir Jamin indagou.

O fazendeiro tomou um longo gole de seu copo e, logo em seguida, arrotou como uma besta selvagem.

— Os caóticos estão por todo o lado – ele disse. — Desde os fortes de fronteiras até o controle das cidades litorâneas. Se procuram alguma salvação ao sul, minha sugestão é esconderem-se na Floresta dos Viventes, dessa forma estarão fora das vistas dos inimigos, e das harpias das montanhas salacianas. Ou isso, ou aceitar que Linus é nosso novo rei e a Ordem de Sieghard foi destruída.

— Isso nunca faremos – Petrus se exaltou, levantando-se de imediato. Sir Jamin troçou olhares com o soberano, rogando-lhe para que se acalmasse. Depois, ele sentou-se novamente, mais calmo. — Desculpem-me, a bebida já está no meu sangue.

— É apenas uma questão de tempo, garoto – disse Regán. — Esta é a nova realidade. É melhor a abraçarmos, adquirindo vantagens no início, que tentarmos resistir e sermos eliminados no fim.

— E que vantagens você recebeu, Regán? – Sir Jamin inquiriu encarando-o em tom sério. De repente, todos se calaram e um clima pesado caiu por sobre a mesa dos convivas. Petrus achou que o cavaleiro havia ido longe demais, e estava abusando da hospitalidade cedida pelo anfitrião. Formiga, um pouco ressabiado, não gostou da forma como os alodianos haviam sido mencionados e achou que Sir Jamin havia reagido na mesma moeda. De qualquer forma, um leve conflito tinha sido criado. O fazendeiro soltou um riso e o cavaleiro pousou a mão sobre a bainha de *Pântea*.

— Senhores, por que estão tão apavorados? Relaxem, e deixem que eu conte uma história para vocês – o fazendeiro pegou a caneca dos três, levantou-se e as encheu de cerveja, retornando-as logo após. — Quando a Pestilência Cega chegou nestas terras, perdemos muita mão-de-obra nos campos. Estávamos perdendo grãos e os responsáveis pela moagem estavam doentes. O baronato carecia de alimento. Crianças, mulheres, até animais estavam sofrendo. O barão ficou irritado. Como eu era o responsável por cuidar de suas terras eu tive que tomar uma providência. Uma certa *aurora*, um homem de manto preto apareceu na vila prometendo-me que curaria as pessoas em troca de nossa lealdade a Linus. Vejam, nós não temos guerreiros ou soldados aqui para nos defender. Todos os que podiam combater foram para a guerra. O que vocês fariam se estivessem no meu lugar, tendo que salvar uma vila inteira de pessoas que não sabiam se veriam o próximo nascer do sol? – indagou, olhando para cada um.

— O barão soube disso? – inquiriu o cavaleiro. — Tenho certeza de que ele não concordaria com essa traição.

— Como mudar a ideia de um homem senil de valores tradicionais há tempos enraizados? Você está certo, soldado. Ele nunca iria compreender a mudança – rebateu Regán, sentando-se à mesa.

— Então, o baronato entregou-se ao Caos? – perguntou Petrus.

— Você não reparou como não há nada fora de lugar aqui? – Regán disse com orgulho. — Tudo está funcionando de forma ainda melhor que antes. As pessoas que foram curadas agora não mais reclamam do trabalho, não se atrasam, nem mesmo perdem tempo conversando umas com as outras. É como se fossem os trabalhadores perfeitos. O baronato nunca viu tempos mais abundosos.

— Tu és um doente, Regán – Sir Jamin irritou-se com o cinismo do anfitrião. — Acima de teu cargo, e tua responsabilidade para com esta terra, há algo acima maior que deve ser considerado: tua humanidade. Já lhe ocorreu que os inimigos transformaram essas pessoas em bonecos sem vida, tolhendo suas vontades?

— E, no entanto, soldado, esses seres sem vida *salvaram* quantas vidas? – o fazendeiro tentou se justificar. Depois, ele suspirou. — A verdade é que eu fui tapeado. Acham mesmo que eu saberia que eles iriam ficar assim?

— E, *no entanto*, mesmo assim, você parece não se importar – Formiga observou, repetindo propositalmente o início de sua fala. — Está se gabando que o baronato está em sua melhor fase, e demonstrando desdém por aquele que te promoveu e te deu um conforto que a maioria dos siegardos nunca imaginariam ter. O que me leva a me perguntar: o que você está ganhando com isso?

Regán não respondeu, apenas deu mais um gole de sua cerveja de forma tranquila e riu.

— A pergunta que eu esperaria de um típico alodiano, mestre nos negócios – ele disse.

Enquanto a tensão crescia na mesa, o cheiro arrebatador do jantar entrava no âmago dos peregrinos, convidando-os, mesmo sob condições adversas, a aguardarem que a mesa fosse posta para que, só então, eles seguissem viagem. Regán, apesar de eticamente duvidoso, não parecia oferecer nenhum perigo. E, caso oferecesse, Sir Jamin poderia lidar facilmente com o fazendeiro. De qualquer forma, já estava claro para o trio que pernoitar ali não seria possível.

— É casado, homem de Alódia? – quis saber Regán.

Formiga assustou-se com a pergunta e, dessa vez, foi ele quem tomou um longo gole de cerveja.

— Já fui, minha esposa faleceu – respondeu de forma seca.

— Então sabe como, muitas vezes, a vida com uma mulher pode se tornar um pouco, como posso dizer… – ele se interrompeu para buscar uma palavra. — …irritante. Minha esposa e eu tínhamos um relacionamento conturbado. Ela se negava a todo instante a realizar minhas vontades. Por muitas vezes, para que ela entendesse, tive que tomar medidas das quais me arrependo. Ouvir seus gritos, sabendo que eu a estava machucando, corroía demais minha alma. Eu me sentia miserável – ele revelou, falando de forma emocionada. — Então, de repente, Destino me iluminou e tudo mudou.

A história de Regán prendeu a atenção dos convivas que, de tão absortos, não perceberam que alguém vinha do corredor carregando uma travessa com o tão desejado Porco Bêbado.

— Hoje eu não me sinto mais assim – ele continuou. — Posso dizer que me libertei e sou um homem feliz. Não só minha esposa faz todas as minhas vontades sem reclamar, quanto me deixa fazer o que eu quiser com ela sem gritar. Além disso, ela cozinha, ajuda na fazenda, e o melhor de tudo… – o fazendeiro se aproximou de todos para falar mais baixo. — Ainda trepa como uma égua – ele soltou uma gargalhada, enquanto a travessa com a carne de porco embebida em vinho e especiarias foi depositada sobre a mesa por uma mão fina e delicada. — Obrigado, minha querida.

Sir Jamin foi o primeiro a sair do abismo do qual Regán os havia lançado e encarou a moça. Ela não devia ter mais que vinte verões, e seu rosto, marcado por escoriações e cortes recentes, parecia uma pintura feita pelo mais perfeccionista pintor de reis e rainhas de Sieghard. Todavia, seus vidrados olhos azuis, tal qual uma pedra preciosa, era prova cabal do porquê o fazendeiro não havia se incomodado com os desalmados, já que sua esposa, que havia se tornado um deles, estava sob total controle de suas vontades. O sangue do ancião fervilhou com o sadismo perpetrado do anfitrião, e seu coração encheu-se de revolta.

— En...vi...a... dos – ela pronunciou com uma voz sem entonação ao reparar Formiga e Petrus. — Os en...vi...ados estão aqui – disse, estendendo a mão para tentar agarrar o rei.

Imediatamente, Sir Jamin se ergueu do banco.

— Miserável! É uma armadilha! – gritou. — Petrus, Formiga, peguem a montaria, rápido!

— Mas, Jamin... – Petrus não conseguia entender a urgência do cavaleiro.

— Agora! Estamos em grande perigo! – ordenou com firmeza.

Obedecendo ao cavaleiro, Petrus partiu com Formiga para o estábulo da fazenda.

— Vocês acham que vão conseguir fugir? Não há lugar onde... – Regán não conseguiu completar a frase, já que sua cabeça fora imediatamente decepada pela lâmina afiada de Sir Jamin, caindo na travessa do jantar.

— Que o fogo do inferno de Firdaus seja a eterna morada para sua alma, maldito! – o cavaleiro refletiu, enquanto de modo apressado, saía da casa.

Do lado de fora, Dubh avançou ferozmente na perna de Sir Jamin, sem causar-lhe dano. Com muita parcimônia, o cavaleiro o golpeou na cabeça com o pomo de sua espada, apenas para que não fosse um incômodo durante a fuga. Atrás dele, Formiga e Petrus surgiram montados e trazendo Pedregosa com eles.

Com um pulo, Sir Jamin montou na égua sem sela e, juntos, eles dispararam pela estrada. Enquanto desciam a pequena colina em meio à plantação, os peregrinos puderam perceber um zunido. A princípio, parecia o som de um enxame, porém, não demorou muito para que ele ficasse mais audível, revelando-se ser um coro de vozes em euforia.

— Jamin, o que é isso? – perguntou Petrus.

— O que eu tanto temia – respondeu o cavaleiro. — Todos os desalmados do baronato estão vindo nos matar.

— Não é possível! Como você sabia disso? – o soberano estava intrigado.

— A esposa de Regán nunca nos viu, e ainda assim sabia quem vocês eram e o que representavam. Eu apenas supus que eles agem como uma mente só.

Nem bem Sir Jamin acabou de explicar-se, um homem saiu da plantação e agarrou a montaria do cavaleiro. O atacante caiu após levar um chute no rosto. Em instantes, mais dois homens surgiram na estrada e foram atropelados pela dupla de cavalos. Quando o trio chegou na bifurcação, eles olharam para direção da vila e viram uma massa escura de pessoas que corriam contra eles.

— Eles são muitos! É impossível enfrentá-los! – no controle das rédeas, Formiga se desesperou, vendo que as opções do grupo se reduziam. Entretanto, no labirinto de caminhos que passava em sua mente, ele conseguiu enxergar o que podia ser a única solução para a situação, ainda que alguns sacrifícios tivessem que ser feitos. — Venham comigo! – ordenou, incitando o cavalo a seguir o caminho oposto ao da vila.

Sir Jamin, apesar de sua vasta experiência com situações de toda a ordem, não viu uma alternativa senão seguir Formiga. Os desalmados com mais saúde e mais fortes estavam em seu encalço e, se eles pestanejarem, toda a multidão chegaria como um furacão. De qualquer forma, a tomada de decisão do ferreiro atiçou a curiosidade do cavaleiro que, em breve, entenderia seus riscos e suas inevitáveis consequências.

A comitiva invadiu uma área de produção de grãos próxima ao rio Wasswa onde um pequeno píer jazia com três embarcações ancoradas. Sir Jamin havia visto antes tal peculiaridade, porém não havia dado a devida atenção. Ao chegarem próximos às tábuas da estrutura, Petrus e Formiga desmontaram.

— Não esqueça a espada – lembrou o alodiano.

Com as mãos suando e sentindo seu peito palpitar, o rei retirou a espada de *aurumnigro* do alforje querendo não pensar nas implicações de ter que deixar seu cavalo ali. Formiga já havia tomado posse do bote mais afastado da margem quando Petrus partiu para se juntar a ele. Enquanto isso, na entrada do píer, Sir Jamin lutava com socos, pontapés e empurrões os desalmados que surgiam, negando-se a matar qualquer um deles.

— Jamin! – gritou Formiga para avisá-lo que estavam a postos.

Curvando a esquina da edificação do antigo moinho, finalmente, a massa de homens e mulheres surgiu, incutindo medo e terror à dupla que aguardava o cavaleiro. O cavalo de Petrus, sem tempo para reagir, foi o primeiro a ser englobado pela multidão. Depois, Pedregosa sofreu com o mesmo mal, sufocada por uma horda de pessoas transformadas em animais irracionais.

— Jamin – Petrus reforçou. — Precisamos ir!

O cavaleiro voltou-se para a embarcação, avançado a largas passadas. Porém, quando ele estava prestes a se juntar aos colegas, se deteve e retornou à plataforma.

— Pelas barbas negras do dragão, o que está fazendo? – Formiga colocou a mão na cabeça.

— Por Destino e todos os deuses – Petrus já não conseguia se conter e lágrimas de desespero caíam de seus olhos. O rei estava imóvel, petrificado pela situação. Formiga, entretanto, tomou a decisão pelos dois e desatou o nó que os prendia à estrutura, lançando-os para o abraço da correnteza e para a segurança.

Empurrando os desalmados para a água – também muitos deles caíam no rio pela falta de espaço na plataforma para comportar tanta gente – Sir Jamin avançou como um touro para alcançar um objetivo que não se mostrava muito claro. Quando chegou próximo ao primeiro bote atracado, o cavaleiro puxou *Pântea* e cortou a corda que o prendia. Da mesma forma, ele fez com a segunda embarcação, e virando as costas para os desalmados, correu para alcançar Petrus e Formiga que já se distanciavam do píer. Em um último momento, quando seus pés pisaram na tábua da beira da estrutura, o cavaleiro pulou o mais longe que a força de suas pernas suportava e caiu com seu peito sobre a borda do casco da embarcação, são e salvo.

— Junte-se aos bons... – disse Formiga, aliviado. — E seja uma exceção.

— Vocês estão bem? – perguntou Sir Jamin, percebendo que Petrus estava com uma expressão de puro terror. — Majestade?

— Por...por...por que fez isso, Jamin? Que necessidade havia em fazer isso? – ele gaguejava de medo. — Você quase ficou para trás. Não teríamos como continuar a missão sem você.

— Homens de pouca fé, vós que quase desististes de mim – Sir Jamin retorquiu em um tom descontraído. As atenções se voltaram para Formiga, que se envergonhou. — Sem ressentimentos, cavalheiros. Vós fizestes o que deveríeis ter feito. Agora, o momento é de olharmos para a frente.

Dito isso, com Formiga e Petrus remando, Sir Jamin olhou para trás enquanto o bote se afastava lentamente da margem e tudo ficava pequeno e irreconhecível. Apesar disso, foi possível reconhecer, em meio aos desalmados, a chegada de um cavalo negro carregando uma mulher de vestes escuras. Por um momento Sir Jamin estremeceu diante da visão de Chikára, e agradeceu a Ieovaris por tê-lo feito tomar uma decisão rápida e assertiva.

— Uma pena que perdemos o Porco Bêbado – o cavaleiro quis tirar o peso do peito puxando outro assunto. — Devia estar uma delícia.

— Ah, quanto a isso – Formiga enfiou a mão no bolso de suas vestes, retirando um enorme pedaço de porco ainda quente. — Não perdemos não.

Surpresos, Petrus e Sir Jamin riram com a astúcia do ferreiro, incentivada pelo seu ímpeto glutão. Em meio ao largo e caudaloso Wasswa, os três se alimentaram daquilo que se tornaria o melhor banquete de suas vidas. Após testemunharem, com um frio na espinha, mais uma pequena amostra do que Sieghard se tornara, o momento de união na pequena embarcação o fez se fortalecerem, não só como colegas de uma árdua missão, mas como amigos que sofrem pelos mesmos motivos e se apoiam na calamidade. A lua plena jogava sua forte luz sobre eles e parecia guiar seus caminhos em meio ao rio de incertezas. Muitas dúvidas permeavam seus pensamentos, a exemplo do destino de Sir Heinrich, porém, todas elas levavam a uma mesma certeza.

A de que a Ordem e os melhores atributos da humanidade precisavam urgentemente ser restaurados.

XLVII

A Cidade Azul

Chamada por viajantes e pela própria população de Cidade Azul pelas suas exuberantes construções com listras cor-do-céu, Chiisai era a cidade menos siegarda do reino. Embora Keishu tivesse uma cultura bastante diferenciada, os keishuanos eram fiéis defensores da Ordem de Sieghard – o que não acontecia em Chiisai. O local era santuário de adoração tanto dos deuses da Ordem quanto das tribos das Terras Abandonadas, e os costumes dos diferentes fiéis, mesmo nas atuais *auroras*, eram motivo de dissidências. Graças à atuação de Kraig I, o monarca que representou as tribos do norte e conseguiu formar um exército misto na região, a Cidade Azul gozou de um período longo de paz entre os povos. Quase cem verões depois, com a queda da dinastia de reis inaugurada por Kraig, Sieghard experimentaria uma nova quebra de confiança no norte, com Chiisai se tornando a última resistência da amizade entre nações tão díspares – uma amizade construída por longos verões de convívio e respeito mútuo. Por consequência, a cidade foi paulatinamente ignorada pelo governo central, e, igualmente, pelas tribos do norte. O que significava que, em caso de um ataque às suas fundações, os únicos que podiam salvá-las eram seus cidadãos – e apenas eles.

A praça central de Chiisai dividia a cidade em quatro distritos, entre comerciais e residenciais, e esses separados por regiões de linhagem siegarda de um lado, e nortenha de outro. Havia uma rua principal que cruzava o espaço urbano desde os portões fortificados da cidade até Lankiyo, a montanha sagrada, no limite leste. A praça era considerada o ponto de conjugação das culturas. Ela servia como espaço de convivência entre os diferentes povos e, nela, eram celebrados eventos, tais como apresentações militares, artísticas e religiosas, únicas de cada nação representada ali. Não só isso, mas por sua ampla configuração espacial, também poderia servir como local de concentração das tropas, em caso de um ataque de grande magnitude.

O silêncio noturno de uma população amedrontada imperava no vazio do ambiente quando a tampa de um bueiro que dava para um complexo subterrâneo de fossas e esgoto se abriu por baixo. De lá, a cabeça de Braun surgiu. Observando as redondezas e julgando estar seguro, o sevanês se ergueu, dando de cara com uma imensa estátua de um guerreiro que segurava uma lança. Sua postura e semblante feroz denotavam que deveria se tratar de um homem admirável e que foi exemplo para muitos cidadãos de Keishu.

— Podem vir – comandou Braun.

Logo, Aka, Sir Heimerich, Victor Dídacus e os demais patrulheiros saíram do subterrâneo. De onde estavam, tinha-se uma clara visão do movimento que dominava os portões fortificados de Chiisai. Dezenas de soldados em polvorosa desciam e subiam as escadas que levavam aos adarves e torres de defesa dos limites urbanos. Estava claro que, não importando se uma das muralhas ainda estivesse intacta, as tropas locais não teriam descanso até que o inimigo desistisse do cerco.

Ficara decidido entre o grupo que, uma vez dentro da cidade, Aka iria se dirigir à Lankiyo para obter informações com o sumo-sacerdote do santuário sobre a situação da passagem para o Leito dos Dragões. Da mesma forma, para se certificar que, de fato, o Último Aclamador Irrevocável não estava ali, Victor iria rondar pelas ruas à procura da energia de um deles – "Imagino que deva ser como a de Petrus ou mais intensa", ele argumentara – enquanto Braun e Sir Heimerich se apresentariam ao comandante das tropas de Chiisai junto aos besteiros kentas.

— Nos veremos em breve? – perguntou o nobre, recebendo acenos positivos do arcanista e da patrulheira. Sem demoras, a comitiva se separou. Victor se infiltrou na escuridão pelas ruelas estreitas; Aka, Braun, Sir Heimerich e a tríade kenta tomaram a avenida principal, porém em direções opostas.

Aproximando-se da zona de ação na entrada da cidade, à luz de mais detalhes, o cavaleiro e o guerreiro puderam notar que homens e mulheres comuns também empreendiam forças no esforço militar, levando vários tipos de cargas, desde armamentos a comida, e cuidando dos feridos. Analisando o cenário, Sir Heimerich, concluiu, admirado, que a união dos cidadãos de Chiisai na causa da guerra era muito mais visível que aquela presenciada em Alódia, e as expressões daqueles que ajudavam nunca demonstravam sofrimento, mas esperança. Percebendo a presença do distinto grupo, um dos soldados da cidade veio lhes abordar. Seu semblante, a princípio, mostrava confusão, mas quando seus olhos encontraram os dos patrulheiros de Aka, sua inquietação se fora.

— Que Hanan'im lhes cubra com Sua fortuna, *xonzè* – ele os cumprimentou com alegria, revelando à qual linhagem de Chiisai pertencia. Depois, olhou para Braun e Sir Heimerich. — Vejo que trazem combatentes do sul.

— Que a Ordem o guie, digníssimo – saudou Sir Heimerich. — Trazemos notícias de além desses muros e de grande relevância para esta guerra. Precisamos falar com o seu comandante. Poderia nos levar até ele?

— Certamente – respondeu o soldado. — Venham por aqui – ele virou-se de pronto, seguindo para o bastião frontal – uma larga e redonda estrutura em um dos cantos da muralha de entrada.

Pelas informações que os peregrinos ouviram do próprio subordinado de Linus, o comandante de Chiisai se tratava de um feiticeiro de grande poder. A figura já tinha incutido medo nas tropas adversárias e, desde já, adquiria um enorme respeito. Braun e Sir Heimerich já haviam ouvido histórias e lendas de feiticeiros e bruxos, porém nunca encontraram com um, e sequer imaginariam que eles poderiam agir em favor da Ordem e comandar tropas. Seguramente, eles estavam lidando com uma outra classe funcional de homens místicos.

Quando o soldado abriu a porta do bastião e o grupo entrou no cômodo adjacente, eles depararam-se com uma mesa e, apoiado sobre ela, inspecionando mapas da cidade, um homem de capuz, vestindo uma armadura leve de aço sobre um manto cinza-escuro. À primeira vista, seu porte não amedrontava, todavia, não se podia dizer o mesmo de seu rosto. Ele possuía um olho cego e o nariz deformado, e sua pele escura era enrugada tal qual uma fruta que fora abandonada ao sol por *lunações*. Não era possível distinguir seus lábios e uma parte dos seus dentes era visível mesmo que ele não os estivesse mostrando. Qualquer um que o visse à noite o julgaria como um monstro das profundezas de seus mais temíveis sonhos. *Dragões me chamusquem*, Braun estremeceu.

— Comandante – o soldado chamou seu superior, tirando-o de seu momento de concentração. — Estes combatentes estão trazendo notícias do exterior. Creio que seja importante, sir.

O feiticeiro olhou para o seu soldado de forma terna.

— Obrigado, Anis. Você pode fechar a porta e se retirar – ordenou, sendo obedecido de pronto com o soldado batendo continência e saindo do recinto.

O grupo foi deixado sozinho com o homem repugnante. O feiticeiro contornou a mesa e se aproximou. O silêncio, frente à estranheza, era geral. Primeiro, ele olhou para os três besteiros, com atenção especial para suas íris vermelhas e suas formidáveis bestas de confecção exclusiva, denotando que sabia de onde eles provinham. Em seguida, encarou Braun e Sir Heimerich, de cima a baixo. Sua estatura, comparada à dupla, era muito menor, mas isso não o tornava menos imponente. No entanto, havia algo em seu olhar e seu comportamento solene que lhes dizia que, por baixo daquele manto e rosto desfigurado, uma alma pacífica jazia.

— Então, vocês sobreviveram – disse o homem deformado, sem perder a compostura. — Feibush ainda os acompanha?

— Feibush está seguro na aldeia da tribo kenta, sir – Sir Heimerich respondeu sem pensar muito na pergunta. Porém, de repente, ele foi acometido por um estalo. Fixando seu olhar para encarar mais uma vez o comandante, o cavaleiro, em sua cabeça, retirou o monte de pele enrugada e reconstituiu os traços do rosto do feiticeiro até que, finalmente, reconheceu sua identidade.

— Harada? – ele arriscou.

O comandante ergueu os braços e abriu um grande sorriso, desfazendo-se de todo o semblante de seriedade anterior.

— Os Enviados de Destino em toda a sua pompa – ele abraçou o cavaleiro. Depois pousou a mão sobre o ombro de Braun. — Destino não poderia nos agraciar mais com vossa presença.

— Mas, nós pensamos que... – Sir Heimerich estava confuso. — Como você veio parar em Chiisai?

— "Quando não há corpo, não há morto", não é o que dizem por aí? – Harada riu. — Depois de eu ter sido subjugado na abadia pelo Thurayya, dois dos noviços que conseguiram escapar retornaram e me resgataram. A duras penas, em cima de uma maca, eles me carregaram para cá, onde recebi os devidos tratamentos. Como podem ver, a estética não ficou muito boa.

— Eu diria que ficou sim... para um troll – Braun não perdeu a oportunidade em mostrar sua honestidade e retirou sonoros risos dos que estavam ali, acabando de vez com a aura de feiticeiro maligno de Harada.

— E por falar em Thurayya, como Chiisai está lidando com a resistência? – perguntou o nobre.

— O inimigo, com muita dificuldade, e pela segunda vez, acabou de abrir uma brecha na muralha externa, mas terá ainda mais dificuldade em passar pela interna, que é mais reforçada – revelou o comandante, orgulhoso. — Temos suprimentos para manter os cidadãos abastecidos para mais de uma *lunação*. O contrário, porém, não acontece com as tropas adversárias. Elas sofrem com o frio e a fome, e sinto o imediatismo do comando em tomar esta cidade. Com um pouco mais de perseverança ganharemos esta batalha. O prognóstico está ao nosso favor.

— Apesar de sentir o otimismo em suas palavras, Harada, e acredite, eu gostaria muito que esse sentimento perdurasse, temo lhe dizer que, neste momento, um dos algozes que te subjugaram, se encaminha para estes portões – Sir Heimerich falou em tom sério.

Com o peso da notícia recaindo sobre seus ombros, a expressão do comandante mudou imediatamente. Com uma mão na cintura, e outra no queixo, em um movimento instintivo, ele se voltou para a mesa com os mapas e debruçou-se sobre ela.

— Isso pode mudar tudo – balbuciou.

— Eu não ficaria tão preocupado, já que o lordezinho aqui descobriu como anular os poderes desses vermes – informou o guerreiro.

Harada se interrompeu. Intrigado, levantou a cabeça e tornou sua atenção para Sir Heimerich, silenciosamente pedindo respostas.

— É uma longa história, Harada – o cavaleiro se antecipou. — O que importa é que, com o certo estratagema, podemos vencer os inimigos. Eu sou o elemento surpresa que a sua defesa precisava contra Okropir, o Thurayya. Eu só preciso que me deixe bem perto dele.

— Que Destino o cubra imensamente com Suas bençãos, Heimerich – o mago se satisfez, sentindo-se mais aliviado.

O alívio de Harada, entretanto, fora breve, já que três batidas fortes na porta do bastião chamaram sua atenção.

— Comandante, sir, você está sendo requisitado nos adarves – era a voz de um dos soldados.

— Desculpem-me, senhores – Harada virou-se para a comitiva. — Aqui o tempo não me pertence e sinto que não conseguirei ser o anfitrião de que necessitam. Entretanto, vocês estão convidados a me acompanhar e discutiremos os planos para lidarmos com o Thurayya em questão enquanto lhes introduzo às minhas tropas. Ou se preferirem ir à caserna para repousarem da viagem e se alimentarem...

— Que os raios o partam, Harada, é claro que vamos te acompanhar – disse Braun, afoito e bem-humorado. — Os covardes podem ir repousar, se quiserem – ele piscou para Sir Heimerich.

Assim como os patrulheiros, o cavaleiro deu de ombros e os cinco combatentes partiram juntos para o topo da muralha fortificada de Chiisai.

Victor Dídacus caminhava solitário por entre comércios fechados e residências apertadas, banhadas pelo brilho da lua de uma noite úmida. As ruas de pedra lisas e geladas refletiam uma luz pálida nas paredes das edificações chiisaienses e uma névoa esparsa aumentava o clima de abandono dos distritos. Dentro das casas, ouvia-se choros angustiantes e palavras sem sentido daqueles atingidos pela Pestilência Cega – familiares que não tinham forças para falar. Desde que o arcanista descobrira como controlar a sua própria natureza, ele já não lembrava de como era sofrer perante a frágil finitude humana. Até agora.

Agora, a mortalidade fazia parte de seus pesadelos. Seu corpo estava cansado e ele sentiu a longa jornada até a cidade. Sua senilidade ansiava pelo retorno da juventude, perdida através de um instante de satisfação e júbilo. *Eu preciso de mais centelhas de vida, muito mais,* ele se atormentava com um sentimento que crescia em seu âmago.

Saber que o conhecido antigo grão-mestre da Abadia de Keishu – e muito amigável mago – possuía a patente mais alta de um exército desconhecido, e de uma cidade igualmente desconhecida, deixara Braun e Sir Heimerich muito mais à vontade. Em Askalor e Sevânia, magos nunca liderariam tropas, o que causou certa estranheza por parte da dupla. Todavia, em Chiisai isso podia ser uma prática comum, já que os magos eram venerados como militares experientes. De qualquer forma, Harada parecia saber o que fazia e seus liderados mostravam-se contentes com sua liderança.

Durante o trajeto até os adarves, o comandante apresentou os recém-chegados aos seus homens, que foram muito bem recebidos. Entre eles, além dos famosos e imparáveis lanceiros, que portavam armas longas de pontas de variados tipos e formas, havia soldados de infantaria portando espadas e escudos, alguns poucos arqueiros, e um grupo grande de besteiros, do qual os liderados de Aka decidiram se juntar. Cavaleiros com armaduras leves perambulavam de um lado a outro enquanto aguardavam ordens, e ferreiros trabalhavam em oficinas improvisadas. A grande maioria dos soldados vestia um uniforme de cores vermelhas e azuis, simbolizando a união entre o Sul e o Norte, e o brasão que portavam em seus mantos era o mesmo que Kraig utilizara na época em que sua dinastia reinava: a figura de um dragão. A vestimenta servia para lembrar aos cidadãos da glória que fora lutar juntos, apesar das diferenças, sob um mesmo comando em prol de um mesmo objetivo.

Ao chegarem na passarela sobre a muralha mais interna, a presença de Harada fez com que os homens enrijecessem seus comportamentos, deixando implícito o grande respeito que tinham pelo seu superior. "Comandante", repetiam eles em postura militar. Olhando por entre os merlões da estrutura fortificada, um oficial jazia, focado na brecha que o adversário havia apenas aberto com o uso de pesadas máquinas de guerra.

— Sir Wernher – disse Harada.

— Comandante – cumprimentou o oficial, que, por ter uma pele clara e cabelos loiros, já o distinguia bastante dos demais. Sir Heimerich supôs que ele fosse o filho de algum fidalgo de Askalor.

— Me chamou, subcomandante? – perguntou o mago.

Sir Wernher não respondeu de imediato. Seu rosto mostrava uma leve apreensão.

— Ao contrário do que tínhamos previsto, o inimigo não avançou por entre a abertura, sir. Os besteiros já estão cansados de aguardar por um ataque que não vem. Me pergunto se desistiram. Se sim, acha que devemos enviar os pedreiros para reconstituir a parede?

Harada observou a falha na muralha e refletiu por um momento.

— Esse é o menor de nossos problemas agora, Sir Wernher – disse o comandante. — Em breve, um ser de extremo poder chegará, e teremos que nos preparar para um combate dentro de Chiisai. Nenhuma parede, por mais espessa que seja, vai fazê-lo parar. Nenhuma arma, ou seta, independentemente de quantas vezes o atinja, lhe fará mal.

— Comandante, sir? – o oficial levantou uma sobrancelha, assustado.

— Eu quero que junte os cavaleiros, dê-lhes uma boa refeição e descanso – ordenou o mago. — Pois que precisaremos da cavalaria pronta para um embate contra forças desproporcionais. Com a inevitável entrada deste ser na cidade, somado ao reforço de tropas que o adversário recebeu, sinto que é chegada a hora de você finalmente liderá-la. Quanto aos besteiros, dispense metade, de preferência os mais cansados, e faça turnos de vigília. Fui claro?

— Sim, senhor – Sir Wernher bateu continência e deixou o local.

Assim que o oficial virou as costas, Harada tomou o seu lugar na ameia e direcionou o olhar para o horizonte, como se perdido em pensamentos.

— O que acha, Heimerich? – ele perguntou, sem encarar o nobre.

— As tropas estão saudáveis e com boa disposição; melhor ainda, respeitam o seu comando – o paladino comentou. — Mesmo que os adversários estejam sofrendo, a chegada de Okropir poderá inflar os adversários, causando-lhes um novo ânimo. Certamente, eles vão considerar a vitória garantida. Eliminá-lo causará uma baixa no moral dos inimigos e, possivelmente, o recuo imediato das tropas do Caos.

— O quão perto você precisar estar para eliminar seus poderes? – perguntou Harada, encarando-o.

— Praticamente ao lado – respondeu o paladino. — É o instante em que ele ficará sem ter como contra-atacar. No entanto, isso não é garantia que o venceremos. Ainda precisamos descobrir onde fica a sua tatuagem.

— A tatuagem… – o comandante relembrou.

— Esses vermes possuem símbolos tatuados em seus corpos – Braun se intrometeu na conversa. — Basta atingir o local, um mísero ponto escondido por debaixo de suas roupas, para mandá-los para o inferno de imediato.

— Sim, Braun, eu havia me esquecido deste detalhe. Victor comentou em uma rara oportunidade – explicou o mago, lembrando do gosto amargo de sua derrota na Abadia de Keishu. — Precisamos atraí-lo para você, então, Heimerich – sugeriu. — Posicionaremos homens em locais estratégicos e, enquanto ele estiver sem os poderes, encontramos sua tatuagem e a acertamos, com um golpe ou um tiro de seta, o que vier primeiro. Se conseguirmos confiná-lo, seria ainda melhor.

Instintivamente, Sir Heimerich e Braun se entreolharam com a mesma expressão. “Tiro de seta?”.

— Eu acho que temos a equipe ideal para este tipo de trabalho – comentou o cavaleiro com um sorriso de canto de boca.

XLVIII

O sangue dos inocentes

No momento mais escuro da noite, os besteiros de plantão nos adarves da Cidade Azul tomaram um susto quando ouviram uma corneta soar nas entranhas dos túneis secretos onde uma centena de lanceiros estrategicamente se posicionavam para aguardar o ataque inimigo. De súbito, um frio na espinha acometeu cada soldado que estava ali com a responsabilidade última de proteger os portões, pois aquele som que haviam apenas ouvido não provinha de suas tropas.

Exceto pelo murmúrio incessante dos *Alumni*, a madrugada corria silenciosa no acampamento à frente da muralha de Chiisai. Na tenda do comando central, Agung tirava os pelos de seu braço, um a um, e sua mesa já acumulava mais de uma centena deles. Esse não era o resultado de uma autoflagelação, mas da ansiedade frente a um plano que poderia levá-lo à vitória imediata ou à sua vergonha. *Eu não preciso de Thurayya*, repetiu para si. Quando o general ouviu o som apressado de botas pisando no gelo, ele, rapidamente, levantou a cabeça e se aprumou na cadeira. O tecido da entrada de sua tenda se abriu.

— General, sir, a lua se escondeu por detrás das montanhas – avisou o tenente. — Seu plano já começou a ser executado.

Agung se levantou de supetão, sentindo as veias saltarem de seu pescoço.

— Excelente, tenente – exclamou ele. — Que Sethos nos abençoe. Venha, vamos comigo lá fora se satisfazer com a derrota da Ordem – ordenou, de forma imperativa.

Instantes depois que os defensores de Chiisai ouviram o misterioso soar da corneta, eles puderam testemunhar o aparecimento de uma horda de soldados do Caos entrando de forma avassaladora por entre a brecha aberta na primeira muralha. Tal como animais, eles avançaram sem medo da morte, atropelando uns aos outros, caindo, se levantando e correndo de forma desvairada. Os besteiros, então, com a sensação de que haviam levado um soco na barriga, rapidamente prepararam suas bestas e apontaram para os inimigos que não paravam de surgir. Suas setas atingiram cabeças, peitos, pernas com alguma eficiência; no entanto, e isso já era sabido por todo o pelotão, o ataque com armas de longo alcance era apenas o início de um embate que seria finalizado pelos lanceiros escondidos em túneis secretos dentro das montanhas que cercavam a cidade. Tais passagens ocultas, que conectavam o pátio externo às vias urbanas de Chiisai, foram utilizadas pelos defensores em inúmeras ocasiões, e a estratégia provou-se ser extremamente eficiente em todas elas. Todavia, para o desespero daqueles que nesta *aurora* guardavam as sagradas portas da Cidade Azul, dessa vez, os lanceiros não viriam.

Agung e seu tenente, um ao lado do outro, observavam Chiisai ao longe enquanto aguardavam, com esperança, que a primeira etapa do seu plano de conquista se concretizasse. Após a dura derrota sofrida pelo seu exército na investida contra a muralha interna – e conduzido por um palpite –, o general das forças libertárias havia convocado um pequeno grupo, treinado em técnicas de infiltração, para que procurassem uma entrada oculta no pátio entre as duas muralhas. A investida aconteceria na hora mais escura, quando a lua plena se escondesse por detrás das montanhas, e o breu completo se apoderasse do local de ação.

Com efeito, o movimento inicial fora um sucesso. Trajando roupas escuras e adagas – armas rápidas para um embate a curta distância –, um grupo de dez homens com pés leves aproveitou o instante em que a luz deixou o pátio externo de Chiisai e entrou pela brecha sem levantar suspeitas dos inimigos, cujos olhos ainda se acostumavam com a escuridão. A incursão, rápida e furtiva, viu seu objetivo chegar mais próximo quando um dos homens do grupo de infiltração achou a fenda que levava às entranhas da montanha. Utilizando-se de sinais manuais, ele chamou seus colegas e a dezena de soldados entrou no túnel como ratos em sua toca.

O que se seguiu foi uma carnificina sem igual. Muitos lanceiros, pegos desprevenidos, foram assassinados com ataques de lâminas aos seus pescoços e peitos – a maioria sem saber de onde veio o golpe. Os que conseguiram antever o ataque, foram imediatamente postos ao chão atingidos por facas de arremesso. Os homens de Agung avançavam vagarosamente, com muita cautela, porém, tal qual falcões, com muita precisão. Um ou outro lanceiro conseguia sobreviver à primeira investida, mas suas lanças eram longas demais para espaços tão apertados e a luta não durava três movimentos. O resultado de tal estratagema não poderia ser outro: quase uma centena de chiisaienses haviam sucumbido.

Ao fim do túnel, os infiltrados se depararam com uma porta pequena de madeira. O líder, que estava mais à frente, a abriu e, vendo que havia uma sentinela de guarda à sua esquerda, avançou encravando sua adaga no peito do adversário. Nesse meio-tempo, atrás dele, um de seus colegas acertava uma faca de arremesso no pescoço da sentinela que estava à direita. O caminho, enfim, estava livre. O líder da decúria, então, entrou de volta no túnel, pegou uma corneta pendurada em sua cintura e a soprou com todo o fôlego de seus pulmões.

O quartel de Chiisai não se localizava muito longe da entrada da cidade. Era uma estrutura de dois andares anexada à muralha sul e próxima ao pé de uma das montanhas que circundavam a região. Dentro dela, depois de se alimentarem com um vigoroso caldo de legumes e carne, e descansarem da viagem nas pequenas camas dos soldados locais, Sir Heimerich, Braun e Aka – essa última já retornada de sua conversa com o sumo-sacerdote – discutiram durante toda a madrugada os planos para matar Okropir. Os defensores da Ordem não tinham opção a não ser resistir ao máximo o cerco, pois que, segundo informações obtidas pela patrulheira kenta em Lankiyo, o caminho para o Leito dos Dragões não estava aberto ainda. Eliminar um dos Thurayyas a fim de refrear o cerco tornava-se, desde já, uma tarefa indispensável para a manutenção não só da Ordem, mas das esperanças depositadas em Sir Jamin, Petrus e Formiga.

O trio ainda estava sentado à mesa quando ouviu o som de uma corneta sendo tocada muito próximo a eles, seguido pelo bater do sino de um dos torreões de defesa. Eles entenderam na hora que aquele era o alerta de que a cidade estava sendo atacada.

— Finalmente – disse Braun, correndo para pegar seu montante.

Enquanto Sir Heimerich e Aka se preparavam para ir ao combate, um soldado irrompeu pela porta de entrada do quartel.

— Todos para os portões – ele gritou, repetidas vezes.

— O que está acontecendo, soldado? Qual é a situação por lá? – o nobre o abordou.

— É apenas por precaução, sir. Não é nada que não conseguimos resolver antes – ele respondeu. — No entanto, são ordens do comandante.

Ao lado do tenente, Agung encolhia seus ombros e apertava suas coxas umas contra as outras para enganar a bexiga cheia. Já se passara tempo demais desde que enviara a unidade de infiltração e ele temia que seus homens já estivessem mortos e sua estratégia houvesse fracassado. O frio já lhe gelava os ossos, em contraste com seu rosto, que ficava mais quente e vermelho, devido à raiva que subia pelo seu pescoço. Impaciente, ele virou-se para sua tenda e iniciou seu trajeto de retorno a passos irritadiços. A caminhada, entretanto, foi curta, sendo interrompida pelo longo e muito esperado som proveniente das profundezas de Chiisai. O general sorriu e tornou-se a voltar para o subordinado, que já o aguardava para executar as novas ordens.

— Sabe o que fazer, tenente. Envie os siegardos – ele ordenou.

Com um sinal ao líder de tropa que comandava os *Alumni*, o tenente autorizou a liberação dos desalmados. Os quase quinhentos homens avançaram tal qual uma nuvem escura em *auroras* de tempestade. Seus movimentos em muito lembravam um cardume, visto que se agrupavam muito próximos uns aos outros e se comportavam como um ente único – um coletivo de mente singular e onipresente.

Após todos os *Alumni* passarem pela brecha, iniciando assim a segunda etapa de seu plano, Agung, satisfeito, pousou a mão sobre o ombro do tenente e o trouxe para perto de si: estava na hora de pôr um fim ao cerco de uma vez por todas.

— Avise os nossos homens para avançarem com todas as forças – o general disse. — Em breve, eu e você, tenente, comemoraremos juntos essa vitória – concluiu orgulhoso, e sentiu como se um peso imenso tivesse sido retirado de suas costas.

No interior de Chiisai, o exército da Ordem se aglomerava por detrás dos portões da cidade, ouvindo os gritos eufóricos dos adversários que entravam ininterruptamente pela brecha da muralha. Sobre o barbacã interno, os besteiros trabalhavam sem descanso na preparação de seus tiros. A situação não era comum, já que os lanceiros, tão necessários no momento, já teriam que ter dado as caras.

Tendo autonomia frente às ordens de Harada, Aka decidiu deixar a tropa principal e subir as escadas da muralha para se encontrar com sua patrulha e avaliar a condição da defesa. Junto a Braun e Sir Heimerich, os três, antes de chegarem no caminho de ronda, já se depararam com um dos homens da líder kenta que estava descendo as escadas.

— Já deixando as linhas de defesa, soldado? – ela se fingiu séria.

— Aka – ele tomou um susto. — Eu estava indo atrás de você – ele estava esbaforido.

— Bom, você já pode poupar seu fôlego – ela respondeu com sarcasmo. — Diga-me as notícias.

— Acho melhor que veja com seus próprios olhos.

O grupo terminou de subir as escadas e, logo que alcançaram os adarves, olharam para o pátio externo e viram uma massa de pessoas que se jogavam no breu do local, como se elas estivessem sob algum tipo de forte feitiço. Na escuridão entre a muralha externa e a muralha interna não se conseguia saber muito bem o que estava acontecendo, nem em quem os besteiros estavam atirando; no entanto, a expressão do patrulheiro kenta lhe dizia que algo não estava certo.

— Esperem aqui – Aka ordenou, deixando o grupo.

— Para onde vai, Aka? – perguntou Sir Heimerich.

A patrulheira não respondeu, apenas foi até um dos merlões onde se dependurava uma tocha, pegou-a e jogou-a para o pátio abaixo, acertando um monte de feno isolado encostado na parede. Bastou apenas uma pequena chama para que os olhos de todos se arregalassem perante o mais puro terror.

Abaixo deles estavam os corpos de homens, mulheres, velhos... e até crianças. Instintivamente, Aka levou as mãos à boca e abafou um grito de horror. Dos que jaziam inertes, Sir Heimerich conseguiu distinguir alguns moradores do Domo do Rei, enquanto Braun reconheceu guerreiros de Sevânia. Não só keishuanos também estavam ali, mas alodianos e sálatas. O cavaleiro estremeceu, paralisado, frente à covardia dos adversários e ao golpe mais baixo que a Ordem poderia sofrer. O guerreiro, da mesma forma, alimentava uma cólera dentro de si que em pouco tempo ela não poderia ser contida.

— Bastardos, filhos de uma figa! – Braun se revoltou. — Victor nos avisou sobre essa merda, eu quase achei que era mentira.

— São siegardos – o cavaleiro, enfim, conseguiu falar, enquanto lacrimejava. — As crianças, pela Imaculada Ordem! – ele se engasgou com o nó que se formou em sua garganta ao ver os pequeninos mortos por setas amigas.

Porém, a inquietação do nobre só não foi maior, pois que ao olhar para a turba de desalmados abaixo, uma moça de cabelo castanho curto chamou sua atenção. *Anna?* Ele surtou ao ver sua noiva ainda viva entre os atacantes.

— Parem, parem! – Sir Heimerich gritou aos besteiros que voltavam à sua função. — Parem, agora. Não estão vendo que são mulheres e crianças?

Os besteiros continuaram se preparando, apesar das interpelações do cavaleiro, que começou a atrapalhá-los com o intuito de refreá-los.

— Heimerich, não adianta, eles não sabem que são siegardos. Além do mais, não há nada que possamos fazer! – o guerreiro explicou.

— Idiota, claro que podemos fazer – o cavaleiro o xingou e, com o pensamento ofuscado diante do inevitável, abandonou Braun e Aka e rumou a largas passadas para o bastião onde Harada ficava. Naquele momento, ele não sabia, mas os desalmados se enfiavam em uma fenda na parede de rocha e escorregavam túnel adentro. Em pouco tempo, não haveria mais nenhum *Alumni* no pátio externo, apenas os corpos daqueles que foram utilizados como sacrifício para o plano de conquista inimigo.

"Waldfraiss", gritavam freneticamente os soldados de Agung ao entrarem pela brecha, tendo que, sob uma saraivada de setas, transpor os inúmeros desalmados que haviam perecido no ataque inicial. Os arqueiros aliados, felizmente, conseguiram dar a cobertura necessária para que grande parte do exército entrasse sem maiores problemas, afugentando e eliminando alguns besteiros adversários que atiravam pelas ameias do barbacã interno. Os primeiros soldados que atingiram a abertura do túnel adentraram as entranhas da montanha de uma vez só, enquanto os mais atrasados tiveram que fazer fila, protegendo-se como podiam, até que chegasse a sua vez. O funil que surgira era uma incômoda barreira, contudo os soldados sabiam que, se tudo desse certo, quando os *Alumni* invadissem Chiisai todo a atenção dos seus inimigos iria se voltar para a eliminação deles.

— Avante, homens! – ordenava o oficial das tropas Libertárias que organizava as filas, enquanto posicionava arqueiros e escudeiros de forma a dar a maior proteção ao grupo. — Protejam suas cabeças! Nesta noite, dormiremos em casas quentes com lareiras! – instigou.

O fluxo seguia um pouco caótico, porém contínuo, e ele calculava que um terço do exército já se encontrava na passagem quando as setas pararam de cair, indicando que a unidade dos desalmados havia penetrado na cidade, como esperado. *Ótimo,* ele se satisfez.

— Vamos, vamos, vamos! – com os besteiros fora da ação e os homens ganhando ânimo adicional, o oficial aproveitou a deixa para dar velocidade à invasão.

Enquanto isso, a música entoada sem vigor pelas centenas de gargantas siegardas desalmadas foi ouvida dentro das paredes de Chiisai. Por um momento, os soldados libertários pararam para escutar aquele que se tornaria o hino da vitória de Linus. Um pouco depois, o comando de "atacar" foi proferido dos adarves, provavelmente pelo líder do exército da Ordem. O oficial sorriu ao confirmar que os ordeiros haviam caído na armadilha.

— Harada – Sir Heimerich desceu correndo as escadas do bastião até o piso inferior. — Você precisa interromper o ataque!

O comandante, na ocasião, conversava com Sir Wernher acerca da estratégia da cavalaria quando o nobre irrompeu em sua sala vindo dos adarves.

— Os homens estão atacando siegardos – ele tratou de explicar, esbaforido.

— Sir Heimerich, nunca pensei que o veria com tamanho exaspero –Harada observou. — Acalme-se, respire e, depois, explique-se.

O cavaleiro respirou e recuperou a compostura.

— Os Thurayyas, através da Pestilência Cega, converteram os doentes em seus lacaios e, agora, eles lutam a favor de nossos inimigos. Estamos falando de centenas de nosso povo, Harada. Tem um exército deles no pátio externo nos atacando neste instante.

Harada olhou para Sir Heimerich e Sir Wernher, intrigado com a informação.

— Os lanceiros, comandante – lembrou o subcomandante. — Se isso que Sir Heimerich disse for verdade, eles irão trucidá-los. Com todo o respeito, acredito que você, sir, usando suas habilidades mágicas, possa fazer alguma coisa.

— Heimerich, me responda: eles têm salvação? – perguntou Harada.

— Suas almas pertencem aos Thurayyas. Se os eliminarmos, os salvaremos – respondeu o nobre.

— Excelente. Vamos até lá, rápido – ordenou o mago.

A passos apressados, o trio subiu a escada em caracol do bastião e logo eles estavam nos adarves da muralha. Ao chegarem lá, depararam-se com uma situação caótica: mais de uma dezena de besteiros haviam caído mortos ou gravemente feridos nas passarelas, zunidos de flechas passavam perto de seus ouvidos e, para piorar a situação, uma multidão de soldados do Caos se apertava no espaço do pátio escuro com seus escudos levantados, não deixando saber o que se pretendia. Pelas ameias, Braun jogava pedras, capacetes de aliados mortos, panelas e tudo o que encontrava pela frente contra eles. Aka e seus patrulheiros seguiam firme disparando com eficiência: para cada tiro, um soldado inimigo deixava o efetivo.

— Onde estão os siegardos? – perguntou Sir Heimerich para Braun.

— Você perdeu a melhor parte da festa, Heimerich – retrucou o guerreiro. — Estes daqui são os malditos caóticos! – gritou, jogando um bloco solto da muralha em cima das pessoas logo abaixo. — Os siegardos que não estão debaixo desses miseráveis entraram por um buraco na montanha e desapareceram.

Ao ouvir Braun, o coração de Harada parou, pois ele soube, naquele instante, que, não só os lanceiros foram riscados da batalha, como a cidade estava em grave risco. *Por que eu não fui informado?* As indagações se multiplicavam e provavelmente ele nunca iria descobrir a resposta para todas. Era mais fácil, agora, se conformar que havia falhado e lidar com a solução do problema do que procurar culpados.

— Precisamos proteger a retaguarda – Harada comentou, tentando se manter firme nas palavras após o choque. — Eles irão chegar pelo...

O mago iria falar, mas, ao se virar, a visão de centenas de inimigos vindos dos arredores do quartel em direção às tropas posicionadas em frente ao portão o fez estremecer.

— Atrás! – ele gritou para seus homens, sentindo um pingo de suor descer de suas têmporas. — Atrás! Protejam-se!

— Não – Sir Heimerich tentou interferir. — Não podemos matar os nossos, Harada.

— Eu gostaria muito de salvá-los, Heimerich – o mago bateu no peito dele. — Mas, lembre-se, que quem os matou primeiro foram nossos inimigos – Harada rebateu.

— Harada...eu lhe imploro! Eles ainda podem ser salvos! – clamou o nobre.

— Atacar! – gritou o comandante, ignorando o cavaleiro. Depois, com uma expressão lamentosa, virou-se para ele. — Heimerich, eu falhei. Eis o nosso fim. Você sabe, esse primeiro ataque é só o início de nossa queda. E, como bom estrategista, sabe até que podemos vencê-los agora, mas, sem a cavalaria pronta, não teremos chance contra aqueles que ainda se encontram no pátio externo – informou, e o cavaleiro assentiu em silêncio. — Será um prazer lutar e cair ao seu lado. Eu findarei o meu serviço à Ordem aqui neste campo de batalha – disse e depois virou-se aos demais. — Meus amigos, que Destino os ilumine. E, como dizia meu amigo Formiga, vamos mostrar a eles que "não somos tão sopa assim". Vida longa à Sieghard e à plenitude da Ordem.

Aka e os patrulheiros, assim como os besteiros da muralha que sobraram, concentraram, então, todo seu poder de fogo nos desalmados que chegavam tal qual uma onda irrefreável. De longe eles caíam, minimizando um pouco o impacto que teria ao se encontrar com o efetivo protegendo os portões. Todavia, seus disparos não seriam o suficiente para evitar uma categórica perda de soldados ordeiros já no primeiro embate entre as forças antagônicas.

Com um aperto no peito, Braun, Harada e Sir Wernher desceram as escadas para se juntarem ao grosso das tropas em um último esforço. Sir Heimerich permaneceu ali e, olhando para o céu tão repleto de estrelas, seus pensamentos se voltaram para Anna. Em uma oração curta a Ieovaris, o paladino pediu para que Destino a poupasse de alguma forma, e que desse a ele e seus colegas uma morte rápida. *Petrus, Sir Jamin, Formiga, ponho o destino de Sieghard em suas mãos.* Depois, enxugou suas lágrimas, desembainhou a espada e partiu para o front. Em breve ele descobriria que o Thurayya não era, nem de perto, a sua maior ameaça; e sim, aquilo que o faria perder, de uma vez só, sua honra e os atributos que o tornava bom.

Sem impeditivos, mais um terço adicional das tropas entrou para o túnel, restando apenas o último terço. Cansado, mas determinado, o oficial continuava cumprindo seu dever sagrado como fiel servidor de Linus. Porém, inesperadamente, para o maior pesadelo do oficial, o fluxo se interrompeu.

— Vamos, seus covardes! O que estão esperando? – ele perguntou, todavia, nenhum soldado conseguia entrar mais. — Por Sethos! O que houve? – indagou para o mais próximo da abertura na rocha.

— Senhor, as tropas estão voltando! – ele respondeu.

— Impossível! – o oficial rebateu, cético.

Não demorou muito, os soldados que estavam à beira da entrada do túnel foram empurrados para trás por aqueles que tentavam sair. "Recuar", ouviu-se um grito abafado dentro da montanha. De repente, um, dois, três homens surgiram de volta ao pátio externo. Quatro, cinco. Em pouco tempo, mais e mais soldados apareciam para o desespero do oficial.

— O que está acontecendo? – ele repetia a pergunta, mas ninguém o respondia.

Enraivecido, ele puxou pela gola um dos homens que havia acabado de cair no chão e o levantou com força.

— Miserável – ele deu um tapa no rosto do subordinado. — Me fale o que aconteceu.

— Eu não vi nada, senhor. Os homens voltaram apavorados dizendo que todos os desalmados foram mortos de uma só vez por um único homem. Estão falando que ele é um Thurayya.

— Um Thurayya da Ordem? Faz-me rir, soldado! – o oficial ria de nervoso. — Os *Alumni* nem alma possuem!

— Eu não sei, senhor. Como disse, eu não vi. Mas, algo aconteceu lá.

O oficial largou o soldado e colocou as mãos sobre a cabeça.

— Maldição! Maldição!

Victor Dídacus havia passado a noite caminhando pelas ruas estreitas e frias de Chiisai à procura do Último Aclamador Irrevocável. Não o ter encontrado derrubava a teoria de Nuha – que dizia que Linus estaria atrás dele – e confirmava a teoria de Aka – que dizia que, na verdade, o general-mor das forças do Caos queria eliminar os dragões antes que eles despertassem pelo toque da trombeta. Se seu objetivo era nobre ou não, apenas ele saberia dizer – talvez, nem mesmo seus subordinados saberiam dizer ao certo pelo que eles estavam lutando. O fato era que as duas teorias diziam que os dragões sem um aclamador eram indomáveis – e matá-los, evitando uma tragédia mundial, poderia colocar Linus como um salvador misericordioso, ou um homem vaidoso e egocêntrico. A segunda opção o colocaria mais próximo da personalidade do homem que traiu o aclamador na versão da patrulheira kenta, enquanto a primeira mais próximo do messias da profecia encontrada por Chikára na Biblioteca Real em Alódia. Muitas questões permeavam a cabeça de Victor enquanto ele se esgueirava entre as casas e bairros familiares, levantando suspeitas de tudo quanto é tipo. Dos chamativos mais comuns, "mendigo maltrapilho" e "velho decrépito" eram os campeões.

Andar por toda a cidade havia consumido demais sua energia – mais ainda pelo seu trabalho em ter que se concentrar em achar uma pessoa entre tantos cidadãos. Principalmente para ele, Chiisai não era um bom local para se estar, pois não havia animais grandes, ou mesmo pequenos, que pudesse saciar a necessidade de seu corpo, que vacilava a cada instante. Novamente, a finitude de sua vida voltou a lhe assombrar.

De volta à estátua do lanceiro no meio da praça, após duras penas, o arcanista decidiu finalizar sua missão. O Último Aclamador ou não estava ali, ou ele não existia de fato. Conformado e pensativo, Victor tomou a avenida principal em direção aos portões para se encontrar com o restante do grupo. Logo que iniciara seu trajeto, porém, uma pontada na barriga começou a lhe incomodar e ele colocou a mão sobre ela. Gradativamente, ele foi acometido por um sono insuportável, sentindo que poderia despencar a qualquer momento.

Com sua mente sonolenta e cansada, Victor quase não ouviu o som de uma corneta – tocada, talvez, dentro de um posto de comando escondido. Também o bater dos sinos de alerta, que iniciaram instantes depois, chegou aos seus ouvidos de forma leve e hipnotizante. Ele pôde observar as tropas se mobilizando e avançando para os portões e imaginou, ali, que a cidade estava sendo atacada. À meia distância entre o quartel e os portões, um zumbido familiar, que ele havia ouvido antes em Keishu em sua última passagem, surgiu às suas costas. Quando olhou para trás, uma horda de desalmados corria alucinadamente ao seu encontro, vinda de uma pequena porta ao lado do quartel anexada à montanha adjacente. Os tiros de bestas dos defensores, passando por cima de sua cabeça, acertavam um ou outro, mas não o suficiente para sequer os refrear.

Não havia muito tempo para pensar. Victor caiu de joelhos e fechou os olhos, e inúmeros fios de energia esverdeados brotaram de seu corpo. Eles se alongaram até serem impulsionados com um movimento de mão do arcanista em direção à massa de desalmados que se aproximava. Os fios atingiram os primeiros cinco, depois, dez, que caíram imediatamente no chão. Os que estavam atrás tropeçaram naqueles da frente e também foram atingidos pelos mortais conduítes de sucção de essência vital. Em breve, os fios eram tantos que se transformaram em um emaranhado de um verde intenso e brilhante com várias graduações de tom, do escuro ao claro. A claridade aumentou a ponto de ofuscar todos os que olhavam para a cena. Os desalmados caíam, um por um – homens, mulheres e crianças, indistintamente –, e o monte de corpos de siegardos aumentava a cada centelha de vida retirada. O espetáculo conduzido pelo arcanista era assustador e, ao mesmo tempo, celestial. Para os defensores de Chiisai em desespero, que por um momento observaram suas vidas passarem em suas cabeças frente à inevitável derrota, era como se um farol de esperança houvesse acendido. E, dentro de sua luz, aquela figura escura era claramente um ser espiritual e puro enviado por Destino.

Quando o último desalmado caiu, os fios se extinguiram. Devagar, contudo mais vigoroso do que nunca, Victor se levantou. Suas veias pulsavam em seu braço e ele sentia que sua visão havia mudado. Ao se voltar para os portões, o exército ordeiro o observava boquiaberto. Um instante de silêncio se fez antes que uma explosão de palmas e gritos ecoassem pelas planícies geladas. Ali revelava-se o herói do dia.

O que os chiisaianos não sabiam era que a vitória havia sido alcançada às custas do derramamento de sangue inocente, e as consequências poderiam ser desastrosas, principalmente para Sir Heimerich, que no meio das tropas em polvorosa, não havia conseguido comemorar. Pelo contrário, em seu íntimo, a dor era infinita. E, como se o infinito não bastasse...

Sua dor poderia aumentar ainda mais.

XLIX

A última viagem

Uma imensa fila de carros de carga tomava o calçamento da Estrada Real antes do forte de fronteira e pedágio entre as províncias de Bogdana e Salácia. Sob um forte calor matinal, mercadores de armas, frutas e vegetais, carne e especiarias se estressavam perante o atraso dos soldados em averiguar a mercadoria de seus veículos – muitos, inclusive, já tinham abandonado seus assentos para se reunirem sob a proteção das poucas árvores que pontuavam a beira da via. Os animais – bois, burros e mulas –, já que não podiam utilizar a vegetação do local para se abrigarem do sol, ardiam no clima de verão, tendo que espantar os insetos que teimavam em pousar em suas orelhas.

Por detrás de arbustos, três almas curiosas se camuflavam como podiam para ouvir a conversa dos homens e avaliar como deveriam prosseguir sua jornada. Desde a noite anterior e durante toda a madrugada, com a companhia do coaxar dos sapos da Floresta dos Viventes à direita e a visão tenebrosa do monstro Bakar à esquerda, eles haviam viajado de barco sobre o Wasswa, deixando que a correnteza os levasse para que poupassem forças. Aproximando-se do forte de fronteira pelo rio, os peregrinos decidiram desembarcar, visto que, se continuassem, poderiam ser abordados por alguma sentinela do local. Com cuidado, esconderam a embarcação nas plantas ribeirinhas e seguiram caminhando para um nascer do sol triste e cinzento, que se erguia por detrás das silhuetas longínquas das colinas de Bogdana, até depararem-se com a inusitada caravana de mercadores enraivecidos. Dessa vez, Sir Jamin não precisou alertar Formiga e Petrus para que ficassem quietos enquanto não descobrissem o que, de fato, acontecia ali.

— Se minha carga estragar, não quero nem saber, vão ter que me pagar mesmo assim – reclamou um homem gorducho, molhado de suor, que se recostava em uma árvore.

— Achei que o reinado de Marcus II era ruim, mas este é muito pior – observou um homem alto e magro, de pele escura, que estava em pé e mastigava uma folha.

— Ora, ora, temos um apoiador do partido dos Exaltados – o homem sentado riu de forma irônica. — Pediu um novo rei e agora queimou sua língua. Por acaso você não percebeu que aquele velho, Sir Maya, era um abutre da pior espécie.

— Se ele saísse vitorioso, a promessa de terras para melhorar minha vila era boa. Coisa que Marcus II nunca iria fazer – o magricela se justificou.

Vocês, sálatas, depois de se acovardarem na guerra, não me surpreendem mais – disse o gorducho. — Aliás, o que esperar de uma região cheia de aproveitadores e ladrões. Aposto que aquele governador de vocês, como é mesmo o nome? – ele parou para pensar. — Wiley – relembrou. — Facilitou a entrada dos navios do Caos na baía de Véllamo.

Impulsionada pela alta temperatura, a conversa entre os dois mercadores gerava uma inimizade crescente. Em Sieghard, a discussão política era reservada apenas para a nobreza em amplos salões onde armas não eram permitidas; e, com relação à plebe, era de conhecimento comum que ela deveria ser evitada para evitar brigas com resultados, no mínimo, fatais – o que acontecia na maior parte do tempo. Para qualquer outro mercador que estivesse ouvindo a conversa, as informações trocadas não eram nenhuma surpresa. No entanto, para o trio escondido, a fala do homem gorducho acabara de revelar um detalhe importantíssimo.

— Os navios dos nossos inimigos estão em Véllamo – Petrus sussurrou, sendo o primeiro a notar a vital notícia.

— Mas isso é maravilh... – Formiga se exaltou e foi interrompido por Sir Jamin que, com um aceno de mão, pediu para que os dois o seguissem, afastando-se da estrada e chegando a um matagal próximo às margens do Wasswa.

— Podeis vós falar à vontade agora – explicou o ancião. — O que poderia ser tão maravilhoso assim, senhor Formiga?

— Jamin – o ferreiro retomou a palavra. — Eu tenho um primo que mora em Véllamo. Ele é dono de uma pequena embarcação pesqueira. Talvez ele possa nos ajudar. Talvez até ele nos consiga uma tripulação

— Confiarias tua vida a ele? – perguntou Sir Jamin, penetrando o alodiano com uma expressão séria.

Intimidado, Formiga fez caras e bocas antes de responder e franziu a testa.

— Bom, ele não possui uma boa reputação na cidade, mas é família. E tenho certeza de que ele não se aliaria ao inimigo.

Sir Jamin entreolhou Petrus.

— O que acha, majestade? – perguntou. O cavaleiro queria saber se o rei havia aprendido alguma coisa com o infortuno encontro da noite anterior.

— Acho que eu tenho mais medo das pessoas que escondem quem realmente são – Petrus recordou do fazendeiro Regán com um frio na barriga. — Se o primo de Formiga é conhecido por não ter uma boa reputação, isso já diz muito sobre ele e podemos esperar que ele tente nos trapacear, não é verdade? – ele perguntou de forma tímida e um pouco inseguro, porém encerrando a questão. — Agora, me pergunto como chegaremos a Véllamo.

— Ora, não viu este monte de carroças? – Formiga riu. — Majestade, se você nunca pediu carona em sua vida eu só posso supor que você já nasceu rei!

Apesar da gracinha do ferreiro, o cavaleiro não demonstrou satisfação.

— A pergunta de Petrus tem seu ponto, senhor Formiga – ele cortou as risadas. — Estamos sendo procurados. Não me surpreenderia se esta fila de carros fosse consequência de uma intensa busca realizada pelos soldados daquele forte de fronteira – ele apontou para a edificação ao longe, que se situava entre duas pontes, uma sobre o rio Mirembe e outra sobre o Wasswa.

Por um momento, oculto pelo mato, o trio observou o movimento e a dinâmica dos trabalhos realizados na passagem. Apesar de distantes, era possível enxergar duas sentinelas abordando os mercadores e seus transportes com a ajuda de cães farejadores. Também quatro cavalos de guarda se encontravam descansando atrás da edificação. Para Sir Jamin, acostumado com trabalhos burocráticos em sua função no antigo reinado, a lógica do uso dos animais era bastante comum e simples de se explicar: intimidar, procurar, e – em caso de uma fuga – perseguir. Muito embora as sentinelas estivessem preparadas para a maioria das ocasiões e o funcionamento do forte fosse efetivo, o cavaleiro sabia que elas não conseguiriam lidar com um cenário bastante específico. E, com efeito, não foi preciso que ele abrisse a boca, pois o olhar apartado de Petrus denunciava que o rei já tramava a passagem segura do grupo.

...Marcus II fez muito mais por Sieghard que qualquer outro rei – o gorducho continuava com a discussão, postando-se em pé.

— Mentiroso! O tempo dos grandes reis acabou faz tempo – insistiu o magricela. — Se você o comparar com Tewlus, ou Cledyff, Marcus não foi nada.

— Mentiroso é a sua mãe... – ele iria partir para cima do outro mercador quando foi pego de surpresa por três homens saindo dos arbustos. A visão era, de certa forma, peculiar: um homem pequeno, barrigudo e careca carregando várias ferramentas e um martelo em sua cintura; seguido por um ancião de porte respeitável vestido como um cavaleiro; e um jovem magro com a barba por fazer em roupas simples com uma espada em sua cintura e outra maior em suas costas. — Mas o que...?

— A roda do seu carro está fora de centro – disse Formiga, apontando para a carroça do gorducho. — Não está com as costas doendo de tanto que você treme no assento? – perguntou. O mercador ficou sem palavras e apenas colocou a mão em sua lombar, sentindo um leve incômodo. — Venha comigo – pediu o ferreiro.

Os dois homens pequenos foram para a estrada. Formiga se deitou por debaixo do carro de barriga para cima e mostrou o eixo do transporte.

— A ponta do eixo está lascada – revelou. — Você terá de substitui-la. Mas, por enquanto, se desejar completar sua viagem sem ficar no meio do caminho, terá que inserir uma cunha no encaixe para estabilizar a roda – concluiu e se levantou batendo as mãos para se limpar.

— Mas, como farei isso aqui? – o mercador se assustou com a informação.

— Você está indo para Véllamo? – Formiga perguntou, recebendo um aceno positivo. Discreto, ele piscou para Sir Jamin e Petrus; depois, virou-se para o gorducho. — Eu posso lhe fazer uma proposta.

Se o que Formiga disse sobre a condição da carroça do mercador era verdade ou não, ninguém poderia saber – nem mesmo o proprietário que sorria convencido que seu transporte corria mais suave. O fato era que, depois do ferreiro alodiano resolver o suposto problema, a carroça agora tinha três pesos a mais por debaixo da estopa que cobria uma carga de batatas. Passar pelo forte de fronteira revelou-se ser uma tarefa fácil – e até mesmo divertida. Oculto entre as batatas, Petrus domou os cães farejadores – que não ameaçaram nem mesmo rosnar –, e fez os cavalos se assustarem. Os guardas, atrapalhados, e sob reclamações do mercador apressado, liberaram a carroça para não causar mais atrasos. Apesar do alívio após a passagem, saber que a abordagem das sentinelas ia além dos produtos carregados – como previsto por Sir Jamin – lhes trouxe um sabor amargo. Definitivamente, ficar em Sieghard não era mais uma opção.

Quando o calor já beirava o insuportável e colocava os peregrinos em dúvida se haviam escolhido a melhor opção para viajar, de repente, o vento mudou. Antes seco e quente, o ar adquiriu umidade e frescor devido não só à proximidade com o litoral, mas também à formação de pesadas nuvens no horizonte, indicando que uma tempestade estava por vir. Dentro da carroça e sem provisões, Petrus, Sir Jamin e Formiga estavam famintos e sedentos, e perguntavam-se quanto tempo a mais teriam que aguardar até a chegada em Véllamo. Felizmente, com a previsão de chuva, o trio sentiu que o veículo havia acelerado, todavia, seu intenso chacoalhar combinado com as batidas em buracos e pedras na estrada os fez passarem mal.

No meio da tarde, os burros de carga clamavam por água e o mercador desviou-se da Estrada Real, seguindo entre árvores por um caminho de terra batida até um brejo para dar-lhes de beber – e comer. Com a estrada deserta e julgando estar seguro, ele puxou a estopa e descobriu seus passageiros.

— Vocês também devem estar sedentos – ele estendeu um cantil.

Sir Jamin o pegou e entregou diretamente a Petrus em tom de respeito. O mercador percebeu o tratamento diferenciado sem entender o porquê de o mais jovem ser priorizado. O rei bebeu um pouco da água e entregou a Formiga, que também se deleitou com o líquido. Por fim, o cavaleiro também matou sua sede.

— Então são vocês quem os soldados procuram – ele pegou todos de surpresa com a declaração. — Não se preocupem – ele reparou a expressão assustada dos peregrinos. — O inimigo de meu inimigo é meu amigo. Venham, não temos muito tempo antes que a tempestade chegue e eu não quero molhar meus produtos. Vamos comer alguma coisa – ele pediu para que o trio saltasse e, de uma sacola que viajava ao seu lado no assento, retirou um pedaço de pão e queijo.

Protegidos pela sombra de uma árvore, o gorducho se sentou escorado no tronco e ofereceu o alimento aos passageiros, que se esticavam tal qual animais ao acordarem pela manhã, estalando todas as juntas de seu corpo. Após aceitarem as provisões, os quatro comeram em um silêncio incômodo – pelo menos, por alguns momentos.

— Desembuchem – o mercador falou com a boca cheia e se levantou, talvez para ganhar alguma autoridade. — Sabem que me arrisquei por vocês. Sabe-se lá o que aqueles soldados poderiam fazer comigo se soubessem o que tinha na carroça. Por Destino, eu tenho mulher e filhos. Não gosto nem de pensar o que seriam deles sem mim – ele mexia as mãos, demonstrando um leve desespero. — E, agora, estou lhes dando de comer. Queira os deuses que eu não me arrependa do que estou fazendo. Afinal, quem são vocês? O que vocês fizeram?

Sir Jamin recebeu olhares de Petrus e Formiga, indicando para que ele tomasse a palavra.

— Primeiramente, pedimos-te desculpas pois não era nossa intenção causar-te algum distúrbio – o cavaleiro pousou a mão sobre o ombro do gorducho para transmitir-lhe tranquilidade. — De manhã, no forte de fronteira, ouvimos que tu és um apoiador do reinado de Marcus II, um dos motivos pelo qual te abordamos; e motivo suficiente para que confiássemos em ti. Somos partidários de Marcus II e nossa missão é devolver o seu reinado – declarou.

— Eu poderia acreditar no que diz se Marcus II não estivesse morto. Pelo menos, é o que dizem – rebateu o carroceiro.

— De fato, Marcus II está morto. Contudo, seu filho existe e goza de plena saúde. E nós vamos colocá-lo no lugar ao qual ele pertence – declarou Sir Jamin e, nesse instante, seu questionador parou de mastigar. — Por entender quem somos e o que pretendemos, eu respondi tua segunda pergunta; e por isso, peço a ti que guarde este segredo contigo.

— Então, quer dizer que... – ele mal conseguia engolir tentando pesar a gravidade das palavras que acabara de ouvir. — Não, isso é impossível. Marcus II não deixou herdeiros. E mesmo se fosse verdade, como vocês vão derrubar Linus e sua gente?

— Com a ajuda de todos os partidários de Marcus II e de todos aqueles que sentem que podem fazer alguma diferença com pequenos gestos – Formiga se sentiu seguro e se intrometeu na conversa. — Isso inclui você, meu amigo. Junte-se aos bons. Quando tudo isso acabar, não gostaria de ter seu nome nos lábios de todos os trovadores de Sieghard?

O gorducho não parecia convencido, no entanto, seu íntimo lhe pressionava a acreditar no que os estranhos lhe diziam. Em meio ao vento marítimo que balançava as folhas das árvores, o grupo se silenciou absorvendo o momento de confusão, e, ao mesmo tempo, de esperança.

— Eu quero ver o novo rei – ele requisitou de supetão, inferindo que sua crença seria justificada apenas pela constatação visual da figura real.

— Você está diante dele – Petrus revelou-se, enfim.

— Você? – o mercador não se impressionou. — Você parece um mendigo.

O soberano, lentamente, desembainhou *Trazaluz*, a espada prateada de Cledyff I.

— O que te parece isso? – perguntou. Seu questionador reparou a águia negra inscrita no aço e reconheceu, de pronto, o símbolo de nobreza. Depois, olhou para Petrus e tentou falar, mas não conseguiu. Sua boca se mexia como se não houvesse palavras para se expressar. — Está tudo bem – o soberano falou com uma voz amigável e apaziguadora. — Está tudo bem – ele repetiu. — Eu queria saber o que um rei diria agora, mas, pelo visto, isso ainda não entrou no meu sangue. Só o que posso dizer é: obrigado por nos trazer até aqui.

Em um movimento inesperado, o carroceiro se ajoelhou, pegou na mão de Petrus e a beijou, deixando-o constrangido. Para o rei, essa era a primeira vez que um homem comum e estranho lhe jurava fidelidade de uma forma tão íntima.

— Majestade, desculpe-me a desconfiança. Fique com minha comida, e meu cantil – o mercador exigiu. — Vou preparar um saco das melhores batatas para você.

— Não, não precisamos de nada disso. Nos levar são e salvos à Véllamo já seria o suficiente – Petrus explicou.

— Isso com certeza eu o farei, com minha vida se puder – o carroceiro se animou. — Afinal, se me permite perguntar, o que tem de tão importante naquela cidade?

— Precisamos achar um primo meu – disse Formiga. — Zeevyam Bhéli.

— Zeev, o Lobo do Mar? – o mercador levantou a sobrancelha.

— Você o conhece? Sabe onde encontrá-lo? – o ferreiro ficou intrigado.

— Todo mundo já ouviu falar de Zeev, mas, ninguém deseja encontrá-lo – informou o mercador. — A não ser que queira ser encontrado por ele.

— Sabes, então, como fazer com que ele nos encontre? – Sir Jamin perguntou.

— Eu...posso tentar – o mercador estremeceu, contudo, mostrou boa vontade em participar da missão junto ao grupo.

— Excelente – elogiou o cavaleiro e, nesse instante, um lampejo de luz distante cintilou no mar ao sul e o estrondo de trovão subsequente lembrou a todos da urgência em chegar ao destino. — Precisamos ir – ele avisou.

Rapidamente, o mercador buscou seu carro com os burros já descansados e prontos para a segunda etapa da viagem. Com uma expressão sofrida, Formiga suspirou e subiu a carroça primeiro, seguido por Petrus. O proprietário do veículo se aproximou para que cobrisse os peregrinos, porém Sir Jamin ainda sobrava.

— Que teu entusiasmo permaneça aqui, depois abafa-o – ordenou o cavaleiro. — Não conta para ninguém, nem tua esposa, de que o rei está vivo ou de que estiveste conosco. Sejas digno desta confiança e serás um par no reino.

O mercador olhou para Petrus, entusiasmado, e virou-se para Sir Jamin.

— Juro pelas cinzas de meu pai – ele aquiesceu com rigor.

Satisfeito, Sir Jamin subiu na carroça.

— Hulderic – disse o gorducho para Formiga.

— O que? – o alodiano ficou sem entender.

— Você me perguntou se eu queria ter meu nome nos lábios de todos os trovadores de Sieghard e.., bom, eu estou lhe dando meu nome. Hulderic. Não se esqueça dele – disse, e jogou a estopa por cima dos três.

Anoitecia quando a carroça levando as batatas iniciou um longo declive em direção à costa. Do alto da colina, já era possível ver as luzes da cidade encravada na baixada litorânea. Devido à formação de densas nuvens escuras no horizonte, não era possível ver as águas de *Maretenebræ*, mas sabia-se que elas não eram menos complacentes que a violenta tempestade que ameaçava invadir as terras do reino. Grossos e espaçados pingos de chuva já atingiam a região e a sensação de vulnerabilidade atingia a todos.

Hulderic havia acelerado o quanto pode para chegar enxuto ao seu destino. Por vezes, durante a viagem, lufadas de vento vinham de Bogdana para trazer o intenso perfume de suas abundantes colinas floridas. Já na segunda metade do percurso muitas caravanas e soldados inimigos passaram apressados por seu carro levando todo o tipo de mercadoria e, para seu espanto, até carroças lotadas de pessoas. Não que ele já não tinha visto isso antes. Muitos presos eram movidos de uma prisão à outra em Sieghard, porém, desta vez, ao prestar atenção, os números pareciam maiores e as pessoas pareciam estranhamente saudáveis.

Com a chegada da tempestade e a noite caindo, o movimento na Estrada Real na porção final do trajeto se reduziu. Muitos mercadores preferiram pernoitar em estalagens de meio de estrada a arriscar molhar seus produtos, e outros tantos se dispersaram indo para Muireann e pequenas vilas da província.

Por debaixo da estopa, Petrus acordou depois de uma longa soneca sentindo os pingos frios caírem por cima dele. Os burros zurravam de exaustão e, pelo andar do veículo, percebia-se que o motorista também estava exasperado. As batatas nessa hora se acumulavam na parte da frente da carroça, indicando que eles estavam descendo uma encosta. Depois de algum tempo em uma posição bastante desconfortável, finalmente, para o alívio de todos, a carroça estacionou.

— Bem-vindos à Véllamo, senhores! – Hulderic os descobriu.

L

Das entranhas da tempestade

Finalmente livres da estopa que os cobrira durante quase todo o percurso, os peregrinos estavam ansiosos para respirar o ar livre, úmido e refrescante do litoral; todavia, o sentimento foi logo abandonado devido ao intenso odor de peixe que invadiu suas narinas.

— Pela Ordem, como essas pessoas vivem com esse cheiro? – Petrus perguntou, de forma ingênua, revelando um certo desgosto.

Hulderic olhou e disse algumas palavras para Formiga, e eles riram juntos.

— O que foi? Falei algo errado? – o soberano ficou curioso com a reação da dupla.

— Não, majestade. Hulderic me disse que esse cheiro não é exclusivo de Véllamo – respondeu Formiga com graça. — Como um rapaz ainda solteiro, você não entenderia.

— E, só para esclarecer, eu vivo muito bem com ele – o carroceiro completou, empolgado, adicionando um elemento a mais na mística do assunto.

Petrus levantou a sobrancelha, alheio ao que seus companheiros queriam dizer. Na falta de entendimento, ele ignorou os engraçadinhos e se ateve a inspecionar os escuros e desertos arredores.

Além do odor forte de peixe que imperava na rua, Véllamo também era reconhecida por suas casas de madeira elevadas. Ao mesmo tempo em que esta configuração arquitetônica deixava a madeira seca afastada do solo úmido, evitava-se grandes movimentações de terra em uma região de terreno bastante irregular. As ruas feitas de blocos de pedra, em sua maioria, eram estreitas, sendo a mais larga reservada para a via que passava pelo mercado e conectava o porto à Estrada Real. O mercado, o porto e suas construções adjacentes eram administradas pela guilda dos pescadores em uma parceria com a comuna local, que cobrava uma alta taxa sobre seu funcionamento e deixava o restante da cidade em péssimas condições de infraestrutura. Não à toa, grande parte dos bairros eram sujos, fétidos e contavam com infestações de pragas, como ratos e baratas. A alta taxa imposta sobre os produtos contribuiu para o surgimento de um mercado paralelo e livre das rígidas leis siegardas. Como consequência, a criminalidade também andava nas alturas, mesmo com as tentativas de intervenção por parte do governo central. Depois de vários administradores askalorianos enviados pelo rei serem assassinados, a mensagem dos sálatas tornou-se clara: eles só aceitariam serem representados por governantes nascidos na mesma região.

Com o passar dos verões, Askalor deixou de se incomodar com o que acontecia na província, contanto que ela continuasse a fornecer homens e tropas para lutar a favor de Sieghard e produtos a baixo preço – principalmente aquele que era um dos mais valiosos do reino: o sal extraído das fazendas de Muireann. Apesar da parceria firmada e seus termos terem sido cumpridos desde a unificação, a Salácia e seus habitantes não gozavam de boa fama e a situação da sua capital tornou-se o exemplo prático de sua resistência histórica.

— E eu achando que o Velho Condado que era abandonado – comentou Petrus, assustado, ao reparar alguns roedores saindo por detrás de entulhos e atravessando a rua. — Nem parece que faz parte de Sieghard. Alguma coisa boa pode vir daqui?

— Fora o sal de todo o reino, meu rei, os melhores cozinheiros são daqui – observou Hulderic.

— Isso é discutível – Formiga levantou o dedo indicador, como se atingido pessoalmente.

— Senhores, por favor, esse não é o momento para discussões – Sir Jamin os repreendeu, percebendo que algumas cabeças curiosas surgiram atrás das janelas. — Que tal não chamarmos atenção desnecessariamente? – perguntou, sem esperar por respostas. Depois, virou-se para o carroceiro. — Hulderic, qual o próximo passo?

— Se me derem permissão, preciso entregar minha carga no Polvo Manco – revelou sob expressões intrigadas. — É uma das tavernas locais. Enquanto negocio com o taverneiro deixo vocês ocultos na carroça – disse, e Formiga suspirou ao pensar na estopa. — Fiquem tranquilos. Não é muito longe daqui e prometo que serei rápido. Posso, inclusive, conseguir informações sobre o paradeiro de Zeev.

Otimista, Sir Jamin encarou Formiga e Petrus, que deram de ombros e, silenciosamente, voltaram para a carroça contrariados. Em seguida, Hulderic os cobriu e partiu com o veículo, ziguezagueando pelas ruas de Véllamo. A chuva começava a adquirir volume, assim como o número de raios que caíam no mar. Felizmente, conforme previsto, o trajeto foi curto, e logo o veículo estava diante de uma construção elevada comprida, de apenas um andar, localizada em uma esquina emporcalhada do quarteirão. O gorducho bateu um sino sobre o assento em que se sentava e avançou para os fundos do estabelecimento. Assim que estacionou em uma parte coberta próxima a um armazém, ele desceu do carro e uma porta se abriu.

— Achei que não viria mais – disse, irritado, um homem grande de voz suave que vestia um avental cinza e um chapéu de cozinheiro. — Vai receber metade pelo atraso. Perdi muitos clientes hoje.

— Me diga quantos fornecedores fora da Salácia chegaram aqui desde a *aurora* até o entardecer – Hulderic arriscou um palpite.

— Nenhum. Você é o primeiro – respondeu o taverneiro.

— E ainda quer me pagar metade? – Hulderic tirou vantagem da informação. — Eu deveria dobrar o valor dessa carga. Pelo menos você vai ter batatas para servir nesta noite. E, digo mais, ainda vai pegar a clientela de seus concorrentes, pois quase todos os mercadores preferiram pernoitar em estalagens a arriscar enfrentar uma tempestade durante o percurso. Ficamos assim: me pague o justo ou bato na porta da próxima taverna e você vai ter ainda mais prejuízo.

O homem se aproximou do veículo e do carroceiro, e Hulderic temeu que ele perguntasse se podia ver a carga em adiantado. Enquanto isso, os peregrinos, ocultos, acompanhavam toda a conversa.

— Não há necessidade disso – ele falou, mais calmo — Tome, seu pagamento – puxou um saco de moedas do bolso e entregou ao mercador. — Problemas na estrada?

— Nem me fale. Está cada vez mais difícil atravessar o pedágio – o gorducho respondeu, sorrindo pelo resultado da negociação enquanto embolsava a quantia. — Vim o mais rápido que pude. Minhas costas só não doem mais porque uma boa alma consertou a roda do meu carro sem cobrar nada.

— E a mercadoria, continua seca? – o taverneiro pegou na ponta da estopa para puxá-la.

— Eu te ajudo a descarregá-la assim que me oferecer um bom trago – Hulderic segurou firme o braço do homem e uma gota de suor desceu de suas têmporas. Um breve momento de tensão se passou entre os negociadores. O mercador afrouxou sua pegada e o taverneiro o encarou.

— Claro – ele disse. — Venha comigo, estou com uma nova safra de hidromel de Muireann.

— Muireann? Produzindo hidromel? – o carroceiro forçou perplexidade para não parecer alterado. — Essa eu pago para ver! – disse, acompanhando o taverneiro até a porta de trás da taverna e salvando, por pouco, o rei de ter sido desvelado.

O Polvo Manco era uma taverna de teto baixo mal iluminada que possuía em seu interior um longo balcão. Comparada ao Bolso Feliz em Alódia, ela era muito mais simples: não possuía palco para apresentações, nem mesmo uma despensa tão farta. A principal bebida servida ali era cerveja e hidromel, que também não possuía a mesma qualidade das safras servidas em Askalor. A clientela constituía-se quase sempre de pescadores e estivadores – embora tivesse a fidelidade de alguns membros mais abastados da guilda e da comuna. O Polvo Manco, ainda que não fosse a melhor taverna da cidade para se divertir, era famosa por servir pratos simples, de rápido preparo e sabor incomparável, perfeito para uma refeição após uma longa *aurora* de trabalho.

Apesar de bem frequentada, a taverna contava no momento com poucos clientes. Também pudera, com a possibilidade de a tempestade despencar sobre Véllamo, a população ficara com medo de sair de suas casas. Apoiado sobre o balcão, Hulderic degustava a bebida oferecida pelo taverneiro enquanto observava, absorto, o parco movimento do local na penumbra das tochas.

— E, então? – perguntou o homem.

— Não está mal – o mercador opinou. — Precisaria amadurecer mais – disse, enchendo novamente seu copo. — Notícias da cidade?

— Desde sua última vinda coisas estranhas andaram acontecendo – revelou o taverneiro com um olhar misterioso. — Depois que mais da metade dos moradores adoeceram e achamos que eles não levantariam mais, de repente eles começaram a surgir e perambular pela cidade sem destino, e dizendo palavras sem sentido. Duas ou três *auroras* depois, muitos foram postos em carros e transportados para fora da cidade. Muitas casas estão abandonadas, o mercado carece de gente, e eu perdi muitos clientes fiéis. A comunidade foi ao governador em busca de respostas, mas acredita-se que ele também tenha sido levado.

— Wiley? – o gorducho se espantou. — Pela Ordem. Sem trocadilhos, meu amigo, mas parece que Véllamo está a ver navios.

O taverneiro franziu a testa e bufou.

— A ver muitos navios. O que está salvando o Polvo Manco da falência é a presença dos estrangeiros, que vêm aqui só para apreciar as batatas. Disseram nunca ter experimentado em suas terras. Mas, sinceramente... se eles não assumirem a rotina diária do povo local em breve, penso que terei que abandonar a cidade, como muitos já fizeram. Como está no interior?

— Bom, não está muito diferente – Hulderic respondeu, entregando o copo vazio para o homem. — O sol quase não sai por entre as nuvens de fumaça e a lavoura está sofrendo. Isso quando o campo não é devastado por bolas de fogo. E, esses tremores... algumas *auroras* atrás meu filho encontrou uma rachadura na terra, próxima da minha vila. Era como se fosse o próprio buraco para Firdaus.

— São tempos caóticos – complementou o homem, pegando o copo de Hulderic e o levando ao tanque para limpá-lo.

O gorducho parou para reparar de forma mais minuciosa as pessoas sentadas. Eram todos homens, e apesar de serem morenos como os sálatas, possuíam traços que em muito diferiam deles, como por exemplo, barbas fechadas e cabelos lisos. *São todos estrangeiros*, ele concluiu.

— E, por falar em tempos caóticos, Zeev tem dado as caras? – Hulderic deu uma de desinteressado, finalmente chegando aonde queria.

— Rá, você não vai acreditar – o cozinheiro se aproximou do mercador para sussurrar-lhe. — Ele e sua trupe estão aterrorizando os estrangeiros na área do porto, atacando os homens que abastecem os navios, e roubando suas cargas.

O carroceiro assoviou.

— Quem diria. Achei que ele se aliaria ao inimigo.

— Zeev pode ser um pilantra e um louco..., mas não é estúpido – complementou o taverneiro. — Ele sabe que os velameses estão sofrendo com toda a situação. Eu só não sei se ele faz isso por oportunismo ou patriotismo.

— Nunca iremos saber – Hulderic concluiu, antes de ouvir batidas de cascos se aproximando velozmente da entrada da taverna.

Ouviu-se um relinchar de cavalo e o som do cavaleiro desmontando. Quando a porta se abriu, um clarão de luz vindo da queda de um raio atingiu a silhueta de uma pessoa encapuzada em trajes escuros e revelou o rosto de uma mulher que segurava um cajado de bronze. Então, o trovão retumbou no momento de seu primeiro passo no assoalho de madeira. Imediatamente, todas as atenções se voltaram para ela e um silêncio lúgubre se formou. Com um caminhar imponente, a figura, que parecia ter surgido da própria tempestade em si, tomou a direção do balcão onde estava Hulderic e o taverneiro, deixando um rastro molhado por onde passou.

— Deseja algo, senhora? – o homem gaguejou, tentando fingir sobriedade. — O Polvo Manco lhe dá as boas-vind...

— Cale-se, siegardo – ela o interrompeu e agarrou seu pescoço. Sua voz se assemelhava ao sibilar de uma víbora e seu semblante emanava um ódio pulsante. — Três inimigos de nossas forças vieram para esta cidade escondidos em uma carroça. Diga-me o que você sabe ou terei sua garganta cortada.

— Eu... eu...não sei de nada, senhora – o homem sufocava. — Apenas um carro chegou aqui nesta *aurora*. Ele está lá atrás, próximo ao armazém.

Hulderic começou a suar de aflição ao ouvir a revelação. Chikára largou o taverneiro e, tal qual um auroque, avançou para os fundos da taverna. Ao avistar o carro e puxar a estopa sobre a carroça, a maga se deparou com apenas uma carga de batatas. Irritada, ela voltou para dentro do Polvo Manco e, dessa vez, agarrou o pescoço do gorducho.

— É você o carroceiro? – ela perguntou, afundando ainda mais seus dedos na grossa pele dele, suas narinas exalando um fumo escuro e opressivo.

— Sim, senhora – Hulderic tentou se desvencilhar do aperto usando as duas mãos. — Mas, juro por minha mãe e que tudo é mais sagrado, que não trouxe ninguém em minha carroça, apenas batatas.

— É que veremos – ela fez um movimento com o cajado e, de súbito, o olho esquerdo do mercador saltou da órbita.

Hulderic urrou de dor e pavor enquanto seu olho era puxado com violência para fora por uma força invisível. A duração da tortura foi curta, mas, para o carroceiro, pareceu uma eternidade de agonia. Seu olho caiu diante do taverneiro petrificado, e o sangue jorrou em jatos do ferimento aberto. Quando os gritos diminuíram, Chikára voltou-se para os convivas presentes.

— Considere isso um aviso – ela alertou em voz alta em tom ameaçador. — Para os três fugitivos, suas mortes serão rápidas, mas para quem os está ajudando, uma *lunação* será pouco tempo para morrer – ela encarou o taverneiro e o carroceiro e virou-se de uma vez para a saída, deixando o Polvo Manco. De repente, um vento furioso e gelado irrompeu pelo recinto e quase apagou as tochas.

E quando a porta bateu com um estrondo, um novo raio caiu e um trovão ainda mais intenso retumbou.

L I

Cócito

Amanhecia nas Terras Abandonadas e os primeiros raios de sol se ergueram sem aquecer os espíritos dos combatentes de Chiisai. Apesar de vitoriosos, os horrores que presenciaram na madrugada em muito superava o regozijo do êxito. Dentro das cavernas, a principal força e trunfo dos defensores havia sido dizimada – poucos foram os lanceiros sobreviventes; e, no pátio da cidade e entre suas muralhas, centenas de corpos de siegardos jaziam sem vida. Logo após a intervenção gloriosa de Victor Dídacus, a notícia de que o exército inimigo havia utilizado cidadãos comuns desalmados para seus planos se espalhou como fogo em palha. Muitos foram aqueles que, desesperados, tentaram encontrar família e amigos entre os falecidos espalhados próximos ao quartel. Sir Heimerich, em prantos e convulsões de risos enlouquecidos, era um deles. Quanto ao protagonista do episódio que trouxe a salvação – e, também, a morte – para seu povo, não havia mais sinal dele. Havia desaparecido da mesma forma que surgiu.

Como era de se esperar, e de forma inevitável, muitos siegardos foram identificados pelos soldados. Vindos de cada parte do reino, até as mais longínquas, estavam ali figurões de Alódia, pescadores e fazendeiros da Salácia, caçadores de Everard, nobres de Askalor, anciões de Sevânia, mineiros de Keishu, irmãos, filhos, pais, e... amantes – com esses últimos abalando o fogo dos corações enamorados e, agora, retorcidos pelo súbito apagar da chama que os aquecia e os inspirava.

— Anna! – chamava o cavaleiro repetidas vezes, entorpecido pela ideia de que sua noiva o ouviria de alguma forma. Com os corpos amontoados, a tarefa de identificá-la tornava-se não só mais difícil, como mais martirizante. Enquanto ele a procurava, lembranças íntimas de um passado não tão remoto brotaram no solo árido de sua alma.

"Heimerich", ele ouviu sua voz.

— Pequena corça – respondeu.

— Por que não fugimos para algum lugar remoto nas montanhas de Everard onde ninguém possa nos encontrar? – ela perguntou, pensativa.

— O baronato é bem remoto, por que ir para tão longe? – Sir Heimerich tentou ser racional.

— Eu não sei, foi algo que me bateu ao olhar para estas pessoas – ela apontou para os nobres e damas de vestidos suntuosos que comiam e bebiam em pratos e taças de prata no salão de um palacete. — Eu sempre achei que uma vida mais simples pudesse ser mais bela.

— Os camponeses vivem de forma simples. Contudo, que beleza pode haver na vida dessas pessoas que nasceram apenas para sofrer?

Anna, então, olhou profundamente para Sir Heimerich.

— Você não entende muito bem sobre vida e sofrimento, não é, meu amor? – ela o debochou em tom de brincadeira.

"Mas, eu te amo, mesmo mimado assim."

Quando a memória do cavaleiro esvaeceu, com os olhos arregalados, ele viu os cabelos castanhos e curtos de uma mulher por debaixo do cadáver de um ancião. Suas pernas vacilaram e negaram-se a mover-se em direção ao seu maior temor.

— Oh, Anna – balbuciou, e abaixou sua cabeça com pesar.

Inspirando fundo, Sir Heimerich segurou as lágrimas, tomou uma dose de coragem e avançou entre os desalmados com o coração apertado. Sua vontade, entretanto, era de nunca chegar ao seu destino, e o curto trajeto de apenas alguns passos tornou-se uma longa e mental jornada de angústia. Cauteloso, e prestando o devido respeito para com os falecidos, ele retirou o corpo do ancião e um súbito pânico tomou conta de seu íntimo.

— Deuses, deem-me forças – ele suplicou em oração, lutando para não desabar.

Finalmente, ele a pegou no colo e percebeu que ainda havia um resquício de calor se esvaindo dela. Sua garganta deu um nó, pois ele sabia que seria a última vez que ele sentiria seu toque abrasador. Com suavidade, Sir Heimerich passou os dedos sobre sua orelha e a apertou – como sempre fez em momentos íntimos – e, depois, tremendo, afastou os cabelos de seu rosto. Ao vê-la, o cavaleiro tomou um susto e caiu de joelhos imediatamente. Em seguida, soluçando tal qual uma criança, deixou que as lágrimas acumuladas caíssem livres em um fluxo contínuo.

— Eu entendo – falou para si mesmo. — Oh, Anna, agora eu entendo – repetiu com um suspiro de alívio enquanto segurava o corpo de uma mulher desconhecida. — Eu entendo... eu entendo... eu entendo.

Para sua sorte, sua mente lhe havia pregado uma peça e turvara seu julgamento em batalha. Aquela...

Não era Anna.

Após o alívio seguido do choque, Sir Heimerich foi ao templo orar e, ali encontrando um aconchego, restaurou suas energias. Braun ajudou a recolher os últimos corpos junto às tropas oficiais e a população comum da cidade, e Aka reuniu seus homens para entregar comida e conforto aos feridos de guerra. Harada, junto à Sir Wernher, ficou na incumbência de levantar os números e avaliar a situação da defesa perante as inúmeras baixas – que contava, inicialmente, com prognósticos bastante ruins.

Mais da metade do dia já se havia passado – e o descanso fora menos que o suficiente para se recompor plenamente – quando Aka e Braun entraram no templo da Ordem à procura do cavaleiro. Ao abrirem a alta e grossa porta de madeira da edificação, a dupla pôde ver, esperançosa, a aura prateada que circundava a silhueta do único homem de joelhos em frente ao altar. Desde o fim do embate anterior, eles ainda não haviam conversado, porém, com o alerta da chegada de um Thurayya e de uma nova batalha – que poderia ser ainda mais mortal –, o momento tornava-se imprescindível, já que a vitória dependia exclusivamente dos poderes do zeloso peregrino.

— *Zi-gu-iguan* – Aka postou-se ao seu lado e a aura que envolvia Sir Heimerich desapareceu, deixando o ambiente um pouco mais gelado. — Soubemos através dos soldados que Hanan'im poupou sua noiva. Não era ela aquela quem você viu entre as ameias.

— E poupou também o Queixo-de-quiabo da ira de um homem apaixonado – Braun complementou com uma gracinha. — Certamente, ele iria sofrer pelas suas mãos.

— Obrigado por terem vindo – Sir Heimerich agradeceu. — Falando nisso, temos notícias dele? – perguntou e seus colegas balançaram a cabeça. Os três se encararam e se silenciaram, cada qual com seu julgamento sobre Victor que preferiam esconder. O cavaleiro fez um muxoxo. — Talvez, por agora, seja melhor assim.

— Como se sente? – indagou a líder patrulheira.

— Determinado a fazer a justiça de Tula. Na verdade, depois do que vi esta madrugada, eu nunca me senti tão preparado para isso – respondeu Sir Heimerich, levantando-se. Braun e Aka trocaram olhares de satisfação ao ouvirem a resposta animada do cavaleiro. — É digno o homem que luta pelo seu povo e pela sua pátria. Mais digno ainda é aquele que luta pela Ordem e seus valores, porém, acima de todas estes homens dignos, há ainda um maior: aquele que luta pelo amor de sua família. Eu enfrentaria o fogo de Firdaus para salvar Anna – ele disse, encarando os dois. — Que venha o Thurayya. Vamos calcá-lo sob nossas botas! – concluiu, fechando o punho.

O momento de exultação, entretanto, foi interrompido pela abertura da porta do templo e a chegada apressada de um soldado. Pela sua expressão séria, estava claro que ele trazia consigo uma informação de vital importância.

— Sir Heimerich – o infante chamou o paladino, que se apresentou de imediato. Depois ele olhou para o guerreiro e a líder kenta. — Suponho que sejam Aka e Braun? – a dupla aquiesceu. — Comandante Harada requer a presença urgente de vocês em seu bastião.

— Poderia nos adiantar o assunto, nobre soldado? – perguntou o Sir Heimerich.

— Sir, eu não fui informado, porém recebemos uma visita inesperada que se encontra, neste momento, junto ao comandante.

— E quem ela seria? – Sir Heimerich levantou a sobrancelha.

— Só pode ser o Queixo-de-quiabo – Braun arriscou.

— Agung, sir – respondeu o soldado. — O general das forças inimigas.

Imediatamente, os três peregrinos se entreolharam.

A notícia de que o general inimigo conversava com Harada foi recebida com sentimentos variados. Durante o trajeto entre o templo e o bastião, Braun cerrava seus dentes como consequência de uma raiva incontrolável, enquanto Sir Heimerich, mais pautado, pensava em aproveitar o encontro para discutir a negociação de uma trégua.

A tarde já quase se encerrava e as primeiras tochas e lâmpadas foram acesas nas ruas geladas da Cidade Azul. Com o frio da noite se aproximando, a movimentação de cidadãos que auxiliavam os defensores diminuía a cada instante, e o cheiro de sopas e carnes bem temperadas começava a perfumar o ambiente. Próximo ao quartel, muitos soldados aparentavam estarem exaustos. O moral das tropas em nada se assemelhava com o da *aurora* anterior. Para o povo de Chiisai, os lanceiros eram considerados heróis sagrados – a própria história da cidade os considerava assim, como se eles fossem guardiões dotados de uma força imparável. Agora, não havia mais lanceiros para o proteger e a dúvida se o exército sobreviveria a uma nova batalha sem eles permeava seus pensamentos.

Uma dúvida que era não só pertinente, mas assustadoramente real.

Dentro do bastião, Harada sentava-se por trás de sua mesa diante do imponente Agung – um homenzarrão bruto e peludo – quando a cabeça de Sir Heimerich apareceu por detrás da porta de entrada.

— Comandante?

— Entre e sente-se, Heimerich. O general Agung tem algumas palavras a dizer para nós – ordenou Harada com um movimento de mão.

O cavaleiro obedeceu e, junto a Aka e Braun, eles se dirigiram às suas cadeiras.

— Verme! – o kemenita xingou o general ao passar por ele e ameaçou partir para cima, só não o fazendo por causa de uma intervenção mágica de Harada que puxou suas vestimentas para trás.

— Acalme-se, guerreiro – o mago o alertou de forma tranquila. — Agung está sob a proteção de uma bandeira branca. Não podemos lhe infligir algum mal enquanto ela está hasteada – alertou. Braun se recompôs e, depois de ajeitar suas roupas, tomou o lugar próximo a Sir Heimerich.

Com todos sentados, a tensão aumentou ainda mais – principalmente devido à ansiedade pelo que o general inimigo tinha a dizer – e o suspense elevou-se a níveis colossais sem que ninguém dissesse um ai. De repente, Agung coçou a garganta.

— Cavalheiros – ele começou. — Vim aqui para informar-lhes da situação que enfrentarão nas próximas horas.

— Engula suas palavras, rábula! – Braun vociferou. — Eu deveria te empalar agora mesmo com minha espada.

Dessa vez, ninguém ousou se intrometer. O guerreiro apenas expressava de forma verbal o que todos pensavam naquela sala. Ele estava em seu direito, e, ainda mais, no seu dever. O general apenas se silenciou e aguardou para que os ânimos se reduzissem antes de continuar.

— Harada me disse que está ciente de que um Thurayya se aproxima e que vocês têm um plano para derrotá-lo – ele revelou, causando indignação e choque nos peregrinos ao saberem que o próprio comandante havia dado com a língua nos dentes. Harada apenas fez um gesto para que tivessem paciência e continuassem ouvindo. Sem interrupções, Agung fechou uma mão na outra, tal qual um orador. — Okropir é um dos Thurayyas mais poderosos de nossas forças. Vocês não terão chances contra ele.

— Eu prefiro me arriscar a ter que acreditar em qualquer coisa que você nos diga – Sir Heimerich falou em tom firme e incisivo. — Você não sabe do que somos capazes, ou, por acaso, não viu que a tropa de desalmados que *você* enviou foi imediatamente eliminada?

— Eu sei, e por isso têm a minha mais alta estima – elogiou o general. — Mas vocês não têm mais seus lanceiros e, no momento que vocês virem Okropir, será tarde demais para realizar qualquer ação defensiva. Eu sei que vocês devem estar pensando que vim aqui negociar uma trégua. E eu a faria, como general que preza pelos seus. Nossos homens perecem no gelo e a última derrota abalou o cerne de meu exército. Seria o mais sensato. Harada é um feiticeiro poderoso e respeitável, disso eu não tenho dúvidas, mas seu próximo inimigo, se não se atentarem ao que eu vou lhes dizer, irá subjugá-los com um mínimo de esforço.

Atônitos, os peregrinos sentiram o peso das palavras de Agung, que eram, ao mesmo tempo, inacreditavelmente verdadeiras e ameaçadoras. Embora houvesse algo em seu olhar que, para além das grossas sobrancelhas, transparecesse honestidade, sua atitude suscitava desconfiança.

— Afinal, o que você quer, Agung? Isso é uma traição, você sabe bem – o cavaleiro indagou. — Não acho que Linus veria isso com bons olhos.

— Considere estar em meu lugar, sir Heimerich – o general o encarou de forma grave. — Há quarenta verões você se dedica às suas tropas e à sua nação com bravura e conquistas gloriosas. Então, em certa *aurora*, eis que é preterido frente ao surgimento de seres desconhecidos que carregam consigo apenas a desonra e a miséria – desabafou, dando um instante para que todos entendessem de quem ele falava. — Seu líder, um homem justo que sempre foi digno de palavra, percebendo seu incômodo, lhe promete não interferir em suas batalhas e, quando você menos espera, recebe uma carta dele quebrando a promessa. Quarenta verões são jogados na sarjeta, como se sua carreira fosse descartável. Quem é o traidor e quem é o traído? – concluiu com o silêncio de seu ouvinte.

A história do general trazia não só um pouco do pano de fundo da vida de Agung, como informações ainda não reveladas a respeito de Linus e as forças do Caos. Para Aka, muito lhe intrigou saber que Linus era um homem justo e digno, o que não coadunava com a visão compartilhada pelos siegardos. Ela se perguntava se teria ele sofrido algum tipo de possessão, talvez imposta à força pelos seres dos quais ele mencionou.

— Muito bem, Agung. Você explicou seu ponto – Harada interrompeu os devaneios. — Mas... você ainda não nos respondeu. O que você quer em troca? Não sabemos o que podemos lhe oferecer por sua informação.

— A promessa do silêncio de vocês sobre o assunto deste encontro já me basta – o general disse, e, novamente, um ar de incredulidade imperou.

— E o que *você* ganha com isso? – o comandante insistiu.

— Acima de tudo? – ele se inclinou na cadeira. — Uma batalha justa. Com a derrota do Thurayya poderemos, em breve, nos enfrentar de igual para igual.

— Falou aquele que enviou nosso próprio povo para a morte – Aka entrou na conversa. — Que honra existe em um homem que faz isso? – perguntou, com um semblante gélido.

— Tomei uma medida desesperada, admito – Agung voltou a se encostar na cadeira. — Contudo, sem tendas extras e mantimentos, os *Alumni* iriam morrer logo de frio ou de fome. Ou eu os usava imediatamente ou eles morreriam em vão.

— Poderia ter nos entregado os desalmados sem luta e deixado que nós cuidássemos deles – Braun mediou.

— Não é assim que funciona – o general mostrou-se colaborativo. — Os Thurayyas enxergam através de seus olhos e Linus teria acesso imediato a todas as informações das quais necessita para tomar a cidade de uma vez se eles estivessem aqui dentro.

Sir Heimerich assoviou, pasmo com o que acabara de ouvir.

— Parece-me mais que você deseja estar ao nosso lado do que ao lado de Linus – observou o cavaleiro.

— Ao nosso lado? Nunca que eu lutaria ao lado de um covarde – o guerreiro quase explodiu com o colega.

— Tolos são aqueles que lutam por um governante e acreditam nele. Eu luto pelo meu povo e pela minha nação – rebateu o general. — Minha pátria sempre estará ao meu lado, é em nela que retiro minhas forças. *Senhores*, eu não vim me aliar a vocês, ou pedir perdão, muito menos me justificar pelo que fiz. Apenas peço para que eu seja ouvido e, depois, vocês poderão julgar se o que disse aqui procede ou não. Contudo, se não me ouvirem, na próxima *aurora* não poderão escutar mais nada, pois já estarão mortos.

As expressões céticas, bravas e inamistosas começaram a se desfazer. O rosto de Braun voltou à sua cor normal, Sir Heimerich inclinou seu corpo para a frente na cadeira, Harada abriu a gaveta para puxar um pergaminho e uma pena e Aka descruzou os braços.

— Você tem a nossa promessa e nossa atenção – disse o cavaleiro.

LII

Um encontro "de aurumnigro"

Entre montes de cebolas e vagens de ervilha, Formiga se apertava como podia no limitado, poeirento e bolorento, armazém do Polvo Manco. Uma mísera goteira vinda de uma fresta no teto acertava o centro de sua careca com gotas frias e ele, irritado, pensava o quanto sua família havia se esmerado em fazer do Bolso Feliz um modelo de taverna a ser igualado. Petrus, um pouco à frente, se ocultava por debaixo de uma mesa sob um moinho de grãos, e Sir Jamin se esgueirava por detrás da porta observando, através de um buraco na madeira, o carro de batatas de onde – graças a um palpite do rei – haviam saído. Chikára havia sido vista já há algum tempo e eles aguardavam impacientemente o retorno de Hulderic, temendo pelo pior.

Quando a espera se tornava cansativa, a porta de trás da taverna se abriu e o cavaleiro pôde ver a silhueta larga do carroceiro se dirigindo para o carro. Devagar, Sir Jamin abriu a porta do armazém para sinalizar que ainda se encontravam ali e Hulderic, com a mão, o chamou de forma urgente.

— Vamo-nos, senhores – ele balbuciou para os outros.

— Graças a Destino, mais um instante aqui e eu teria um furo na minha cabeça – Formiga resmungou.

Apesar do alívio proporcionado pelo momento de satisfação ao reencontrarem Hulderic, os peregrinos estremeceram ao repararem que ele carregava um semblante assustado, como de quem havia acabado de presenciar o mais puro terror – justificado, possivelmente, pela faixa enrolada em sua cabeça que tapava um olho. Sem dizer uma palavra, o gorducho subiu na carroça e começou a descarregar a mercadoria. Dando de ombros e sentindo o peso do silêncio, o trio começou a ajudá-lo, como companheiros de negócios, até que todas as batatas estivessem no chão e próximas à porta do armazém. Neste meio tempo, nascia em Petrus um sentimento de culpa pelo acontecido e ele sentiu vergonha de ter convocado um simples carroceiro e homem de família para uma empreitada como essa.

— Hulderic, essa faixa... – o rei, não aguentando o pesar que lhe consumia, resolveu quebrar o gelo.

— Eu estou bem, majestade – o tom de voz do gorducho denotava raiva. — Vocês não precisam me explicar quem era aquela senhora. Se essa faixa refletir um terço do que vocês passaram para estarem aqui, então, meu papel nessa missão é muito mais do que necessária. É inevitável.

Sir Jamin ergueu uma sobrancelha, surpreso com a devoção do carroceiro, e encarou Petrus, depois Formiga, que apresentavam a mesma expressão.

— Eu sei como encontrar Zeev – não obstante, Hulderic continuou.

— Como? – Formiga perguntou.

— Apenas subam rápido na carroça e se cubram novamente, eu explico no caminho – comandou o gorducho.

— Para onde vamos? – Petrus estava curioso.

— Para o porto.

A baía de Véllamo era uma rara área de oceano localizada entre a Praia do Arco Longo e a Península dos Argonautas. Por ser uma região que se conservava eternamente ilesa da fúria de *Maretenebræ* pela proteção natural do relevo siegardo, ela tornava-se o ponto perfeito para a construção de um porto. Muito embora a baía de Astur também se beneficiasse da mesma forma – sendo, inclusive, muito mais ampla –, a baía de Véllamo, além do fácil acesso por Bogdana, teve uma outra grande vantagem que acabou por torná-la o único ponto atracável de toda costa do reino: uma estrutura de docas, construídas e abandonadas por homens de outras Eras, e um imponente muro de defesa.

Circundando quase metade do perímetro da baía, a Muralha de Véllamo era uma portentosa obra feita de pedras calcárias que se mantinha ainda em boa parte intacta. Ela abrigava por debaixo de seu adarve um longo corredor fortificado. Suas paredes voltadas para o mar apresentavam trinta aberturas – ou janelas – espaçadas entre si de onde, para cada uma delas, um potente canhão repousava com sua boca pronta para atacar o intruso que ousasse se aproximar da praia. Antes da província se tornar avessa à presença do poder central, o aparato bélico havia sido motivo de muitos estudos pelos Escolásticos da Ordem a fim de tentar entender seu funcionamento e como ele era utilizado. As conclusões em muito variavam e dificultavam a discussão em se estabelecer um método correto de ativação dos canhões. Por fim, após uma série de eventos que culminaram com a expulsão dos estudiosos, fora decidido que o conhecimento havia sido perdido em outras Eras e não havia ninguém que soubesse mais como manejá-los.

Até a chegada dos inimigos.

Sob um forte vento e a ameaça de que, a qualquer momento, a chuva poderia despencar, Hulderic guiou seu carro em direção ao porto passando por um desértico mercado central. Os estandes de madeira dos pequenos comerciantes jaziam à mercê das intempéries com suas bases estremecendo ao balançar dos tecidos. Nem mesmo os funcionários da comuna apareceram para acender as tochas da avenida e conferir um pouco mais de segurança e civilidade ao local.

Na carroça, e sobre suas cabeças, os peregrinos seguravam como podiam a estopa que teimava em partir para os céus. Durante a curta jornada, o carroceiro os havia informado que havia uma probabilidade, ainda que bastante incerta, de que o grupo de Zeevyam atacasse o veículo, caso pensasse que a carga seria destinada a abastecer um dos navios do Caos atracados na baía. Apesar da informação ter sido bem recebida, Hulderic sabia que o sucesso de um plano para atrair o Lobo do Mar dependia muito mais de sua capacidade em ludibriar as sentinelas portuárias do que contar com um fatídico encontro casual, mesmo em meio à tempestade.

De forma abrupta, as casas elevadas deram espaço a grandes construções de pedra, e a estrada se abriu em um largo pátio pavimentado com ruas e passarelas que percorriam o porto de leste a oeste. Ficavam ali tanto escritórios comerciais, como a sede da guilda dos pescadores e a alfândega de comércio pesqueiro, quanto instalações fabris – como os estaleiros e oficinas –, além dos armazéns, a muralha de defesa, e as estruturas portuárias do cais, como atracadouros e píeres. Exceto por estes últimos itens, todo o restante foi achado em condições quase perfeitas para o uso pelos primeiros homens que chegaram ao local. Apesar de ser um constante visitante do porto de Véllamo, Hulderic nunca deixava de se admirar com a magnificência da obra deixada pelo antigos. Entretanto, havia algo nesta noite que lhe chamava ainda mais a atenção. Ao avistar a marina, o carroceiro pôde ver, surgida contra o fulgor dos raios que caíam ao longe, as silhuetas da centena de navios inimigos ancorados, imensas perante as embarcações siegardas. Nunca em sua vida ele vira tão colossais máquinas marítimas de guerra e, por um momento, ele se perguntou quantos homens teriam sido investidos para completar a construção de uma delas. *Certamente, algo que o governo da Salácia nunca promoveria.*

— Alto, quem vem lá? – uma voz firme ecoou vindo de uma esquina e, logo, um homem de armadura leve e capuz surgiu de dentro de uma guarita de pedra e se aproximou. O carroceiro encostou o veículo e seu coração palpitou mais forte ao ver a insígnia do Caos estampada no peito da sentinela e a mão direita pousada na bainha da espada. — O porto está fechado, mercador, volte na próxima *aurora*.

— Com todo o respeito ao seu trabalho, eu vim de muito longe para descarregar essa mercadoria – respondeu o gorducho.

— Não posso deixá-lo, senhor. Não sem uma autorização especial – informou o homem encapuzado.

— Bom soldado, uma tempestade se aproxima e eu não tenho tempo de conseguir uma autorização especial. Tenho negócios a tratar na cidade ainda nesta *aurora* e preciso voltar à minha vila o quanto antes. Inclusive, já fui pago em adiantado – ele puxou o saco de moedas que recebeu do taverneiro e o balançou. A sentinela encarou o objeto e, depois, o único olho de Hulderic. A troca de olhares foi breve, no entanto, o suficiente para que o carroceiro começasse a suar frio. A isca havia sido lançada, restava saber se o peixe a engoliria. — O Polvo Manco acabou de abrir um barril do melhor hidromel da região. Nessa noite bravia, eu não iria embora da cidade sem antes provar desse elixir dos deuses. Acredito que você, como um homem de bom gosto, também não perderia por nada.

A sentinela sorriu e, imediatamente, Hulderic percebeu que ela havia caído em sua lábia.

— Com o que sobra do que ganho não consigo nem beber o pior vinho, quanto mais o melhor hidromel – revelou o homem.

— Eu sinto a sua dor, meu amigo. Já estive em sua situação antes. Vamos fazer da seguinte forma, então – o gorducho abriu o saco, olhou para os lados e falou baixo. — Quando terminar seu turno aqui, *você* vai beber o seu hidromel... – ele fez sinal para que a sentinela abrisse a mão e derramou algumas moedas na sua palma. — E *eu*...esvazio minha carroça agora.

O homem encapuzado fechou o punho e suspirou.

— Eu deveria chamar por reforços – disse o homem, sério, e de repente, um raio caiu mais próximo deles seguido de um trovão ensurdecedor. — Mas, nesse caso, vou abrir uma exceção – concluiu e se retirou.

— Grato pela colaboração e compreensão – agradeceu o gorducho. — Tenho certeza de que sua generosidade não será esquecida.

Satisfeita, a sentinela voltou para seu posto de comando, porém ainda incerta sobre o que acabara de acontecer. Na carroça, tendo ouvido toda a conversa, Petrus, Sir Jamin e Formiga suspiraram aliviados e o clima de tensão se esvaiu. Hulderic incitou os animais e partiu, todavia, o homem encapuzado apareceu novamente e bloqueou a passagem.

— Tome cuidado – ele alertou. — Um grupo de saqueadores ronda a região atrás de mercadorias. Com essa tempestade, eles não devem estar aqui, mas sempre é bom estar precavido.

O canto de corujas ressoava quase inaudível sobre o Porto de Véllamo, abafado pelo som retumbante dos trovões e do impacto das grossas gotas de chuva nas pedras antigas de ruelas de outras Eras. Em épocas de calor, era comum que a baía recebesse a visita de inúmeras espécies de aves, principalmente as marinhas. Todavia, a Coruja-Argonauta era um dos visitantes voadores que mais se destacava devido à sua penugem azul-acinzentada e olhos verde-esmeralda. Seus piados entonados lembravam o início de uma canção de ninar, e não sobravam lendas e histórias sálatas sobre o poder mágico que as corujas possuíam de encantar os provincianos e levá-los a cometer os mais absurdos atos de amor.

O que as sentinelas do exército do Caos não sabiam era que as Corujas-Argonautas não cantavam na presença de chuva, e aqueles piados tímidos emitidos por quase toda a extensão da baía não poderiam provir delas. Na verdade, o que se ouvia era um meio de comunicação muito simples, embora extremamente eficaz.

Escondido por detrás de um dos armazéns, Zeevyam comandava seus homens com assovios e sinais para que se preparassem para uma abordagem imediata. Em seu íntimo, ele acabava de tirar um peso enorme do peito pois havia os convencido a se deslocar em plena tempestade, alegando que a segurança do porto estaria desfalcada.

Com o arrependimento e a vergonha crescendo depois de horas aguardando, finalmente um mercador havia chegado para salvar o que podia ter sido uma *aurora* perdida. O procedimento para quase todos os assaltos era similar: imobilizar o carroceiro em um local isolado e fora das vistas das sentinelas portuárias, encher os sacos com a mercadoria e fugir o mais rápido possível e em absoluto silêncio. A maior dificuldade, quando em *auroras* movimentadas, era conseguir o local apropriado para o ataque; porém, devido à iminência do temporal, a situação agora era bem mais favorável.

Munido de facas de arremesso, dois punhais e um sabre, Zeevyam avançou, virando a esquina do armazém. Bastou que ele ouvisse apenas um assovio para saber que todos estavam a postos e a área assegurada. Faltava-lhes, entretanto, um último comando. Ao final da estreita viela onde estava, o carro guiado por um homem gordo passou e, vendo que o momento era oportuno, o líder fechou suas mãos em concha na frente dos lábios e assoprou uma cavidade entre seus dedões.

Com a estopa já úmida pelas gotas frias de chuva, Formiga batia o queixo. Ao seu lado, também tremiam de frio Petrus e Sir Jamin. Sem as batatas, não havia mais como conseguir uma posição confortável na dura madeira da carroça. Suas costas doíam e sua bunda já formigava. Somando isso ao fato de que ele não podia se mexer para levantar suspeitas, ficar por debaixo da estopa beirava a tortura. O ferreiro olhava para o rei, que olhava para o velho cavaleiro, que pedia paciência, enquanto seu corpo pulava a cada quina de calçada atingida pelas rodas do transporte.

De repente, o forte cheiro de maresia chegou de forma avassaladora e, logo, o barulho das ondas batendo nas estruturas das docas. Com a proximidade do mar, Formiga começou a ficar ansioso, no entanto, um pio melodioso ao longe o levou para uma memória singela de sua juventude. Nela, um rebelde Zeev, cheio de espinhas no rosto, se despedia de sua mãe, sua irmã e seus primos após receber a visita de um mensageiro enviado pelo seu pai – que, na ocasião, convocava-o para que trabalhasse com ele em seu barco de pesca em Véllamo. "Sempre sonhei com o mar, primo Brogan. Nunca achei que a terra fosse o meu lugar. Sei que a região é perigosa, mas você sabe que eu sou muito mais". Formiga riu com a recordação, pensando nas brigas que ele se envolvia no Bolso Feliz, a ponto de ser expulso da taverna pela amável senhora Bheli. "Cuida da minha mãe e Aalis", zeloso, essas foram suas últimas palavras antes de partir. Sua mãe adoeceu não muito depois e, infelizmente, veio a falecer. Alguns verões mais tarde, Aalis recebeu um mensageiro enviado pelo irmão, informando-a do falecimento do pai. E, como tudo o que é notícia ruim se espalha pelo reino como folhas no outono, não demorou muito para que a fama de encrenqueiro de Zeev chegasse aos ouvidos da família.

Formiga ainda se perdia nas recordações quando o carro parou. Apesar do movimento brusco, o silêncio era quase total. Aguçando os ouvidos, ele conseguiu notar o som de um arco sendo retesado, cordas se entrelaçando e botas pisando na tábua da carroça. Não houve tempo para que sequer pensasse no que ocorria, já que, míseros instantes após terem parado, a estopa fora puxada de uma só vez.

— Não me matem, não me matem! – ele levantou os braços, dizendo a primeira coisa que lhe veio à mente, de modo natural. Da mesma forma, Sir Jamin e Petrus também tinham seus braços para cima. Hulderic estava amordaçado e amarrado de barriga para baixo em frente ao assento.

Sobre o veículo, dois homens e uma mulher encaravam os passageiros com um misto de frustração – por não encontrar valor algum na suposta mercadoria – e curiosidade pela inédita surpresa.

— Zeev, são apenas três homens – constatou a mulher.

— Peguem seus pertences – disse o líder. — Esse aqui tem uma espada e um escudo – apontou para Sir Jamin. — Ora, ora, esse aqui carrega duas espadas, homenzinho ganancioso – ele analisou Petrus. — E esse aqui... – ele arregalou os olhos para Formiga, como se tivesse visto uma aparição. — Primo Brogan? – perguntou. Mais alto e esbelto que o ferreiro, de nariz pomposo, rosto redondo e bochechas salientes, ele possuía uma barba grisalha volumosa, principalmente debaixo de seu queixo, e usava inúmeros brincos nas orelhas e uma dupla de argolas no nariz. Apesar de aparentar ser um pouco mais velho que Formiga, seu porte era rígido tal qual a de um estivador jovem. Os cabelos cinzas e finos desciam das laterais da cabeça sobre o ombro e acentuava uma careca brilhante. Sua pele era envelhecida e corada pelo sol e apresentava furos e marcas de cortes. — Pelas barbas negras do dragão...não é possível. Você... como... – ele olhou para os lados, pois sabia que o silêncio era regra fundamental. Depois abaixou a voz e se aproximou do ferreiro. — Como veio parar aqui? Por que veio parar aqui? – ele não conseguia conter a emoção.

— Eu não lembro de tantos questionamentos quando eu simplesmente queria te fazer uma visita – respondeu Formiga, rindo.

— Visita? – Zeevyam se engasgou, ainda incrédulo, e depois sentiu uma cutucada de um dos dois que estavam com ele para avisá-lo de que a conversa se estendia demais.

"Abordar, carregar, correr". — Muito bem, não diga mais nada – imediatamente, o líder assoviou em um tom melódico e seus liderados levaram a carroça para uma esquina bem escura próximo dali, onde todos desceram do veículo. Mais contido depois do choque do reencontro, Zeevyam abraçou seu primo em um movimento rápido e os dois se olharam. Havia, entretanto, uma profunda preocupação em seu semblante. — Vamos, Brogan, fale logo, só há um motivo para que você tenha vindo de tão longe para cá. É a minha irmãzinha?

— Aalis está ótima, Zeev – frisou Formiga.

— Tia Ebha? – ele insistiu.

— Minha mãe está melhor do que nunca.

— Tio Eurig? Calista? Vá às barbas, Brogan, conte-me logo.

Formiga não respondeu de imediato. Ao seu lado, Petrus e Sir Jamin, ignorados, ouviam a conversa em silêncio até que as reclamações ininteligíveis do carroceiro amordaçado chamaram a atenção dos que estavam ali. Bastou apenas um olhar de Formiga ao primo para que Hulderic fosse solto por um dos membros de sua gangue.

— Desculpem-me interromper esse reencontro familiar, mas a hora dos afagos não é agora. Eu preciso voltar – sussurrou o mercador, apontando o dedão para trás. — Se a sentinela perceber minha demora, estaremos encrencados.

— Vamos combinar um ponto de encontro na próxima *aurora* – sugeriu Formiga.

— Eu... – o gorducho vacilou. — Agradeço o convite, mas sou um pai de família e não um guerreiro. Eu já perdi um olho – ele apontou para a faixa — e gosto muito de minha cabeça.

Os peregrinos encararam Formiga, sinalizando para que ele não insistisse.

— Entendo – disse o ferreiro, abaixando a cabeça. Depois, foi até o carroceiro e colocou a mão em seu ombro. — Amigo Hulderic, você já se mostrou um herói e, se depender das noites de cantoria da taverna de meus pais, seu nome jamais será esquecido.

— Foi uma honra estar com vocês, amigo Formiga. Encontrei em você um irmão que sempre quis ter – ele se despediu com uma piscadela e olhou para Petrus em reverência. — Que a Ordem os guie – disse, e guiou seus burros de volta à avenida principal do porto.

A despedida de Hulderic emocionou o trio, que via nele potencial para se tornar membro indispensável da missão. Ele podia não ser um guerreiro, mas Petrus não o era, tampouco Formiga; e, talvez, eles pensavam, a força do grupo não estava no vigor físico e em suas habilidades, mas na força de vontade, no carisma, e na capacidade de reverter as adversidades. Contudo, o dever de proteger a família era tão genuína quanto defender o reino e, em tempos de caos e devassidão, poderia ser ainda mais difícil.

— Vamos, Brogan, desembuche – Zeevyam cortou os devaneios de Formiga.

— Primo, eu não vim para lhe dar mais más notícias além do que estas que você já tem conhecimento – o ferreiro se virou para o líder. — Também não vim lhe pedir nada que você não deseje também. Estes dois bravos que estão comigo – ele apontou para o rei o cavaleiro — são Petrus e Sir Jamin, meus amigos, que me acompanham desde as Terras-de-Além-Escarpas.

— Terras-de-Além-Escarpas? – o líder estranhou a informação. — Não me diga que você...

— É uma longa história e ficarei feliz em contá-la, mas não aqui – frisou seu primo. — Estamos sendo perseguidos e precisamos de um refúgio. Por enquanto, é só isso o que posso falar. Direi os detalhes assim que estivermos seguros.

— Ora, ora, o pequeno Brogan se metendo em encrenca – ele riu em tom irônico. — Quem diria que eu viveria para ver esta *aurora*. Bom, o que tenho a lhes dizer: se estão sendo perseguidos, me parece que vieram para o lugar certo – disse, e assoviou duas notas, sempre em tom melódico. Em um instante, sacos de tecido foram colocadas nas cabeças dos peregrinos e amarradas em seus pescoços.

— Zeev, para que isso? – a voz de Formiga soou abafada.

— Primeira regra que um bom fugitivo precisa saber: nunca confie em ninguém, nem mesmo na própria família.

LIII

O valor do silêncio

O exército de Chiisai estava em polvorosa, temendo pela inevitável perda de grande parte de seu contingente. A revelação de Agung sobre os poderes de Okropir caiu como uma bigorna no pé de Harada e arrepiou os pelos até do mais corajoso soldado. Junto ao comandante das tropas, Sir Heimerich, Braun e Aka teriam um desafio imensurável, que só seria superado com uma boa dose extra de esperança. Todos os planos de defesa da cidade que haviam sido feitos até então caíram por terra e, com eles descartados, o clima de desespero havia pairado sobre os homens. Na iminência da chegada do Thurayya, não havia mais tempo a se perder e atitudes emergenciais deveriam ser tomadas, mesmo que elas estivessem imbuídas de aparente fragilidade.

Após o general inimigo deixar os portões da Cidade Azul, uma corrida desenfreada se iniciara em busca de um item valiosíssimo na província vahaniana: cera de abelha. As casas de cura, onde a cera era utilizada em curativos e outros tratamentos médicos, foram esgotadas, assim como as carpintarias familiares e o depósito da comuna que a utilizava para acender as lanternas das ruas públicas. Todos os cidadãos que mantinham alguma quantidade em casa, mesmo que mínima, foram conscientizados de que deveriam entregá-la no quartel aos oficiais responsáveis – muitos, sem entender o porquê, principalmente as mulheres que usavam para se maquiar e proteger seus lábios do frio.

Harada sentia a preocupação crescer à medida que observava que a quantidade de cera não seria suficiente para proteger os ouvidos de seus soldados do ataque do Thurayya, que utilizava uma técnica vocal que encantava quem ouvisse seu canto, tornando-se inapto para o combate. Com a cidade sitiada, ele também não podia enviar homens em busca de mais cera e só lhe restaria alternativas, como tampões feitos de tecidos e massa de pão molhada. Alguns soldados se voluntariaram a ferir seus próprios tímpanos para defender Chiisai dos inimigos, mas foram desencorajados pelo comandante, que mantinha a esperança de que conseguiria cobrir todo seu efetivo sem que ninguém tivesse que se sacrificar.

As horas passaram, cruzando a noite, e parecia não haver descanso para a causa da guerra. Todos trabalhavam ininterruptamente com o terror da chegada do Thurayya em seus encalços. Mais uma vez, cidadãos comuns se uniram aos militares para um último esforço. Ferreiros trabalharam à exaustão nos reparos de armas e armaduras, *haeskas* e mulheres trataram os feridos, dando-lhes motivação e conforto, cavalos foram alimentados e hidratados, e flechas e setas fabricadas com urgência em pequenas oficinas.

No bastião, Harada estava exausto. Desde a *aurora* anterior, ele não havia tido um momento de sossego. Homens entravam em seu escritório carregando quase sempre notícias ruins, e saíam com fardos mais pesados que podiam carregar. Enfim, na calada da noite, quando as tarefas se reduziram drasticamente, ele conseguiu se sentar com Sir Heimerich, Braun, Aka e Sir Wernher para traçar a estratégia de defesa que definiria o destino de Sieghard. Os semblantes dos presentes variavam do mais tenso, a exemplo do mago, ao mais esperançoso, como o do paladino, e o mais vigoroso, como o do guerreiro. A líder kenta transparecia uma calma fria e calculista, como se estivesse focada em apenas um tiro certeiro e decisivo.

— Sir Wernher, como está a situação das tropas? – Harada perguntou ao seu subcomandante.

— Sir, elas estão ansiosas, mas dispostas – respondeu o cavaleiro. — Se posso lhe dar uma sugestão, eu falaria com elas antes que tapem seus ouvidos com a cera.

— Falarei – disse o mago, depois virou-se para todos. — Meus amigos, eu gostaria de ter lhes dado uma situação mais favorável do que essa – desabafou.

— Harada, graças a Agung, essa situação é a mais favorável que poderíamos ter – Sir Heimerich tentou motivá-lo. — Se não fosse pela sua informação, nossa derrota seria inevitável. Vamos agarrar esta chance e usá-la ao nosso favor – ele abriu a mão e a fechou em um punho.

— E quando o Thurayya descobrir que seus ataques não estão surtindo efeito? – Harada questionou.

— Resistiremos – Sir Wernher respondeu. — Resistiremos enquanto pudermos até que o exército inimigo desista. Com o Thurayya sem ação, os caóticos não terão outra opção senão sobrepujar nossas muralhas.

— Sir Wernher, com todo o respeito, mas é mais fácil que Chiisai desista – Aka frisou, recebendo olhares reprobatórios do subcomandante. — O grande trunfo dos defensores foi removido do jogo. Sem os lanceiros, eu não daria meia *lunação* para a cidade cair, caso os inimigos continuem o cerco, e esse tempo é muito menor do que o que vocês têm antes que a cidade se desabasteça. Temos que pensar em sobrepujá-los, e não dar chance para o contrário. Daí, com o sítio sendo removido, teremos forças para nos recuperar e resistirmos ainda mais. Quem sabe até atacá-los em suas bases. Isso pode ser o início da retomada de Sieghard pelas forças da Ordem.

O discurso da líder dos besteiros impactou a mesa. Ela, uma mulher estrangeira, que, até pouco tempo atrás, declarava-se inimiga do reino, ganhava consideração e respeito por parte de seus colegas, demonstrando que não só conhecia muito bem a arte da guerra, quanto incutia o desejo de vitória aos siegardos ali presentes.

— Eu apoio Aka – assentiu Braun, enérgico. — Temos que mandar esses caóticos de volta para a barriga de suas mães, de onde eles nunca deveriam ter saído.

— Muito bem, Aka – Harada a elogiou. — Contudo, e acho que essa é uma questão que cabe a todos, como faremos isso? – ele perguntou, não obtendo uma resposta imediata.

— Vamos ludibriá-los – Sir Heimerich disparou, chamando a atenção para si. — Se Agung cumpriu com sua palavra, Okropir não saberá que estaremos preparados para o seu ataque. Basta que finjamos que fomos encantados por ele.

— Você não está querendo dizer que... – Sir Wernher ia falar.

— Vamos deixar que ele entre em Chiisai sem resistência, achando que estamos sob efeito mágico – o nobre explicou. — Dessa forma, manteremos o elemento surpresa ao nosso lado. Quando as tropas inimigas estiverem dentro da cidade e relaxarem, achando estarem seguras...

Atacaremos com todas as nossas forças – Braun pulou da cadeira. — Lordezinho, você é um gênio.

Harada se inclinou para frente, sentindo confiança no plano. Sir Wernher, todavia, se sentia desconfortável em ter que deixar a cidade à mercê das forças estrangeiras.

— Harada, sir – disse o subcomandante —, não que eu esteja sendo pessimista, eu vejo tudo isso com bons olhos, mas... em quanto tempo este tal Thurayya perceberia esta arapuca? Uma coisa é ele notar que está sendo enganado fora dos portões, mas lembre-se que estaremos com um exército invasor dentro de nossa cidade. Não seríamos ingênuos em aguardar que os soldados "relaxassem"? – seu comentário foi cirúrgico e abalou o otimismo pungente na sala.

— Tem razão, Sir Wernher – respondeu o mago, frustrado. — Nesse caso, teremos que nos concentrar em atingir a tatuagem do Thurayya o mais rápido possível e, só assim, em sequência, atacamos com nossas tropas. Em outras palavras, o tempo que teremos para eliminar Okropir, será, no máximo, igual ao tempo em que ele descobrir nosso estratagema. Agora... – ele fez um muxoxo. — Temos que pensar como iremos encontrar esta tatuagem.

— É simples: vamos rasgar as roupas do imundo – Braun sugeriu. — Ou queimá-las, dessa forma a tatuagem será revelada.

— Sua lógica faz sentido, Braun, mas precisamos de um ataque bem mais furtivo que esse – contrapôs o paladino. — Ademais, não creio que você ficaria cara a cara com um Thurayya apenas para rasgar suas roupas. Eu não sei se você viu, mas eu vi Sir Fearghal lutar com um sem sequer o encostar.

— Bah – o guerreiro reclamou.

— Não precisamos encontrar a tatuagem, basta cobrir o corpo de Okropir de setas – Aka se intrometeu, gerando olhares confusos. — Harada, você consegue imobilizá-lo de longe com algum estratagema mágico?

— Posso tentar – Harada respondeu.

— Ótimo – a patrulheira se satisfez. — Enquanto você o imobiliza, eu, junto aos meus homens, posso comandar uma equipe com os melhores atiradores de Chiisai para alvejar o Thurayya de várias posições, ininterruptamente, até que uma das setas encontre o seu ponto fraco.

Os homens fitaram Aka e depois o comandante, inicialmente surpresos e incrédulos com a proposta. Contudo, após uma reflexão silenciosa, a surpresa e incredulidade deu lugar a expressões sérias, contemplativas, até que, por fim, uma esperança nascente surgiu entre sorrisos e olhares. Harada fitou seus liderados, preocupado, mas transmitindo a sensação de que o plano podia funcionar, mesmo que fosse o único.

— Vamos votar – ele disse, admitindo a factibilidade da estratégia. — Levantem a mão quem está de acordo em prosseguir conforme o que Aka acaba de dizer?

Sir Heimerich e Braun levantaram as mãos, porém Sir Wernher se absteve.

— Subcomandante? – o mago o chamou.

— Com o perdão da palavra, sir, eu ainda acho que devemos resistir. Mas, farei o desejo do conselho. Sei que estão em maioria, então meu voto não fará diferença – ele coçou a barba.

— É um risco que teremos que assumir, Sir Wernher – justificou Harada. — Pelo menos o maior risco, o de sermos encantados, nós não teremos mais e poderemos lutar de igual para igual. Com as tropas inimigas sem o Thurayya, você avançará com a cavalaria sobre elas, e depois...bem... – ele olhou para todos — se for da vontade de Destino, acredito que nossa vitória estará praticamente garantida.

— Aqueles malditos irão se arrepender de ter pisado nestas terras – Braun disse, efusivo.

— Que Ieovaris e todos os deuses da Ordem nos protejam – Sir Heimerich perfez o símbolo dos Cavaleiros da Ordem com o dedão, e seus devaneios se voltaram para Anna.

No pátio, próximo ao quartel, os peregrinos, Aka e Sir Wernher, junto a centenas de soldados e oficiais de batalhão se amontoavam ao lado de barris, baús e caixas, ainda recheados de cera de abelha, aguardando o comando para que a colocassem em seus ouvidos. Alguns militares se inteiravam do plano de guerra, outros contavam piadas e recebiam os últimos afagos de seus filhos, amantes e esposas, quando uma figura de capuz vestida em um manto azul e largas ombreiras de couro curtido surgiu segurando um cajado de madeira de ponta curva. Harada olhou para o contingente, sabendo que não estavam todos ali, mas que, independentemente de sua presença, sabia que lutariam com todas as forças pela defesa de Chiisai.

— Ordeiros! – ele gritou, e os soldados se silenciaram aos poucos até que apenas o som do vento das montanhas restasse. — Vocês estão ouvindo? – ele perguntou, mas os homens ficaram confusos e murmuraram entre si. — Vocês estão ouvindo? – o mago repetiu.

— Sir, não estamos ouvindo nada – disse um dos soldados, finalmente.

— Pois acostumem-se! – ordenou em tom firme. — Porque o silêncio será o som de nossa vitória – disse e as tropas se exaltaram. — Na batalha que está por vir, vocês não vão ouvir o brado de seus irmãos, e penso que, tampouco, suas vozes servirão de algum valor. Em verdade, eu digo a vocês, que lutarão, em espírito e em verdade, ao lado de homens que já mostraram seu valor uma, duas, três vezes, na defesa desta cidade. E, como evidenciado, para mostrá-lo, vocês não precisam de palavras. Vocês não precisam ouvir o que os outros têm a dizer. Vocês precisam de atos de fé. Em breve, um inimigo poderoso entrará nos portões desta cidade, mas vocês não recuarão porque sua voz não os atingirá. E feliz é o homem que não ouve o inimigo! – bradou, mostrando sabedoria em seu discurso, como esperado de um mago da abadia. — Eis a armadura da Ordem, senhores! Vocês viram como nossos adversários usaram nosso próprio povo, retirando suas almas e o jogando contra nós. Crianças, mulheres e anciãos. Por isso, lhes digo: nossa luta não é contra seres humanos! Não, meus amigos. Nossa luta é contra as forças das trevas! Que as nossas couraças sejam as couraças da justiça. Que nossas espadas atinjam não apenas a carne de nossos inimigos, mas que extirpem os espíritos imundos que habitam nestes corpos! Vocês não vão ouvir, por mais que tentem, mas eu garanto a vocês, que o mundo espiritual clamará impetuosamente de satisfação por cada golpe certeiro em seus corações. Que a surdez presenciada em campo de batalha seja o seu escudo da fé e o caminho para que continuem inabaláveis nos princípios que mantêm vahanianos e siegardos unidos, aqui, neste fatídico local, que se sagrará o ponto de início da retomada da Ordem de Sieghard. Por Chiisai, por Vahan, por todos os cidadãos que pereceram injustamente neste pátio, e mais importante ainda, pela Ordem e pela glória de Sieghard!

"Pela Ordem e pela glória de Sieghard", repetiu o exército de Chiisai em um clamor que acendeu ainda mais os espíritos dos combatentes. O discurso de Harada em muito lembrou o sentimento incutido por Sir Fearghal nos alodianos antes do embate nos muros de Alódia. Inclusive, não foi possível para Sir Heimerich deixar de relembrar as memórias do seu velho amigo de infância, morto em seus braços. Braun tinha os pelos arrepiados e gritou a todo pulmão o lema tradicional do reino, incentivando os que estavam ao seu lado a o proclamarem mais uma vez. "Vamos, bufão, grite", apelava ele. Aka, estranha aos modos siegardos, manteve-se calada, pois sua fidelidade era para com o *Zi-gu-iguan*, no entanto, estar no meio daquela potente energia a fez, mesmo que por um instante, não só torcer pela sobrevivência da Ordem, quanto querer conviver entre os ordeiros.

LIV

A Alcova

Pela quinta vez, na mesma *aurora*, algo sobre as cabeças dos peregrinos era retirado para revelar-lhes o mundo exterior. Após o encontro com Zeevyam no porto, Petrus, Sir Jamin e Formiga foram colocados em um barco e levados ao esconderijo do saqueador em algum lugar da costa siegarda. Depois que encontraram terra firme, ainda com a visão coberta e enjoados pelo balanço do mar, o trio foi obrigado a descer escadas até que o barulho das ondas e da tempestade ficasse quase inaudível.

As vistas de Formiga ainda se reviravam quando ele observou o teto baixo e as paredes de blocos de pedra de um cômodo iluminado por luz de velas e lanternas. Assim que sua tontura diminuiu, ele notou a presença de inúmeras caixas e barris de madeira, garrafas de bebidas e sacos de mercadorias espalhados pelo espaço claustrofóbico, levando-o a concluir que estavam em algum tipo de armazém. Ao seu lado, Petrus arregalava seus olhos azuis e os mexia de um lado para outro com um semblante pior do que aquele obtido após seu encontro com o Oráculo, e Sir Jamin sofria dos mesmos sintomas.

— Ainda bem que minha barriga está vazia – o ferreiro comentou. — Senão poria tudo para fora aqui mesmo.

— Você está assim exatamente por este motivo – explicou Zeevyam, saindo de uma pequena despensa escura e entregando pedaços de gengibre aos três. — Mastiguem, todos vocês, e vão se sentir melhor – sugeriu e cruzou os braços, apoiando suas costas em um dos barris. Não demorou muito, dois membros de sua gangue surgiram pela entrada escura do armazém, também se escorando em dois barris atrás do líder. — Essa é Mupitsi – ele apontou para uma jovem forte e encorpada, de pele escura e cabelos longos e crespos, uma típica sálata, que trazia em sua cintura uma espada curta. — E esse é Amaru – apontou para um homem magro, de rosto claro e profundamente vincado, que usava um tapa olho e carregava facas de arremesso em um coldre na coxa. Ambos usavam roupas escuras, porém Amaru tinha o olhar carrancudo de um assassino.

Com a chegada dos dois membros, um silêncio pesado pairou sobre os presentes e olhares foram trocados entre cada trio.

— Onde estamos? – Formiga quebrou o gelo, enquanto fazia caras e bocas para comer o gengibre puro.

— Por agora, só posso lhe dizer que estamos na Alcova – seu primo respondeu de modo seco. — E você terá direito a me fazer mais perguntas, *se* responder satisfatoriamente as minhas. Como você é família, prometo não lhe enforcar, mas não posso dizer o mesmo dos seus amigos. Saiba que não há saída daqui, caso tentem alguma coisa contra o Lobo-do-Mar. Em caso último, vocês não sobreviverão à *Maretenebrœ* – ameaçou.

— Nobre Zeev, se me permites... – Sir Jamin ia falar, mas recebeu uma cotovelada de Formiga.

— Deixa que eu cuido dele, Jamin – o ferreiro disse em voz baixa. Depois, voltou-se para os saqueadores. — Eu esperava um pouco mais de cordialidade, primo.

Zeevyam começou a gargalhar de forma sarcástica, mostrando alguns dentes podres. Mupitsi e Amaru também riram.

— Cordialidade? – o líder continuou rindo. — Vá às barbas, Brogan. Você cresceu confortável dentro da taverna de tia Ebha e não tem a mínima ideia sobre o que se passa fora dela. Isso pode até funcionar em Askalor e nos limites de Bogdana, mas em Véllamo... – sua expressão adquiriu tons sombrios. — Véllamo tira a inocência de qualquer homem.

— Você fala demais, Zeev, mas, no fundo, é a mesma pessoa – Formiga retrucou, afrontando-o.

— Rá – o saqueador se engasgou e tossiu até pigarrear. — Faz-me rir, primo. E o que o levou a pensar isso? O dragão de barba negra sussurrou no seu ouvido? – ele zombou, e seus subordinados riram mais uma vez.

— Quando em Alódia, você sabia que eu era o primo mais fraco e me defendia nas rodas de garotos. O que você faz aqui não é diferente. Você rouba a carga dos inimigos para defender aquilo em que você acredita e sempre acreditou.

— Vejo que você não conhece mais nada sobre mim – Zeevyam se defendeu.

— Conheço o suficiente para saber que você não vai recusar minha proposta – Formiga apostou.

— Brogan, eu não sou mais aquele jovem cheio de espinhas que só se metia em brigas – explicou seu primo. — Eu já matei pessoas como você para sobreviver, gente de bem. Junto a esses dois – ele fitou Mupitsi e Amaru — eu já extorqui, tramei, roubei, torturei e matei. Tenho certeza de que eu não sou o tipo de pessoa com quem você e seus amigos vão querer estar.

— E se eu te disser que você pode deixar tudo isso para trás e escolher uma vida nova? Mais ainda, se escolher aceitar minha proposta poderá ter seus crimes oficialmente perdoados e viver como um cidadão comum? Seria como apagar seu passado. Quem sabe, montar uma taverna e chamar Aalis para administrá-la? – perguntou, piscando para Petrus. Zeevyam titubeou e Formiga sentiu que ele havia ficado sem voz. — E, melhor ainda, você não vai fazer nada diferente do que já está acostumado: roubar.

O saqueador se silenciou, desfazendo-se de todo o sarcasmo até então demonstrado. Em sua cabeça, a proposta parecia ser boa demais e tomava contornos de uma trama bem elaborada para o atrair e o eliminar. Muitos verões de experiência em Véllamo diziam-lhe que aquilo era um embuste, porém, foi após trocar olhares com seus subordinados que não lhe restaram mais dúvidas. De repente, e de forma instintiva, ele sacou seu sabre e, veloz tal qual uma águia, pousou a lâmina rente ao pescoço de Petrus. Sir Jamin reagiu e puxou sua espada, mas Formiga pôs sua mão sobre o braço do cavaleiro e o impediu.

— Você acha que pode brincar com o Lobo-do-Mar? – Zeevyam se enfureceu e apertou o fio da espada na pele do rei, pintando-a com um risco de sangue. — Pensa que pode me ludibriar com falsidades? Diga-me a verdade, primo, ou deceparei a cabeça desse maltrapilho desgrenhado agora mesmo. Quem o enviou?

— Ninguém me enviou, Zeev – disse Formiga.

— Mentiras! – ele gritou. — Você tem mais uma chance – ordenou, apertando ainda mais a espada no pescoço de Petrus, que já prendia o ar e suava frio, evitando se mexer. Um passo atrás, Amaru sorria de forma sádica, como se sentisse prazer ao ver a cena.

Incomodado com a situação na qual o rei se encontrava, Sir Jamin perdeu a paciência e empurrou Zeevyam para longe, jogando-o sobre seus subordinados, que, frente à força do empurrão, derrubaram os barris e caíram sobre sacos de mercadorias. O Lobo do Mar se recompôs rapidamente, puxou uma de suas adagas da cintura e golpeou o cavaleiro, que não ofereceu resistência. A ponta da arma atingiu a têmpora de Sir Jamin e ricocheteou, desequilibrando o agressor.

Apesar da surpresa, Zeevyam não desistiu e sacou a segunda adaga, desferindo um golpe que foi bloqueado ao encontrar a – dura e impenetrável – palma da mão do cavaleiro. Sem pestanejar, Sir Jamin pegou a arma e a quebrou, batendo-a contra seu joelho; depois, agarrou o Lobo-do-Mar pelo pescoço.

— Seu idiota – Mupitsi desembainhou sua espada e iria partir para cima de Sir Jamin, porém seu líder assoviou, interrompendo o ataque, como um aviso de que o perigo era muito maior do que ela poderia enfrentar.

— Escuta aqui, ignóbil – disse Sir Jamin. — Nossa missão é muito maior que tu e teu mundinho de roubos de quinquilharias. Teu primo te dá a chance de tornar-te um homem de fato, não um rato de porto. Respeita-o, sobretudo este homem que ameaçou, pelo qual lhe deves a vida – concluiu, e afrouxou sua mão.

O saqueador, atônito e desconcertado, ajeitou a gola de sua roupa, tentando fingir normalidade. Amaru e Mupitsi, sem dizer uma palavra – pois nunca haviam visto seu líder perder um duelo daquela forma –, retornaram os barris para os seus devidos lugares e, depois, intrigados, lançaram um olhar questionador a Zeevyam.

— Afinal, o que aconteceu aqui, Brogan? Quem é esse homem? – o saqueador se voltou para seu primo com uma postura menos arrogante. — Foi como se eu tivesse golpeado uma rocha.

— Há muitas coisas que você não sabe, Zeev, assim como você não sabia que não é possível derrotar Jamin – Formiga esclareceu. — Além do que você acabou de ver e constatar, há forças muito mais poderosas e incompreensíveis agindo neste exato momento, trazidas pelos homens que invadiram nossas terras e, nós três, juntos e com a sua ajuda, vamos derrotá-las. Apesar de seu histórico acumulado nestes verões, você é um Bhéli e sei que continua sendo ordeiro. Acima disso, é um homem que honra sua família. Não sei por onde você andou, o que passou. Não sei o que aconteceu com sua vida após a morte de seu pai. Também não me importo com o que fez para que pudesse sobreviver... até agora. Você se tornou sopa, primo. E nós, os Bhéli, você sabe...

— Não somos tão sopa assim – Zeevyam completou.

— Junte-se aos bons – o ferreiro o convidou.

O saqueador encarou Formiga com um semblante sério, percebendo que seu primo não estava ali para brincadeiras. Petrus e Sir Jamin também o fitava com severidade.

— Muito bem – ele se entregou, enfim, e fez sinal para que seus colegas de gangue se tranquilizassem. — Como posso ajudá-los?

— Precisamos de uma tripulação – Sir Jamin disse.

— Para? – Zeevyam ergueu uma sobrancelha.

— Para fazer uma viagem através de *Maretenebræ* – respondeu o ancião.

O Lobo-do-Mar olhou para Amaru e Mupitsi e iria rir, mas, ao voltar-se, vendo que as expressões dos peregrinos continuavam firmes, ele decidiu não zombar.

— Senhores – ele pigarreou —, nós não temos embarcações fortes o suficiente para superar o Grande Mar. Mesmo que os meus homens sejam moldados nas intempéries das marés, não posso colocá-los nesta situação.

— Você não prestou atenção, primo. Nós *só* precisamos da tripulação – frisou Formiga. — Ninguém disse que precisaríamos de *suas* embarcações.

— Ora, então... – ele parou para tentar entender o que acabara de ouvir. De repente, quando tudo fez sentido, Zeevyam arregalou os olhos em um misto de confusão e incredulidade. — Oh – ele caiu em si. — Vocês querem usar os navios inimigos? – sua pergunta soou retórica.

— Roubar, se essa palavra te seduz mais – Formiga riu.

— Acreditamos que os navios do Caos estão imbuídos de alguma mágica que os permitem cruzar *Maretenebræ* – disse Sir Jamin. — No passado, fui comandante da primeira esquadra real do antigo reino da Ordem e sei bem como navegá-los, mas precisarei de um imediato a bordo e, esse, seria tu. Inclusive, com o tempo e se assim desejares, posso fazer de ti um capitão.

Zeevyam não rebateu de imediato, pois tentava assimilar as muitas informações. De início, tinha julgado seu primo um espião, alguém contratado pela guilda de pescadores para dar-lhe um fim. Agora, julgava-o um louco. Contudo, a força e as habilidades do velho cavaleiro, e a forma como ele falava e se comportava, provava o contrário. Acima de tudo, ele refletia, havia algo muito mais importante nessa missão e a resposta poderia estar no misterioso homem de olhos azuis, que mais parecia um mendigo e carregava duas espadas.

— Eu sei que está confuso, Zeev, e prometo-lhe contar tudo durante a viagem – Formiga interrompeu os devaneios do primo. — Contudo, preciso saber se você está conosco.

— Quando vocês pretendem partir? – perguntou o Lobo-do-Mar.

— Na primeira oportunidade – Petrus respondeu, demonstrando uma leve aflição. — Por estarmos marcados de morte, precisamos sair de Sieghard o mais rápido possível. Estamos sendo perseguidos por uma maga poderosa, que já está em Véllamo e, ficando aqui, por mais oculto que este local seja, tenho certeza de que ela o descobriria com facilidade. Não demorará muito, ela irá nos encontrar.

— Estão ouvindo, meus amigos? – Zeevyam se virou para Amaru e Mupitsi. — O que acham?

— Eu só consigo pensar em novas terras para saquear – respondeu a jovem sálata. — Imagina o que poderemos fazer com um navio daquele tamanho.

— Então... – Formiga insistiu. — Isso é um sim?

— Roubar um navio do Caos, cruzar o Grande Mar e arriscar a vida de meus homens para ajudar três homenzinhos a derrotarem forças muito superiores às nossas? Vá às barbas, primo, você está pensando que eu sou que tipo de pessoa? Claro que sim! Por que não disse isso antes? Quanto lero-lero sobre apagar crimes, ter uma vida normal, abrir uma taverna e blablabla – o Lobo-do-Mar se empolgou.

Sir Jamin, Petrus e Formiga se entreolharam satisfeitos. Uma parceria inusitada se formava entre os peregrinos e uma gangue de saqueadores para dar continuidade à missão de encontrar a trombeta que poderia dar a vitória à Ordem e pôr um fim à guerra em Sieghard. Em meio às comemorações, Petrus voltou seu pensamento para Sir Heimerich, Braun e Victor em sua busca pelo Último Aclamador Irrevocável e estremeceu. *Será que eles o encontraram? Estariam ainda fugindo ou seguro com ele?* Muitas indagações nasciam e ele concluiu que estava na hora de enviar pássaros com mensagens aos colegas a fim de lhes informar sobre seu paradeiro e as últimas descobertas do grupo, como por exemplo, a ossada do dragão morto pela lança de *aurumnigro*.

Silencioso, em um dos cantos do armazém, Amaru era o único que não havia se socializado com os peregrinos. Embora sempre estivesse com uma expressão fria, havia algo naquela reunião que o deixara incomodado. Sorrateiro e de pés leves, a exemplo de um típico everardo, Amaru saiu do recinto, sem chamar a atenção, e subiu as escadas para a superfície, evitando encontrar-se com os membros do bando.

Depois, pegou um dos barcos da gangue ancorados...

E zarpou para Véllamo.

LV

Adeus, amigos. Adeus, Sieghard

O sol nascia por detrás de Lankiyo, abraçando a montanha sagrada com seu calor matinal. Ainda nas sombras, a Cidade Azul dormia intranquila sob os primeiros cantos dos pássaros migratórios, que voltavam para os ninhos no início de cada verão, a fim de acasalarem-se. No interior das casas, a população sofria com a ansiedade da batalha que se aproximava, como se a melancolia de ter que lidar com os familiares atingidos pela Pestilência Cega não fosse suficiente. Muitos, inclusive, ainda lamentavam a morte de conhecidos e entes queridos – transformados em corpos sem alma – no infame ataque dos *Alumni*.

Entre as ameias das muralhas de Chiisai, centenas de soldados montavam guarda, atentos ao acampamento inimigo e às movimentações do exército adversário. Durante toda a madrugada, as forças da Ordem trabalharam intensamente, repassando várias vezes as estratégias para cada unidade de combate, conferindo equipamentos e treinando os sinais silenciosos que se tornariam o grande trunfo da comunicação militar.

Sobre o estreito barbacã interno da cidade, Sir Heimerich observava a planície de gelo formada entre as montanhas vahanianas, lamentando que Victor Dídacus não estivesse com o grupo. Talvez, ele refletia, Victor fora consumido pela vergonha. Não seria difícil imaginar que, se caso Anna estivesse entre os desalmados, a relação entre eles estaria abalada para sempre. A verdade era que, mesmo que tivesse salvado a cidade, o arcanista havia conseguido muitos inimigos. O paladino entendia perfeitamente do porquê o colega ter se escondido, e começava a duvidar se ele reapareceria. Contudo, se ele reaparecesse, seria a mesma pessoa? Teria rejuvenescido? Que efeitos colaterais ele apresentaria depois de absorver a essência vital de todos aqueles homens?

Ao lado do cavaleiro, Aka observava atentamente seus besteiros, posicionados nos corredores norte e sul da muralha, frente a frente. A kenta e seus comandados carregavam a maior responsabilidade da batalha, e um erro de comando poderia resultar na perda inevitável de muitos homens. Para ela, não havia razão para pensar em qualquer outra coisa além de acertar o ponto secreto que mataria o Thurayya instantaneamente.

Da mesma forma, na muralha lateral norte, próximo a um dos besteiros de Aka, Harada se esforçava para seguir os planos da melhor forma possível. De sua posição, ele tinha uma visão completa de suas tropas e poderia comandar todas as unidades com alguns poucos sinais. Seu principal esforço, no entanto, se concentraria em manter Okropir magicamente inerte.

No pátio de Chiisai, o grosso da infantaria aguardava recuado, deixando uma ampla porção da entrada da cidade vazia. Entre ela, Braun tentava contar piadas sem falar, usando gestos extravagantes para se gabar de seus feitos passados, arrancando risadas de seus companheiros de armas. Para ele, não havia lugar mais confortável, apesar do frio e da ausência de qualquer kemenita. Contudo, o calor da batalha iminente aquecia seu coração e eriçava seus pelos. A força e a determinação dos soldados de Chiisai eram tão grandes que Braun começou a considerá-los como irmãos. Por um momento, ele pensou em seu pai, Bahadur, e em como ele estaria orgulhoso se pudesse vê-lo agora. Ele não havia derrotado um troll na unha, mas vencera um Graouli no grito, e, neste momento, participava, de igual para igual, de um embate com forças muito mais poderosas do que seu pai jamais havia testemunhado. Desde a Batalha do Velho Condado, o guerreiro havia crescido não apenas como lutador, mas como um fiel servo da Ordem que valorizava a justiça e a amizade entre povos de diferentes culturas.

De repente, um raio de sol atingiu as costas de Sir Heimerich, aquecendo suas vestes e corpo, proporcionando-lhe um prazer momentâneo. Os soldados ao seu lado no barbacã comemoraram o toque caloroso, mas ele não ouviu, pois seus ouvidos estavam tampados com cera. Tentando relaxar, o cavaleiro olhou para cima, fechou os olhos e estalou o pescoço. Quando olhou novamente para a vastidão gelada, um ponto negro solitário havia surgido, projetando uma longa sombra semelhante a uma estaca. Os pelos de seu braço se eriçaram imediatamente, seus olhos se arregalaram e seu coração disparou. Okropir havia chegado em todo o seu esplendor, com a confiança de um assassino que busca sua vítima enquanto ela dorme.

Rapidamente, o paladino levantou a mão com o indicador erguido. No pátio, as tropas observaram, atônitos, o sinal que lhes acabava de ser transmitido. Parecia que o tempo havia parado. Não demorou muito, entretanto, a mesma mão que erguia o indicador a fechou em um punho, para o desespero daqueles que não desejavam combater naquela *aurora*.

Do alto da muralha, Sir Heimerich observava o Thurayya se aproximar e, logo, uma multidão de soldados inimigos formou-se às suas costas. Mais uma vez, o paladino ergueu a mão aberta, avisando a todos que o inimigo não viria sozinho. Mesmo sem ser ouvido, Braun gargalhou de satisfação. Harada sinalizou para Aka, que apontou para os besteiros, recebendo olhares confiantes em resposta

À frente da muralha externa, o ser sombrio estançou na sombra da edificação e um homem grande destacou-se da linha inimiga, indo ao seu encontro. Facilmente identificável pelo seu tamanho, Agung tomou um pergaminho da mão de Okropir e o abriu. Depois, virou-se para os combatentes na muralha.

— Cidadãos de Chiisai – ele gritou e sua voz ecoou entre as montanhas. — Diante de vocês está um dos Thurayyas mais fortes de nossas forças, porém, meu senhor, Linus, se mostra clemente. Rendam-se, agora, e ele prometerá não ceifar nenhuma vida, além de curar os enfermos de cada família que se encontra na cidade. Nosso efetivo é maior e vocês perderam sua principal força defensiva. Usem a razão, eu lhes clamo, do contrário enfrentarão uma derrota humilhante, como sofreram na costa siegarda, no Domo do Rei e em Alódia – ele terminou o discurso sem que houvesse uma resposta imediata. — Não há o porquê de resistirem, siegardos. Sieghard já está sob governo de um novo rei, Linus Firdaus, nosso comandante, e ele não irá parar enquanto todas as províncias não estiverem sob suas leis. Chiisai é apenas mais uma cidade de uma lista inevitável que ele tomará com ou sem o consentimento de vocês. Rogo-lhes que nos tragam o feiticeiro Harada para discutirmos os termos da rendição.

De novo, ninguém o respondeu. Agung encarou Okropir, que fez um gesto brusco com mão em concha perto de seu pescoço. O general pigarreou e, mais uma vez, voltou-se para a muralha.

— Estou lhes dando uma última advertência – continuou. — Aguardaremos vocês até que a sombra desta muralha deixe de estar sobre nós. O seu silêncio será prova de que recusaram a negociação por nós oferecida – Agung entregou o pergaminho para o Thurayya e se recolheu para a linha das tropas, deixando Okropir sozinho. *Que Destino lhes traga uma boa luta*, torceu.

Sobre o barbacã interno, ainda que não tenha ouvido nada, Sir Heimerich refletiu sobre o fato de Agung ter falado em nome de Okropir – logo ele, que se mostrara indignado com a presença daquele ser, ter se subordinado dessa forma. Na ocasião do cerco de Alódia, o cavaleiro lembrava bem em como o Thurayya tomara a palavra, ameaçando as sentinelas de guarda na *aurora* anterior e tendo, inclusive, uma breve conversa com Sir Fearghal.

A curiosidade tomou conta do nobre enquanto a sombra da muralha se retraía e as mãos dos soldados da Ordem apertavam com mais força o cabo de suas armas. A luz do sol iluminou o rosto de Okropir e, ao atingir a ponta de seus pés, o estranho ser abriu a bocarra. Ao longe, os soldados de Chiisai, atônitos, observaram o movimento e constataram a anormalidade do formato de sua boca, que se assemelhava à de uma cobra ao atacar uma presa maior que seu próprio corpo.

— Agung não mentiu para nós – comentou Sir Heimerich, distraído. Obviamente, ninguém o ouviria, contudo, ao olhar para um dos soldados à direita, ele estava com a boca mole e seus olhos estavam vidrados, como se tivesse mastigado um ramo de *Soniferae ancestralis.*[5] — Soldado? – ele passou a mão na frente de seu rosto, não obtendo reação. Ao inspecionar sua orelha, o cavaleiro constatou que não havia cera de abelha em seus ouvidos, mas um tipo de fumo molhado.

Okropir sinalizou para Agung que, prontamente, destacou uma unidade à frente que avançou carregando um aríete de portentoso tamanho. Liderados pelo Thurayya, a unidade invasora passou sem resistência pela fenda na muralha externa, aberta anteriormente pelas catapultas, e chegou aos portões internos. Exceto pelo tilintar de armaduras e dos passos pesados do grosso das tropas de Linus que vinham atrás, tudo em volta estava em completo silêncio.

Em algum lugar próximo a Véllamo, o sol ainda não tinha raiado quando três barcos pesqueiros, capitaneados por Zeevyam, Mupitsi e Sir Jamin, iniciaram seu deslizar silencioso sobre as águas negras do Grande Mar. Somadas, as embarcações levavam quase cinquenta homens – menos de um sexto da quantidade que viera em cada um dos navios do Caos.

5 Soniferae ancestralis: erva medicinal que funciona como sonífero e anestésico, porém, em altas doses, faz o paciente alucinar.

O plano para conseguir roubar um deles, elaborado na noite anterior, era simples: causar tumulto, a fim de distrair as sentinelas do porto, e anular a guarda que manejava os canhões na Muralha de Véllamo para garantir uma passagem segura. Segundo informações internas, vindas do próprio bando, a última embarcação do píer estava abastecida e pronta para zarpar, e entrar nela seria o objetivo final da missão. Traçar a estratégia do ataque fora fácil; difícil mesmo fora convencer a trupe de saqueadores a largar Véllamo em busca de novas terras. Porém, Zeevyam não era conhecido como um líder que tomava atitudes premeditadas, mas ousadas e inesperadas – e, em quase todas elas, o Lobo-do-Mar havia se sobressaído. Apesar disso, não era possível não notar um certo sentimento de medo e dúvida na quietude imperante.

A névoa fantasmagórica característica de *Maretenebræ* ainda pairava inerte quando partiram rumo ao atracadouro. Logo, a atmosfera tenebrosa que envolvia a tripulação do barco de Zeevyam causou calafrios em Petrus e Formiga, sentados em um banco lateral. Na *aurora* anterior, haviam sido transportados com um saco na cabeça. Agora, podiam ver de perto, com clareza perturbadora, as rochas mortalmente pontiagudas que infestavam o Grande Mar e carregavam trapos de pescadores mortos. Por um momento, o cheiro da maresia veio forte, e ao olhar para o rosto de alguns homens por detrás das brumas, o rei supôs ver formas deformadas e assustadoras, com dentes serrilhados e olhos puxados.

— Não existe névoa, garoto – comentou um dos saqueadores, com supostos chifres em sua cabeça. — É apenas o Mar pregando uma peça em você.

À medida que os barcos se afastavam da terra, os peregrinos puderam perceber que a Alcova se localizava em uma ilha isolada, escondida por debaixo das ruínas de um farol antigo, provavelmente construído pelos povos anteriores daquela região. *Que mistérios estariam escondidos ali? O que eles sabiam que nós ainda não sabemos?* Perguntava-se Petrus. De repente, o canto de uma revoada de andorinhas cortando os céus o trouxe para a realidade. Dentro dos bolsos, o rei tinha uma série de cartas enroladas com mensagens que havia escrito em seu quarto e ele precisava entregá-las. Valendo-se do conhecimento adquirido junto à sua família, Petrus sabia que aquelas aves eram migratórias e rumavam para o norte. Com presteza, entrou no mundo emaranhado e chamou algumas delas, que pousaram harmoniosamente na borda do costado. Depois, amarrou os rolinhos em seus pés com um barbante, e as libertou para retornarem ao bando.

— O que tem nelas, Petrus? – indagou Formiga.

— Entre outras coisas, que, se tudo correr bem, em breve partiremos para o continente inimigo – ele respondeu, observando as andorinhas voltarem à formação.

— Se fracassarmos, essas serão minhas últimas palavras e a última informação sobre nosso paradeiro – ele encarou o alodiano. — Se sairmos vitoriosos, porém, enviarei mais cartas. Pelo menos, saberão que lutamos até o fim.

— Quem saberá? – o ferreiro insistiu.

— Nossos amigos, Formiga. Todos eles. Cada ave que veio aqui tem um destino – disse, enquanto uma leve claridade despontava no horizonte, como se trouxesse uma mensagem de esperança.

Com a vinda tímida da luz do dia, as brumas – ou, pelo menos, o efeito da ilusão – se dissiparam gradativamente, revelando, entre uma nuvem e outra, as imensas silhuetas da centena de navios ancorados na baía de Véllamo, assustadoramente reais, com suas proas terminando em ameaçadoras cabeças de dragão.

— Pela Ordem, nunca em toda minha vida eu achei que veria algo tão magnífico e, ao mesmo tempo, tão amedrontador – Formiga comentou ao passar por um deles, sentindo uma forte vertigem ao olhar para o mastro e a vela bordada com o símbolo do Caos. Felizmente, ele estava sentado.

— Não consigo imaginar que estamos aqui, Formiga – Petrus desabafou, emocionado. — De tudo o que já fizemos, não acho que haja nada comparado ao que iremos fazer agora. Me dá até um frio na barriga. E se não formos bons o bastante para *Maretenebrœ*? Como conseguiremos sua permissão para atravessar suas águas?

— Só o fato de estarmos aqui já nos prova o quanto somos bons, majestade – rebateu o ferreiro, otimista.

Com as três embarcações escondidas por detrás da titânica e silenciosa máquina de guerra marítima, as remadas se interromperam. Cada líder trazia consigo um bote, prestes a ser utilizado. Zeevyam, em particular, transportava um repleto de garrafas de perfumes, incensos e bálsamos – mercadorias inflamáveis, roubadas pelo próprio grupo. O Lobo-do-mar, com passos leves e silenciosos, saltou sobre ele, inspecionou cuidadosamente as cordas que prendiam os frascos e abriu um deles, certificando-se de que não haviam sido substituídos durante a madrugada por um possível traidor. Após a investigação, uma breve troca de olhares com o cavaleiro e a guerreira sálata confirmou que tudo estava acertado para se iniciar o plano.

— Não se esqueçam – relembrou Zeevyam a Sir Jamin e Mupitsi. — Quando o sol subir por completo acima do horizonte, partiremos com o navio, estejam ou não com suas bundas sentadas naquele maldito convés. Sejam rápidos e furtivos. E que a mão do Destino lhes entregue uma boa fortuna – despediu-se no melhor estilo velamês.

— Lobos-do-mar, comigo! – chamou, após ver Sir Jamin desaparecer entre os navios com seu bote em direção à Muralha de Véllamo. Em direção oposta, Mupitsi e Amaru, juntos em outro bote, também desapareciam entre as embarcações.

O último golpe do aríete ressoou, finalmente dando às tropas de Linus o que elas tanto queriam: a livre entrada para a Cidade Azul. Os soldados comemoraram, ainda incrédulos com a façanha executada pelo Thurayya. Novamente, e ainda mais forte, lhes veio à mente a sensação vindoura de um banho quente e uma cama confortável. Apesar da satisfação compartilhada por muitos, começava a nascer entre alguns um sentimento de revolta contra Agung – que, pela sua ineficácia e demora em tomar Chiisai, deixou que dezenas de irmãos perecessem no gelo. Não demorou muito, inclusive, para que esse sentimento se espalhasse como brasa; e o general, que tanto havia se esforçado, transformou-se um pária em um piscar de olhos.

Okropir entrou primeiro e sozinho nos domínios da cidade. Diante dele, um amplo e largo pátio entre altas muradas se desvelava, com a montanha sagrada imperando na paisagem ao fim da avenida principal. O exército da Ordem estava lá, recuado, ao longe e imóvel, tal qual um animal inofensivo picado pelo veneno paralisante de uma vespa-vermelha de Sumayya. De forma tranquila e, sobretudo, arrogante, o Thurayya caminhou em direção aos infantes, pronto a dar o sinal para que seus homens entrassem e os aniquilassem, encerrando, de uma vez por todas, a batalha que tanto irritara seu mestre, Linus.

No adarve lateral norte – o mais próximo ao bastião –, e escondido entre os besteiros, Harada segurava seu cajado enquanto observava Okropir em seu lento movimento rumo ao alvo definido por Aka para que seus liderados entrassem em ação. Uma triangulação de olhares tensos entre o mago, a kenta e os besteiros situados no adarve sul se fez, denotando que os partícipes dessa empreitada sabiam bem que um pequeno erro podia culminar em consequências irremediáveis.

Então, o vilão-mor da *aurora* chegou ao fatídico local.

Segurando um cristal de foco em uma das mãos, Harada recitou em sussurros as palavras da magia de Alteração de Paralisação, chamando imediatamente a atenção de Okropir, que se virou para a origem da voz – algo que nem mesmo alguém ao seu lado conseguiria ouvir, comprovando mais um poder daquele ser. Contudo, antes que ele pudesse tomar qualquer ação, o cristal brilhou, e o Thurayya se viu, inexplicavelmente, imobilizado.

Com um aceno do dedo indicador para baixo, Aka comandou seus besteiros a disparar contra o corpo paralisado de Okropir. A primeira saraivada de setas veio de quase todos os ângulos possíveis. Antes de um piscar de olhos, os besteiros se revezaram e uma nova saraivada fora lançada. Uma terceira onda de setas atingiu o corpo do Thurayya e, neste momento, o ser já se encontrava com seu corpo quase todo alvejado, sem sinal de que sua tatuagem fora tocada.

Enquanto Aka ordenava o disparo de mais e mais setas contra o inimigo, Harada fazia um esforço hercúleo para manter Okropir sob sua magia. Os sinais de cansaço já eram evidentes, mostrando que o tempo não estava a seu favor.

— É uma armadilha! – gritou o tenente das tropas do Caos, demorando para perceber o engodo. — Homens, atacar! Waldfraiss! – comandou.

No vazio do silêncio, os defensores de Chiisai viram uma massa de homens entrando enlouquecidamente pelos portões. Seguindo os planos de contingência, Sir Heimerich jogou uma tocha na entrada da muralha interna e incendiou uma faixa de óleo – derramado na madrugada –, impedindo por hora que mais soldados invadissem o pátio enquanto os defensores atiravam o que podiam contra a turba abaixo. O Thurayya, entretanto, não morria e Aka decidiu, ela mesmo, descobrir de perto seu ponto fraco e dar um encerramento à ameaça. Levantando o dedo médio, a kenta sinalizou aos seus que iria a campo, e que a protegessem. A passos velozes, ela desceu as escadas da muralha, enfrentando alguns soldados inimigos que foram alvejados por setas à distância. Para a surpresa e desespero de todos que estavam ali, corajosamente, e de modo triunfal, ela chegou a uma braça de Okropir.

— Por que você não morre, criatura? – perguntou, examinando os pouquíssimos pontos que não foram atingidos por setas, como sola dos pés, boca, a parte interna de seus braços e coxas. Nem mesmo seus olhos e ouvidos haviam sido poupados.

No alto da muralha norte, uma espada, ainda na bainha presa à cintura de um soldado da Ordem, se movimentava, imperceptível. De pouco em pouco, ela foi puxada para cima até que fosse sacada. Com as atenções voltadas para o pátio, como uma folha ao vento, a espada perambulou pelo ar entre as tropas de forma graciosa em direção à Harada e, ao chegar próximo dele, fez uma curva sutil e desferiu um golpe em seu coração pelas costas.

O mago sentiu a lâmina fria do aço penetrar em seu peito, abafando um grito ao ver a ponta da arma emergir e ser retirada do seu corpo. Os besteiros ao seu redor ainda tentavam entender a situação quando foram atingidos pelo mesmo golpe que selara o destino de Harada. Em seu último suspiro, ele deixou cair o cristal de foco, cujo brilho se desvaneceu até desaparecer por completo

Okropir estava livre.

Uma nova alvorada nascia no porto de Véllamo, tingindo as estruturas ancestrais de vermelho-alaranjado. A tempestade da noite anterior havia causado alguns estragos, com as águas inundando parte das docas e molhando algumas mercadorias. A escuridão ainda pairava no céu, e muitos soldados de Linus estavam presentes para ajudar na recuperação dos danos – a troca de turno fora adiantada, trazendo sentinelas descansadas e revigoradas. Aquela manhã poderia ter sido apenas mais uma com apenas um trabalho extra, mas, devido ao rubro nascente no horizonte, os trabalhadores do porto não perceberam uma flecha incendiária que atravessou a paisagem marítima em uma elegante parábola, acertando um bote encostado em um navio atracado às margens do armazém principal. Também, demoraram a perceber que o fogo que crescia na embarcação não era fruto de uma miragem, mas de um incêndio que, se nada fosse feito, acabaria por destruí-lo por completo.

— Fogo! – ouviu-se um grito que ecoou na baía.

Recém-chegado em seu escritório, o líder portuário – um homem alto, de feições rígidas e porte atlético – irrompeu pela porta, atraído pelo barulho da confusão e constatou o que havia acabado de ouvir. *Linus não vai gostar nada disso.*

— Peguem os baldes! – repetia ele para as sentinelas e soldados. — Quero todos empenhados em apagar aquele fogo o mais rápido possível!

Momentos antes, após abandonarem o bote em um local oculto e aproveitando-se do breu da madrugada, Mupitsi e Amaru caminharam ao longo da rua principal até aproximarem-se do armazém principal. Faltava-lhes, contudo, passe livre para executar o plano de ação. Quando os soldados e as sentinelas deixaram, em desespero, as baias de carga e descarga em busca de baldes, areia e mantas, a dupla de saqueadores entrou no prédio rapidamente. O interior estava repleto de sacos de mantimentos, sacas de sal, caixas de especiarias e peças de armaduras. Entretanto, pela primeira vez, eles não estavam ali para roubar nenhuma mercadoria.

— Podemos levar uma *aurora* para encontrar o que queremos – frisou Amaru. — Isso... *se* encontrarmos – revelou, com desdém.

— Tem de estar aqui, Amaru. Mexa-se, não podemos perder tempo com "ses" – ordenou Mupitsi, percebendo a desmotivação de seu colega. — O sol já despontou no horizonte. Em questão de instantes, Zeev vai zarpar e eu não quero ficar aqui.

Do outro lado da baía, Sir Jamin se esgueirava pelos longos corredores internos da Muralha de Véllamo. Muitos dos antigos canhões de bronze tinham seus suportes de pedra em ruínas, mas, como Zeevyam havia mencionado, alguns pareciam ter sido restaurados e usados recentemente. "São como dragões, Jamin", dissera ele ainda na Alcova. "Cospem pesadas esferas de metal. São capazes de destruir um navio com um único tiro". O cavaleiro não se assustou com a fala do Lobo-do-mar, pois, além de estar familiarizado com a arma, também sabia utilizá-la. "Vocês ainda não conhecem a pólvora, mas seus inimigos sim", explicou. Por esse motivo, voluntariou-se a ir sozinho para a muralha.

Agindo com cautela, o ancião pôde ouvir conversas entre sentinelas em um cômodo próximo. À frente dele e de costas para Sir Jamin, um guarda solitário vigiava a baía pela janela quando ele percebeu uma movimentação incomum nos arredores do armazém.

— Venham ver – chamou o guarda. — Parece que um dos navios está pegando fogo.

De repente, cinco homens equipados e vestindo cotas de malhas sob o uniforme do Caos surgiram, curiosos com a informação. O último deles, entretanto, ao olhar para o lado direito, deparou-se com a senil figura de Sir Jamin.

— Inimigo! – gritou.

Os soldados sacaram suas espadas, virando-se imediatamente para o velho cavaleiro em posição de combate. O guarda que sobrou correu para longe e, ao chegar ao fim do corredor, para a infelicidade do plano de Zeev, tocou uma sineta, alertando que o porto se encontrava sob ataque.

Como um lince branco, Aka pulou para trás antes de ser golpeada pelas velozes e potentes garras de Okropir. Vendo que não seria páreo para o Thurayya, a líder kenta buscou a direção dos besteiros que estavam na muralha sul, valendo-se da proteção de suas setas que, por pouco, a fizeram escapar.

No barbacã, ao perceber que Okropir havia se libertado e o plano havia falhado, Sir Heimerich olhou para a muralha norte, apenas para sentir um frio na espinha ao ver Harada mortalmente ferido pelas costas enquanto os soldados à sua volta eram assassinados da mesma forma. Dois dos três besteiros kentas trazidos por Aka morreram ali. Homens caíam das muralhas e eram golpeados em fila por uma força invisível, sem chances de contra-atacar. Alguns até conseguiram se esquivar com um ou dois movimentos, mas todos padeceram do mesmo fim. Era como se estivessem lidando com um fantasma, e, em breve, o que quer que fosse, chegaria até ele. Com a temperatura subindo ao seu redor, causada pelo intenso fogo nos portões abaixo, Sir Heimerich não pôde deixar de se questionar se aquilo era algum tipo de alucinação provocada pelo calor.

Banhada de sangue, a espada manejada por mãos invisíveis avançou em direção à torre do bastião e chegou ao barbacã. Os defensores da Ordem, focados em retardar a entrada dos inimigos em Chiisai, estavam distraídos e não notaram os golpes fatais que os atingiam, perfurando seus peitos e degolando seus pescoços. Por onde a lâmina passava, ela deixava um rastro de morte, parecendo que não havia ninguém que pudesse sobrepujá-la. Todos, sem exceção, eram aniquilados sem oferecer resistência.

— Ieovaris, esteja comigo! – rezou o paladino.

Com a redução do número dos defensores, os ataques contra a turba inimiga abaixo se enfraqueceram o suficiente para que os homens mais corajosos pulassem a barreira de fogo. Os que vacilaram, acabaram asfixiados pela fumaça e tombaram sobre o óleo em chamas, dando passagem para os que vinham atrás. Então, para o desespero das tropas ordeiras, de repente, o exército do Caos entrou desenfreadamente pelos portões da Cidade Azul.

Em meio à infantaria, Braun pôde ver os adversários brandindo suas armas com fúria enquanto invadiam em polvorosa o pátio à frente. Nem mesmo Okropir conseguiu se esquivar da massa de homens que o englobou rapidamente, transformando-lhe em mais uma peça no campo de batalha.

— Vamos acabar com esses animais imundos! – gritou o guerreiro, levantando o montante. E esse era o sinal silencioso combinado entre os soldados para que avançassem de forma impetuosa.

Alguns homens, entretanto, não se moveram, pois estavam sob o efeito do poder de Okropir, visto que não tamparam corretamente seus ouvidos. Felizmente, porém, o grosso do exército da Ordem se deslocou em velocidade, indo de encontro às forças opositoras na metade do caminho até os portões. Ali, nem mesmo os limites das montanhas que circundavam Chiisai conseguiram abafar o som do tilintar do metal contra metal, o gorgolejar de gargantas estocadas e gritos de dor de pernas e braços sendo decepados.

O som da sineta soada na Muralha de Véllamo chegou ao líder portuário, que, no momento, gerenciava sentinelas e soldados na difícil tarefa de apagar o incêndio do navio.

— Isso não é um incêndio qualquer – disse para si mesmo, percebendo seu erro de julgamento. — Isso não é um incêndio qualquer! – gritou. — Homens, às armas!

Escondido por detrás de uma das máquinas marítimas do Caos, Zeevyam começara a ficar impaciente. De repente, muitos olhos começaram a observar a baía e seria apenas questão de tempo para que ele e seus homens fossem descobertos. Unidades de soldados começaram a se movimentar à procura de malfeitores e a guarda do píer de atracação onde se encontrava o navio, alvo da operação, voltara ao seu posto. *Mupitsi, você é a nossa única esperança, conto com você,* torcia o Lobo-do-mar, olhando para o sol que despontava no horizonte.

No armazém principal, Mupitsi examinava minuciosamente cada ângulo e vão do local. Seu coração já palpitava forte pelo tempo perdido até que, enfim, ela encontrou o que eles realmente queriam: barris de pólvora.

— Achei! – ela sinalizou para Amaru. — Venha, me ajude a organizar isso – pediu, retirando as caixas que havia por cima dos barris.

O everardo, a passos de formiga e sem vontade, aproximou-se da sálata e a ajudou conforme requisitado, retirando um dos barris do conjunto – mas não sem antes derrubar algumas peças de armadura e receber olhares de desaprovação da guerreira. Depois, derramaram o conteúdo, formando uma longa trilha de pólvora que ia desde os cascos de madeira dos explosivos até uma distância que julgaram segura o suficiente para acender e voltar, incólumes, ao bote.

— Tomara que aquele velho esteja certo – disse ela, referindo-se a Sir Jamin, que, na noite anterior, havia explicado para que servia a estranha areia preta ignorada pelo bando, já que não viam nenhuma função para ela. Depois, batendo as mãos, encarou seu colega com um sorriso de alívio. — Sua vez, Amaru. Acenda a pólvora e vamos partir daqui.

Amaru puxou a pederneira do bolso lateral de sua jaqueta, mas, ao olhar para Mupitsi, não esboçou nenhuma reação.

— Amaru, acenda a pólvora!

Sem dizer nada, o everardo colocou a pederneira de volta no bolso e pousou a mão sobre o coldre onde estavam suas facas de arremesso. A guerreira deixou o queixo cair e arregalou os olhos, claramente incrédula.

— Por quanto? – ela perguntou

— Isso não importa – ele respondeu. — Minha posição neste novo reinado estará garantida.

— Eu não acredito nisso, Amaru – Mupitsi rebateu. — Você largar os Lobos-do-mar por uma posição no governo.

— Digamos... – ele fez um muxoxo — que eles estejam mais alinhados com o que penso. Ademais, Zeev não vai sobreviver, Mupitsi. Sabe bem que *Maretenebræ* não tolera intrusos. Ele vai tirar a vida de todos vocês e do único que poderia trazer o antigo reinado de volta.

— Do que está falando?

— Um dos três que chegaram na noite anterior na Alcova é o rei de Sieghard. Não sabia? E não falo do velho ou do primo de Zeev.

A sálata imediatamente lembrou da imagem do homem franzino de olhos azuis brilhantes que passavam uma sensação de serenidade.

— Rei? Mas... como soube disso? A quem você nos entregou, Amaru?

Após quase ser pega por Okropir, Aka conseguiu abrigo nos adarves da muralha sul junto aos besteiros chiisaienses e ao único besteiro kenta de sua tribo que sobrara. Vendo que as defesas nos portões haviam sido superadas e o exército inimigo havia entrado de vez na cidade, ela ordenou a unidade para que atirasse sem cessar contra os soldados do Caos. Nesse momento, Harada ou Sir Heimerich já deveriam ter dado o sinal para Sir Wernher entrar com a cavalaria, porém, bastou uma simples olhadela para que ela constatasse que o mago não se encontrava em sua posição, e o cavaleiro estava com mais preocupações do que o estimado. Se a cavalaria não fosse avisada, seria impossível não evitar a derrota da Ordem.

Com o embate sendo travado no pátio, alguns homens das forças do Caos se destacaram para liquidar com os besteiros acima, subindo as escadas enquanto se protegiam com seus escudos. Em pouco tempo, os adarves viraram palco de uma peleja sem fim, com perdas iguais de ambos os lados. Percebendo que a situação pedia uma ação urgente, Aka, decidiu correr para a torre onde uma bandeira esperava para ser hasteada, a fim de comunicar Sir Wernher para avançar com sua unidade. Esquivando-se com movimentos circulares de corpo, a líder kenta desviou da maioria dos golpes em sua direção, ainda conseguindo chutar alguns inimigos para fora da passarela. Em uma de suas evasões, contudo, a lâmina de um machado atingiu seu pulso, fazendo-lhe um corte que lhe decepou a mão. A ferida, ainda que grave e tenha lhe arrancado um grito de dor e desespero, não foi o bastante para que ela se refreasse e, com o sangue ainda pingando sobre as pedras, a líder kenta chegou à torre. Sem pestanejar, enquanto tinha que lidar com mais e mais soldados que surgiam tal qual cupins de um cupinzeiro pisoteado, usando a única mão que lhe sobrara, ela sacou uma adaga de sua cintura e cortou a corda presa a um contrapeso, que levantou a bandeira até o final de seu curso.

No barbacã, Sir Heimerich aguardava a chegada do ser invisível que carregava a espada. Por um instante, ele tentou pensar em o que seria aquilo. Logo lhe veio à mente a força misteriosa que expulsou ele e seus colegas do acampamento inimigo na frente do Domo Real. Também foi possível conectar ela à "energia exótica" que vasculhava a biblioteca da abadia em busca de pergaminhos antigos – energia essa citada por Ume em sua carta. *Seria ele um outro Thurayya? Se sim, por que Agung não nos avisou?* Seus ossos enregelaram ao pensar nessa possibilidade. No entanto, ele não podia perder mais tempo pensando em conjecturas, pois o que quer que isso fosse, acabava de matar um homem à sua frente e avançava de forma impiedosa contra ele.

O primeiro golpe veio da esquerda para a direita, mas Sir Heimerich o defendeu efetivamente, aproveitando a oportunidade para um contra-ataque. Sua espada, porém, encontrou o vazio. *Miserável*, blasfemou. A arma flutuante atacou novamente, com uma estocada em direção ao peito do cavaleiro. Sir Heimerich desviou e girou o corpo, desferindo um potente golpe que teria cortado a cintura do adversário, se não tivesse, mais uma vez, atingido apenas o ar.

— Quem é você? O que é você? – ele perguntou.

Como se zombasse das tentativas inúteis do cavaleiro, o inimigo invisível parecia passar a espada de uma mão para outra, como em uma brincadeira. De repente, ele atacou de forma muito rápida. Sir Heimerich teve tempo apenas para aparar o golpe com a guarda do cabo de sua arma.

— Maldito! – ele percebeu que estava em apuros, no que o ser forçava mais e mais o golpe com uma potência brutal, levando a ponta da espada a se aproximar do seu pescoço.

Sir Heimerich viu-se indefeso, à mercê da vontade do adversário. Com a lâmina já tocando sua pele, a morte parecia certa. Seus pensamentos voltaram-se imediatamente para Anna e para a vindoura *aurora* do casamento que nunca aconteceria, imaginando a felicidade que teria ao seu lado. Uma vida inteira passou em sua mente, e ele sentiu uma paz que nunca havia experimentado. Sua alma estava pronta para partir. *Ieovaris*, começou a rezar, *falhei com Anna, com meus amigos e com a Ordem. Sou digno de entrar em sua casa?* perguntou-se, fechando os olhos.

Porém, a estocada não viera.

A espada do adversário caiu no chão ao receber um pujante ataque em seu pulso, vindo de um bastão de madeira. Sir Heimerich abriu os olhos para ver um homem em vestes escuras dar um chute no ar, afastando a criatura supostamente intocável. Aquele era... Victor Dídacus.

Sir Jamin sacou *Pântea*, e o reflexo azulado de sua lâmina intimidou as sentinelas que, brandindo suas espadas, o cercaram. O primeiro golpe veio ligeiro, revelando a habilidade de esgrima do inimigo. Sir Jamin aparou-o com uma defesa simples, mas logo sentiu uma estocada nas costas, desferida pelo adversário que estava atrás dele. A ponta da arma da sentinela rebateu no corpo inquebrantável, e antes que o atacante pudesse perceber o que havia acontecido, o cavaleiro girou seu braço e o degolou. Os quatro homens restantes atacaram de uma só vez, acertando o velho e obtendo o mesmo resultado. Mais uma vez, uma nova cabeça rolou no chão, fazendo o trio sobrevivente correr pelas suas vidas, amedrontados. Com a guarda dos canhões praticamente assegurada, bastaria que Sir Jamin aguardasse o nascer-do-sol para que ele voltasse ao bote e embarcasse no navio roubado, porém, ao olhar para os canhões e os sacos de pólvora ao lado, ele teve uma ideia que não parecia absurda, pelo contrário, poderia melhorar o plano de Zeevyam: atirar nas embarcações inimigas, criando mais caos.

Rapidamente, o ancião aproveitou o momento solitário e, após carregar o canhão com pólvora, inseriu a bola de ferro na boca da arma. Em seguida, colocou um tampão de lã para garantir que bala e pólvora estivessem no lugar certo. Faltava-lhe, entretanto, uma chama. Felizmente, a cada quatro janelas da Muralha de Véllamo, uma lanterna queimava pendurada na parede adjacente. Sem hesitação, Sir Jamin se apressou para alcançar uma delas, mas no trajeto, deparou-se com uma figura conhecida, surgindo de uma das inúmeras entradas laterais, vinda das escadas externas. As veias em seu braço saltaram em alerta; ele sabia que essa pessoa era a única capaz de lhe impor um real perigo e arruinar os planos de fuga de Sieghard.

— Chikára – ele falou, de forma inconsciente.

Frente a frente, Mupitsi encarava Amaru sem piscar. Ela sabia que ele era extremamente veloz e eficiente, porém ainda não tinha certeza se ele queria impedi-la ou matá-la.

— Eu sinto o medo em seus olhos – ele disse. — Mas, não se preocupe. Eu vou te dizer o que vai acontecer agora. Eu e você sairemos deste local, juntos, como se nada tivesse acontecido e veremos Zeev e os Lobos-do-mar fracassarem em sua missão. Depois, você estará livre para ser o que quiser ou poderá juntar-se a mim. Se desejar continuar com seu plano idiota, entretanto, eu não pouparei sua vida.

A guerreira sálata apertou forte o cabo de sua espada, travando uma grave batalha moral consigo mesma. Em seu íntimo, ela não sabia bem o que sentia: raiva, frustração, decepção, desesperança. Em pouco tempo, contudo, ela entendeu e aliviou a tensão das mãos, entregando-se.

— Você está certo, Amaru – disse ela. — Essa missão é suicida, Zeev não terá chances. Além do mais, eu já não suportava ter que lidar com ele.

— Sábia escolha – ele elogiou. — Venha comigo, vamos sair daqui.

Cabisbaixa, Mupitsi foi ao encontro do colega e, lado a lado, eles se dirigiram à saída do armazém principal, como velhos amigos. Porém, astuta como era na arte de surrupiar objetos, a sálata retirou a pederneira do bolso de Amaru e disparou de volta para a trilha de pólvora. O everardo, para seu azar, também era rápido e, ao perceber que havia sido traído, lançou uma de suas facas de arremesso nas costas de Mupitsi, que foi ao chão imediatamente, antes de alcançar seu objetivo.

— Minhas pernas! – ela gritou, percebendo que não sentia mais seus membros inferiores. — O que você fez com elas?

— Você achou mesmo que conseguiria me enganar? – ele perguntou entre muxoxos, de forma sádica. — Que Amaru deixaria um objeto tão importante em seu bolso externo? Eis o preço por sua ousadia. É uma pena, Mupitsi. Eu esperava mais de você – ele se agachou enquanto observava a guerreira se arrastar com dificuldade em direção aos barris. — Veja só, como ela se esforça para agradar aquele verme do Zeevyam. Quanta coincidência, agora, você, que se arrasta como um.

Mupitsi gritava de dor e esforço ao carregar seu corpo em uma condição física que nunca havia experimentado. Amaru zombava dela com seu olhar de cobra, deleitando-se com o prazer à medida que o rosto da sua vítima se contorcia em desespero.

— Nem Destino engana Amaru – ele disse, sussurrando.

— Pois eis o momento de rever seus conceitos, Amaru. Vida longa à Marcus e à plenitude da Ordem – ela o encarou com um largo sorriso, e lançou a pederneira em direção às peças de armaduras que se encontravam ao lado dos barris de pólvora, gerando uma mísera e fatídica...

Faísca.

"Heimerich", uma voz etérea falou com Sir Heimerich em sua mente. "Ajude Braun e Aka, eu sou o único que consegue lidar com este ser. Nem mesmo seus poderes adiantariam contra ele, se caso resolvesse usar. Use-os contra Okropir, imediatamente. Encontre-o em campo de batalha, do contrário perderemos".

"Victor, não entendo. Como...?" O cavaleiro ficara atônito ao constatar que conversava com o arcanista através de uma espécie de telepatia. "O que é *este* ser?"

"Eu não conseguia ver, mas, agora, o vejo com clareza. É a projeção espiritual de um Thurayya que, neste momento, encontra-se muito longe daqui."

"Como conseguiu estes pode..."

"Vá, Heimerich, vá, agora! Este não é o momento para vãs indagações", ordenou Dídacus.

Assustado com a emergência da situação, Sir Heimerich deixou o barbacã com o arcanista e a dita "projeção" em pleno duelo. Do alto da muralha, ele tinha uma visão completa da confusão em que se encontrava o pátio, e achar Okopir não seria uma tarefa fácil.

No topo de uma colina externa à Chiisai, Sir Wernher havia acabado de ver a bandeira sendo hasteada na torre. Na noite anterior, assim que preparou os cavalos, ele e a cavalaria aproveitaram-se de uma rede de túneis de degelo para chegar secretamente a um ponto mais alto do relevo, fora das vistas dos inimigos e dos domínios da Cidade Azul. Erguendo sua espada, o nobre comandou sua unidade para descer a montanha e flagrar os inimigos por trás.

Das muralhas, os homens que se encontravam nos adarves foram os primeiros a ver uma cinquentena de cavalos despontar do cume da colina, galopando freneticamente em direção à turba incauta do exército de Linus.

— A cavalaria! A cavalaria! – exaltou-se um chiisaiense, lacrimejando de emoção ao presenciar a chegada triunfal dos homens de Sir Wernher.

Para o desespero das forças do Caos, não havia muito o que se fazer. A incrível força da unidade montada rebentou as linhas inimigas do lado de fora das muralhas tal qual um castelo de cartas. Os caóticos sofriam a cada impacto com os animais, a cada dolorida pisada de seus resistentes cascos, ou a cada golpe das variadas armas que cada cavaleiro carregava. As tropas da Ordem se encheram de esperanças, e gritos de vitória começaram a ser entoados por todos os lados. Essa era a virada que todos aguardavam depois do fracasso em imobilizar o Thurayya, e demonstrava a superioridade tática do plano de guerra elaborado por Harada em conjunto com os forasteiros que chegaram *auroras* antes.

Diferentemente de seus colegas, Braun lutava sem preocupações. Muito pelo contrário, inclusive, o kemenita não podia estar mais confortável. Ele estava em seu lar, acompanhado por bravos guerreiros que, assim como ele, prezavam por uma batalha justa. Com golpes fulminantes, Braun mostrava-se imbatível em campo de batalha. Os chiisaienses eram pequenos se comparados a ele, e, portanto, ele adquiria desde já o estigma de um gigante. Era uma pena, ele refletia, que não conseguia ouvir o som da luta que tanto o inspirava. Em certa ocasião, quando acabava de desferir o golpe na perna de um adversário, o guerreiro viu uma aura prateada passar ao longe sobre a cabeça dos soldados, destacando-se em meio ao caos do combate. *Heimerich*, ele identificou. *Ele está indo atrás de Okropir para combatê-lo. Preciso ir até lá.*

Aplicando socos, pontapés e estocadas, ele avançou a passos lentos para encontrar o nobre. Porém, assim que avistou o colega e o Thurayya, Sir Wernher irrompeu pelos portões com a cavalaria, dizimando os soldados inimigos que estavam na linha de trás da formação adversária. Se os inimigos não se rendessem agora, todo o seu exército estaria liquidado.

— Engulam seus próprios rabos, bastardos de uma figa! – gargalhou o kemenita, comemorando.

Subitamente, Okropir virou-se para os cavalos e abriu sua bocarra. O que ninguém esperava aconteceu: os animais sucumbiram ao poder do Thurayya. Braun viu os cavaleiros serem arremessados para frente, estatelando-se no chão quando suas montarias pararam de repente. Rapidamente, os animais e seus cavaleiros foram abatidos. Sir Wernher se levantou confuso, resistindo um pouco mais – antes de ser trespassado por uma lança pelas costas.

Nunca, em toda a história de Sieghard, algum cidadão havia presenciado uma explosão como aquela do armazém principal. Era como se um monstro enraivecido e barulhento tivesse nascido das entranhas da terra, jogando lascas de madeira, vigas, caixas e itens diversos ao ar em meio a uma fumaça escura e bolorenta.

Mupitsi, você não sabe o quão maravilhosa você é, Zeevyam celebrou ao olhar para a nuvem formada pela explosão. Sem pestanejar, aproveitando que todas as atenções se voltaram para o evento, o saqueador comandou os três barcos, conduzindo-os ao píer totalmente desprotegido, onde o imenso navio os aguardava.

— Vamos, Lobos-do-mar, depressa! – ordenou, olhando para o sol que já havia revelado quase metade de seu diâmetro. — Não podemos perder mais tempo. Se organizem, descubram seus postos de preferência e preparem-se, porque vamos zarpar em breve! — ele dizia as palavras quase com satisfação, pois, no fundo, estava gostando de participar daquela loucura, ainda mais agora com o plano sendo cumprido.

— Zeev – Formiga se dirigiu ao seu primo antes de descer do barco. — Obrigado por nos trazer aqui.

— Somos uma família, primo – ele demonstrou um outro estado de humor, talvez por vislumbrar outra vida longe de Sieghard. — É o que fazem as famílias pelas suas famílias. Não é o que diria Tia Ebha? Ela nos ensinou bem. Eu não fiz nada demais.

Na Muralha de Véllamo, Chikára e Sir Jamin se encaravam enquanto a tensão aumentava entre eles. A senhora tinha o rosto cada vez mais desfigurado. Um abismo parecia que habitava em seus olhos negros profundos, como se sua alma fosse um buraco vazio e sem fim. Também seus traços se modificaram: ela tinha mais vincos no rosto, mais tatuagens e duas protuberâncias se elevavam em sua testa.

— Voltamos a nos encontrar, velho – disse a maga. — Mas... não é você quem eu procuro. Onde estão os Enviados? Fale-me, ou não terá mais uma língua para falar.

Sir Jamin riu. Depois, olhou pela janela, reparando que seu tempo se estreitava. Sem ele, Zeevyam não partiria. Pior, se decidisse fugir, levaria o predador diretamente à sua presa. Bastou uma breve análise para que constatasse que teria que lutar.

— Só estou eu aqui, víbora – respondeu o ancião. — Quem quer que tenha entregado a informação para você não sabia do plano por completo.

De repente, o som de uma grande explosão atingiu as paredes de pedra da estrutura, fazendo-a balançar. Chikára virou-se para a baía, confirmando que Sir Jamin tentara enganá-la, no entanto, seu momento de desatenção lhe custou caro.

A toda velocidade, o velho cavaleiro atropelou a maga com seu escudo, jogando-a, quase desacordada, ao chão, e em seguida, sacou *Pântea* para desferir uma estocada no peito da senhora. O golpe, entretanto, resvalou em uma parede de ar criada no ato por Chikára e acertou o assoalho. A maga se afastou, se recompondo e, mais uma vez, ficou frente-a-frente com Sir Jamin.

— Eu vou te dar mais uma chance, velho – ela falou. — Traga-me o rei!

— Tu só estás viva por causa dele, sabes bem. Eu podia ter-te matado, mas Petrus não me deixou.

— Mentiroso! – ela gritou. — Ninguém pode me matar.

É verdade, você poderia estar morta. Ele foi piedoso. Ele...

— Calem-se! – disse para as vozes em seu interior. De repente, quatro canhões foram levantados de sua base e, flutuando no ar, arremessados com fúria em direção ao cavaleiro. Sir Jamin foi atingido por dois deles e jogado contra a parede da muralha. No chão, o ancião tentou se levantar, com a visão turva pelo impacto, mas ainda clara o suficiente para conseguir ver Chikára se aproximando dele.

— Seu corpo é fechado, não é verdade? Mas seria ele fechado o suficiente para suportar isso?

Um som agudo invadiu os ouvidos do cavaleiro, mexendo com sua cabeça e deixando-o atordoado. De modo instintivo, Sir Jamin tentou tapar os ouvidos, mas sem sucesso. Quando a maga se aproximou o suficiente, o cavaleiro, com extremo esforço, conseguiu desferir um chute em sua barriga, livrando-se do tormento momentaneamente.

Chikára abafou um grito de dor, compreendendo que precisaria de uma nova abordagem para derrotar seu oponente. Com um rápido movimento de seu cajado, as chamas das lanternas à frente e às costas do cavaleiro se intensificaram. O ancião engoliu em seco ao ver o fogo se expandir, ciente de que, se alguma coisa pudesse derrotá-lo, uma delas seria o calor. O temor estampado em seu rosto acabou por denunciá-lo e Chikára, crescendo absoluta em suas convicções, não demonstrava ter qualquer misericórdia.

Momentos antes da unidade montada entrar nos domínios da Cidade Azul, Sir Heimerich se infiltrou na batalha travada no pátio. Ardia-lhe o peito ao pensar que poderia ter sido Anna a estar em seus braços quando da queda dos desalmados. Subitamente, a imagem do rosto daquela desconhecida tomou os traços de sua amada e alimentou um forte sentimento de proteção, que, junto a orações, desencadeou o surgimento de sua aura prateada – o grande trunfo da Ordem contra a magia do Caos. Presenciando a energia assustadora do paladino, os inimigos se afastaram, temendo por suas vidas. O nobre sabia que, agora, ele seria a última esperança de Chiisai, o único capaz de remover os poderes do Thurayya e eliminá-lo.

A algumas braças de Okropir, entretanto, quando a cavalaria irrompeu muro adentro e a figura negra abriu sua bocarra para encantá-la, Sir Heimerich ouviu uma canção sutil, bem baixa e melodiosa. Naquele instante, ele pensou que estava delirando, mas, em questão de um piscar de olhos, sentiu seus movimentos mais pesados até que seu corpo se paralisou por completo. *Mas, como, pela Ordem?* Seu coração batia forte tentando encontrar uma explicação. *A cera... a cera amoleceu devido ao calor da barreira de fogo abaixo do barbacã...Por Ieovaris, deveríamos ter previsto isso.* Ele sentiu um frio na espinha ao constatar a obviedade e, se pudesse se mover, pousaria a mão na testa devido à terrível falha do plano de guerra.

Logo atrás dele, Braun tentava chegar ao lado do colega, não entendendo o porquê de ele ter ficado parado em pleno campo de batalha. Seguramente, ele seria presa fácil se não se movesse. Então, o guerreiro se deu conta. *Ele foi encantado. Maldito, Thurayya! Preciso protegê-lo!* Seu senso de urgência disparou. Contudo, mesmo que ele conseguisse cumprir seu intuito, a realidade era pior do que ele imaginava. Com Sir Heimerich anulado e a perda da cavalaria, não era mais possível derrotar as forças do Caos. Mais da metade do exército da Ordem havia caído, e os inimigos pareciam ter adquirido mais vigor – ao contrário do moral das tropas aliadas. O kemenita foi tomado por uma raiva sem igual, como se tudo pelo que havia lutado até então tivesse sido em vão. O mais sensato seria desistir, agarrar Sir Heimerich e fugir com ele, pedindo aos aliados que se entregassem. *Eu sou Braun, o Desnorteador, filho de Bahadur Mata-trolls.* Ele se desafiava. *Eu não vou desistir antes que vocês comam a minha poeira!*

De modo abrupto, o guerreiro entrou em um frenesi de cólera, golpeando os inimigos que se aproximavam com extrema força e agilidade, sem perder o fôlego. Suas veias pulsavam no seu braço, enquanto seu peito se inflava com uma dose extra de ar. De tantos soldados mortos ao seu entorno, uma clareira tinha se formado no pátio. Não satisfeito, porém, sentindo que uma bolha queria sair de sua garganta – e ela só seria, de fato, expulsa se ele bradasse com todo o seu fôlego restante –, Braun gritou com toda sua fúria.

Seu ímpeto gerou uma onda de impacto fulminante por toda a extensão do campo de batalha. Soldados, amigos e inimigos, foram lançados ao longe por uma força invisível – a mesma que havia atordoado o Graouli. Os que estavam de costas para o centro gerador foram menos afetados, contudo os que receberam o impacto de frente, com barriga e peito atingidos, sofreram várias lesões internas.

Então, o silêncio.

Em pé, havia sobrado apenas o Thurayya e Braun.

Sir Jamin estava prestes a receber um ataque mortal de fogo de Chikára. Pela primeira vez, em muito tempo, ele havia sido subjugado. Pensou em fugir, pular pela janela em direção ao mar abaixo, mas isso não eliminaria o perigo da presença do Quebrajuras. A maga era por demais forte e poderosa para continuar viva, ele refletiu. E ele deveria eliminá-la, custe o que custar.*Mas ela não sabe o que um canhão pode fazer*, um rápido pensamento lhe veio.

— Volta para a Ordem, Chikára. O caminho que percorres não te levará a lugar algum – ele levantou as mãos, e, identificando o canhão que havia sido preparado por ele anteriormente, lançado pelos poderes telecinéticos de Chikára, andou de lado de forma insuspeita até que o ângulo de sua boca se alinhasse com a figura da senhora.

— Se você não consegue ver aonde cheguei, eu lhe mostrarei. Sinta o poder, velho, de uma verdadeira rainha do Caos! – e ordenou para que as chamas o englobassem.

Antes da labareda atingir o ancião, o canhão foi ativado e a bola de metal foi disparada com extrema velocidade na barriga de Chikára. A maga foi lançada muitas braças para trás, atingindo a base de um outro canhão, que junto a ela, rolou mais algumas braças até parar.

— Sinta a astúcia, víbora, de um verdadeiro Cavaleiro da Ordem!

Ao olhar para a janela, entretanto, o sol já estava acima do horizonte.

No convés do navio, Zeevyam franzia a testa, preocupado com Mupitsi e Sir Jamin que ainda não haviam chegado. Contudo, não havia mais tempo para atrasos. O plano deveria continuar. Com muita relutância e pesaroso, assim que o sol se elevou do horizonte, o Lobo-do-mar se deu por vencido. A maré vazante puxava ao máximo a embarcação e, de acordo com seu conhecimento de maré, logo ela cessaria. Se eles quisessem partir sem serem perseguidos por outros navios, aquele era o momento perfeito.

— Vamos partir – ele deu a ordem para zarpar e tomou a roda do leme. — Soltem as amarras, levantem a âncora e icem as velas!

— Zeev, com todo o respeito, mas não podemos partir sem Jamin – Petrus lembrou-lhe.

— Não me diga o que eu posso ou não posso fazer, marinheiro – Zeevyam o respondeu, de forma rígida. — A partir de agora eu só recebo ordens do capitão. E o capitão disse que devemos zarpar, com ou sem a sua presença – ele virou o rosto para o mar, protegendo suas vistas da claridade do sol com a mão. — Agora, não seja inútil e me arrume um chapéu!

Braun, embebido em sangue, encarou Okropir. Os olhos da figura negra estavam perfurados devido às setas dos besteiros de Aka, no entanto, eles sabiam exatamente o que estava acontecendo, visto que o rosto estava sempre encarando o kemenita de forma assustadora.

O guerreiro estremeceu ao pensar que estava diante de uma força avassaladora e incomparável. *Serei páreo para ele?* De súbito, veio-lhe a imagem de Roderick caindo ao lutar contra o troll-das-neves. *"Que te sirva de lição para que honres com a memória deste bravo"*, disse Duncan na ocasião, ainda em Nordward em volta da fogueira.

Magricela, ele falou para si, evocando o colega, *apenas preste atenção ao que irei fazer.*

— Somos só eu e você, agora, verme – disse Braun, rodeando o inimigo. — Mas, sem seus poderes para me encantar, você não me parece tão poderoso assim – zombou, e o Thurayya pareceu murmurar. — O que foi que você disse? Não estou te ouvindo – o guerreiro pousou a mão na orelha.

Um instante de suspense se fez entre os duelistas, antes que Braun apertasse os dentes e resolvesse atacar. Lembrando-se dos movimentos efetivos de Seok, o kemenita levantou seu montante acima da cabeça e, após avançar, desferiu um golpe de cima para baixo no que o Okropir se desviou facilmente. Contudo, dando um passo para trás e, ao mesmo tempo, girando seu corpo, Braun conseguiu acertá-lo com um deslocamento horizontal de sua arma, causando um corte próximo ao pescoço do inimigo. O Thurayya sentiu o ardor da ferida, mas apenas cortá-lo não seria o suficiente para eliminá-lo. Aproveitando-se do momento de estupefação do adversário, o kemenita deu-lhe um chute, derrubando-o no chão. As solas de seus pés ficaram expostas por pouco tempo, entretanto, para sua frustração, não havia nenhuma marca no local.

— Onde está sua tatuagem, miserável? Será que eu devo decepar seus braços e pernas? – ameaçou, enquanto o ser se levantava.

Com as mãos nuas, Okropir avançou velozmente em direção ao guerreiro. Sem tempo para reagir, Braun sentiu uma palmada na boca do estômago que retirou todo o seu fôlego. Naquele instante, o kemenita percebeu que, além de extremamente rápido, o Thurayya também tinha uma força incrível.

Aquela, definitivamente, não era uma luta de igual para igual.

Recurvado, e tentando buscar um ar que não existia, ele olhou para o paladino tombado ali próximo, paralisado. *Heimerich*, ele reparou que seus olhos castanhos observavam atentos à luta e pareciam lhe rogar para fugir. Do outro lado, a exemplo da luta entre Sir Fearghal e um dos Thurayyas, Okropir manteve-se calmo e resoluto. Com tranquilidade, ele abaixou-se, pegando uma lança de um soldado no chão, e depois, ainda com Braun se recompondo, desferiu um golpe que lhe trespassou o peito.

Sir Heimerich não podia gritar, mas seus olhos, sim, em forma de lágrimas. Diante dele e sem poder fazer nada, viu seu melhor amigo e companheiro soltar sua espada e cair ajoelhado, depois de ser ferido mortalmente. O sangue jorrou da boca de Braun e ele sorriu um sorriso avermelhado. O Thurayya continuou empurrando a lança até ficar face-a-face com o kemenita, e depois, soltou um estridente e apavorante brado de vitória – ou algo parecido, pois Okropir era mudo. Olhando o inimigo de baixo para cima, ali, Braun pôde perceber a tatuagem que brilhava no céu de sua boca: uma coruja com corpo de lobo. Juntando o restante de suas forças, ele agarrou, pela última vez, seu montante e estocou com toda sua fúria o funesto símbolo.

— Eu vou, mas você vai comigo, desgraçado! A diferença é que eu lutarei nos campos etéreos dos deuses, e você vai arder no fogo de Firdaus! – disse, enquanto o corpo de Okropir se transformava em cinzas, liberando todas as almas que estavam com ele, muitas se direcionando aos corpos ainda vivos de seus possuidores, e outras, sem um receptáculo para onde pudessem retornar, apenas esvaeceram no ar sem destino. — Pai, eu o superei. Venci um Graouli e um Thurayya – clamou, olhando para os céus e, depois, em um último suspiro, virou-se para Sir Heimerich com um olhar sereno. — Pela Ordem, pela glória de Sieghard... e por Petrus – e, enfim, o gigante tombou.

O navio pilotado por Zeevyam já se afastava do píer de atracação quando um bote pequeno surgiu à estibordo trazendo Sir Jamin. O cavaleiro remava com força para acompanhar a velocidade do navio que estava cada vez mais rápido.

— Jamin! – gritou Petrus, entusiasmado. — Jamin está aqui! – ele voltou-se para todos.

Em instantes, assim que o bote se aproximou do casco, os marinheiros jogaram uma escada de corda, no que Sir Jamin rapidamente a escalou, entrando a bordo. Petrus e Formiga se aproximaram do cavaleiro, assim como Zeevyam, usando um chapéu esdrúxulo.

— Pensei que a vida de saqueador tinha lhe seduzido a ponto de você querer ficar por essas terras – Formiga satirizou.

— É difícil falar em sedução quando um Quebrajuras tenta te matar – respondeu Sir Jamin.

— Chikára apareceu? – Petrus levantou uma sobrancelha, intrigado. — Como ela soube?

— Fomos traídos, senhores – ele olhou para Zeevyam. — Alguém nos delatou. Mas, seja quem for, é quase certo que esse alguém não entraria nessa embarcação conosco.

O Lobo-do-mar estancou ao pensar em Mupitsi, sua correligionária mais fiel, e Amaru que, apesar de terem cumprido com sua parte da missão, eles eram os únicos que não estavam a bordo. Franzindo a testa, uma série de indagações pediam a ele que as esclarecesse. Teriam eles fugido juntos depois de completar o objetivo? Ou...

De repente, cortando os devaneios do saqueador, o navio parou, como se tivesse batido em uma pedra, fazendo a tripulação se desequilibrar.

— Senhor Formiga, checa a proa e vê se não há pedras. Zeevyam, pega o timão, tenta manobrar para nos desprender. Petrus, verifica o leme – ordenou Sir Jamin, já tomando sua posição de capitão.

— Não consigo compreender, Jamin. As velas estão enfunadas, o canal é profundo e a corrente está a nosso favor – observou o saqueador. — Eu conheço essa baía com a palma de minha mão. Afinal, que raios de força é essa? Seria *Maretenebræ* já prevendo nossas intenções e tentando nos frustrar?

Sir Jamin gelou, recusando-se a acreditar na única hipótese que havia levantado para explicar o fenômeno.

— Não pode ser! – exclamou. — Todos para a popa!

— Mas... – Zeevyam não conseguia entender.

Com a morte de Okropir, os poucos soldados sobreviventes que estavam sob o encantamento do poder de Thurayya voltaram ao normal, o que incluía Sir Heimerich. Os ordeiros, em sua maioria, estavam de costas para Braun quando ele gritou e, por isso, eles foram os primeiros a esboçar reação entre a pilha de corpos amontoados no pátio.

O nobre se levantou em luto, perguntando-se, com um nó na garganta, se o sacrifício de Braun havia valido a pena, se seu ato havia dado vitória à Ordem. Ainda assim, visto toda tragédia que ocorrera, se não seria melhor ter ficado em Alteracke com os anciãos e constituído uma família lá, longe da miséria da guerra. No silêncio do pátio, o eco de cascos ressoou nas paredes de Chiisai. Os besteiros recuperados nos adarves começaram a atirar contra um homem sobre um cavalo branco que invadia os portões da cidade. As setas, entretanto, resvalavam na armadura completa e escarlate do cavaleiro, que trazia um capacete de chifres.

A galope ele passou por cima dos corpos dos soldados e refreou-se próximo a Sir Heimerich, ainda envolto pela perplexidade. Desmontando, ele retirou seu capacete e encarou o paladino com um olhar terno.

— Você! – exclamou Sir Heimerich, e sua expressão transformou-se em puro ódio. — Como ousa?! – ele puxou a espada e desferiu um golpe no pescoço do adversário. A lâmina, porém, ao tocar seu corpo, encontrou uma pele espessa, que não sentiu nem mesmo o corte afiado do metal. — O que?

— Vocês, plácidos, têm a minha admiração e entregaram uma boa luta – elogiou o inimigo. — Mas, você sabe que o sucesso é uma combinação de esforço e sorte. Se fosse apenas pelo esforço, você sairia vitorioso. Não foi esse o caso, convenhamos. A sorte lhe deixou. Nesta *aurora*, assim como nas outras, você... mais uma vez... perdeu.

Disse Linus.

Conforme instruído, Petrus, Formiga, Zeevyam e Sir Jamin correram para a parte de trás do navio, apenas para presenciarem, com pelos arrepiados, a figura no píer, de braços abertos, encarando-os enquanto segurava a embarcação com seu poder.

— É a Chikára! – constatou Petrus.

— É essa simples senhora que está nos impedindo? – questionou o Lobo-do-mar, intrigado.

— Acertem-na com uma flecha – ordenou o ancião. *Por Destino, ela deve estar bastante machucada...e ainda é capaz de fazer isso.*

Prontamente atendido por um integrante do bando de Zeevyam, o arqueiro atirou a flecha, porém ela pareceu bater em uma parede invisível.

O navio, então, começou a voltar, revelando a verdadeira energia da maga, que superava até a força da maré e do vento. Parecia até mesmo que ela podia controlá-los, tamanho era seu poder.

— Estamos voltando! Jamin, faça alguma coisa! – Petrus se desesperou.

— Eu não posso fazer nada contra ela, não dessa distância.

Mais e mais flechas foram lançadas contra Chikára, e todas rebateram na parede criada à sua volta. Petrus tentou entrar no mundo emaranhado, mas ele estava apavorado demais, e seus batimentos acelerados demais para conseguir a concentração necessária. Afinal, quais eram os limites de poder para alguém que conseguia segurar um navio daquele tamanho?

Então, do início do píer, quando a embarcação já estava a algumas braças de volta à estrutura do atracadouro, uma silhueta larga surgiu correndo freneticamente com um pedaço de pau.

— Hulderic! Por Destino! – Formiga deixou cair o queixo ao ver o carroceiro.

Ao se aproximar de Chikára, o gorducho deu-lhe uma forte paulada na cabeça, tonteando-a. Depois, puxou uma faca e a golpeou na cintura. O navio se desprendeu de uma vez do potente enlace da maga, e partiu novamente em direção ao Grande Mar.

— Vamos, amigos! – gritou Hulderic. — Vida longa à Marcus III.

Mas sua exaltação foi logo transformada em dor quando ele sentiu a corda de amarração dos barcos envolver o seu pescoço e o apertar, sufocando-o até asfixiá-lo. Assim que desfaleceu, Chikára o jogou ao mar. Ao voltar-se para o navio, entretanto, ele já estava longe, e ela já não tinha mais energia para gastar. Sangrando por dentro e por fora, devido ao impacto da bola de canhão e ao corte sofrido, ela, finalmente, caiu sobre a estrutura do píer.

Sobre o convés do navio, os sentimentos eram mistos. O alívio de deixar a costa, proporcionado por Hulderic em um último ato, não suplantou a dor de vê-lo sufocar até a morte. As lágrimas de alegria e tristeza se misturavam, não sendo possível identificar qual era qual. O carroceiro, menor ainda que Formiga, podia ser pequeno, mas mostrou-se ser um gigante. E, nesta *aurora*, com um ímpeto conferido somente aos mais virtuosos, gigantes tombaram como heróis, que serão para sempre lembrados através de seus feitos por suas famílias, por seus amigos e pela história.

"Adeus, amigos. Adeus, Sieghard..."

Em um canto do navio, Petrus começou a escrever suas próximas cartas.

Epílogo

Tranquilitah,
Duas auroras antes da chegada do Okropir em Chiisai

Na sala de comando das forças do Caos no complexo do CAAMP, Linus sentou-se solitário em uma poltrona confortável, após uma *aurora* estudando a mesa de guerra para planejar seus próximos movimentos. Exausto, ele soltou um suspiro de alívio ao pensar que Chiisai logo seria conquistada. Mesmo assim, ter enviado Okropir à cidade havia o deixado irritado, pois teve que abdicar da conversão de muitas almas para tentar a vitória – vitória essa que o general Agung deveria ter lhe dado há muito tempo.

Olhando para o teto, ele pesou o quanto o esforço de guerra havia lhe custado e, por um momento, sentiu-se arrependido. Quantas vidas de seus aliados e de seus inimigos havia tirado. Perguntou-se quanto tempo iria demorar para que seu objetivo finalmente estivesse concluído. *Eu não posso parar, não agora,* refletiu.

As duas velas que iluminavam parcamente o ambiente escuro bruxulearam como se alguém tivesse passado perto delas e, logo, Linus sentiu um desconforto em sua nuca. Uma névoa escura começou a preencher o recinto e tomou a forma vaporosa de uma silhueta alta, negra e musculosa até que ela se solidificasse em um colosso, como se talhado em pedra.

— Saudações, homem – ele o saudou, levantando a mão direita.

Linus se assustou, porém, ao ver o rosto da figura misteriosa, sua expressão se amenizou.

— Ázero – ele demonstrou agradável surpresa, sabendo que a presença dele não representava perigo.

— Você não vai conseguir tomar Chiisai apenas enviando Okropir. Você precisará de outro Thurayya – informou o gigante.

— Okropir será o suficiente – Linus se negou com poucas palavras, confiante de sua estratégia.

— Não se as forças da Ordem souberem do segredo de seus poderes com antecedência – alertou Ázero.

O general do Caos sentiu seu sangue ferver.

— Como eles saberiam disso, Ázero? – perguntou, visivelmente alterado. O gigante não respondeu, preferindo manter o silêncio. Olhares tensos foram trocados entre eles antes de Linus se dar por vencido. — Quando você irá me dar uma boa notícia? – ele revirou os olhos e balançou a cabeça. — Muito bem, qual Thurayya eu envio?

— Sabe que não há tempo suficiente para deslocar qualquer outro. Se deseja triunfar, mande o Kwahi.

— Nosso Thurayya mais eficiente? – ele reclamou. — Terei que mudar novamente meus planos? – apontou. Porém, ao olhar para frente, a figura de Ázero havia desvanecido em uma fumaça escura.

Contrariado, Linus inspirou profundamente e tomou um novo fôlego, perguntando-se até quando acataria as sugestões do sábio gigante. Encolhendo os ombros, ele se levantou da poltrona e foi até a entrada da sala, onde encontrou com soldado de guarda quase adormecido.

— Me desculpe, senhor, eu... – ele se atrapalhou, vendo que Linus estava à sua frente.

— Encontrem Kwahi e avisem a ele que preciso que seu espírito esteja em Chiisai imediatamente!

Canção do Carroceiro

Ouça a música originada do *Poema Afogado*.

Este livro foi composto em
Vendetta OT (corpo) e Amador (títulos
e capitulares) em Junho de 2025 e
impresso em Triplex 250 g/m² (capa)
e Pólen Soft 80g/m² (miolo).

AVEC
EDITORA

Siga o Rio

A♯m
Des - ça des - ça não en_lou - que - ça Não é
D♯m A♯m
má - gi - ca por mais que pa - re - ça A - che_o rio e be - ba do rio Si - ga_o
rio a - té que_o esque - ça É_lon - go o ru - mo dá tris - te - za
Per - co - rra_o rio e_a - che_a be - le - za Quan - do che -
D♯m A♯m
gar vai a - vis - tar o mon - te so - li - tá - rio es - te - la _ ar Em Kei -
G♯m C♯ B A♯m D♯m
shu vo - cê vai es - ta _ ar Em Kei - shu vo - cê vai es - tar

Partituras

Nas Montanhas Nevadas

CASA DOS DRAUSUS (213-238)

22. Tewlus. Título: Tewlus I, o *Sábio*. (213-237). Faz um acordo com Parx, deixando Vahan como um região independente e assume o trono de Sieghard. Não deixa herdeiros.
23. Cledyff. Título: Cledyff I (237-238). Morto pelos povos do norte, das terras de além-escarpas.
24. Etyfedd. Título: Cleddyf II, o *Herdeiro* (238-238). Recebe o trono após a morte de Cledyff, mas abdica em favor de Kraig I.

CASA DOS HOMENS DO NORTE (DOS KRAIGEN) (238-336)

25. Kraig. Título: Kraig I, o *Conquistador* (238-259). Reclamou o direito ao trono após a morte de Tewlus I (falecido sem descendência), por ser parente da mãe do rei. Após ter o direito negado, atacou Sieghard até conquistá-lo em 238.
26. Rettig. Título: Kraig II, o *Ruivo* (259-282).
27. Stray. Título: Kraig III, o *Justo* (282-317). Somente deixou filhas.
28. Ragnar. Título: Ragnar I (317-335). Sobrinho de Kraig III.
29. Bramar. Título: Ragnar II, o *Breve* (335-336). Morre sem deixar herdeiros.

CASA DE ASKALOR (336-454)

30. Nogah. Título: Nogah I, o *de barba curta* (336-371). Neto de Kraig III.
31. Zekariah Título: Nogah II, o *Valente* (371-381).
32. Diklah. Título: Nogah III, o *de baixa estatura* (381-390).
33. Beulah. Título: Nogah IV (390-398).
34. Goliah. Título: Nogah V (398-400). Não deixa herdeiros.
35. Marcus. Título: Marcus I, o *Velho* (400-454). Primo de Nogah V. Desaparece ao levar um dos herdeiros de seu filho Marcellus para o sacrifício nos penhascos de Bogdana.

TRONO VAGO (454-474)
PERÍODO DOS REGENTES

CASA DE ASKALOR (474-477)

36. Marcellus. Título: Marcus II, o *Ousado* (474-477). Assume o poder contra a vontade de muitos nobres que esperavam pelo retorno de Marcus I. É assassinado durante a invasão dos exércitos de Linus.

CASA DE FIRDAUS (477-)

37. Linus. Título: Linus I, o *Usurpador* (477-). Invade Sieghard e assume o poder.

11. Gryff. Título: Gryff I, *o de joelhos fortes* (118-127). Filho de Brystan II, *o Velho*. Assumiu devido à pouca idade dos sobrinhos e não deixou herdeiros.
12. Brenyn. Título: Brenyn I, *o Justo* (127-131). Filho de Wedyus I. Assumiu devido a não sucessão de Gryff I. Não deixou herdeiros.
13. Olynydd. Título: Olynydd I (131-147). Filho de Wedyus I. Assumiu devido a não sucessão de Brenyn I.
14. Dylyn. Título: Olynydd II (147-150). Assassinado pelo primo Coedwig I.
15. Codwyg. Título: Codwyg I, *o Vil* (150-185). Neto de Wedyus I. Deposto por Anush I, de Vahan.

CASA DOS VAHANIANOS (185-186)

16. Anush. Título: Anush I, *o vahaniano* (185-186). Depôs Coedwig I, mas morreu não muito tempo depois.

CASA DOS DRAUSUS (186-187)

17. Codwyg. Título: Codwyg I (186-188). Reassumiu o trono, mas Sieghard se encontrava sob domínio de maioria vahaniana.
18. Mabwyg. Título: Codwyg II, *defensor de ferro* (186-187), morto pelos vahanianos.

CASA DOS VAHANIANOS (187-213)

19. Arax. Título: Anush II, *o Grande* (187-206). Filho de Anush I. Após a morte de Mabwig, levou o reino novamente para Vahan.
20. Gadar. Título: Gadar I, *o bastardo* (206-211). Filho ilegítimo de Arax. Reinou nas outras partes de Sieghard, enquanto seu meio-irmão (Parx) reinava somente em Vahan.
21. Parx. Título: Anush III, *o legítimo* (211-213). Filho legítimo de Arax. Planeja unificar o reino, mas seu meio-irmão (Gadar) morre antes. Consegue o feito sem muitos esforços.

Lista dos Reis de Sieghard

CASA DOS DRAUSUS (1-185)

1. Drausus. Título: Drausus I (1-11), *o Pacificador*. Rei de Askalor, mas considerado por todas as províncias como primeiro rei de *Sieghard*("difícil vitória").
2. Drest. Título: Drausus II (11-28). Deposto por Grystan enquanto estava ausente. Porém, ao retornar, reconhece o trono do filho.
3. Drustan. Título: Drausus III (28-32). Apesar de tomar o poder do pai, é reconhecido pelo mesmo. Não deixou herdeiros.
4. Trystan. Título: Trystan I (32-37). Irmão de Drausus III. Não deixou herdeiros.
5. Grystan. Título: Grystan I (37-42). Irmão de Drausus III e Trystan I. Não deixou herdeiros.
6. Brystan. Título: Brystan I, *o Grande* (42-70). Irmão de Drausus III, Trystan I e Grystan I. Primeiro auto-proclamado rei de Sieghard.
7. Brenyn. Titulo: Brystan II, *o Velho* (70-95).
8. Ayros. Título: Brystan III (95-96). Assassinado por ordem de seu irmão Heol I.
9. Heol. Título: Heol I, *o Cruel* (96-111). Filho de Brystan II, *o Velho*. Não deixou herdeiros.
10. Wedyus. Título: Wedyus I (111-118). Filho de Brystan II, *o Velho*. Foi assassinado pelos antigos partidários de Heol I com seus filhos ainda crianças, por isso, foi sucedido por seu irmão Gryff I.